COLECCIÓN POPULAR

263

CUENTOS COMPLETOS

RUBÉN DARÍO

Cuentos completos

Edición y notas de
Ernesto Mejía Sánchez

Estudio preliminar de
Raimundo Lida

COLECCIÓN

POPULAR

FONDO DE CULTURA ECONÓMICA
MÉXICO

Primera edición (Biblioteca Americana), 1950
Segunda edición (Colección Popular), 1983
   Novena reimpresión, 2002

Comentarios y sugerencias: editor@fce.com.mx
Conozca nuestro catálogo: www.fce.com.mx

D. R. © 1950, Fondo de Cultura Económica
D. R. © 1988, Fondo de Cultura Económica, S. A. de C. V.
D. R. © 1995, Fondo de Cultura Económica
Carretera Picacho-Ajusco 227; 14200 México, D. F.

ISBN 968-16-1441-0

Impreso en México

LOS CUENTOS DE RUBÉN DARÍO

ESTUDIO PRELIMINAR

Antes de *Azul* (1888) Darío ha cultivado ya asiduamente el relato en verso; en *Azul* mismo y en los grandes libros que le siguieron, la poesía narrativa está representada por páginas famosas: *Estival, Caupolicán, Palimpsesto, Cosas del Cid, Metempsícosis, Los motivos del lobo, La rosa niña*... En prosa, gérmenes de relato aparecen dispersamente en los artículos de Darío anteriores a su primer cuento, *A las orillas del Rhin*. Después, unos pocos e indecisos tanteos, y de pronto, decisiva, la seducción del cuento francés, ceñido y brillante[1]. El año de *Azul* será, para Darío cuentista, el más fecundo entre los anteriores a 1893.

Entre 1888 y 1890 vienen a colocarse aquellos relatos sombríos que Rubén se proponía agrupar bajo el nombre de *Cuentos nuevos*, ciertamente escasos en número. En cambio, los publicados en 1893 señalan por su abundancia la culminación de Darío en este aspecto de su obra, y tanto ellos como los que van apareciendo, con grandes intervalos, a lo largo del lustro subsiguiente —la época de *Prosas profanas*— sobresalen, unos por su refinada elaboración formal, otros por su intensidad y originalidad. De esos años son el *Cuento de Nochebuena, Éste es el cuento de la sonrisa de la princesa Diamantina, Respecto a Horacio, La pesadilla de Honorio, La pesca, La leyenda de San Martín patrono de Buenos Aires, La fiesta de Roma*. De entonces también ciertos cuentos muy visiblemente enlazados con los últimos que escribió Darío: así, la fatídica imagen de María Antonieta que en *Un cuento para Jeannette* (1897) viene a proyectarse sobre la de Jeannette

---

[1] También por entonces escribe Darío, en colaboración con Eduardo Poirier, la improvisada *Emelina* (1887); no parece que este libro pueda identificarse, como alguna vez se ha propuesto, con el que la primera edición de *Azul* anunciaba bajo el título de *La carne,* irónicamente comentado luego por Juan Valera. Otros intentos de novela, bien posteriores: *El hombre de oro* (1897) y *Oro de Mallorca* (entre 1913 y 1914).

misma, preludia un tema que en 1911 utilizará Darío para una de sus narraciones más intensas, el *Cuento de Pascuas;* y *Verónica* (1896) pasará a ser en 1913, con ligerísimos retoques[1], *La extraña muerte de fray Pedro.* Muy escasa es, en conjunto, la producción narrativa de Darío desde 1894 hasta su muerte, y nula en muchos de esos años.

La actividad de Darío narrador se extiende, pues, desde antes de su primer libro de versos hasta después del último, y nace y crece tan unida a la obra del poeta como a la del periodista. Es natural que a menudo lleguen a borrarse los límites del relato con la crónica, el rápido apunte descriptivo o el ensayo. Sólo la presencia de cierto mínimo de acción es lo que nos mueve a incluir, entre sus cuentos, páginas como *Ésta era una reina . . .* o *¡A poblá! . . .,* mientras quedan desechadas tantas otras que no se distinguen de ellas sino por la falta de ese elemento dinámico. En el extremo opuesto, una frontera igualmente difusa separa el relato de la prosa lírica, a veces de tono muy afín. Gradual es el tránsito de *La pesca, Carta del país azul, La canción del oro, Fugitiva,* a los *Poemas en prosa.* Entre éstos, la *Sanguina* recuerda muy claramente —hasta por su título— los trozos pictóricos de *En Chile,* sólo que no hay en él ningún Ricardo "en busca de cuadros", ni asomo alguno de acción. *Fugitiva,* a medias pintura estática, a medias evocación borrosa del pasado, apenas tiene de relato otra cosa que ese leve toque novelesco añadido al final: "no sabrás nunca que has tenido cerca a un soñador que ha pensado en ti. . ." El poeta ha preferido no organizar dramáticamente la sucesión de las "estrofas"; podemos leerlas, como el epitafio de Midas el frigio en el diálogo platónico, alterando el orden de las partes sin que se perjudique gravemente la impresión de conjunto (lo que Valera reprochaba a *La canción del oro*). Un paso más y ya llegamos, saliéndonos del cuento, a la pura "romanza en prosa", como llama el propio Darío a la incluída en *Azul.* La música ante todo; canto sin fábula. No es sólo, pues, que el estudio de sus cuentos ilumine al mismo tiempo, desde fuera, aspectos parciales de la creación poética en Rubén, sino que la poesía misma penetra de continuo en estas páginas de prosa.

[1] Sobre la intención a que en general responden estos retoques, véase más abajo, p. XXXIX, nota 1.

"Era el poeta. Sus críticas, sus cuentos... eran de poeta". El elogio de Rubén Darío a su admirado Catulle Mendès bien puede aplicarse al propio Darío; él mismo, sin duda, no hubiera deseado elogio mejor[1]. En sus cuentos —y no sólo en los de *Azul*— el movimiento de la narración llega a detenerse en súbitos remansos de lirismo y aun a desviarse tras el esplendor de ciertas imágenes. Cuando, en *La canción del oro,* a la tenebrosa "visión de todos los mendigos, de todos los suicidas, de todos los borrachos, del harapo y de la llaga" contrapone el poeta-mendigo la visión de la felicidad y el lujo, de los vinos, los encajes y las joyas, una de estas concretas imágenes se agranda de pronto con irrealidad de símbolo: "el gran reloj que la suerte tiene para medir la vida de los felices opulentos, que en vez de granos de arena deja caer escudos de oro". Gracia y color de poesía traviesamente fantasista adquiere la prosa de *El sátiro sordo* cuando describe los sobrenaturales influjos de la lira de Orfeo: "Las palmeras derramaban su polen, las semillas reventaban, los leones movían blandamente su crin. Una vez voló un clavel de su tallo hecho mariposa roja, y una estrella descendió fascinada y se tornó flor de lis". Si en *Betún y sangre* asoma de pronto la imagen horaciana de la pálida muerte —esa misma "Pálida" que ha de aparecer luego en *Prosas profanas* cerrando el cortejo de *La página blanca*—, Darío infundirá fuerza nueva en la gastada personificación y hasta le añadirá un sombrío contraste gongorino de colores: "Allá, no muy lejos, en el campo de batalla, entre el humo de la lucha, se emborrachaba la pálida Muerte con su vino rojo".

Páginas hay, como las de *Gerifaltes de Israel,* que no pasarían de ser una periodística crónica de viaje si desde el título hasta la última línea no las recorriese una intensa y vibrante metáfora: la de esos cuatro mercaderes a quienes la rapacidad de Europa —"los grandes aguiluchos y gavilanes"— manda atravesar el

---

[1] "El pobre narrador de cuentos, el pobre poeta", dice de sí alguna vez, contrastando humorísticamente ese doble oficio con el mucho más difícil que le ha tocado en suerte: el de cronista *(La semana,* I, en *El Heraldo* de Valparaíso, 11 de febrero de 1888; Silva Castro, *Obras desconocidas de Rubén Darío,* Santiago, 1934, p. 111).

océano en busca de nueva caza. Los cuatro viajeros, halcones y gerifaltes del oro, adquieren hasta los rasgos físicos del ave de presa: "Se paseaban ... hablando en voz alta, haciendo grandes gestos y ademanes, y caminando a zancadas, con sus largos y anchos pies. Y había en ellos una animalidad maligna y agresiva". La imagen acaba por desarrollarse en mito. Así se ahondan también y se refuerzan mutuamente las del tétrico *Morbo et umbra,* organizadas alrededor de un motivo central, el del "cadavercito amado". El almacén fúnebre en que la abuela busca el pequeño ataúd es "estrecho y largo, como una gran sepultura". Cuando el niño descansa al fin en su féretro adornado de flores, su rostro asoma entre ellas "como una gran rosa pálida desvanecida". Cada nueva imagen, por muy libremente que parezca brotar, incide en el exacto foco de emoción y, superponiéndose sobre otro rasgo afín, redobla la lírica tensión del conjunto. Aun en el breve y epigramático *Nacimiento de la col,* la graciosa fábula dialogada, con su moraleja de "el arte por el arte", se funda, toda ella, en un claro enlace de semejanzas y contrastes físicos. Vemos la rosa transformarse en col, su versión prosaica, del mismo modo —aunque en dirección contraria— que en el poema famoso de Hugo vemos surgir en los espacios el sol como versión divina de la araña diabólica.

A cada paso, y en relatos de asunto y tono muy diversos, se animan de metáforas las cosas y las almas descritas, en un amplio registro que parte del mero rasgo de ingenio (como cuando en la *Historia de un sobretodo* se nos habla de las noches invernales de Santiago de Chile en que "las pulmonías estoquean al trasnochador descuidado") y llega hasta la más tensa y elaborada poesía. Si el narrador, entre divertido y enternecido, a lo Dickens, o a lo Eduardo Wilde, nos retrata al pequeño limpiabotas de *Betún y sangre,* con su halo de alegría y de miseria, anotará que sus zapatos rotos "sonreían por varios lados". Si pasea su imaginación por lejanos países de historia y leyenda, la detendrá de pronto en el campanario que lanza a volar "sus palomas de oro del palomar de piedra antigua" *(Por el Rhin).* En las zonas de mayor concentración lírica, las narraciones de Darío ya se comunican por múltiples canales con sus poemas. En dos de las que escribió hacia la época de *Prosas profanas,* las tituladas *Fugitiva* (1892) y *Éste es el cuento de la sonrisa de la princesa*

Diamantina (1893), tales comunicaciones son bien evidentes. El águila y. el león amenazadores sobre el trono púrpura de la princesa Diamantina, y aun la figura misma de la princesa, cuya boca "está aguardando la divina abeja del país azul", se enlazan con muy característicos aspectos de la poesía de Rubén. ¿Y cómo no recordar a la princesa de *Sonatina* cuando Emma, en *Fugitiva*, sueña tristemente bajo su disfraz de hada? "¡Pobrecita! ¿En qué sueña?... ¿Piensa en el país ignorado a donde irá mañana...? Ya la mariposa del amor, el aliento de Psiquis, no visitará ese lirio lánguido; ya el príncipe de los cuentos de oro no vendrá..." [1]

Páginas poéticas, pues, por su intensidad y abundancia de fantasía y por su alto decoro verbal. Es más. El empuje lírico llega por veces a moldear la forma exterior del relato acercándola a los ritmos reconocibles del verso. Así la prosa de *El rey burgués* se organiza en paralelismos y simetrías justamente en aquel punto en que el protagonista, el poeta, anuncia con exaltación de visionario el triunfal advenimiento de la poesía:

He acariciado a la gran Naturaleza, y he buscado, al calor del ideal, el verso que está en el astro en el fondo del cielo, y el que está en la perla en lo profundo del Océano... Porque viene el tiempo de las grandes revoluciones, con un Mesías todo luz, todo agitación y potencia, y es preciso recibir su espíritu con el poema que sea arco triunfal, de estrofas de acero, de estrofas de oro, de estrofas de amor.

Las cuatro lamentaciones de *El velo de la reina Mab* son otros tantos himnos victorhuguescos al arte, surcados por dolorosos arranques de desesperación; el comienzo de cada monólogo se señala con claras fórmulas introductorias ("Decía el primero... Y decía el otro... Y decía el otro... Y el último..."). Son cuatro poemas, cuatro líricos discursos en prosa donde la pasión del arte y el dolor del fracaso se traducen en patéticas repeticiones:

[1] Imágenes parecidas evoca el canto del ruiseñor, en *Un cuento para Jeannette,* desde la ventana de la princesa Vespertina: "...en un país remoto está el príncipe Azur, que ha de traer a tus labios y a tu corazón las más gratas mieles".

Porque pasaron los tiempos gloriosos. Porque tiemblo ante las miradas de hoy. Porque contemplo el ideal inmenso y las fuerzas exhaustas. Porque, a medida que cincelo el bloque, me ataraza el desaliento.

Aquí y allí, un versículo de vago compás bíblico, en contraste con el tono inconfundiblemente moderno de la experiencia que en él se expresa: "La luz vibrante es himno, y la melodía de la selva halla un eco en mi corazón". En versículos —lluvia de brillantes rasgos pictóricos— se deshacen a menudo los párrafos de *El rey burgués*. En versículos que mezclan "gemido, ditirambo y carcajada" se vierte la amarga letanía de *La canción del oro,* con ocasionales pasajes de sílabas contadas, y hasta rimadas:

> Cantemos el oro . . .
> Cantemos el oro, que nace del vientre fecundo de la madre tierra, inmenso tesoro. . . .
> Cantemos el oro, río caudaloso, fuente de la vida . . .

Ni faltan jirones de verso estricto, como "el santo aliento del buey coronado de rosas" *(El velo),* cuyo ritmo parece ya anunciar al de los futuros "hexámetros" de "Ínclitas razas ubérrimas..." o al de los dísticos que entona Lucio Varo, el poeta pagano, en *El hombre de oro* y en *La fiesta de Roma.* Y hasta un alejandrino rotundo y enfático resalta, también en *El velo,* encabezando la dolorida relación del escultor: "¡Heme aquí en la gran lucha de mis sueños de mármol!"

A esa penetración del verso en la prosa de los cuentos se añaden todavía, ocasionalmente, ciertas calculadas correspondencias y redobles de sonidos. Pues no sólo en sus poemas cultiva Rubén los juegos de aliteraciones y rimas, como el verleniano "que pasa o se posa" de *Líbranos, Señor . . .;* como ese "culto oculto", precisamente del *Responso a Verlaine,* que vemos aparecer luego en *Palas Athenea;* como tantos otros: "el paso acompasan", "los claros clarines", "la flor de las flores por Florida", "la regia y pomposa rosa Pompadour", "ruega generoso, piadoso, orgulloso" [1], "la mar que no amarga", "bajo el ala aleve del leve aba-

---

[1] Y en los versos franceses de *Helda:* "et plastique, amoureuse, et pleureuse, et rieuse". Comp. en *La première maîtresse* de Catulle Mendès

nico", "sentimental, sensible, sensitiva", "¡Salve al celeste Sol sonoro!", "mágico pájaro regio", "vino de la viña de la boca loca", "risa del agua que la brisa riza y el sol irisa". También en su prosa no narrativa encontramos los "sonantes sonetos" de la *Autobiografía*, el "hermano admirable y lamentable" de la carta sobre Julián del Casal, el "ciranesco, quijotesco, d'aurevill-yesco" del prólogo a Alejandro Sawa, "las rosadas reinas" y "amorosas diosas" de las *Palabras liminares,* sin contar la prosa rimada y ritmada —como la de Mendès en sus *Lieds de France*— de *En el país del sol.* Menos abundantes son estos juegos de sonidos en los cuentos de Rubén; pero tampoco en ellos faltan "las campánulas desde sus campanarios" *(En la batalla de las flores),* o el "claro clamor" de las trompetas *(Historia prodigiosa de la princesa Psiquia),* o el nombre "fino como un trino" de la última nota musical *(Las siete bastardas de Apolo),* o "ese monstruoso y sonoro estruendo que se llama la Marsellesa" *(Cátedra y Tribuna),* o la "rosa real" con que se compara a Amelia de Portugal en *Ésta era una reina...*[1], o el lujo insolente de "el raso y el moiré que con su roce ríen" *(La canción del oro).* Y si en algunos de sus versos ligeros, la gracia semiburlesca del conjunto brota no tanto del sentido expresado como de ciertos traviesos desajustes entre el ritmo lógico-sintáctico y el ritmo del verso[2], también la prosa de sus relatos, cuando deriva hacia lo

(p. 232 en la edición de París, 1887): "une bouche triomphante, lacérante, absorbante".

[1] "Recién abierta rosa rosada", la llamará Rubén en su *Autobiografía,* Barcelona, s. a., pág. 133.

[2] Ejemplo, estos deliberados jugueteos formales que quitan todo empaque a los versos de circunstancias *En el álbum de Raquel Catalá:*

> ... y que en su carrera
> conduce a la más
> bella niña que
> puede uno soñar.
> ... Y tan visionarias,
> ligeras, y tan
> de espuma y de nube
> que serían las
> lágrimas aladas
> de la tempestad.

Adviértase cómo colabora en esta sistemática distorsión el que resulten humorístico, suele utilizar parecidos recursos externos. Rimas calculadamente retozonas aparecen en *Por el Rhin,* con su evocación, entre nostálgica y caricaturesca, de unos personajes de ópera entre los cuales "pasa Valentín, matachín"; en *La muerte de la emperatriz,* cuando se compara a Suzette con un delicioso pájaro a quien ha apresado "un soñador artista cazador"; en un cuento de 1893, *Las razones de Ashavero,* donde se nos muestran ya en cierta manera enlazadas —como después, con más rotundidad, en los versos de *Era un aire suave...*— la pompa de la rosa y la de la Pompadour.

Pero no son éstos, entre los recursos formales, los que más acercan la obra narrativa de Darío a sus poemas, sino más bien la rítmica articulación en "estrofas" que encontrábamos ya en *El velo de la reina Mab* y que muchos otros cuentos nos presentan, en variable proporción. También el relato, tenuísimo, de la *Carta del país azul,* ese mismo país azul de donde parte la "divina abeja" de la princesa Diamantina, va dibujándose como en sueltas y sinuosas estrofas. El estribillo destaca aún mejor la buscada forma poemática: "¡Canté a una niña!", y luego: "Canté a esa niña". En tres estrofas sucesivas se evoca el recogimiento ante el espectáculo de la religión, ante el de la mujer bella y ante el de esa otra religión, la del Arte, cuyo templo es un taller de escultor (como en *El velo,* como en *La muerte de la emperatriz).* Todo sostenido en una atmósfera ambigua e iridiscente de ensoñación que la imagen del ajenjo —ópalo y visiones de embriaguez— expresa en una síntesis final de poesía y bohemia: "cuando bajó sobre mí el soplo de la media noche, me sentí con deseos de escribirte esta carta del divino país por donde vago, carta que parece estar impregnada de aromas de ilusión; loca e ingenua, alegre y triste, doliente y brumosa; y con sabor a ajenjo, licor que como tú sabes tiene en su verde cristal el ópalo y el sueño". Ni siquiera en narración tan libre y aérea se rompe nunca el hilo; Darío no es de esos cuentistas en quienes la frase aislada es mejor que la página, y la página mejor que el cuento. La forma de "tema con variaciones" le permite dar unidad al conjunto.

acentuadas, en final de verso, palabras normalmente átonas como *que* y *las.*

Desde el primero de sus relatos en prosa, *A las orillas del Rhin* (1885), hasta fecha tan tardía como la del de *Las tres Reinas Magas* (1912), Darío acude una y otra vez a la composición "estrófica", a la sucesión lineal de escenas o breves episodios, a veces llevados gradualmente hacia un desenlace dramático o una agudeza final [1]. Títulos como *Bouquet* y *En busca de cuadros*[2] aluden directamente a esa forma acumulativa. En *Bouquet* (1886), cada una de las flores con que la niña ha formado su ramillete da motivo al poeta para declamar su discurso de alabanza, en parte canción, en parte lección de botánica amable y suntuosa, en parte desahogo erudito —historia, mitología, filología— no indigno del académico francés de *La ninfa*[3]. Por los mismos años de *Azul* escribe Darío *El humo de la pipa,* donde con las sucesivas bocanadas surgen, se agitan por un momento y se desvanecen las visiones de delicia u horror, hasta que, apagándose la pipa, el soñador despierta. Y todas las narraciones de *Azul* aparecen articuladas también en desfile de cuadros o episodios. Una de ellas, *El rey burgués,* aún añade a esa fragmentación otra más menuda e íntima cuando relata las peripecias de la pasión y muerte del poeta; frases monótonamente encabezadas con *y* van subrayando entonces con dolorosa insistencia el derrumbe final:

Y desde aquel día pudo verse...

Y llegó el invierno, y el pobre sintió frío en el cuerpo y en el alma. Y su cerebro estaba como petrificado, y los grandes himnos estaban en el olvido, y el poeta de la montaña coronada de águilas no era sino un pobre diablo...

Y cuando cayó la nieve se olvidaron de él el rey y sus vasallos...

[1] De 1886 data su crónica de *Un viaje a Rivas* (en *El Imparcial* de Managua; ahora en Diego Manuel Sequeira, *Rubén Darío criollo,* Buenos Aires, 1945, pp. 283-286). Al tono burlesco de este artículo contribuye su aparatosa subdivisión en muy breves capítulos numerados, cuyos finales suelen destacarse con frases particularmente humorísticas.

[2] *En Chile.*

[3] Un cuento de 1893, *En la batalla de las flores,* reelabora incidentalmente el mismo tema. Aquí es el propio Apolo, de incógnito en Buenos Aires, quien recita en los jardines de Palermo el elogio de las flores, por cierto más condensado e inspirado que en el cuento juvenil.

Y una noche en que caía de lo alto la lluvia blanca de plumillas cristalizadas, en el palacio había festín, y la luz de las arañas reía alegre... Y se aplaudían hasta la locura los brindis... Y el infeliz, cubierto de nieve, cerca del estanque...; y se quedó muerto, pensando en que nacería el sol del día venidero, y con él el ideal...

En los cuentos posteriores a *Azul,* el procedimiento va haciéndose más y más raro. Lo utiliza Darío en la *Historia de un sobretodo* (1892), donde la sucesión de los ambientes geográficos y de las variadísimas experiencias por que pasa el dueño del abrigo se completa luego graciosamente con la triunfal "carrera literaria" del abrigo mismo, que llega a manos de Gómez Carrillo, de Alejandro Sawa y, por último, del *pauvre Lélian,* "uno de los más grandes poetas de la Francia". Con estricta linealidad se enhebran los cuadros de *Éste es el cuento de la sonrisa...;* los personajes van apareciendo lentamente, uno a uno, presentados con rítmica y pomposa reiteración ("Dice el ujier: Éste es el príncipe Rogerio..."; "Dice el ujier: Éste es Aleón el marqués..."; "Dice el ujier: Éste es Pentauro...") y se inclinan luego reverentes ante el emperador y sus hijas. La serie se rompe con la aparición del bardo, único entre los caballeros que logra hacer sonreír a la difícil princesa. Al ritmo de las estrofas corresponde, no menos rígido, el de la acción. De los cuatro caballeros, uno, "delicado y gentil como un San Jorge", sólo consigue llamar sobre sí la atención del viejo emperador. Los dos siguientes, fuertes y rudos guerreros, se atraen las miradas de las dos simétricas hermanas de Diamantina, la princesa de rosa y la de azul. Y sólo el último, Heliodoro el Poeta, es quien logra hacer sonreír a Diamantina.

La pesadilla de Honorio (1894) y *La pesca* (1896) sobresalen, entre los cuentos de este tipo, el uno por su intensidad de fantasía visionaria, y el otro, brevísimo, por su atrevida composición, en que el alternarse de lo humano y lo divino se resuelve en una tácita pero firme glorificación del Poeta. Más sencilla es la estructura de *Gesta moderna* y *Por el Rhin,* dos relatos de 1897. En *Gesta moderna,* el final de las breves escenas se subraya con un "¡Batid, tambores; sonad, clarines!" que mece la atención del lector para sacudirla de pronto en el último cuadro[1]; la descripción del torneo medieval —una Edad Media no tan "enorme y delicada" como convencionalmente pintoresca— viene a rematar de súbito en un episodio de viva y punzante actualidad. *Por el Rhin* va evocando, como al azar, temas románticos alemanes vistos con ojos de francés, al hilo de un humor ambiguo y caprichoso cuyos toques más penetrantes recuerdan por veces los de *Gaspard de la Nuit*. Clara articulación lineal será asimismo la de *Las siete bastardas de Apolo* (1903), semejante a la del desfile floral de *Bouquet*, y, más elaborada y compleja, la de *Las tres Reinas Magas*, en que el alma del poeta, solicitada a la vez por el incienso de Jerusalén, el oro de Ecbatana y la mirra de Amatunte —la Pureza, la Gloria y el Amor—, canta las excelencias de cada reino y exclama por fin: "¡Yo seré contigo, Señora, en el paraíso de la mirra!"

A esta configuración poética de la prosa contribuye también el estribillo, que hemos visto ya asomar en la *Carta del país azul*. Aunque Darío lo utiliza en cuentos de distinta época, parece haberlo preferido especialmente hacia los años de *Azul*. El contrapunto de ternura y malicia que en *El palacio del sol* comienza a anunciarse desde las primeras palabras ("A vosotras, *madres* de las *muchachas* anémicas...") se sostiene y amplía a través de todo el relato, en que a cada instante reaparece el estribillo para oponer a la figura de la "sana y sentimental mamá", con su arsenal de ilusorios medicamentos, la de "la niña de los ojos color de aceituna, fresca como una rama de durazno en flor, luminosa como un alba, gentil como la princesa de un cuento azul". La palabra *azul*, tan obsesivamente reiterada en el libro entero, resuena como nota central en el estribillo de su *romanza en prosa*: "¡Princesa del divino imperio azul!...", y en el de otro cuento de 1888, *El año que viene siempre es azul*, que Darío prefirió dejar arrumbado en las páginas de un periódico chileno. De los relatos que sí recogió en su libro, tres hay en que el estribillo desempeña papel importante. En *El rey burgués* encontramos no sólo el tragicómico "tiriririn, tiriririn" del organillo, sino también, y como recurso arquitectónico fundamental, esa referencia al "amigo" con que el cuento se abre y se cierra

[1] A la semejanza literal de ese estribillo con el "Beat! beat! drums! —Blow! bugles! blow!" de Whitman, se añade precisamente su análogo papel en la estructura de una y otra composición.

("¡Amigo! El cielo está opaco, el aire frío, el día triste") y con que concluye además la primera "estrofa" ("¿Era un rey poeta? No, amigo, era el Rey Burgués"). La cuádruple repetición de "Canto..." divide rítmicamente uno de los pasajes más intensos de *El sátiro sordo:* el himno de Orfeo en la selva[1]. Las alternativas de amor y celos en *La muerte de la emperatriz de la China* aparecen como concertadas con el gorjeo o el ominoso silencio del mirlo en su jaula, y cuando la historia culmina en final feliz, el lector cree escuchar, sugeridas por el insistente juego de íes, las más agudas notas del pájaro: "el mirlo, en su jaula, se moría de risa". Mayor ímpetu de lirismo alcanzará, pocos años después de *Azul,* el ritornelo de *Éste es el cuento...,* que empieza por anunciar la vaga ilusión de la princesa Diamantina y acaba por mostrarla cumplida en la aparición triunfal del poeta. Desde la primera estrofa se prepara ese desenlace: "en su rostro de virgen, como un diminuto pájaro de carmín que tuviese las alas tendidas, su boca en flor, llena de miel ideal, está aguardando la divina abeja del país azul". Y en cuanto Diamantina ve al poeta, "el diminuto pájaro de carmín que tiene las alas tendidas, al llegar una abeja del país azul a la boca en flor llena de miel ideal, enarca las alas encendidas por una sonrisa..." La tierna evocación de sor Filomena (1894) se apoya por entero en la imagen del ruiseñor, musicalmente reiterada, con que el poeta identifica a su personaje. De pájaro es la voz de Filomela; pájaro su alma: "cuando era ella la que cantaba, ponía en su voz el trino del ave de su alma..." Filomela *es* el ruiseñor, triste y harmonioso: su mismo nombre nos lo dice. Finalmente, en la borrosa página de *Luz de luna,* que Ernesto Mejía Sánchez se inclina a situar entre 1893 y 1897[2], el ritornelo, combinándose en forma no muy feliz con la rima, se nos aparece ya como "academia de sí mismo", como recurso algo vulgar y mecanizado —apresurado quizá—:

---

[1] Dada la brevedad del pasaje, estas cuatro estrofas, por mucho que recuerden las de *La canción del oro* ("Cantemos... Cantemos..."), no llegan a estorbar la unidad del cuento. Es natural que Valera no extendiese a ellas el reproche —excesivo, por otra parte— que le mereció el "método" utilizado en *La canción:* "el método es crear algo por superposición o aglutinación, y no por organismo".

[2] Véase su nota primera a ese cuento, en el presente volumen.

> Por el camino que al claro de luna se extendía, ancho
> y blanquecino, vi venir una carreta...
>
> De repente vi llegar, en carrera azorada y loca, por el
> camino blanquecino y ancho...
>
> ...Vi venir una carreta desvencijada, tirada por dos es-
> cuálidos jamelgos viejos.
>
> ...ya los dos jamelgos viejos y escuálidos iban lejos,
> con un trote inusitado...

Este modo de prosa, rítmica y rimada sin interna necesidad,
abunda en los rubenistas ingenuos, no en el propio Rubén, que
difícilmente se deja arrastrar por el automatismo de la musi-
quilla verbal.

Ritornelo, tema y variaciones, simetrías, fragmentación del
relato en momentos breves y penetrantes, ya con firme grada-
ción del interés, ya con aparente desorden, todo esto da a las
páginas narrativas de Darío un relieve y gracia simultáneos de
drama y ballet. Gracia en el movimiento del conjunto, vivo relieve en cada escena o episodio. Y si la atención del poeta se
concentra en uno solo de los cuadros, vendrán a añadirse especiales procedimientos de realce, como ese "Habla:..." inicial
y ese "Así habló" final que encierran sobriamente la lírica autobiografía del escritor argentino en *Primavera apolínea*[1]. El cuadro en su marco. Aun la narración entera suele presentarse,
en Darío, engastada también en un marco que la aísla y la destaca. Alguna vez, el marco aparece con claridad al empezar y
terminar el cuento: así en *El fardo,* con su descripción del
anochecer en el puerto, seguida del diálogo entre el escritor y
el tío Lucas; cuando éste calla, volvemos a oír al escritor ("Me
despedí del viejo lanchero..."), en un final deliberadamente
trivializado, que contrasta con la sobria crudeza de las páginas
anteriores. Mayor aún es el contraste en *El rey burgués.* Ese
despreocupado "Hasta la vista" con que el narrador se despide
del amigo oyente concierta con la ironía del comienzo, que ya
desde el subtítulo anuncia la historia del poeta como "cuento
alegre", y en seguida como "cuento para distraer las brumosas
y grises melancolías". Así también las últimas líneas de *Rojo*

[1] Comp. *El velo de la reina Mab,* con sus ya citadas fórmulas introductorias para cada uno de los cuatro himnos en prosa.

(1892) enfrían irónicamente la cruenta narración: "¡Pobre muchacho! En todo caso, él será más feliz con que le corten el pescuezo. Buenas tardes". No es difícil percibir en estos modos de encuadramiento la influencia de los cuentistas franceses, que ha venido a combinarse en Darío con el viejo recurso del "soñé" y el "entonces desperté", ya utilizado por él mismo desde la época de sus *Rimas*[1].

Otras veces, como en *El humo de la pipa* y en *Cuento de Pascuas* (1911), el narrador nos introduce gradualmente en el relato fantástico disimulando el marco inicial, y nos despeña luego desde el punto culminante de su visión (vértigo de pesadilla en *El humo de la pipa,* tragedia solemne en *Cuento de Pascuas)* a un brusco "entonces desperté". O bien, en narraciones de claro acento lírico, como *Fugitiva,* empieza por presentársenos directamente el personaje y su historia, hasta que de pronto irrumpe el yo explícito del poeta y, como olvidando al lector, estalla en palabras dirigidas precisamente al personaje, palabras más y más exaltadas cuyo *crescendo* se marca con sólo un signo de exclamación final:

> ...y no sabrás nunca que has tenido cerca a un soñador que ha pensado en ti y ha escrito una página a tu memoria, quizá enamorado de esa palidez de cera, de esa melancolía, de ese encanto de tu rostro enfermizo, de ti en fin, paloma del país de Bohemia, que no sabes a cuál de los cuatro vientos del cielo tenderás tus alas, el día que viene!

O, como en *El pájaro azul,* el narrador añade al relato ya concluso una última descarga de emoción, en frase breve y arrebatada: "¡Ay, Garcín, cuántos llevan en el cerebro tu misma enfermedad!" O encuadra el comienzo con la explicación, dramatizada a su vez, de cómo la historia llegó a su oídos, pero no cierra el marco después de relatada la historia misma. Así, cuando en 1913 Darío retoca —sólo muy levemente— su *Ve-*

---

[1] Cf. *Obras poéticas completas,* Madrid, M. Aguilar, 1941, pp. 355-357: "Una noche / tuve un sueño..." Y después del relato macabroburlesco: "Muy ufano / dice el médico / que la causa / de estos sueños...", etc.

rónica, de 1896, para transformarla en *La extraña muerte de fray Pedro,* la hace preceder de un conciso diálogo entre el escritor y el religioso que ha de referirle, ante el sepulcro de fray Pedro, el lamentable caso. La conversación no se reanuda al final del cuento, y lo desmesurado y sobrenatural del desenlace queda de este modo flotando en el ánimo del lector.

Pero Darío llega a menudo a utilizar modos de encuadramiento aún más complejos. Ya en sus años de aprendizaje gustaba de encabezar, interrumpir o cerrar sus cuentos —tanto en verso como en prosa— con dedicatorias personales, en forma cada vez más suelta y variada. *La cabeza del rabí,* décimas "orientales" ingenuamente zorrillescas, no sólo comienzan por una dedicatoria explícita ("A Emelina") y tres prolijas estrofas de introducción que nos presentan el exótico relato como recogido de labios de un poeta persa, sino que, a la mitad del cuento, insinúan un como diálogo entre el narrador y la lectora, muy a la manera de Alfred de Musset[1]. Lo mismo en *Alí,* otra de sus *orientales* de juventud, donde, con artificio más complicado, se transporta la dedicatoria al interior del argumento. La relación externa entre poeta y lectora pasa a ser aquí relación entre los propios personajes, entre el cantor y Zelima. El drama en el drama. En poesías de diversa época —*La copa de las hadas, En el álbum de Raquel Catalá*— las dedicatorias entrecortan el relato a modo de comentario ligero y festivo. Es recurso que Darío emplea también en prosa desde su primer cuento, *A las orillas del Rhin,* dedicado a Adela Elizondo ("Estáme atenta, Adela...", "Ya comprenderás, Adela...", "Éste es, graciosa Adela, el cuento que te había ofrecido..."). Hacia los años de *Azul,* lo cultiva con especial complacencia y con arte mucho más fluido y desenvuelto. Tampoco se contentará entonces con las fórmulas iniciales y finales de encuadre. En el marco mismo de *El rey burgués* se insinúa como el germen de un segun-

[1] "¿Feliz, dirás, tal estrella, / Emelina? No fué así..." (*Obras poéticas completas,* p. 296). La *Emmeline* de Musset —y no parece casual la coincidencia de los nombres— abunda en frases análogas: "mais, direz-vous, c'est de l'amour; patience, madame, pas encore", "Vous vous souvenez sans doute, madame...", "Vous connaissez ce bois, madame; vous souvenez-vous de *l'allée des Soupirs?*" Así también en *Les deux maîtresses,* del mismo Musset: "Croyez-vous, madame...?", "me direz-vous", "demandez-vous", "oui, madame, elle pleurait".

do relato: el del encuentro con el amigo, la irónica invitación a narrar el "cuento alegre" y, después de narrado, la breve frase de despedida. Hasta un esbozo de diálogo entre narrador y oyente se nos ofrece al terminar la primera "estrofa" del cuento: "¿Era un rey poeta? No, amigo mío: era el Rey Burgués". También la *Carta del país azul* se dirige a ese "amigo mío" a quien el artista siente urgencia de contar sus vagas aventuras. Muy otro carácter tienen, en cambio, esos paréntesis en segunda persona, esos apartes y guiños irónicos con que el autor se dirige al oyente en *Arte y hielo* y en *El palacio del sol*:

> Villanieve era un lugar hermoso —inútil, inútil, ¡no le busquéis en el mapa!—... (*Arte y hielo*).

> No bien había... —sí, un cuento de hadas, señoras mías, pero ya veréis sus aplicaciones en una querida realidad—... (*El palacio del sol*).

Aquí las dedicatorias burlescas, y el "ya veréis" y "ya sabéis" en que se apoyan, van enderezados contra la simpleza e insensibilidad del filisteo, ya se trate de los "reyes burgueses que viven podridos en sus millones", ya de las "madres de las muchachas anémicas" —olvidadas de que no sólo de pan, o de fosfatos, viven las muchachas—, ya, sencillamente, del lector incapaz de advertir que no hay que buscar mucho para dar con Villanieve, la ciudad en que el arte padece y perece entre hielos de indiferencia. En *La historia de un picaflor* (1886) y en *Bouquet*, de la misma época, la dedicatoria, entretejiéndose en juego ágil y variado con la narración, llega a transformarla en diálogo, o más bien en monólogo insistentemente dirigido a un "usted" o un "tú". *Morbo et umbra,* por el contrario, hace entrechocarse con violento patetismo la impasibilidad del cruel y sombrío relato —a lo Daudet o a lo Zola— con los apóstrofos del narrador al personaje odioso: "Sí, era el ruciecito, señor vendedor", "Señor vendedor, el travieso, el ruciecito, ya va para el camposanto", "¡Señor vendedor, la abuela, aunque ayune, le pagará a usted!..." Dos cuentos hay, en fin, *La canción del oro* y *La pesca* —separados por el intervalo que va de *Azul* a *Prosas profanas*—, donde la dramaticidad del relato se redobla intercalando en él, entre paréntesis, vivos toques de descripción o narración, y hasta de lenguaje directo puesto en boca de un personaje:

Mi pobre barca estaba hecha pedazos; apenas a la orilla del amargo mar, se balanceaba, triste ruina de mi adorada ilusión; y la red estaba rota, deshecha como la lira...
(La esposa había salido a buscar al pescador, dejando encendido el hogar en la cabaña; y mecía al niño dormido en sus brazos, al vuelo de la brisa de la noche.)

(—¡Eh! —grita la mujer con el niño en los brazos, ¿cenaremos hoy?— Arde en la choza el resto de un buen fuego.)
—¡Ay! ¡Ay! ¡Ay! —grité al cielo, ¿los dioses son sordos y malos?

(Muere la tarde.
Llega a las puertas del palacio un carruaje flamante y charolado. Baja una pareja y entra con tal soberbia en la mansión que el mendigo piensa: "Decididamente, el aguilucho y su hembra van al nido". El tronco, ruidoso y azogado, a un golpe de látigo arrastra el carruaje haciendo relampaguear las piedras. Noche.)

En las dos primeros pasajes, ambos de *La pesca,* las acotaciones intercaladas producen una peculiar ruptura de planos y enfoques que comunica a todo el cuento su original y dinámica vibración. En el último, de *La canción del oro,* el paréntesis se acerca mucho a esas apostillas —elaboradas literariamente y dirigidas menos al actor que al lector— tan abundantes en el teatro de fines del siglo xix y principios del xx, y no sólo en la comedia poética de simbolistas y modernistas, sino hasta en la irónica e intelectual de un Shaw. Pero el paréntesis bien poco tiene aquí de puro lirismo o de observación maliciosa. Entre narrativo y dramático, cierra con aspereza de novela naturalista la lenta descripción de la opulencia y la felicidad ("Había tras los vidrios de las ventanas...") y prepara la imprecatoria canción del mendigo. "Nada más cruel que aquel canto..." Pues en esta versión patética de *El palacio del sol* y de *El rey burgués,* enlazada por su tono de amargura y protesta con *Morbo et umbra,* con *El fardo* y hasta con ciertos poemas de juventud, ya no serán ironías ni bromas las que el cantor errante dirija al mundo que lo desprecia, sino airadas denuncias de profeta, o maldiciones de poeta maldito.

POETA Y MUNDO

La figura del poeta que cumple en este mundo su "camino fatal" entre el desdén o las injurias de la multitud, recorre a lo largo del siglo XIX las letras europeas —de Hölderlin y Pushkin a Ibsen, de Hugo y Catulle Mendès a Zorrilla y Bécquer, de Musset y Vigny a Verlaine, Corbière y Mallarmé— y va trasladándose lentamente a las hispanoamericanas. La que Darío nos presenta en *La canción del oro* revela claro parentesco con las de los románticos franceses, y muy en particular con aquella impetuosa tirada que en *La première maîtresse,* de Catulle Mendès, dirige Straparole al protagonista, Evelin Gerbier[1]:

> Il convient que tu soies pauvre, misérable, en haillons, méprisé, raillé, bafoué —et adoré! Tu seras chassé des auberges où hantent les mendiants et accueilli dans des alcôves de reine... Puis, par les chemins, nous ferons des vers, enfant! Tu sais rimer. Un dieu t'accorde le don de faire se baiser, pareilles et sonores, les deux lèvres de la rime! C'est bien. Sans le sou, sans habit, sans chapeau, n'importe, tu seras le vagabond triomphant qui célèbre en de pompeux poèmes la gloire des féeriques opulences et les belles traînes des femmes sur les escaliers de jaspe et de porphyre. Tu seras un poète, puisque tu seras un gueux...

La canción del oro desarrolla los aspectos más pesimistas de esa fórmula dual, *vagabond triomphant.* Canción del poeta vagabundo (otros serán los cuentos de Darío donde se nos aparezca el poeta triunfante); canción del Homero hambriento de *Lo que son los poetas*[2], un Homero-Chatterton que ha de mendigar, a cambio de sus himnos supremos, las migajas del poderoso. Ya en dos de sus *Abrojos* (números 6 y 8) había contrastado Rubén la vida miserable del poeta con la riqueza sin límites de su fan-

---

[1] Libro II, *in fine.*
[2] *Obras poéticas completas,* pp. 422 y sig.

tasía o con las honras que después de muerto le tributan aquellos mismos que lo abandonaron en la desgracia. La imagen del artista dueño de infinitas riquezas imaginarias se nos presenta graciosamente en *Azul,* en la figura del despreocupado soñador que recorre *en busca de cuadros* el cerro andino, "gallardo como una gran roca florecida":

> Había allí aire fresco para sus pulmones, casas sobre cumbres, como nidos al viento, donde bien podía darse el gusto de colocar parejas enamoradas; y tenía además el inmenso espacio azul, del cual —él lo sabía perfectamente— los que hacen los salmos y los himnos pueden disponer como les venga en antojo.

Pero mucho más insistente, aun en la propia época de *Azul,* es el tema romántico del genio a quien el mundo condena a soledad o martirio. Nacer bajo la estrella del genio es nacer desdichado. El poeta sudamericano de *Primavera apolínea* cuenta de su infancia: "Afligí a mis padres, puesto que muy temprano vieron en mí el signo de la lira". Ya los versos de *Ingratitud*[1], en que "el vate Rubén Darío", adolescente aún, se retrata a sí mismo "melancólico y sombrío", preludian toscamente los himnos amargos y desesperados de *El velo de la reina Mab:*

> ...fatal
> el mundo al talento humilla,
> ya sea en una bohardilla,
> ya sea en un hospital.

En una bohardilla... Sí, es la misma bohardilla por cuya ventana se deslizará la reina Mab para escuchar las quejas de los cuatro artistas "flacos, barbudos e impacientes" y consolarlos con ensueños y esperanzas[2]. El mundo los humilla. El mundo los rechaza y los abandona:

[1] *Obras poéticas completas,* pp. 32 y sig.

[2] Bohardilla romántica que, por lo demás, encontramos en *La première maîtresse* (Paris, 1887, huitième mille, p. 308): "...Dans des mansardes, dans des chambres d'hôtel garni, n'importe, de jeunes hommes usaient leurs forces à la poursuite d'un lointain idéal..."

—¿Para qué quiero el iris y esta gran paleta de campo florido, si a la postre mi cuadro no será admitido en el Salón?... ¡El porvenir! ¡Vender una Cleopatra en dos pesetas para poder almorzar!... —...no diviso sino la muchedumbre que befa, y la celda del manicomio... —Yo escribiría algo inmortal; mas me abruma un porvenir de miseria y de hambre.

De mundo tan hostil huye espantado hasta el propio Orfeo, en *El sátiro sordo,* y busca refugio en la selva, más seguro de conmover con su canto los troncos y las piedras que no los corazones humanos. El poeta, consciente de su misión divina ("por suprema voluntad / él lleva en sí los dolores / de toda la humanidad"), no rebajará su indomable inspiración ni para servir al tirano ni para replicar al envidioso[1]. Si el desdén o el odio de los burgueses lo confina en la ciudad doliente de los miserables y los vencidos, él aceptará con jactancia la condena, y su voz será, como en *La canción del oro,* la voz "de todos los que viven ¡Dios mío! en perpetua noche, tanteando la sombra, cayendo al abismo..." Es la miseria misma la que parece encarnar en "aquel cerebro de loco", en "aquella especie de poeta", para lanzar a los aires su canción de escarnio.

Y el filisteo hiere al poeta con cuantas armas tiene a su alcance, sin excluir el elogio mal intencionado[2]. Lo hiere con la simple indiferencia o con el desprecio más agresivo y mortal. A través de varios cuentos de Darío puede seguirse esta matizada escala de crueldades[3]. Alguna vez el narrador adopta satíricamente el punto de vista del adversario, del mismo modo que el poeta mendigo une su voz a la de los banqueros para entonar su himno al oro. En *El año que viene siempre es azul,* "el padre, hombre sesudo, tenía la excelente idea de no dejar acercarse a su hija a los poetas"; otro pasaje del mismo relato propone esta definición del poeta: "cualquier nervioso que conozca el

[1] *El poeta,* en *Obras poéticas completas,* pp. 123-129.
[2] *Abrojos,* número 40, en *Obras poéticas completas,* p. 379.
[3] Es significativo que un distinguido historiador de las letras hispanoamericanas se refiera a los cuentos de *Azul* diciendo que narran "los sufrimientos y sueños de un poeta pobre entre burgueses ricos". El tema es, en efecto, tan insistente y característico que ha llegado a borrar, en la memoria del lector, los otros temas de la misma obra.

ritmo y la prosodia y sea un poco soñador". "Cuento alegre" llamará Darío a la historia del poeta torturado por el Rey Burgués, y describirá con irónico deslumbramiento aquellos lujos y exquisiteces del monarca, coleccionista de mariposas y lector de Ohnet. "¿Era un rey poeta? No, amigo mío: era el Rey Burgués"; las mayúsculas de *Rey Burgués* se oponen con insolencia aplastante a *rey poeta*. Pero lo más frecuente es la presentación directa de ese desdén del filisteo hacia el artista. Así se nos aparecen enfrentados el empresario Krau y sor Filomela, en el cuento de este nombre: claroscuro grotesco y amargo, muy a lo Daudet. Así, frente al protagonista de *La pesca*, amigo de sirenas y tritones, resalta la figura de su mujer, que exige botín más sustancioso ("—¡Eh!... ¿cenaremos hoy?") y, en *El palacio del sol*, frente al amor y a la fantasía ("algo mejor que el arsénico y el fierro para eso de encender la púrpura de las lindas mejillas"), el tosco sentido común de la madre y el médico. Así, contemplado desde la abrumadora majestad del Burgués, el poeta resulta un ser insignificante, frágil y mezquino, como un ejemplar más que viniera a añadirse a la colección zoológica del palacio real:

> Un día le llevaron una rara especie de hombre ante su trono, donde se hallaba rodeado de cortesanos, de retóricos y de maestros de equitación y de baile.
> —¿Qué es eso? —preguntó.
> —Señor, es un poeta.
> El rey tenía cisnes en el estanque, canarios, gorriones, senzontes en la pajarera; un poeta era algo nuevo y extraño.
> —Dejadle aquí...

pero, en cuanto el poeta rompe a hablar, ya sabemos que la victoria es suya, y que su causa es la del propio Rubén. Así el magnífico escultor de *Arte y hielo* padecerá hambre en medio de las maravillas que han salido de sus manos, y lo dirá con palabras de orgullo y reproche a las gentes reunidas en la plaza de la ciudad opulenta.

No menos hiriente resulta la torpe munificencia de ciertos poderosos. Palabras como *mecenas* y *mecenazgo* suelen adquirir en Darío las más ingratas resonancias. Un mecenas es el Rey

Burgués, que se pasea por sus salones de arte "con la cara inundada de cierta majestad, el vientre feliz y la corona en la cabeza, como un rey de naipe"; el retrato se completa con la enumeración, malignamente "caótica", de las artes que la generosidad del soberano fomenta:

> ...favorecía con largueza a sus músicos, a sus hacedores de ditirambos, pintores, escultores, boticarios, barberos y maestros de esgrima... Hacía improvisar a sus profesores de retórica canciones alusivas...

Y con ademán y palabras de Rey Burgués humilla el visitante de *Arte y hielo* —otro mecenas— al escultor genial. Por lo demás, retóricos y versificadores a sueldo salen también malparados en los cuentos de Darío y en *El hombre de oro,* su novela inconclusa. Contra ellos, contra "el arpa adulona de las cuerdas débiles", fulmina el poeta sus dicterios ante el trono del Rey Burgués, y, para hacer más cruel la agonía del poeta mismo en la helada noche de invierno, se nos muestra cómo entre tanto, allá en la sala del festín, el rey y sus cortesanos aplauden con delirio "los brindis del señor profesor de retórica, cuajados de dáctilos, de anapestos y pirriquios". Aquí, como en *El hombre de oro,* estos tecnicismos de métrica antigua se enlazan en la mente de Darío con la idea de poesía oficial, regulada por los dineros del mecenas[1]. Y no es ya un mecenas entre otros, sino el propio Mecenas, quien se nos presenta en *El hombre de oro* pagando con mezquindad a Horacio sus dáctilos y pirriquios, mientras el Emperador recompensa espléndidamente al retórico Arselio por su diálogo culinario.

Si el conflicto entre ensueño y mundo estalla sin reconciliación posible, el nudo suele cortarse con la muerte del soñador. Así sucumbe Garcín en *El pájaro azul,* sin rendirse a los ofrecimientos de su padre (el míster Beckford de este Chatterton de café parisiense). La envidia de las multitudes, su bajeza, su furor ciego y sordo, todo el "laboratorio de Canidia", conspiran

---

[1] Con parecido matiz de desprecio aparecen en *Febea,* aplicados a los malos versos de Nerón. De otro modo se utilizan en *Respecto a Horacio,* donde el poeta, descrito a la vez con envidia y elogio por su rival, Lucio Galo, "desgrana dáctilos como uvas; deshoja espondeos como rosas".

mortalmente contra la gracia. Los seres más perversos de la creación son enemigos de la fantasía y el canto. Desconfiemos de las almas sin música, parece decir el poeta al lector, como Lorenzo a Jessica. El hada que en *El linchamiento de Puck* da uno de sus cabellos para que ahorquen al duende ("dulce genio, premiado y querido por la amable madrina Mab") es la misma que dió a Lord Byron su cojera. Ni es extraño que las hadas más poderosas se disputen a Puck. En el destino de la belleza y la poesía están interesadas, para bien o para mal, hasta las fuerzas sumas del universo. Mientras el sátiro sordo permanece impasible ante la canción de Orfeo, y el asno se enfurece al oírla, la selva toda la celebra, las bacantes callan, Venus confunde la voz del cantor con la de un dios, Filomela viene "a posarse en la lira como la paloma anacreóntica" y la náyade dice a Orfeo su amor, del mismo modo que, en la historia de la princesa Diamantina, la suprema sonrisa consagra el triunfo del poeta, sobre cuya rubia cabeza un cisne de plata "encorva el cuello y tiende las alas olímpicas" (el solo anuncio, la sola palabra *poeta,* ha bastado para obrar el milagro). Dios mismo, en *La resurrección de la rosa,* cuida de la flor que ha brotado del corazón humano, flor perfumada y sonora —belleza, poesía— cuya vida se rescata con el sacrificio de un astro.

Belleza y poesía se enlazan por esencia con lo divino. Del árbol de David, "santo rey lírico", "omnipotente príncipe del arpa", corta el carpintero José la rama que florece en el templo "cuando los desposorios con María, la estrella, la perla de Dios". Y la fuerza material del hombre sólo se dignifica cuando sobre ella se derrama ese influjo celeste. Frente a David, príncipe cantor, el Nerón de *Febea* es el cantor frustrado, tanto más risible —aun a los ojos de la bestia— cuanto más poderoso y violento. Ya se sabe que la divinización romántica del poeta aparece en Darío desde sus primeros versos[1] y alcanza poco después una de sus expresiones más típicas en el himno a Hugo, de *Epístolas y poemas*[2], con su poeta-profeta que "es águila, y es alondra, y es león". El tema reaparece una y otra vez en la poesía de Ru-

---

[1] Sobre este "subtema", como lo llama Pedro Salinas, véase el capítulo XI de su magistral estudio *(La poesía de Rubén Darío,* Buenos Aires, 1948, pp. 257-281); cf. también las pp. 23-28 del capítulo I.

[2] *Víctor Hugo y la tumba,* en *Obras poéticas completas,* pp. 332-343.

bén, mientras su voz se agranda y transforma hasta llegar a "¡Torres de Dios! ¡Poetas!" y a "Inclinemos la frente ante la Poesía". Pero en la prosa de *Azul* la vieja imagen aquilina perdura con toda nitidez. "¡Águila!, tiende el vuelo hacia la hoguera viva...", cantaba el poema juvenil; "para los vuelos inconmensurables —dice el poeta hambriento en *El velo de la reina Mab*— tengo alas de águila que parten a golpes mágicos el huracán". De raíz romántica es asimismo, en *Azul,* el vate-mendigo de *La canción del oro,* tan próximo al de Catulle Mendès. Mendigo a quien, como a Evelin Gerbier, un dios ha concedido el don de la rima, y a quien el narrador deja a medias en el misterio, en una incierta condición de poeta y peregrino. El prestigio religioso y poético de esta palabra, *peregrino,* parece aquí evocar no sé qué vaga idea de divinidad incógnita —genio de la poesía macabra— oculta bajo los harapos como un dios de leyenda.

Donde sí se nos aparece bien clara, aunque con refracciones de ironía, la relación del poeta con Dios mismo es en *La pesca,* no ya de la época de *Azul,* sino de la de *Prosas profanas.* En esta versión concentrada (y vuelta a lo divino) de *El velo de la reina Mab,* es Él quien salva al poeta con la portentosa pesca de astros:

> Fué acercándose poco a poco hacia donde yo me encontraba con los brazos desfallecidos, delante de mi lira rota, mi red destrozada.
> Y era Él.
> —¡Oh! —exclamé— ¿no me queda más que la muerte?
> —Poeta de poca fe —me dijo—, echa las redes al mar.

En página tan madura y tan finamente bruñida, ciertos rasgos burlescos o paródicos se entretejen sin disonancia con el relato del prodigio. Parecida combinación de burlas y veras había utilizado Darío, pocos años antes, para volver también a lo divino la elocuencia de Castelar. Lo que en *Un sermón* empieza por ser simple broma literaria, y se revela plenamente como tal en el epigramático desenlace, llega a hacerse verdadera y exaltada poesía en los párrafos que resumen el discurso sagrado, cuyo tono de entusiasmo va alzándose hasta un punto comparable con el de los pasajes más "purpúreos" de Rubén, en prosa o en verso. Las líricas enumeraciones acercan este cuento a otros en que Darío ensalza, ya al poeta, como *El rey burgués* y uno de los cuadros de *En Chile*[1] (canto a las revueltas sensaciones e imágenes que se agitan en el cerebro de un artista, no sin tal cual reminiscencia literaria en medio de ese desorden y arrebato), ya al canto mismo, como *La canción del oro* o como *El sátiro sordo,* donde tan en primer plano resuena el himno que Orfeo dirige a Pan, el anti-Rey Burgués, el anti-Nerón, el "dios-sátiro *que también sabía cantar".*

Más de una vez oscila entre lo grave y lo risueño la actitud de Rubén ante la literatura. En general, la glorificación romántica del artista no excluye en él, cuando se trata de juzgar la concreta y cotidiana vida literaria, un buen sentido mesurado y hasta sonriente. Si el clasicismo es, como lo define Gide, "un haz harmonioso de virtudes entre las cuales descuella la modestia", no se busque el clasicismo de Darío en esos cuentos que parecerían estilizar directamente la ruidosa inmodestia de los manifiestos literarios. Un aura de amor a la poesía y al arte impregna toda su obra y le presta a menudo inequívocos acentos de alegato. Mab impera venturosamente sobre nuestros destinos, tanto en los tempranos versos de *La copa de las hadas* como, después de *Azul,* en el cuadro último de *El humo de la pipa;* el arte se confunde con la divinidad, nos llama a sí con palabras sagradas *(Ego sum lux . . .)* y Rubén nos invita a adorarlo[2]; estrechar la mano de un escultor en su taller es como tocar a un semidiós en su santuario *(Carta del país azul),* y en ese santuario es donde se enfrentan, y acaban por conciliarse dichosamente, el arte y el amor *(La muerte de la emperatriz);* cuide el artista de que la belleza se conserve incontaminada de todo afán utilitario; que la rosa no se transforme en col, tentada por el demonio de la practicidad *(El nacimiento de la col).* La literatura preside las visiones de Ricardo, el poeta lírico de *En Chile:* "ramoneaban sacudiendo sus testas filosóficas —¡oh gran maestro Hugo!— unos asnos . . .", "en la puerta de la casa, como extraída de una novela de Dickens, estaba una de esas viejas inglesas, únicas, solas, clásicas . . .", "ella rubia —¡un verso de Goethe!—. . ." Para el poeta en busca de cuadros, las cosas tie-

[1] *La cabeza.*
[2] *El porvenir* y *Dedicatoria,* en *Obras poéticas completas,* pp. 228 y 430.

nen sin duda su propia belleza, pero el remate y perfección de esa belleza parece alcanzarse cuando es digna de traducirse en literatura:

> Había cerca un bello jardín, con más rosas que azaleas y más violetas que rosas. Un bello y pequeño jardín... cerca de una casita *como hecha para un cuento dulce y feliz.*

Sólo que este fervor esteticista suele templarse con frecuentes reservas, y se aviene sin dificultad con una concepción tranquila y sana de la vida del escritor. La misma sobriedad, la misma conciencia, el mismo seguro aplomo que hallamos en su elaboración personal de formas y temas ajenos, en sus innovaciones de métrica, vocabulario y sintaxis, en sus experimentos lingüísticos y poéticos, se nos muestran en su actitud ante la política literaria, siempre tan propensa a pequeñeces y discordias y siempre entendida por Darío con seriedad y dignidad ejemplares. Eugenio Díaz Romero y Francisco Contreras nos describen un Rubén amable e indulgente hasta con sus detractores[1], testimonios bien acordes con cuanto sabemos de sus muchas y firmes amistades literarias y aun con sus prólogos y ensayos de más clara intención polémica, que suelen distinguir perfectamente entre "Celui-qui-ne-comprend-pas" (sobre todo cuando a su torpeza se añade la mala intención) y el adversario inteligente y honesto. Esa sólida ética de escritor, esa sensibilidad tan atenta en Rubén al propio ejercicio de la poesía como al trato generoso y señoril con sus compañeros de oficio, ese afán de ver regida la profesión de las letras por normas de amistad cordial, sin las hieles y vinagres de la "literatura" al uso[2], ese soñarla acaso como verdadera hermandad "en el misterio de la lira", según dijo alguna vez de la que le unía con Leopoldo Lugones[3], eso es justamente lo que le permite a menudo jugar con graciosas alu-

[1] Contreras, *Rubén Darío. Su vida y su obra,* París, 1930, p. 83. Allí mismo la cita de Díaz Romero.

[2] "Eso es literatura... Eso es lo que yo abomino" *(Dilucidaciones,* prólogo a *El canto errante,* en *Obras poéticas completas,* p. 626).

[3] Cf. el discurso de Lugones a la memoria de Rubén, 21 de mayo de 1916, en Rubén Darío, *Poemas escogidos,* México, "Lectura Selecta", 1919, p. 19.

siones a escritores amigos[1] y aun esbozar en uno de sus relatos más tardíos *(El último prólogo,* 1913) una divertida pintura de la maledicencia literaria en Buenos Aires, en forma de larga y picante invectiva contra la facilidad del mismo Rubén para el elogio de poetas noveles. Y es también lo que en cuentos como *El velo de la reina Mab* y *El pájaro azul* le lleva a contemplar con franca simpatía la vida de bohemia. Bohemia en su más noble sentido —el mismo en que habrá de entenderla y alabarla Rodó, contra "los rígidos secuaces del acreditado señor Al-pie-de-la-letra"—, bien distinta de la bohemia sórdida y holgazana que, ajena a la poesía y al arte, rodeó con su "falso azul nocturno" al pobre Verlaine[2].

Tan arraigadas vemos en Darío esas ideas sobre el oficio literario, tan lenta y seguramente decantadas a lo largo de su obra doctrinal —artículos de crítica y de programa, ensayos autobiográficos, palabras liminares a *Prosas profanas, Cantos de vida y esperanza* y *El canto errante*—, que no sorprende el hallarlas asimismo, con perfecta cohesión, en sus versos y en su prosa narrativa. Si una y muchas veces publica el poeta su credo de libertad y autenticidad, ya aconsejando, como Wagner, "no imitar a nadie, y mucho menos a mí", ya negando haber fundado escuela literaria alguna, con la misma decisión con que Hugo negaba la existencia de una escuela romántica y Catulle Mendès la de una escuela parnasiana[3]; si insiste en proclamar su fe aristocrática y

---

[1] Así, en *Cuento de Pascuas, ¡A poblá!* ... y *En la batalla de las flores,* sus referencias a los argentinos Mansilla, Guido Spano, Obligado, Lugones, Gerchunoff y otros.

[2] *Autobiografía,* p. 153. Nótese asimismo la escasa atención que mereció de Rubén un tema tan próximo al de la bohemia (y, por lo demás, tan grato a los narradores franceses que él admiraba) como el de la *liaison dangereuse* que acaba por destruir al artista: el tema de *Manette Salomon* y de *Sapho.*

[3] *Rapport sur la poésie,* citado por el propio Darío en *Letras,* París, 1911, p. 173. Las declaraciones de independencia o indiferencia frente a toda escuela (Machado: "¿Soy clásico o romántico? No sé..."; Nervo: "escribo como me place"; Chocano: "las águilas van solas") llegan a hacerse un lugar común después de *Prosas profanas;* antes se habían dado ya en ambientes de intensas y variadas lecturas francesas, como el de la *Revista Azul* y sus precursoras, o como ese Buenos Aires de 1880 en que Carlos Monsalve escribía: "¿A qué escuela pertenezco? Clásico, romántico o naturalista (nunca he tratado de darme cuenta de ello), he seguido

acrática ("anárquico idealismo", en la fórmula de Rodó), como de artista a quien lo antiguo y lo moderno, lo cercano y lo exótico atraen por igual, porque lo que él busca no son ruinas sorprendentes, ni moldes hechos, sino vivas incitaciones para la creación original; si le vemos, en suma, profesar la más rendida devoción a la poesía y combatir sin piedad al retórico y el dómine impertinente, esa misma actitud se nos aparecerá dramatizada en cuentos como *Febea* y *El rey burgués*. Nerón, el "Emperador admirable y potente", el "formidable imperator", el "siniestro semidiós", no logra con su canto —bien compuesto según las reglas de Séneca, su maestro— otra cosa que el desdén de Leticia y el sarcasmo de la cruel y refinada pantera. El rey burgués alterna su lectura de Ohnet con la de los gramáticos y preceptistas hermosillescos: "Eso sí: defensor acérrimo de la corrección académica en letras, y del modo lamido en artes; alma sublime amante de la lija y de la ortografía..." Y cuando las palabras acusadoras del poeta parecen conjurar la sombra de monsieur Homais ("...señor, el zapatero critica mis endecasílabos, y el señor profesor de farmacia pone puntos y comas a mi inspiración..."), ya estamos oyendo por anticipado el "líbranos, señor" de la *Letanía* contra la mediocridad todopoderosa y triunfante, o los apotegmas de *Dilucidaciones*[1], o aquella maligna evocación de las censuras profesorales suscitadas por *Azul,* y recordadas por Darío[2] con tanta complacencia como el aplauso de los admiradores. Ya se alza ante nosotros la figura cabal del poeta que ha decidido —no por asombrar ni enfadar al burgués, sino por lealtad al propio anhelo de perfección— vivificar el español, o su español, con cuantos fermentos le brinden las literaturas extranjeras, sin respetar aduanas de palabras, de ideas ni de gustos.

siempre mis propias inspiraciones, sin tomar a nadie por modelo". Véase Hortensia Lacau y Mabel Manacorda de Rosetti, *Antecedentes del modernismo en la Argentina,* en *Cursos y Conferencias,* Buenos Aires, abril-junio de 1947, p. 190.

[1] "La palabra *whim* teníala escrita en su cuarto de labor un fuerte hombre de pensamiento cuya sangre no era latina"; "el arte no es un conjunto de reglas, sino una armonía de caprichos" (*Obras poéticas completas,* pp. 620 y 627).

[2] *Historia de mis libros,* en *Antología: Poesías de Rubén Darío,* Madrid, 1916, p. 10.

A pesar de sus arranques contra la estrechez de academias y preceptivas, Darío no se rinde al culto romántico de la improvisación. Si sus cuentos son de poeta, y de poeta que con frecuencia prorrumpe en sonoras alabanzas de la poesía, lo son, además, de escritor consciente y enamorado de su oficio. Manifiestos, artículos de crítica, memorias, semblanzas —páginas todas que suelen ilustrarnos indirectamente sobre cómo se veía Rubén a sí mismo o sobre cómo hubiera deseado ser— confirmarán esa actitud reflexiva, de artista no sólo ansioso de crear, sino también de saber con claridad lo que se trae entre manos. Pero ya antes de *Azul*, en que se logra tan acabado estilo, el ideal de forma pulcra y vigilada asoma en Darío inequívocamente: gobierna, entre vacilaciones y extravíos, hasta sus precoces ensayos de imitación, signo de una inquieta búsqueda de fuentes y modelos por entre los cuales el escritor de dieciocho años va tanteando su propio camino. Con el veloz crecimiento de su ciencia y experiencia, el arte de Darío pasa también, en pocos meses, por una transformación increíblemente rápida. Pues lo cierto es que entre mediados de 1885, en que Darío da a conocer su primera narración *(A las orillas del Rhin)*, y mediados de 1886, en que debió de escribir *La historia de un picaflor*, le vemos abandonar el ejercicio infantil, lleno todavía de ingenuidades y tropiezos, por una prosa cuya calidad será, en parte, la de *Azul*. Sólo en parte, y Rubén, exigente crítico de sí mismo, no se engañará: al publicar dos años después su libro famoso, queda desechada *La historia de un picaflor*, y también *Bouquet*, de diciembre de 1886, mientras que otro relato de ese mismo diciembre —*El pájaro azul*— entra con todo derecho en la flamante colección. Los dos cuentos excluídos no parecen alcanzar, en efecto, ese característico pulimento "francés", ese brillo verbal tenso y sostenido de las páginas restantes. Siguen teniendo en común con los cuentos de aprendizaje cierta afectación casticista, en que no faltan los giros pesados y los tópicos de escuela. Es en verdad muy sensible que no haya podido encontrarse todavía el texto de *La pluma azul*, de principios de 1886. Si, como parece probable, a base de él escribió Darío *El pájaro azul*, el cotejo de las dos versiones arrojaría luz sobre una breve pero decisiva etapa en el desarrollo de su estilo: la del nacimiento de su *écriture artiste*.

No percibimos aún la voz de Rubén Darío en los balbuceos de *A las orillas del Rhin*, a través de lo convencional del asunto y de su ingenuo idioma arcaizante y pomposo, con sus obvias reminiscencias de lecturas ("armado de todas armas", "la aurora rubicunda"), sus dudosas imágenes ("en sus mejillas hicieron consorcio las rosas y los jazmines") y sus falsas elegancias de sintaxis y vocabulario[1]. Pero del mismo modo que ya en sus poemas de adolescencia los ejercicios a la manera de Zorrilla y Bécquer, de Núñez de Arce y Campoamor, alcanzan aquí y allí singular flexibilidad, corrigen con desenfado algún defectuoso verso ajeno[2] y logran, más de una vez, infundir vibración original en las rígidas líneas del *pastiche*, así en estos ensayos primeros nos sale al encuentro una que otra frase de buen andar ("aunque sus labios no me lo han dicho, sus ojos no me han mentido"), y hasta característicos temas y enfoques que Darío habrá de desarrollar en su ulterior obra narrativa. Tales las dedicatorias internas a la lectora o interlocutora ("Éste es, graciosa Adela, el cuento. . ."), claro anuncio, como hemos visto, de un procedimiento de enmarcación y articulación en que insistirá Darío con especial complacencia. Tales, también, ciertos rasgos de estampa convencionalmente germánica —paisaje o retrato— que se trasladan a cuentos como *Bouquet* y *Palomas blancas*. Los *lieder* de *Bouquet* resuenan todavía en *Prosas profanas*:

> Y del divino Enrique Heine un canto,
> a la orilla del Rhin. . .

y se enlazan aquí con las figuras de Gretchen, Loreley y Lohengrin. El Caballero del Cisne, y en general los motivos wagnerianos, tan gustosamente acogidos por la poesía francesa, reciben variada elaboración en la prosa y el verso de Rubén Darío. Bástenos mencionar, entre sus cuentos, *La muerte de la emperatriz*, donde

---

[1] Algunos pocos ejemplos: "en carrera veloz llevólo", "una flor que prendida llevaba," "El brazo *siniestro*", "la *garrida* Marta", "derramando *lloro*", "*yo propio* le hablaré", "larga *pieza* estuvo el rey silencioso".

[2] *Ecce homo*, en *Obras poéticas completas*, p. 98: "hoy como ayer, y como ayer mañana".

los nombres de Lohengrin y Elsa llegan a ser cifra del amor perfecto.

En los otros cuentos y artículos de esa época de iniciación, tampoco escasean los rasgos anticipadores del escritor maduro. Pluma mucho más hábil que la de *A las orillas del Rhin* es la que algunos meses después escribe, al modo de las *Tradiciones peruanas,* una alegre *Tradición nicaragüense: Las albóndigas del coronel.* Su tono de conversación familiar y maliciosa, con irónicos remedos de pomposidad colonial, no sólo da testimonio de un ya sorprendente poder de asimilación[1], sino que señala en la prosa de Darío el comienzo de una veta de estilo español —español del siglo XIX—, fuerte y aplomado, que se acercará por veces al de Trueba, Mesonero Romanos o Valera y que alcanzará particular realce en un cuento de 1892, *Las pérdidas de Juan Bueno.* Peculiaridades de lenguaje algo más afines a las de *Azul* apuntan, por el contrario, en *Emelina,* la precipitada novela con que Rubén Darío y su amigo Eduardo Poirier concurrieron en 1886 al certamen literario de *La Unión,* de Valparaíso. Y aun en artículos publicados por Rubén en Managua durante los primeros meses de ese mismo año, se advierten unas preferencias de sintaxis y ritmo, una calculada elegancia en el empleo de silencios y finales bruscos, que, combinándose con la subdivisión en capitulillos, se adelantan a ciertos procedimientos de *Azul* (y de las *Palabras liminares,* para citar un ejemplo de prosa no narrativa). Así es como en uno de esos artículos —airada defensa de Juan Montalvo contra sus detractores—[2] el breve capítulo II comienza con énfasis inesperado: "Ah, la crítica, la buena crítica...", después que el capítulo I ha terminado con característica alternancia de frase larga y frase brevísima:

[1] El *pastiche* vivaz y fluido será recreación (arqueológica, a veces) muy grata a Rubén. ¿No es significativo que la lírica tensión con que escribe el elogio fúnebre de Stéphane Mallarmé no le impida entregarse, al mismo tiempo, a una acrobática parodia del propio Mallarmé? Cf. E. K. Mapes, *Escritos inéditos de Rubén Darío,* New York, 1938, pp. 134-137.

[2] *El águila no caza moscas,* en *El Imparcial,* núm. 5, 9 de febrero de 1886; ahora en Diego Manuel Sequeira, *Rubén Darío criollo,* pp. 258-260.

. . .que cada hombre grande tiene su pequeño enemigo, y cada águila su escarabajo.

Natural.

La frase de una o dos palabras (frase nominal, a menudo), apoyada en sugestivos silencios, será rasgo típico en la prosa más cuidada de Darío. En *El rubí* la vemos aparecer con frecuencia puntuando ágilmente la tensa narración. Después del primer monólogo:

Risa.
Luego se detuvo.

En final de "estrofa":

—. . .yo, el viejo, os referiré de cómo se hizo el rubí.
Oíd.

—. . .y allá. . . entre las linfas rotas, bajo las verdes ramas. . .
—¿Ninfas?
—No, mujeres.

En principio de "estrofa":

Pausa.
—¿Habéis comprendido?
Los gnomos, muy graves, se levantaron.

A partir de *Azul,* los atisbos fragmentarios se desarrollan y organizan en magistral orquestación. Si por un lado Darío enriquece el verso y la estrofa, y los temas poéticos y su tratamiento, por otro lado encabeza una transformación de la prosa castellana que, siguiendo modelos franceses, apoyándose en conquistas aisladas de otros escritores hispanoamericanos y coincidiendo con intentos parecidos de diversas literaturas europeas, se adelanta, en la española, a los refinamientos de Valle-Inclán, Benavente, Azorín, Pérez de Ayala, Juan Ramón Jiménez, Miró, Ortega y Gasset. Una actitud reflexivamente innovadora preside esa transformación. Impaciencia ante la inmovilidad y estrechez de la lengua escrita de su tiempo; odio al lugar común, verbal y mental, que anquilosa lo que debiera ser continuo movimiento creador: en el prólogo a *El canto errante* encontrarán estas ideas y sentimientos una de sus más ajustadas expresiones. Afán de "escritura" sabia y cuidada, sin superfluidades oratorias, sin desequilibrios de pasión, sin azares ni desniveles. Ya en *Azul* llama la atención lo unitario de ese estilo, no menos vigilado en el relato ásperamente naturalista que en el libre juego poético o en la evocación gráfica y colorida del paisaje americano. Ésa será desde entonces preocupación central de Darío narrador, aunque a menudo los apremios de su faena periodística lo empujen por otros caminos. En los cuentos más escrupulosamente trabajados, hasta el título suele llevar la marca del artificio: *Éste es el cuento de la sonrisa de la princesa Diamantina, Respecto a Horacio (papiro),* e imitar a veces con fingida ingenuidad las profusas portadas de los libros antiguos: *Historia prodigiosa de la princesa Psiquia, según se halla escrita por Liborio, monje, en un códice de la abadía de San Hermancio, en Iliria,* o concentrar el tema del relato en una palabra violentamente evocadora, que subraya lo que en él hay de sobrenatural y tremendo: *Verónica*[1]. Arte tan sutil no desdeña ni los mínimos recursos de la puntuación y la tipografía. Tal el uso de las mayúsculas personificadoras, a lo Baudelaire[2], en *La pesadilla de Honorio:* "Ante él había surgido la infinita legión de las Fisonomías y el ejército innumerable de los Gestos"; o la abreviatura convencional que en la *Historia prodigiosa* subraya la buscada simplicidad monástica del relato: "Porque había estudiado toda la ciencia de Oriente, en donde la magia era tenida en gran conocimiento, y era su sabiduría obra del espíritu maligno, del cual N.S.J.C. nos libre".

El escritor, siempre en tensión expresiva, se nos aparece entregado a un avance y búsqueda incesantes, aunque a menudo él se sienta íntimamente frustrado y piense —como el Juan Ramón

[1] La fotografía que de Cristo saca fray Pedro por intercesión de la ciencia diabólica, se compara de este modo con la imagen obtenida por la santa. Al refundir Darío su cuento en 1913, debió de temer que la alusión resultara demasiado oscura para el lector común, y reemplazó el título por el más neutro, explicativo y vulgar de *La extraña muerte de fray Pedro*. Otros retoques hechos para esta segunda versión parecen traducir el mismo afán de claridad.

[2] Véase sobre este punto, referido en particular a la poesía de Rubén, las observaciones de Rafael Lapesa, *Historia de la lengua española*, Madrid, 1942, p. 214.

de *Piedra y cielo*— haber alcanzado sólo, en lugar de la Forma ansiada, la forma de su huída. Derrota y, a la vez, estímulo para nuevas exploraciones:

> Y no hallo sino la palabra que huye. . .
> y el cuello del gran cisne blanco que me interroga.

Un certero buen gusto, y una sólida y digna concepción del arte, gobierna estos experimentos, mantenidos casi siempre en los límites de esa refinada discreción y mesura que en las maneras y en el hablar de Darío señalan cuantos tuvieron ocasión de tratarlo personalmente[1]. Característico es su afán de adjetivación ornamental, densa y sugestiva. En *Éste es el cuento*. . . , el viejo emperador se acaricia la "barba argentina"; el feroz Pentauro parece amamantado por "una diosa yámbica y marcial"; la hermana de Diamantina desata sobre sus espaldas el "crespo resplandor de oro" de su cabellera. En otros cuentos, a partir de *Azul*: "el alba desnuda", "viejos Términos carcomidos, leprosos de tiempo", "estanques especulares", versos que salen del alma "solos y enamorados", princesas de "labios luminosos"[2]. El poder de sugestión se refuerza exteriormente con juegos de sonidos: Puck, "¡siempre con su sonrisa sonrosada!" *(El rubí)*, o, desde dentro, con alusiones mitológicas y poéticas: la blancura de Psiquia aventaja "a las más blancas garzas reales y a los más ilustres cisnes" *(Historia prodigiosa)*. Recurso predilecto es también el doble adjetivo suntuoso, con resonancias de Chateaubriand, Flaubert, Hugo, Leconte de Lisle. Los opulentos de *La canción del oro*

---

[1] Véase Tomás Navarro, *Fonología y pronunciación en las rimas de Rubén Darío,* en *Estudios de fonología española,* Syracuse, 1946, pp. 178 y sig.

[2] Comp. los buscados y a menudo caricaturescos adjetivos de *Los raros* ("los pitos arromadizados" del puerto de Nueva York, en el artículo sobre Poe) y de *Tierras solares,* Madrid, 1917 ("entusiásticos arranques", p. 99; "toreros calipigios", p. 107; "los arrayanes forman un famoso y pueril laberinto", p. 109; "las copas educadas y pomposas de los castaños", p. 241, y una serie de inesperadas variaciones sobre ese mismo *celeste* que ocupa lugar tan exacto y dominante en la *Canción de otoño en primavera:* "el celeste Shakespeare", p. 75; "los villancicos resuenan como las coplas de una celeste juerga", pp. 43 y sig.; "bellos ojos y caras y cuerpos de celeste pecado mortal", p. 40).

andan en coche "ruidoso y azogado"; "selva enorme y sonora" es la del sátiro sordo; "brumosas y grises melancolías" las que buscan distracción en el relato de *El rey burgués*. Aun en los cuentos de la época de Chile que más se acercan, por su asunto, a los del naturalismo en boga, Darío elude empeñosamente esa inercia idiomática que tan a menudo suele asociarse con el afán de fidelidad descriptiva. Lo encontramos siempre alerta, pronto a nuevos ensayos de adjetivación (con apoyo, a veces, en expresiones francesas o inglesas): el muchacho de *Betún y sangre* bebe su café "a.gordos tragos"; los pescadores de *El fardo* regresan a la playa "enhiesto el remo triunfante"; el cirujano de *La matuschka* prepara "sus fierros relumbrosos". Un reflejo más de esa actitud experimental es, también en *El fardo,* la construcción violentamente elíptica en que ha dejado huella visible el esfuerzo de condensación: "Si había buena venta, otra salida [de los pescadores] por la tarde. *Una de invierno,* había temporal. Padre e hijo. . ." Sintaxis, en todo caso, más afín a los hábitos literarios del siglo XVII que a los del XIX.

Es justamente en el movimiento sintáctico y rítmico donde mejor se advierte la renovadora aportación de *Azul* a la prosa castellana moderna. Hay pasajes de *En Chile* que, aunque próximos todavía a Bécquer, ya se acercan también (y no sólo por su tema, su vocabulario y sus imágenes) a las *Sonatas* y a *Flor de santidad,* como de escritor que ha pasado por la escuela de Chateaubriand y Flaubert:

Los cirios ardían goteando sus lágrimas de cera entre la nube de incienso que inundaba los ámbitos del templo con su aroma sagrado; y allá en el altar el sacerdote, todo resplandeciente de oro, alzaba la custodia cubierta de pedrería, bendiciendo a la muchedumbre arrodillada. . .

. . .Vestida de negro, envuelta en un manto, su rostro se destacaba severo, sublime, teniendo por fondo la vaga obscuridad de un confesonario. . .Había en su frente una palidez de flor de lis, y en la negrura de su manto resaltaban juntas, pequeñas, las manos blancas y adorables. Las luces se iban extinguiendo, y a cada momento aumentaba lo obscuro del fondo, y entonces, por un ofuscamiento, me parecía ver aquella faz iluminarse con una luz blanca y misteriosa, como la que debe de haber en la región de los coros prosternados y de los querubines ardientes; luz alba, polvo de nieve, claridad celeste, onda santa que baña los ramos de lirio de los bienaventurados.

Pero con la articulación musical de la frase larga, que suele dar a los cuentos de Darío esa "levedad evanescente del encaje" tan admirada por Rodó, convive también otra manera de articulación, más clara y simple. Véanse, para ejemplo, estas líneas de *Arte y hielo,* uno de los cuentos de 1888 no insertos en *Azul,* con su calculado dibujo, simétrico y trivial, en que hombres y mujeres se estilizan burlescamente y se empequeñecen hasta convertirse en títeres:

...una plaza pública donde concurrían las más lindas mujeres y los hombres mejor peinados, que conocen el último perfume de moda; y ciertos viejos gordos que parecen canónigos y ciertos viejos flacos que cuando andan parece que bailan un minué. Todos con los zapatos puntiagudos y brillantes y un mirar de ¿qué se me da a mí? bastante inefable.

Y, por último, la ágil sucesión de frases breves, al modo de los cuentistas del Parnaso francés. Fué éste el tipo de prosa que más sorprendió y sedujo a los lectores de Darío —por ser el que más evidentemente se oponía a los viejos moldes de la oratoria española—, aunque procedimiento parecido apuntara ya en Gutiérrez Nájera y en González Prada, en Varona y en el Martí de la "prosa sencilla". El uso de giros nominales, unido a la abundancia de aposiciones (y, en general, de frases coordinadas, a expensas de las subordinadas), contribuye también a la típica fisonomía de ese estilo. No es que faltaran tales giros en los cuentos primeros de Rubén; pero, mientras que en ellos la frase nominal suele continuar y evocar castizos procedimientos conversacionales[1], en *Azul* subraya el esteticismo contemplativo de la descripción, a base de refinadas impresiones pictóricas que enlazan esa prosa con la Daudet o la de los Goncourt:

[1] "Y vaya que por cada plato de albóndigas una saya de buriel, unas ajorcas de fino taraceo, una sortija, o un rollito de relumbrantes pelucona... " *(Las albóndigas del coronel),* "Al día siguiente el trap trap del caballo del coronel se oía en la calle en que vivía doña María, y ésta con cara de risa asomada a la puerta en espera de su regalado visitador" *(ibidem).*

Más allá, el mar, acerado, brumoso, los barcos en grupo, el horizonte azul y lejano. Arriba, entre opacidades, el sol.

La aposición profusa, y como subdividida en manchas de intenso color, llega a introducir paréntesis claramente nominales en medio de la oración verbal:

Y arriba el cielo con su inmensidad y con su fiesta de nubes, *plumas de oro, alas de fuego, vellones de púrpura, fondos azules flordelisados de ópalo,* derramaba la magnificencia de su pompa, la soberbia de su grandeza augusta.

Pero claro es que la novedad de esa prosa no radicaba tanto en cada uno de los recursos utilizados como en el brillo y gracia del conjunto en que todos ellos venían a fundirse. Sorprendente debía resultar para el lector de entonces el dominio, soltura y exactitud con que materias y tonos tan diversos se combinaban y contrastaban, aun en un mismo cuento, bajo el fuerte impulso de la unidad de inspiración. Sorprendente era ver cómo *La canción del oro* volcaba en un torrente de lirismo sombrío sus versículos de elogio exaltado, sus imprecaciones, sus arranques de dolor o cinismo; cómo *La ninfa* no se desmenuzaba en un cúmulo de noticias eruditas sobre Francia y la antigüedad; cómo en *La novela de uno de tantos* el relato de tercera persona, alternando con el de primera, aun permitía la intercalación de discursos morales al lector y hasta de un violento apóstrofe al protagonista: "¡Oh! perdona, pobre diablo, perdona, harapo humano, que te muestre a la luz. . .."; cómo en *El rubí,* cuya acción toda opone firmemente lo real a lo mítico, lo prosaico a lo legendario, la ciencia e industria del hombre moderno a las energías misteriosas de la tierra, quedaba espacio para que, sin desharmonía, un humor irónico y malicioso jugara hasta con ese poético elemento de sobrenaturalidad, representado por los gnomos:

Los gnomos, sentados a la turca, se tiraban de los bigotes; daban las gracias a Puck con una pausada inclinación de cabeza, y los más cercanos a él examinaban con gesto de asombro las lindas alas, semejantes a las de un hipsipilo.

Muchos otros rasgos colaboraban en la móvil fisonomía de esa prosa nueva: ya la imagen fuertemente impregnada de poesía ornamental, como ese "bello color de lis" [1], anunciador del "corazón de lis" de *Los motivos del lobo;* ya el levísimo desequilibrio que produce en la frase un adjetivo inesperadamente simple, en posición no prevista por el lector: "mientras el sol se pone, sonrosando las nieves con una claridad suave"; ya el encuentro disonante de adjetivo y sustantivo, como cuando se nos dice que los dos lancheros de *El fardo* trabajaban para sus hijos y hermanos, "queridas sanguijuelas del conventillo", o se nos presenta a Garcín, el protagonista de *El pájaro azul,* como "bohemio intachable", y a Ricardo, el de *En busca de cuadros,* como "poeta lírico incorregible" y "soñador empedernido" [2] que anda pensando despreocupadamente en amores "con toda la augusta desfachatez de un poeta que fuera millonario". Aquí y allí, sorpresas de razonamientos abreviado en humorístico entimema: "La niña era rubia, esto es, dulce" [3]. Animación de las cosas inanimadas, bien con minuciosidad preciosista, como en la segunda *Acuarela:*

> En el fondo, los palacios elevan al azul la soberbia de sus fachadas, en las que los álamos erguidos rayan columnas hojosas entre el abejeo trémulo y desfalleciente de la tarde fugitiva...

bien, como en *El fardo,* con violenta dramatización que las transfigura en seres deformes y perversos:

> La ola movía... la embarcación colmada de fardos... Había uno muy pesado, muy pesado. Era el más grande de todos, ancho, gordo y oloroso a brea. Venía en el fondo de la lancha... Sobre sus costados, en medio de líneas y de triángulos negros, había letras que miraban como ojos... Sus cintas de hierro estaban apretadas con clavos

[1] *Aguafuerte (En Chile).*

[2] El mismo "soñador empedernido", en otro cuento de *Azul: La ninfa.*

[3] *Carta del país azul.* Igual procedimiento aparece desarrollado en *Opiniones,* Madrid, 1906, p. 221: "Es un poeta... joven, luego rico en primavera, luego sonriente, luego ágil de pensamiento, luego amador de la libertad, luego soñador".

cabezudos y ásperos; y en las entrañas tendría el monstruo...

Continua invención verbal, aunque menos insistente en los cuentos de Darío que en sus poemas y en sus crónicas[1]. Brusca entrada del relato *in medias res*, como en *La pesadilla de Honorio* y *El Salomón negro*, y principalmente en *El rubí*, donde el exaltado monólogo del duende nos revela al momento la pugna de gnomos y químicos; en *Sor Filomela*, con la detonante exclamación del "obeso empresario", y en *La admirable ocurrencia de Farrals*, cuyo comienzo, enérgicamente oral, subraya la ironía del título.

Y en la estructura interior de cada narración, un cuidadoso tratamiento de las tensiones y distensiones. El cuento se organiza dramáticamente, con momentos culminantes en que la acción se adensa o precipita: véase, en *El fardo*, la apretada y rápida descripción del trabajo en el puerto; véase esta acumulación rabelaisiana, pero no directamente humorística (puesto que el lector aún no sabe que fray Pablo es Castelar), de *Un sermón*: "La palabra de fray Pablo modulaba, cantaba, vibraba, confundía, harmonizaba, volaba, subía, descendía, petrificaba, deleitaba, acariciaba, anonadaba..." y, antes y después, las imponentes enumeraciones de personajes bíblicos y sus atributos. Hasta el diálogo teatral suele invadir el relato, a veces con indicación expresa de los interlocutores *(El Salomón negro, Voz de lejos)*. Con dramática sobriedad, en *La fiesta de Roma*, las dos frases brevísimas de Pablo responden al esplendor de la elocuencia romana, y sugieren, sin decirlo abiertamente, el oca-

---

[1] Ya en sus primeras páginas de prosa se advierte la inclinación al juego conceptista con palabras e ideas, evidente en su obra periodística de madurez (algunos ejemplos, entre los de *Tierras solares*: "...no encontramos a la poética Andalucía sino muy venida a menos, o muy ida a más"; Santiago Rusiñol, "ese *ruiseñor* de la fuerte Cataluña"; Valdés Leal, que "tan a lo muerto" sabe pintar un cadáver). Ya desde entonces lo vemos volver sobre la imagen o la frase hecha con que ha traducido su primera impresión y ahondar en ellas para completarlas, enriquecerlas y aun contradecirlas agudamente. En *Las albóndigas del coronel*, partiendo de la imagen del jinete que hace *caracolear* su caballo, Rubén traslada a lo auditivo la imagen visual y la desarrolla en un "repiqueteo de caracoles sobre las piedras".

so del paganismo y el triunfo de la nueva fe. El diálogo llena casi por completo *Cátedra y Tribuna*, disputación entre la cátedra sagrada y la tribuna humana, que alternan sus voces con fuerte ritmo poético:

> *Tribuna*—... Víctor Hugo profetizó cuando yo, bajo sus plantas, fuí una isla. Antes Pablo fué mío.
> *Cátedra*—Mío fué Juan, que tuvo también su isla.

Y aun en cuentos en que toca menor papel al diálogo, unas pocas palabras bastan para sugerir la trágica tensión. Así, en *Morbo et umbra*, aquel regateo por el precio del pequeño ataúd:

> —Seis.
> —Siete, abuela.

en que ese "abuela" familiar y campechano resuena con siniestra simplicidad en boca del vendedor, de "sonrisa imborrable". Diálogo de fina comedia el de *El nacimiento de la col*. Diálogo y monólogo comprimidos en breves paréntesis que hacen más ligero y sonriente el relato mismo, los de *La muerte de la emperatriz*:

> Recaredo —¡capricho paternal! ¡él no tenía la culpa de llamarse Recaredo!— se había casado hacía año y medio. —¿Me amas? —Te amo. ¿Y tú? —Con toda el alma.

Diálogo entre irónico y tierno el de madre e hija, al comienzo de *El palacio del sol*, y como adelgazado en ritmo de canción o danza:

> —Berta, te he comprado dos muñecas...
> —No las quiero, mamá...
> —He hecho traer los *Nocturnos*...
> —Me duelen los dedos, mamá...
> —Entonces...
> —Estoy triste, mamá...
> —Pues que se llame al doctor.

La organización dramática del relato reposa a veces sobre un vivo contraste[1]. No, por lo común, el mero choque visual de lo

---

[1] Muy frecuentes, desde luego, los pequeños contrastes de detalle. En

claro y lo oscuro, como en *Aguafuerte*. Así como la luz y belleza de la reina Mab resalta frente a los cuatro artistas flacos y barbudos (con quienes se asocian, al final del cuento, palabras como "tristeza", "infelices", "boardilla", "violín viejo", "amarillento manuscrito"), así se opone la graciosa protagonista de *El palacio del sol*, "luminosa como un alba", a la figura del médico: "las antiparras de arcos de carey, los guantes negros, la calva ilustre y el cruzado levitón", y, en *La ninfa*, la burlona Lesbia al sabio y obeso profesor. Un mundo de dulzura y felicidad se contrapone, en *Betún y sangre,* al de la sordidez, la miseria y la maldad, y al horror de la guerra; un mundo de riqueza y pompa —"cisnes de cuellos blancos" y "lacayos estirados"— al frío y la soledad de muerte en que el poeta hambriento da vueltas al manubrio del organillo. El mismo violento contraste, en el fondo, con que la canción del oro suena en boca del harapiento.

La antítesis entre ser y parecer, frecuente en los relatos de Darío, se da al final de algunos de ellos con brusca sorpresa. En *Un retrato de Watteau,* la marquesa del siglo XVIII, morosamente descrita en su tocador francés, acaba por revelársenos como una dama chilena del XIX a quien "el gran Watteau" hubiera rendido gustoso el homenaje de su arte. La ambigüedad está en la base misma de cuentos como *El pájaro azul:* los amigos de Garcín creen ver en sus equívocas palabras de despedida ("El pájaro azul vuela...") su renuncia a la poesía, pero Garcín tiende el vuelo, no hacia la conformidad burguesa, sino hacia la muerte. Una hábil estilización da su tono conciso y penetrante a *Gesta moderna,* que traspone a historia remota la noticia periodística de un grave suceso contemporáneo —el duelo entre el aristócrata francés y el italiano, medievalizados con los nombres de "Orleáns" y "Turín"—, hasta que el final nos sacude con la explicación prosaica de lo ocurrido: "el hijo del duque de Chartres reportea poco discretamente; por lo cual el hijo de Amadeo le mete el sable en la barriga". También *La*

La muerte de la emperatriz el mirlo revolotea por el saloncito azul y se detiene, ya en la cabeza de un blanco Apolo, ya en "la frámea de un viejo germano de bronce oscuro"; la palabra erudita parece subrayar lo extraño y sombrío del bronce. Más significativo, en *El sátiro sordo,* el contraste entre el cielo azul, "tan grande", y la alondra, "tan chica".

miss (esta vez sí "cuento alegre") nos oculta el secreto hasta el final, en que el escritor, por su parte, aún se complace en rozar el tema —apariencia y ser— con un último toque de malicia, concentrando la descripción en la blancura inocente del pañuelito: "la hechicera y cándida Mary... se despedía de mí agitando, como un ala columbina, su pañuelo, el pañuelito blanco de los adioses".

Narraciones de asunto muy finamente elaborado son sin duda *La pesca,* con su dualidad de planos[1] y su vivaz cinematografía, y *Respecto a Horacio,* cuyo título ya insinúa la estudiada "oblicuidad" del argumento: la glorificación del poeta, Horacio, a través de las palabras mismas de su rival, que es quien cuenta lo sucedido. Pero lo frecuente es la historia más lineal y simple, orientada hacia el desenlace ingenioso. Así vemos desarrollarse el *Preludio de primavera* en firme dirección a su *pointe:* la naturaleza envidia al hombre; la rosa es efímera, pero no hay otoño que marchite las "rosas humanas". En brusco epigrama, de artista indignado contra el filisteo, se resuelve *Arte y hielo*[2], como se resuelve la lenta narración de *Hebraico* en la fórmula que Dios encuentra para salvar a la liebre: la del "gato por liebre". Y del mismo modo que, al final de *Fugitiva* ("paloma del país de Bohemia"), se juega con el doble sentido de *bohemia,* así se lleva el desfile de *Las siete bastardas de Apolo* a rematar en sutil retruécano: todo el diálogo con las siete notas musicales, hijas de Apolo y Lira, está encaminado a realzar el doble sentido del SI, "nombre suave como una promesa, fino como un trino". Alguna vez, en *Azul,* Darío añade a la conclusión misma del relato un último y gratuito rasgo de ingenio: "Orfeo salió triste de la selva del sátiro sordo y casi dispuesto a ahorcarse del primer laurel que hallase en su camino. No se ahorcó, pero se casó con Eurídice"; mientras que en las dos narraciones publicadas en *Cuentos y crónicas* la sorpresa final es

[1] Gracioso detalle final —en que convergen a la vez el relato de la pesca de astros y el de la abundante cena de pescado— ese niño que se queda jugando "con dos grandes anillos, huesos restantes del pez Saturno".

[2] Páginas no recogidas en *Azul* (aunque pertenecen a su misma época), quizá porque ese final es, en verdad, más simple y basto que el de los cuentos incluidos.

48

de distensión humorística: salto del cuadro al marco, de la tremenda gravedad de la historia a la fórmula deliberadamente trivial que anuncia el fin de la pesadilla *(Cuento de Pascuas)* o al cómico realismo con que se describe al personaje en cuya boca se ha puesto el relato *(El caso de la señorita Amelia)*.

COMPLEJIDAD

Desde sus primeros escritos en prosa se complace Rubén en los contrastes y combinaciones de estilos diversos[1]. El esfuerzo del aprendizaje es todavía visible en *Historia de un picaflor,* pero ya en *Azul* podrán señalar Eduardo de la Barra y Juan Valera la personalidad y elegancia de esa síntesis en que los más variados influjos colaboran sin dejar huella alguna de retacería. Variedad no sólo en el conjunto del libro. Aun en un mismo cuento se funden admirablemente las voces distintas. Ligereza y gravedad se entrelazan en la mayoría de ellos (clara excepción, *El fardo),* dentro de una común atmósfera de poesía. Lenguaje directo y lenguaje "vivido" concurren en la acumulación de frases breves que en *El pájaro azul* evocan la bulla de la taberna:

> Los versos eran para nosotros. Nosotros los leíamos y los aplaudíamos. Todos teníamos una alabanza para Garcín. Era un ingenio que debía brillar. El tiempo vendría. ¡Oh, el pájaro azul volaría muy alto! ¡Bravo! ¡Bien! ¡Eh, mozo, más ajenjo!

Y la canción del oro es en efecto, como anuncia el narrador, "mezcla de gemido, ditirambo y carcajada".

Por otra parte, los cuentos posteriores a *Azul* —tan abundantes en número, y en aciertos de dramaticidad y lirismo— son todavía testimonio de una asombrosa capacidad de exploración y renovación, que hasta se abre paso por entre las prisas y las obligadas improvisaciones de la labor periodística. Exploración y renovación de formas que traducen el íntimo desarrollo del

[1] Léase, en el humorístico *Viaje a Rivas,* el comienzo del cuarto capitulillo (Sequeira, p. 284).

ansia y la capacidad expresivas del poeta y que llegan a abarcar muy amplio registro de temas y muy variada tesitura afectiva. A través de las orgullosas quejas del pintor, en *El velo de la reina Mab,* ¿no oímos como la anticipada confesión del cuentista? Yo también soy pintor, parece decirnos; yo también

> he recorrido todas las escuelas, todas las inspiraciones artísticas. He pintado el torso de Diana y el rostro de la Madona. He pedido a las campiñas sus colores... He sido adorador del desnudo... He trazado en mis lienzos los nimbos de los santos y las alas de los querubines.

En esa busca y maduración continuas, todo lo que al poeta llega de la vida y de los libros queda certeramente filtrado, asimilado, traspuesto a visión propia y original. Si por una parte los temas y enfoques de sus primeras páginas reviven bajo nuevas formas en su obra de madurez, por otra su facilidad imitativa de los comienzos se convierte rápidamente en fuerza de asimilación instantánea, profunda y creadora, "que se adelanta a la moda y pudiera modificarla e imponerla", como ya observaba Valera a propósito del magistral "galicismo" de *Azul.*

Firme base para ese desarrollo es, desde luego, la tradición idiomática española, en que el propio Rubén acaba por sentirse y declararse plenamente arraigado. Los alardes de lenguaje arcaizante son frecuentísimos en *A las orillas del Rhin*; la imitación de Ricardo Palma lleva a Darío a prodigarlos también en *Las albóndigas del coronel;* un "caten ustedes que..." sobrevive en *Mis primeros versos,* y la presencia de formas como *holgar, triscar, garlar, caterva, trapalón, quedo* (adjetivo), *sabidor, asaz perdidizo, pues vamos a que yo..., vagorosos* (sic) *aleteos* en *La historia de un picaflor* y en *Bouquet* hace aún más vacilante la marcha de esa prosa inmadura. Desde *Azul,* raro es el uso del arcaísmo léxico en los cuentos de Rubén: un *acullá* en la segunda acuarela, un *"beso a furto"* en el *Retrato de Watteau,* un *presto* (adverbio) en *El humo de la pipa,* empleados con justeza y sin superstición de casticismo. Característica es en este punto la parquedad de Rubén en el uso del enclítico, tan grato a algunos de los mejores prosistas hispanoamericanos[1]. Menos

---

[1] El enclítico entra a veces, unido a otros rasgos, en la composición

fácil de decidir, su actitud ante el leísmo y el laísmo. La atención del escritor a públicos diversos parece introducir cierta anarquía en este respecto: es indudable a veces su voluntad de imitar el leísmo y laísmo españoles. Pero no siempre puede precisarse si no ha intervenido también la mano del editor, o aun la simple errata.

No faltan en los cuentos de Darío los neologismos y las violentas derivaciones (principalmente, claro está, cuando la prosa se anima de humor burlesco, por muy velado que sea): así *noctambulear* y *acursilado*, en la *Historia de un sobretodo*, y *kalofónico* e *isaiático*, aplicados al portentoso sermón de Castelar. En estilo más grave, *miguelangelino (Arte y hielo), marfilado (La muerte de la emperatriz)* y esos plurales de abstractos —del tipo de "las opacidades de la neblina", en *El fardo*— que tanta difusión alcanzarán en la prosa española del novecientos y que en el propio Rubén llegarán a extremos como "las terriblezas de la guerra"[1]. En fin, junto a las palabras de clara resonancia poética, sea la clásica *filomela*, tan insistente a través de su prosa y su verso, sean las más nuevas y eruditas *porfirogénita (En la batalla de las flores)* y *teoría* 'procesión' *(Las razones de Ashavero)*, nos sale al encuentro tal cual inesperado tecnicismo, como ese que, apoyándose en rima penetrante, refuerza en *La larva* la final impresión de horror: "descubrió su cara, y ¡oh espanto de los espantos! aquella cara estaba viscosa y deshecha; un ojo colgaba sobre la mejilla *huesosa y saniosa;* llegó a mí como un relente de putrefacción". En cambio, páginas como las de *Las albóndigas, Las pérdidas de Juan Bueno, La admirable ocurrencia de Farrals,* abundan en voces pertenecientes a la zona opuesta del vocabulario: al español familiar y popular, variadamente estilizado. Aquí y allí, en cuentos de muy diversas épocas, pintorescos americanismos, que Darío suprime a veces en las nuevas versiones, reemplazándolos por términos más accesibles al lector español. La atención a distintos públi-

de un estilo convencional que imita el de los viejos libros o manuscritos. Por excepción, Darío recurre también al enclítico para suavizar molestas asonancias: "...que recortábase en la blanca sábana de nieve" *(Primavera apolínea).*

[1] Cf. la nota de Ernesto Mejía Sánchez a *Preludio de primavera,* en el presente volumen.

cos le hace también vacilar entre *santiaguino* y *santiagués*, de igual modo que, en la *Autobiografía*, entre *plátanos* y *bananos*. Pero su uso del americanismo es en general seguro e intencionado. Formas regionales como "viejita limosnera" no disuenan en *La novela de uno de tantos*, ni, en el ambiente argentino de *El último prólogo* y *La batalla de las flores*, "lo dejé entrar no más" y "vi salir de lo de Odette..." ('de la casa de Odette'). Raro es, por lo demás, que esas palabras regionales aparezcan sin especial intención evocadora, o de buscado contraste con la lengua general. Contraste ya humorístico: "los mochuelos *atorrantes*[1] y las palomas pudibundas y amorosas" *(El linchamiento de Puck)*, ya grave y poético: "la áurea huasca"[2] *(El humo de la pipa)*, "el grano del poroto y la sangre hirviente de la viña" *(El fardo)*.

En conjunto, pues, un idioma amplio y flexible que acoge en sí lo americano y lo español, lo regional y lo general, lo moderno y lo antiguo. Si en algunos cuentos de Rubén parece vivo el eco de los narradores españoles del siglo XIX[3], y por lo menos en dos de los cuadros chilenos *(Paisaje* y *Cabeza)* y en *Palomas blancas...*, con su elogio de los ojos verdes, resuena todavía la no olvidada arpa de Bécquer, más abundan las reminiscencias de los viejos autores. En *Sor Filomela* el tema de las "burlas con el amor" no sólo suscita en Rubén esta fórmula española (quizá asociada en él, por otro lado, al *On ne badine pas...* de Musset), sino también, entre imágenes de la Provenza trovadoresca del siglo XIII, la del "desventurado y malferido adorador". Sin duda los libros de caballerías le proporcionan el modelo de los títulos con que subdivide su historia de Psiquia: "De la ciudad en que moraba la princesa Psiquia y del rey Mago, su padre", "De los varios modos que el rey empleó para averiguar la causa de la desolación de la princesa, y cómo llegaron tres reyes vecinos". Y dispersas y mezcladas lecturas de clásicos alimentan el estilo arcaizante de la narración misma, bien logrado a veces y, de todas maneras, muy alejado ya de aquella

[1] Subrayado por Darío.

[2] El mismo objeto se ha llamado antes "un látigo de oro".

[3] Sobre ciertas coincidencias con Valera, véase Arturo Marasso, *Rubén Darío y su creación poética*, edición aumentada, Buenos Aires, s. a., p. 25.

falsa prosa antigua del Rubén adolescente, con la cual la ha confundida algún crítico. El efecto general de arcaísmo se subraya con sencillas alteraciones del orden de palabras hoy habitual ("... cómo entre las fieras... iba ella... por la virtud de su poder secreto intacta y triunfante..."[1], con el frecuente polisíndeton ("Y a poco fueron llegando, primeramente un príncipe de la China... Y después un príncipe de Mesopotamia... Y otros príncipes del país de Golconda... y otro de Ormuz... Y otros príncipes más...") y con lentas fórmulas finales de capítulo ("... después de lo cual hablaron al desconsolado monarca, de la manera que se va a saber", "Aquí concluye la historia de la princesa Psiquia"). Todo ello en una aureola de suave y mesurada poesía que, por lo demás, evoca al instante el arte narrativo de los parnasianos.

Porque no es fácil distinguir hasta dónde influyen, en la prosa de Rubén, sus directas lecturas españolas y desde dónde las francesas, tan tempranas y constantes, y tan decisivas para su formación poética. Ya se sabe que su divina Europa tiene "por brazo a Londres, a París por alma"[2]. Con el culto a Chenier y Hugo (cuyo *Satyre* sirve de modelo al *Sátiro sordo*) se une el culto a Gautier, "primer estilista del siglo", como lo llama Darío en 1886[3], a los cuentistas parisienses, al Flaubert de las suntuosas *gueulades* y *vols d'aigle* (el de *Hérodias* y *La tentation de Saint Antoine*), a Balzac, Daudet, Zola y los Goncourt, a Verlaine y Banville, a Saint-Victor, Bloy y Hello, a Régnier y Mistral, a Huysmans y Renard, a Barbey d'Aurevilly, Maurice Du Plessys, Montesquiou-Fezensac y Anatole France. La mezcla de raros y consagrados no es cosa que pueda sorprendernos; el fácil reproche de Groussac olvidaba que los deberes del escritor no son exactamente los del crítico. Darío busca los apoyos e incitaciones que más convengan a su actividad creadora, y los recoge allí donde le salgan al paso. Maneja sus lecturas con toda la libertad del buen poeta, que da más de lo que recibe. Es muy

[1] Cf. en *Verónica*: "Los doctores explican... cómo... las almas de amor son de modo mayor glorificadas que las almas de entendimiento". Palabras que Darío retoca, con ventaja, en *La extraña muerte de fray Pedro*: "... son de mayor manera glorificadas..."

[2] *El porvenir*, en *Obras poéticas y completas,* p. 291.

[3] En *El Imparcial* de Managua, núm. 1, cit. en Sequeira, p. 230.

natural que en su obra no aparezca la grosería y desmesura de algunos de esos escritores extranjeros que él lee con admiración, ni aquella mezcla de trivialidad y procacidad que tanto abunda en los cuentos parisienses.

Típica es, precisamente, su actitud ante los de Catulle Mendès. De él nos hablará el propio Rubén como del maestro sin cuyo estímulo no se explicaría la prosa de *Azul* (más innovadora que los versos del mismo libro). Y, en efecto, a veces esa prosa deja *parcialmente* en el lector una impresión análoga a la de ciertos relatos de Mendès: impresión de realidad y fantasía que se funden en poetizada narración popular o infantil, donde inquietas figuras de mujeres y mariposas, de pájaros, duendes, hadas y flores se mezclan en juego gracioso y superficial. La afinidad es patente aun cuando no pueda mostrarse en cada caso la presencia de tal o cual determinado tema o forma de Mendès en los cuentos de *Azul*. Pero no son escasas las coincidencias literales. *Los pájaros azules (Les oiseaux bleus)* se llama un libro de Mendès. Puck es personaje de sus cuentos, y por ellos pasan también Golconda y la selva de "Brocéliande" y, desde luego, Mab y Titania. Unas pocas líneas de *La dernière fée* revelarán cuánto debe a la lectura de Mendès —no sólo a la de Shakespeare— el autor de *El velo de la reina Mab* y de *El linchamiento de Puck:*

> Un jour, dans une calèche faite d'une coquille d'aveline et attelée de quatre coccinelles, la fée Oriane —qui n'était pas plus grande que l'ongle du petit doigt— s'en retournait vers la forêt de Brocéliande... Elle revenait d'un baptème de trois rouges-gorges, qu'on célébrait dans le creux d'un mur tout fleuri de glycines.

Sólo que, a través de todas las semejanzas parciales, algo más hondo y decisivo se interpone entre uno y otro escritor. Aun descontando los grados de suma espiritualidad a que la escala de lo erótico llega en ciertos cuentos de Darío, en ninguno de ellos se adopta con pasividad de simple discípulo la actitud perversa ni la artificiosamente *blasée* del decadentismo. Tampoco en esto es Rubén un imitador servil; él mismo es, en *La ninfa*, un excelente narrador "parisiense", original y creador, como es en *El fardo* un naturalista excelente (y, a pesar de sus propias declaraciones, más próximo a Daudet que a Zola). La "palpitación sensual", la "universal palpitación" —como la llama Darío en sus apuntes autobiográficos— llenará muchos de sus cuentos posteriores a *Azul;* pero hasta en las páginas que describen los sentimientos más terrenos, el amor aparece concebido con una profundidad, fuerza y amplitud ajenas a los modelos franceses. Es pasión más intensa y total, más henchida de significación para el poeta y más enlazada al centro de su poesía. "No reina en mi corazón otra cosa que mujer", parece estar proclamando Darío a cada paso; el admirable estudio de Pedro Salinas ha aclarado ya en cuán diversos planos y con qué múltiples e inesperados desarrollos se refracta ese vasallaje del poeta al amor. Por lo demás, tampoco en sus cuentos falta el toque sombrío y pesimista ("que en el vino del amor hay la amargura del mar"), y es natural que, para muchos lectores, el azul de *Azul* tirara a lo verde y a lo negro. El comienzo de *Luz de luna* —"En el tranquilo cielo..."—, con su evocación de la luna y su misterioso influjo, todavía prolonga, en fin, el recuerdo de *Venus,* el extraño poema de *Azul:* "En el obscuro cielo Venus bella temblando lucía... Venus, desde el abismo, me miraba con triste mirar".

Original e innovador es igualmente Rubén en la adopción de los galicismos que recoge en sus lecturas francesas, y hasta en el índex de Baralt. No es galicismo inconsciente lo que le hace decir que "Suzette toca de Chopin" o que "Se quiso ponerlo ('quisieron ponerlo') a la escuela". A la vista queda —sea o no feliz el resultado— la intención de fertilizar el español literario con el francés. Con la libertad con que se complace en hispanizar violentamente los nombres de pila de modernos escritores (Anatolio France, Julio Lemaître, Mauricio Barrès, Remigio de Gourmont), o con que en un jocoso contexto franco-español alaba las excelencias de cierto *bouilloncito (La admirable ocurrencia),* o con que funde lo francés y lo hispanoamericano en el "¡Oh mi amigo!" de *El rey burgués,* con ese mismo espíritu de aventura gusta Rubén de andar, a veces en peligrosos equilibrios, por la frontera del español, y precisamente por su frontera francesa[1]. Bien conscientes son, sin duda, giros como "hablar

[1] Abundantes ejemplos en Juan López-Morillas, *El "Azul" de Rubén*

en burgués", "los guardas pasaban ... las gorras metidas hasta las cejas" (donde el francés deja su huella principalmente en el orden de palabras), "¡Eh, tío Lucas! ¿Se descansa." Deliberado, y eficaz, el realce del sustantivo mediante demostrativos: "esa reina, la rosa", "los gorriones tornasolados, esos amantes acariciadores, adulan a las rosas frescas, esas opulentas y purpuradas emperatrices" [1]; o el "pequeño reloj" y la "pequeña casa", en lugar de los diminutivos correspondientes, como en el Azorín execrado por los puristas, o ese etimológico "el Cristo" (por "Cristo"); o tantos giros imitados directamente de Daudet, de los Goncourt, de Zola, como, en el *Cuento de Pascuas,* los "blancores rosados" y, en *La canción del oro,* los "grandes verdores", las velas resplandecientes que alzan profusas "la aristocracia de su blanca cera", los "desafíos de soberbia", los "vastos edificios de la riqueza". Deliberados esos abundantes gerundios que, aunque parezcan rozar el galicismo, se apoyan en formas españolas como "clavo ardiendo", "las ranas pidiendo rey" y, principalmente en títulos de cuadros, "Napoleón cruzando los Alpes" o "niños jugando". Diversos grados de adaptación a nuestra lengua ofrece la copiosa serie de galicismos de léxico, galicismos indudables (e intencionales, desde luego, quizá con la sola excepción de *banal* y *panfleto),* que, unidos a tanto nombre propio extranjero como resalta en esa prosa, contribuyen a su tono de elegante internacionalismo. Con *medical, farándola, septuor, dublé, monóclo, plafón, restorantes,* alternan las formas españolas empleadas con significación francesa: *fracaso* 'estrépito', *desalterarse* 'calmar la sed', y el calco que hasta procura conservar el juego de sonidos del original francés: *cojín cojeando (clopin clopant).*

La lengua de Francia, civilizadora y mediadora, da al poeta mucho más que lo estrictamente francés. A él le basta leerla para sentirse audazmente cosmopolita, y muy antiguo y muy moderno. No siempre Houssaye le atrae más que Anacreonte, ni Clodion más que Fidias. Aunque para Darío lo griego suele ser, como en *La ninfa,* un simple condimento de lo parisiense, lo

---

Darío: ¿galicismo mental o lingüístico?, en *Revista Hispánica Moderna,* New York, 1944, vol. X, pp. 9-14.

[1] Parecida intención tiene el uso de otras partículas en casos en que el español no suele exigirlas: "con el aire de un soñador empedernido".

56

cierto es que Hugo y los parnasianos han logrado dar nuevo impulso y dirección a su juvenil curiosidad por la mitología clásica. Los helenismos, y las imágenes y motivos helénicos, decoran profusamente su verso y su prosa a partir de *Azul* (por lo pronto, huguesco es sin duda el *Anagke* con que cierra su *Año lírico*). A través de los románticos, y del deslumbrador Leconte de Lisle, le llega también la pompa del exotismo oriental, en que tanta parte de la literatura francesa posterior insistirá a su vez[1]. Traducciones francesas de autores rusos lo mueven a escribir en Chile *La matuschka (cuento ruso),* donde palabras como *fifre* y grafías como *Pouschkine* disuenan del castizo vigor que prevalece en buena parte del relato y las descripciones. Y al zumo de los libros y revistas que los editores de París hacen circular por el mundo entero, se añaden en Darío esencias de todas las literaturas, sin que muchas veces pueda precisarse hasta qué punto sea directo su conocimiento de ellas. Shakespeare y el "celeste Edgardo" —modelo de la horrenda *Thanathopia*— pasan por sus cuentos, y Cellini y Dante, y hagiógrafos medievales y poetas latinos. Lo pintoresco y exótico se funde con las materias más disímiles: con febriles alucinaciones en *La pesadilla de Honorio,* con la evocación del saber mágico de todos los tiempos y países en el *Cuento de Pascuas,* y hasta, inesperadamente, con el propio nombre del poeta: hay mucho de serio en la graciosa ocurrencia de poner el relato de *La larva* (tan enlazado, en el fondo, con las experiencias infantiles del autor) en labios de un "Isaac Codomano", combinación de hebreo y persa en que se proyecta "Rubén Darío", a través del obvio "Darío Codomano". Y con sus lecturas confluye la múltiple experiencia de sus viajes, su permanente diálogo con amigos de todas partes del mundo, y hasta el espectáculo directo de la suntuosidad y el refinamiento artístico, primero en Santiago y Buenos Aires[2], luego en Europa.

---

[1] Sobre el influjo de los Goncourt en *La muerte de la emperatriz,* véase E. K. Mapes, *L'influence française dans l'oeuvre de Rubén Darío,* París, 1925, pp. 46 y sig. Por lo demás, no faltaban los escenarios exóticos en la prosa narrativa hispanoamericana anterior a *Azul:* ambientes germánicos, africanos y asiáticos se evocan en ciertos cuentos de Carlos Monsalve (cf. H. Lacau y M. Manacorda de Rosetti, *artículo citado,* p. 189).

[2] Pedro Henríquez Ureña ha señalado cómo la visión literaria de la riqueza y el lujo se apoya en la riqueza y lujo efectivos que las ciudades hispanoamericanas comenzaban a desplegar por entonces (*Las corrientes*

Los recuerdos de la América nativa entran muy naturalmente en ese complejo tornasol. Y aun allí donde Rubén no sea americanista, sí es siempre muy hispanoamericano. Ya se sabe que lo es, por sus temas, después de *Prosas profanas* (y antes en sus cuentos y artículos periodísticos); lo es desde sus primeros ejercicios literarios por esa avidez de lo europeo y de todo lo remoto y extraño, por su vocación de enciclopedismo y síntesis. Entre los escritores de Hispanoamérica, Rubén es el más grande de los alejandrinos —alma de frontera, que se siente a gusto viviendo simultáneamente culturas distintas.

Inquieta vibración introducen también en sus cuentos las "trasposiciones de arte", en que se complace a menudo este devoto admirador de Gautier. Los títulos musicales —*canción, preludio*— no faltan aquí, aunque abunden menos que en sus poemas. Pero el arte que más viva huella deja en la materia misma de los cuentos es el de la línea y el color: libres juegos de luz, escenas de cuidadosa composición pictórica dispuestas unas frente a otras en estudiadas harmonías y contrastes *(En Chile);* belleza física de los objetos inanimados, vistos también con ojos de pintor; belleza del cuerpo humano, ya sensual, ya estilizadamente ornamental, y unas veces lindante con la pureza angélica y otras con lo perverso y ambiguo. Y a través de todo ello, una variadísima escala de actitudes —simpatía, despego, sátira— ante los objetos. Frecuente es la cordial y aun sentimental identificación con los personajes y situaciones, pero hay momentos en que la mirada del escritor fluctúa con semihumorístico vaivén entre las cosas mismas y su aureola literaria *(Por el Rhin)* y llega hasta traducirse en burlesca parodia de nota erudita, como la que en *El sátiro sordo* explica que la carcajada de los dioses al oír la sentencia del sátiro fué de esas "que después se llamaron homéricas"; momentos en que la visión simpática del personaje llega a acidularse en ligera ironía, como en *El año que viene siempre es azul;* o toques de humor negativo y hasta agresivo: así el anticientificismo de *El palacio del sol* desarticula destructoramente tanto la figura del médico como su diagnóstico y su receta, del mismo modo que en *El rubí* se deshace la descripción del procedimiento químico en fórmulas cabalísticas, precisamente raras y

literarias en la América hispánica, traducción de Joaquín Díez-Canedo, México, 1949, p. 176).

disonantes porque los términos empleados en ellas son ásperos tecnicismos modernos. Comicidad más gruesa, como de cuento popular, es, en fin, la de *Las pérdidas de Juan Bueno,* y bronca y amarga la de *La admirable ocurrencia de Farrals*.

Si en la historia de Juan Bueno los ingenuos colores de estampa con que se presenta la figura de San José no excluyen una burlona y bien hispánica familiaridad, tampoco falta en Darío (como luego en Nervo) la ocasional visión humorística de lo religioso cuando se evocan recuerdos de infancia o prácticas devotas de la tierra natal. Lo religioso y lo humorístico aparecen ya unidos en sus páginas literarias de adolescencia[1], aun años después de sus versos más ruidosamente anticlericales. En una atmósfera de broma y galantería queda disuelto (no destruído) lo sobrenatural de *La ninfa*. Una que otra frase humorística no falta ni siquiera al comienzo de narración tan inquietante como *La larva,* y en el *Cuento de Pascuas* la gracia y la ironía invaden esa espléndida erudición astrológica de Wolfhart, con sus vívidas historias lejanas y sus relumbres de color local y nombres pintorescos. El contexto íntegro de *La miss* traspasa con su humor malicioso las graves frases (tan a la manera de Flaubert y del Darío de otros cuentos) sobre las impudicicias paganas "maldecidas por Agustín, condenadas por Pablo, anatematizadas por Jerónimo, por las homilías de los escritores justos y por la palabra de la Santa Madre Iglesia".

La fe vacila en ocasiones y se tiñe de duda y zozobra. Después de *Anagke* vemos a Darío insistir en su visión desolada del mundo y de la justicia divina con páginas tan doloridas como las de *El Dios bueno;* pero aún están vivos los reproches de Valera al poema de *Azul,* y Rubén se apresura a aclarar en el subtítulo: "Cuento que parece blasfemo pero que no lo es". Pasados ya los tiempos de las hadas y gnomos de *Azul,* pocas veces se nos presentará un universo donde lo natural y lo sobrenatural se conciban en harmonioso equilibrio. Santidad y música confluyen, hasta ser como un único don divino, en el protagonista del *Cuento de Nochebuena,* como confluyen en sor Filomena la belleza, el canto y la devoción, y una luz suave e igual de piedad y belleza baña *La leyenda de San Martín*. Pero lo más frecuente es que

[1] "Yo creo en Dios pero también creo en la fatalidad del maldito número 13" *(Mis primeros versos).*

lo religioso linde y se enlace con lo artístico y libresco, o con lo suntuoso y lo sensual y, por otro lado, con la superstición, con la tentación malsana del misterio y con el "espanto seguro". La religión se impregna de arte y literatura aun cuando afecte ingenuilidad, como en la historia de fray Pedro, donde, con la voz del religioso que la narra, y a pesar de su elogio de la ignorancia y la santa simplicidad, el lector escucha a la vez a Hello y Huysmans, o como en esas evocaciones del cristianismo naciente —la *Historia prodigiosa, La fiesta de Roma*— con que Darío, colocándose en la evidente tradición de Flaubert, viene a coincidir con tantos refinados escritores de su época. La fusión de lo religioso y lo sensual al modo de Valle-Inclán o D'Annunzio no se da tanto en el Rubén de los cuentos como en el de *Prosas profanas* y *Cantos de vida y esperanza*, en el de *Ite, missa est* y el *Madrigal exaltado*. El "erotismo imantado hacia Dios", o la religión imantada hacia lo erótico, apunta en una que otra imagen floral de *Bouquet* y en el amor "casi místico" que se describe en *La muerte de la emperatriz*. Entre romántica y valle-inclanesca se aparece al artista en busca de cuadros la mujer-ángel, en la penumbra de la iglesia *(Al carbón)*; pero también la mujer vista en la calle, al pasar, es para él no sólo hada, paloma, alba, estatua antigua, cielo azul, sino además "una torre de marfil, una flor mística, una estrella a quien enamorar". Muy otro significado tienen, junto a la figura del Salmista, las notas sensuales que entran en la evocación de la virgen Abisag: lo terreno y lo divino se entrelazan poéticamente en toda esa historia de *El árbol del rey David,* como en *Las lágrimas de centauro* el mundo pagano con el cristiano.

No siempre la conciliación de los dos mundos se cumple en la propia alma del poeta:

> Entre la catedral y las ruinas paganas
> vuela ¡oh Psiquis, oh alma mía!

Alma dividida como la del pintor en *El velo de la reina Mab* y como la del desdichado Palanteau en *Rojo*:

> El pintor de las blancas anadyomenas desnudas se sentía
> atraído por el madero de Cristo; el artista pagano se estre-

mecía al contemplar la divina medialuna que de la frente de Diana rodó hasta los pies de María.

La sed de Dios vence al poder, al oro y al amor terreno en la historia de Psiquia, historia ideal del Alma, pero Crista (también el Alma, en *Las tres Reinas Magas*) se rinde a Amatunte, no a Jerusalén. No es sin embargo el sentimiento de la propia fragilidad, ni el de la plena inmersión en el pecado, lo que con más insistencia pugna por trastornar el equilibrio religioso de Darío en sus cuentos, sino más bien su extraña y angustiada fascinación ante "el triunfo del terrible misterio de las cosas", ese afán de abismarse —como Palanteau, el pintor neurótico y genial— en la más sombría entraña del universo. Apenas llega al lector, a través de estas páginas, el llamado de la lira invisible y angélica que Martín, el futuro santo, escucha desde sus primeros días, o las secretas correspondencias entre la vida de la flor y la del astro *(La resurrección de la rosa)*. ¡Cuán obsesiva, en cambio, la voz del abismo! A las seducciones satánicas de la magia antigua se han unido ahora, como en *Là-bas,* las de la ciencia y la técnica. Fray Pedro suspira por apresar en la placa fotográfica la figura de Dios, del mismo modo que el Edison de *La Eva futura* ansía grabar en el disco su palabra. Y el fraile logra al fin su objeto. Satán ha cumplido. El terrible misterio de las cosas está de veras allí, presente y activo. Misterio de las cosas muertas —¡ese collar en forma de serpiente que se anima de pronto para decapitar a Salomé, vengando la muerte del Bautista!—; misterio de las vidas humanas: reencarnación en el *Cuento de Pascuas,* pavorosa detención del tiempo en *El caso de la señorita Amelia.* Edgar Poe, el Catulle Mendès de cuentos como *Les bras nus de la servante,* con sus divagaciones sobre "l'extra-humain" y "l'hyperphysique", y toda la literatura fantástica de ese siglo —el de Nerval y Louis Bertrand, el de Hoffmann y Petrus Borel— parecen desembocar en la historia de Amelia, por lo demás anterior al Lugones de *Las fuerzas extrañas.* Es ésa, en cierto modo, una nueva y espeluznante versión de *La ninfa;* el obeso monsieur Cocureau, especialista en sátiros y faunos, se llama ahora el doctor Z., amigo epistolar de madame Blavatzky, y su figura, más ridícula que misteriosa, contrasta violentamente con el núcleo del relato, donde lo sobrenatural entra en aleación, no con las amables bromas de ninguna ninfa parisiense, sino con lo trágico, incomprensible y desgarrador. Donde sí han dejado su huella *Las fuerzas extrañas* (sumándose al influjo directo de Poe, tan patente en *Thanathopia*) es en el calculado horror de *La larva,* y al libro de Lugones aluden unas palabras del comienzo[1]. Pero lo decisivo es, al cabo, la concentración de honda y personal experiencia que el escritor revive en estas páginas de apenas velada autobiografía. Ya en otros cuentos se había ejercitado Rubén en expresar lo sombrío y espantable: en *Betún y sangre,* el terror del niño en la noche de la batalla, su macabro hallazgo y sus recuerdos de siniestras consejas infantiles; en la azogada *Pesadilla de Honorio,* esa impresión de expectativa y espanto sin medida que brota de la aplastante acumulación de figuras extrañas y deformes. Lo que da a *La larva* su fuerza excepcional no es sólo una pluma avezada al tratamiento de ese y otros asuntos análogos[2], y que acaba por agregar una intensa variación centroamericana al viejo tema español, grato a la literatura romántica, del tenorio a quien sus aventuras arrastran a la perdición o al supremo espanto. Es más bien ese súbito despojamiento de toda literatura con que el poeta da suelta a una inundación de puro terror, acumulado por años y años[3]. Terror que hunde sus raíces en la niñez más lejana ("ciertamente en mí existe desde los comienzos") y que sus lecturas favorecieron, como lo favorecieron y agitaron sin duda sus conversaciones con Jorge Castro, y con Lugones y otros amigos argentinos; terror que lo acompaña, en suma, a lo largo de su vida y que, hacia la misma época de *La larva,* le dicta versos como los de *Santa Elena de Montenegro:*

¡O asombro, miedo de las Musas!
¡Oh cabellera de Medusas!
¡Oh los rictus de las empusas!

[1] "...En la colonia aumentó, con el catolicismo, el uso de evocar las fuerzas extrañas, el demonismo, el mal de ojo".

[2] Comp., entre sus poesías de juventud, *La cegua (Leyenda popular nicaragüense),* en *Obras poéticas completas,* pp. 133-142.

[3] Hasta parecería que a Isaac Codomano llegaran a faltarle las palabras para designar al espectro (puesto que las palabras de este mundo están hechas para las cosas de este mundo), y se refiere entonces a él, a lo innombrable, como a "aquella *cosa*".

¡O amarga máscara amarilla,
ojos do luz siniestra brilla
y escenarios de pesadilla!

Ni aun en los casos en que las historias de misterio y terror
aparecen encuadradas en el marco del ensueño, de la visión alcohólica o de la charla trivial, pierden su grave carácter las historias mismas. Y así vienen a añadirse naturalmente a esos otros
cuentos de Rubén —no muchos, pero muy significativos— que
contrapesan en el conjunto de su obra narrativa la masa de los
cuentos ligeros. Gravedad que, por lo demás, no hace sino continuar la de esa abundante parte de su poesía juvenil donde los
temas políticos, sociales y religiosos se tratan con tan exaltada
elocuencia, y que aflora todavía en los cuentos y en los poemas
de *Azul*. Recuérdese, entre éstos, el que exhorta al poeta-gigante
("Nada más triste que un titán que llora...") a arrojar contra
las fuerzas del mal "versos que parezcan lanzas". Recuérdese el
último de los líricos *Medallones,* dedicado al Díaz Mirón cantor
de la libertad. ¡Y qué decir de cuentos como *El fardo,* con su
acre e indignada descripción de las miserias del puerto, o como
El rey burgués, donde el poeta, que ha abandonado el madrigal
por el yambo, proclama con orgullo su ideal de poesía activa y
generosa, o como *La canción del oro,* en que la sátira contra el
"dios becerro", aún ligera y epigramática en *Abrojos*, se ensan-
cha y transfigura en canción desesperada!

Será después de *Azul,* en las *Palabras liminares,* cuando Darío
decida refugiarse tras sus vidrieras de colores, riéndose "del viento
que sopla fuera, del mal que pasa". Pero tampoco dura mucho
ese plácido encierro, aunque Rubén vacile en su actitud ante la
poesía de fines morales y, en sus momentos de negación, escriba
su breve y rotunda fábula contra la rosa que, además de bella,
ambiciona ser útil, o elogie a Heredia por haber sido sólo artista
y no haberse empeñado en regenerar la sociedad de su tiempo[1].
Podrá después Darío, en el prefacio a los *Cantos de vida y esperanza,* reiterar su fe en la aristocracia y su desprecio de lo me-
diocre y vulgar; la fórmula es flexible y admite muy variables
alianzas con las preocupaciones sociales y políticas de Rubén.
Sabido es, en lo que toca a su obra en verso, cómo esas preocupa-

[1] *Opiniones,* p. 217.

ciones llegan a golpear y quebrar las maravillosas vidrieras. El amor de lo excelente y refinado concierta muy bien, en Darío, con esa salud fundamental y con esa manera de ardiente buen sentido que tantas veces encontramos oculto en él bajo atractivos más superficiales y acaso más excitantes. Verdad es que la pedagogía moral y política entra apenas, y con escasa fortuna, como tema expreso de sus relatos en prosa. *Las razones de Ashavero,* con su lenguaje de lección abstracta y su tesis simplona de que no hay formas malas de gobierno sino sólo hombres malos, es sin duda uno de los relatos más débiles de Rubén, como lo es su único ensayo de cuento para niños, *El perro del ciego,* todo él de moralidad forzada y sin gracia. *Las razones de Ashavero* resulta en cierto modo una descolorida anticipación del credo que en *Primavera apolínea* declamará el poeta rioplatense con lírica y briosa oratoria. El triple grito de "¡libertad!" es lo único que de la canción nacional argentina quedará resonando en el alma del romántico personaje, quien lo adopta como lema y norte de su vida; y aun esa libertad será en él libertad individualista, en que las violencias de la acción política y social se disuelven por completo en amor, "nuestra redención del sufrir humano". Pues éste es el terreno en que el propio Darío se siente seguro: el de la fraternidad personal, y hasta anárquica; el de la directa simpatía ante un individuo, sin razonamientos ni sistemas[1]. La misma simpatía que siente por sus personajes, y no siempre con la discreción que quisiéramos: la ternura con que ve al hermano Longinos en el *Cuento de Nochebuena* o a Berta en *El palacio del sol.* A la vista queda su conmovida piedad, muy a lo Daudet, frente a la "matuschka"[2], y frente al Gavroche, alegre y mísero, de *Betún y sangre.* Identificación sentimental que lo aleja del modelo de Gautier y que lo alejaría del de Mendès si en éste no halláramos también —como en hombre, al fin, próximo al autor de *Les misérables*— cuentos al modo de *Le soir d'une fleur*[3], con aquellos ambientes sórdidos y aquella niña desamparada, un poco a lo

---

[1] Bien visible su indignación ante el "humanitario clamor victorioso" con que linchan a Puck, negro ocasional, en la selva de Broceliandia.

[2] No basta, naturalmente, para disimular esa simpatía "personal", que la acción transcurra en ambiente tan exótico ni que el relato se ponga en boca de un soldado ruso.

[3] En *Les oiseaux bleus.*

Cosette, a quien vemos de pronto jugando con una flor, desecho de la fiesta ruidosa y feliz.

El análisis, obligado a seguir uno por uno los hilos de esta compleja obra narrativa y a recogerlos en didácticos esquemas, corre el riesgo de no hacer justicia a la unidad del conjunto. Examen especial merecería, y no simples indicaciones aisladas, la curiosa perduración de temas y formas que a cada paso brotan, se ocultan y reaparecen en Darío, renovados y transformados a lo largo de treinta años de creación literaria. Pero esas dispersas indicaciones sí bastan para mostrar que un juicio ajustado sobre los cuentos de Darío no puede apoyarse sólo en los de *Azul,* tan escasos en número y, a pesar del éxito que merecieron, considerados por el propio autor, hacia 1890, como más frágiles e inconsistentes que los que por entonces escribía[1]. Aun para quien no comparta esa opinión, la excelencia a que llega la prosa no narrativa de Darío en ciertas páginas de madurez tiende a oscurecer el prestigio de *Azul,* saludado en su tiempo por los más entusiastas, no como logro parcial y experimental, sino como fruto maduro y definitivo —exquisitez, perfección, *joy for ever.* Y no es negar la importancia histórica de *Azul* el añadir hoy al "canon" de Rubén Darío otros cuentos, acaso de menos brillo y tersura, pero también menos sujetos al gusto estricto de su época, menos invadidos y comprometidos por él.

Poco significan, en cantidad, los ochenta cuentos de Rubén dentro de la mole total de su prosa, ni en calidad puede corresponderles, junto a sus poemas, sino una gloria modesta y marginal. Donde cobran particular importancia —por cierto más decisiva que la que suele concedérseles— es en la historia general del cuento español e hispanoamericano, y la cobrarán mayor aún cuando se precise en la literatura de cada país lo que el cuento debió a la incitación y ejemplo de Darío, como ha hecho Silva Castro para sus *Cuentistas chilenos.* Pues bien: ni siquiera en *Azul,* de tan rápido y visible influjo, es esa virtud fertilizante (efímera virtud de los libros precursores, que se resuelve y agota en los sucesores) la única valedera para el lector de hoy. Descon-

---

[1] Máximo Soto Hall, *Revelaciones íntimas de Rubén Darío,* Buenos Aires, 1925, p. 89.

tada esa significación histórica, de ningún modo nos queda entre las manos un *Azul* esencialmente superficial y caduco. Que el tiempo haya hecho mella en él, no puede en justicia negarse. La amable euritmia de esos cuentos se vuelve a veces trivial, se desliza hacia el atildamiento y ya suena quizás a envejecida y monótona; aun allí donde se advierte que la trivialidad es calculada, no siempre aplaudimos el cálculo. Pero ése es sólo un aspecto de *Azul*, y otro hay más vivo y perdurable: la noble pasión que en muchas de sus páginas llega todavía a nosotros a través de sus galas envejecidas, o a pesar de ellas. Bien está que esos cuentos juveniles de Rubén sigan gozando —como, entre sus versos, los preferidos por los recitadores— de "una popularidad que no perturba con su algazara las cumbres serenas de su obra" [1]

Y habremos enriquecido y ahondado nuestra imagen de Darío narrador cuando resueltamente dejemos de identificarla con la del Darío de *Azul* y añadamos a la antología, siempre por hacerse y rehacerse, de sus grandes cuentos, un puñado de páginas no menos lúcidas que las mejores del viejo libro, y más densas y sabias, más exactas, complejas e incisivas: más vivientes, en suma, que las de ese Rubén Darío monumentalizado y remoto, perdido ya entre románticos y parnasianos del siglo XIX. Páginas de prosa que se enlazan con la poesía del mejor Rubén, con la del Rubén sin rubenismo, afín a los buenos poetas que le sucedieron (y aun a muchos de los que lo combatieron) y no a los modernistas de pandilla, sordos y extraños, ellos sí, el "alma de las cosas" y a "la voz del paisaje". Quien hacía suyo el consejo de Wagner a Augusta Holmes —"sobre todo, no imitar a nadie, y mucho menos a mí"— no hubiera visto con malos ojos a los enemigos del rubenismo trasnochado. Poco tiene que ver con sus vacías *fioriture*, con su retórica, con su guardarropía lujosa e inerte, un poeta como el de los dos *Nocturnos* de *Cantos de vida y esperanza*, tan emparentado, en cambio, con la sensibilidad de una época en que, tras Baudelaire, Browning y Rimbaud, la poesía insiste en abarcar la vida humana aun en sus aspectos menos plácidos y confortadores. ". . .He querido ir hacia el porvenir". Hasta el presente llegan, como los mejores poemas de Rubén, sus mejores cuentos, no meras muestras de habilidad, sino de un ímpetu

[1] Enrique Díez-Canedo, *La nueva poesía*, México, 1942, p. 16.

verdadero y profundo. Más allá de lo que signifiquen para la historia de la literatura narrativa en Hispanoamérica, y aparte y por encima del oficio instrumental y complementario que les corresponda en el estudio de Darío poeta, esos cuentos pueden por sí aspirar a una dignidad propia y autónoma, a una justa y suficiente inmortalidad.

RAIMUNDO LIDA

El Colegio de México

NOTA A LA PRESENTE EDICIÓN

Reunir por vez primera los cuentos de Rubén Darío es tarea que presenta no pocas dificultades. El breve Azul, *única serie de cuentos que el propio autor colectó, se viene publicando desde su muerte en ediciones nada escrupulosas. Los* Primeros cuentos y los Cuentos y crónicas *de las incompletísimas* Obras *impresas en Madrid, ni siquiera justifican el título; lo mismo debe decirse de otras modernas reimpresiones fragmentarias. Del resto de los cuentos, la mayor parte se encontraban dispersos en recopilaciones conocidas tan sólo por los especialistas, y otros, en fin, perdidos en los periódicos donde aparecieron por primera y única vez. El conjunto de las publicaciones que los contienen es, pues, inaccesible por su precio y rareza; la simple recopilación de los textos ha sido tan dificultosa como su depuración y anotación. Sin la ayuda de las personas que se mencionan al final, y de las instituciones que nos proporcionaron micropelículas, nuestro trabajo hubiera sido imposible.*

Se ha querido respetar la sucesión cronológica de la composición de los cuentos, y en su defecto, la de su primera publicación; dada la urgencia periodística del autor, ambas fechas no deben diferir en mucho. Establecidas las de los cuentos de Azul, *hemos preferido ordenarlos también cronológicamente, e intercalar otros que Darío excluyó; el conservar ese orden nos permitirá ver con más limpieza su curva evolutiva y la frecuencia con que se escribieron. Por otra parte, el orden que deliberadamente dió Darío al volumen no se conservó idéntico en las dos primeras ediciones. Entre* El rey burgués y La ninfa, *los dos primeros cuentos de la edición de 1888, se intercaló* El sátiro sordo *en la de 1890;* El fardo, El velo de la reina Mab, La canción del oro, El palacio del sol, El pájaro azul, Palomas blancas y garzas morenas y En Chile *conservaron el mismo orden en una y otra, y en las posteriores.* La muerte de la emperatriz de la China, *colocada después, conserva este lugar desde que fué incluída por primera vez en la segunda edición. Para el texto, retocado por el mismo Darío de una edición a otra, se prefiere en general el de 1905, que mejora no poco los anteriores, sobre todo en la puntuación; para ello se han seguido las indicaciones de don Julio Saavedra Molina y del doctor Erwin K. Mapes* (Obras escogidas de Rubén Darío publicadas en Chile, I, Santiago, 1939, pp. 115-403) *y la reseña del propio Mapes* (Memoria del Primer Congreso Internacional de Catedráticos de Literatura Iberoamericana, *México, 1939, pp. 115-121*).

En la primera nota de cada uno de estos cuentos se incluyen las que Darío puso en la edición de Guatemala, 1890, y los juicios respectivos de su autocrítica Historia de mis libros. *También se indican en su caso las traducciones inglesas y francesas; la alemana, relativamente la más completa y la única que forma volumen* (Ausgewaehlt, uebertragen und mit einem Lebensbild des Dichters versehen *de Herman Weyl, Buenos Aires, 1942), trastorna el orden que dejó establecido la segunda edición, suprime* El palacio del sol, *y de* En Chile *sólo traduce la* Naturaleza muerta *y* El ideal, *según se ve por el contenido:* Der Koenig Bürger *(sic), pp. 35-45;* Der Gesang vom Gold, *pp. 47-77;* Der taube Satyr, *pp. 57-66;* Die Nymphe *(Eine Geschichte aus Paris), pp. 67-75;* Der Lastballen *pp. 77-87;* Der Rubin, *pp. 89-101;* Der blaue Vogel, *pp. 103-109;* Weisse Tauben und braune Reiher, *pp. 111-122;* Der Schleier der Koenigin Mab, *pp. 123-129;* Stilleben. *pp. 131-132;* Der Tod der Kaiserin von China, *pp. 133-148, y* Das Ideal, *pp. 149-150.*

El orden cronológico se ha seguido hasta donde ha sido posible. Poco se podrá rectificar por lo que toca a los cuentos escritos en América, donde la investigación ha podido ser más directa. Algunos de los escritos en Europa no pueden fecharse con rigor, por desconocerse la primera publicación; en este caso, los hemos situado en el lugar más probable, indicando las publicaciones conocidas. La labor cronológica y bibliográfica ha sido particularmente difícil por la complicada geografía que la vida y obra de Darío recorrieron. Producción abundante, y publicación periodística en gran parte, ofrece obstáculos aún mayores a la crítica textual: grafías, acentos, cursivas, laísmo y loísmo, puntuación, división de párrafos y capítulos, nombres extranjeros, citas y y epígrafes, etc., las más de las veces descuidados, o publicados conforme a la modalidad del tiempo y del país, y de los periódi-

cos y editoriales, impiden saber a punto fijo la intención expresa
del autor. Si a esto se agregan las variaciones del gusto personal
de Darío a lo largo de su vida artística, será injusto reclamar a los
textos reunidos una absoluta unidad a este respecto. Se han sal-
vado los errores sin indicarlos; lo contrario hubiera recargado
inútilmente el texto de las notas. En lo que se refiere a la producción de Darío en Guatemala y Costa Rica, época fecunda por
cierto, se han corregido y completado la bibliografía y las fechas,
y se ha reconstruído por primera vez el proyectado volumen de
Cuentos nuevos en su totalidad. La obra correspondiente a la estancia en Nicaragua, Chile y Argentina ha tenido fervorosos re-
copiladores en Sequeira, Saavedra Molina y Mapes; ellos nos
han autorizado a publicar sus textos y nos han suministrado nuevos y valiosos datos. La historia de un picaflor, el primer cuento
escrito en Chile, y Rojo, perteneciente a los Cuentos nuevos, no
habían vuelto a editarse después de su primera publicación en los
periódicos.

Se conservan sin unificar ciertas grafías que, por su misma diversidad, dan testimonio del influjo de lecturas extranjeras y de
las variables preferencias del propio Darío. Así, en un mismo
cuento (Respecto a Horacio), harmonía frente a exámetros. En
un cuento "parisiense" como La ninfa dejamos Tartarin, sin
acento; es probable que el autor pensara en la pronunciación
francesa de ese nombre. Darío no siempre subraya los extranjerismos. Está claro que no en todos los casos los sentía como igualmente asimilados a nuestra lengua. En una misma página suya
(Esta era una reina. . .) encontramos "féerie", subrayado, frente
a "sport", sin subrayar. Sport es frecuente en su prosa, y en verso
llega Darío a pronunciarlo en dos sílabas ("espór") como en el
alejandrino de Prosas profanas: "Mira pasar la Gloria, la Banca
y el Sport".

La puntuación, en general, se unifica. Se han respetado, sin embargo, como peculiaridad de Darío (y otros escritores de su época, y aun posteriores), ciertas interrogaciones y exclamaciones en
que únicamente utiliza el signo final. Y esto, sólo en los casos
evidentemente análogos a aquellos en que el mismo Darío pre-
fería dejar indeterminado el comienzo. Sistema francés o inglés,
que Darío adopta para no señalar bruscamente el principio, sino
una tensión gradual: "Se ha quitado la capa rica, la capa bella;

la ha partido en dos, ha dado la mitad al pobre!" (La leyenda de San Martín). *Los parlamentos se han puesto en párrafo aparte señalados con guiones, excepto en los cuentos cuya disposición tipográfica seguramente vigiló el propio Darío, por ejemplo,* La matuschka *y* El Dios bueno; *por otra parte, la diversidad de recursos que Darío utiliza (comillas, guiones, dos puntos, punto y guión, el nombre de los interlocutores al margen, como en los textos dramáticos, cursivas, etc.,) pone de manifiesto su espíritu experimentador también en este punto.*

Los títulos generales y las dedicatorias se indican en la nota primera de cada cuento, pero los subtítulos y epígrafes se han conservado en el propio texto. Se ha suprimido la numeración romana en las divisiones que a modo de capítulos tenían algunos cuentos, y se ha suplido por espacios en blanco, excepto en la Historia prodigiosa de la princesa Psiquia ..., *donde el número romano forma parte del título mismo de cada capítulo. Únicamente dos títulos aparecen entre corchetes: uno tomado del mismo texto de Darío (*El año que viene siempre es azul*) y otro, forjado por un editor, que hemos preferido conservar (*Primavera apolínea*).*

En las notas se ha dado particular importancia a la cronología y bibliografía de los textos, a las fuentes literarias, artísticas e históricas que de una u otra manera Darío aprovecha en sus cuentos, como a ciertos temas constantes en su prosa y verso; se aclaran los americanismos y extranjerismos menos conocidos. Al nombre de los autores y personajes citados se agregan, la primera vez que se mencionan, los años de nacimiento y muerte, por el interés que pueda tener para el lector el situarlos en relación con la vida y obra de Darío.

Al referirnos a las diferentes series de Obras completas *impresas en Madrid, hemos seguido la nomenclatura y el orden fijados por Saavedra Molina en su* Bibliografía de Rubén Darío, *Santiago, 1946. Los textos de los cuentos citados como procedentes de* Obras escogidas, II *(edición destruída), fueron proporcionados gentilmente por su compilador en pruebas de imprenta, las únicas existentes.*

También en las notas se menciona expresamente a las personas que nos comunicaron textos y datos aquí aprovechados. A ellos, y especialmente al doctor Raimundo Lida, que asidua y sa-

biamente dirigió esta labor, al doctor *Agustín Millares Carlo* y *Antonio Alatorre*, a quienes debo valiosas indicaciones, a don *Julio Saavedra Molina*, desaparecido antes de ver impreso el volumen que tanto ayudó y esperó, al poeta *Carlos Pellicer*, que permitió la fotografía del retrato de *Rubén Darío por Alfredo Ramos Martínez*, aquí publicado por vez primera, a don *Alfonso Reyes*, Presidente de *El Colegio de México*, con cuyo subsidio he dispuesto del tiempo necesario para la ejecución de este trabajo, y a *Sonia Henríquez Ureña*, que me ayudó pacientemente en la corrección de las pruebas, doy las gracias más cordiales.

ERNESTO MEJÍA SÁNCHEZ

El Colegio de México

CUENTOS COMPLETOS

A LAS ORILLAS DEL RHIN[1]

A las orillas del Rhin, bajo el brumoso cielo de Alemania, existen aún las ruinas de un viejo castillo feudal. Unas cuantas paredes grietosas han quedado de los macizos torreones; ahí está el foso también cerrado, y aún se advierten vestigios de la ventana por donde salió la linda Marta de los ojos azules.

¡Ah! ésta es una historia muy bonita. Estáme atenta, Adela, tú que eres tan amiga de los cuentos preciosos; sobre todo de aquellos en que resplandece el amor y refrescan el espíritu con la dulzura de sus encantos.

El blasón del caballero Armando luce una mano de hierro y un castillo en campo de azur; la razón de esto es que, andando de caza el rey Othón cabalgando en un briosísimo potro, desbocósele la caballería y en carrera veloz llevólo hasta la orilla de un precipicio, y habría seguramente perecido el monarca si el brazo nervudo del caballero Armando, que a buena sazón cercano se encontraba, no le da apoyo dominando al bruto y sacando al poderoso señor del peligro de una muerte segura.

Es, pues, el caballero Armando la flor de los valientes y la nata de los nobles mancebos de su país. Joven aún, se ha ajustado la armadura y ha empuñado la lanza y se ha arrojado a reñidísimos combates. Bello es su rostro, delicado al par que varonil; y a esa envidiable gallardía reúne un corazón de fuego y una inteligencia singular. Que es de verle, sobre los lomos de su caballo, fuerte como un roble y airoso y elegante con la lanza en la cuja y el escudo en el brazo siniestro, mientras que el corcel, crespando las espesas crines, caracolea como orgulloso de la carga que lleva, que tan preciada es.

[1] Apareció como folletín en *El Porvenir de Nicaragua*, Managua, 14 de junio de 1885, año XX, era V, núm. 5; y sólo ha sido reproducido por Diego Manuel Sequeira en su *Rubén Darío criollo*, Buenos Aires, 1945, pp. 195-199.

Presea de la corte de Othón es la garrida Marta, ante cuya belleza rinden tributos de admiración todos los que llegan a mirarla. En su cabellera, rubia como la aurora, dejan los amorcillos exquisitas gracias prendidas de los bucles; en sus azules ojos chispean llamas misteriosas que denuncian la hoguera de un corazón ardiente; en sus mejillas hicieron consorcio las rosas y los jazmines, y de su boca, clavel entreabierto, manan deliciosas aromas y palabras de miel.

Su padre, viejo de setenta años, es uno de los que componen el Consejo de doce ancianos que deliberan en el palacio de Othón. Grande es la influencia que este antiguo ejerce en el ánimo del rey; y siempre su palabra fué oída con respeto por todos, que al par de su experiencia se levantaba su sabiduría. Había dado muerte en tiempos pasados, y en duelo terrible, a un noble germano con quien rivalidades especiales le pusieron en discordia. Este noble germano que sucumbió en lucha con el padre de Marta, éralo del caballero Armando.

La linda Marta vió una vez en la corte al caballero Armando y quedó prendada de su gallardía. El mancebo por su parte, al contemplar las singulares gracias de la hermosa, adamado quedó de la altiva rica fembra.

Cayóse del pecho de la dama una flor que prendida llevaba, y, viéndola el caballero, corre, toma la flor, y en un arrebato y locura incomprensibles la besa antes de ponerla en manos de su elevada dueña. Toda ruborosa y confundida, Marta no se dió cuenta de aquel percance y, bajando los ojos, las tintas de la flor de granada tiñeron su faz. Arrugó el entrecejo el anciano padre de la doncella y lanzó al joven una mirada terrible. Al día siguiente Marta había desaparecido de la corte. El viejo se la había llevado a un castillo que tenía en un feudo de las riberas del Rhin.

Desesperado el caballero Armando no se daba un punto de descanso y por todas partes inquiría el paradero de su dulce amor. Llegóse a las gradas del trono del soberano y le dijo así:

—Señor, vos sois poderoso y conocéis mi afecto para vos; he defendido vuestros reinos, os he servido como bueno y creo merecer vuestras gracias y tener derecho a demandaros favores. Habéis de saber, señor, que yo amo a la hija del matador de mi padre, ella me ama también, porque, aunque sus labios no me lo han dicho, sus ojos no me han mentido. Pero su padre se opone a esta pasión; y con la más ligera muestra que de mi amor he dado a la doncella, y que él ha visto, hásela llevado no se sabe adónde para que a mis miradas esté escondida. Haced, señor, que el duro acero de la voluntad del anciano se doble al peso de vuestra palabra; y si lograseis darme la posesión de mi amada, imaginaros cómo sería para vos mi gratitud; que soy, no lo dudéis, el más fiel de todos vuestros numerosísimos vasallos.

Larga pieza estuvo el rey silencioso y pensativo, después de escuchar el discurso de Armando; pero, rompiendo la valla de su silencio, respondió al joven de esta manera:

—Yo os aseguro ¡oh valiente y noble caballero! que es empresa difícil el domeñar los sentimientos de ese anciano funesto para vos. Yo propio le hablaré, y si mi poderío no alcanza a doblegar su firmeza, abandonad el seguimiento de vuestro propósito. Mil mujeres hermosas son gala de mi corte; escoged entre todas una que os haga olvidar a la que os ha tornado esclavo de sus bellezas; pues juzgo inquebrantable la resolución del primer anciano de mi Consejo.

Desconsolado se retiró el caballero Armando, y el rey meditabundo quedóse en su trono.

Al siguiente día volvió el joven donde Othón; y éste, pesaroso, le dijo que la voluntad inquebrantable del viejo era impedir de todos modos el amor de Armando y de su hija. Armando aparejó su caballería, y sin rumbo lanzó su corcel a todo escape, hiriéndole los ijares con las agudas espuelas.

En un castillo que en su barbacana ostenta el blasón del dueño cuyo es, hay una ventana que da al río caudaloso, y a la que se asoma la linda Marta, cautiva de su padre, a llorar todas las tardes su perdido amor, cuando el sol pinta de vivos colores la nieve que corona las altas montañas, y refleja sus opacas luces en la corriente ancha del Rhin. Apoyada en el alféizar, brota lágrimas la dolorida enamorada y piensa en el caballero que le robó el corazón, interrumpida sólo por el ruido de las barcas de los pescadores que al son del remo echan sus redes a la luz de la tarde. En una muy apacible, estaba la doncella triste mirando las aguas y derramando lloro, cuando dióle un vuelco el corazón al ver aparecer entre los árboles de la opuesta orilla un caballero armado de todas armas, al parecer errante y a la ventura, que al mirar en la ventana a la bella joven dió muestras del más vivo gusto, y alzándose la visera que le cubría el rostro, lanzó un grito de intenso placer. Poco faltó para que presa de un desmayo se viese Marta, pues reconoció en aquel caballero al gentil y valeroso Armando. Fuése éste a la choza cercana de un pescador y pidióle hospedaje, que le fué concedido; y a los últimos rayos del sol, escribió con la punta de un puñal en la corteza de un árbol ciertas palabras. Ajustó a una flecha la corteza en que había escrito, y poniendo en comba el arco, lanzó el hierro, que fué a clavarse en la madera de la ventana. Una mano blanca y delicada tomó la flecha, y unos ojos azules y húmedos leyeron en la corteza algo que era un anuncio de libertad.

Más de la medianoche sería cuando de la choza del pescador en que estaba el caballero Armando salieron dos personas; se dirigieron a una barca, y ya en ella, moviendo los remos silenciosamente, surcaron las aguas del río y llegaron hasta tocar el grueso y mojado paredón de la fortaleza feudal. Irguióse uno de los que iban en la barca y dió un silbido que imitó el de un pájaro. Inmediatamente se abrió la ventana del castillo, y a lo largo del muro se extendió una escala de seda; por ella subió el que había silbado y después bajó con una carga preciosa que depositó en la embarcación.

—¡Armando!

—¡Marta!

Se oyó el ruido de un beso; y, siguiendo la corriente del caudaloso Rhin, se delizó la barca ligera y silenciosa.

Ya comprenderás, Adela, que los tres que van a merced de las aguas no son otros que el caballero Armando, la linda Marta y el pescador.

Poco después de la fuga de los amantes, turbó el silencio del castillo una algazara espantosa; los halconeros enanos y rechonchos gritaban; los siervos de la mesnada corrían de un lugar a otro, y el guardián del recinto, viejo escudero del padre de Marta, buscando por todas partes a la doncella, repartía a todos ellos sendos golpes.

Viendo que no se hallaba en el castillo, y habiendo advertido en la ventana la escala de seda, mandó echar embarcaciones al río; y él y todos los guardas de las torres se lanzaron en persecución del raptor y de la dama.

La aurora rubicunda empezaba a abrir sus párpados sonrosados y a enseñar el encanto de su lindo rostro, y a vestir de luz la copa de los altos pinos de los bosques. ¡Allá va el esquife de los amantes! Boga, boga, remero, que a lo lejos se distinguen unas barcas, y quizá son perseguidores de los enamorados.

En dulce coloquio embriagados y radiantes de pasión iban Marta y Armando el caballero, cuando se miraron de pronto rodeados de las gentes del castillo que en su busca iban.

—¡Teneós! —gritó el celoso guardián alzando un venablo y apuntando al caballero.

—¡Boga! ¡Boga, remero! —decía aquél apretando contra su pecho a la hermosa joven, que, toda asustada, temblaba como una hoja al soplo del viento.

Lanzó el hierro el guardián furioso contra el valiente joven, con gran fuerza; mas resbalando por la fina coraza del armado caballero, fué a clavarse en el blanco seno de la linda Marta.

Un grito de horror salió de todos los pechos.

De la roja herida brotó un chorro purpúreo; y pálida y moribunda, abrazándose al mancebo, sólo pudo decir la desgraciada doncella:

—¡Amor mío!...

Ciego, loco y arrebatado, el joven Armando la estrechó fuertemente, la dió un beso en la boca y díjole así:

—Ya que nuestro amor no pudo ser en la tierra, yo te seguiré para que sea en el cielo.

Después la alzó en sus brazos y se precipitó con ella en el río. Las aguas tranquilas recibieron a los amantes, se tiñeron de sangre, luego... no se vió nada más.

Algún tiempo después murió el anciano padre de Marta encerrado en su castillo; y los trovadores hallaron buen asunto en el suceso para cantar baladas a las lindas mujeres.

Sólo quedan ruinosos vestigios de la feudal mansión; y el recuerdo de aquellos hechos corre de boca en boca entre los habitantes de la brumosa Germania.

Este es, graciosa Adela,[2] el cuento que te había ofrecido; vago y nebuloso como las orillas del Rhin.

---

[2] Adela Elizondo, hija de don Joaquín Elizondo, en ese tiempo Ministro de la Guerra. Nótese que Darío utiliza desde su primer cuento este recurso de la dedicatoria intercalada en el relato para darle mayor intimidad.

LAS ALBÓNDIGAS DEL CORONEL[1]

Tradición nicaragüense[2]

Cuando y cuando que se me antoja he de escribir lo que me dé mi real gana; porque a mí nadie me manda, y es muy mía mi cabeza y muy mías mis manos. Y no lo digo porque se me quiera dar de atrevido por meterme a espigar en el fertilísimo campo del Maestro Ricardo Palma; ni lo digo tampoco porque espere pullas del Maestro Ricardo Contreras[3]. Lo digo sólo porque soy seguidor de la *Ciencia del buen Ricardo*[4]. Y el que quiera saber cuál es, busque el libro; que yo no he de irla enseñando así no más, después que me costó trabajillo el aprenderla. Todas estas advertencias se encierran en dos; conviene a saber: que por escribir tradiciones no se paga alcabala; y que el que quiera leerme que me lea; y el que no, no; pues yo no me he de disgustar con nadie porque tome mis escritos y envuelva en ellos

---

[1] *El Mercado*, Managua, 14 de noviembre de 1885, año III, serie XI, núm. 439. Sequeira, obra citada, pp. 214-217, conserva la ortografía de Bello, usual en *El Mercado*.

[2] Darío no oculta la influencia de las *Tradiciones* de Ricardo Palma (1833-1919); la declara en las primeras líneas de su *Tradición nicaragüense*. En 1885 la Biblioteca Nacional de Managua, donde Rubén tenía un empleo, recibió en canje algunas obras de don Ricardo; entre ellas, seguramente la segunda edición de las *Tradiciones peruanas* (1883), que alcanzaba hasta la sexta serie.

[3] Ricardo Contreras, profesor mexicano de gran información literaria, fué el primer crítico de la poesía de Darío. *El Diario Nicaragüense* de Granada, 16 y 22 de octubre de 1884, núms. 85 y 90, respectivamente, publicó su comentario a *La ley escrita*, en la que Contreras, no obstante echarle en cara incorrecciones gramaticales, le hacía magníficos augurios. Darío contestó con una extensísima *Epístola* en tercetos, publicada en el mismo diario, 29 de octubre de 1884, núm. 96, con que luego el poeta encabezó sus *Primeras notas* [*Epístolas y poemas*], Managua, 1888.

[4] En la Biblioteca Nacional de Managua, Darío debió conocer el *Poor Richard's Almanac* (1733-1758) de Benjamin Franklin (1706-1790) en traducciones españolas como la *Ciencia del buen Ricardo*, Madrid, 1844; Caracas, 1858, y Guayaquil, 1879.

un pedazo de salchichón. ¡Conque a Contreras, que me ha dicho hasta loco, no le guardo inquina! Vamos, pues, a que voy a comenzar la narración siguiente:

Allá por aquellos años, en que ya estaba para concluir el régimen colonial, era gobernador de León el famoso Coronel Arrechavala,[5] cuyo nombre no hay vieja que no lo sepa, y cuyas riquezas son proverbiales; que cuentan que tenía adobes de oro.

El Coronel Arrechavala era apreciado en la Capitanía General de la muy noble y muy leal ciudad de Santiago de los Caballeros de Guatemala.

Así es que en estas tierras era un reicito sin corona. Aún pueden mis lectores conocer los restos de sus posesiones pasando por la hacienda "Los Arcos", cercana a León.

Todas las mañanitas montaba el Coronel uno de sus muchos caballos, que eran muy buenos, y como la echaba de magnífico jinete daba una vuelta a la gran ciudad, luciendo los escarceos de su cabalgadura.

El Coronel no tenía nada de campechano; al contrario, era hombre seco y duro; pero así y todo tenía sus preferencias y distinguía con su confianza a algunas gentes de la metrópoli.

Una de ellas era Doña María de..., viuda de un capitán español que había muerto en San Miguel de la Frontera.

Pues, señor, vamos a que todas las mañanitas a hora de paseo se acercaba a la casa de doña María el Coronel Arrechavala, y la buena señora le ofrecía dádivas, que, a decir verdad, él recompensaba con largueza. Dijéralo, si no, la buena ración de onzas españolas del tiempo de nuestro rey don Carlos IV que la viuda tenía amontonaditas en el fondo de su baúl.

El Coronel, como dije, llegaba a la puerta, y de allí le daba su morralito doña María; morralito repleto de bizcoletas, rosquillas y exquisitos bollos con bastante yema de huevo. Y con todo lo cual se iba el Coronel a tomar su chocolate.

Ahora va lo bueno de la tradición.

---

[5] El coronel Joaquín Arrechavala ocupó interinamente la Gobernación de la Provincia de Nicaragua (1813-1819). Su figura se ha vuelto legendaria en ese país: aparece, siempre a caballo, como protagonista de anécdotas amorosas y cuentos de aparecidos.

Se chupaba los dedos el Coronel cuando comía albóndigas, y, a las vegadas, la buena doña María le hacía sus platos del consabido manjar, cosa que él le agradecía con alma, vida y estómago.

Y vaya que por cada plato de albóndigas una saya de buriel, unas ajorcas de fino taraceo, una sortija, o un rollito de relumbrantes peluconas, con lo cual ella era para él afable y contentadiza.

He pecado al olvidarme de decir que doña María era una de esas viuditas de linda cara y de decir ¡Rey Dios! Sin embargo, aunque digo esto, no diré que el Coronel anduviese en trapicheos con ella. Hecha esta salvedad, prosigo mi narración, que nada tiene de amorosa aunque tiene mucho de culinaria.

Una mañana llegó el Coronel a la casa de la viudita.

—Buenos días le dé Dios, mi doña María.

—¡El señor Coronel! Dios lo trae. Aquí tiene unos marquesotes que se deshacen en la boca; y para el almuerzo le mandaré . . . ¿qué le parece?

—¿Qué, mi doña María?

—Albóndigas de excelente picadillo, con tomate y chile y buen caldo, señor Coronel.

—¡Bravísimo! —dijo riendo el rico militar—. No deje usted de remitírmelas a la hora del almuerzo.

Amarró el morralito de marquesotes en el pretal de la silla, se despidió de la viuda, dió un espolonazo a su caballería y ésta tomó el camino de la casa con el zangoloteo de un rápido pasitrote.

Doña María buscó la mejor de sus soperas, la rellenó de albóndigas en caldillo y la cubrió con la más limpia de sus servilletas, enviando en seguida a un muchacho, hijo suyo, de edad de diez años, con el regalo, a la morada del Coronel Arrechavala.

Al día siguiente, el trap trap del caballo del Coronel se oía en la calle en que vivía doña María, y ésta con cara de risa asomada a la puerta en espera de su regalado visitador.

Llegóse él cerca y así le dijo con un airecillo de seriedad rayano de la burla:

—Mi señora doña María: para en otra, no se olvide de poner las albóndigas en el caldo.

La señora, sin entender ni gota, se puso en jarras y le respondió:

—Vamos a ver ¿por qué me dice usted eso y me habla con ese modo y me mira con tanto sorna?

El Coronel le contó el caso; éste era que cuando iba con tamaño apetito a regodearse comiéndose las albóndigas, se encontró con que en la sopera ¡sólo había caldo!

—¡Blas! Ve que malhaya el al...

—Cálmese usted —le dijo Arrechavala—; no es para tanto.

Blas, el hijo de la viuda, apareció todo cariacontecido y gimoteando, con el dedo en la boca y rozándose al andar despaciosamente contra la pared.

—Ven acá —le dijo la madre—. Dice el señor Coronel que ayer llevaste sólo el caldo en la sopera de las albóndigas. ¿Es cierto?

El Coronel contenía la risa al ver la aflicción del rapazuelo.

—Es —dijo éste— que... que... en el camino un hombre... que se me cayó la sopera en la calle... y entonces... me puse a recoger lo que se había caído... y no llevé las albóndigas porque solamente pude recoger el caldo...

—Ah, tunante —rugió doña María— ya verás la paliza que te voy a dar...

El Coronel echando todo su buen humor fuera, se puso a reír de manera tan desacompasada que por poco revienta.

—No le pegue usted, mi doña María —dijo—. Esto merece premio.

Y al decir así se sacaba una amarilla y se la tiraba al perillán.

—Hágame usted albóndigas para mañana, y no sacuda usted los lomos del pobre Blas.

El generoso militar tomó la calle, y fuése, y tuvo para reír por mucho tiempo. Tanto, que poco antes de morir refería el cuento entre carcajada y carcajada.

Y a fe que desde entonces se hicieron famosas las albóndigas del Coronel Arrechavala.

MIS PRIMEROS VERSOS[1]

Tenía yo catorce años y estudiaba humanidades[2].

Un día sentí unos deseos rabiosos de hacer versos, y de enviárselos a una muchacha muy linda, que se había permitido darme calabazas.

Me encerré en mi cuarto, y allí en la soledad, después de inauditos esfuerzos, condensé como pude, en unas cuantas estrofas, todas las amarguras de mi alma.

Cuando vi, en una cuartilla de papel, aquellos rengloncitos cortos tan simpáticos; cuando los leí en alta voz y consideré que mi cacumen los había producido, se apoderó de mí una sensación deliciosa de vanidad y orgullo.

Inmediatamente pensé en publicarlos en *La Calavera*, único periódico que entonces había, y se los envié al redactor, bajo una cubierta y sin firma.

Mi objeto era saborear las muchas alabanzas de que sin duda serían objeto, y decir modestamente quién era el autor, cuando mi amor propio se hallara satisfecho.

Eso fué mi salvación.

Pocos días después sale el número 5 de *La Calavera,* y mis versos no aparecen en sus columnas.

Los publicarán inmediatamente en el número 6, dije para mi capote, y me resigné a esperar porque no había otro remedio.

Pero ni en el número 6, ni en el 7, ni en el 8, ni en los que siguieron había nada que tuviera apariencias de versos.

[1] *El Imparcial,* semanario de Managua dirigido por Darío, 29 de enero de 1886, núm. 4. Sequeira lo recopiló por primera vez, obra citada, pp. 20-22.
[2] Único detalle de realidad que aparece en este cuento; resultan muy improbables los demás que Darío refiere, aunque Sequeira, p. 20, quiera ver fantaseados los de la publicación de los versos primerizos de *Desengaño (El Ensayo,* León, 27 de junio de 1880). Muchos años después Darío recordaba esta época de su juventud, cuando estudiaba con los jesuítas: "Por lo menos conocíamos nuestros clásicos y cogíamos al pasar una que otra espiga de latín y aun de griego" *(Todo al vuelo,* Madrid, 1912, p. 105).

Casi desesperaba ya de que mi primera poesía saliera en letra de molde, cuando caten ustedes que el número 13 de *La Calavera,* puso colmo a mis deseos.

Los que no creen en Dios, creen a puño cerrado en cualquier barbaridad; por ejemplo, en que el número 13 es fatídico, precursor de desgracias y mensajero de muerte.

Yo creo en Dios; pero también creo en la fatalidad del maldito número 13.

Apenas llegó a mis manos *La Calavera,* que puse de veinticinco alfileres, y me lancé a la calle, con el objeto de recoger elogios, llevando conmigo el famoso número 13.

A los pocos pasos encuentro a un amigo, con quien entablé el diálogo siguiente:

—¿Qué tal, Pepe?

—Bien, ¿y tú?

—Perfectamente. Dime, ¿has visto el número 13 de *La Calavera?*

—No creo nunca en ese periódico.

Un jarro de agua fría en la espalda o un buen pisotón en un callo no me hubieran producido una impresión tan desagradable como la que experimenté al oír esas seis palabras.

Mis ilusiones disminuyeron un cincuenta por ciento, porque a mí se me había figurado que todo el mundo tenía obligación de leer por lo menos el número 13, como era de estricta justicia.

—Pues bien, —repliqué algo amostazado—, aquí tengo el último número y quiero que me des tu opinión acerca de estos versos que a mí me han parecido muy buenos.

Mi amigo Pepe leyó los versos y el infame se atrevió a decirme que no podían ser peores.

Tuve impulsos de pegarle una bofetada al insolente que así desconocía el mérito de mi obra; pero me contuve y me tragué la píldora.

Otro tanto me sucedió con todos aquellos a quienes interrogué sobre el mismo asunto, y no tuve más remedio que confesar de plano . . . que todos eran unos estúpidos.

Cansado de probar fortuna en la calle, fuí a una casa donde encontré a diez o doce personas de visita. Después del saludo, hice por milésima vez esta pregunta:

—¿Han visto ustedes el número 13 de *La Calavera?*

—No lo he visto —contestó uno de tantos—, ¿qué tiene de bueno?

—Tiene, entre otras cosas, unos versos, que según dicen no son malos.

—¿Sería usted tan amable que nos hiciera el favor de leerlos?

—Con gusto.

Saqué *La Calavera* del bolsillo, lo desdoblé lentamente, y, lleno de emoción, pero con todo el fuego de mi entusiasmo, leí las estrofas.

En seguida pregunté:

—¿Qué piensan ustedes sobre el mérito de esta pieza literaria?

Las respuestas no se hicieron esperar y llovieron en esta forma:

—No me gustan esos versos.

—Son malos.

—Son pésimos.

—Si continúan publicando esas necedades en *La Calavera,* pediré que me borren de la lista de los suscriptores.

—El público debe exigir que emplumen al autor.

—Y al periodista.

—¡Qué atrocidad!

—¡Qué barbaridad!

—¡Qué necedad!

—¡Qué monstruosidad!

Me despedí de la casa hecho un energúmeno, y poniendo a aquella gente tan incivil en la categoría de los tontos: "Stultorum plena sunt omnia", decía ya para consolarme.

Todos esos que no han sabido apreciar las bellezas de mis versos, pensaba yo, son personas ignorantes que no han estudiado humanidades, y que, por consiguiente, carecen de los conocimientos necesarios para juzgar como es debido en materia de bella literatura.

Lo mejor es que yo vaya a hablar con el redactor de *La Calavera,* que es hombre de letras y que por algo publicó mis versos.

Efectivamente: llego a la oficina de la redacción del periódico, y digo al jefe, para entrar en materia:

—He visto el número 13 de *La Calavera.*

—¿Está usted suscrito a mi periódico?

—Sí, señor.

—¿Viene usted a darme algo para el número siguiente?

—No es eso lo que me trae: es que he visto unos versos...

—Malditos versos: ya me tiene frito el público a fuerza de reclamaciones. Tiene usted muchísima razón, caballero, porque son, de lo malo, lo peor; pero ¿qué quiere usted?, el tiempo era muy escaso, me faltaba media columna y eché mano a esos condenados versos, que me envió algún quídam para fastidiarme.

Estas últimas palabras las oí en la calle, y salí sin despedirme, resuelto a poner fin a mis días.

Me pegaré un tiro, pensaba, me ahorcaré, tomaré un veneno, me arrojaré desde un campanario a la calle, me echaré al río con una piedra al cuello, o me dejaré morir de hambre, porque no hay fuerzas humanas para resistir tanto.

Pero eso de morir tan joven... Y, además, nadie sabía que yo era el autor de los versos.

Por último, lector, te juro que no me maté; pero quedé curado, por mucho tiempo, de la manía de hacer versos. En cuanto al número 13 y a las calaveras, otra vez que esté de buen humor te he de contar algo tan terrible, que se te van a poner los pelos de punta[3].

---

[3] *Mis primeros versos* es el último cuento que conocemos de los que Darío escribió en Nicaragua, antes de su viaje a Chile (5 de junio de 1886). No parece haberse encontrado hasta ahora el texto de *La pluma azul,* escrito antes del 14 de marzo de 1886. *El Imparcial* de esa fecha anuncia que "la composición de Darío corre ya inserta en *El Diario Nicaragüense*" de Granada. Sequeira no ha podido dar con ella en las colecciones de dicho diario que tuvo a la vista, obra citada, p. 272. En el *Apéndice* de este volumen publicamos *La pluma azul* de Pedro Ortiz (1859-1892), amigo de Darío y compañero suyo en la dirección de *El Imparcial;* Ortiz presentó su cuento a un certamen literario privado, al que concurrieron también Darío, Eugenio López y Manuel Riguero de Aguilar, todos ellos con cuentos del mismo título (cf. la nota 1 al cuento de Ortiz).

LA HISTORIA DE UN PICAFLOR[1]

... ¡Ah! sí, mi amable señorita. Tal como usted lo oye: tras un jarrón de paulonias y a eso de ponerse el sol. Garlaban como niños vivarachos, no se daban punto de reposo yendo y viniendo de un álamo vecino a una higuera deshojada y escueta, que está más allá de donde usted ve aquel rosalito, un poco más allá.

¿Que quiere usted saber la manera, el cómo y el por qué entendemos esas cosas los poetas? ... Fácil cuestión.

Ya lo sabrá usted después que le refiera eso, eso que le ha infundido ligeras dudas, y que pasó tal como lo cuento; una cosa muy sencilla: la confidencia de un ave bajo el limpio cielo azul.

Hacía frío. La cordillera estaba de novia, con su inmensa corona blanca y su velo de bruma; soplaba un airecito que calaba hasta los huesos; en las calles se oía ruido de caballos piafando, de coches, de pitos, de rapaces pregoneros que venden periódicos, de transeúntes; ruido de gran ciudad; y pasaban haciendo resonar los adoquines y las aceras, con los trabajadores de toscos zapatones, que venían del taller, los caballeritos enfundados en luengos *paletots,* y las damas envueltas en sus abrigos, en sus mantos, con las manos metidas en hirsutos cilindros de píeles para calentarse. Porque hacía frío, mi amable señorita.

Pues vamos a que yo estaba allí donde usted se ha reclinado,

[1] El primer cuento de Darío escrito en Chile, publicado en *La Época,* Santiago, 21 de agosto de 1886. Aunque probablemente escrito en Valparaíso al mismo tiempo que su desacertada *Emelina,* novela en colaboración con Eduardo Poirier, se publicó en Santiago cuando Darío se trasladó a esa ciudad y comenzó a colaborar en *La Época.* Puede considerarse como inédito hasta hoy, ya que la única recopilación que lo contenía *(Obras escogidas de Rubén Darío publicadas en Chile,* tomo II del Homenaje de la Universidad de Chile a Rubén Darío en el cincuentenario de la publicación de *Azul ...* 1888-1938, Santiago, 1940, pp. 15-18), "se quemó en la imprenta el 13 de diciembre de 1940", según informa el compilador, don Julio Saavedra Molina, en su *Bibliografía de Rubén Darío,* Santiago, 1946, p. 106. A él agradecemos el texto que aquí publicamos.

en este mismo jardín, cerca de ese sátiro de mármol cuyos pies henchidos están cubiertos por las hojas de la madreselva. Veía caer los chorros brillantes del surtidor, sobre la gran taza, y el cielo que se arrebolaba por la parte del occidente.

De pronto empezaron ellos a garlar. Y lo hacían de lo lindo, como que no sabían que yo les comprendía su parloteo. Ambos eran tornasolados, pequeñitos, lindos ornis[2]. Dieron una vuelta por el jardín, chillando casi imperceptiblemente, y luego en sendas ramas principiaron su conversación.

—¿Sabes que me gusta —le dijo el uno al otro— tu modo de proceder? No es poco el haberte sorprendido esta mañana cortejando a la hermosa dueña del jardín vecino, a riesgo de romperte el pico y quebrarte la cabeza contra los vidrios de su ventana. ¡Oh! ¿habráse visto mayor incauto? Como sigas dejando las flores por las mujeres, te pasará lo mismo que a Plumas de Oro, un primo mío más gallardo que tú, de ojos azules, y que tenía un traje de un tornasol amarillo que cuando el sol le arrebolaba le hacía parecer llama con alas.

—¿Y qué le pasó a tu primo? —repuso el otro un tanto amostazado.

—Escucha —siguió el consejero, tomando un aire muy grave y ladeando la cabecita—. Escucha, y echa en tu saco. Era Plumas de Oro remono, monísimo. ¡Qué mono que era! ¡Y su historia!

En esas bellas ciudades llamadas jardines, no había otro más preferido por las flores. En los días de primavera, cuando las rosas lucían sus mejores galas, ¡con cuánto placer no recibían en sus pétalos, rojos como una boca fresca, el pico del pajarito juguetón y bullicioso! Las no-me-olvides se asomaban por las verdes ventanas de sus palacio de follaje y le tiraban a escondidas besos perfumados, con la punta de sus estambres; los claveles se estremecían si un ala del galán al paso les movía con su roce; y las violetas, la violetas pudorosas, apartaban un tanto su velo y enseñaban el lindo rostro al mimado picaflor que volaba rápido luciendo su fraquecito de plumas pálidas, cortadas por las tijeras

[2] Probablemente con el sentido de 'pájaros'; en tal caso, sobraría la coma que en el original precedía a esta palabra.

de la naturaleza, Pinaud de los elegantes del bosque[3]. Plumas de Oro era un gran picaronazo... ¡Vaya si se sabía cosas!

Bajo las enramadas, en las noches de luna, cuentan auras maliciosas que ellas mismas llevaron en su giros quejas tenues y apacibles, aromas súbitos y vagarosos aleteos.

A ver ¿quién dice que Plumas de Oro no era un tunante?

¡Ay, cuánto lo amaban las flores!

Pues ya verás tú, imprudente, lo que le sucedió, que es lo que te puede suceder, como sigas en malas inclinaciones.

Avino que una mañana de primavera Plumas de Oro estaba tomando el sol. En aquella sazón bajó al jardín una de esas, una de esas mujeres que parecen flores y que por eso nos encantan. Tenía ojos azules como campánulas, frente como azucena, labios como copihues[4], cabellos como húmedas espigas y, en conclusión, ¿para qué decir que Plumas de Oro perdió el seso?

¡Qué continuo revolar; qué ir y venir de un lugar a otro para ser visto por la dama rubia!

¡Ah! Plumas de Oro, no sabes lo que estás haciendo...

Desde aquel día las flores se quejaron de olvido; algunas se marchitaron angustiadas; y no sentían placer en que otros de nuestros compañeros llegaran a besarles las corolas. Y mientras tanto, el redomado pícaro toca que te toca las rejas de la casa en que vivía la hermosura; no se acordaba de los jardines, ni de sus olorosas enamoradas... ¿No es cierto que era un sujeto asaz perdidizo? Ganas tenía de llegarme a las rejas por donde él vagueaba y decirle a pico lleno: Caballero primo, es usted un trapalón. ¿Estamos?

Llegó un día fatal. Ello había de suceder. Yo, yo lo vi, con mis propios ojos. Mientras Plumas de Oro revolaba, la ventana se abrió y apareció riendo la joven rubia. En una de sus manos blancas como jazmines, con las palmas rosadas, en la siniestra,

---

[3] "Pinaud, nombre de un famoso sastre francés establecido en Santiago" (Saavedra Molina, *Obras escogidas...*, vol. II, p. 16). "Su mejor sastre [de Santiago] es Pinaud", dice Darío en el *Prólogo* a los *Asonantes* de Narciso Tondreau, 1889, y en la *Historia de un sobretodo,* incluída en este volumen: "¿qué me importa que no lleve mi sobretodo la marca de Pinaud?".

[4] Enredadera chilena cuya flor se considera allí como emblema nacional.

tenía una copa de miel, ¿y en la otra? ¡Ay! en la otra no tenía nada. Plumas de Oro voló y aleteando se puso a chupar la miel de aquella copa, como lo hacía en los lirios recién abiertos. Mi primo, no tomes eso, que estás bebiendo tu muerte... Yo chilla y chilla, y Plumas de Oro siempre en la copa. De repente la rubia aprisionó al desgraciado, con su mano derecha... Entonces él chillaba más que yo. Pero ya era tarde... ¡Ah, Plumas de Oro, Plumas de Oro! ¿No te lo decía?

La ventana se volvió a cerrar, y yo, afligido, me acerqué para ver por los vidrios qué era de mi pobre primo. Entonces escuché... ¡Dios de las aves! Entonces escuché que la dama decía a otra como ella:

—¡Mira, mira, le atrapé; qué lindo, disecado para el sombrero!...

¡Horror!... Comprendí la espantosa realidad... Volé a referírselo a las rosas, y entonces las espinosas vengativas exclamaron en coro, mecidas por el viento:

—¡Bravo, que coja por bribón!

Días después la tirana que asesinó al infeliz se paseaba a nuestra vista por los jardines, llevando en su sombrero el cadáver frío de Plumas de Oro... Ya lo creo, como que estábamos de moda, ¡como que estamos todavía!...

Vamos ¿has escuchado tú, imprudente, la historia de mi cuitado primo? Pues no eches en saco roto mis advertencias.

¡Oh, qué triste la historia del picaflor!

Y luego, mi amable señorita, se fueron volando, volando, aquellos dos picaflores, del álamo a la higuera, de la higuera al rosal y del rosal al espacio...

Y oí que decían las flores en voz queda, tan queda que yo sólo la oí en aquellos instantes:

—Entre las estrellas y las mujeres, son éstas las más terribles rivales. ¡Aquéllas están tan lejos!...

Ahora bien, mi amable señorita, si quiere usted saber el cómo y el por qué soy sabidor de lenguas de pájaros y de flores, míreme usted, míreme usted, que ya se lo dirán mis ojos...

EL PÁJARO AZUL[1]

París es teatro divertido y terrible. Entre los concurrentes al Café Plombier, buenos y decididos muchachos —pintores, escultores, escritores, poetas; sí, ¡todos buscando el viejo laurel verde!— ninguno más querido que aquel pobre Garcín, triste casi siempre, buen bebedor de ajenjo, soñador que nunca se emborrachaba, y, como bohemio intachable, bravo improvisador.

En el cuartucho destartalado de nuestras alegres reuniones, guardaba el yeso de las paredes, entre los esbozos y rasgos de futuros Delacroix, versos, estrofas enteras escritas en la letra echada y gruesa de nuestro *pájaro azul*.

El pájaro azul era el pobre Garcín. ¿No sabéis por qué se llamaba así? Nosotros le bautizamos con ese nombre.

Ello no fué un simple capricho. Aquel excelente muchacho tenía el vino triste. Cuando le preguntábamos por qué, cuando todos reíamos como insensatos o como chicuelos, él arrugaba el ceño y miraba fijamente el cielo raso, y nos respondía sonriendo con cierta amargura:

—Camaradas: habéis de saber que tengo un pájaro azul en el cerebro; por consiguiente...

Sucedía también que gustaba de ir a las campiñas nuevas, al entrar la primavera. El aire del bosque hacía bien a sus pulmones, según nos decía el poeta.

De sus excursiones solía traer ramos de violetas y gruesos cuadernillos de madrigales, escritos al ruido de las hojas y bajo el ancho cielo sin nubes. Las violetas eran para Niní, su vecina, una muchacha fresca y rosada, que tenía los ojos muy azules.

Los versos eran para nosotros. Nosotros los leíamos y los aplau-

[1] *La Época,* Santiago, 7 de diciembre de 1886. Aparece en todas las ediciones de *Azul...* Darío no le puso ninguna nota en la edición de Guatemala (1890); en la *Historia de mis libros* (Buenos Aires, 1912) habla de él como de "otra narración de París [al igual que *El rubí* y *El palacio del sol*], más ligera, a pesar de su significación vital".

díamos. Todos teníamos una alabanza para Garcín. Era un ingenio que debía brillar. El tiempo vendría. ¡Oh, el pájaro azul volaría muy alto! ¡Bravo! ¡Bien! ¡Eh, mozo, más ajenjo!

Principios de Garcín:
De las flores, las lindas campánulas.
Entre las piedras preciosas, el zafiro.
De las inmensidades, el cielo y el amor; es decir, las pupilas de Niní.
Y repetía el poeta: Creo que siempre es preferible la neurosis a la estupidez.

A veces Garcín estaba más triste que de costumbre.
Andaba por los bulevares; veía pasar indiferente los lujosos carruajes, los elegantes, las hermosas mujeres. Frente al escaparate de un joyero sonreía; pero cuando pasaba cerca de un almacén de libros, se llegaba a las vidrieras, husmeaba y, al ver las lujosas ediciones, se declaraba decididamente envidioso, arrugaba la frente; para desahogarse, volvía el rostro hacia el cielo y suspiraba. Corría al café en busca de nosotros, conmovido, exaltado, pedía su vaso de ajenjo, y nos decía:

—Sí, dentro de la jaula de mi cerebro está preso un pájaro azul que quiere su libertad...

Hubo algunos que llegaron a creer en un descalabro de razón.
Un alienista a quien se le dió la noticia de lo que pasaba calificó el caso como una monomanía especial. Sus estudios patológicos no dejaban lugar a duda.
Decididamente el desgraciado Garcín estaba loco.
Un día recibió de su padre, un viejo provinciano de Normandía, comerciante en trapos, una carta que decía lo siguiente, poco más o menos:
"Sé tus locuras en París. Mientras permanezcas de ese modo, no tendrás de mí un solo *sou*. Ven a llevar los libros de mi almacén, y cuando hayas quemado, gandul, tus manuscritos de tonterías, tendrás mi dinero".
Esta carta se leyó en el Café Plombier.
—¿Y te irás?
—¿No te irás?

—¿Aceptas?

—¿Desdeñas?

¡Bravo Garcín! Rompió la carta, y soltando el trapo a la vena, improvisó unas cuantas estrofas, que acababan, si mol no recuerdo:

¡Sí, seré siempre un gandul,
lo cual aplaudo y celebro,
mientras sea mi cerebro
jaula del pájaro azul!

Desde entonces Garcín cambió de carácter, se volvió charlador, se dió un baño de alegría, compró levita nueva y comenzó un poema en tercetos, titulado, pues es claro: *El pájaro azul.*

Cada noche se leía en nuestra tertulia algo nuevo de la obra. Aquello era excelente, sublime, disparatado.

Allí había un cielo muy hermoso, una campiña muy fresca, países brotados como por la magia del pincel de Corot, rostros de niños asomados entre flores, los ojos de Niní húmedos y grandes; y por añadidura, el buen Dios que envía volando, volando, sobre todo aquello, un pájaro azul que, sin saber cómo ni cuándo, anida dentro del cerebro del poeta, en donde queda aprisionado. Cuando el pájaro quiere volar y abre las alas y se da contra las paredes del cráneo, se alzan los ojos al cielo, se arruga la frente y se bebe ajenjo con poca agua, fumando además, por remate, un cigarrillo de papel.

He ahí el poema.

Una noche llegó Garcín riendo mucho y, sin embargo, muy triste.

La bella vecina había sido conducida al cementerio.

—¡Una noticia! ¡Una noticia! Canto último de mi poema. Niní ha muerto. Viene la primavera y Niní se va. Ahorro de violetas para la campiña. Ahora falta el epílogo del poema. Los editores no se dignan siquiera leer mis versos. Vosotros muy pronto tendréis que dispersaros. Ley del tiempo. El epílogo debe de titularse así: *De cómo el pájaro azul alza el vuelo al cielo azul.*

¡Plena primavera! ¡Los árboles florecidos, las nubes rosadas en el alba y pálidas por la tarde; el aire suave que mueve las hojas y hace aletear las cintas de paja con especial ruido! Garcín no ha ido al campo.

Hele ahí, viene con traje nuevo, a nuestro amado Café Plombier, pálido, con una sonrisa triste.

—¡Amigos míos, un abrazo! Abrazadme todos, así, fuerte; decidme adiós, con todo el corazón, con toda el alma... El pájaro azul vuela...

Y el pobre Garcín lloró, nos estrechó, nos apretó las manos con todas sus fuerzas y se fué.

Todos dijimos:

—Garcín, el hijo pródigo, busca a su padre, el viejo normando. ¡Musas, adiós; adiós, gracias! ¡Nuestro poeta se decide a medir trapos! ¡Eh! ¡Una copa por Garcín!

Pálidos, asustados, entristecidos, al día siguiente todos los parroquianos del Café Plombier, que metíamos tanta bulla en aquel cuartucho destartalado, nos hallábamos en la habitación de Garcín. El estaba en su lecho, sobre las sábanas ensangrentadas, con el cráneo roto de un balazo. Sobre la almohada había fragmentos de masa cerebral... ¡Horrible![2]

Cuando, repuestos de la impresión, pudimos llorar ante el cadáver de nuestro amigo, encontramos que tenía consigo el famoso poema. En la última página había escritas estas palabras:

Hoy, en plena primavera, dejo abierta la puerta de la jaula al pobre pájaro azul.

¡Ay, Garcín, cuántos llevan en el cerebro tu misma enfermedad!

---

[2] *El pájaro azul* presenta uno que otro rasgo en común con los *Abrojos,* que escribía Darío por la misma época: "vino triste" *(Abrojos, Prólogo,* I), y el tema del suicidio ("pistolas que rompen cráneos", *Abrojos,* XXXV).

BOUQUET[1]

La linda Stela, en la frescura de sus quince abriles, pícara y risueña, huelga por el jardín acompañada de una caterva bulliciosa.

Se oye entre las verduras y los follajes trisca y algazara. Querubines de tres, de cuatro, de cinco años, chillan, aturden y cortan ramos florecidos. Suena en el jardín como un tropel de mariposas o una alegre bandada de gorriones.

De pronto se dispersan. Cada chiquilla busca su regazo. Stela da a cada cual un dulce y una caricia; besa a su madre, y luego viene a mostrarme, toda encendida y agitada, el manojo de flores que ha cogido.

Sentada cerca de mí, tiene en las faldas una confusión de pétalos y de hojas. Allí hay un pedazo de iris hecho trizas. Es una muchedumbre de colores y una dulce mezcla de perfumes.

Aquella falda es una primavera.

Stela, flor viva, tiene en los labios una rosa diminuta. La púrpura de la rosa se avergüenza de la sangre de la boca.

Por fin me dijo:

—Y bien, amigo mío, usted me ha ofrecido acompañarme en mi revista de flores. Cumpla usted. Aquí hay muchas; son preciosas. ¿Qué me dice de esta azucena? ¡Vaya! ¡Sirva usted de algo!

Empezamos por esa reina, la rosa. ¡Viejo Aquiles Tacio! Bien dices que si Jove hubiera de elegir un soberano de las flores, ella sería la preferida, como hermosura de las plantas, honra del campo y ojo de Flora.

[1] *La Época*, Santiago, 9 de diciembre de 1886. Fué recogido por Raúl Silva Castro en sus *Obras desconocidas de Rubén Darío, escritas en Chile y no recopiladas en ninguno de sus libros,* Santiago, 1934, pp. 78-83; por Julio Saavedra Molina en *Obras escogidas,* II, pp. 24-27 (edición destruída), y por Eugenio Orrego Vicuña en la *Antología chilena* de Rubén Darío publicada como homenaje al poeta en los *Anales de la Universidad de Chile,* primer trimestre de 1941, año XCIX, núm. 41, 3ª serie, pp. 348-352.

Hela aquí. Sus pétalos aterciopelados tienen la forma del ala de un amorcillo. En los banquetes de los antiguos griegos, esos pétalos se mezclaban en las ánforas con el vino. ¡Aquí Anacreonte, el dulce cantor de la vejez alegre! Ámbar de los labios, la dice, gozo de las almas. Las Gracias la prefieren, y se adornan con ella en el tiempo del amor. Venus y las Musas la buscan por valiosa y por garrida. La rosa es como la luz en las mesas. De rosa son hechos los brazos de las ninfas y los dedos de la aurora. A Venus, la llaman los poetas rósea.

Luego, el origen de la reina de las flores.

Cuando Venus nació en las espumas, cuando Minerva salió del cerebro del padre de los dioses, Cibeles hizo brotar el rosal primitivo.

Además ¡oh Stela! has de convencerte de que es ella la mejor urna del rocío, la mejor copa del pájaro y la rival más orgullosa de tus mejillas rosadas.

Esa que has apartado y que tanto te gusta vino de Bengala, lugar de sueños, de perlas, de ojos ardientes y de tigres formidables. De allí fué traída a Europa por el muy noble lord Macartenny, un gran señor amigo de las flores —como tú y como yo.

Junto a la rosa has puesto a la hortensia, que se diría recortada de un trozo de seda, y cuyo color se asemeja al que tienes en las yemas de tus dedos de ninfa.

La hortensia lleva el nombre de la hija de aquella pobre emperatriz Josefina, por razón de que esta gran señora tuvo la primera flor de tal especie que hubo en Francia.

La hortensia es hoy europea, por obra del mismo lord galante de la rosa de Bengala.

Ahí está el lirio, blanco, casi pálido: ¡graciosa flor de la pureza!

Los bienaventurados, ante el fuego divino que emerge el trono de Dios, están extáticos, con su corona de luceros y su rama de lirio.

Es la melancólica flor de las noches de luna. ¡Dícese, Stela, que hay pájaros románticos que en las calladas arboledas cantan amores misteriosos de estrellas y de lirios! . . .

¡Está aquí la no-me-olvides!

Flor triste, amiga, que es cantada en las *lieder* alemanas.

Es una vieja y enternecedora leyenda.

Ella y él, amada y amado, van por la orilla de un río, llenos de ilusiones y de dicha.

De pronto, ella ve una flor a la ribera, y la desea. Él va, y al cortarla, resbala y se hunde en la corriente. Se siente morir, pero logra arrojar la flor a su querida, y exclama: —¡No me olvides!

Ahí las *lieder*.

Es el dulce *vergiss mein nicht* de los rubios alemanes.

Déjame colocar en seguida la azucena. De su cáliz parece que exhala el aliento de Flora.

¡Flor santa y antigua! La Biblia está sembrada de azucenas. El *Cantar de los cantares* tiene su aroma halagador.

Se me figura que ella era la reina del Paraíso. En la puerta del Edén, debe de haberse respirado fragancia de azucenas.

Suiza tiene la ribera de sus lagos bordada de tan preciadas flores. Es la tierra donde más abundan.

Aquí la camelia ¡oh Margarita! blanca y bella y avara de perfume.

Está su cuna allá en Oriente, en las tierras de China. Nació junta al *melati* perfumado. Sus pétalos son inodoros. Es la flor de aquella pobre María Duplessys, que murió de muerte, y que se apellidó *La dama de las camelias*.

A principios de este siglo un viejo religioso predicaba el Evangelio en China. Por santidad y ciencia, aquel sacerdote era querido y respetado. Pudo internarse en incultas regiones desconocidas. Allí predicó su doctrina y ensanchó su ciencia. Allí descubrió la camelia, flor que ha perpetuado su nombre.

El religioso se llamaba el reverendo Padre Camelin.

¿También azahares?

Es la flor de la castidad. Es la corona de las vírgenes desposadas. Hay una bendición divina en la frente que luce esa guirnalda de las felices bodas.

La santa dicha del hogar recibe a sus favorecidos en el dintel de su templo con una sonrisa del cielo y un ramo de azahares.

Debes gustar de las lilas, Stela. Tienen algo de apacible, con su leve color morado y su agradable aroma, casi enervador.

Las lilas son de Persia, el lejano país de los cuentos de hadas.

Su nombre viene del persa *lilang,* que significa azulado.

Fué llevada la bella flor a Turquía, y allí se llamó *lilae.*

En tiempo del rey cristianísimo Luis décimocuarto, Noite, su embajador, llevó a Francia la lila.

¡Es una dulce y simpática flor!

Veo que me miras entre celosa y extrañada, por haber echado en olvido a tu preferida.

Deja, deja de celos y de temores; que, en verdad te digo, niña hermosa, desdeñaría todas las rosas y azucenas del mundo por una sola violeta.

Pon a un lado, pues, todas las otras flores, y hablemos de esta amada poderosa.

Bajo su tupido manto de hojas, la besa el aire a escondidas. Ella tiembla, se oculta, y el aire, y la mariposa, y el rayo de sol, se cuelan por ramajes y verdores y la acarician en secreto.

Al primer rumoreo de la aurora, al primer vagido del amanecer, la violeta púdica y sencilla da al viento que pasa su perfume de flor virgen, su contingente de vida en el despertamiento universal.

Hay una flor que la ama.

El pensamiento es el donoso enamorado de la violeta.

Si está lejos, la envía su aroma; si cerca, confunde sus ramas con las de ella.

Y luego, amiga mía, juntas van ¡flores del amor y del recuerdo! en el ojal de la levita, frescas y nuevas, acabadas de cortar, o van secas, entre las hojas santinadas del devocionario que abren blancas y finas manos, y leen ojos azules como los de Minerva, o negros y ardientes, Stela, ¡como esos ojos con que me miras! . . .

EL FARDO[1]

Allá lejos, en la línea, como trazada por un lápiz azul, que separa las aguas y los cielos, se iba hundiendo el sol, con sus polvos de oro y sus torbellinos de chispas purpuradas, como un gran disco de hierro candente. Ya el muelle fiscal iba quedando en quietud; los guardas pasaban de un punto a otro, las gorras metidas hasta las cejas, dando aquí y allá sus vistazos. Inmóvil el enorme brazo de los pescantes, los jornaleros se encaminaban a las casas. El agua murmuraba debajo del muelle, y el húmedo viento salado, que sopla de mar afuera a la hora en que la noche sube, mantenía las lanchas cercanas en un continuo cabeceo.

Todos los lancheros se habían ido ya; solamente el viejo tío Lucas, que por la mañana se estropeara un pie al subir una barrica a un carretón, y que, aunque cojín cojeando,[2] había traba-

---

[1] Apareció en la *Revista de Artes y Letras,* Santiago, 15 de abril de 1887, tomo IX, pp. 113-119. Llevaba entonces la siguiente dedicatoria, luego suprimida: "A Luis Orrego Luco. Has murmurado, Luis, de la prosa de la Aduana, y has hecho mal. ¡Si vieras cuántas cosas se miran, además de las aes en triángulo y de los enigmas de las pólizas! Yo pensaba como tú, al frente de tan claras avideces, y, mira lo que he encontrado ayer, al salir del galpón de avalúos, a los dos días de mi empleo". Fué reproducido en *La Época* el 30 de ese mismo mes y año, e incluído en las ediciones de *Azul* . . . En la nota XI a la guatemalteca Darío aclaró: "Este es un episodio verdadero, que me fué narrado por un viejo lanchero en el muelle fiscal de Valparaíso, en el tiempo de mi empleo en la Aduana de aquel puerto. No he hecho sino darle una forma conveniente". En la nota IV de esa misma edición Darío nos refiere su permanencia en Valparaíso y su empleo en la Aduana motivados por la llegada del cólera a Santiago. "En *El fardo* —dice Darío en la *Historia de mis libros*— triunfa la entonces en auge escuela naturalista. Acababa de conocer algunas obras de Zola, y el reflejo fué inmediato; mas no correspondiendo tal modo a mi temperamento ni a mi fantasía, no volví a incurrir en tales desvíos". Una versión inglesa aparece en las *Short Stories from the Spanish* editadas por Charles Barnsley McMichael (New York, Boni and Liveright, 1920, y Girard, Kansas, Haldeman-Julius Co., 1923).

[2] Del francés *clopin-clopant,* como observa Saavedra Molina *(Obras escogidas,* I, p. 236). El doctor Alfonso Méndez Plancarte me comunica

jado todo el día, estaba sentado en una piedra y, con la pipa en la boca, veía triste el mar.

—¡Eh, tío Lucas! ¿Se descansa?

—Sí, pues, patroncito.

Y empezó la charla, esa charla agradable y suelta que me place entablar con los bravos hombres toscos que viven la vida del trabajo fortificante, la que da la buena salud y la fuerza del músculo, y se nutre con el grano del poroto[3] y la sangre hirviente de la viña.

Yo veía con cariño a aquel rudo viejo, y le oía con interés sus relaciones, así, todas cortadas, todas como de hombre basto, pero de pecho ingenuo. ¡Ah, conque fué militar! ¡Conque de mozo fué soldado de Bulnes![4] ¡Conque todavía tuvo resistencias para ir con rifle hasta Miraflores![5] Y es casado, y tuvo un hijo, y . . .

Y aquí el tío Lucas:

—¡Sí, patrón, hace dos años que se me murió!

Aquellos ojos, chicos y relumbrantes bajo las cejas grises y peludas, se humedecieron entonces.

—¿Que cómo se murió? En el oficio, por darnos de comer a todos: a mi mujer, a los chiquitos y a mí, patrón, que entonces me hallaba enfermo.

Y todo me lo refirió, al comenzar aquella noche, mientras las olas se cubrían de brumas y la ciudad encendía sus luces; él, en la piedra que le servía de asiento, después de apagar su negra pipa y de colocársela en la oreja, y de estirar y cruzar sus piernas flacas y musculosas, cubiertas por los sucios pantalones arremangados hasta el tobillo.

El muchacho era muy honrado y muy de trabajo. Se quiso ponerlo a la escuela desde grandecito; pero ¡los miserables no

que *cojín cojeando* ya aparece en Montalvo, lectura predilecta de Darío desde 1881.

[3] Poroto, 'frijol'.

[4] Don Manuel Bulnes, general chileno que combatió contra la confederación peruano-boliviana en 1838 (Cf. Saavedra Molina, *Obras escogidas*, I, p. 236).

[5] La batalla de Miraflores tuvo lugar en 1881, y abrió las puertas de Lima al ejército chileno (Cf. Saavedra Molina, *Obras escogidas*, I, p. 237).

deben aprender a leer cuando se llora de hambre en el cuartucho!

El tío Lucas era casado, tenía muchos hijos.

Su mujer llevaba la maldición del vientre de las pobres: la fecundación. Había, pues, mucha boca abierta que pedía pan, mucho chico sucio que se revolcaba en la basura, mucho cuerpo magro que temblaba de frío; era preciso ir a llevar qué comer, a buscar harapos, y para eso, quedar sin alientos y trabajar como un buey.

Cuando el hijo creció, ayudó al padre. Un vecino, el herrero, quiso enseñarle su industria; pero como entonces era tan débil, casi un armazón de huesos, y en el fuelle tenía que echar el bofe, se puso enfermo y volvió al conventillo[6]. ¡Ah, estuvo muy enfermo! Pero no murió. ¡No murió! Y eso que vivían en uno de esos hacinamientos humanos, entre cuatro paredes destartaladas, viejas, feas, en la callejuela inmunda de las mujeres perdidas, hedionda a todas horas, alumbrada de noche por escasos faroles, y en donde resuenan en perpetua llamada a las zambras de echacorvería, las arpas y los acordeones, y el ruido de los marineros que llegan al burdel, desesperados con la castidad de las largas travesías, a emborracharse como cubas y a gritar y patalear como condenados. ¡Sí! entre la podredumbre, al estrépito de las fiestas tunantescas, el chico vivió, y pronto estuvo sano y en pie.

Luego llegaron sus quince años.

El tío Lucas había logrado, tras mil privaciones, comprar una canoa. Se hizo pescador.

Al venir el alba, iba con su mocetón al agua, llevando los enseres de la pesca. El uno remaba, el otro ponía en los anzuelos la carnada. Volvían a la costa con buena esperanza de vender lo hallado, entre la brisa fría y las opacidades de la neblina, cantando en baja voz alguna "triste",[7] y enhiesto el remo triunfante que chorreaba espuma.

---

[6] *Conventillo,* 'casa de vecindad'.

[7] "Las *tristes* son unas canciones populares en el Perú, Bolivia y aún en Chile. Y en verdad que merecen el nombre que tienen, por la melancolía de su ritmo, algo como una dolorosa melopea, y por la letra, que casi siempre expresa penas y quejas de amor. Algo semejante son los yaravíes" (Nota XII de Darío a la edición de *Azul* de Guatemala, 1890).

Si había buena venta, otra salida por la tarde.

Una de invierno había temporal. Padre e hijo, en la pequeña embarcación, sufrían en el mar la locura de la ola y del viento. Difícil era llegar a tierra. Pesca y todo se fué al agua, y se pensó en librar el pellejo. Luchaban como desesperados por ganar la playa. Cerca de ella estaban; pero una racha maldita les empujó contra una roca, y la canoa se hizo astillas. Ellos salieron sólo magullados, ¡gracias a Dios! como decía el tío Lucas al narrarlo. Después, ya son ambos lancheros.

¡Sí! lancheros; sobre las grandes embarcaciones chatas y negras; colgándose de la cadena que rechina pendiente como una sierpe de hierro del macizo pescante que semeja una horca; remando de pie y a compás; yendo con la lancha del muelle al vapor y del vapor al muelle; gritando: ¡hiiooeep! cuando se empujan los pesados bultos para engancharlos en la uña potente que los levanta balanceándolos como un péndulo. ¡Sí! lancheros; el viejo y el muchacho, el padre y el hijo; ambos a horcajadas sobre un cajón, ambos forcejando, ambos ganando su jornal, para ellos y para sus queridas sanguijuelas del conventillo.

Íbanse todos los días al trabajo, vestidos de viejo, fajadas las cinturas con sendas bandas coloradas, y haciendo sonar a una sus zapatos groseros y pesados que se quitaban al comenzar la tarea, tirándolos en un rincón de la lancha.

Empezaba el trajín, el cargar y descargar. El padre era cuidadoso: —¡Muchacho, que te rompes la cabeza! ¡Que te coge la mano el chicote! ¡Que vas a perder una canilla!—. Y enseñaba, adiestraba, dirigía al hijo, con su modo, con sus bruscas palabras de obrero viejo y de padre encariñado.

Hasta que un día el tío Lucas no pudo moverse de la cama, porque el reumatismo le hinchaba las coyunturas y le taladraba los huesos.

¡Oh! Y había que comprar medicinas y alimentos; eso sí.

—Hijo, al trabajo, a buscar plata; hoy es sábado.

Y se fué el hijo, solo, casi corriendo, sin desayunarse, a la faena diaria.

Era un bello día de luz clara, de sol de oro. En el muelle rodaban los carros sobre sus rieles, crujían las poleas, chocaban las cadenas. Era la gran confusión del trabajo que da vértigo: el son del hierro, traqueteos por doquiera, y el viento pasando por el bosque de árboles y jarcias de los navíos en grupo.

Debajo de uno de los pescantes del muelle estaba el hijo del tío Lucas con otros lancheros, descargando a toda prisa. Había que vaciar la lancha repleta de fardos. De tiempo en tiempo bajaba la larga cadena que remata en un garfio, sonando como una matraca al correr con la roldana; los mozos amarraban los bultos con una cuerda doblada en dos, los enganchaban en el garfio, y entonces éstos subían a la manera de un pez en un azuelo, o del plomo de una sonda, ya quietos, ya agitándose de un lado a otro, como un badajo, en el vacío.

La carga estaba amontonada. La ola movía pausadamente de cuando en cuando la embarcación colmada de fardos. Éstos formaban una a modo de pirámide en el centro. Había uno muy pesado, muy pesado. Era el más grande de todos, ancho, gordo y oloroso a brea. Venía en el fondo de la lancha. Un hombre de pie sobre él, era pequeña figura para el grueso zócalo.

Era algo como todos los prosaímos de la importación envueltos en lona y fajados con correas de hierro. Sobre sus costados, en medio de líneas y de triángulos negros, había letras que miraban como ojos. —Letras en "diamante"— decía el tío Lucas. Sus cintas de hierro estaban apretadas con clavos cabezudos y ásperos; y en las entrañas tendría el monstruo, cuando menos, linones y percales.

Sólo él faltaba.

—¡Se va el bruto! —dijo uno de los lancheros.

—¡El barrigón! —agregó otro.

Y el hijo del tío Lucas, que estaba ansioso de acabar pronto, se alistaba para ir a cobrar y desayunarse, anudándose un pañuelo a cuadros al pescuezo.

Bajó la cadena danzando en el aire. Se amarró un gran lazo al fardo, se probó si estaba bien seguro, y se gritó: —¡Iza!— mientras la cadena tiraba de la masa chirriando y levantándola en vilo.

Los lancheros, de pie, miraban subir el enorme peso, y se preparaban para ir a tierra, cuando se vió una cosa horrible. El fardo, el grueso fardo, se zafó del lazo, como de un collar holgado saca un perro la cabeza; y cayó sobre el hijo del tío Lucas, que entre el filo de la lancha y el gran bulto quedó con los riñones rotos, el espinazo desencajado y echando sangre negra por la boca.

Aquel día no hubo pan ni medicinas en casa del tío Lucas, sino el muchacho destrozado, al que se abrazaba llorando el reumático, entre la gritería de la mujer y de los chicos, cuando llevaban el cadáver al cementerio.

Me despedí del viejo lanchero, y a pasos elásticos dejé el muelle, tomando el camino de la casa, y haciendo filosofía con toda la cachaza de un poeta, en tanto que una brisa glacial, que venía de mar afuera, pellizcaba tenazmente las narices y las orejas.

EL PALACIO DEL SOL[1]

A vosotras, madres de las muchachas anémicas, va esta historia, la historia de Berta, la niña de los ojos color de aceituna, fresca como una rama de durazno en flor, luminosa como un alba, gentil como la princesa de un cuento azul.

Ya veréis, sanas y respetables señoras, que hay algo mejor que el arsénico y el fierro para encender la púrpura de las lindas mejillas virginales; y que es preciso abrir la puerta de su jaula a vuestras avecitas encantadoras, sobre todo cuando llega el tiempo de la primavera y hay ardor en las venas y en las savias, y mil átomos de sol abejean en los jardines, como un enjambre de oro sobre las rosas entreabiertas.

Cumplidos sus quince años, Berta empezó a entristecerse, en tanto que sus ojos llameantes se rodeaban de ojeras melancólicas.

—Berta, te he comprado dos muñecas...

—No las quiero, mamá...

—He hecho traer los *Nocturnos*...

—Me duelen los dedos, mamá...

—Entonces...

—Estoy triste, mamá...

—Pues que se llame al doctor.

Y llegaron las antiparras de aros de carey, los guantes negros, la calva ilustre y el cruzado levitón.

Ello era natural. El desarrollo, la edad... Síntomas claros, falta de apetito, algo como opresión en el pecho, tristeza, pun-

[1] Apareció en *La Época*, Santiago, 15 de mayo de 1887, con dedicatoria "A Carlos A. Eguiluz", secretario particular del presidente Balmaceda; dos años después Darío lo menciona entre los amigos de Pedro Balmaceda Toro y lo recuerda como "joven de buen criterio, carácter amable, muy versado en la literatura francesa" (*A. de Gilbert,* 1889). *El palacio del sol* pasó a todas las ediciones de *Azul*... y Darío lo consideró como uno de sus cuentos "a la manera parisiense... un fantasía primaveral más bien... donde llamará la atención el empleo del *leit-motiv*" (*Historia de mis libros,* 1912).

zadas a veces en las sienes, palpitación . . . Ya sabéis; dad a vuestra niña glóbulos de ácido arsenioso, luego duchas. El tratamiento.

Y empezó a curar su melancolía, con glóbulos y duchas, al comenzar la primavera, Berta, la niña de los ojos color de aceituna, que llegó a estar fresca como una rama de durazno en flor, luminosa como un alba, gentil como la princesa de un cuento azul.

A pesar de todo, las ojeras persistieron, la tristeza continuó, y Berta, pálida como un precioso marfil, llegó un día a las puertas de la muerte. Todos lloraban por ella en el palacio, y la sana y sentimental mamá hubo de pensar en las palmas blancas del ataúd de las doncellas. Hasta que una mañana la lánguida anémica bajó al jardín, sola, y siempre con su vaga atonía melancólica, a la hora en que el alba ríe. Suspirando erraba sin rumbo aquí, allá; y las flores estaban tristes de verla. Se apoyó en el zócalo de un fauno soberbio y bizarro que, húmedos de rocío sus cabellos de mármol, bañaba en luz su torso espléndido y desnudo. Vió un lirio que erguía al azul la pureza de su cáliz blanco, y estiró la mano para cogerlo. No bien había . . . —sí, un cuento de hadas, señoras mías, pero ya veréis sus aplicaciones en una querida realidad— no bien había tocado el cáliz de la flor, cuando de él surgió de súbito una hada, en su carro áureo y diminuto vestida de hilos brillantísimos e impalpables, con su aderezo de rocío, su diadema de perlas y su varita de plata.

¿Creéis que Berta se amedrentó? Nada de eso. Batió palmas alegre, se reanimó como por encanto, y dijo al hada:

—¿Tú eres la que me quiere tanto en sueños?

—Sube —respondió el hada.

Y como si Berta se hubiese empequeñecido, de tal modo cupo en la concha del carro de oro, que hubiera estado holgada sobre el ala corva de un cisne a flor de agua. Y las flores, el fauno orgulloso, la luz del día, vieron cómo en el carro del hada iba por el viento, plácida y sonriendo al sol, Berta, la niña de los ojos color de aceituna, fresca como un alba, gentil como la princesa de un cuento azul.

Cuando Berta, ya alto el divino cochero, subió a los salones por las gradas del jardín que imitaban esmaragdita, todos, la mamá, la prima, los criados, pusieron la boca en forma de O. Venía ella saltando como un pájaro, con el rostro lleno de vida y de púrpura, el seno, hermoso y henchido, recibiendo las caricias de una crencha castaña, libre y al desgaire, los brazos desnudos hasta el codo, medio mostrando la malla de sus casi imperceptibles venas azules, los labios entreabiertos por la sonrisa, como para emitir una canción.

Todos exclamaron: —¡Aleluya! ¡Gloria! ¡Hosana al rey de los Esculapios! ¡Fama eterna a los glóbulos de ácido arsenioso y a las duchas triunfales! —Y mientras Berta corrió a su retrete a vestir sus más ricos brocados, se enviaron presentes al viejo de las antiparras de aros de carey, de los guantes negros, de la calva ilustre y del cruzado levitón. Y ahora, oíd vosotras, madres de las muchachas anémicas, cómo hay algo mejor que el arsénico y el fierro para eso de encender la púrpura de las lindas mejillas virginales. Y sabréis cómo no, no fueron los glóbulos; no, no fueron las duchas; no, no fué el farmacéutico quien devolvió la salud y vida a Berta, la niña de los ojos color de aceituna, alegre y fresca como un alba, gentil como la princesa de un cuento azul.

Así que Berta se vió en el carro del hada, la preguntó:

—¿Y a dónde me llevas?

—Al palacio del sol.

Y desde luego sintió la niña que sus manos se tornaban ardientes, y que su corazoncito le saltaba como henchido de sangre impetuosa.

—Oye —siguió el hada: —Yo soy la buena hada de los sueños de las niñas adolescentes: yo soy la que cura a las cloróticas con sólo llevarlas en mi carro de oro al palacio del sol, adonde vas tú. Cuida de no beber tanto el néctar de la danza, y de no desvanecerte en las primeras rápidas alegrías. Ya llegamos. Pronto volverás a tu morada. Un minuto en el palacio del sol deja en los cuerpos y en las almas años de fuego, niña mía.

En verdad, estaban en un lindo palacio encantado, donde parecía sentirse el sol en el ambiente. ¡Oh, qué luz, qué incendios! Sintió Berta que se le llenaban los pulmones de aire de campo y de mar, y las venas de fuego; sintió en el cerebro esparcimientos de armonía, y como que el alma se le ensanchaba, y como que se ponía más elástica y tersa su delicada carne de mujer. Luego vió sueños reales, y oyó músicas embriagantes. En vastas galerías deslumbradoras, llenas de claridades y de aromas, de sederías y de mármoles, vió un torbellino de parejas arrebatadas por las ondas invisibles y dominantes de un vals. Vió que otras tantas anémicas como ella, llegaban pálidas y entristecidas, respiraban aquel aire y luego se arrojaban en brazos de jóvenes vigorosos y esbeltos, cuyos bozos de oro y finos cabellos brillaban a la luz; y danzaban, y danzaban con ellos, en una ardiente estrechez, oyendo requiebros misteriosos que iban al alma, respirando de tanto en tanto como hálitos impregnados de vainilla, de haba de Tonka, de violeta, de canela, hasta que con fiebre, jadeantes, rendidas, como palomas fatigadas de un largo vuelo, caían sobre cojines de seda, los senos palpitantes, las gargantas sonrosadas, y así, soñando, soñando en cosas embriagadoras . . . Y ella también cayó al remolino, al maelstrom atrayente, y bailó, gritó, pasó, entre los espasmos de un placer agitado; y recordaba entonces que no debía embriagarse tanto con el vino de la danza, aunque no cesaba de mirar al hermoso compañero, con sus grandes ojos de mirada primaveràl. Y él la arrastraba por las vastas galerías, ciñendo su talle y hablándola al oído en la lengua amorosa y rítmica de los vocablos apacibles, de las frases irisadas y olorosas, de los períodos cristalinos y orientales.

Y entonces ella sintió que su cuerpo y su alma se llenaban de sol, de efluvios poderosos y de vida. ¡No, no esperéis más!

El hada la volvió al jardín de su palacio, al jardín donde cortaba flores envuelta en una oleada de perfumes, que subía místicamente a las ramas trémulas para flotar como el alma errante de los cálices muertos.

¡Madres de las muchachas anémicas! Os felicito por la victoria de los arseniatos e hipofosfitos del señor doctor. Pero en verdad os digo: es precioso, en provecho de las lindas mejillas virginales, abrir la puerta de su jaula a vuestras avecitas encantadoras, sobre todo en el tiempo de la primavera, cuando hay ardor en las venas y en las savias, y mil átomos de sol abejean en los jardines como un enjambre de oro sobre las rosas entreabiertas. Para vuestras cloróticas, el sol en los cuerpos y en las almas. Sí, al palacio del sol, de donde vuelven las niñas como Berta, la de los ojos color de aceituna, frescas como una rama de durazno en flor, luminosa como un alba, gentiles como la princesa de un cuento azul.

EN CHILE[1]

Sin pinceles, sin paleta, sin papel, sin lápiz, Ricardo, poeta lírico incorregible, huyendo de las agitaciones y turbulencias, de las máquinas y de los fardos, del ruido monótono de los tranvías y el chocar de los caballos con su repiqueteo de caracoles sobre las piedras; del tropel de los comerciantes; del grito de los vendedores de diarios; del incesante bullicio e inacabable hervor de este puerto; en busca de impresiones y de cuadros, subió al Cerro Alegre, que, gallardo como una gran roca florecida, luce sus flancos verdes, sus montículos coronados de casas risueñas escalonadas en la altura, rodeadas de jardines, con ondeantes cortinas de enredaderas, jaulas de pájaros, jarras de flores, rejas vistosas y niños rubios de caras angélicas.

Abajo estaban las techumbres del Valparaíso que hace transacciones, que anda a pie como una ráfaga, que puebla los almacenes e invade los bancos, que viste por la mañana terno crema o plomizo, a cuadros, con sombrero de paño, y por la

---

[1] Desde *En busca de cuadros* hasta *La cabeza,* inclusive, publicado en la *Revista de Artes y Letras,* Santiago, 15 de agosto de 1887, tomo X, pp. 98-105, con el título de *Álbum porteño.* Desde la segunda *Acuarela,* en la misma revista, 15 de octubre de dicho año y tomo, pp. 444-451, con el título de *Álbum santiagués.* Las ediciones de *Azul* de 1888 y 1890 conservaron estos títulos; la de 1905 los suprimió, y puso numeración seguida a los doce "cuadros" en prosa. "El *Álbum porteño* y el *Álbum santiagués* —dice Darío en la nota XVII del *Azul* de Guatemala— debían formar parte de un libro que con el título de *Dos años en Chile* se anunció en Valparaíso cuando apareció *Azul...* y que no vió la luz pública, por circunstancias especiales". Darío en la *Historia de mis libros* consideró estas composiciones como "ensayos de color y de dibujo que no tenían antecedentes en nuestra prosa. Tales trasposiciones pictóricas debían ser seguidas por el grande y admirable colombiano J. Asunción Silva [1865-1896] —y esto, cronológicamente, resuelve la duda expresada por algunos de haber sido la producción del autor del *Nocturno* anterior a nuestra Reforma".

noche bulle en la calle del Cabo[2] con lustroso sombrero de copa, abrigo al brazo y guantes amarillos, viendo a la luz que brota de las vidrieras los lindos rostros de las mujeres que pasan.

Más allá, el mar, acerado, brumoso, los barcos en grupo, el horizonte azul y lejano. Arriba, entre opacidades, el sol.

Donde estaba el soñador empedernido, casi en lo más alto del cerro, apenas si se sentían los estremecimientos de abajo. Erraba él a lo largo del Camino de Cintura, e iba pensando en idilios, con toda la augusta desfachatez de un poeta que fuera millonario.

Había allí aire fresco para sus pulmones, casas sobre cumbres, como nidos al viento, donde bien podía darse el gusto de colocar parejas enamoradas; y tenía además el inmenso espacio azul, del cual —él lo sabía perfectamente— los que hacen los salmos y los himnos pueden disponer como les venga en antojo.

De pronto escuchó: "¡Mary! ¡Mary!" Y él, que andaba a caza de impresiones y en busca de cuadros, volvió la vista.

ACUARELA

Había cerca un bello jardín, con más rosas que azaleas y más violetas que rosas. Un bello y pequeño jardín con jarrones, pero sin estatuas; con una pila blanca, pero sin surtidores, cerca de una casita como hecha para un cuento dulce y feliz.

En la pila un cisne chapuzaba revolviendo el agua, sacudiendo las alas de un blancor de nieve, enarcando el cuello en la forma del brazo de una lira o del ansa de una ánfora y moviendo el pico húmedo y con tal lustre como si fuese labrado en una ágata de color de rosa.

En la puerta de la casa, como extraída de una novela de Dickens, estaba una de esas viejas inglesas, únicas, solas, clásicas, con la cofia encintada, los anteojos sobre la nariz, el cuerpo encorvado, las mejillas arrugadas; mas con color de manzana madura y salud rica. Sobre la saya oscura, el delantal.

---

[2] La misma calle y las mismas impresiones aparecen, algunos años después, en la *Historia de un sobretodo,* cuento que publicamos en este volumen: "Es en el invierno de 1887, en Valparaíso. Por la calle del Cabo hay gran animación. Mucha mujer bonita..."

Llamaba:

—¡Mary!

El poeta vió llegar una joven de un rincón del jardín, hermosa, triunfal, sonriente; y no quiso tener tiempo sino para meditar en que son adorables los cabellos dorados cuando flotan sobre las nucas marmóreas y en que hay rostros que valen bien por un alba.

Luego todo era delicioso. Aquellos quince años entre las rosas —quince años, sí, los estaban pregonando unas pupilas serenas de niña, un seno apenas erguido, una frescura primaveral, y una falda hasta el tobillo, que dejaba ver el comienzo turbador de una media de color de carne—; aquellos rosales temblorosos que hacían ondular sus arcos verdes; aquellos durazneros con sus ramilletes alegres donde se detenían al paso las mariposas errantes llenas de polvo de oro, y las libélulas de alas cristalinas e irisadas; aquel cisne en la ancha taza, esponjando el alabastro de sus plumas, y zabulléndose entre espumajeos y burbujas, con voluptuosidad, en la trasparencia del agua; la casita limpia, pintada, apacible, de donde emergía como una onda de felicidad; y en la puerta la anciana, un invierno, en medio de toda aquella vida, cerca de Mary, una virginidad en flor.

Ricardo, poeta lírico que andaba a caza de cuadros, estaba allí con la satisfacciones de un goloso que paladea cosas exquisitas.

Y la anciana y la joven:

—¿Qué traes?

—Flores.

Mostraba Mary su falda llena como de iris hechos trizas, que revolvía con una de sus manos gráciles de ninfa, mientras, sonriendo su linda boca purpurada, sus ojos abiertos en redondo dejaban ver un color lapislázuli y una humedad radiosa.

El poeta siguió adelante.

PAISAJE

A poco andar se detuvo.

El sol había roto el velo opaco de las nubes y bañaba de claridad áurea y perlada un recodo del camino. Allí unos cuantos sauces inclinaban sus cabelleras verdes hasta rozar el césped. En el fondo se divisaban altos barrancos y en ellos tierra negra, tierra roja, pedruscos brillantes como vidrios. Bajo los sauces agobiados ramoneaban sacudiendo sus testas filosóficas —¡oh gran maestro Hugo!— unos asnos; y cerca de ellos un buey gordo, con sus grandes ojos melancólicos y pensativos donde ruedan miradas y ternuras de éxtasis supremos y desconocidos, mascaba despacioso y con cierta pereza la pastura. Sobre todo flotaba un vaho cálido, y el grato olor campestre de las yerbas chafadas. Veíase en lo profundo un trozo de azul. Un huaso robusto,[3] uno de esos fuertes campesinos, toscos hércules que detienen un toro, apareció de pronto en lo más alto de los barrancos. Tenía tras de sí el vasto cielo. Las piernas, todas músculos, las llevaba desnudas. En uno de sus brazos, traía una cuerda gruesa y arrollada. Sobre su cabeza, como un gorro de nutria, sus cabellos enmarañados, tupidos, salvajes.

Llegóse al buey en seguida y le echó el lazo a los cuernos. Cerca de él, un perro con la lengua fuera, acezando, movía el rabo y daba brincos.

AGUAFUERTE

De una casa cercana salía un ruido metálico y acompasado. En un recinto estrecho, entre paredes llenas de hollín, negras, muy negras, trabajaban unos hombres en la forja. Uno movía el fuelle que resoplaba, haciendo crepitar el carbón, lanzando torbellinos de chispas y llamas como lenguas pálidas, áureas, azulejas, resplandecientes. Al brillo del fuego en que se enrojecían largas barras de hierro, se miraban los rostros de los obreros con un reflejo trémulo. Tres yunques ensamblados en toscas armazones resistían el batir de los machos que aplastaban el metal candente, haciendo saltar una lluvia enrojecida. Los forjadores vestían camisas de lana de cuellos abiertos, y largos delantales de cuero. Alcanzábaseles a ver el pescuezo gordo y el principio del pecho velludo; y salían de las mangas holgadas los brazos gi-

---

[3] "En Chile llaman *huasos* a los hombres del campo, como *rotos* a las gentes de la plebe". (Nota XVIII de Darío a la edición de *Azul* de Guatemala).

gantescos, donde, como en los de Amico, parecían los músculos redondas piedras de las que deslavan y pulen los torrentes[4]. En aquella negrura de caverna, al resplandor de las llamaradas, tenían tallas de cíclopes. A un lado, una ventanilla dejaba pasar apenas un haz de rayos de sol. A la entrada de la forja, como en un marco oscuro, una muchacha blanca comía uvas. Y sobre aquel fondo de hollín y de carbón, hacían resaltar su bello color de lis, con un casi imperceptible tono dorado.

LA VIRGEN DE LA PALOMA[5]

Anduvo, anduvo.

Volvía ya a su morada. Dirigíase al ascensor cuando oyó una risa infantil, armónica, y él, poeta incorregible, buscó los labios de donde brotaba aquella risa.

Bajo un cortinaje de madreselvas, entre plantas olorosas y maceteros floridos, estaba una mujer pálida, augusta, madre, con un niño tierno y risueño. Sosteníale en uno de sus brazos, el otro lo tenía en alto, y en la mano una paloma, una de esas palomas albísimas que arrullan a sus pichones de alas tornasoladas, inflando el buche como un seno de virgen, y abriendo el pico de donde brota la dulce música de su caricia.

[4] "Referencia hecha al gigante Amico, rey de los bebrices, que fué vencido por Pólux en lucha singular. Véase el idilio XXII de Teócrito. En la traducción famosa del helenista mejicano Ipandro Acaico [José Ignacio Montes de Oca y Obregón, 1840-1921], se lee esta estrofa, entre las que describen a Amico:

> Cerca del hombro, músculos salientes
> Rudo ostentaba el gigantesco brazo,
> Cual las redondas piedras que en su curso
> Veloz torrente pule deslavando".

(Nota XIX de Darío a la edición de *Azul* de Guatemala). Darío conoció la primera edición de los *Poetas bucólicos griegos* de Montes de Oca, Méjico, Imprenta de Ignacio Escalante, 1877. La estrofa citada de Teócrito aparece en la pág. 177.

[5] "Este cuadrito, tan modesto en este libro, tengo la convicción de que daría motivo, tratado por un pintor de talento, a una obra artística original y de alto valor estético". (Nota XX de Darío a la edición de *Azul* de Guatemala).

116

La madre mostraba al niño la paloma, y el niño en su afán de cogerla, abría los ojos, estiraba los bracitos, reía gozoso; y su rostro al sol tenía como un nimbo; y la madre, con la tierna beatitud de sus miradas, con su esbeltez solemne y gentil, con la aurora en las pupilas y la bendición y el beso en los labios, era como una azucena sagrada, como una María llena de gracia, irradiando la luz de un candor inefable. El niño Jesús, real como un Dios infante, precioso como un querubín paradisíaco, quería asir aquella paloma blanca, bajo la cúpula inmensa del cielo azul.

Ricardo descendió, y tomó el camino de su casa.

LA CABEZA

Por la noche, sonando aún en sus oídos la música del Odeón y los parlamentos de Astol; de vuelta de las calles donde escuchara el ruido de los coches y la triste melopea de los tortilleros, aquel soñador se encontraba en su mesa de trabajo, donde las cuartillas inmaculadas estaban esperando las silvas y los sonetos de costumbre, a las mujeres de los ojos ardientes.

¡Qué silvas! ¡Qué sonetos! La cabeza del poeta lírico era una orgía de colores y de sonidos. Resonaban en las concavidades de aquel cerebro martilleos de cíclope, himnos al son de tímpanos sonoros, fanfarrias bárbaras, risas cristalinas, gorjeos de pájaros, batir de alas y estallar de besos, todo como en ritmos locos y revueltos. Y los colores agrupados, estaban como pétalos de capullos distintos confundidos en una bandeja, o como la endiablada mezcla de tintas que llena la paleta de un pintor...

ACUARELA

Primavera. Ya las azucenas floridas y llenas de miel han abierto sus cálices pálidos bajo el oro del sol. Ya los gorriones tornasolados, esos amantes acariciadores, adulan a las rosas frescas, esas opulentas y purpuradas emperatrices; ya el jazmín, flor sencilla, tachona los tupidos ramajes como una blanca estrella sobre un cielo verde. Ya las damas elegantes visten sus trajes claros, dando al olvido las pieles y los abrigos invernales.

Y mientras el sol se pone, sonrosando las nieves con una claridad suave, junto a los árboles de la Alameda[6] que lucen sus cumbres resplandecientes en un polvo de luz, su esbeltez solemne y sus hojas nuevas, bulle un enjambre humano, a ruido de música, de cuchicheos vagos y de palabras fugaces.

He aquí el cuadro. En primer término está la negrura de los coches que esplende y quiebra los últimos reflejos solares; los caballos orgullosos con el brillo de sus arneces, con sus cuellos estirados e inmóviles de brutos heráldicos; los cocheros taciturnos, en su quietud de indiferentes, luciendo sobre las largas libreas los botones metálicos flamantes; y en el fondo de los carruajes, reclinadas como odaliscas, erguidas como reinas, las mujeres rubias de los ojos soñadores, las que tienen cabelleras negras y rostros pálidos, las rosadas adolescentes que ríen con alegría de pájaro primaveral; bellezas lánguidas, hermosuras audaces, castos lirios albos y tentaciones ardientes.

En esa portezuela está un rostro apareciendo de modo que semeja el de un querubín; por aquélla ha salido una mano enguantada que se dijera de niño, y es morena tal que llama los corazones; más allá se alcanza a ver un pie de cenicienta con zapatito oscuro y media lila, y acullá, gentil con sus gestos de diosa, bella con su color de marfil amapolado, su cuello real y la corona de su cabellera, está la Venus de Milo, no manca, sino con dos brazos, gruesos como los muslos de un querubín de Murillo, y vestida a la última moda de París.

Más allá está el oleaje de los que van y vienen; parejas de enamorados, hermanos y hermanas, grupos de caballeritos irreprochables; todo en la confusión de los rostros, de las miradas, de los colorines, de los vestidos, de las capotas; resaltando a veces en el fondo negro y aceitoso de los elegantes sombreros de copa una cara blanca de mujer, un sombrero de paja adornado de colibríes, de cintas o de plumas, o el inflado globo rojo, de goma, que pendiente de un hilo lleva un niño risueño, de medias azules, zapatos charolados y holgado cuello a la marinera.

En el fondo, los palacios elevan al azul la soberbia de sus fachadas, en las que los álamos erguidos rayan columnas hojosas entre el abejeo trémulo y desfalleciente de la tarde fugitiva.

[6] "Es el nombre de uno de los lugares de paseo más concurridos de la capital de Chile". (Nota XXI, *ibidem*).

Estáis en los misterios de un tocador. Estáis viendo ese brazo de ninfa, esas manos diminutas que empolvan el haz de rizos rubios de la cabellera espléndida. La araña de luces opacas derrama la languidez de su girándula por todo el recinto. Y he aquí que, al volverse ese rostro, soñamos en los buenos tiempos pasados. Una marquesa contemporánea de dama de Maintenon, solitaria en su gabinete, da las últimas manos a su tocado.

Todo está correcto; los cabellos, que tienen todo el Oriente de sus hebreas, empolvados y crespos; el cuello del corpiño, ancho y en forma de corazón hasta dejar ver el principio del seno firme y pulido; las mangas abiertas que muestran blancuras incitantes; el talle ceñido que se balancea, y el rico faldellín de largos vuelos, y el pie pequeño en el zapato de tacones rojos.

Mirad las pupilas azules y húmedas, la boca de dibujo maravilloso, con una sonrisa enigmática de esfinge, quizá en recuerdo del amor galante, del madrigal recitado junto al tapiz de figuras pastoriles o mitológicas, o del beso a furto, tras la estatua de algún silvano, en la penumbra.

Vese la dama de pies a cabeza, entre dos grandes espejos; calcula el efecto de la mirada, del andar, de la sonrisa, del vello casi impalpable que agitará el viento de la danza en su nuca fragante y sonrosada. Y piensa, y suspira; y flota aquel suspiro en ese aire impregnado de aroma femenino que hay en un tocador de mujer.

Entretanto la contempla con sus ojos de mármol una Diana que se alza irresistible y desnuda sobre su plinto; y le ríe con audacia un sátiro de bronce que sostiene entre los pámpanos de su cabeza un candelabro; y en el ansa de un jardín de Rouen lleno de agua perfumada, le tiende los brazos y los pechos una sirena con la cola corva y brillante de escamas argentinas, mientras en el plafón en forma de óvalo va por el fondo inmenso y azulado, sobre el lomo de un toro robusto y divino, la bella Europa, entre delfines áureos y tritones corpulentos, que sobre el vasto ruido de las ondas hacen vibrar el ronco estrépito de sus resonantes caracolas.

La hermosa está satisfecha; ya pone perlas en la garganta

y calza las manos en seda; ya rápida se dirige a la puerta donde el carruaje espera y el tronco piafa. Y hela ahí, vanidosa y gentil, a esa aristocrática santiaguesa que se dirige a un baile de fantasía, de manera que el gran Watteau le dedicaría sus pinceles.

NATURALEZA MUERTA

He visto ayer por una ventana un tiesto lleno de lilas y de rosas pálidas, sobre un trípode. Por fondo tenía uno de esos cortinajes amarillos y opulentos, que hacen pensar en los mantos de los príncipes orientales. Las lilas recién cortadas resaltaban con su lindo color apacible, junto a los pétalos esponjados de las rosas de té.

Junto al tiesto, en una copa de laca ornada con ibis de oro incrustados, incitaban a al gula manzanas frescas, medio coloradas, con la pelusilla de la fruta nueva y la sabrosa carne hinchada que toca el deseo; peras doradas y apetitosas, que daban indicios de ser todas jugo y como esperando el cuchillo de plata que debía rebanar la pulpa almibarada; y un ramillete de uvas negras, hasta con el polvillo ceniciento de los racimos acabados de arrancar de la viña.

Acerquéme, vílo de cerca todo. Las lilas y las rosas eran de cera, las manzanas y las peras de mármol pintado y las uvas de cristal.

AL CARBÓN

Vibraba el órgano con sus voces trémulas, vibraba acompañando la antífona, llenando la nave con su armonía gloriosa. Los cirios ardían goteando sus lágrimas de cera entre la nube de incienso que inundaba los ámbitos del templo con su aroma sagrado; y allá en el altar el sacerdote, todo resplandeciente de oro, alzaba la custodia cubierta de pedrería, bendiciendo a la muchedumbre arrodillada.

De pronto, volví la vista cerca de mí, al lado de un ángulo de sombra. Había una mujer que oraba. Vestida de negro, envuelta en un manto, su rostro se destacaba severo, sublime, teniendo por fondo la vaga oscuridad de un confesionario. Era una bella faz de ángel, con la plegaria en los ojos y en los labios. Había en su frente una palidez de flor de lis, y en la negrura de su manto resaltaban juntas, pequeñas, las manos blancas y adorables. Las luces se iban extinguiendo, y a cada momento aumentaba lo oscuro del fondo, y entonces, por un ofuscamiento, me parecía ver aquella faz iluminarse con una luz blanca y misteriosa, como la que debe de haber en la región de los coros prosternados y de los querubines ardientes; luz alba, polvo de nieve, claridad celeste, onda santa que baña los ramos de lirio de los bienaventurados.

Y aquel pálido rostro de virgen, envuelta ella en el manto y en la noche, en aquel rincón de sombra, habría sido un tema admirable para un estudio al carbón.

PAISAJE

Hay allá, en las orillas de la laguna de la Quinta, un sauce melancólico que moja de continuo su cabellera verde en el agua que refleja el cielo y los ramajes, como si tuviese en su fondo un país encantado.

Al viejo sauce llegan aparejados los pájaros y los amantes. Allí es donde escuché una tarde —cuando del sol quedaba apenas en el cielo un tinte violeta que se esfumaba por ondas, y sobre el gran Andes nevado un decreciente color de rosa que era como una tímida caricia de la luz enamorada— un rumor de besos cerca del tronco agobiado y un aleteo en la cumbre.

Estaban los dos, la amada y el amado, en un banco rústico, bajo el toldo del sauce. Al frente, se extendía la laguna tranquila, con su puente enarcado y los árboles temblorosos de la ribera; y más allá se alzaba entre el verdor de las hojas la fachada del palacio de la Exposición, con sus cóndores de bronce en actitud de volar.

La dama era hermosa; él un gentil muchacho, que le acariciaba con los dedos y los labios los cabellos negros y las manos gráciles de ninfa.

Y sobre las dos almas ardientes y sobre los dos cuerpos juntos cuchicheaban en lengua rítmica y alada las dos aves. Y arriba el cielo con su inmensidad y con su fiesta de nubes, plumas de

121

oro, alas de fuego, vellones de púrpura, fondos azules flordelisados de ópalo, derramaba la manificencia de su pompa, la soberbia de su grandeza augusta.

Bajo las aguas se agitaban, como en un remolino de sangre viva, los peces veloces de aletas doradas.

Al resplandor crepuscular, todo el paisaje se veía como envuelto en una polvareda de sol tamizado, y eran el alma del cuadro aquellos dos amantes: él moreno, gallardo, vigoroso, con una barba fina y sedosa, de esas que gustan de tocar las mujeres; ella rubia —¡un verso de Goethe!— vestida con un traje gris lustroso, y en el pecho una rosa fresca, como su boca roja que pedía el beso.

EL IDEAL

Y luego, una torre de marfil, una flor mística, una estrella a quien enamorar... Pasó, la vi como quien viera un alba, huyente, rápida, implacable.

Era una estatua antigua con un alma que se asomaba a los ojos, ojos angelicales, todos ternura, todos cielo azul, todos enigma.

Sintió que la besaba con mis miradas y me castigó con la majestad de su belleza, y me vió como una reina y como una paloma. Pero pasó arrebatadora, triunfante, como una visión que deslumbra. Y yo, el pobre pintor de la Naturaleza y de Psiquis, hacedor de ritmos y de castillos aéreos, vi el vestido luminoso de la hada, la estrella de su diadema, y pensé en la promesa ansiada del amor hermoso. Mas de aquel rayo supremo y fatal, sólo quedó en el fondo de mi cerebro un rostro de mujer, un sueño azul.

EL VELO DE LA REINA MAB[1]

La reina Mab, en su carro hecho de una sola perla, tirado por cuatro coleópteros de petos dorados y alas de pedrería, caminando sobre un rayo de sol, se coló por la ventana de una boardilla donde estaban cuatro hombres flacos, barbudos e impertinentes, lamentándose como unos desdichados.

Por aquel tiempo, las hadas habían repartido sus dones a los mortales. A unos habían dado las varitas misteriosas que llenan de oro las pesadas cajas del comercio; a otros unas espigas maravillosas que al desgranarlas colmaban las trojes de riquezas; a otros unos cristales que hacían ver en el riñón de la madre tierra oro y piedras preciosas; a quiénes, cabelleras espesas y músculos de Goliat, y mazas enormes para machacar el hierro encendido; y a quiénes, talones fuertes y piernas ágiles para montar en las

---

[1] *La Época,* Santiago, 2 de octubre de 1887, núm. 1948, y en todas las ediciones de *Azul*... Una versión inglesa aparece en las *Short Stories from the Spanish* editadas por Charles Barnsley McMichael (New York, Boni and Liveright, 1920, y Girard, Kansas, Haldeman-Julius Co., 1923'). En la edición de *Azul* de Guatemala, nota XIV, Darío escribió: "La reina Mab es una de las creaciones de la mitología inglesa. Es la reina de los sueños. Shakespeare se refiere a ella, por boca de Mercutio, en la escena IV del acto I de *Romeo y Julieta*... Shelley escribió uno de sus mejores poemas titulado *La reina Mab* [*Queen Mab,* en *The Poetical Works,* London, 1853, págs. 1-50]. Mi cuento... ha tenido mejor suerte que todos sus hermanos. El insigne poeta y afamado artista catalán Apeles Mestres lo ilustró con tres admirables rasgos de su brillante lápiz, los que, como todo lo que autoriza su firma tienen el sello de su ingenio poderoso". Darío se inspiró en "la excelente versión de Menéndez Pelayo", y, como testimonio, copió en la nota citada las palabras de Mercutio de dicha versión (*Dramas de Guillermo Shakespeare: El mercader de Venecia, Macbeth, Romeo y Julieta, Otelo.* Traducción de D. Marcelino Menéndez Pelayo. Barcelona, Biblioteca Arte y Letras, 1881, pág. 228). "En *El velo de la reina Mab* —dice Darío en la *Historia de mis libros*— mi imaginación encontró asunto apropiado. El deslumbramiento shakespeareano me poseyó y realicé por primera vez el poema en prosa. Más que en ninguna de mis tentativas, en ésta perseguí el ritmo y la sonoridad verbales, la transposición musical, hasta entonces —es un hecho reconocido— desconocida en la

rápidas caballerías que se beben el viento y que tienden las crines en la carrera.

Los cuatro hombres se quejaban. Al uno le había tocado en suerte una cantera, al otro el iris, al otro el ritmo, al otro el cielo azul.

La reina Mab oyó sus palabras. Decía el primero: —¡Y bien! ¡Heme aquí en la gran lucha de mis sueños de mármol! Yo he arrancado el bloque y tengo el cincel. Todos tenéis, unos el oro, otros la armonía, otros la luz; yo pienso en la blanca y divina Venus, que muestra su desnudez bajo el plafón color de cielo. Yo quiero dar a la masa la línea y la hermosura plástica; y que circule por las venas de la estatua una sangre incolora como la de los dioses. Yo tengo el espíritu de Grecia en el cerebro y amo los desnudos en que la ninfa huye y el fauno tiende los brazos. ¡Oh, Fidias! Tú eres para mí soberbio y augusto como un semidiós, en el recinto de la eterna belleza, rey ante un ejército de hermosuras que a tus ojos arrojan el magnífico *kitón* mostrando la esplendidez de la forma en sus cuerpos de rosa y de nieve.

Tú golpeas, hieres y domas el mármol, y suena el golpe armónico como un verso, y te adula la cigarra, amante del sol, oculta entre los pámpanos de la viña virgen. Para ti son los Apolos rubios y luminosos, las Minervas severas y soberanas. Tú, como un mago, conviertes la roca en simulacro y el colmillo del elefante en copa del festín. Y al ver tu grandeza siento el martirio de mi pequeñez. Porque pasaron los tiempos gloriosos. Porque tiemblo ante las miradas de hoy. Porque contemplo el ideal inmenso y las fuerzas exhaustas. Porque, a medida que cincelo el bloque, me ataraza el desaliento.

Y decía el otro: —Lo que es hoy romperé mis pinceles. ¿Para qué quiero el iris y esta gran paleta del campo florido, si a la postre mi cuadro no será admitido en el Salón? ¿Qué abordaré? He recorrido todas las escuelas, todas las inspiraciones artísticas. He pintado el torso de Diana y el rostro de la Madona. He pedido a las campiñas sus colores, sus matices; he adulado a la luz como a una amada, y la he abrazado como a una querida. He

prosa castellana, pues las cadencias de algunos clásicos son, en sus desenvueltos períodos, otra cosa".

sido adorador del desnudo, con sus magnificencias, con los tonos de sus carnaciones y con sus fugaces medias tintas. He trazado en mis lienzos los nimbos de los santos y las alas de los querubines. ¡Ah, pero siempre el terrible desencanto! ¡El porvenir! ¡Vender una Cleopatra en dos pesetas para poder almorzar!

¡Y yo, que podría en el estremecimiento de mi inspiración trazar el gran cuadro que tengo aquí dentro!...

Y decía el otro: —Perdida mi alma en la gran ilusión de mis sinfonías, temo todas las decepciones. Yo escucho todas las armonías, desde la lira de Terpandro hasta las fantasías orquestales de Wagner. Mis ideales brillan en medio de mis audacias de inspirado. Yo tengo la percepción del filósofo que oye la música de los astros. Todos los ruidos pueden aprisionarse, todos los ecos son susceptibles de combinaciones. Todo cabe en la línea de mis escalas cromáticas.

La luz vibrante es himno, y la melodía de la selva halla un eco en mi corazón. Desde el ruido de la tempestad hasta el canto del pájaro, todo se confunde y enlaza en la infinita cadencia. Entre tanto, no diviso sino la muchedumbre que befa y la celda del manicomio.

Y el último: —Todos bebemos el agua clara de la fuente de Jonia. Pero el ideal flota en el azul; y para que los espíritus gocen de su luz suprema, es preciso que asciendan. Yo tengo el verso que es de miel y el que es de oro, y el que es de hierro candente. Yo soy el ánfora del celeste perfume: tengo el amor. Paloma, estrella, nido, lirio, vosotros conocéis mi morada. Para los vuelos inconmensurables tengo alas de águila que parten a golpes mágicos el huracán. Y para hallar consonantes, los busco en dos bocas que se juntan; y estalla el beso, y escribo la estrofa, y entonces, si veis mi alma, conoceréis a mi musa. Amo las epopeyas, porque de ellas brota el soplo heroico que agita las banderas que ondean sobre las lanzas y los penachos que tiemblan sobre los cascos; los cantos líricos, porque hablan de las diosas y de los amores; y las églogas, porque son olorosas a verbena y a tomillo, y al santo aliento del buey coronado de rosas. Yo escribiría algo inmortal; mas me abruma un porvenir de miseria y de hambre.

Entonces la reina Mab, del fondo de su carro hecho de una sola perla, tomó un velo azul, casi impalpable, como formado de suspiros, o de miradas de ángeles rubios y pensativos. Y aquel velo era el velo de los sueños, de los dulces sueños que hacen ver la vida de color de rosa. Y con él envolvió a los cuatro hombres flacos, barbudos e impertinentes. Los cuales cesaron de estar tristes porque penetró en su pecho la esperanza, y en su cabeza el sol alegre, con el diablillo de la vanidad, que consuela en sus profundas decepciones a los pobres artistas.

Y desde entonces, en las boardillas de los brillantes infelices, donde flota el sueño azul, se piensa en el porvenir como en la aurora, y se oyen risas que quitan la tristeza, y se bailan extrañas farandolas alrededor de un blanco Apolo, de un lindo paisaje, de un violín viejo, de un amarillento manuscrito.

EL REY BURGUÉS[1]

Cuento alegre

¡Amigo! El cielo está opaco, el aire frío, el día triste. Un cuento alegre... así como para distraer las brumosas y grises melancolías, helo aquí:

Había en una ciudad inmensa y brillante un rey muy poderoso, que tenía trajes caprichosos y ricos, esclavas desnudas, blancas y negras, caballos de largas crines, armas flamantísimas, galgos rápidos y monteros con cuernos de bronce, que llenaban el viento con sus fanfarrias. ¿Era un rey poeta? No, amigo mío: era el Rey Burgués.

Era muy aficionado a las artes el soberano, y favorecía con largueza a sus músicos, a sus hacedores de ditirambos, pintores, escultores, boticarios, barberos y maestros de esgrima.

Cuando iba a la floresta, junto al corzo o jabalí herido y sangriento, hacía improvisar a sus profesores de retórica canciones alusivas; los criados llenaban las copas del vino de oro que hierve, y las mujeres batían palmas con movimientos rítmicos y gallardos. Era un rey sol, en su Babilonia llena de músicas, de carcajadas y de ruido de festín. Cuando se hastiaba de la ciudad bullente, iba de caza atronando el bosque con sus tropeles; y hacía salir de sus nidos a las aves asustadas, y el vocerío repercutía en lo más escondido de las cavernas. Los perros de patas elásticas iban rompiendo la maleza en la carrera, y los cazadores, inclinados sobre el pescuezo de los caballos, hacían ondear los

[1] *La Época*, Santiago, 4 de noviembre de 1887, núm. 1976, y en todas las ediciones de *Azul*... En *La Época* apareció con el título de *Un cuento alegre,* y con dedicatoria "A Alcibíades Roldán", abogado y escritor chileno, profesor universitario y Ministro de Estado. "En el cuento *El rey burgués,* creo reconocer —dice Darío— la influencia de Daudet. El símbolo es claro, y ello se resume en la eterna protesta del artista contra el hombre práctico y seco, del soñador contra la tiranía de la riqueza ignara". *(Historia de mis libros).*

mantos purpúreos y llevaban las caras encendidas y las cabelleras al viento.

El rey tenía un palacio soberbio donde había acumulado riquezas y objetos de arte maravillosos. Llegaba a él por entre grupos de lilas y extensos estanques, siendo saludado por los cisnes de cuellos blancos, antes que por los lacayos estirados. Buen gusto. Subía por una escalera llena de columnas de alabastro y de esmaragdita, que tenía a los lados leones de mármol como los de los tronos salomónicos. Refinamiento. A más de los cisnes, tenía una vasta pajarera, como amante de la armonía, del arrullo, del trino y cerca de ella iba a ensanchar su espíritu, leyendo novelas de M. Ohnet, o bellos libros sobre cuestiones gramaticales, o críticas hermosillescas. Eso sí: defensor acérrimo de la corrección académica en letras, y del modo lamido en artes; alma sublime amante de la lija y de la ortografía.

¡Japonerías! ¡Chinerías! Por lujo y nada más. Bien podía darse el placer de un salón digno del gusto de un Goncourt y de los millones de un Creso: quimeras de bronce con las fauces abiertas y las colas enroscadas, en grupos fantásticos y maravillosos; lacas de kioto con incrustaciones de hojas y ramas de una flora monstruosa, y animales de una fauna desconocida; mariposas de raros abanicos junto a las paredes; peces y gallos de colores; máscaras de gestos infernales y con ojos como si fuesen vivos; partesanas de hojas antiquísimas y empuñaduras con dragones devorando flores de loto; y en conchas de huevo, túnicas de seda amarilla, como tejidas con hilos de araña, sembradas de garzas rojas y de verdes matas de arroz; y tibores, porcelanas de muchos siglos, de aquellas en que hay guerreros tártaros con una piel que les cubre hasta los riñones, y que llevan arcos estirados y manojos de flechas.

Por lo demás, había el salón griego, lleno de mármoles: diosas, musas, ninfas y sátiros; el salón de los tiempos galantes, con cuadros del gran Watteau y de Chardin; dos, tres, cuatro, ¡cuántos salones!

Y Mecenas se paseaba por todos, con la cara inundada de cierta majestad, el vientre feliz y la corona en la cabeza, como un rey de naipe.

Un día le llevaron una rara especie de hombre ante su trono, donde se hallaba rodeado de cortesanos, de retóricos y de maestros de equitación y de baile.

—¿Qué es eso? —preguntó.

—Señor, es un poeta.

El rey tenía cisnes en el estanque, canarios, gorriones, senzontes en la pajarera; un poeta era algo nuevo y extraño.

—Dejadle aquí.

Y el poeta:

—Señor, no he comido.

Y el rey:

—Habla y comerás.

Comenzó:

—Señor, ha tiempo que yo canto el verbo del porvenir. He tendido mis alas al huracán, he nacido en el tiempo de la aurora: busco la raza escogida que debe esperar, con el himno en la boca y la lira en la mano, la salida del gran sol. He abandonado la inspiración de la ciudad malsana, la alcoba llena de perfume, la musa de carne que llena el alma de pequeñez y el rostro de polvos de arroz. He roto el arpa adulona de las cuerdas débiles, contra las copas de Bohemia y las jarras donde espumea el vino que embriaga sin dar fortaleza; he arrojado el manto que me hacía parecer histrión, o mujer, y he vestido de modo salvaje y espléndido: mi harapo es de púrpura. He ido a la selva donde he quedado vigoroso y ahito de leche fecunda y licor de nueva vida; y en la ribera del mar áspero, sacudiendo la cabeza bajo la fuerte y negra tempestad, como un ángel soberbio, o como un semidiós olímpico, he ensayado el yambo dando al olvido el madrigal.

He acariciado a la gran Naturaleza, y he buscado, al calor del ideal, el verso que está en el astro en el fondo del cielo, y el que está en la perla de lo profundo del Océano. ¡He querido ser pujante! Porque viene el tiempo de las grandes revoluciones, con un Mesías todo luz, todo agitación y potencia, y es preciso recibir su espíritu con el poema que sea arco triunfal, de estrofas de acero, de estrofas de oro, de estrofas de amor.

¡Señor, el arte no está en los fríos envoltorios de mármol, ni en los cuadros lamidos, ni en el excelente señor Ohnet! ¡Señor, el arte no viste pantalones, ni habla en burgués, ni pone los puntos en todas las íes! Él es augusto, tiene mantos de oro, o de llamas, o anda desnudo, y amasa la greda con fiebre, y pinta con luz, y es opulento y da golpes de ala como las águilas, o zarpazos como los leones. Señor, entre un Apolo y un ganso, preferid el Apolo, aunque el uno sea de tierra cocida y el otro de marfil.

¡Oh, la poesía!

¡Y bien! Los ritmos se prostituyen, se cantan los lunares de las mujeres y se fabrican jarabes poéticos. Además, señor, el zapatero critica mis endecasílabos, y el señor profesor de farmacia pone puntos y comas a mi inspiración[2]. Señor, ¡y vos lo autorizáis todo esto!... El ideal, el ideal...

El rey interrumpió:

—Ya habéis oído. ¿Qué hacer?

Y un filósofo al uso:

—Si lo permitís, señor, puede ganarse la comida con una caja de música; podemos colocarle en el jardín, cerca de los cisnes, para cuando os paseéis.

—Sí —dijo el rey; y dirigiéndose al poeta: —Daréis vueltas a un manubrio. Cerraréis la boca. Haréis sonar una caja de música que toca valses, cuadrillas y galopas, como no prefiráis moriros de hambre. Pieza de música por pedazo de pan. Nada de jerigonzas, ni de ideales. Id.

Y desde aquel día pudo verse a la orilla del estanque de los cisnes al poeta hambriento que daba vueltas al manubrio: tiririrín, tiririrín... ¡avergonzado a las miradas del gral sol! ¿Pasaba el rey por las cercanías? ¡Tiririrín, tiririrín!... ¿Había que

---

[2] En la nota IX de la edición guatemalteca de *Azul*, Darío prosiguió, periodísticamente y con más fogosidad, el discurso del poeta de su cuento. Durísima acusación de Darío contra la poesía, la crítica y la vida literaria de su tiempo. "Circunscribiéndonos a la América Latina: Nunca se había vista una plaga de versificadores anodinos y tontos como la que ha aparecido en estos últimos tiempos. Imitadores desmañados de obras inimitables, poetastros a la antigua, fabricantes de octavas reales, confiteros en verso, etc. Y luego, la crítica, arte digno y elevado, en manos de cualquier ratón de imprenta, o dómine trasnochado. Por fortuna, no falta uno que otro escritor noble y entendido entre los hombres de la pasada generación y en la juventud que se levanta. No obstante, cualquiera buena reputación está expuesta a ser menoscabada por el zapatero de aquí, el sastre de allí y el dependientucho de más allá".

llenar el estómago? ¡Tiriririn! Todo entre las burlas de los pájaros libres que llegaban a beber rocío en las lilas floridas; entre el zumbido de las abejas que le picaban el rostro y le llenaban los ojos de lágrimas ... ¡lágrimas amargas que rodaban por sus mejillas y que caían a la tierra negra!

Y llegó el invierno, y el pobre sintió frío en el cuerpo y en el alma. Y su cerebro estaba como petrificado, y los grandes himnos estaban en el olvido, y el poeta de la montaña coronada de águilas no era sino un pobre diablo que daba vueltas al manubrio: ¡tiriririn!

Y cuando cayó la nieve se olvidaron de él el rey y sus vasallos; a los pájaros se les abrigó, y a él se le dejó al aire glacial que le mordía las carnes y le azotaba el rostro.

Y una noche en que caía de lo alto la lluvia blanca de plumillas cristalizadas, en el palacio había festín, y la luz de las arañas reía alegre sobre los mármoles, sobre el oro y sobre las túnicas de los mandarines de las viejas porcelanas. Y se aplaudían hasta la locura los brindis del señor profesor de retórica, cuajados de dáctilos, de anapestos y pirriquios, mientras en las copas cristalinas hervía el champaña con su burbujeo luminoso y fugaz. ¡Noche de invierno, noche de fiesta! Y el infeliz, cubierto de nieve, cerca del estanque, daba vueltas al manubrio para calentarse, tembloroso y aterido, insultado por el cierzo, bajo la blancura implacable y helada, en la noche sombría, haciendo resonar entre los árboles sin hojas la música loca de las galopas y cuadrillas; y se quedó muerto, pensando en que nacería el sol del día venidero, y con él el ideal..., y en que el arte no vestiría pantalones sino manto de llamas o de oro... Hasta que al día siguiente lo hallaron el rey y sus cortesanos, al pobre diablo de poeta, como gorrión que mata el hielo, con una sonrisa amarga en los labios, y todavía con la mano en el manubrio.

¡Oh, mi amigo! El cielo está opaco, el aire frío, el día triste. Flotan brumosas y grises melancolías...

Pero ¡cuánto calienta el alma una frase, un apretón de manos a tiempo! Hasta la vista.

LA NINFA[1]

Cuento parisiense

En el castillo que últimamente acaba de adquirir Lesbia, esta actriz caprichosa y endiablada que tanto ha dado que decir al mundo por sus extravagancias, nos hallábamos a la mesa hasta seis amigos. Presidía nuestra Aspasia, quien a la sazón se entretenía en chupar, como una niña golosa, un terrón de azúcar húmedo, blanco entre las yemas sonrosadas. Era la hora del chartreuse. Se veía en los cristales de la mesa como una disolución de piedras preciosas, y la luz de los candelabros se descomponía en las copas medio vacías, donde quedaba algo de la púrpura del borgoña, del oro hirviente del champaña, de las líquidas esmeraldas de la menta.

Se hablaba con el entusiasmo de artistas de buena pasta, tras una buena comida. Éramos todos artistas, quién más, quién menos; y aun había un sabio obeso que ostentaba en la albura de su pechera inmaculada el gran nudo de una corbata monstruosa.

Alguien dijo: —¡Ah, sí, Frémiet![2]—. Y de Frémiet se pasó a sus animales, a su cincel maestro, a dos perros de bronce que, cerca de nosotros, uno buscaba la pista de la pieza, y otro, como

---

[1] *La Época*, Santiago, 25 de noviembre de 1887, núm. 1994, y todas las ediciones de *Azul*... "En *La ninfa*, —escribió Darío— los modelos son los cuentos parisienses de Mendès, de Armand Silvestre, de Mezeroy, con el aditamento de que el medio, el argumento, los detalles, el tono, son de la vida de París, de la literatura de París. Demás advertir que yo no había salido de mi pequeño país natal, como lo escribe Valera, sino para ir a Chile, y que mi asunto y mi composición era de base libresca". (*Historia de mis libros.*)

[2] "Emmanuel Frémiet [1824-1910], el famoso escultor francés contemporáneo, cuya especialidad son los animales. Fué discípulo del célebre Rude. Se recuerda una buena obra de su juventud, la *Gacela*, y es bien conocida su preciosa obra maestra, *Un perro herido*. Entre sus otros trabajos notabilísimos, el *Centauro Tereo*, el *Caballo de Montfaucon*, etc. Últimamente, la estatua de Juana de Arco". (Nota X de Darío a la edición de *Azul* de Guatemala.)

mirando al cazador, alzaba el pescuezo y arbolaba la delgadez de su cola tiesa y erecta. ¿Quién habló de Mirón? El sabio, que recitó en griego el epigrama de Anacreonte: "Pastor, lleva a pastar más lejos tu boyada, no sea que creyendo que respira la vaca de Mirón, la quieras llevar contigo" [3].

Lesbia acabó de chupar su azúcar, y con una carcajada argentina:

—¡Bah! Para mí los sátiros. Yo quisiera dar vida a mis bronces, y si esto fuese posible, mi amante sería uno de esos velludos semidioses. Os advierto que más que a los sátiros adoro a los centauros; y que me dejaría robar por uno de esos monstruos robustos, sólo por oír las quejas del engañado, que tocaría su flauta lleno de tristeza.

El sabio interrumpió:

—Los sátiros y los faunos, los hipocentauros y las sirenas, han existido, como las salamandras y el ave Fénix.

Todos reímos; pero entre el coro de carcajadas, se oía irresistible, encantadora, la de Lesbia, cuyo rostro encendido de mujer hermosa estaba como resplandeciente de placer.

—Sí —continuó el sabio: —¿Con qué derecho negamos los modernos, hechos que afirman los antiguos? El perro gigantesco que vió Alejandro, alto como un hombre, es tan real como la araña Kraken que vive en el fondo de los mares. San Antonio Abad, de edad de noventa años, fué en busca del viejo ermitaño Pablo, que vivía en una cueva. Lesbia, no te rías. Iba el santo por el yermo, apoyado en su báculo, sin saber dónde encontrar a quien buscaba. A mucho andar, ¿sabéis quién le dió las señas del camino que debía seguir? Un centauro, "medio hombre y medio caballo", dice el autor. Hablaba como enojado; huyó tan velozmente que presto le perdió de vista el santo; así iba galopando el monstruo, cabellos al aire y vientre a tierra. En

---

[3] Este epigrama apócrifo de la *Antología griega* aparece entre las versiones españolas de Anacreonte en los *Poetas líricos griegos* (Madrid, *Biblioteca Clásica,* tomo LXIX, 1884) de don Federico Baráibar (*Epigramas,* XV) que Darío cita en otros de sus escritos de Chile; pero el texto que Darío utiliza en *La ninfa* apenas tiene semejanza con el de Baráibar ("Apacienta más lejos tu vacada / no vayas a llevarte con las tuyas / la vaca de Mirón, como animada", p. 226 de la edición de 1911). En Nicaragua, antes de su viaje a Chile, ya Darío había hecho otras adaptaciones de Anacreonte y Meleagro (cf. Sequeira, obra citada, pp. 252-254).

ese mismo viaje, San Antonio vió un sátiro, "hombrecillo de extraña figura; estaba junto a un arroyuelo, tenía las narices corvas, frente áspera y arrugada, y la última parte de su contrahecho cuerpo remataba con pies de cabra".

—Ni más ni menos —dijo Lesbia—. ¡M. de Cocureau, futuro miembro del Instituto!

Siguió el sabio:

—Afirma San Jerónimo, que en tiempo de Constantino Magno se condujo a Alejandría un sátiro vivo, siendo conservado su cuerpo cuando murió. Además, vióle el emperador en Antioquía.

Lesbia había vuelto a llenar su copa de menta, y humedecía la lengua en el licor verde como lo haría un animal felino.

—Dice Alberto Magno que en su tiempo cogieron a dos sátiros en los montes de Sajonia. Enrico Zormano asegura que en tierras de Tartaria había hombres con sólo un pie, y sólo un brazo en el pecho. Vincencio vió en su época un monstruo que trajeron al rey de Francia; tenía cabeza de perro (Lesbia reía); los muslos, brazos y manos tan sin vello como los nuestros (Lesbia se agitaba como una chicuela a quien hiciesen cosquillas); comía carne cocida y bebía vino con todas ganas.

—¡Colombine! —gritó Lesbia—. Y llegó Colombine, una falderilla que parecía un copo de algodón. Tomóla su ama, y entre las explosiones de risa de todos:

—¡Toma, el monstruo que tenía tu cara!

Y le dió un beso en la boca, mientras el animal se estremecía e inflaba las narices como lleno de voluptuosidad.

—Y Filegón Traliano —concluyó el sabio elegantemente— afirma la existencia de dos clases de hipocentauros: una de ellas come elefantes.

—Basta de sabiduría —dijo Lesbia. Y acabó de beber la menta.

Yo estaba feliz. No había desplegado mis labios.

—¡Oh! —exclamé— ¡para mí las ninfas! Yo desearía contemplar esas desnudeces de los bosques y de las fuentes, aunque, como Acteón, fuese despedazado por los perros. ¡Pero las ninfas no existen!

Concluyó aquel concierto alegre con una gran fuga de risas, y de personas.

—¡Y qué! —me dijo Lesbia, quemándome con sus ojos de

faunesa y con voz callada, para que sólo yo la oyera— ¡las ninfas existen, tú las verás!

Era un día de primavera. Yo vagaba por el parque del castillo, con el aire de un soñador empedernido. Los gorriones chillaban sobre las lilas nuevas, y atacaban a los escarabajos que se defendían de los picotazos con sus corazas de esmeralda, con sus petos de oro y acero. En las rosas el carmín, el bermellón, la onda penetrante de perfumes dulces; más allá las violetas, en grandes grupos, con su color apacible y su olor a virgen. Después, los altos árboles, los ramajes tupidos llenos de abejeos, las estatuas en la penumbra, los discóbolos de bronce, los gladiadores musculosos en sus soberbias posturas gímnicas, las glorietas perfumadas cubiertas de enredaderas, los pórticos, bellas imitaciones jónicas, cariátides todas blancas y lascivas, y vigorosos telamones del orden atlántico, con anchas espaldas y muslos gigantescos. Vagaba por el laberinto de tales encantos cuando oí un ruido, allá en lo oscuro de la arboleda, en el estanque donde hay cisnes blancos como cincelados en alabastro, y otros que tienen la mitad del cuello del color del ábano, como una pierna alba con media negra.

Llegué más cerca. ¿Soñaba? ¡Oh Numa! Yo sentí lo que tú, cuando viste en su gruta por primera vez a Egeria.

Estaba en el centro del estanque, entre la inquietud de los cisnes espantados, una ninfa, una verdadera ninfa, que hundía su carne de rosa en el agua cristalina. La cadera a flor de espuma parecía a veces como dorada por la luz opaca que alcanzaba a llegar por las brechas de las hojas. ¡Ah! yo vi lirios, rosas, nieve, oro; vi un ideal con vida y forma y oí, entre el burbujeo sonoro de la linfa herida, como una risa burlesca y armoniosa que me encendía la sangre.

De pronto huyó la visión, surgió la ninfa del estanque, semejante a Citerea en su onda, y recogiendo sus cabellos, que goteaban brillantes, corrió por los rosales, tras las lilas y violetas, más allá de los tupidos arbolares, hasta perderse ¡ay! por un recodo; y quedé yo, poeta lírico, fauno burlado, viendo a las grandes aves alabastrinas como mofándose de mí, tendiéndome sus largos cuellos en cuyo extremo brillaba bruñida el agata de sus picos.

Después, almorzábamos juntos aquellos amigos de la noche pasada; entre todos, triunfante, con su pechera y su gran corbata oscura, el sabio obeso, futuro miembro del Instituto.

Y de repente, mientras todos charlaban de la última obra de Frémiet en el Salón, exclamó Lesbia con su alegre voz parisiense:

—¡Té! como dice Tartarin: ¡el poeta ha visto ninfas!...

La contemplaron todos asombrados, y ella me miraba, me miraba como una gata, y se reía como una chicuela a quien se le hiciesen cosquillas.

CARTA DEL PAÍS AZUL[1]

Paisajes de un cerebro

¡Amigo mío! Recibí tus recuerdos, y estreché tu mano de lejos, y vi tu rostro alegre, tu mirada sedienta, tus narices voluptuosas que se hartan hoy de perfume de campo y de jardín, de hoja verde y salvaje que se estruja al paso, o de pomposa genciana en su macetero florido. ¡Salud!

Ayer vagué por el país azul. Canté a una niña; visité a un artista; oré, oré como un creyente en un templo, yo el escéptico; y yo, yo mismo, he visto a un ángel rosado que desde su altar lleno de oro, me saludaba con las alas. Por último, ¡una aventura! Vamos por partes.

¡Canté a una niña!

La niña era rubia, esto es, dulce. Tú sabes que la cabellera de mis hadas es áurea, que amo el amarillo brillante de las auroras, y que ojos azules y labios sonrosados tienen en mi lira dos cuerdas. Luego, su inocencia. Tenía una sonrisa castísima y bella, un encanto inmenso. Imagínate una vestal impúber, toda radiante de candidez, con sangre virginal que le convierte en rosas las mejillas.

Hablaba como quien arrulla, y su acento de niña, a veces melancólico y tristemente suave, tenía blandos y divinos ritornelos. Si se tornase flor, la buscaría entre los lirios; y entre éstos elegiría el que tuviera dorados los pétalos, o el cáliz azul. Cuando

[1] *La Época,* Santiago, 3 de febrero de 1888. Recogido por Julio Saavedra Molina en *Poesías y prosas raras de Rubén Darío,* Santiago, 1938, pp. 55-59, y en la edición destruida de *Obras escogidas,* II, Santiago, 1940, pp. 37-41, y reproducido en la *Antología chilena* de Rubén Darío que publicó Eugenio Orrego Vicuña en los *Anales de la Universidad de Chile,* primer trimestre de 1941, año XCIX, núm. 41, 3ª serie, pp. 352-356.

la vi, hablaba con un ave; y como que el ave le comprendía, porque tendía el ala y abría el pico, cual si quisiera beber la voz armónica. Canté a esa niña.

Visité a un artista, a un gran artista que, como Mirón su discóbolo, ha creado su jugador de chueca[2]. Al penetrar en el taller de este escultor, parecíame vivir la vida antigua; y recibía, como murmurada por labios de mármol, una salutación en la áurea lengua jónica que hablan las diosas de brazos desnudos y de pechos erectos.

En las paredes reían con su risa muda las máscaras, y se destacaban los relieves, los medallones con cabezas de serenos ojos sin pupilas, los frisos cincelados, imitaciones de Fidias, hasta con los descascaramientos que son como el roce de los siglos, las metopas donde blanden los centauros musculosos sus lanzas; y los esponjados y curvos acantos, en pulidos capiteles de columnas corintias. Luego, por todas partes estatuas; el desnudo olímpico de la Venus de Milo y el desnudo sensual de la de Médicis, carnoso y decadente; figuras escultóricas brotadas al soplo de las

[2] El propio Darío, un año más tarde nos da el nombre del artista. "Plaza es ese vigoroso talento que ha producido el *Caupolicán* y el *Jugador de chueca,* estatuas magistrales, honra del arte americano". *(A. de Gilbert,* 1889.) En las dos primeras ediciones de *Azul,* en el cuento *El palacio del sol,* aparece una mención de Plaza, suprimida en la de 1905 ("Se apoyó en el zócalo de un fauno soberbio y bizarro, cincelado por Plaza"). A propósito de ella Darío aclaraba en la nota XVI de la edición guatemalteca: "Nicanor Plaza, chileno, el primero de los escultores americanos, cuyas obras se han expuesto con gran éxito en el Salón de París. Entre sus obras, las más conocidas y de mayor mérito están una *Susana* y *Caupolicán,* esta última magnífica de fuerza y de audacia. La industria europea se aprovechó de esta creación de Plaza —sin consultar con él para nada, por supuesto, y sin darle un centavo— y la multiplicó en el bronce y en la terracota. ¡El *Caupolicán* de Plaza se vende en los almacenes de bric-à-brac de Europa y América, con el nombre de *The Last of the Mohicans!* Un grabado que representa esa obra maestra de Plaza, fué publicado en la *Ilustración Española y Americana.* La gloria no ha sido esquiva con el amigo Plaza; pero no así la fortuna". No pocas huellas quedan en la obra chilena de Darío de su amistad con Plaza: el tema del escultor en los cuentos *El velo de la reina Mab, Arte y hielo* y *La muerte de la emperatriz de la China,* el soneto *Caupolicán,* la dedicatoria de *El arte,* y algunos recuerdos en el *Prólogo* a *Asonantes* de Narciso Tondreau y en *A. de Gilbert.*

grandes inspiraciones; unas soberbias, acabadas, líricamente erguidas como en una apoteosis, otras modeladas en la greda húmeda, o cubiertas de paños mojados, o ya en el bloque desbastado, en su forma primera, tosca y enigmática; o en el eterno bronce de carne morena, como hechas para la inmortalidad y animadas por una llama de gloria. El escultor estaba allí, entre todo aquello, augusto, creador, con el orgullo de su traje lleno de yeso y de sus dedos que amasaban el barro. Al estrechar su mano, estaba ya tan orgulloso como si me tocase un semidiós.

El escultor es un poeta que hace un poema de una roca. Su verso chorrea en el horno, lava encendida, o surge inmaculado en el bloque de venas azulejas, que se arranca de la mina.

De una cantera evoca y crea cien dioses. Y con su cincel destroza las angulosidades de la piedra bronca y forma el seno de Afrodita o el torso del padre Apolo. Al salir del taller, parecióme que abandonaba un templo.

Noche. Vagando al azar, di conmigo en una iglesia. Entré con desparpajo; mas desde el quicio ya tenía el sombrero en la mano, y la memoria de los sentidos me llenaba y todo yo estaba conmovido. Aún resonaban los formidables y sublimes trémolos del órgano. La nave hervía. Había una gran muchedumbre de mantos negros; y en el grupo extendido de los hombres, rizos rubios de niño, cabezas blancas y calvas; y sobre aquella quietud del templo, flotaba el humo aromado, que de entre las ascuas de los incensarios de oro emergía, como una batista sutil y desplegada que arrugaba el aire; y un soplo de oración pasaba por los labios y conmovía las almas.

Apareció en el púlpito un fraile joven, que lucía lo azul de su cabeza rapada, en la rueda negra y crespa de su cerquillo. Pálido, con su semblante ascético, la capucha caída, las manos blancas juntas en el gran crucifijo de marfil que le colgaba por el pecho, la cabeza levantada, comenzó a decir su sermón como si cantara un himno[3]. Era una máxima mística, un principio

[3] Esta descripción del fraile y la pieza oratoria, que anticipa la de *Un sermón,* incluído en el presente volumen, parece tener origen en el *Sermón del padre Juna,* de Juan Montalvo *(El Regenerador,* 1878, núm. 10). Doy más detalles sobre este punto en *Darío y Montalvo (Nueva Revista de Filología Hispánica,* México, 1948, vol. II, núm. 4, pp. 365-367).

religioso sacado del santo Jerónimo: Si alguno viene a mí, y no olvida a sus padres, mujer e hijos y hermanos, y aun su propia vida, no puede ser mi discípulo; y el que se aborrece a sí mismo en este mundo, para una vida eterna se guarda. Había en sus palabras llanto y trueno; y sus manos al abrirse sobre la muchedumbre parecían derramar relámpagos. Entonces, al ver al predicador, la ancha y relumbrosa nave, el altar florecido de luz, los cirios goteando sus estalactitas de cera; y al respirar el olor santo del templo, y al ver tanta gente arrodillada, doblé mis hinojos y pensé en mis primeros años: la abuela, con su cofia blanca y su rostro arrugado y su camándula de gordos misterios; la catedral de mi ciudad, donde yo aprendí a creer; las naves resonantes, la custodia adamantina, y el ángel de la guarda, a quien yo sentía cerca de mí, con su calor divino, recitando las oraciones que me enseñaba mi madre. Y entonces oré. ¡Oré, como cuando niño juntaba las manos pequeñuelas!

Salí a respirar el aire dulce, a sentir su halago alegre, entre los álamos erguidos, bañados de plata por la luna llena que irradiaba en el firmamento, tal como una moneda argentina sobre una ancha pizarra azulada llena de clavos de oro. El asceta había desaparecido de mí: quedaba el pagano. Tú sabes que me place contemplar el firmamento para olvidarme de las podredumbres de aquí abajo. Con esto creo que no ofendo a nadie. Además, los astros me suelen inspirar himnos, y los hombres, yambos. Prefiero los primeros. Amo la belleza, gusto del desnudo; de las ninfas de los bosques, blancas y gallardas; de Venus en su concha y de Diana, la virgen cazadora de carne divina, que va entre su tropa de galgos, con el arco en comba, a la pista de un ciervo o de un jabalí. Sí, soy pagano. Adorador de los viejos dioses, y ciudadano de los viejos tiempos. Yo me inclino ante Júpiter porque tiene el rayo y el águila; canto a Citerea porque está desnuda y protege el beso de dos bocas que se buscan; y amo a Pan porque, como yo, es aficionado a la música y a los sonoros ditirambos, junto a los riachuelos armoniosos, donde triscan las náyades, la cadera sobre la linfa, el busto al aire, todas sonrosadas al beso fecundo y ardiente del gran sol. En cuanto a las mujeres, las amo por sus ojos que ponen luz en el alma de los hombres; por sus líneas curvas, por sus fuertes aromas de violeta y por sus bocas que parecen rosas. Otros busquen las alcobas vedadas, los lechos prohibidos y adúlteros, los amores fáciles; yo me arrodillo ante la virgen que es un alba, o una paloma, como ante una azucena sagrada, paradisíaca. ¡Oh, el amor de las torcaces! En la aurora alegre se saludan con un arrullo que se asemeja al preludio de una lira. Están en dos ramas distintas y Céfiro lleva la música trémula de sus gargantas. Después, cuando el cenit llueve oro, se juntan las alas y los picos, y el nido es un tálamo bajo el cielo profundo y sublime, que envía a los alados amantes su tierna mirada azul.

Pues bien, en un banco de la Alameda me senté a respirar la brisa fresca, saturada de vida y de salud, cuando vi pasar una mujer pálida, como si fuera hecha de rayos de luna. Iba recatada con manto negro. La seguí. Me miró fija cuando estuve cerca, y ¡oh amigo mío! he visto realizado mi ideal, mi sueño, la mujer intangible, becqueriana, la que puede inspirar rimas con sólo sonreír, aquella que cuando dormimos se nos aparece vestida de blanco, y nos hace sentir una palpitación honda que estremece corazón y cerebro a un propio tiempo. Pasó, pasó huyente, rápida, misteriosa. No me queda de ella sino un recuerdo; mas no te miento si te digo que estuve en aquel instante enamorado; y, que cuando bajó sobre mí el soplo de la media noche, me sentí con deseos de escribirte esta carta, del divino país azul por donde vago, carta que parece estar impregnada de aroma de ilusión; loca e ingenua, alegre y triste, doliente y brumosa; y con sabor a ajenjo, licor que como tú sabes tiene en su verde cristal el ópalo y el sueño.

LA CANCION DEL ORO[1]

Aquel día, un harapiento, por las trazas un mendigo, tal vez un peregrino, quizás un poeta, llegó, bajo la sombra de los altos álamos, a la gran calle de los palacios, donde hay desafíos de soberbia entre el ónix y el pórfido, el ágata y el mármol; en donde las altas columnas, los hermosos frisos, las cúpulas doradas, reciben la caricia pálida del sol moribundo.

Había tras los vidrios de las ventanas, en los vastos edificios de la riqueza, rostros de mujeres gallardas y de niños encantadores. Tras las rejas se adivinaban extensos jardines, grandes verdores salpicados de rosas y ramas que se balanceaban acompasada y blandamente como bajo la ley de un ritmo. Y allá en los grandes salones debía estar el tapiz purpurado y lleno de oro, la blanca estatua, el bronce chino, el tibor cubierto de campos azules y de arrozales tupidos, la gran cortina recogida como una falda, ornada de flores opulentas, donde el ocre oriental hace

---

[1] *Revista de Artes y Letras,* Santiago, 15 de febrero de 1888, tomo XI, pp. 464-467. Reproducido en *El Heraldo,* Valparaíso, 1º de junio del mismo año, núm. 129, e incluído en todas las ediciones de *Azul*... En la *Revista* apareció dedicado "A Pedro Barros", buen amigo de los hombres de letras. (Cf. *Obras escogidas,* I, Santiago, 1939, p. 248). Con la misma dedicatoria se publicó en *La República,* San José, Costa Rica, 13 de enero de 1889, vol. III, núm. 729, p. 2. Darío no le puso notas en la edición guatemalteca de *Azul*...; mas en la *Historia de mis libros* escribió: *"La canción del oro* es también poema en prosa, pero de otro género [que *El velo de la reina Mab*]. Valera la califica de letanía. Y aquí una anécdota. Yo envié a París, a varios hombres de letras, ejemplares de mi libro [*Azul*...], a raíz de su aparición. Tiempos después, en *La Panthée,* de Peladán, aparecía un *Cantique de l'or* más que semejante al mío. Coincidencia posiblemente. No quise tocar el asunto, porque entre el gran esteta y yo no había esclarecimiento posible, y a la postre habría resultado, a pesar de la cronología, el autor de *La canción del oro* plagiario de Peladán". *La historia de "La canción del oro"; recuerdo de Rubén Darío* de don Samuel Ossa Borne *(Revista Chilena,* Santiago, diciembre de 1917, vol. II, núm. 9, pp. 368-375) contiene muchos detalles sobre la composición de estas páginas.

vibrar la luz en la seda que resplandece. Luego, las luces venecianas, los palisandros y los cedros, los nácares y los ébanos, y el piano negro y abierto, que ríe mostrando sus teclas como una linda dentadura; y las arañas cristalinas, donde alzan las velas profusas la aristocracia de su blanca cera. ¡Oh, y más allá! Más allá el cuadro valioso dorado por el tiempo, el retrato que firma Durand o Bonnat, y las preciosas acuarelas en que el tono rosado parece que emerge de un cielo puro y envuelve en una onda dulce desde el lejano horizonte hasta la yerba trémula y humilde. Y más allá...

(Muere la tarde.
Llega a las puertas del palacio un carruaje flamante y charolado. Baja una pareja y entra con tal soberbia en la mansión que el mendigo piensa: "Decididamente, el aguilucho y su hembra van al nido". El tronco, ruidoso y azogado, a un golpe de látigo arrastra el carruaje haciendo relampaguear las piedras. Noche.)

Entonces, en aquel cerebro de loco, que ocultaba un sombrero raído, brotó como el germen de una idea que pasó al pecho, y fué opresión y llegó a la boca hecho himno que le encendía la lengua y hacía entrechocar los dientes. Fué la visión de todos los mendigos, de todos los suicidas, de todos los borrachos, del harapo y de la llaga, de todos los que viven ¡Dios mío! en perpetua noche, tanteando la sombra, cayendo al abismo, por no tener un mendrugo para llenar el estómago. Y después la turba feliz, el lecho blando, la trufa y el áureo vino que hierve, el raso y el moiré que con su roce ríen; el novio rubio y la novia morena cubierta de pedrería y blonda; y el gran reloj que la suerte tiene para medir la vida de los felices opulentos, que en vez de granos de arena deja caer escudos de oro.

Aquella especie de poeta sonrió; pero su faz tenía aire dantesco. Sacó de su bolsillo un pan moreno, comió, y dió al viento su himno. Nada más cruel que aquel canto tras el mordisco.

¡Cantemos el oro!
Cantemos el oro, rey del mundo, que lleva dicha y luz por donde va, como los fragmentos de un sol despedazado.

Cantemos el oro, que nace del vientre fecundo de la madre tierra; inmenso tesoro, leche rubia de esa ubre gigantesca.

Cantemos el oro, río caudaloso, fuente de la vida, que hace jóvenes y bellos a los que se bañan en sus corrientes maravillosas, y envejece a aquellos que no gozan de sus raudales.

Cantemos el oro, porque de él se hacen las tiaras de los pontífices, las coronas de los reyes y los cetros imperiales; y porque se derrama por los mantos como un fuego sólido, e inunda las capas de las arzobispos, y refulge en los altares y sostiene al Dios eterno en las custodias radiantes.

Cantemos el oro, porque podemos ser unos perdidos, y él nos pone mamparas para cubrir las locuras abyectas de la taberna y las vergüenzas de las alcobas adúlteras.

Cantemos el oro, porque al saltar del cuño lleva en su disco el perfil soberbio de los césares; y va a repletar las cajas de sus vastos templos, los bancos, y mueve las máquinas, y da la vida, y hace engordar los tocinos privilegiados.

Cantemos el oro, porque él da los palacios y los carruajes, los vestidos a la moda, y los frescos senos de las mujeres garridas; y las genuflexiones de espinazos aduladores y las muecas de los labios eternamente sonrientes.

Cantemos el oro, padre del pan.

Cantemos el oro, porque es, en las orejas de las lindas damas, sostenedor del rocío del diamante, al extremo de tan sonrosado y bello caracol; porque en los pechos siente el latido de los corazones, y en las manos a veces es símbolo de amor y de santa promesa.

Cantemos el oro, porque tapa las bocas que nos insultan, detiene las manos que nos amenazan y pone vendas a los pillos que nos sirven.

Cantemos el oro, porque su voz es música encantada; porque es heroico y luce en las corazas de los héroes homéricos, y en las sandalias de las diosas y en los coturnos trágicos y en las manzaans del Jardín de las Hespérides.

Cantemos el oro, porque de él son las cuerdas de las grandes liras, la cabellera de las más tiernas amadas, los granos de la espiga y el peplo que al levantarse viste la olímpica aurora.

Cantemos el oro, premio y gloria del trabajador y pasto del bandido.

Cantemos el oro, que cruza por el carnaval del mundo, disfrazado de papel, de plata, de cobre y hasta de plomo.

Cantemos el oro, calificado de vil por los hambrientos; hermano del carbón, oro negro que incuba el diamante; rey de la mina, donde el hombre lucha y la roca se desgarra; poderoso en el poniente, donde se tiñe en sangre; carne de ídolo; tela de que Fidias hace el traje de Minerva.

Cantemos el oro, en el arnés del caballo, en el carro de guerra, en el puño de la espada, en el lauro que ciñe cabezas luminosas, en la copa del festín dionisíaco, en el alfiler que hiere el seno de la esclava, en el rayo del astro y en el champaña que burbujea como una disolución de topacios hirvientes.

Cantemos el oro, porque nos hace gentiles, educados y pulcros.

Cantemos el oro, porque es la piedra de toque de toda amistad.

Cantemos el oro, purificado por el fuego, como el hombre por el sufrimiento; mordido por la lima, como el hombre por la envidia; golpeado por el martillo, como el hombre por la necesidad; realzado por el estuche de seda, como el hombre por el palacio de mármol.

Cantemos el oro, esclavo, despreciado por Jerónimo, arrojado rión, maldecido por Pablo el Ermitaño, quien tenía por alcázar por Antonio, vilipendiado por Macario, humillado por Hilarión, maldecido por Pablo el Ermitaño, quien tenía por alcázar una cueva bronca y por amigos las estrellas de la noche, los pájaros del alba y las fieras hirsutas y salvajes del yermo.

Cantemos el oro, dios becerro, tuétano de roca misterioso y callado en su entraña, y bullicioso cuando brota a pleno sol y a toda vida, sonante como un coro de tímpanos; feto de astros, residuo de luz, encarnación de éter.

Cantemos el oro, hecho sol, enamorado de la noche, cuya camisa de crespón riega de estrellas brillantes, después del último beso, como una gran muchedumbre de libras esterlinas.

¡Eh miserables, beodos, pobres de solemnidad, prostitutas, mendigos, vagos, rateros, bandidos, pordioseros, peregrinos, y vosotros los desterrados, y vosotros los holgazanes, y sobre todo vosotros, oh poetas!

¡Unámonos a los felices, a los poderosos, a los banqueros, a los semidioses de la tierra!

¡Cantemos el oro!

Y el eco se llevó aquel himno, mezcla de gemido, ditirambo y carcajada; y como ya la noche oscura y fría había entrado, el eco resonaba en las tinieblas.

Pasó una vieja y pidió limosna.

Y aquella especie de harapiento, por las trazas un mendigo, tal vez un peregrino, quizás un poeta, le dió su último mendrugo de pan petrificado, y se marchó por la terrible sombra, rezongando entre dientes.

[EL AÑO QUE VIENE SIEMPRE ES AZUL][1]

"El año que viene siempre es azul". Así dije en una de las *semanas*[2] anteriores, y no habría creído que mi frase fuera la causa de una dulce confidencia de mujer.

El año que viene suele ser gris, lectoras, y para vosotras escribo esta demostración de ello. Sencillamente, una historia referida por una asidua amiga de *El Heraldo,* historia melancólica quizá, seguramente verdadera, y que bien pudiera ser la motivadora de una serie de sonetos, escrita por cualquier nervioso que conozca el ritmo y la prosodia y sea un poco soñador. La historia es ésta.

Había una vez una niña rubia, que muy fácilmente hubiera nacido paloma o lirio, por causa de una dulce humedad que hacía los ojos adorables y una blancura pálida que hacía su frente casi luminosa y paradisíaca.

Cuando esta niña destrenzaba sus cabellos, el sol empapaba de luz las hebras, y cuando se asomaba a la ventana, que daba al jardín, las abejas confundían sus labios con una fresca centifolia.

Tanta hermosura habría provocado la factura de gruesos cuadernillos de madrigales; pero el padre, hombre sesudo, tenía la excelente idea de no dejar acercarse a su hija a los poetas.

---

[1] Ponemos como título la primera frase de la crónica *La semana* del 17 de marzo de 1888 publicada en *El Heraldo* de Valparaíso de la cual hemos tomado el presente relato. La crónica completa aparece en las *Obras desconocidas de Rubén Darío, escritas en Chile y no recopiladas en ninguno de sus libros,* edición de Raúl Silva Castro, Santiago, 1934, pp. 143-149.

[2] Darío escribió para *El Heraldo* de Valparaíso la crónica de *La semana,* ocho en total, del 11 de febrero de 1888 al 14 de abril del mismo año. *La semana* a que se refiere en el primer párrafo de este relato es la tercera, 3 de marzo de 1888; en ella, efectivamente, aparece la frase que dió origen a la "dulce confidencia de mujer" (Cf. *Obras desconocidas . . . ,* p. 129).

Llegó el tiempo de la primavera en el primer año en que la hermosa niña vestía de largo. Por primera vez pensó al ver el azul del cielo, una tarde misteriosa, en que sus oídos escucharían con placer un amoroso ritornelo y en que no está de más un bozo de seda y oro sobre un labio sonrosado.

Después de la primavera con sus revelaciones ardientes llegó el verano, todo calor, despertando los gérmenes, poniendo oro en las espigas, caldeando la tierra con su incendio.

La niña había encontrado el bozo rubio sobre una boca roja; pero no en el salón, en la gran capital, sino a la orilla del mar inmenso, lleno de ondas pérfidas como las mujeres, según Shakespeare,[3] en el puerto donde por la ley del verano llegó la niña que empezaba a despertar a la vida de los deseos amorosos, con los anhelos de una adolescencia en flor.

Tiempo. Los amantes —no os extrañéis, lectoras, ¡y qué os habéis de extrañar!— se comprendieron en un día en que una misma vibración de luz hirió sus pupilas. Una mirada —y esto es lugar común en asuntos de amor— es una declaración.

¡Oh, se amaron mucho! Él era joven, virgen el alma como ella. Fué aquello una sublime confidencia mutua, un desgarramiento de los velos íntimos del alma, un "yo te amo" pronunciado por dos bocas en silencio, pero cuyo eco resonó en los dos pechos a la vez.

Se hablaban de lejos con flores. Lengua perfumada y místicamente deliciosa. Una azucena sobre el seno de ella era un mensaje; un botón de rosa en el ojal de la levita de él, era un juramento.

[3] Darío invirtió la metáfora shakespiriana ("She was false as water"), *Othello*, act. V, esc. II) quizá inconscientemente; todavía cuatro años más tarde persiste en él esa actitud: "Allá va una nube. ¿A dónde va? Es caprichosa como una mujer. Son tres hermanas: la mujer, la onda y la nube. A la primera la increpó el Padre Eterno; a la segunda el poeta Shakespeare. La tercera es la poliforme errabunda de la región azul" (*En el mar*, 1892, cf. *Rubén Darío en Costa Rica*, II, 1920, p. 107). Pero el año siguiente, ya en Buenos Aires, en uno de sus *Mensajes de la tarde* de *La Tribuna*, el shakespirianísimo *Get thee to a nunnery...*, 23 de septiembre de 1893, vuelve la metáfora a su forma original: "¡Pérfida como la onda!" (cf. *Escritos inéditos de Rubén Darío* de E. K. Mapes, New York, 1938, p. 9).

El viento del mar, propicio a los enamorados, les favorecía llevando los suspiros de uno y otro. La naturaleza y el sueño tienen ciertos mensajeros para ios corazones que se aman. Un ave puede muy bien llevar un verso, y a Puck, hecho mariposa, le es permitido entregar, sin ruido ni deslumbramiento, un beso de un amado a una amada, o viceversa.

Aquellos amores de lejos fueron profundísimos. En el alma de él había un sol y en la de ella un alba.

Pero el verano partía.

El viejo invierno, con la cabellera blanca de nieve, anunciaba su llegada.

La niña debía partir a la ciudad, al salón donde aparecería por primera vez a los ojos de todos, señorita hecha, con crujidor traje de raso, de esos en que ríe la luz.

Y partió. Pero llevando consigo —¡caso casi increíble!— toda la inefable ilusión que le había llenado el alma en su despertamiento.

Él quedó en la vida de la esperanza, agitado, conmovido y soñando en el año venidero.

—¡El año que viene siempre es azul! —pensaría.

La hermosura encontró admiración en la gran capital. Su mano fué solicitada por muchos pretendientes. Pero aquel corazón de mujer fiel y rara tenía su compañero aquí, junto al gran Océano, donde sopla un viento salado y hay ondas pérfidas, como las mujeres, según el poeta inglés.

Y pensaba —¡ella también!— en la dicha del año que viene, del año azul.

Pero Dios dispone unas tristezas tan hondas, que hacen meditar en su infinito amor de abuelo para con los hombres, a veces incomprensible.

La dulce niña se volvió tísica.

De su opulencia, en medio de riqueza y lujo, de sedas, oro y mármol, se la llevó la muerte, como quien arranca una flor de un macetero.

¡La pálida estrella! Aquel encanto se hundió en la sepultura, y la corona de azahares y el velo blanco fueron para la tierra.

La lectora de *El Heraldo* que me ha referido esta historia fué confidente de la muerta enamorada.

Le reveló su amor al morir y cerró los ojos para siempre, pensando en el amado, que era casi un adolescente, con su sedoso bozo y su primera pasión.

Y la narradora agregó:

—¡Oh! Ese joven es hoy un escéptico y un corazón de hielo. El año que vino fué para él negro.

—¡Sí, pero para ella siempre fué azul. Voló a ser rosa celeste, alma sagrada, donde debe de existir el ensueño como realidad, la poesía como lenguaje y como luz el amor!

EL RUBÍ[1]

—¡Ah! ¡Conque es cierto! ¡Conque ese sabio parisiense ha logrado sacar del fondo de sus retortas, de sus matraces, la púrpura cristalina de que están incrustados los muros de mi palacio!

Y al decir esto el pequeño gnomo iba y venía, de un lugar a otro, a cortos saltos, por la honda cueva que le servía de morada; y hacía temblar su larga barba y el cascabel de su gorro azul y puntiagudo.

En efecto, un amigo del centenario Chevreul —cuasi Althotas—, el químico Frémy, acababa de descubrir la manera de hacer rubíes y zafiros.

Agitado, conmovido, el gnomo —que era sabidor y de genio harto vivaz— seguía monologando.

—¡Ah, sabios de la Edad Media! ¡Ah, Alberto el Grande, Averroes, Raimundo Lulio! Vosotros no pudísteis ver brillar el gran sol de la piedra filosofal, y he aquí que sin estudiar las fórmulas aristotélicas, sin saber cábala y nigromancia, llega un hombre del siglo décimonono a formar a la luz del día lo que nosotros fabricamos en nuestros subterráneos. ¡Pues el conjuro! Fusión por veinte días de una mezcla de sílice y de aluminato de plomo; coloración con bicromato de potasa o con óxido de cobalto. Palabras en verdad que parecen lengua diabólica.

[1] *La Libertad Electoral*, Santiago, 9 de junio de 1888, y en todas las ediciones de *Azul*... En *La Libertad* apareció dedicado "A Armand Silvestre, en pago de una frase bondadosa", lo que nos asegura alguna opinión favorable del poeta francés para Darío, probablemente ocasionada por el envío del *Pensamiento de otoño* (publicado en *La Época*, Santiago, 15 de febrero de 1887 e incluído en *Azul*...). Darío debió conocer la opinión de Armand Silvestre algunos meses antes de dedicarle *El rubí*; en *La semana (El Heraldo,* Valparaíso, 11 de febrero de 1888) ya lo llama "amable maestro y amigo" (Cf. *Obras escogidas...*, p. 115). "*El rubí* —dijo Darío en la *Historia de mis libros*— es otro cuento a la manera parisiense. Un *mito*, dice Valera. Una fantasía primaveral, más bien; lo propio que *El palacio del sol*, donde llamará la atención el empleo del *leit-motiv*". Una traducción inglesa *(The Ruby, a legend)* se publicó en *Inter-America*, New York, 1920, vol. IV, pp. 106-107.

Risa.

Luego se detuvo.

El cuerpo del delito estaba allí, en el centro de la gruta, sobre una gran roca de oro; un pequeño rubí, redondo, un tanto reluciente, como un grano de granada al sol.

El gnomo tocó un cuerno, el que llevaba a su cintura, y el eco resonó por las vastas concavidades. Al rato, un bullicio, un tropel, una algazara. Todos los gnomos habían llegado.

Era la cueva ancha, y había en ella una claridad extraña y blanca. Era la claridad de los carbunclos que en el techo de piedra centelleaban, incrustados, hundidos, apiñados, en focos múltiples; una dulce luz lo iluminaba todo.

A aquellos resplandores podía verse la maravillosa mansión en todo su esplendor. En los muros, sobre pedazos de plata y oro, entre venas de lapislázuli, formaban caprichosos dibujos, como los arabescos de una mezquita, gran muchedumbre de piedras preciosas. Los diamantes, blancos y limpios como gotas de agua, emergían los iris de sus cristalizaciones; cerca de calcedonias colgantes en estalactitas, las esmeraldas esparcían sus resplandores verdes; y los zafiros, en ramilletes que pendían del cuarzo, semejaban grandes flores azules y temblorosas.

Los topacios dorados, las amatistas, circundaban en franjas el recinto; y en el pavimento, cuajado de ópalos, sobre la pulida crisofasia[2] y el ágata, brotaba de trecho en trecho un hilo de agua, que caía con una dulzura musical, a gotas armónicas, como las de una flauta metálica soplada muy levemente.

¡Puck se había entrometido en el asunto, el pícaro Puck![3] Él

[2] Así en todas las ediciones de *Azul*... Quizá por *crisoprasa* (francés *chrysoprase*).

[3] "Puck es un duende o demonio, o elemental, como dicen los teósofos, que aparece con mucha frecuencia en cuentos y leyendas de Suecia y Dinamarca. En sajón su nombre es *Hodeken,* y en sueco *Nissegodreng,* que quiere decir *Nisse, el buen muchacho.* Es un duende pícaro, pero servicial. Shakespeare lo hace figurar en su *Sueño de una noche de verano.* Véase la pregunta que le hace una hada, en la escena 1ª del acto II de ese drama, magistralmente traducido por mi muy querido amigo el poeta peruano José Arnaldo Márquez", escribió Darío en la nota XV a la edición guatemalteca de *Azul...;* en seguida copió la escena aludida de la traducción de Márquez, *Dramas de Guillermo Shakespeare: Sue-*

había llevado el cuerpo del delito, el rubí falsificado, el que estaba ahí, sobre la roca de oro, como una profanación entre el centelleo de todo aquel encanto.

Cuando los gnomos estuvieron juntos, unos con sus martillos y cortas hachas en las manos, otros de gala, con caperuzas flamantes y encarnadas, llenas de pedrería, todos curiosos, Puck dijo así:

—Me habéis pedido que os trajese una muestra de la nueva falsificación humana, y he satisfecho esos deseos.

Los gnomos, sentados a la turca, se tiraban de los bigotes; daban las gracias a Puck con una pausada inclinación de cabeza, y los más cercanos a él examinaban con gesto de asombro las lindas alas, semejantes a las de un hipsipilo.

Continuó:

—¡Oh, Tierra! ¡Oh, Mujer! Desde el tiempo en que veía a Titania no he sido sino un esclavo de la una, un adorador casi místico de la otra.

Y luego, como si hablase en el placer de un sueño:

—¡Esos rubíes! En la gran ciudad de París, volando invisible, los vi por todas partes. Brillaban en los collares de las cortesanas, en las condecoraciones exóticas de los rastacueros, en los anillos de los príncipes italianos y en los brazaletes de las primadonas.

Y con pícara sonrisa siempre:

—Yo me colé hasta cierto gabinete rosado muy en boga... Había una hermosa mujer dormida. Del cuello le arranqué un medallón y del medallón el rubí. Ahí lo tenéis.

Todos soltaron la carcajada. ¡Qué cascabeleo!

—¡Eh, amigo Puck!

¡Y dieron su opinión después, acerca de aquella piedra falsa. obra del hombre, o de sabio, que es peor!

—¡Vidrio!

ño de una noche de verano, Medida por medida, Coriolano, Cuento de invierno, Barcelona, Biblioteca Arte y Letras, 1884, pp. 19-20. José Arnaldo Márquez (1830-1904) vivía por ese tiempo en Santiago y escribía diariamente, con el pseudónimo de *B. de Zamora,* para *La Libertad Electoral,* el diario que publicó *El rubí* y los cuentos posteriores escritos en Santiago; de entonces data la amistad de Darío con el poeta peruano. (Cf. *Obras escogidas...,* I, Santiago, 1939, p. 385).

—¡Maleficio!

—¡Ponzoña y cábala!

—¡Química!

—¡Pretender imitar un fragmento del iris!

—¡El tesoro rubicundo de lo hondo del globo!

—¡Hecho de rayos del poniente solidificados!

El gnomo más viejo, andando con sus piernas torcidas, su gran barba nevada, su aspecto de patriarca, su cara llena de arrugas:

—¡Señores! —dijo— ¡no sabéis lo que habláis!

Todos escucharon.

—Yo, yo soy el más viejo de vosotros, puesto que apenas sirvo ya para martillar las facetas de los diamantes; yo, que he visto formarse estos hondos alcázares; que he cincelado los huesos de la tierra, que he amasado el oro, que he dado un día un puñetazo a un muro de piedra, y caí a un lago donde violé a una ninfa; yo, el viejo, os referiré de cómo se hizo el rubí.

Oíd.

Puck sonreía curioso. Todos los gnomos rodearon al anciano, cuyas canas palidecían a los resplandores de la pedrería y cuyas manos extendían su movible sombra en los muros, cubiertos de piedras preciosas, como un lienzo lleno de miel donde se arrojasen granos de arroz.

—Un día, nosotros, los escuadrones que tenemos a nuestro cargo las minas de diamantes, tuvimos una huelga que conmovió toda la tierra, y salimos en fuga por los cráteres de los volcanes.

El mundo estaba alegre, todo era vigor y juventud; y las rosas, y las hojas verdes y frescas, y los pájaros en cuyos buches entra el grano y brota el gorjeo, y el campo todo, saludaban al sol y a la primavera fragante.

Estaba el monte armónico y florido, lleno de trinos y de abejas; era una grande y santa nupcia la que celebraba la luz, en el árbol la savia ardía profundamente, y en el animal todo era estremecimiento o balido o cántico, y en el gnomo había risa y placer.

Yo había salido por un cráter apagado. Ante mis ojos había un campo extenso. De un salto me puse sobre un gran árbol, una encina añeja. Luego bajé al tronco, y me hallé cerca de un arroyo, un río pequeño y claro donde las aguas charlaban di-

ciéndose bromas cristalinas. Yo tenía sed. Quise beber ahí...
Ahora, oíd mejor.

Brazos, espaldas, senos desnudos, azucenas, rosas, panecillos
de marfil coronados de cerezas; ecos de risas áureas, festivas;
y allá, entre espumas, entre las linfas rotas, bajo las verdes
ramas...

—¿Ninfas?

—No, mujeres.

—Yo sabía cuál era mi gruta. Con dar un golpe en el suelo,
abría la arena negra y llegaba a mi dominio. ¡Vosotros, pobre-
cillos, gnomos jóvenes, tenéis mucho que aprender!

Bajo los retoños de unos helechos nuevos me escurrí, sobre
unas piedras deslavadas por la corriente espumosa y parlante; y
a ella, a la hermosa, a la mujer, la así de la cintura, con este
brazo antes tan musculoso; gritó, golpeé el suelo; descendimos.
Arriba quedó el asombro, abajo el gnomo soberbio y vencedor.

Un día yo martillaba un trozo de diamante inmenso, que brillaba como un astro y que al golpe de mi maza se hacía pedazos.

El pavimento de mi taller se asemejaba a los restos de un sol
hecho trizas. La mujer amada descansaba a un lado, rosa de
carne entre maceteros de zafir, emperatriz del oro, en un lecho
de cristal de roca, toda desnuda y espléndida como una diosa.

Pero en el fondo de mis dominios, mi reina, mi querida, mi
bella, me engañaba. Cuando el hombre ama de veras, su pasión
lo penetra todo, y es capaz de traspasar la tierra.

Ella amaba a un hombre, y desde su prisión le enviaba sus
suspiros. Éstos pasaban los poros de la corteza terrestre y llegaban a él; y él, amándola también, besaba las rosas de cierto jardín; y ella, la enamorada, tenía —yo lo notaba— convulsiones
súbitas en que estiraba sus labios rosados y frescos como pétalos
de centifolia. ¿Cómo ambos así se sentían? Con ser quien soy, no
lo sé.

Había acabado yo mi trabajo: un gran montón de diamantes
hechos en un día; la tierra abría sus grietas de granito como labios con sed, esperando el brillante despedazamiento del rico
cristal. Al fin de la faena, cansado, di un martillazo que rompió
una roca y me dormí.

Desperté al rato al oír algo como gemido.

De su lecho, de su mansión más luminosa y rica que la de todas las reinas de Oriente, había volado fugitiva, desesperada, la amada mía, la mujer robada. ¡Ay! Y queriendo huir por el agujero abierto por mi maza de granito, desnuda y bella, destrozó su cuerpo blanco y suave como de azahar y mármol y rosa, en los filos de los diamantes rotos. Heridos sus costados, chorreaba la sangre; los quejidos eran conmovedores hasta las lágrimas. ¡Oh dolor!

Yo desperté, la tomé en mis brazos, la di mis besos más ardientes; mas la sangre corría inundando el recinto, y la gran masa diamantina se teñía de grana.

Me parecía que sentía, al darla un beso, un perfume salido de aquella boca encendida: el alma; el cuerpo quedó inerte.

Cuando el gran patriarca nuestro, el centenario semidiós de las entrañas terrestres, pasó por allí, encontró aquella muchedumbre de diamantes rojos...

Pausa.

—¿Habéis comprendido?

Los gnomos, muy graves, se levantaron.

Examinaron más de cerca la piedra falsa, hechura del sabio.

—¡Mirad, no tiene facetas!

—Brilla pálidamente.

—¡Impostura!

—¡Es redonda como la coraza de un escarabajo!

Y en ronda, uno por aquí, otro por allá, fueron a arrancar de los muros pedazos de arabesco, rubíes grandes como una naranja, rojos y chispeantes como un diamante hecho sangre; y decían:

—He aquí lo nuestro ¡oh madre Tierra!

Aquello era una orgía de brillo y de color.

Y lanzaban al aire gigantescas piedras luminosas y reían.

De pronto, con toda la dignidad de un gnomo:

—¡Y bien! El desprecio.

Se comprendieron todos. Tomaron el rubí falso, lo despedazaron y arrojaron los fragmentos —con desdén terrible— a un hoyo que abajo daba a una antiquísima selva carbonizada.

Después, sobre sus rubíes, sobre sus ópalos, entre aquellas paredes resplandecientes, empezaron a bailar asidos de las manos una farandola loca y sonora.

Y celebraban con risas el verse grandes en la sombra.

Ya Puck volaba afuera, en el abejeo del alba recién nacida, camino de una pradera en flor. Y murmuraba —¡siempre con su sonrisa sonrosada!—:

—Tierra... Mujer...

Porque tú ¡oh madre Tierra! eres grande, fecunda, de seno inextinguible y sacro; y de tu vientre moreno brota la savia de los troncos robustos, y el oro y el agua diamantina, y la casta flor de lis. ¡Lo puro, lo fuerte, lo infalsificable! ¡Y tú, Mujer, eres espíritu y carne, toda amor!

PALOMAS BLANCAS Y GARZAS MORENAS[1]

Mi prima Inés era rubia como una alemana. Fuimos criados juntos, desde muy niños, en casa de la buena abuelita que nos amaba mucho y nos hacía vernos como hermanos, vigilándonos cuidadosamente, viendo que no riñésemos. ¡Adorable, la viejecita, con sus trajes a grandes flores, y sus cabellos crespos y recogidos, como una vieja marquesa de Boucher!

Inés era un poco mayor que yo. No obstante, yo aprendí a leer antes que ella; y comprendía —lo recuerdo muy bien— lo que ella recitaba de memoria, maquinalmente, en una pastorela, donde bailaba y cantaba delante del niño Jesús, la hermosa María y el señor San José; todo con el gozo de las sencillas personas mayores de la familia, que reían con risa de miel, alabando el talento de la actrizuela.

Inés crecía. Yo también; pero no tanto como ella. Yo debía entrar a un colegio, en internado terrible y triste, a dedicarme a los áridos estudios del bachillerato, a comer los platos clásicos de los estudiantes, a no ver el mundo —¡mi mundo de mozo!— y mi casa, mi abuela, mi prima, mi gato, —un excelente romano que se restregaba cariñosamente en mis piernas y me llenaba los trajes negros de pelos blancos.

Partí.

Allá en el colegio mi adolescencia se despertó por completo.

[1] En *La Libertad Electoral,* Santiago, 23 de junio de 1888, y en todas las ediciones de *Azul* ...; Darío no puso ninguna nota a este cuento en la edición de Guatemala, pero en la *Historia de mis libros* dice a propósito de él: "En *Palomas blancas y garzas morenas* el tema es autobiográfico y el escenario la tierra centroamericana en que me tocó nacer. Todo en él es verdadero, aunque dorado de ilusión juvenil. Es un eco fiel de mi adolescencia amorosa, del despertar de mis sentidos y de mi espíritu ante el enigma de la universal palpitación". El recuerdo de estos amores juveniles del poeta reaparece en sus cuentos *El humo de la pipa* (escrito en el mismo año) y *Mi tía rosa* (1913), ambos incluídos en el presente volumen, así como en los capítulos V, XI y XIII de la *Autobiografía* (1912)

Mi voz tomó timbres aflautados y roncos; llegué al período ridículo del niño que pasa a joven. Entonces, por un fenómeno especial, en vez de preocuparme de mi profesor de matemáticas, que no logró nunca hacer que yo comprendiese el binomio de Newton, pensé —todavía vaga y misteriosamente— en mi prima Inés.

Luego tuve revelaciones profundas. Supe muchas cosas. Entre ellas, que los besos eran un placer exquisito.

Tiempo.

Leí *Pablo y Virginia*. Llegó un fin de año escolar y salí, en vacaciones, rápido como una saeta, camino de mi casa. ¡Libertad!

Mi prima—¡pero, Dios santo, en tan poco tiempo!— se había hecha una mujer completa. Yo delante de ella me hallaba como avergonzado, un tanto serio. Cuando me dirigía la palabra, me ponía a sonreírle con una sonrisa simple.

Ya tenía quince años y medio Inés. La cabellera, dorada y luminosa al sol, era un tesoro. Blanca y levemente amapolada, su cara era una creación murillesca, si se veía de frente. A veces, contemplando su perfil, pensaba en una soberbia medalla siracusana, en un rostro de princesa. El traje, corto antes, había descendido. El seno, firme y esponjado, era un ensueño oculto y supremo; la voz clara y vibrante, las pupilas azules, inefables, la boca llena de fragancia de vida y de color de púrpura. ¡Sana y virginal primavera!

La abuelita me recibió con los brazos abiertos. Inés se negó a abrazarme, me tendió la mano. Después no me atrevía a invitarla a los juegos de antes. Me sentía tímido. ¡Y qué! Ella debía sentir algo de lo que yo. ¡Yo amaba a mi prima!

Inés, los domingos, iba con la abuela a misa, muy de mañana.

Mi dormitorio estaba vecino al de ellas. Cuando cantaban los campanarios su sonora llamada matinal, ya estaba yo despierto.

Oía, oreja atenta, el ruido de las ropas. Por la puerta entreabierta veía salir la pareja que hablaba en voz alta. Cerca de mí pasaba el frufrú de las polleras antiguas de mi abuela y del traje de Inés, coqueto, ajustado, para mí siempre revelador.

¡Oh Eros!

—Inés...

—¿...?

Y estábamos solos, a la luz de una luna argentina, dulce, ¡una bella luna de aquellas del país de Nicaragua!

La dije todo lo que sentía, suplicante, balbuciente, echando las palabras, ya rápidas, ya contenidas, febril y temeroso. ¡Sí! Se lo dije todo; las agitaciones sordas y extrañas que en mí experimentaba cerca de ella; el amor, el ansia, los tristes insomnios del deseo; mis ideas fijas en ella allá en mis meditaciones del colegio; y repetía como una oración sagrada la gran palabra: el amor. ¡Oh, ella debía recibir gozosa mi adoración! Creceríamos más. Seríamos marido y mujer...

Esperé.

La pálida claridad celeste nos iluminaba. El ambiente nos llevaba perfumes tibios que a mí se me imaginaban propicios para los fogosos amores. ¡Cabellos áureos, ojos paradisíacos, labios encendidos y entreabiertos!

De repente, y con un mohín:

—¡Ve! La tontería...

Y corrió como una gata alegre a donde se hallaba la buena abuela, rezando a la callada sus rosarios y responsorios.

Con risa descocada de educanda maliciosa, con aire de locuela:

—¡Eh, abuelita, ya me dijo!...

¡Ellas, pues, sabían que yo debía "decir"...!

Con su reír interrumpía el rezo de la anciana, que se quedó pensativa acariciando las cuentas de su camándula. ¡Y yo que todo lo veía, a la husma, de lejos, lloraba, sí, lloraba lágrimas amargas, las primeras de mis desengaños de hombre!

Los cambios fisiológicos que en mí se sucedían, y las agitaciones de mi espíritu, me conmovían hondamente. ¡Dios mío! Soñador, un pequeño poeta como me creía, al comenzarme el bozo, sentía llenos, de ilusiones la cabeza, de versos los labios; y mi alma y mi cuerpo de púber tenían sed de amor. ¿Cuándo llegaría el momento soberano en que alumbraría una celeste mirada al fondo de mi ser, y aquel en que se rasgaría el velo del enigma atrayente?

Un día, a pleno sol, Inés estaba en el jardín regando trigo, entre los arbustos y las flores, a las que llamaba sus amigas: unas palomas albas, arrulladoras, con sus buches níveos y amorosamente musicales. Llevaba un traje —siempre que con ella he soñado la he visto con el mismo— gris azulado, de anchas mangas, que dejaban ver casi por entero los satinados brazos alabastrinos; los cabellos los tenía recogidos y húmedos, y el vello alborotado de su nuca blanca y rosa era para mí como luz crespa. Las aves andaban a su alrededor, e imprimían en el suelo oscuro la estrella acarminada de sus patas.

Hacía calor. Yo estaba oculto tras los ramajes de unos jazmineros. La devoraba con los ojos. ¡Por fin se acercó por mi escondite, la prima gentil! Me vió trémulo, enrojecida la faz, en mis ojos una llama viva y rara y acariciante, y se puso a reír cruelmente, terriblemente. ¡Y bien! ¡Oh, aquello no era posible! Me lancé con rapidez frente a ella. Audaz, formidable debía estar, cuando ella retrocedió, como asustada, un paso.

—¡Te amo!

Entonces tornó a reír. Una paloma voló a uno de sus brazos. Ella la mimó dándole granos de trigo entre las perlas de su boca fresca y sensual. Me acerqué más. Mi rostro estaba junto al suyo. Los cándidos animales nos rodeaban... Me turbaba el cerebro una onda invisible y fuerte de aroma femenil. ¡Se me antojaba Inés una paloma hermosa y humana, blanca y sublime; y al propio tiempo llena de fuego, de ardor, un tesoro de dichas! No dije más. La tomé la cabeza y la di un beso en una mejilla, un beso rápido, quemante de pasión furiosa. Ella, un tanto enojada, salió en fuga. Las palomas se asustaron y alzaron el vuelo, formando un opaco ruido de alas sobre los arbustos temblorosos. Yo, abrumado, quedé inmóvil.

Al poco tiempo partía a otra ciudad. La paloma blanca y rubia no había ¡ay! mostrado a mis ojos el soñado paraíso del misterioso deleite.

¡Musa ardiente y sacra para mi alma, el día había de llegar! Elena, la graciosa, la alegre, ella fué el nuevo amor. ¡Bendita sea aquella boca, que murmuró por primera vez cerca de mí las inefables palabras!

Era allá, en una ciudad que está a la orilla de un lago de mi tierra, un lago encantador, lleno de islas floridas con pájaros de colores.

Los dos, solos, estábamos cogidos de las manos, sentados en el viejo muelle, debajo del cual el agua glauca y oscura chapoteaba musicalmente. Había un crepúsculo acariciador, de aquellos que son la delicia de los enamorados tropicales. En el cielo opalino se veía una diafanidad apacible que disminuía hasta cambiarse en tonos de violeta oscuro, por la parte del oriente, y aumentaba convirtiéndose en oro sonrosado en el horizonte profundo, donde vibraban oblicuos, rojos y desfallecientes los últimos rayos solares. Arrastrada por el deseo, me miraba la adorada mía y nuestros ojos se decían cosas ardorosas y extrañas. En el fondo de nuestras almas cantaban un unísino embriagador como dos invisibles y divinas filomelas.

Yo extasiado veía a la mujer tierna y ardiente; con su cabellera castaña que acariciaba con mis manos, su rostro color de canela y rosa, su boca cleopatrina, su cuerpo gallardo y virginal; y oía su voz, queda, muy queda, que me decía frases cariñosas, tan bajo, como que sólo eran para mí, temerosa quizás de que se las llevase el viento vespertino. Fija en mí, me inundaban de felicidad sus ojos de Minerva, ojos verdes, ojos que deben siempre gustar a los poetas. Luego erraban nuestras miradas por el lago, todavía lleno de vaga claridad. Cerca de la orilla se detuvo un gran grupo de garzas. Garzas blancas, garzas morenas, de esas que cuando el día calienta, llegan a las riberas a espantar a los cocodrilos, que con las anchas mandíbulas abiertas beben sol sobre las rocas negras. ¡Bellas garzas! Algunas ocultaban los largos cuellos en la onda o bajo el ala, y semejaban grandes manchas de flores vivas y sonrosadas, móviles y apacibles. A veces una, sobre una pata, se alisaba con el pico las plumas, o permanecía inmóvil, escultural y hieraticamente, o varias daban un corto vuelo, formando en el fondo de la ribera llena de verde, o en el cielo, caprichosos dibujos, como las bandadas de grullas de un parasol chino.

Me imaginaba, junto a mi amada, que de aquel país de la altura me traerían las garzas muchos versos desconocidos y soñadores. Las garzas blancas las encontraba más puras y más voluptuosas, con la pureza de la paloma y la voluptuosidad del cisne; garridas, con sus cuellos reales, parecidos a los de las damas inglesas que junto a los pajecillos rizados se ven en aquel cuadro en que Shakespeare recita en la corte de Londres. Sus alas, delicadas y albas, hacen pensar en desfallecientes sueños nupciales; todas —bien dice un poeta— como cinceladas en jaspe.

¡Ah, pero las otras tenían algo de más encantador para mí! Mi Elena se me antojaba como semejante a ellas, con su color de canela y de rosa, gallarda y gentil.

Ya el sol desaparecía arrastrando toda su púrpura opulenta de rey oriental. Yo había halagado a la amada tiernamente con mis juramentos y frases melifluas y cálidas, y juntos seguíamos en un lánguido dúo de pasión inmensa. Habíamos sido hasta ahí dos amantes soñadores, consagrados místicamente uno a otro.

De pronto y como atraídos por una fuerza secreta, en un momento inexplicable, nos besamos la boca, todos trémulos, con un beso para mí sacratísimo y supremo: el primer beso recibido de labios de mujer. ¡Oh Salomón, bíblico y real poeta! Tú lo dijiste como nadie: *Mel et lac sub lingua tua.*

¡Ah, mi adorable, mi bella, mi querida garza morena! Tú tienes, en los recuerdos que en mi alma forman lo más alto y sublime, una luz inmortal.

Porque tú me revelaste el secreto de las delicias divinas en el inefable primer instante de amor.

MORBO ET UMBRA[1]

Un hombre alegre vende los ataúdes en el almacén de la calle cercana. Suele decir a los compradores unas bromas muy a tiempo que le han hecho el más popular de los fúnebres comerciantes.

Ya sabéis que la alfombrilla ha devastado en medio mes todo un mundo de niños en la ciudad. ¡Oh, ha sido horrible! · Imaginaos que la muerte, cruel y dura, ha pasado por los hogares arrancando las flores.

Ese día la lluvia amenazaba caer. Las nubazones plomizas se amontonaban en la enorme forma de las vastas humaredas. El aire húmedo soplaba dañino desparramando toses, y los pañuelos de seda o lana envolvían los pescuezas de las gentes higiénicas y ricas. ¡Bah! El pobre diablo tiene el pulmón ancho y sano. Se le da poco que una ráfaga helada le ataque, o que el cielo le apedree con sus granizos las espaldas desnudas y morenas por el sol de verano. ¡Bravo roto! Su pecho es roca para el mordisco de la brisa glacial, y su gran cabeza tosca tiene dos ojos siempre abiertos soberbiamente a la casualidad, y una nariz que así aspira el miasma como el viento marino oloroso a sal, que fortifica el pecho.

¿A dónde va ña Nicasia?

Hela ahí que pasa con la frente baja, arropada en su negro manto de merino basto. Tropieza a veces y casi se cae, así va andando ligero. ¿A dónde va ña Nicasia?

Camina, camina, camina, no saluda a los conocidos que la ven pasar, y parece que su barba arrugada, lo único que se advierte entre la negrura del tapado, tiembla.

Entró al despacho donde hace siempre sus compras, y salió con

[1] *La Libertad Electoral,* Santiago, 30 de julio de 1888. Recopilado en *Obras desconocidas...,* 1934, pp. 217-222, y en *Obras escogidas,* II, 1940, pp. 43-47, edición destruída. Darío lo dedicó "A Vicente Rojas y Rojas", periodista chileno.

un paquete de velas en la mano, anudando la punta de un pañuelo a cuadros donde ha guardado el vuelto.

Llegó a la puerta del almacén de cosas mortuorias. El hombre alegre la saludó con un buen chiste:

—¡Eh! ¿Por qué con tanta prisa, ña Nicasia? ¡Se conoce que busca el dinero!

Entonces, como si le hubiesen dicho una dolorosa palabra de esas que llegan profundamente a conmover el alma, soltó el llanto, y franqueó la puerta. Gimoteaba, y el vendedor con las manos por detrás se paseaba delante de ella.

Al fin pudo hablar. Le explicó lo que quería.

El niño, ¡ay! su niño, el hijo de su hija, ¡se había enfermado hacía pocos días de una fiebre tan grande!

Dos comadres habían recetado y sus remedios no habían hecho efecto. El angelito había ido agravándose, agravándose, y por fin, esta mañana se le quedó muerto entre los brazos. ¡Cuánto sufría la abuelita!

—¡Ah! señor, lo último que le quiero dar a mi muchachito: un cajón de aquellos; no tan caro; debe ser forrado en azul con cintas rosadas. Luego un ramillete de flores. Yo le pagaré al contado. Aquí está el dinero. ¿A ver?

Ya se había secado las lágrimas, y como llena de resolución súbita, se había dirigido a escoger el pequeño ataúd. El local era estrecho y largo, como una gran sepultura. Había aquí, allá, cajones de todos tamaños, forrados en negro o en colores distintos, desde los que tenían chapas plateadas, para los parroquianos ricachones del barrio, hasta los sencillos y toscos, para los pobres.

La vieja buscaba, entre todo aquel triste agrupamiento de féretros, uno que fuese, para ella, digno del cadavercito amado, del nieto que estaba pálido y sin vida, en la casa, sobre una mesa, con la cabeza rodeada de rosas y con su vestido más bonito, uno que tenía en labor gruesa, pero vistosa, pájaros violeta, que llevaban en el pico una guirnalda roja.

Halló uno a su gusto.

—¿Cuánto vale?

El hombre alegre, paseándose siempre con su risa imborrable:

—Vamos, que no sea usted avara, abuelita: siete pesos.

—¿Siete pesos?... No, no, es imposible. Vea usted: cinco traje, cinco tengo.

Y desanudaba la punta del pañuelo, donde sonaban con ruido falso las chauchas febles.[2]

—Cinco. Imposible, mi señora. Dos pesos más y es suyo. ¡Bien quería usted al nieto! Yo lo conocí. Era vivo, travieso, diablazo. ¿No era el ruciecito?

Sí, era el ruciecito,[3] señor vendedor. Era el ruciecito, y usted le está partiendo el corazón a esta anciana flaca y dolorida. Era el vivo, el travieso, el que ella adoraba tanto, el que ella mimaba, lavaba y a quien le cantaba, haciéndole bailar sobre sus rodillas, de tibias salientes, canturrias del tiempo viejo, melopeas monótonas que hacen dormirse a los niños. ¡Era el ruciecito, señor vendedor!

—Seis.

—Siete, abuela.

¡Y bien! Ahí le dejaba los cinco pesos que había traído. Después le pagaría los otros. Era ella mujer honrada. Aunque fuera preciso ayunar, le pagaría. Él la conocía bien. Se lo llevó.

A trancos rápidos iba la vieja con el cajón a cuestas, agobiada, respirando grueso, el manto desarreglado, la cabeza canosa al viento frío. Así llegó a la casa. Todos encontraron que el cajón era muy bonito. Lo veían, lo examinaban; ¡qué precioso!, y en tanto la anciana estaba besando al muerto, rígido sobre sus flores, con el cabello alborotado en parte, y en parte pegado a la frente, y en los labios un vago y enigmático rictus, como algo de la misteriosa eternidad.

Velorio no quiso la abuela. Lo quisiera tener a su niño; pero ¡no así, no, no, que se lo lleven!

Andaba de un lugar a otro. Las gentes del vecindario que habían llegado al duelo charlaban en voz baja. La madre del niño, con la cabeza envuelta en un pañuelo azul, hacía café en la cocina.

En tanto la lluvia cayó poco a poco, cernida, fina, molesta. El aire entraba por puertas y rendijas y hacía moverse el mantel blanco de la mesa en que el niño estaba; las flores a cada ráfaga temblaban.

[2] *Chaucha:* moneda de veinte centavos.

[3] *Ruciecito,* 'rubiecito'.

El entierro debía de ser en la tarde, y ya la tarde caía. ¡Qué triste! Tarde de invierno, brumosa, húmeda y melancólica, de esas tardes en que los rotos acomodados se cubren los torsos gigantescos con las mantas ásperas y rayadas, y las viejas chupan el carrizo de su mate, sorbiendo la bebida caliente que suena con borborigmos.

En la casa vecina cantaban con voz chillona un aire de zamacueca; cerca del pequeño cadáver, un perro se sacudía las moscas con las orejas, cerrando los ojos apaciblemente; y el ruido del agua que caía a chorros escasos por intervalos, de las tejas al suelo, se confundía con un ligero chasquido que hacía con los labios la abuela, que hablaba consigo misma sollozando.

Tras de las nubes de la tarde opaca bajaba el sol. Acercábase la hora del entierro.

Allá viene un coche bajo la lluvia, un coche casi inservible, arrastrado por dos caballos tambaleantes, hueso y pellejo. Chapoteando en el lodo de la calle llegaron a la puerta de la casa mortuoria.

—¿Ya?— dijo la abuela. Ella misma fué a poner el niño en el ataudecito; primero un colchón blanco de trapos, como si se cuidase de no lastimar, de que estuviese el pobre muerto con comodidad en la negra tiniebla de la sepultura. Luego, el cuerpo; luego, las flores, entre las que se veía la cara del niño, como una gran rosa pálida desvanecida. Se tapó el ataúd.

Señor vendedor, el travieso, el ruciecito, ya va para el camposanto. Siete pesos costó el cajón; cinco se pagaron adelantados: ¡Señor vendedor, la abuela, aunque ayune, le pagará a usted los dos que le faltan!

Apretaba el agua; del charol del vehículo descascarado y antiguo caía en gotas sobre el fango espeso, y los caballos con los lomos empapados humeaban por las narices, y hacían sonar los bocados entre los dientes.

Dentro, las gentes concluían de beber café.

Tac, tac, tac, sonaba el martillo acabando de enterrar los clavos de la tapa. ¡Pobre viejecita!

La madre debía ir sola al cementerio a dejar al muerto; la abuela le alistaba el manto.

—Cuando lo vayan a echar al hoyo, dale un beso al cajón por mí, ¿oyes?

Ya se va, ya han metido al coche el ataúd, y ha entrado también la madre.

Más y más arrecia la lluvia. ¡Hep! sonó el huascazo [4] y se fueron calle arriba los animales arrastrando sobre la tierra negra su armatoste.

La vieja, entonces, ¡ella sola!, asomó la cabeza por una de las aberturas de la pared cascada y ruinosa; y viendo perderse a lo lejos el coche maltrecho que rengueaba de bache en bache, casi formidable en su profunda tristeza estiró al cielo opaco sus dos brazos secos y arrugados, y apretando los puños, con un gesto terrible —¿hablaría con alguna de vosotras, oh, Muerte, oh Providencia?— exclamó con voz que tenía de gemido y de imprecación:

—¡Bandida! ¡bandida!...

---

[4] *Huascazo,* 'latigazo'.

EL PERRO DEL CIEGO [1]

Cuento para los niños

El perro del ciego no muerde, no hace daño. Es triste y humilde; amable, niños. No le procuréis nunca mal, y cuando pase por la puerta de vuestra casa, dadle algo de comer. Yo sé una historia conmovedora que voy a contaros ahora.

Cuando yo era chico tuve un amiguito muy cruel. No le quería bien ninguno de los compañeros porque con todos era áspero y malo. A los menores les pellizcaba y daba golpes; con los grandes se las entendía a pedradas. Cuando el profesor le castigaba no lloraba nunca. A veces, iracundo, se hacía sangre en los labios y se arrancaba el pelo a puños. Niño odioso.

Con los animales no era menos cruel que con los muchachos. ¿Os gustan a vosotros los pajaritos? Pues él los que encontraba en los nidos los aprisionaba, les quitaba las plumas, les rompía los huevos, y les sacaba los ojos: tal como hizo Casilda en unos versos de Campoamor, un poeta de España que ha inventado unas composiciones muy sabias y muy lindas que se llaman *doloras*.[2]

En casa del niño malo había un gato. Un día al pobre animal le cortó la cola, como hizo con su perro el griego Alcibíades, aquel de quien habéis oído hablar al señor profesor en la clase de historia.

Paco —así se llamaba aquel pillín— se burlaba de los cojos, de los tuertos, de los jorobados, de los limosneros que andaban pidiendo a veces en nombre de su negra miseria ridícula. Como

---

[1] *La Libertad Electoral*, Santiago, 21 de agosto de 1888. Recopilado en *Obras desconocidas...*, 1934, pp. 222-227, y en *Obras escogidas*, II, 1940, pp. 50-54, edición destruida.

[2] La dolora CXXI ("los ojos le vació, como jugando, / Casilda a un ruiseñor"). Cf. Ramón de Campoamor, *Obras completas*, Barcelona, Montaner y Simón, 1888, p. 289.

sabéis, es una acción indigna de todo niño de buen corazón, y vosotros, estoy seguro de que nunca haréis igual cosa de la que él hacía.

Por aquellos días llegaba a la puerta del colegio un pobre ciego viejo, con su alforja, su escudilla y su perro. Se le daba pan; en la cocina se le llenaba su escudilla, y nunca faltaba un hueso para el buen lazarillo de cuatro patas que tenía por nombre León.

León era manso; todos le acariciábamos; y él, al sentir la mano de un niño que le tocaba el lomo o le sobaba la cabeza, cerraba los ojos y devolvía halagos con la lengua. El ciego agradecía el amor a su guía, y en pago de él contaba cuentos o cantaba canciones.

Paco llegó una tarde a la hora de recreo, riendo con todas ganas. Había hecho una cosa muy divertida. Vosotros debéis saber lo que son los alacranes, unos animales feos, asquerosos, negros, que tienen una especie de rabo que remata en un garfio. Este garfio les sirve para picar. Cuando un alacrán pica, envenena la herida, y uno se enferma.

Paco había encontrado un alacrán vivo; lo puso entre dos rebanadas de pan y se lo llevó al ciego para que comiese. El animal le picó en la boca al pobrecito, que estuvo casi a las puertas de la muerte. Como veis, un niño de esta naturaleza no puede ser sino un miserable.

Cuando un niño hace una buena acción los ángeles de alas rosadas se alegran. Si la acción es mala, hay también unas alas negras que se estremecen de gozo. Niños, amad las alas rosadas. En medio de vuestro sueño ellas se os aparecerán siempre acariciantes, dulces, bellas. Ellas dan los ensueños divinos, y ahuyentan los rostros amenazadores de gigantes horribles o de enanos rechonchos que llegan cerca del lecho, en las pesadillas. Amad las alas rosadas.

Las negras estaban siempre, no hay duda, regocijadas con Paco, el de mi historia.

Imaginaos un sujeto que se portaba como sabéis con nosotros, que era descorazonado con los animales de Dios, y que hacía llorar a su madre en ocasiones, con sus terriblezas.

El Padre Eterno mueve a veces sonriendo su buena barba blanca cuando los querubines que aguaitan [3] por las rendijas de oro del azul le dan cuenta de los pequeños que van bien aquí abajo, que saben sus lecciones, que obedecen a papá y a mamá, que no rompen muchos zapatos, y muestran buen corazón y manos limpias. Sí, niños míos; pero si vierais cómo se frunce aquel ceño, con susto de los coros y de las potestades, si oyeseis cómo regaña en su divina lengua misteriosa, y se enoja, y dice que no quiere más a los niñitos, cuando sabe que éstos hacen picardías, o son mal educados, o lo que es peor ¡perversos!

Entonces ¡ah! le dice a Gabriel que desate las pestes, y vienen las mortandades, y los chicos se mueren y son llevados al cementerio, a que se queden estos con los otros muertos, de día y de noche.

Por eso hay que ser buenos, para que el buen Dios sonría, y lluevan los dulces, y se inventen los velocípedos y vengan muchos mister Ross y condes Patrizio. [4]

Un día no llegó el ciego a las puertas del colegio, y en el recreo no tuvimos cuentos ni canciones. Ya estábamos pensando que estuviese enfermo el viejecito, cuando, apoyado en su bordón, tropezando y cayendo, le vimos aparecer. León no venía con él.

—¿Y León?

—¡Ay! Mi León, mi hijo, mi compañero, mi perro ¡ha muerto!

Y el ciego lloraba a lágrima viva, con su dolor inmenso, crudo, hondo.

¿Quién le guiaría ahora? Perros había muchos, pero iguales al suyo, imposible. Podría encontrar otro; pero habría que ense-

---

[3] *Aguaitar* 'acechar'.

[4] Mister Ross y el conde Patrizio actuaron en Chile por los días que Darío residía en ese país. (Cf. *Obras escogidas,* II, 1940, p. 52) "Hoy se estrena entre nosotros el conde Patrizio, el célebre prestidigitador... Le conocí en Centro América", dice Darío en la crónica de *La semana* (III), en *El Heraldo* de Valparaíso, 3 de marzo de 1888. Menciona al "ventrílocuo Mr. Ross" en el artículo *Hija de su padre,* de *La Libertad Electoral,* Santiago, 13 de julio de 1888. (Cf. *Obras desconocidas...,* 1934, pp. 131 y 213, respectivamente.)

ñarle a servir de lazarillo, y de todas maneras no sería lo mismo. Y entre sollozos:

—¡Ah! Mi León, mi querido León...

Era una crueldad, un crimen. Mejor lo hubieran muerto a él. Él era un desgraciado y se le quería hacer sufrir más.

—¡Oh Dios mío!

Ya veis, niños, que esto era de partir el alma.

No quiso comer.

—No; ¿cómo voy a comer solo?

Y triste, triste, sentado en una grada, se puso a derramar las lágrimas de sus ojos ciegos, con un parpadeo doloroso, la frente contraída, y en los labios esa tirantez de las comisuras que producen ciertas angustias y sufrimientos.

El niño que siente las penas de sus semejantes es un niño excelente que el Señor bendice. Yo he visto algunos que son así, y todos les quieren mucho y dicen de ellos: ¡Qué niños tan buenos! Y les hacen cariños y les regalan cosas bonitas y libros como *Las mil y una noches*. Yo creo que vosotros debéis ser así, y por eso para vosotros tengo de escribir cuentos, y os deseo que séais felices. Pero vamos adelante.

Mientras el ciego lloraba y todos los niños le rodeaban compadeciéndole, llegó Paco cascabeleando sus carcajadas. ¿Se reía? Alguna maldad debía haber hecho. Era una señal. Su risa sólo indicaba eso. ¡Pícaro! ¿Habráse visto niño canalla? Se llegó donde estaba el pobre viejo.

—Eh, tío, ¿y León?— Más carcajadas.

Debía habérsele dicho, como debéis pensar: —Paco, eso es mal hecho y es infame. Te estás burlando de un anciano desgraciado—. Pero todos le tenían miedo a aquel diablillo.

Después, cínicamente, con su vocecita chillona y su aire descarado, se puso a narrar delante del ciego el cómo había dado muerte al perro.

—Muy sencillamente: cogí vidrio y lo molí, y en un pedazo de carne puse el vidrio molido, todo se lo comió el perro. Al rato se puso como a bailar, y luego no pudo arrastrar al tío —y señalaba con risa al infeliz— y por último, estiró las patas y se quedó tan tieso.

Y el tío llora que llora.

Ya veis niños que Paco era un corazón de fiera, y lleno de intenciones dañinas.

Sonó la campana. Todos corrimos a la clase. Al salir del colegio todavía estaba allí el viejo gimiendo por su lazarillo muerto. ¡Mal haya el muchacho bribón!

Pero mirad, niños, que el buen Dios se irrita con santa cólera. Paco ese mismo día agarró unas viruelas que dieron con él en la sepultura después que sufrió dolorosamente y se puso muy feo.

¿Preguntáis por el ciego? Desde aquel día se le vió pedir su limosna solo, sufriendo contusiones y caídas, arriesgando atropellamientos, con su bastón torcido que sonaba sobre las piedras. Pero no quiso otro guía que su León, su animal querido, su compañero a quien siempre lloró.

Niños, sed buenos. El perro del ciego —ese melancólico desterrado del día, nostálgico del país de la luz— es manso, es triste, es humilde; amadle, niños. No le procuréis nunca mal, y cuando pase por la puerta de vuestra casa, dadle algo de comer.

Y así ¡oh niños! seréis bendecidos por Dios, que sonreirá por vosotros, moviendo, como un amable emperador abuelo, su buena barba blanca.

HEBRAICO[1]

Aquel día el viejo Moisés, estando solo en su tienda, todavía con el sagrado temblor que ponía en sus nervios la visión de Dios —pues acababa de recibir de Jehová una de tantas leyes del gran Levítico—, sintió una vocecita extraña que le llamaba de afuera.

—Entra— respondió.

Acto continuo, saltó dentro una libre.

La pobrecita venía cansada, echando el bofe, pues a carrera abierta había comenzado su caminata desde las faldas del Sinaí, hasta el lugar en que residía el legislador.

—¿Moisés?

—Servidor...

Con mucho interés, como una liebre que estuviese comprometida en asuntos graves, comenzó:

—Señor, ha llegado a mis orejas que acabáis de promulgar la ley que declara a ciertos animales puros y a otros impuros. Los primeros pueden ser comidos impunemente, los segundos tienen para ellos una gracia especial, por la cual no pueden ser trabajados para el humano estómago. Interesada en la cuestión, espero vuestra palabra.

Y Moisés:

—No tengo inconveniente. Aarón, mi hermano, y yo hemos oído de la divina boca la ley nueva. Sígueme.

A las puertas del templo estaba Aarón recién consagrado pontífice, bello y soberbio como un rey del tabernáculo.

La luz hacía brillar la pompa santa, y el sacerdote ostentaba su túnica de jacinto, su ephod de oro, jacinto y púrpura, lino y grana reteñida, y su luciente y ceñido cinturón.

Las piedras del racional se descomponían en iris trémulos; las

---

[1] *La Libertad Electoral*, Santiago, 3 de septiembre de 1888. Recopilado en *Obras desconocidas...*, 1934, pp. 228-231, y en *Obras escogidas*, II, 1940, pp. 55-58, edición destruida.

piedras bíblicas, el sordio, el topacio, la verde esmeralda, el jaspe, el zafiro azul y poético, el carbunclo, sol en miniatura, el ligurio, el ágata, la amatista, el crisólito, el ónix y el berilo. Doce piedras, doce tribus. Y Aarón, con ese bello traje, hacía sus sacrificios siempre. ¡Qué hermosura!

Oyó de labios de Moisés la petición de la liebre, y con una buena risa accedió así:

—Sabed —dijo— que el mandamiento del Señor es:

"Los hijos de Israel deben comer estos animales: los que tienen la pezuña hendida y rumian.

"Los que rumian y no tienen la pezuña hendida, son inmundos, no deben comerse.

"El querogrilo es un inmundo.

"Y la liebre (aquí la liebre dió un salto). Porque también rumia y no tiene hendida la pezuña.

"Y el puerco, por lo contrario.

"Lo que tiene aletas y escamas, así en el mar como en los ríos, se comerá.

"Esto en cuanto a los peces.

"De las aves, no se comerá ni el águila ni el grifo, ni el esmerejón. Lo propio el milano y el buitre y el cuervo y el avestruz y la lechuza y el laro. Nada de gavilanes. Nada de somormujos y de ibis y cisnes.

"Tampoco se comerá el onocrótalo, ni el calamón, el herodión y el caradión y la abubilla y el murciélago.

"Todo volátil que anda sobre cuatro patas será abominable como no tenga las piernas de atrás como el brucó, el attaco y el ofiómaco.

"Son inmundos los animales que rumian y tienen pezuña, pero no hendida; y aquellos que tienen cuatro pies y andan sobre las manos.

"Además, la comadreja, el ratón, el cocodrilo, el camaleón, la migala y el topo." [2]

---

[2] Darío arregla a su gusto las prohibiciones del *Levítico,* cap. XI, y del *Deuteronomio,* cap. XIV, utilizando la versión española de Scío de San Miguel, si bien moderniza las grafías de los nombres de animales. Todos los que Darío aprovecha aparecen en el mismo orden en el texto de Scío. Por el contrario, el cotejo con la versión de Casiodoro de la Reina, retocada por Cipriano de Valera, y la de Torres Amat, sólo ofrece

Y al concluir pronunció un "he dicho" que dió por terminado el extracto de la ley.

La liebre meditaba.

—Señores —exclamó al cabo de un rato (¡desgraciada! sin saber que se perdía, y con ella toda su raza)—, se ha cometido un crimen atroz. Un israelita, un hijo de Hon, hijo de Pheleth, hijo de Rubén, ha hecho de un hermano mío un guiso, y se lo ha comido.

Aarón y Moisés se miraron con extrañeza.

La barba blanca del gran hebreo, moviéndose de un costado a otro sobre los pechos, demostraba una verdadera exaltación en el anciano augusto. ¡Cómo! Alguno de las tribus que oían por él la palabra de Dios se había atrevido, en ese propio día, a contravenir la más fresca de las leyes! ¡Cómo! ¡No valía nada que hubiese él recibido las tablas magnas del Eterno Padre, y que hubiese consagrado pontífice a su hermano Aarón! Ya verían, ya verían. Truenos se habían escuchado sobre su cabeza escultórica, relámpagos le habían surcado la frente, y ahora ¿qué? ¡Conque un israelita!

Muy bien.

Presto, presto, se buscó al culpable. Se le encontró. Venía hasta con restos del cuerpo del delito. Como quien dice, con cazuela y todo. El cacharro humeaba mantecoso y despidiendo un rico olor de fritanga, ni más ni menos que como chez Brinck, en el hotel Inglés, o donde papá Bounout.[3] El resto de la liebre estaba ahí.

La liebre viva miraba con sus redondos ojos espantados a los dos hermanos. Aarón interrogaba al acusado, Moisés examinaba

divergencias. El original de *Hebraico* debió de decir *laro, herodión* y *attaco,* como dice Scío, y no *loro, berodión* y *altaco* como se lee en *La Libertad Electoral* según Silva Castro (*Obras desconocidas,* p. 229) y Saavedra Molina (*Obras escogidas,* II, p. 56). Tres años más tarde, en *El árbol del rey David,* incluído en este volumen, Darío utilizó también la versión de Scío.

[3] Restoranes famosos de Santiago y Valparaíso de la época en que Darío residió en Chile. En la autobiográfica *Historia de un sobretodo,* incluída en este volumen, Darío recuerda que cenó *"chez Brinck,* donde los pilares del café parecen gigantescas salchichas, y donde el mostrador se asemeja a un joya de plata".

en tanto el guiso, verdaderamente digno de aquel antecesor de Lúculo y de los Dumas.

El acusado se defendió, como pudo. Explicó su necesidad y disculpó su apetito, alegando ignorancia de la nueva ley.

Había que juzgarle severamente. Quizá hubiera podido ser lapidado.

Mas le salvó una circunstancia, un detalle, que la liebre acusadora contempló con horror: los dos jueces hermanos probaron el manjar cocinado por el rubenista, y según cuenta el pergamino en que he leído esta historia, concluyeron por chuparse los dedos y perdonar al culpable. La consabida clase de animales fué declarada comible y sabrosa.

Pero el buen Dios, que oyó las quejas del animal acusador, se condolió de él y le concedió un cirineo que le ayudase a sufrir su destino.

Desde aquel día de conmiseración se da a las veces gato por liebre.

ARTE Y HIELO [1]

Imagináosle en medio de su taller, el soberbio escultor, en aquella ciudad soberbia. Todo el mundo podía verle alto, flaco, anguloso, con su blusa amarilla a flores rojas, y su gorro ladeado, entre tantas blancas desnudeces, héroes de bronce, hieráticos gestos y misteriosas sonrisas de mármol. Junto a una máscara barbuda, un pie de ninfa o un seno de bacante, y frente a un medallón moderno, la barriga de un Baco, o los ojos sin pupilas de una divinidad olímpica.

Imagináosle orgulloso, vanidoso, febril, ¡pujante!

Imagináosle esclavo de sus nervios, víctima de su carne ardiente y de su ansiar profundo, padre de una bella y gallarda generación inmóvil, que le rodeaba y le inspiraba, y pobre como una rata.

[1] *La Libertad Electoral,* Santiago, 20 de septiembre de 1888. Dedicado "A Carlos T. Robinet". "Recién ocupado en Santiago, en la redacción de *La Época,* —nos dice Darío— tuve el gusto de recibir la visita de Carlos Toribio Robinet, quien, tiempo después, me presentó a [José Victorino] Lastarria, el viejo maestro glorioso. El nombre de Robinet debe ser conocido y aplaudido. ¡Persona rara Robinet! Es el amigo de todos los escritores, de todos los artistas extranjeros que llegan a Chile. Y si éstos llegan necesitando apoyo, lo es más. ¡Hermoso espíritu, caballero de las brillantes almas náufragas! Escritor él mismo, es un excelente *croniqueur,* y hace buenos versos si le viene en deseo" (*Prólogo* a *Asonantes* de Narciso Tondreau, 1889). Darío desde Buenos Aires, 9 de marzo de 1896, en carta a Emilio Rodríguez Mendoza, pedía le enviaran *La Libertad Electoral;* ahí mismo se dolía de no poder contestar "una amable carta de Robinet" que por esos días había recibido. En el cap. XVI de su *Autobiografía* (1912) menciona a Robinet, político "muy querido y muy desgraciado en Chile", entre sus mejores amigos durante su permanencia en ese país (fué uno de los que le ayudaron para hacer su viaje de regreso a Nicaragua, febrero de 1889); pero en el mismo cap. atribuye a don Eduardo de la Barra su presentación con Lastarria. *Arte y hielo* se incluyó en *Obras desconocidas...,* 1934, pp. 231-236; en *Obras escogidas,* II, 1940, pp. 59-63, edición destruída, y en la *Antología chilena* de Rubén Darío, de los *Anales de la Universidad de Chile,* primer trimestre de 1941, año XCIX, núm. 41, 3ª serie, pp. 256-260.

¡Imagináosle así!

Villanieve era un lugar hermoso —inútil, inútil, ¡no le busquéis en el mapa!— donde las mujeres eran todas como diosas, erguidas, reales, avasallantes y también glaciales. Muy blancas, muy blancas, como cinceladas en témpanos, y con labios muy rojos que rara vez sonreían. Gustaban de las pedrerías y de los trajes opulentos; y cuando iban por la calle, al ver sus ademanes candentes, sus cabezas rectas y sus pompas, se diría el desfile de una procesión de emperatrices.

En Villanieve estaba el escultor, grande y digno de gloria; y estaba ahí, porque al hombre, como al hongo, no le pide Dios elección de patria. Y en Villanieve nadie sabía lo que era el taller del escultor, ¡aunque muchos le veían!

Un día el artista tuvo un momento de lucidez, y viendo que el pan le faltaba y que el taller estaba lleno de divinidades, envió a una de tantas a buscar pan a la calle.

Diana salió y, con ser casta diva, produjo un ¡oh! de espanto en la ciudad.

¡Qué! ¿Y era posible que el desnudo fuese un culto especial del arte?

¡Qué! Y esa curva saliente de un brazo, y esa redondez del hombro y ese vientre ¿no son una profanación? Y luego:

—¡Dentro! ¡Dentro! ¡Al taller de donde ha salido!

Y Diana volvió al taller con las manos vacías.

El escultor se puso a meditar en su necesidad.

¡Buena idea! ¡Buena idea!, pensó.

Y corrió a una plaza pública donde concurrían las más lindas mujeres y los hombres mejor peinados, que conocen el último perfume de moda; y ciertos viejos gordos que parecen canónigos y ciertos viejos flacos que cuando andan parece que bailan un minué. Todos con los zapatos puntiagudos y brillantes y un mirar de ¿qué se me da a mí? bastante inefable.

Llegóse al pedestal de una estatua y comenzó:

—Señores: yo soy fulano de tal, escultor orgulloso, pero muy pobre. Tengo Venus desnudas o vestidas.

Os advertiré que yo amo el desnudo. Mis Apolos no os desagradarán, porque tienen una crin crespa y luminosa de leones sublimes y en las manos una crispatura que parece que hace gemir el instrumento mágico y divino. Mis Dianas son castas, aunque os pese. Además, sus caderas son blandas colinas por donde desciende Amor, y su aire, cinegético. Hay un Néstor de bronce y un Moisés tan augusto como el miguelangelino. Os haré Susanas bíblicas como Hebes mitológicas, y a Hércules con su maza y a Sansón con su mandíbula de asno. Curva o recta, la línea viril o femenina se destacará de mis figuras, y habrá en las venas de mis dioses blancos, icor, y en el metal moreno pondrá sangre mi cincel.

Para vosotras, mujeres queridas, haré sátiros y sirenas, que serán la joya de vuestros tocadores.

Y para vosotros, hombres pomposos, tengo bustos de guerreros, torsos de discóbolos y amazonas desnudas que desjarretan panteras.

Tengo muchas cosas más; pero os advierto que también necesito vivir. He dicho.

Era el día siguiente:

—Deseo —decía una emperatriz de las más pulcras, en su salón regio, a uno de sus adoradores, que le cubría las manos de besos—, deseo que vayáis a traerme algo de lo más digno de mí, al taller de ese escultor famoso.

Decíalo con una vocecita acariciante y prometedora y no había sino obedecer el mandato de la amada adorable. El caballero galante —que en esos momentos se enorgullecía de estrenar unos cuellos muy altos llegados por el último vapor— despidióse con una genuflexión y una frase inglesa. ¡Oh! ¡Admirable, así, así! Y saliendo a la calle se dirigió al taller.

Cuando el artista vió aparecer en su morada el gran cuello y los zapatos puntiagudos y sintió el aire impregnado de opopónax, dijo para su coleto: Es un hecho que he encontrado ya la protección de los admiradores del arte verdadero, que son los pudientes. Los palacios se llenarán de mis obras, mi generación de dioses y héroes va a sentir el aire libre a plena luz, y un viento de gloria llevará mi nombre, y tendré para el pan de todos los días con mi trabajo.

—Aquí hay de todo —exclamó—: escoged.

El enamorado comenzó a pasar revista de toda aquella agrupación de maravillas artísticas, y desde el comienzo frunció el ceño con aire de descontentadizo, pero también de inteligente. No, no, esas ninfas necesitan una pampanilla; esas redondeces son una exageración; ese guerrero formidable que levanta su maza ¿no tiene los pies anquilosados? Los músculos rotan; no deben ser así; el gesto es horrible; ¡a esa cabellera salvaje le falta pulimento! Aquel Mercurio, Dios mío, ¿y su hoja de parra? ¿Para qué diablos labra usted esas indecencias?

Y el artista estupefacto miraba aquel homo sapiens de Linneo, que tenía un monocle en la cuenca del ojo derecho, y que lanzando una mirada de asombro burlesco, y tomando la puerta, le dijo con el aire de quien inventa la cuadratura del círculo:

—Pero, hombre de Dios, ¿está usted en su juicio?

¡Desencanto!

Y el inteligente, para satisfacer a la caprichosa adoradora, entró a un almacén de importaciones parisienses, donde compró un gran reloj de chimenea que tenía el mérito de representar un árbol con un nido de paloma, donde, a cada media hora, aleteaba ese animalito, hecho de madera, haciendo ¡cuú, cuú!

Y era uno de esos días amargos que sólo conocen los artistas pobres, días en que falta el pan ¡mientras se derrochan las ilusiones y las esperanzas! La última estaba para perder el escultor, y hubiera destruido, a golpes del cincel que les había dado vida, todas sus creaciones espléndidas, cuando llamaron a su puerta. Entró con la cabeza alta y el aire dominador, como uno de tantos reyes burgueses que viven podridos en sus millones.

El escultor se adelantó atentamente.

—Señor —le dijo—, os conozco y os doy las gracias porque os dignáis honrar este taller. Estoy a vuestras órdenes. Ved aquí estatuas, medallas, metopas, cariátides, grifos y telamones. Mirad ese Laocoonte que espanta, y aquella Venus que avasalla. ¿Necesitáis acaso una Minerva para vuestra biblioteca? Aquí tenéis a la Atenea que admira. ¿Venís en busca de adornos para vuestros jardines? Contemplad ese sátiro con su descarada risa lasciva y sus pezuñas de cabra. ¿Os place esta gran taza donde he cincelado la metamorfosis acteónica? Ahí está la virgen diosa cazadora como si estuviese viva, inmaculada y blanca. La estatua del viejo Anacreonte está ante vuestros ojos. Toca una lira. ¿Gustáis de ese fauno sonriente que se muestra lleno de gallardía? ¿Qué deseáis? Podéis mandar y quedaréis satisfecho...

—Caballero —respondió el visitante, como si no hubiese oído media palabra—, tengo muy buenos troncos árabes, ingleses y normandos. Mis cuadras son excelentes. Ahí hay bestias de todas las razas conocidas, y el edificio es de muchísimo costo. Os he oído recomendar como hábil en la estatuaria, y vengo a encargaros para la portada una buena cabeza de caballo. Hasta la vista.

¡Ira, espanto!... Pero un sileno calmó al artista hablándole con sus labios de mármol desde su pedestal.

—¡Eh, maestro! No te arredres: hazle su busto...

EL SÁTIRO SORDO[1]

Cuento griego

Habitaba cerca del Olimpo un sátiro, y era el viejo rey de su selva. Los dioses le habían dicho: "Goza, el bosque es tuyo; sé un feliz bribón, persigue ninfas y suena tu flauta". El sátiro se divertía.

Un día que el padre Apolo estaba tañendo la divina lira, el sátiro salió de sus dominios y fué osado a subir el sacro monte y sorprender al dios crinado. Éste le castigó tornándole sordo como una roca. En balde en las espesuras de la selva llena de pájaros se derramaban los trinos y emergían los arrullos. El sátiro no oía nada. Filomela llegaba a cantarle, sobre su cabeza enmarañada y coronada de pámpanos, canciones que hacían detenerse los arroyos y enrojecerse las rosas pálidas. Él permanecía impasible, o lanzaba sus carcajadas salvajes y saltaba lascivo y alegre cuando percibía por el ramaje lleno de brechas alguna cadera blanca y rotunda que acariciaba el sol con su luz rubia. Todos los animales le rodeaban como a un amo a quien se obedece.

A su vista, para distraerle, danzaban coros de bacantes encendidas en su fiebre loca, y acompañaban la armonía, cerca de él, faunos adolescentes, como hermosos efebos, que le acariciaban reverentemente con su sonrisa; y aunque no escuchaban ninguna voz, ni el ruido de los crótalos, gozaba de distintas maneras. Así pasaba la vida este rey barbudo que tenía patas de cabra.

Era sátiro caprichoso.

[1] *La Libertad Electoral,* Santiago, 15 de octubre de 1888. Lo escribió Darío cuando ya había publicado la primera edición de *Azul*..., y lo incluyó en la segunda (Guatemala, 1890), después de *El rey burgués;* la misma colocación ha conservado en las ediciones posteriores. En la *Historia de mis libros* Darío observa que en *El sátiro sordo* "el procedimiento es más o menos mendesiano, pero se impone el recuerdo de Hugo y de Flaubert".

Tenía dos consejeros aúlicos: una alondra y un asno. La primera perdió su prestigio cuando el sátiro se volvió sordo. Antes, si cansado de su lascivia soplaba su fluta dulcemente, la alondra le acompañaba.

Después, en su gran bosque, donde no oía ni la voz del olímpico trueno, el paciente animal de las largas orejas le servía para cabalgar, en tanto que la alondra, en los apogeos del alba, se le iba de las manos, cantando camino de los cielos.

La selva era enorme. De ella tocaba a la alondra la cumbre; al asno el pasto. La alondra era saludada por los primeros rayos de la aurora; bebía rocío en los retoños; despertaba al roble diciéndole: "Viejo roble, despiértate". Se deleitaba con un beso del sol: era amada por el lucero de la mañana. Y el hondo azul, tan grande, sabía que ella, tan chica, existía bajo su inmensidad. El asno (aunque entonces no había conversado con Kant) era experto en filosofía, según el decir común.[2] El sátiro, que le veía ramonear en la pastura, moviendo las orejas con aire grave, tenía alta idea de tal pensador. En aquellos días el asno no tenía como hoy tan larga fama. Moviendo sus mandíbulas no se habría imaginado que escribiesen en su loa Daniel Heinsius en latín, Passerat, Buffon y el gran Hugo en francés, Posada y Valderrama en español.[3]

[2] "Referencia al poema de Victor Hugo, *L'âne*". (Nota XXIV de Darío a la edición de *Azul*... de 1890).

[3] Heinsius (1580-1665), holandés, autor de la *Laus Asini*. Jean Passerat (1534-1602). Posada, seguramente Joaquín Pablo Posada (1825-1880), "pobre y soberbio ingenio" colombiano, único autor de ese apellido que Darío cita en sus escritos de Chile; lo menciona precisamente en *La literatura en Centro América*, artículo que publicó en 1888, el mismo año que *El sátiro sordo*. En *Este era un rey de Bohemia* (de *El Correo de la Tarde*, Guatemala, 23 de enero de 1891) dice Darío "pobre y raro Joaquín Pablo Posada". El doctor Adolfo Valderrama (1834-1902), chileno, fué amigo de Darío; lo menciona numerosas veces en sus escritos de Chile. "El asno de Sancho es silencioso y paciente, el asno del Sileno de Plauto está dotado del don de la palabra, como el de Balaan, como el que dialoga en Turmeda, como el que habla largamente al filósofo Kant en el poema de Victor Hugo. El asno ha tenido insignes cantores, desde Grecia y Roma, hasta Daniel Heinsius, hasta Hugo, hasta nuestro gran Lugones. Cierto es que el dulce animal de las largas orejas, además de conducir a Sancho y a Sileno, sirvió de caballería triunfal al Señor de Amor en su entrada a Jerusalén" dice Darío en *Letras* (París, Garnier, [1911] pp. 145-146).

Él, pacienzudo, si le picaban las moscas, las espantaba con el rabo, daba coces de cuando en cuando y lanzaba bajo la bóveda del bosque el acorde extraño de su garganta. Y era mimado allí. Al dormir su siesta sobre la tierra negra y amable, le daban su olor las yerbas y las flores. Y los grandes árboles inclinaban sus follajes para hacerle sombra.

Por aquellos días, Orfeo, poeta, espantado de la miseria de los hombres, pensó huir a los bosques, donde los troncos y las piedras le comprenderían y escucharían con éxtasis, y donde él pondría temblor de armonía y fuego de amor y de vida al sonar de su instrumento.

Cuando Orfeo tañía su lira había sonrisa en el rostro apolíneo. Demeter sentía gozo. Las palmeras derramaban su polen, las semillas reventaban, los leones movían blandamente su crin. Una vez voló un clavel de su tallo hecho mariposa roja, y una estrella descendió fascinada y se tornó flor de lis.

¿Qué selva mejor que la del sátiro, a quien él encantaría, donde sería tenido como un semidiós; selva toda alegría y danza, belleza y lujuria; donde ninfas y bacantes eran siempre acariciadas y siempre vírgenes; donde había uvas y rosas y ruido de sistros, y donde el rey caprípede bailaba delante de sus faunos, beodo y haciendo gestos como Sileno?

Fué con su corona de laurel, su lira, su frente de poeta orgulloso, erguida y radiante.

Llegó hasta donde estaba el sátiro velludo y montaraz, y para pedirle hospitalidad, cantó. Cantó del gran Jove, de Eros y de Afrodita, de los centauros gallardos y de las bacantes ardientes. Cantó la copa de Dionisio, y el tirso que hiere el aire alegre, y a Pan, emperador de las montañas, soberano de los bosques, dios-sátiro que también sabía cantar. Cantó de las intimidades del aire y de la tierra, gran madre. Así explicó la melodía de una arpa eolia, el susurro de una arboleda, el ruido ronco de un caracol y las notas armónicas que brotan de una siringa. Cantó del verso, que baja del cielo y place a los dioses, del que acompaña el bárbitos en la oda y el tímpano en el peán. Cantó los senos de nieve tibia y las copas de oro labrado, y el buche del pájaro y la gloria del sol.

Y desde el principio del cántico brilló la luz con más fulgores.

Los enormes troncos se conmovieron, y hubo rosas que se deshojaron y lirios que se inclinaron lánguidamente como en un dulce desmayo. Porque Orfeo hacía gemir los leones y llorar los guijarros con la música de su lira rítmica. Las bacantes más furiosas habían callado y le oían como en un sueño. Una náyade virgen a quien nunca ni una sola mirada del sátiro había profanado, se acercó tímida al cantor y le dijo: "Yo te amo". Filomela había volado a posarse en la lira como la paloma anacreóntica.[4] No había más eco que el de la voz de Orfeo. Naturaleza sentía el himno. Venus, que pasaba por las cercanías, preguntó de lejos con su divina voz: "¿Está aquí acaso Apolo?"

Y en toda aquella inmensidad de maravillosa armonía, el único que no oía nada era el sátiro sordo.

Cuando el poeta concluyó, dijo a éste:

—¿Os place mi canto? Si es así, me quedaré con vos en la selva.

El sátiro dirigió una mirada a sus dos consejeros. Era preciso que ellos resolviesen lo que no podía comprender él. Aquella mirada pedía una opinión.

—Señor —dijo la alondra—, esforzándose en producir la voz más fuerte de su buche, —quédese quien así ha cantado con nosotros. He aquí que su lira es bella y potente. Te ha ofrecido la grandeza y la luz rara que hoy has visto en tu selva. Te ha dado su armonía. Señor, yo sé de estas cosas. Cuando viene el alba desnuda y se despierta el mundo, yo me remonto a los profundos cielos y vierto desde la altura las perlas invisibles de mis trinos, y entre las claridades matutinas mi melodía inunda el aire, y es el regocijo del espacio. Pues yo te digo que Orfeo ha cantado bien, y es un elegido de los dioses. Su música embriagó el bosque entero. Las águilas se han acercado a revolar sobre nuestras cabezas, los arbustos floridos han agitado suavemente sus incen-

[4] "En la oda IX de Anacreonte, *A una paloma,* se encuentra la delicada figura de la avecita adormecida sobre la lira del poeta". (Nota XXV de Darío a la edición de *Azul . . .* de 1890). Darío conoció esta oda en la versión española de don Federico Baráibar incluída en *Poetas líricos griegos* (1884); es la que aparece en la *Biblioteca Clásica,* vol. LXIX, pp. 132-33 de la edición de 1911. "Y al fin sobre su lira / me poso y me **adormezco**", son, precisamente, los versos a que alude Darío.

sarios misteriosos, las abejas han dejado sus celdillas para venir a escuchar. En cuanto a mí ¡oh señor! si yo estuviese en lugar tuyo le daría mi guirnalda de pámpanos y mi tirso. Existen dos potencias: la real y la ideal. Lo que Hércules haría con sus muñecas, Orfeo lo hace con su inspiración. El dios robusto despedazaría de un puñetazo al mismo Atos. Orfeo les amansaría con la eficacia de su voz triunfante, a Nemea su león y a Erimanto su jabalí. De los hombres unos han nacido para forjar los metales, otros para arrancar del suelo fértil las espigas del trigal, otros para combatir en las sangrientas guerras, y otros para enseñar, glorificar y cantar. Si soy tu copero y te doy vino, goza tu paladar; si te ofrezco un himno, goza tu alma.

Mientras cantaba la alondra, Orfeo le acompañaba con su instrumento, y un vasto y dominante soplo lírico se escapaba del bosque verde y fragante. El sátiro sordo comenzaba a impacientarse. ¿Quién era aquel extraño visitante? ¿Por qué ante él había cesado la danza loca y voluptuosa? ¿Qué decían sus dos consejeros?

¡Ah, la alondra había cantado, pero el sátiro no oía! Por fin, dirigió su vista al asno.

¿Faltaba su opinión? Pues bien, ante la selva enorme y sonora, bajo el azul sagrado, el asno movió la cabeza de un lado a otro, terco, silencioso, como el sabio que medita.

Entonces, con su pie hendido, hirió el sátiro el suelo, arrugó su frente con enojo, y sin darse cuenta de nada, exclamó, señalando a Orfeo la salida de la selva:

—¡No!...

Al vecino Olimpo llegó el eco, y resonó allá, donde los dioses estaban de broma, un coro de carcajadas formidables que después se llamaron homéricas.

Orfeo salió triste de la selva del sátiro sordo y casi dispuesto a ahorcarse del primer laurel que hallase en su camino.

No se ahorcó, pero se casó con Eurídice.

EL HUMO DE LA PIPA[1]

Acabamos de comer.

Lejos del salón donde sonaban cuchicheos fugaces, palabras cristalinas —habría damas—, yo estaba en el gabinete de mi amigo Franklin, hombre joven que piensa mucho, y tiene los ojos soñadores y las palabras amables.

El champaña dorado me había puesto alegría en la lengua y luz en la cabeza. Reclinado en un sillón, pensaba en cosas lejanas y dulces que uno desea tocar. Era un desvanecimiento auroral, y yo era feliz, con mis ojos entrecerrados.

De pronto, colgada de la pared vi una de esas pipas delgadas, que gustan a ciertos aficionados, suficientemente larga, para sentarle bien a una cabeza de turco, y suficientemente corta para satisfacer a un estudiante alemán.

Cargóla mi amigo, la acerqué a mis labios.

¡En aquellos momentos me sentía un bajá!

Arrojé al aire fresco la primera bocanada de humo.

¡Oh, mi Oriente deseado, por quien sufro la nostalgia de lo desconocido!

Pasó él a mi vista, entre aquella opacidad nebulosa que flotaba delante de mí como un velo sutil que envolviese un espíritu. Era una mujer muy blanca que sonreía con labios venusinos y sangrientos como una rosa roja. Eran unos tapices negros y amarillos, y una esclava etíope que repicaba una pandereta, y una esclava circasiana que danzaba descalza, levantando los brazos con indolencia. Y érase un gran viejo hermoso como un Abrahán, con un traje rosa, opulento y crujidor, y un turbante blanco, y una barba espesa, más blanca todavía, que le descendía hasta cerca de la cintura.

[1] *La Libertad Electoral,* Santiago, 19 de octubre de 1888. Recopilado en *Obras desconocidas...,* 1934, pp. 241-247; en *Obras escogidas,* II, 1940, pp. 64-69, y en la *Antología chilena* de Rubén Darío de los *Anales de la Universidad de Chile,* 1941, *loc. cit.,* pp. 360-365.

El viejo pasó, el baile concluyó.

Solos la mujer de labios sangrientos y yo, ella me cantaba en su lengua arábiga unas como melopeas desfallecientes, y tejía cordones de seda. ¡Oh! Nos amábamos, con inmenso fuego, en tanto que un león de crines de oro, echado cerca, miraba pensativo la lluvia del sol que caía en un patio enlosado de mármol donde había rosales y manzanos.

Y deshizo el viento la primera bocanada de humo, desapareciendo en tal instante un negro gigantesco que me traía, cálida y olorosa, una taza de café.

Arrojé la segunda bocanada.

Frío. El Rhin, bajo un cielo opaco. Venían ecos de la selva, y con el ruido del agua formaban para mis oídos extrañas y misteriosas melodías que concluían casi al empezar, fragmentos de strausses locos, fugas wagnerianas, o tristes acordes del divino Chopin. Allá arriba apareció la luna, pálida y amortiguada. Se besaron en el aire dos suspiros del pino y de la palmera. Yo sentía mucho amor y andaba en busca de una ilusión que se me había perdido. De lo negro del bosque vinieron a mí unos enanos que tenían caperuzas encarnadas y en las cinturas pendientes unos cuernos de marfil. Tú que andas en busca de una ilusión —me dijeron—, ¿quieres verla por un momento?

Y los seguí a una gruta de donde emergía una luz alba y un olor de violeta. Y allí vi a mi ilusión. Era melancólica y rubia. Su larga cabellera, como un manto de reina.

Delgada y vestida de blanco, y esbelta y luminosa la deseada, tenía de la visión y del ensueño. Sonreía, y su sonrisa hacía pensar en puros y paradisíacos besos.

Tras ella, la mujer adorable, creí percibir dos alas como las de los arcángeles bíblicos.

La hablé y brotaron de mi lengua versos desconocidos y encantadores que salían solos y enamorados del alma.

Ella se adelantaba tendiéndome sus brazos.

—¡Oh —le dije—, por fin te he encontrado y ya nunca me dejarás!

Nuestros labios se iban a confundir; pero la bocanada se extinguió perdiéndose ante mi vista la figura ideal y el tropel de enanos que soplaban sus cuernos en la fuga.

La tercera bocanada, plomiza y con amontonamiento de cúmulus, vino a quedar casi fija frente a mis ojos.

Era un lago lleno de islas bajo el cielo tropical. Sobre el agua azul había garzas blancas, y de las islas verdes se levantaba al fuego del sol como una tumultuosa y embriagante confusión de perfumes salvajes.

En una barca nueva iba yo bogando camino de una de las islas, y una mujer morena, cerca, muy cerca de mí. Y en sus ojos todas las promesas, y en sus labios todos los ardores, y en su boca todas las mieles. Su aroma, como de azucena viva; y ella cantaba como una niña alocada, al són del remo que iba partiendo las olas y chorreando espumas que plateaba el día. Arribamos a la isla, y los pájaros al vernos se pusieron a gritar a coro: "¡Qué felicidad! ¡Qué felicidad!" Pasamos cerca de un arroyo y también exclamó con su voz argentina: "¡Qué felicidad!" Yo cortaba flores rústicas a la mujer morena, y con el ardor de las caricias las flores se marchitaban presto, diciendo también ellas: "¡Qué felicidad!" Y todo se disolvió con la tercera bocanada, como en un telón de silforama.

En la cuarta vi un gran laurel, todo reverdecido y frondoso, y en el laurel un arpa que sonaba sola. Sus notas pusieron estremecimiento en mi ser, porque con su voz armónica decía el arpa: "¡Gloria, gloria!"

Sobre el arpa había un clarín de bronce que sonaba con el estruendo de la voz de todos los hombres al unísono, y debajo del arpa tenía nido una paloma blanca. Alrededor del árbol y cerca de su pie, había un zarzal lleno de espinas agudísimas, y en las espinas sangre de los que se habían acercado al gran laurel. Vi a muchos que delante de mí luchaban destrozándose, y cuando alguno, tras tantas bregas y martirios, lograba acercarse y gozar de aquella sagrada sombra, sonaba el clarín a los cuatro vientos.

Y a la gigantesca clarinada, llegaban a revolar sobre la cumbre del laurel todas las águilas de los contornos.

Entonces quise llegar yo también. Lancéme a buscar el abrigo de aquellas ramas. Oía voces que me decían: "¡Ven!", mientras que iban quedando en las zarzas y abrojos mis carnes desgarradas. Desangrado, débil, abatido, pero siempre pensando en la esperanza, juntaba todos mis esfuerzos por desprenderme de aquellos horribles tormentos, cuando se deshizo la cuarta bocanada de humo.

Lancé la quinta. Era la primavera. Yo vagaba por una selva maravillosa, cuando de pronto vi que sobre el césped estaban bajo el ancho cielo azul todas las hadas reunidas en conciliábulo. Presidía la madrina Mab. ¡Qué de hermosuras! ¡Cuántas frentes coronadas por una estrella! ¡Y yo profanaba con mis miradas tan secreta y escondida reunión! Cuando me notaron, cada cual propuso un castigo. Una dijo: —Dejémosle ciego. Otra: —Tornémosle de piedra. —Que se convierta en árbol. —Conduzcámosle al reino de los monos. —Sea azotado doscientos años en un subterráneo por un esclavo negro. —Sufra la suerte del príncipe Camaralzamán. —Pongámosle prisionero en el fondo del mar...

Yo esperaba la tremenda hora del fallo decisivo. ¿Qué suerte me tocaría? Casi todas las hadas habían dado su opinión. Faltaban tan solamente el hada Fatalidad y la reina Mab.

¡Oh, la terrible hada Fatalidad! Es la más cruel de todas, porque entre tantas bellezas, ella es arrugada, gibosa, bizca, coja, espantosa.

Se adelantó riendo con risa horrible. Todas las hadas le temen un poco. Es formidable. —No —dijo—, nada de lo que habéis dicho vale la pena. Esos sufrimientos son pocos, porque con todos ellos puede llegar a ser amado. ¿No sabéis la historia de la princesa que se prendó locamente de un pájaro, y la del príncipe que adoró una estatua de mármol y hielo? Sea condenado, pues, a no ser amado nunca, y a caminar en carrera rápida el camino del amor, sin detenerse jamás. El hada Fatalidad se impuso. Quedé condenado, y fuéronse todas agitando sus varitas argentinas. Mab se compadeció de mí. Para que sufras menos —me dijo— toma este amuleto en que está grabada por un genio la gran palabra.

Leí: *Esperanza.*

Entonces comenzó a cumplirse la sentencia. Un látigo de oro me hostigaba, y una voz me decía: —¡Anda! y sentía mucho amor, mucho amor, y no podía detenerme a calmar esa sed.

Todo el bosque me hablaba. —Yo soy amada —me decía una palmera estremeciendo sus hojas. —Soy amada —me decía una tórtola en su nido. —Soy amado —cantaba el ruiseñor. —Soy amado —rugía el tigre. Y todos los animales de la tierra y todos los peces del mar y todos los pájaros del aire repetían en coro a mis oídos: —¡Soy amado! Y la misma gran madre, la tierra fecunda y morena, me decía temblando bajo el beso del sol: —¡Yo soy amada! Corría, volaba, y siempre con la insaciable sed. Y sonaba hiriendo la áurea huasca[2] y repetía: —¡Anda! la siniestra voz. Y pasé por las ciudades. Y oía ruido de besos y suspiros. Todos, desde los ancianos a los niños, exclamaban: —¡Soy amado! Y las desposadas me mostraban desde lejos sus ramas de azahares.

Y yo gritaba: —¡Tengo sed! Y el mundo era sordo.

Tan sólo me reanimaba llevando a mis labios mi frío amuleto.

Y seguí, seguí . . .

La quinta bocanada se la había deshecho el viento.

Flotó la sexta.

Volví a sentir el látigo y la misma voz. ¡Anduve!

Lancé la séptima. Vi un hoyo negro cavado en la tierra, y dentro un ataúd.

Una risa perlada y lejana de mujer me hizo abrir los ojos.

La pipa se había apagado.

---

[2] *Huasca,* 'látigo'.

LA MATUSCHKA[1]

Cuento ruso

¡Oh qué jornada, qué lucha! Habíamos, al fin, vencido, pero
a costa de mucha sangre. Nuestra bandera, que el gran San
Nicolás bendiga, era pues, la bandera triunfante. Pero, cuánto
camarada quedaba sin vida en aquellos horribles desfiladeros!
De mi compañía no nos salvamos sino muy pocos. Yo, herido,
aunque no gravemente, estaba en la ambulancia. Allí se me
había vendado el muslo que una bala me atravesó rompiendo el
hueso. Yo no sentía mi dolor: la patria rusa estaba victoriosa.
En cuanto a mi hermano Iván, lo recuerdo muy bien. Al borde
de un precipicio recibió un proyectil en el pecho, dió un grito
espantoso y cayó, soltando el fusil, cuya bayoneta relampagueó
en la humareda. Vi morir a otros; al buen sargento Lernoff, a
Pablo Tenovitch, que tocaba tan bien el *fifre*[2] y que alegraba
las horas de vivac; ¡a todos mis amigos!

[1] *La Tribuna*, Valparaíso, 1º de febrero de 1889, lo publicó por primera vez. Es el último cuento de Darío escrito en Chile; el poeta emprendió su viaje de regreso a Nicaragua el 9 de febrero de 1889. El
subtítulo continúa la línea de los subtítulos de *Azul...*: *La ninfa, cuento parisién* y *El sátiro sordo, cuento griego*. Pero *La matuschka* no se
incluyó en la segunda edición como lo fué *El sátiro sordo*. Un párrafo
del *Prólogo* que escribió Darío para *Asonantes* de Narciso Tondreau, el
mismo año de 1889, contiene claras referencias a la moda francesa del
cuento ruso: "Hace poco tiempo lo ruso preponderaba [en Francia]. Tolstoi, Gogol, Turgueneff, el raro y pálido Dostoiewsky, fueron traducidos
a casi todas las lenguas; escritores franceses publicaron novelas rusas; el
idioma se extendió más, y su terminología se puso de moda; se bebía
el rojo vino de París con caviar del Volga". En los folletines de *El Correo de la Tarde,* que Darío fundó y dirigió en Guatemala (1890-1891),
aparecen obras de Tolstoi y "Tourguéneff" traducidas de las versiones francesas entonces en boga; en el mismo diario Darío reprodujo su *cuento
ruso*, 13 de diciembre de 1890, año I, núm. 6, pp. 1-2. Los *Primeros
cuentos*, vol. III de la tercera serie de obras completas de Darío, Madrid,
1924, pp. 83-101, publicaron el texto plagado de erratas e inexactitudes.
Hemos preferido el texto de *El Correo*.

[2] *Fifre*, en francés, pífano.

Me sentía con fiebre. Ya la noche había entrado, triste, muy triste, y al ruido de la batalla había sucedido un silencio interrumpido sólo por el ¡Quién vive! de los centinelas. Se andaba recogiendo heridos, y el cirujano Lazarenko, que era calvo y muy forzudo, daba mucho que hacer a sus cuchillos, aquellos largos y brillantes cuchillos guardados en una caja negra, de donde salían a rebanar carne humana.

De repente, alguien se dirigió al lugar en que me encontraba. Abrí los ojos que la fiebre persistía en cerrar, vi que junto a mí estaba, toda llena de nieve, embozada en su mantón, la vieja matuschka del regimiento. A la luz escasa de la tienda, la vi pálida, fija en mí, como interrogándome con la mirada.

—¡Y bien! —me dijo—, decidme lo que sabéis de Nicolás, de mi Nicolasín. ¿Dónde le dejaste de ver? ¿Por qué no vino? Le tenía sopa caliente, con su poco de pan. La sopa hervía en la marmita cuando los últimos cañonazos llegaban a mis oídos. ¡Ah!, decía yo. Los muchachos están venciendo, y en cuanto a Nicolasín, está muy niño aún para que me lo quiera quitar el Señor. Seis batallas lleva ya, y en todas no ha sacado herida en su pellejo, ni en el de su tambor. Yo le quiero y él me quiere; quiere a su matuschka, a su madre. Es hermoso. ¿Dónde está? ¿Por qué no vino contigo, Alexandrovitch?

Yo no había visto al tambor después de la batalla. En el terrible momento del último ataque debía haber sido muerto. Quizá estaría herido solamente y lo traerían más tarde a la ambulancia. El chico era querido por todo el regimiento.

—Matuschka, espera. No te aflijas. San Nicolás debe proteger a tu pequeño.

Mis palabras la calmaron un tanto. Sí, debía llegar el chico. Ella lo asistiría y no le dejaría un solo instante. ¡Oh, oh! Con el schnaps[3] de su tonel le haría estar presto en disposición de redoblar tan gallardamente, como sólo él lo hacía cada alborada. ¿No es verdad, Alexandrovitch?

Mas el tiempo pasaba. Ella había salido a buscarle por las cercanías, le había llamado por su nombre; pero sus gritos no habían tenido más respuestas que el eco en aquella noche sombría, en que aparecían como fantasmas blancos los picos de las rocas y las copas de los árboles nevados.

[3] *Schnaps*, en alemán, aguardiente.

La matuschka había acompañado a los ejércitos rusos en muchas campañas. ¿De dónde era? Se ignoraba. Quería lo mismo a los moscovitas que a los polacos, y daba el mismo schnaps de caldo al mujick que servía de correo como al rudo cosaco de grande y velludo gorro. En cuanto a mí, me quería un poquito más, como al pobre Pablo Tenovitch, porque yo hacía coplas en el campamento, y a la matuschka le gustaban las coplas. Me refería un caso con frecuencia.

—Muchacho: un día en Petersburgo, día de revista, iba con el Gran Duque un hombre cuyo rostro no olvidaré nunca. De esto hace muchos años. El Gran Duque me sonrió, y el otro, acercándose a mí, me dijo: —¡Eh, brava matuschka! Y me dió dos palmaditas en el hombro. Después supe que aquel hombre era un poeta que hacía canciones hermosas y que se llamaba Pouchkine.

La anciana quería a Tenovitch por su música. No bien él, en un corro de soldados, preludiaba en su instrumento su canción favorita *El soldado de Kulugi...*, la matuschka le seguía con su alegre voz cascada y llevando el compás con las manos.

—Para vosotros, chicos, no hay medida. Hartáos de sopa; y si queréis lo del tonel, quedad borrachos.

Y era de verla en su carreta, la vara larga en la mano, el flaco cuerpo en tensión, los brazos curtidos, morenos a prueba de sol y de nieve, el cuello arrugado, con una gargantilla de cuentas gruesas de vidrio negro, y la cabeza descubierta, toda canosa. Acosaba a los animales para que no fuesen perezosos: ¡Hué! ¡Gordinflón! ¡Juuuip, siberiano! Y la carreta de la matuschka era gran cosa para todos. En ella venía el rancho y el buen aguardiente que calienta en el frío, y da vigor en la lucha.

Detrás de las tropas en marcha, iba siempre la vieja. Si había batalla, ya sabían los fogueados que tenían cerca el trago, el licor del tonel siempre bien lleno por gracia del general:

—Matuschka, mis soldados necesitan dos cosas: mi voz de mando y tu tonel.

Y el schnaps nunca faltaba. ¿Cuándo faltó?

Pero si la anciana amaba a todos sus muchachos, sin excepción, a quien había dado su afecto maternal era a Nicolasín, el tambor. De catorce a quince años tenía el chico, y hacía poco tiempo que estaba en servicio.

Todos le mirábamos como a cosa propia, con gran cariño, y él a todos acariciaba con sus grandes ojos azules y su alegre sonrisa, al redoblar en su parche delante del regimiento en formación. El hermoso muchacho tenía el aire de todo un hombre, y usaba la gorra ladeada, con barboquejo, caída sobre el ojo izquierdo. Debajo de la gorra salían opulentos y crespos los cabellos dorados.

Cuando Nicolasín llegó al cuerpo, la matuschka le adoptó, puede decirse. Ella, sin más familia que los soldados, hecha a ver sangre, cabezas rotas y vientres abiertos, tenía el carácter férreo y un tanto salvaje. Con Nicolasín se dulcificó. ¿Quería alguien conseguir algo de la carreta? Pues hablar con Nicolasín. Schnaps, Nicolasín; un tasajo, Nicolasín y nadie más. La vieja le mimaba. Siempre que él estaba junto a ella, sonreía y se ponía parlanchina; nos contaba cuentos e historias de bandidos de campaña, de héroes y de rusalcas. A veces cantaba aires nacionales y coplas divertidas. Un día le compuse unas que la hicieron reír mucho, con todas ganas; en ellas comparaba la cabeza del doctor Lazarenko con una bala de cañón. Eso era gracioso. El cirujano rió también y todos bebimos bastante.

El pequeño, por su parte, miraba a la vieja como a una madre, o mejor como a una abuela. Ella entre la voz de todos los tambores reconocía la del de su Nicolasín. Desde lejos, le hacía señas, sentada en la carreta, y él la saludaba levantando la gorra sobre su cabeza. Cuando se iba a dar alguna batalla eran momentos grandes para ella:

—Mira, no olvides al santo patrono que se llama como tú. No pierdas de vista al capitán, y atiende a su espada y a su grito. No huyas, pero tampoco quiero que te maten, Nicolasín, porque entonces yo moriría también.

Y luego le arreglaba su cantimplora forrada en cuero, y su morral. Y cuando ya todos íbamos marchando, le seguía con la vista, entre las filas de los altos y fuertes soldados que iban con el saco a la espalda y el arma al hombro, marcando el paso, a entrar a la pelea.

¿Quién no oyó en su tambor la diana alegre al fornido Nicolasín? La piel tersa campanilleaba al golpe del palillo que la golpeaba con amor; de los aros brotaban notas cristalinas, y el parche de tanto en tanto, sonaba como una lámina de bronce. Tambor bien listo, cuidado por su dueño con afecto. Por seis veces vimos al chico enguirnaldarse de verde después de la victoria. Y al marchar al compás cadencioso, cuando Nicolasín nos miraba, rojo y lleno de cansancio, pero siempre sonriente y animoso, a muchos que teníamos las mejillas quemadas y los bigotes grises, nos daban ganas de llorar. ¡Viva la Rusia, Nicolasín! ¡Vivaaa! y un rataplán.

Luego, cuando alguien caía en el campo, ya pensaba en él. Era el ángel de la ambulancia. ¿Queréis esto? ¿Queréis lo otro? Eso que tenéis es nada. Pronto estaréis buenos. Os animaréis y cantaremos con la matuschka. ¿La copa? ¿El plato?[4] ¡Bravo, Nicolasín! Yo le quería tanto como si fuera mi hermano o mi hijo.

Imaginaos primeramente que el punto principal estaba ocupado por el enemigo. Nuestro camino era sólo uno: ir adelante. Debía de sucumbir mucha gente nuestra; pero como esto, si se ha de ganar, no importa en la guerra, estaban dispuestos los cuerpos que debían ser carne para las balas. Yo era de la vanguardia. Allí iba Nicolás tocando paso redoblado, cuando todos teníamos el dedo en el gatillo, la cartuchera por delante y la mente alocada por la furia.

Recuerdo que primeramente escuché un enorme ruido, que luego balazos y después rugidos humanos sonaron, y que en el choque tremendo nadie tuvo conciencia de sí. Todas las bayonetas buscaban las barrigas y los pechos. Creo que si en vez de ser nosotros infantes, hubiéramos sido cosacos o húsares, en los primeros instantes hubiéramos salido vencedores. Seguí oyendo el tambor. Fué el segundo encuentro.

Pero Nicolasín... Después, caí herido. No supe más.

¡Dios mío, qué noche tan tremenda! La matuschka me dejó y dirigióse al cirujano. Él alineaba, entretanto, sus fierros relumbrosos. Como vió a la vieja gimoteando, la consoló a su manera. Lazarenko era así...:

[4] *Plano,* en todos los textos.

—Matuschka, no te aflijas. El rubito llegará. Si viene ensangrentado y roto, lo arreglaré. Le juntaré los huesos, le coseré las carnes y le meteré las tripas. No te aflijas, matuschka.

Ella salió. Al rato, cuando ya me estaba quedando dormido, escuché un grito agudo, de mujer. Era ella. Entraron dos cosacos conduciendo una camilla. Allí estaba Nicolasín todo bañado en sangre, el cráneo despedazado, y todavía vivo. No hablaba, pero hacía voltear en las anchas cuencas los ojos dolorosos. La matuschka no lloraba. Fija la mirada en el doctor, le interrogaba ansiosa con ella. Lazarenko movió tristemente la cabeza. ¡Pobre Nicolasín!

Ella fué entonces a su carreta. Trajo un jarro de aguardiente, humedeció un trapo y lo llevó a los labios del chico moribundo. Él la miró con amargura y con terneza al propio tiempo. Desde mi lecho de paja yo veía aquella escena desgarradora y tenía como un nudo en la garganta. Por fin el tambor mimado, el pequeño rubio, se estiró con una rápida convulsión. Sus brazos se retorcieron y de su boca salió como un gemido apagado. Entrecerró los párpados y quedó muerto.

—¡Nicolasín! —gritó la vieja—. ¡Nicolasín, mi muchacho, mi hijo!

Y soltó el llanto. Le besaba el rostro, las manos; le limpiaba el cabello pegado a la frente con la sangre coagulada, y agitaba la cabeza, y miraba con aire tal como si estuviese loca.

Muy entrada la noche, comenzó otra nevada. El aire frío y áspero soplaba y hacía quejarse los árboles cercanos. La tienda de ambulancia se movía; la luz que alumbraba el recinto, a cada momento parecía apagarse.

Se llevaron el cadáver de Nicolasín.

Yo no pude dormir después ni un solo minuto. Cerca, se escuchaban, en el silencio nocturno, los desahogos lúgubres y desesperados de la matuschka, que estaba aullando al viento como una loba.

LA MUERTE DE LA EMPERATRIZ DE LA CHINA[1]

Delicada y fina como una joya humana vivía aquella mucha-chita de carne rosada, en la pequeña casa que tenía un saloncito con los tapices de color azul desfalleciente. Era su estuche.

¿Quién era el dueño de aquel delicioso pájaro alegre, de ojos negros y boca roja? ¿Para quién cantaba su canción divina, cuando la señorita Primavera mostraba en el triunfo del sol su bello rostro riente, y abría las flores del campo, y alborotaba la nidada? Suzette se llamaba la avecita que había puesto en jaula de seda, peluches y encajes un soñador artista cazador, que la había cazado una mañana de mayo en que había mucha luz en el aire y muchas rosas abiertas.

Recaredo —¡capricho paternal! ¡él no tenía la culpa de llamarse Recaredo!— se había casado hacía año y medio. —¿Me amas? —Te amo. ¿Y tú? —Con toda el alma.

¡Hermoso el día dorado, después de lo del cura! Habían ido

[1] Fué escrito seguramente en El Salvador en 1889; en agosto de ese año Darío lo leyó en Sonsonate (El Salvador), en casa de su amigo el doctor Rubén Rivera (cf. G[ustavo] Alemán Bolaños, *La juventud de Rubén Darío,* Guatemala, Sánchez y de Guisse, 1923, pág. 138). Se publicó por primera vez en *La República,* Santiago de Chile, núm. del 15 de marzo al 1º de mayo de 1890, y poco después en *El Perú Ilustrado,* de Lima, el 5 de junio del mismo año, con una breve presentación de Ricardo Palma. Darío lo incluyó en la segunda edición de *Azul...* (Guatemala, 4 de octubre de 1890), después de *En Chile;* la misma colocación ha conservado en las ediciones posteriores. Tanto en *La República* como en la edición en que apareció por primera vez llevaba dedicatoria "Al Duque Job, de México"; dedicatoria que Darío explicó en la nota XXVI de esa edición: "El Duque Job es el pseudónimo con que se firma en la prensa de México el admirable escritor y poeta Manuel Gutiérrez Nájera" (1859-1895). *"La muerte de la emperatriz de la China* —dice Darío en la *Historia de mis libros*— es un cuento ingenuo, de escasa intriga, con algún eco a lo Daudet". Traducido al francés en la difundida colección de *Les mille nouvelles nouvelles,* como dice Darío, y al inglés por Charles Barnsley McMichael en *Short Stories from the Spanish* (New York, Boni and Liveright, 1920, y Girard, Kansas, Haldeman-Julius Co., 1923).

luego al campo nuevo; a gozar libres del gozo del amor. Murmuraban allá en sus ventanas de hojas verdes las campanillas y las violetas silvestres que olían cerca del riachuelo, cuando pasaban los dos amantes, el brazo de él en la cintura de ella, el brazo de ella en la cintura de él, los rojos labios en flor dejando escapar los besos. Después, fué la vuelta a la gran ciudad, al nido lleno de perfume de juventud y de calor dichoso.

¿Dije ya que Recaredo era escultor? Pues si no lo he dicho, sabedlo.

Era escultor. En la pequeña casa tenía su taller, con profusión de mármoles, yesos, bronces y terracotas. A veces, los que pasaban oían a través de las rejas y persianas una voz que cantaba y un martillo vibrante y metálico. Suzette, Recaredo; la boca que emergía el cántico, y el golpe del cincel.

Luego el incesante idilio nupcial. En puntillas, llegar donde él trabajaba, e, inundándole de cabellos la nuca, besarle rápidamente. Quieto, quietecito, llegar donde ella duerme en su *chaiselongue,* los piececitos calzados y con medias negras, uno sobre otro, el libro abierto sobre el regazo, medio dormida; y allí el beso es en los labios, beso que sorbe el aliento y hace que se abran los ojos, inefablemente luminosos. Y a todo esto, las carcajadas del mirlo, un mirlo enjaulado que cuando Suzette toca de Chopin, se pone triste y no canta. ¡Las carcajadas del mirlo! No era poca cosa. —¿Me quieres? —¿No lo sabes? —¿Me amas? —¡Te adoro! Ya estaba el animalucho echando toda la risa del pico. Se le sacaba de la jaula, revolaba por el saloncito azulado, se detenía en la cabeza de un Apolo de yeso, o en la frámea de un viejo germano de bronce oscuro. Tiiiiiirit . . . rrrrrrtch fiii . . . ¡Vaya que a veces era malcriado e insolente en su algarabía! Pero era lindo sobre la mano de Suzette que le mimaba, le apretaba el pico entre sus dientes hasta hacerlo desesperar, y le decía a veces con una voz severa que temblaba de terneza: —¡Señor Mirlo, es usted un picarón!

Cuando los dos amados estaban juntos, se arreglaban uno a otro el cabello.

—Canta —decía él.

Y ella cantaba, lentamente; y aunque no eran sino pobres muchachos enamorados, se veían hermosos, gloriosos y reales;

él la miraba como a una Elsa y ella le miraba como a un Lohengrin. Porque el Amor ¡oh jóvenes llenos de sangre y de sueños! pone un azul de cristal ante los ojos, y da las infinitas alegrías.

¡Cómo se amaban! Él la contemplaba sobre las estrellas de Dios; su amor recorría toda la escala de la pasión, y era ya contenido, ya tempestuoso en su querer, y a veces casi místico. En ocasiones dijérase aquel artista un teósofo que veía en la amada mujer algo supremo y extrahumano, como la Ayesha de Rider Haggard;[2] la aspiraba como una flor, le sonreía como a un astro, y se sentía soberbiamente vencedor al estrechar contra su pecho aquella adorable cabeza, que cuando estaba pensativa y quieta era comparable al perfil hierático de la medalla de una emperatriz bizantina.

Recaredo amaba su arte. Tenía la pasión de la forma; hacía brotar del mármol gallardas diosas desnudas de ojos blancos, serenos y sin pupilas; su taller estaba poblado de un pueblo de estatuas silenciosas, animales de metal, gárgolas terroríficas, grifos de largas colas vegetales, creaciones góticas quizá inspiradas por el ocultismo. Y sobre todo ¡la gran afición! japonerías y chinerías. Recaredo era en esto un original. No sé qué habría dado por hablar chino o japonés. Conocía los mejores álbumes; había leído buenos exotistas, adoraba a Loti y a Judith Gautier, y hacía sacrificios por adquirir trabajos legítimos, de Yokohama, de Nagasaki, de Kioto o de Nankín o Pekín: los cuchillos, las pipas, las máscaras feas y misteriosas como las caras de los sueños hípnicos, los mandarinitos enanos con panzas de cucurbitáceos y ojos circunflejos, los monstruos de grandes bocas de batracios, abiertas y dentadas, y diminutos soldados de Tartaria, con faces foscas.

—¡Oh —le decía Suzette—, aborrezco tu casa de brujo, ese terrible taller, arca extraña que te roba a mis caricias!

Él sonreía, dejaba su lugar de labor, su templo de raras chucherías y corría al pequeño salón azul, a ver y mirar su gracioso dije vivo, y oír cantar y reír al loco mirlo jovial.

Aquella mañana, cuando entró, vió que estaba su dulce Su-

---

[2] La *Ayesha* de sir Henry Rider Haggard (1856-1925) se publicó en 1905; pero en *She* (1887), que Darío debió conocer, ya aparece el personaje.

zette, soñolienta y tendida, cerca de un tazón de rosas que sostenía un trípode. ¿Era la Bella del bosque durmiente? Medio dormida, el delicado cuerpo modelado bajo una bata blanca, la cabellera castaña apelotonada sobre uno de los hombros, toda ella exhalando su suave olor femenino, era como una deliciosa figura de los amables cuentos que empiezan: "Este era un rey..."

La despertó:

—¡Suzette, mi bella!

Traía la cara alegre; le brillaban los ojos negros bajo su fez rojo de labor; llevaba una carta en la mano.

—Carta de Robert, Suzette. ¡El bribonazo está en China! "Hong Kong, 18 de enero..."

Suzette, un tanto amodorrada, se había sentado y le había quitado el papel. ¡Conque aquel andariego había llegado tan lejos! "Hong Kong, 18 de enero". Era gracioso. ¡Un excelente muchacho el tal Robert, con la manía de viajar! Llegaría al fin del mundo. ¡Robert, un grande amigo! Se veían como de la familia. Había partido hacía dos años para San Francisco de California. ¡Habríase visto loco igual!

Comenzó a leer.

«Hong Kong, 18 de enero de 1888.

Mi buen Recaredo:

Vine y vi. No he vencido aún.

En San Francisco supe vuestro matrimonio y me alegré. Di un salto y caí en la China. He venido como agente de una casa californiana, importadora de sedas, lacas, marfiles y demás chinerías. Junto con esta carta debes recibir un regalo mío, que, dada tu afición por las cosas de este país amarillo, te llegará de perlas. Ponme a los pies de Suzette, y conserva el obsequio en memoria de tu

Robert.»

Ni más ni menos. Ambos soltaron la carcajada. El mirlo a su vez hizo estallar la jaula en una explosión de gritos musicales.

La caja había llegado, una caja de regular tamaño, llena de marchamos, de números y de letras negras que decían y daban a entender que el contenido era muy frágil. Cuando la caja se abrió, apareció el misterio. Era un fino busto de porcelana, un admirable busto de mujer sonriente, pálido y encantador. En la base tenía tres inscripciones, una en caracteres chinescos, otra en inglés y otra en francés: *La emperatriz de la China*. ¡La emperatriz de la China! ¿Qué manos de artista asiático habían modelado aquellas formas atrayentes de misterio? Era una cabellera recogida y apretada, una faz enigmática, ojos bajos y extraños, de princesa celeste, sonrisa de esfinge, cuello erguido sobre los hombros columbinos, cubiertos por una onda de seda bordada de dragones, todo dando magia a la porcelana blanca, con tonos de seda inmaculada y cándida. ¡La emperatriz de la China! Suzette pasaba sus dedos de rosa sobre los ojos de aquella graciosa soberana, un tanto inclinados, con sus curvos epicantus bajo los puros y nobles arcos de las cejas. Estaba contenta. Y Recaredo sentía orgullo de poseer su porcelana. Le haría un gabinete especial, para que viviese y reinase sola, como en el Louvre la Venus de Milo, triunfadora, cobijada imperialmente por el plafón de su recinto sagrado.

Así lo hizo. En un extremo del taller formó un gabinete minúsculo, con biombos cubiertos de arrozales y de grullas. Predominaba la nota amarilla. Toda la gama: oro, fuego, ocre de oriente, hoja de otoño, hasta el pálido que agoniza fundido en la blancura. En el centro, sobre un pedestal dorado y negro, se alzaba riendo la exótica imperial. Alrededor de ella había colocado Recaredo todas sus japonerías y curiosidades chinas. La cubría un gran quitasol nipón, pintado de camelias y de anchas rosas sangrientas. Era cosa de risa, cuando el artista soñador, después de dejar la pipa y los cinceles, llegaba frente a la emperatriz, con las manos cruzadas sobre el pecho, a hacer zalemas. Una, dos, diez, veinte veces la visitaba. Era una pasión. En un plato de laca yokohamesa le ponía flores frescas todos los días. Tenía, en momentos, verdaderos arrobos delante del busto asiático que le conmovía en su deleitable e inmóvil majestad. Estudiaba sus menores detalles, el caracol de la oreja, el arco del labio, la nariz pulida, el epicantus del párpado. ¡Un ídolo, la famosa emperatriz! Suzette le llamaba de lejos:

—¡Recaredo!

—¡Voy!

Y seguía en la contemplación de su obra de arte. Hasta que Suzette llegaba a llevárselo a rastras y a besos.

Un día, las flores del plato de laca desaparecieron como por encanto.

—¿Quién ha quitado las flores? —gritó el artista desde el taller.

—Yo —dijo una voz vibradora.

Era Suzette que entreabría una cortina, toda sonrosada y haciendo relampaguear sus ojos negros.

Allá en lo hondo de su cerebro, se decía el señor Recaredo, artista escultor: —¿Qué tendrá mi mujercita? —No comía casi. Aquellos buenos libros desflorados por su espátula de marfil, estaban en el pequeño estante negro, con sus hojas cerradas, sufriendo la nostalgia de las blandas manos de rosa y del tibio regazo perfumado. El señor Recaredo la veía triste. —¿Qué tendrá mi mujercita? —En la mesa no quería comer. Estaba seria ¡qué seria! Le miraba a veces con el rabo del ojo, y el marido veía aquellas pupilas oscuras, húmedas, como que querían llorar. Y ella, al responder, hablaba como los niños a quienes se ha negado un dulce. —¿Qué tendrá mi mujercita? —¡Nada! Aquel "nada" lo decía ella con voz de queja, y entre sílaba y sílaba había lágrimas.

¡Oh señor Recaredo! Lo que tiene vuestra mujercita es que sois un hombre abominable. ¿No habéis notado que desde que esa buena de la emperatriz de la China ha llegado a vuestra casa, el saloncito azul se ha entristecido, y el mirlo no canta ni ríe con su risa perlada? Suzette despierta a Chopin, y lentamente hace brotar la melodía enferma y melancólica del negro piano sonoro. ¡Tiene celos, señor Recaredo! Tiene el mal de los celos, ahogador y quemante, como una serpiente encendida que aprieta el alma. ¡Celos! Quizá él lo comprendía, porque una tarde dijo a la muchachita de su corazón estas palabras, frente a frente, a través del humo de una taza de café:

—Eres demasiado injusta. ¿Acaso no te amo con toda mi alma? ¿Acaso no sabes leer en mis ojos lo que hay dentro de mi corazón?

Suzette rompió a llorar. ¡Que la amaba! No, ya no la amaba. Habían huído las buenas y radiantes horas, y los besos que chasqueaban también eran idos, como pájaros en fuga. Ya no la quería. Y a ella, a la que en él veía su religión, su delicia, su sueño, su rey, a ella, a Suzette la había dejado por la otra.

¡La otra! Recaredo dió un salto. Estaba engañada. ¿Lo diría por la rubia Eulogia, a quien en un tiempo había dirigido madrigales?

Ella movió la cabeza: —No. ¿Por la ricachona Gabriela, de largos cabellos negros, blanca como un alabastro y cuyo busto había hecho? ¿O por aquella Luisa, la danzarina, que tenía una cintura de avispa, un seno de buena nodriza y unos ojos incendiarios? ¿O por la viudita Andrea, que al reír sacaba la punta de la lengua roja y felina, entre sus dientes brillantes y amarfilados?

No, no era ninguna de esas. Recaredo se quedó con gran asombro.

—Mira, chiquilla, dime la verdad, ¿quién es ella? Sabes cuánto te adoro. Mi Elsa, mi Julieta, alma, amor mío...

Temblaba tanta verdad de amor en aquellas palabras entrecortadas y trémulas que Suzette, con los ojos enrojecidos, secos ya de lágrimas, se levantó irguiendo su linda cabeza heráldica.

—¿Me amas?

—¡Bien lo sabes!

—Deja, pues, que me vengue de mi rival. Ella o yo: escoge. Si es cierto que me adoras ¿querrás permitir que la aparte para siempre de tu camino, que quede yo sola, confiada en tu pasión?

—Sea —dijo Recaredo. Y viendo irse a su avecita celosa y terca, prosiguió sorbiendo el café, tan negro como la tinta.

No había tomado tres sorbos, cuando oyó un gran ruido de fracaso, en el recinto de su taller.

Fué. ¿Qué miraron sus ojos? El busto había desaparecido del pedestal de negro y oro, y entre minúsculos mandarines caídos y descolgados abanicos, se veían por el suelo pedazos de porcelana que crujían bajo los pequeños zapatos de Suzette, quien toda encendida y con el cabello suelto, aguardando los besos, decía entre carcajadas argentinas al maridito asustado:

—¡Estoy vengada! ¡Ha muerto ya para ti la emperatriz de la China!

Y cuando comenzó la ardiente reconciliación de los labios, en el saloncito azul, todo lleno de regocijo, el mirlo, en su jaula, se moría de risa.

EL DIOS BUENO[1]

Cuento que parece blasfemo, pero no lo es

Todos los niños del hospicio habían ya rezado después de la taza de chocolate. A los más pequeños les habían persignado las hermanas de la caridad. En la gran sala, alumbrada por una farola de gas, colocada en un extremo, flotaba el aliento acompasado del sueño, exhalándose en las camitas que tenían de nido y de cuna. La hermana Adela vigilaba. ¡La buena hermana Adela! Al muchacho que tenía descubiertos los piececitos, se los cobijaba con la sábana blanca. Al que se había acostado con una mano

---

[1] Según Máximo Soto Hall (*Revelaciones íntimas de Rubén Darío*, Buenos Aires, El Ateneo, 1925, p. 87) fué escrito en Guatemala, 14 de agosto de 1890; pero no aparece en *El Correo de la Tarde* hasta el 16 de abril de 1891, año I, núm. 101, p. 3. Soto Hall también afirma que por esos días Darío quería alejarse un tanto del estilo de los cuentos de *Azul...*, y escribir un volumen de *Cuentos nuevos*, que los contendría "más vividos, más reales; no en su tendencia, sino en su factura" (p. 89); pero Darío no llegó a escribir más que seis: *El Dios bueno, Betún y sangre, La novela de uno de tantos, La muerte de Salomé, Febea y Rojo;* los cuatro últimos llevaron en su primera publicación, como título general, el que Soto Hall da al malogrado volumen. "Los sucesos de El Salvador —dice Soto Hall refiriéndose al golpe de estado de Carlos Ezeta contra el presidente Menéndez, 22 de julio de 1890— dejaron en el alma de Darío una huella profunda. El crimen de traición y los hechos de sangre, sobre todo, lo obsesionaban con un delirio trágico... Bajo esa impresión escribió un cuento (p. 80). Pocos meses después de publicarse este cuento en *El Correo de la Tarde,* Darío ya en Costa Rica, lo reprodujo *El Partido Constitucional,* San José, 26 de septiembre de 1891, vol. I, núm. 173, pp. 3-4; *La Unión Católica,* San José, 1° de octubre de 1891, vol. II, trimestre 4°, núm. 129, p. 3, censuró la última frase. Algunos años más tarde la *Revista Azul* de México lo reprodujo en su último número, 11 de octubre de 1896, vol. V, núm. 24, pp. 376-380, e *Instantáneas de Luz y Sombra,* Santiago de Chile, 29 de diciembre de 1901. Se publicó por primera vez en volumen en 1924, *Primeros cuentos,* pp. 7-19. El mismo año apareció publicado en *Caras y Caretas* de Buenos Aires, y el siguiente, en el libro citado de Soto Hall, pp. 80-87. Hemos preferido el texto de *El Correo* por más completo, limpio y cuidado.

sobre el corazón, se la quitaba de allí, y le ponía tendido sobre el lado derecho, porque así se duerme bien y no se tienen pesadillas. A cada cual vigilaba la hermana con gran cuidado; al rubiecito Jorge, que tenía los cabellos dorados y las más preciosas manos infantiles; al gordiflón Roberto, una delicia por su gracia; a la dulce perlita Estefanía, que era la que con lindos dientes reía en el jardín, los brazos al cielo, fresca, tierna y alegre, bajo un rosal; ¿a cuántos niños más? Ah, a la incomparable Lea, que era pálida y apacible, y en el juego del recreo la más formal, y rezaba más bellamente, como un pequeño ángel, con las manos juntas, al buen señor Dios, a la hora de acostarse, cuando su espesa cabellera negra manchaba con su negrura la cándida camisa de la chiquilla escuelera.

¡Ninguna como esta adorable pequeña! Era la más amada de las huérfanas inocentes, que vivían en aquella casa de caridad, bendito kindergarten de miniaturas humanas, donde las risas desbordadas, sonaban como canciones locas de pájaros nuevos, en una pajarera encantadora. El día domingo, cuando iban de paseo todos los chicos del hospicio, llamaba la atención Lea, seria, cuellierguida, sonriente, con una suave e innata majestad de princesa colibrí. ¡Y era de ver a la vuelta, cómo traían sus naranjas doradas, sus ramos de flores del campo, sus lirios y sus rosas! La hermana Adela queríala mucho, porque no era como otras que le decían impertinencias: Hermana Adela, ¿por qué tenéis la cabeza rapada como el mozo que nos lleva la leche? Antes bien la decía cosas sencillas y puras: Hermana Adela, ¿me permitís dar mis violetas a la cieguecita que está en la esquina cantando su canción? Otras veces, cuando iban a la misa, en la capilla, fragante de incienso, donde estaba el altar flamante, y el órgano místico y sonoro, y donde el cura viejo y santo alzaba la custodia, Lea estaba inmóvil, fija en el altar. Allá arriba, en el coro, sonaban los himnos religiosos; el sacerdote vestido con su casulla de blanco y oro, bebía en un cáliz de oro también. Todos estaban de rodillas ante él.

Lea decía allá adentro de su cabecita de gorrión recién nacido al sol: La hostia es santa, blanca y redonda; el padre tiene una corona en la cabeza, como la hostia; él bebe en una copa de oro; cuando él alza la custodia tres veces sobre mi frente, me está mirando el buen Dios, que me ama, y me ha dado mi cama suave, la leche fresca por la mañana, la muñeca en el día, el chocolate por la noche: así dice la hermana Adela. ¡Oh buen Dios!

¡Y cuando la plática del señor cura! Era después de la comunión. Allí él, sencillo, ofreciendo sonrisas, procuraba llegar con su palabra a la comprensión de aquellos pequeñines: Tenéis todos una madre, hijos míos, aunque os falte la natural. Es una divina mujer que está allá en el cielo y también en el altar donde digo la misa. Es aquella que está sobre una media luna, con un manto azul, rodeado de cabecitas de niños rosados como vosotros, y que tienen alas. Ella es amorosa, es maternal y os bendice. ¡Vuestro padre es el padre celestial, es el buen Dios!

¡Cómo amaban y comprendían ellos al "padre celestial", a la dulce María Santa, bella y gloriosa, imaginada por el gran Murillo! Y Lea, sobre todo, se fijaba en el "buen Dios", que estaba allá en la capilla, en un retablo, todo soberbio y venerable; un gran anciano de barbas blancas, el Padre Eterno, que tenía los brazos abiertos sobre el mundo, un triángulo de luz en la cabeza, los pies sobre las nubes, lleno de ternura y de majestad, ¡como un abuelo!

Cuando ella iba a su lecho, pequeño y tibio como para que se echase en él una paloma, pensaba en todos los bienes de que se gozaba por el abuelo del cielo, el de la capilla, el que había creado el azul, los pájaros, la leche, las muñecas, la casulla del cura, y la hermana Adela que la persignaba y arrullaba a modo de una madre de verdad.

Las doce. Clara noche.

La hermana se había puesto a rezar: Por la guerra. Porque nos quites ¡oh Dios mío! esta horrible tormenta. ¡Porque cese la furia de los hombres malos! ¡Porque respeten nuestra capilla, nuestra bandera con su cruz!

La bandera estaba ya puesta desde el principio de la toma de la ciudad, en lo alto del hospicio. La guerra era la más sangrienta y espantosa que había visto el país, se sabía de saqueos, de incendios, de violaciones, de asesinatos horrorosos. Las hermanas de la caridad que dirigían el hospicio habían pedido a los devastadores que se les respetase con sus niños. Así se les había ofrecido. Habían colocado, pues, su bandera; una gran bandera blanca con una cruz roja.

Cuando al caer la tarde, la hermana Adela supo la noticia de que había bombardeo, a la hora del chocolate dijo a todos los chiquillos: Hijos míos, oremos. Siempre oraban antes de comer. De pronto se empezaron a oír lejanos cañonazos. Todos los niños estaban alegres en la mesa, menos Lea. A poco le dijo a la hermana: ¿Oye, hermana? Truena. Otra dijo: Es la guerra. La hermana volvió a ordenar: Niños míos, oremos.

A lo lejos se oían gritos, ruido de gentes en lucha; retumbaba la voz del bronce. Arriba, en el cielo, en la pureza del azul infinito, una luna clara y argentina, en todo su esplendor, derramaba su luz: pálida, indiferente, alumbraba las miserias de la tierra.

¡Dios te salve, María, llena eres de gracia!... Ya se había levantado, a media noche, la hermana Adela, cuando vió caer la primera bomba en el patio del hospicio. ¡El bombardeo! Luego esos bandidos, esos herodes, sacrificarían en su furia y en su venganza, a los inocentes. Pasaban con ruido siniestro e infernal, las granadas en el aire. La bandera con la cruz que estaba sobre el hospicio, era como una pobre y grande ave ideal, delante del espantoso proyectil del bronce inicuo. Allá, no lejos, se oían estallar las bombas y vibrar tristemente los ayes de los heridos. Una, otra casa, se envolvía en llamas. El cielo reflejaba el incendio. Dios te salve, María.... La hermana Adela fué y vió las camas de los niños donde en cada una de ellas, alentaba una delicada flor de infancia, llena de aroma divino.

Abrió una ventana y vió cómo por la calle iban en larga carrera gentes sangrientas y desesperadas, soldados heridos que desfallecían, mujeres desmelenadas con sus hijos en los brazos, a la luz implacable del incendio.

Entonces fué cuando comenzaron a caer granadas en el recinto en que dormían los niños. ¡Qué respeto a la bandera santa! ¡Qué cruz roja! ¡Qué la inocencia! Cayó la primera y saltaron dos camitas despedazadas, dos niños muertos en su sueño. Y siguieron cayendo en lluvia tremenda las criminales; y la hermana Adela gemía, porque la muerte no viene nunca así para los pobres inocentes y por eso era como un olvido del cielo para con las rosas vivas que perfumaban aquellas cunas-nidos.

Despertaron los chicos al estruendo y se pusieron a llorar, en tanto que la hermana oraba con su rosario en la mano. Granada tras granada, el edificio se iba destruyendo por partes. Al fin se incendió el hospicio. Locas todas las guardianas y maestras de los niños quisieron salvar a los que pudieron tomar en brazos, azorados en su súbito despertar, soñolientos y desnudos.

La hermana Adela corrió a la camita de Lea, donde ya la niña estaba de rodillas, orando al señor anciano de la capilla, que era tan bueno, que hizo el sol y la leche y las frescas flores de mayo; orando por aquello que no comprendía, por aquella tempestad de fuego, por aquella sangre, por aquellos gemidos... Oh, el "buen Dios" no permitiría que fuese así, como ella se lo rogase...

Pero al acercarse la hermana Adela, que la iba a socorrer, cayó cerca otra bomba que hirió a la religiosa, ensangrentando su traje de algodón azul y su corneta de lino blanco.

Con los ojos abiertos en redondo, poseída de algo sobrehumano, la pequeña Lea se alzó de pronto sobre su colchón, y con una voz que helaría de espanto a un hombre de piedra, exclamó retorciendo sus bracitos y mirando hacia arriba:

—¡Oh buen Dios! ¡No seas malo!...

BETÚN Y SANGRE[1]

Todas las mañanas al cantar el alba, saltaba de su pequeño lecho, como un gorrión alegre que deja el nido. Haciendo trompeta con la boca, se empezó a vestir ese día, recorriendo todos los aires que echan al viento por las calles de la ciudad los organillos ambulantes. Se puso las grandes medias de mujer que le había regalado una sirvienta de casa rica, los calzones de casimir a cuadros que le ganó al gringo del hotel, por limpiarle las botas todos los días durante una semana, la camisa remendada, la chaqueta de dril, los zapatos que sonreían por varios lados. Se lavó en una palangana de lata que llenó de agua fresca. Por un ventanillo entraba un haz de rayos de sol que iluminaba el cuartucho destartalado, el catre cojo de la vieja abuela, a quien él, Periquín, llamaba "mamá"; el baúl antiguo forrado de cuero y claveteado de tachuelas de cobre, las estampas, cromos y retratos de santos, San Rafael Arcángel, San Jorge, el Corazón de Jesús, y una oración contra la peste, en un marquito, impresa en un papel arrugado y amarillo por el tiempo. Concluído el tocado, gritó:

—¡Mamá, mi café!

Entró la anciana rezongando, con la taza llena del brebaje negro y un pequeño panecillo. El muchacho bebía a gordos tragos y mascaba a dos carrillos, en tanto que oía las recomendaciones:

—Pagas los chorizos donde la Braulia. ¡Cuidado con andar

[1] Es el segundo de los *Cuentos nuevos* que Darío proyectó y escribió en Guatemala, 1890, según Máximo Soto Hall. No se conoce su primera publicación. Soto Hall, al recopilarlo en sus *Revelaciones íntimas de Rubén Darío*, Buenos Aires, 1925, pp. 90-102, no indicó su procedencia. El año anterior había sido publicado por el mismo Soto Hall en la revista *Caras y Caretas*, de Buenos Aires. En ese año apareció también incluído en el volumen de *Primeros cuentos*, pp. 55-81. Comparando los dos textos, se nota que proceden de publicaciones o manuscritos diversos; el texto de Soto Hall, que publicamos limpio de erratas, cubre las omisiones de que está plagado el de *Primeros cuentos*.

retozando! Pagas en la carpintería del Canche[2] la pata de la silla, que cuesta real y medio. ¡No te pares en el camino con la boca abierta! Y compras la cecina y traes el chile para el chojín.[3] Luego, con una gran voz dura, voz de regaño: —Antier, cuatro reales; ayer siete reales. ¡Si hoy no traes siquiera un peso, verás qué te sucede!

A la vieja le vino un acceso de tos. Periquín masculló, encogiéndose de hombros, un ¡cáspitas!, y luego un ¡ah, sí! El ¡ah, sí! de Periquín enojaba a la abuela, y cogió su cajoncillo, con el betún, el pequeño frasco de agua, los tres cepillos; se encasquetó su sombrero averiado y de dos saltos se plantó en la calle trompeteando la marcha de Boulanger: ¡tee-te-re-te-te-te chín!... El sol, que ya brillaba esplendorosamente en el azul de Dios, no pudo menos que sonreír al ver aquella infantil alegría encerrada en el cuerpecito ágil, de doce años; júbilo de pájaro que se cree feliz en medio del enorme bosque.

Subió las escaleras de un hotel. En la puerta de la habitación que tenía el número 1, vió dos pares de botinas. Las unas, eran de becerro común, finas y fuertes, calzado de hombre; las otras, unas botitas diminutas que subían denunciando un delicado tobillo y una gordura ascendente que hubiera hecho meditar a Periquín, limpiabotas, si Periquín hubiera tenido tres años más. Las botitas eran de cabritilla, forradas en seda color de rosa. El chico gritó:

—¡Lustren!

Lo cual no fué ¡sésamo ábrete! para la puerta. Apareció entonces un sirviente del establecimiento que le dijo riendo:

—No se han levantado todavía; son unos recién casados que llegaron anoche de la Antigua.[4] Limpia los del señor; a los otros no se les da lustre; se limpian con un trapo. Yo los voy a limpiar.

El criado les sacudió el polvo, mientras Periquín acometió la tarea de dar lustre al calzado del novio. Ya la marcha del general Boulanger estaba olvidada en aquel tierno cerebro; pero el

[2] *Canche,* en Guatemala, rubio.
[3] *Chojín,* plato regional guatemalteco.
[4] Nombre hoy usual de la segunda Guatemala, fundada en 1542 y destruída por los terremotos de 1773.

instinto filarmónico indominable tenía que encontrar la salida y la encontró; el muchacho al compás del cepillo, canturreaba a media voz: *Yo vi una flor hermosa, fresca y lozana;* pero dejó de cantar para poner el oído atento. En el cuarto sonaba un ruido armonioso y femenino; se desgranaban las perlas sonoras de una carcajada de mujer; se hablaba animadamente y Periquín creía escuchar de cuando en cuando el estallido de un beso. En efecto, un alma de fuego se bebía a intervalos el aliento de una rosa. Al rato se entreabrió la puerta y apareció la cabeza de un hombre joven:

—¿Ya está eso?

—Sí señor.

—Entra.

Entró.

Entró y, por el momento, no pudo ver nada en la semioscuridad del cuarto.

Sí, sintió un perfume, un perfume tibio y "único", mezclado con ciertos efluvios de *whiterose,* que brotaba en ondas tenues del lecho, una gran cama de matrimonio, donde, cuando sus ojos pudieron ver claro, advirtió en la blancura de las sábanas un rostro casi de niña, coronado por el yelmo de bronce de una cabellera opulenta; y unos brazos rosados tendidos con lánguida pereza sobre el cuerpo que se modelaba.

Cerca de la cama estaban dos, tres, cuatro grandes mundos, todo el equipaje; sobre una silla, una bata de seda plomiza con alamares violeta; en la capotera, un pantalón rojo, una levita de militar, un kepis con galones y una espada con su vaina brillante. El señor estaba de buen humor, porque se fué al lecho y dió un cariñoso golpecito en una cadera a la linda mujer.

—¡Y bien, haragana! ¿Piensas estar todo el día acostada? ¿Café o chocolate? ¡Levántate pronto; tengo que ir a la Mayoría! Ya es tarde. Parece que me quedaré aquí de guarnición. ¡Arriba! Dame un beso.

¡Chis, chás! Dos besos. Él prosiguió:

—¿Por qué no levanta a niña bonita? ¡Vamo a darle uno azote! [5]

---

[5] Remedo de lenguaje infantil centroamericano.

Ella se le colgó del cuello, y Periquín pudo ver hebras de oro entre lirios y rosas.

—¡Tengo una pereza! Ya voy a levantarme. ¡Te quedas, por fin aquí! ¡Bendito sea Dios! Maldita guerra. Pásame la bata.

Para ponérsela saltó en camisa, descalza. Estaba allí Periquín; pero qué: un chiquillo. Mas Periquín no le desprendía la mirada, y tenía en la comisura de los labios la fuga de una sonrisa maliciosa. Ella se abotonó la bata, se calzó unas pantuflas, abrió una ventana para que penetrara la oleada de luz del día. Se fijó en el chico y le preguntó:

—¿Cómo te llamas?

—Pedro.

—¿Cuántos años tienes? ¿De dónde eres? ¿Tienes mamá y papá? ¿Y hermanitas? ¿Cuánto ganas en tu oficio todos los días?

Periquín respondía a todas las preguntas.

El capitán Andrés, el buen mozo recién casado, que se paseaba por el cuarto, sacó de un rincón un par de botas federicas, y con un peso de plata nuevo y reluciente se las dió al muchacho para que las limpiara. Él, muy contento, se puso a la obra. De tanto en tanto, alzaba los ojos y los clavaba en dos cosas que le atraían: la dama y la espada. ¡La dama! ¡Sí! Él encontraba algo de sobrehumano en aquella hermosura que despedía aroma como una flor. En sus doce años, sabía ya ciertos asuntos que le habían referido varios pícaros compañeros. Aquella pubertad naciente sentía el primer formidable soplo del misterio. ¡Y la espada! Esa es la que llevan los militares al cinto. La hoja al sol es como un relámpago de acero. Él había tenido una chiquita, de lata, cuando era más pequeño. Se acordaba de las envidias que había despertado con su arma; de que él era el grande, el primero, cuando con sus amigos jugaba a la guerra; y de que una vez, en riña con un zaparrastroso gordinflón, con su espada le había arañado la barriga.

Miraba la espada y la mujer. ¡Oh, pobre niño! ¡Dos cosas tan terribles!

Salió a la calle satisfecho y al llegar a la plaza de Armas oyó el vibrante clamoreo de los cobres de una fanfarria marcial. Entraba tropa. La guerra había comenzado, guerra tremenda y a muerte. Se llenaban los cuarteles de soldados. Los ciudadanos tomaban el rifle para salvar la Patria, hervía la sangre nacional, se alistaban los cañones y los estandartes, se preparaban pertrechos y víveres; los clarines hacían oír sus voces en *e* y en *i*; y allá, no muy lejos, en el campo de batalla, entre el humo de la lucha, se emborrachaba la pálida Muerte con su vino rojo...

Periquín vió la entrada de los soldados, oyó la voz de la música guerrera, deseó ser el abanderado, cuando pasó flameando la bandera de azul y blanco; y luego echo a correr como una liebre, sin pensar en limpiar más zapatos en aquel día, camino de su casa. Allá le recibió la vieja regañona:

—¿Y eso ahora? ¿Qué vienes a hacer?

—Tengo un peso —repuso, con orgullo, Periquín.

—A ver. Dámelo.

Él hizo un gesto de satisfacción vanidosa, tiró el cajón del oficio, metió la mano en su bolsillo... y no halló nada. ¡Truenos de Dios! Periquín tembló conmovido: había un agujero en el bolsillo del pantalón. Y entonces la vieja:

—¡Ah, sinvergüenza, bruto, caballo, bestia! ¡Ah, infame!, ¡ah, bandido!, ¡ya vas a ver!

Y, en efecto, agarró un garrote y le dió uno y otro palo al pobrecito:

—¡Por animal, toma! ¡Por mentiroso, toma!

Garrotazo y más garrotazo, hasta que desesperado, llorando, gimiendo, arrancándose los cabellos, se metió el sombrero hasta las orejas, le hizo una mueca de rabia a la "mamá" y salió corriendo como un perro que lleva una lata en la cola. Su cabeza estaba poseída por esta idea: no volver a su casa. Por fin se detuvo a la entrada del mercado. Una frutera conocida le llamó y le dió seis naranjas. Se las comió todas de cólera. Después echó a andar, meditabundo, el desgraciado limpiabotas prófugo, bajo el sol que le calentaba el cerebro, hasta que le dió sueño en un portal, donde, junto al canasto de un buhonero se acostó a descansar y se quedó dormido.

El capitán Andrés recibió orden aquel mismo día de marchar con fuerzas a la frontera. Por la tarde, cuando el sol estaba para caer a Occidente arrastrando su gran cauda bermeja, el capitán, a la cabeza de su tropa, en un caballo negro y nervioso, partía.

La música militar hizo vibrar las notas robustas de una marcha. Periquín se despertó al estruendo, se restregó los ojos, dió un bostezo. Vió los soldados que iban a la campaña, el fusil al hombro, la mochila a la espalda, y al compás de la música echó a andar con ellos. Camina, caminando, llegó hasta las afueras de la ciudad. Entonces una gran idea, una idea luminosísima, surgió en aquella cabecita de pájaro. Periquín iría. ¿Adónde? A la guerra.

¡Qué granizada de plomo, Dios mío! Los soldados del enemigo se batían con desesperación y morían a puñados. Se les había quitado sus mejores posiciones. El campo estaba lleno de sangre y humo. Las descargas no se interrumpían y el cañoneo llevaba un espantoso compás en aquel áspero concierto de detonaciones. El capitán Andrés peleaba con denuedo en medio de su gente. Se luchó todo el día. Las bajas de unos y otros lados eran innumerables. Al caer la noche se escucharon los clarines que suspendieron el fuego. Se vivaqueó. Se procedió a buscar heridos y a reconocer el campo.

En un corro, formado tras unas piedras, alumbrado por una sola vela de sebo, estaba Periquín acurrucado, con orejas y ojos atentos. Se hablaba de la desaparición del capitán Andrés. Para el muchacho aquel hombre era querido. Aquel señor militar era el que le había dado el peso en el hotel; el que, en el camino, al distinguirle andando en pleno sol, le había llamado y puesto a la grupa de su caballería; el que en el campamento le daba de su rancho y conversaba con él.

—Al capitán no se le encuentra —dijo uno—. El cabo dice que vió cuando le mataron el caballo, que le rodeó un grupo enemigo, y que después no supo más de él.

—¡A saber si está herido! —agregó otro—. ¡Y en qué noche!

La noche no estaba oscura, sí nublada; una de esas noches fúnebres y frías, preferidas por los fantasmas, las larvas y los malos duendes. Había luna opaca. Soplaba un vientecillo mordiente. Allá lejos, en un confín del horizonte, agonizaba una estrella, pálida, a través de una gasa brumosa. Se oían de cuando en cuando los gritos de los centinelas. Mientras, se conversaba en el corro. Periquín desapareció. Él buscaría al capitán Andrés: él lo encontraría al buen señor.

Pasó por un largo trecho que había entre dos achatadas colinas, y antes de llegar al pequeño bosque, no lejano, comenzó a advertir los montones de cadáveres. Llevaba su hermosa idea fija, y no le preocupaba nada la sombra ni el miedo. Pero, por un repentino cambio de ideas, se le vino a la memoria la "mamá" y unos cuentos que ella le contaba para impedir que el chico saliese de casa por la noche. Uno de los cuentos empezaba: "Este era un fraile . . ."; otro hablaba de un hombre sin cabeza, otro de un muerto de largas uñas que tenía la carne como la cera blanca y por los ojos dos llamas azules y la boca abierta.[6] Periquín tembló. Hasta entonces paró mientes en su situación. Las ramas de los árboles se movían apenas al pasar el aire. La luna logró, por fin, derramar sobre el campo una onda escasa y espectral. Periquín vió entre unos cuantos cadáveres, uno que tenía galones; tembloroso de temor, se acercó a ver si podía reconocer al capitán. Se le erizó el cabello. No era él, sino un teniente que había muerto de un balazo en el cuello; tenía los ojos desmesuradamente abiertos, faz siniestra y, en la boca, un rictus sepulcral y macabro. Por poco se desmaya el chico. Pero huyó pronto de allí, hacia el bosque, donde creyó oír algo como un gemido. A su paso tropezaba con otros tantos muertos, cuyas manos creía sentir agarradas a sus pantalones.

Con el corazón palpitante, desfalleciendo, se apoyó en el tronco de un árbol, donde un grillo empezó a gritarle desde su hendidura:

—¡Periquín! ¡Periquín! ¡Periquín! ¿Qué estás haciendo aquí?

El pobre niño volvió a escuchar el gemido y su esperanza calmó su miedo. Se internó entre los árboles y a poco oyó cerca de sí, bien claramente:

[6] Por la época en que Darío escribió *Betún y sangre* se inició en lecturas teosóficas; así lo refiere Soto Hall, y aduce como testimonio sus poemas *Reencarnaciones* y *Aúm,* pp. 75-76, escritos en esos días. Más tarde el poeta, explicando su inclinación a estos temas, dió mayor importancia a las consejas y leyendas que había oído en su niñez, así como a los trastornos nerviosos que padeció; véanse en la *Autobiografía* los caps. II, IX y XLVI, el *Terremoto* del *Tríptico a Nicaragua,* y los cuentos *Thanathopia, Verónica* (después publicado, con nueva redacción, bajo el título de *La extraña muerte de fray Pedro*), *La larva, Cuento de Pascuas* y *El caso de la señorita Amelia,* incluídos en este volumen.

—¡Ay!

Él era, el capitán Andrés, atravesado de tres balazos, tendido sobre un charco de sangre. No pudo hablar. Pero oyó bien la voz trémula:

—¡Capitán, capitán, soy yo!

Probó a incorporarse; apenas pudo. Se quitó con gran esfuerzo un anillo, un anillo de boda, y se lo dió a Periquín, que comprendió... La luna lo veía todo desde allá arriba, en lo profundo de la noche, triste, triste, triste...

Al volver a acostarse, el herido tuvo estremecimientos y expiró. El chico, entonces, sintió amargura, espanto, un nudo en la garganta, y se alejó buscando el campamento.

Cuando volvieron las tropas de la campaña, vino Periquín con ellas. El día de la llegada se oyeron en el hotel X grandes alaridos de mujer, después que entró un chico sucio y vivaz al cuarto número 1. Uno de los criados observó asimismo que la viuda, loca de dolor, abrazaba, bañada en llanto, a Periquín, el famoso limpiabotas, que llegaba día a día gritando: —¡Lustren!, y que el maldito muchacho tenía en los ojos cierta luz de placer, al sentirse abrazado, el rostro junto a la nuca rubia, donde de un florecimiento de oro crespo, surgía un efluvio perfumado y embriagador.

LA NOVELA DE UNO DE TANTOS[1]

Ayer tarde, mientras sentado en el balcón leía yo un periódico, tocaron a mi puerta. Era un hombre pálido y enfermo, apoyado en un bastón, con el traje raído y de mala tela. Con una voz débil me dirigió el saludo. Yo soy como el santo de la capa, que le dió la mitad al pobre; y no me alabo. He tenido entre mis triunfales días de oro, algunas horas negras, y por eso veo en toda amargura algo que pone en mi alma el ansia de aliviar; y en toda pobreza, algo que me anima a dar un pedazo de mi pan a la boca del necesitado; y en toda desesperanza una fortaleza íntima que me obliga a derrochar mi tesoro de consuelos.

(Y en un paréntesis te pregunto a ti, joven y renuente soñador, ¿no es cierto que más de una vez has sentido —en una mañana opaca en que tu espíritu estaba lóbrego—, no has sentido, digo, como que se te abría el cielo en alegría inmensa, ofreciéndote una promesa de felicidad cuando has sacado la única moneda de la bolsa de tu chaleco, para dejarla en la mano del mendigo ciego o de la viejita limosnera?)

Parecía el infeliz hombre un viejo, en sus veintiocho años viriles, molidos, aplastados por la maza de la enfermedad. Canijo, apenado, como el que va a solicitar un favor que casi humilla, estrujaba su sombrero usado, contra sus flacos fémures que resaltaban debajo de la funda del pantalón. Empezaba con palabras bajas una conversación cortada y sin objeto. Que esto, que lo otro, que lo de más allá; que éramos del mismo lugar, que ha-

---

[1] El tercero de los *Cuentos nuevos* que Darío, según Soto Hall, escribió en Guatemala, 1890. Apareció por primera vez, bajo el título general antes citado, en *El Correo de la Tarde,* 13 de febrero de 1891, año I, núm. 52, p. 3. Soto Hall lo incluyó en sus *Revelaciones íntimas de Rubén Darío,* Buenos Aires, 1925, pp. 106-113; de ahí lo tomó Julio Saavedra Molina para sus *Poesías y prosas raras* de Rubén Darío, Santiago, 1938, pp. 59-63. Aquí publicamos depurado el texto, más fiel, de *El Correo de la Tarde.*

bía nacido en mi tierra caliente: que tenía un libro de versos míos,[2] ¿adónde vamos a parar?; que yo debía conocer y recordar a un mi compañero de colegio, muchachón que usaba en el recreo, porque era rico en aquellos tiempos pasados, un gorro de terciopelo rojo que era envidia de todos los chicos: en fin, el hijo de aquel francés que era vicecónsul, el hijo del gordo monsieur Rigot.

¡Que no lo había de recordar! Ya lo creo que lo recordaba. ¡Como que abríamos los colegiales internos tamaña boca cuando llegaban a traerle en tiempo de vacaciones, en un grande y hermoso carruaje! ¡Como que nos tiraba de las orejas y nos veía muy por sobre el hombro el crecido y soberbio Juan Martín, el hijo de monsieur Rigot! ¡Como que en la mesa era él quien se comía el mejor pan, y gozaba de un poquillo de vino y era tratado, en fin, a cuerpo de príncipe! ¡Que no le había de recordar! Había hecho época en mi ciudad de bautizo, porque el vicecónsul no escatimó nada para esplendores, fiestas y bullas. Lo habían criado al chico con mimos y gustos en la casa lujosa del gabacho; había tenido el primer velocípedo, trajes europeos, vistosos y finos, juguetes regios. Y ¡oh Juan Martín! cuando se dignaba jugar con nosotros, sacaba de su bolsillo para mirar la hora, su pequeño reloj de oro brillante.

Ésta es la historia de tantos muchachos a quienes Dios trae al mundo en carroza de plata para llevárselos en andas toscas.

Aquel chiquillo vió pasar sus años en boato y grandeza. Ya púber, siempre amado de su padre, el buen francés, y de su madre, una santa mujer que le perdonaba todas sus picardigüelas, se acostumbró a la vida loca y agitada de caballerito moderno; gastar a troche y moche, vestir bien, tener queridas lindas; si son carne de tablas, mejor; jugar; y allá el viejo que dejará la herencia.

Mucho tiempo pasé sin ver a Juan Martín después de aquellos días de colegio. Cuando aún sonaba su nombre, por razón de sus buenos caballos y las innumerables botellas de cerveza que consumía, yo no era su amigo. ¡Qué lo iba a ser! El había estado en Europa, hablaba alemán. Se relacionaba únicamente

[2] *Primeras notas,* Managua, Tipografía Nacional, 1888, 186 pp.

con los dependientes rubios de las casas extranjeras y usaba monóclo.[3] Adelante; adelante. Como el buen vicecónsul era un bolonio, el mejor día se lo llevó el diablo. El señorito, por medio de su loca vanidad, de su fatal imprudencia, y con el "chivo"[4] y con el bacarat, hizo que el tío Rigot se declarase en quiebra. ¡Pobre y excelente vicecónsul Rigot! Pero no tanto. Porque después que vendió sus dos haciendas y se repartieron el gran almacén los acreedores, pensó en francés lo siguiente: "Soy una bestia al dejar que este haragán botarate me ponga nada menos que en la calle. Justo es que, puesto que él me ha arruinado, me ayude a recobrar algo de mi pérdida". Y le dijo a Juan Martinito en claro español: "O te rompo el alma a palos, o te vas al país vecino, donde hay universidad, a hacerte una profesión". El mozo optó por lo último.

Ahora, siga la narración el hombre pálido y miserable que estaba ayer delante de mí.

Llegué aquí, señor, y comencé mis estudios. Mis padres, a pesar de su mala fortuna, me señalaron una buena pensión. Vivía en una casa de huéspedes. Al principio hice todo lo que pude por estudiar; pero esta maldita cabeza se resistía. Luego, acostumbrado a mi vida de antes, tenía la nostalgia de mis días borrascosos y opulentos. ¡Eh! Un día dije: ¡pecho al agua! y volví a las andadas. Aquí no se me veía mi padre. En las clases me hice de muchos amigos, y en los restaurantes aumentó la lista de ellos. Se sucedían las borracheras y los desvelos. En mis estudios no adelantaba nada. Pero estaba satisfecho; y mis amigos me ayudaban a desparramar mi pensión a los cuatro vientos. Pasó un año, dos, tres, cuatro. De repente dió vuelta rápida la rueda de mi fortuna. En un mismo año murieron mi padre y mi madre. Quedé como quien dice, en el arroyo, sin encontrar ni un árbol en que ahorcarme. ¿Qué sabía yo? Nada. Hasta el alemán se me había olvidado. Mis compañeros de orgías me fueron dejando poco a poco. Pero yo no dejaba de frecuentar ni las cantinas ni ciertas casas... ¿me entiende usted? Vicioso, humillado, una mañana, tras varias noches de placer

---

3 *Monoclo*, 'monóculo'. En el cuento *Arte y hielo* (1888) Darío usa directamente el francés *monocle*.

4 *Chivo*, en Centroamérica, juego de dados.

abyecto, sentí un dolorcito en la garganta; y luego, señor, y luego vino esta espantosa enfermedad que me taladró los huesos y me emponzoñó la sangre. Viví por un tiempo en un barrio lejano, casi, y sin casi, de limosna. En un cuartucho sucio y sobre una tabla, me retorcía por el dolor, sin que nadie me diese el más pequeño consuelo. Una vecina anciana tuvo un día compasión de mí, y con remedios caseros me puso en estado de levantarme y salir a la calle, roto, desgreñado, infame; casi con el impulso de tender la mano para pedir al que pase medio real!

He visto a algunos de mis amigos de café... ¡No me han conocido! Uno me dió un peso y no quiso tocar mi mano por miedo del contagio. Supe que estaba usted aquí, y he venido a rogarle que haga por mí lo que pueda. No me es posible ya ni caminar. Voy a morir pronto. Me hace falta un pedazo de tierra para tenderme.

¡Oh! perdona, pobre diablo, perdona, harapo humano, que te muestre a la luz del sol con tu amargo espanto; pero los que tenemos por ley servir al mundo con nuestro pensamiento, debemos escudriñar, buscar el mal y sacar el ejemplo de su escondido agujero, con el pico de la pluma. El escritor deleita, pero también señala el daño. Se muestra el azul, la alegría, la primavera llena de rosas, el amor; pero se grita: ¡cuidado! al señalar el borde del abismo.

Lee tú mi cuento, joven bullicioso que estás con el diario en la cama, sin levantarte aún, a las once del día. Lee estos renglones si eres rico, y si pobre y estudiante, y esperanza de tus padres, léelos dos veces y ponte a pensar en el enigma de la esfinge implacable.

Allá va, flacucho y derrengado, con su corrupta carne, allá va apoyado en su bastón, anciano de veintiocho años, ruin y miserable; allá va Juan Martinito, en viaje para la tumba, camino del hospital.

LA MUERTE DE SALOMÉ[1]

La Historia a veces no está en lo cierto. La leyenda en ocasiones es verdadera, y las hadas mismas confiesan, en sus intimidades con algunos poetas, que mucho hay falseado en todo lo que se refiere a Mab, a Titania, a Brocelianda[2], a las sobrenaturales y avasalladoras beldades. En cuanto a las cosas y sucesos de antiguos tiempos, acontece que dos o más cronistas contemporáneos, estén en contradicción. Digo esto, porque quizá habrá quien juzgue falsa la corta narración que voy a escribir en seguida, la cual tradujo un sabio sacerdote mi amigo, de un pergamino hallado en Palestina, y en el que el caso estaba escrito en caracteres de la lengua de Caldea.

Salomé, la perla del palacio de Herodes, después de un paso lascivo, en el festín famoso donde bailó una danza al modo romano, con música de arpas y crótalos, llenó de entusiasmo, de

---

[1] *La Prensa Libre*, San José de Costa Rica, 27 de septiembre de 1891, vol. III, núm. 690, p. 2, con el título general de *Cuentos nuevos;* de ahí lo tomó Teodoro Picado para su recopilación *Rubén Darío en Costa Rica*, vol. I, pp. 28-31. Regino E. Boti lo incluyó en *El árbol del rey David*, La Habana, 1921, pp. 45-48, con el título de *Historia de la muerte de Salomé,* tal como apareció en *La Noche*, de La Habana, 27 de febrero de 1916, según los datos que el mismo Boti facilitó sobre su recopilación a Saavedra Molina (cf. *Bibliografía...*, Santiago, 1946, p. 84). El volumen de *Primeros cuentos,* pp. 165-172, le agregó como título general el de *Serpiente de oro.* "Nos dice nuestro poeta don Justo A. Facio —explica Picado en nota al pie del texto recopilado— que Darío escribió este cuento en Guatemala"; de ser verdad, habría que anticipar la fecha de composición en unos dos meses, cuando el poeta aún residía en Guatemala, lo que no invalida el orden cronológico que damos a los cuentos en la presente edición.

[2] Los nombres de Mab, Titania y Brocelianda aparecen en no pocos versos y prosas de Darío. Los dos primeros proceden de Shakespeare; el tercero, transcrito con curiosas erratas en todas las ediciones, es adaptación del francés *Brocéliande,* como aparece en Catulle Mendès (por ejemplo, en sus cuentos *Le mauvais convive, Les trois bonnes fées, La dernière fée, Le talisman, Balbine et sa chemise)* a quien Darío leyó abundantemente.

regocijo, de locura, al gran rey y a la soberbia concurrencia. Un mancebo principal deshojó a los pies de la serpentina y fascinadora mujer, una guirnalda de rosas frescas. Cayo Menipo, magistrado obeso, borracho y glotón, alzó su copa dorada y cincelada, llena de vino, y la apuró de un solo sorbo. Era una explosión de alegría y de asombro. Entonces fué cuando el monarca, en premio de su triunfo y a su ruego, concedió la cabeza de Juan el Bautista. Y Jehová soltó un relámpago de su cólera divina. Una leyenda asegura que la muerte de Salomé acaeció en un lago helado, donde los hielos le cortaron el cuello.

No fué así; fué de esta manera.

Después que hubo pasado el festín, sintió cansancio la princesa encantadora y cruel. Dirigióse a su alcoba, donde estaba su lecho, un gran lecho de marfil, que sostenían sobre sus lomos cuatro leones de plata. Dos negras de Etiopía, jóvenes y risueñas, le desciñeron su ropaje, y, toda desnuda saltó Salomé al lugar del reposo, y quedó blanca y mágicamente esplendorosa, sobre una tela de púrpura, que hacía resaltar la cándida y rosada armonía de sus formas.

Sonriente, y mientras sentía un blando soplo de flabeles, contemplaba, no lejos de ella, la cabeza pálida de Juan, que en un plato áureo, estaba colocada sobre un trípode. De pronto, sufriendo extraña sofocación, ordenó que se le quitasen las ajorcas y brazaletes, de los tobillos y de los brazos. Fué obedecida. Llevaba al cuello a guisa de collar, una serpiente de oro, símbolo del tiempo, y cuyos ojos eran dos rubíes sangrientos y brillantes. Era su joya favorita; regalo de un pretor, que la había adquirido de un artífice romano.

Al querérsela arrancar, experimentó Salomé un súbito terror: la víbora se agitaba como si estuviera viva, sobre su piel, y a cada instante apretaba más y más, su fino anillo constrictor, de escamas de metal. Las esclavas, espantadas, inmóviles, semejaban estatuas de piedra. Repentinamente, lanzaron un grito; la cabeza trágica de Salomé, la regia danzarina, rodó del lecho hasta los pies del trípode, adonde estaba, triste y lívida, la del precursor de Jesús; y al lado del cuerpo desnudo, en el lecho de púrpura, quedó enroscada la serpiente de oro.

FEBEA[1]

Febea es la pantera de Nerón.

Suavemente doméstica, como un enorme gato real, se echa cerca del César neurótico, que le acaricia con su mano delicada y viciosa de andrógino corrompido.

Bosteza, y muestra la flexible y húmeda lengua entre la doble fila de sus dientes, de sus dientes finos y blancos. Come carne humana, y está acostumbrada a ver a cada instante, en la mansión del siniestro semidiós de la Roma decadente, tres cosas rojas: la sangre, la púrpura y las rosas.

Un día, lleva a su presencia Nerón a Leticia, nívea y joven virgen de una familia cristiana. Leticia tenía el más lindo rostro

[1] "Febea es uno de los [cuentos de Darío] más favorecidos por una larga reproducción desde que apareció sin duda por primera vez aquí, en *La Habana Literaria* del 30 de septiembre de 1892", dice Regino E. Boti en sus *Breves palabras* de la recopilación *El árbol del rey David,* p. 7; pero el texto que publicó en dicho volumen, pp. 37-40, procede de *El Cubano Libre,* Santiago de Cuba, 15 de noviembre de 1914, según los datos que el mismo Boti dió a Saavedra Molina para la *Bibliografía de Rubén Darío,* p. 84; agrega Saavedra Molina que Boti encontró *Febea* "también en otros periódicos desde 1895" *(idem).* Parece que Boti, al terminar su labor de recopilación en 1919, no tuvo noticia del vol. I de *Rubén Darío en Costa Rica,* San José, Ediciones Sarmiento, de ese mismo año, donde se publica, pp. 35-37, el texto más antiguo, el de *La Prensa Libre,* 1° de octubre de 1891, vol. III, núm. 693, p. 3, bajo el título general de *Cuentos nuevos,* dedicado "A Tobías Zúñiga", amigo costarricense de Darío. Tanto el texto de *La Habana Literaria,* segunda publicación del cuento, como las posteriores, proceden de *La Prensa Libre* de Costa Rica. Probablemente Darío, al pasar por La Habana en 1892 de viaje para España, dió copia de *Febea* y *Fugitiva,* ya publicados en Costa Rica, a *La Habana Literaria,* donde habían aparecido otros cuentos suyos *(Historia de un sobretodo* y *Un sermón).* En efecto, como dice Boti, *Febea* se publicó muchas veces. Además de las reproducciones citadas sabemos de las siguientes: *Revista Azul,* México, 5 de mayo de 1895, vol. III, núm. 1, pp. 15-16; *El Sol,* Buenos Aires, 16 de septiembre de 1899, y *Pluma y Lápiz,* Santiago de Chile, 27 de enero de 1901. Finalmente pasó al volumen de *Primeros cuentos,* pp. 141-148. Hemos preferido el texto de *La Prensa Libre,* cronológicamente el primero.

de quince años, las más adorables manos rosadas y pequeñas; ojos de una divina mirada azul; el cuerpo de un efebo que estuviese para transformarse en mujer —digno de un triunfante coro de exámetros, en una *metamórfosis* del poeta Ovidio.

Nerón tuvo un capricho por aquella mujer: deseó poseerla por medio de su arte, de su música y de su poesía. Muda, inconmovible, serena en su casta blancura, la doncella oyó el canto del formidable "imperator" que se acompañaba con la lira; y cuando él, el artista del trono, hubo concluído su canto erótico y bien rimado según las reglas de su maestro Séneca, advirtió que su cautiva, la virgen de su deseo caprichoso, permanecía muda y cándida, como un lirio, como una púdica vestal de mármol.

Entonces el César, lleno de despecho, llamó a Febea y le señaló la víctima de su venganza. La fuerte y soberbia pantera llegó, esperezándose, mostrando las uñas brillantes y filosas, abriendo en un bostezo despacioso sus anchas fauces, moviendo de un lado a otro la cola sedosa y rápida.

Y sucedió que dijo la bestia:

—Oh Emperador admirable y potente. Tu voluntad es la de un inmortal; tu aspecto se asemeja al de Júpiter, tu frente está ceñida con el laurel glorioso; pero permite que hoy te haga saber dos cosas: que nunca mis zarpas se moverán contra una mujer que como ésta derrama resplandores como una estrella, y que tus versos, dáctilos y pirriquios te han resultado detestables.

EL ÁRBOL DEL REY DAVID[1]

Un día —apenas había el viento del cielo inflado en el mar infinito las velas de oro del bajel de la aurora— David, anciano, descendió por las gradas de su alcázar, entre leones de mármol, sonriente, augusto, apoyado en el hombro de rosa de la sunamita, la rubia Abisag, que desde hacía dos noches, con su cándida y suprema virginidad, calentaba el lecho real del soberano poeta.

Sadoc, el sacerdote, que se dirigía al templo, se preguntó: ¿Adónde irá el amado señor?

Adonías, el ambicioso, de lejos, tras una arboleda, frunció el ceño, al ver al rey y a la niña, al frescor del día, encaminarse a un campo cercano, donde abundaban los lirios, las azucenas y las rosas.

Natán, profeta, que también les divisó, inclinóse profundamente, y bendijo a Jehová, extendiendo los brazos de un modo sacerdotal.

[1] Apareció en *La Prensa Libre,* San José de Costa Rica, 15 de octubre de 1891, vol. III, núm. 705, p. 2, bajo el título general de *Palimpsestos;* de ahí lo tomó Teodoro Picado para su *Rubén Darío en Costa Rica,* I, 1919, pp. 56-58. *El árbol del rey David,* puesto al principio de la recopilación de Regino E. Boti, pp. 15-18, dió nombre al volumen. El texto de Boti procede de la *Gaceta de Guadalajara,* Guadalajara, México, 22 de octubre de 1907 (cf. Saavedra Molina, *Bibliografía,* p. 84). Años antes se había publicado en México, en la *Revista Azul,* 3 de noviembre de 1895, tomo IV, núm. 4, p. 50, con el título simplificado de *El árbol de David.* En los *Primeros cuentos* (Madrid, 1924), pp. 183-187, se le agregó el título general de *Rosa mística.* Parece que Darío tuvo la idea de formar un libro o sección con sus *Palimpsestos,* muy de acuerdo con la actitud erudita y evocadora de antigüedades que el poeta adopta por estos años y que culmina en *Prosas profanas* (1896). Títulos como *Papiro* y *Palimpsestos,* que aplica Darío tanto a sus versos como a sus cuentos, atestiguan su gusto por las "recreaciones arqueológicas", como llamará él mismo a dos de sus *Prosas profanas.* En este *Palimpsesto (El árbol del rey David)* Darío utiliza los personajes bíblicos *(III Reyes,* I) conservando para casi todos sus nombres las grafías que aparecen en la versión española de Scío de San Miguel. Publicamos el texto de *La Prensa Libre,* limpio de erratas.

Reihí, Semeí y Banaías, hijo de Joíada, se postraron y dijeron:

—¡Gloria al ungido; luz y paz al sagrado pastor!

David y Abisag penetraron a un soto, que pudiera ser un jardín, y en donde se oían arrullos de palomas, bajo los boscajes.

Era la victoria de la primavera. La tierra y el cielo se juntaban en una dulce y luminosa unión. Arriba el sol, esplendoroso y triunfal; abajo el despertamiento del mundo, la melodiosa fronda, el perfume, los himnos del bosque, las algaradas jocundas de los pájaros, la diana universal, la gloriosa armonía de la naturaleza.

Abisag tenía la mirada fija en los ojos de su señor. ¿Meditaba quizá en algún salmo, el omnipotente príncipe del arpa? Se detuvieron.

Luego, penetró David al fondo de un boscaje, y retornó con una rama en la diestra.

—¡Oh mi sunamita! —exclamó. —Plantemos hoy, bajo la mirada del eterno Dios, el árbol del infinito bien, cuya flor es la rosa mística del amor inmortal, al par que el lirio de la fuerza vencedora y sublime. Nosotros le sembramos; tú, la inmaculada esposa del profeta viejo; yo, el que triunfé de Goliat con mi honda, de Saúl con mi canto y de la muerte con tu juventud.

Abisag le escuchaba como en un sueño, como en un éxtasis amorosamente místico; y el resplandor del día naciente confundía el oro de la cabellera de la virgen con la plata copiosa y luenga de la barba blanca.

Plantaron aquella rama, que llegó a ser un árbol frondoso y centenario.

Tiempos después, en días del rey Herodes, el carpintero José, hijo de Jacob, hijo de Mathán, hijo de Eleazar, hijo de Eliud, hijo de Akim, yendo un día al campo, cortó del árbol del santo rey lírico la vara que floreció en el templo, cuando los desposorios con María, la estrella, la perla de Dios, la madre de Jesús, el Cristo.[2]

---

[2] Para la elaboración de esta genealogía, Darío escoge algunos nombres de las de San Mateo, I, y San Lucas, III, según el texto de Scío.

FUGITIVA[1]

Pálida como un cirio, como una rosa enferma. Tiene el cabello oscuro, los ojos con azuladas ojeras, las señales de una labor agitada, y el desencanto de muchas ilusiones ya idas... ¡Pobre niña!

Emma se llama. Se casó con el tenor de la compañía, siendo muy joven. La dedicaron a las tablas, cuando su pubertad florecía en el triunfo de una aurora espléndida. Comenzó de com-

---

[1] Apareció en el *Diario del Comercio*, San J̣ṩ ̇ de Costa Rica, 19 de enero de 1892, vol. I, núm. 42, p. 2, en la sección *Linterna mágica*, y poco después en *La Habana Literaria*, 30 de septiembre del mismo año: Teodoro Picado recopiló el texto de la primera publicación en *Rubén Darío en Costa Rica*, San José, Ediciones Sarmiento, vol. II, pp. 26-28, y Regino E. Boti el de la segunda en *El árbol del rey David*, La Habana, 1921, pp. 55-58. Es probable que Darío personalmente haya dado copia de *Fugitiva* y *Febea*, publicados con anterioridad en Costa Rica, a *La Habana Literaria*, a su paso por Cuba en 1892. El texto del *Diario del Comercio* dice después del título: "Buenos Aires, 1887". Por ese año Darío no pudo estar en Buenos Aires ni escribía en ningún periódico argentino; sus colaboraciones en *La Nación* no aparecen sino hasta en 1889, y él llegó por primera vez a Buenos Aires en 1893. La fecha podría quizá indicar que la situación que el relato evoca transcurre en el Buenos Aires de 1887. Darío pudo acaso escribir estas páginas de *Fugitiva* en Santiago, ese mismo año de 1887. "*Fugitiva*, como *Febea*, —dice Regino E. Boti— ha sido reproducida copiosamente entre nosotros; y lo que es más, ha circulado también con el título caprichoso *La actriz que pasa*" (p. 8). En los *Primeros cuentos* aparece bajo el título general de *Rosa enferma*, pp. 123-129. La *Revista Azul* de México que lo publicó pocos años después que los periódicos primeramente mencionados, 5 de septiembre de 1895, vol. III, núm. 20, pp. 311-312, conservó el título original. La figura de la artista "fugitiva" parecería inspirada en la de Sarah Bernhardt, a quien el poeta conoció en Chile ("conoció de cerca... a una gran trágica") o en las de sus amigas de Guatemala Elisa Zangheri ("la artista del drama") y Lina Cerne ("que canta como un ruiseñor"), a quienes Darío menciona en su autobiográfica *Historia de un sobretodo*, incluída en este volumen. Hemos preferido el texto de la primera publicación de *Fugitiva;* las divergencias, insignificantes, de los textos posteriores no lo mejoran.

parsa; y recibió los besos falsos de los amantes fingidos de la comedia. ¿Amaba a su marido? No lo sabía ella misma. Reyertas continuas, rivalidades inexplicables de las que pintaría Daudet; la lucha por la vida, en un campo áspero y mentiroso, el campo donde florecen las guirnaldas de una noche, y la flor de la gloria fugitiva; horas amargas, quizá semiborradas por momentos de locas fiestas; el primer hijo; el primer desengaño artístico; ¡el príncipe de los cuentos de oro, que nunca llegó!; y en resumen, la perspectiva de una senda azarosa, sin el miraje de un porvenir sonriente.

A veces está meditabunda. En la noche de la representación es reina, princesa, Delfín o hada. Pero bajo el bermellón está la palidez y la melancolía. El espectador ve las formas admirables y firmes, los rizos, el seno que se levanta en armoniosa curva; lo que no advierte es la constante preocupación, el pensamiento fijo, la tristeza de la mujer bajo el disfraz de la actriz.

Será dichosa un minuto, completamente feliz un segundo. Pero la desesperanza está en el fondo de esa delicada y dulce alma. ¡Pobrecita! ¿En qué sueña? No lo podría yo decir. Su aspecto engañaría al mejor observador. ¿Piensa en el país ignorado a donde irá mañana; en la contrata probable; en el pan de los hijos? Ya la mariposa del amor, al aliento de Psiquis, no visitará ese lirio lánguido; ya el príncipe de los cuentos de oro no vendrá ¡ella está, al menos, segura de que no vendrá!

¡Oh tú, llama casi extinguida, pájaro perdido en el enorme bosque humano! Te irás muy lejos, pasarás como una visión rápida; y no sabrás nunca que has tenido cerca a un soñador que ha pensado en ti y ha escrito una página a tu memoria, quizá enamorado de esa palidez de cera, de esa melancolía, de ese encanto de tu rostro enfermizo, de ti en fin, paloma del país de Bohemia, que no sabes a cuál de los cuatro vientos del cielo tenderás tus alas, el día que viene!

ROJO[1]

—¿Pero es que excusáis a Palanteau, después de una crueldad semejante? —exclamaron casi todos los que se hallaban en la redacción, dirigiéndose asombrados al director Lemonnier, que paseaba victoriosamente su cuerpo flaubertiano y hacía tronar su voz de bronce.

—¡Sí, señores! —respondió. Y cruzándose de brazos con majestad: —Palanteau no merece la guillotina. Quizá la casa de salud... Es cierto que ha avanzado hasta el crimen; que ha dado motivo a largas crónicas y reportazgos de sensación; que el asesinato que ha cometido es el más sangriento y terrible de este año; que entre los crímenes pasionales... Pero escuchadme. ¡Vosotros no estáis al tanto de cómo ha ido hasta allí ese desgraciado!

Se sentó en un sillón; puso los codos sobre las rodillas y continuó:

—Yo le conocí mucho, casi desde niño. Ese pintor de talento, hoy perdido para el arte y cuyo nombre está deshonrado, nació en la tierra de Provenza, con lo cual veis si tendrá mucho sol en la cabeza. Desde muy temprana edad quedó huérfano, y comenzó una vida errante y a la ventura. Pero tenía buenos instintos y pensó en no ser un inútil. Sentía allá dentro el hormigueo del

---

[1] Hasta ahora desconocido, no publicado en volumen. Apareció en el *Diario del Comercio* de San José, Costa Rica, periódico del que era redactor el propio Darío, 14 de febrero de 1892, año I, núm. 62, p. 2, bajo el título general de *Cuentos nuevos*. Este título corrobora la afirmación de Soto Hall *(Revelaciones íntimas*, p. 87) de que Darío tenía el proyecto de publicar todo un volumen así llamado (cf. la nota 1 al cuento *El Dios bueno*). Carlos Jinesta Muñoz dió noticia de la existencia de *Rojo* en su *Rubén Darío en Costa Rica, loanza*, México, 1944, p. 42, pero hasta hoy no se había recogido. Debo una cuidadosa copia a don Julián Marchena, director de la Biblioteca Nacional de Costa Rica, y a mi amigo el pintor Francisco Amighetti. Se han corregido las erratas de la publicación original.

arte. En los paisajes de la Crau, en la extensión de la Camargue, bajo el soplo sonoro del mistral, el muchacho fué alimentando su sueño... ¡Sí!, él sería "alguien"; quería que su nombre sonara, como el del buen señor Roumanille, el de los versos...[2]

Estuvo en Arles, de aprendiz de músico; estuvo en Avignon sirviendo en casa de un cura; estuvo en Marsella, de aprendiz de impresor... Y ved, allí fué, en Marsella, a la orilla del mar, en tarde cálida y dorada, donde él sintió por primera vez el impulso de su vocación; la luz se le reveló, y desde ese día quiso ¡ya veis si lo consiguió! ser uno de nuestros grandes pintores: él mismo me lo ha contado después. Privaciones, sufrimientos, luchas. Por fin, vino a París: hizo la gran batalla. Casi llegó a desesperar; pero un día cayóle en gracia al viejo Meissonier. Éste le ayudó, le hizo célebre. Y desde entonces comenzó la boga de esas telitas finas, originales, brillantes; de esos paisajitos preciosos que llevan su firma. Palanteau había hecho carrera. Pero no era rico, ni podía serlo, porque en pleno París, le gustaba mucho viajar por el país de Bohemia... ¡Pobre muchacho! ¿Amó? No lo sé. Creo que tuvo su pasioncilla desgraciada. Poco a poco fué volviéndose taciturno. París le hizo palidecer, le hizo olvidar su hermosa risa meridional, le enflaqueció. A veces me parecía que Palanteau no tenía todos los tornillos del cerebro en su lugar, y me preguntaba ¿será un *détraqué?* Él sufría y su sufrimiento se le revelaba en el rostro. Entonces procuraba aliviarse con la musa verde y con seguir las huellas de los pies pequeños que taconean por el asfalto. Yo le decía cuando le encontraba: —¡Cásate, Palanteau, y serás dichoso! Y era en ese solo instante cuando él reía como un buen provenzal... ¡Pobre muchacho! Entre tanto, supe que cometía ciertas extravagancias. Desafió a un periodista que criticaba a Wagner; dejó de pintar por largo

---

[2] Joseph Roumanille (1818-1891), maestro de Frédéric Mistral (1830-1914) y compañero suyo en la campaña por la rehabilitación literaria del provenzal. En todo el párrafo, Darío alude veladamente a la vida y obra de Mistral, especialmente a *Mirèio* (1859) que debió leer en la traducción española de la Biblioteca Arte y Letras, Barcelona, 1882, o las dos anteriores de 1868 y 1871. Recuérdese que Darío se inició en Shakespeare en las traducciones de la misma Biblioteca. "Esa jovialidad está impregnada de luz y de calor, como los versos de Mistral, de Roumanille y de Aubanel", dice Darío en *La risa,* publicado en *La Prensa Libre,* San José, 29 de agosto de 1891, vol. II, núm. 670, p. 3.

tiempo; insultó en público a Bouguereau; se hizo boulangista; ¡el demonio! Y un buen mediodía se me aparece en mi casa y me saluda con esta frase:

—¡Me caso!

—¡Loado sea Dios, Palanteau! Ya serás hombre formal. ¿Y con quién te casas?

Me contó la cosa. Era una joven de buena familia, honrada, pobre, excelente para el *ménage,* o como él decía: "muy mujercita de la casa". Él quería tener quien lo mimara, le sufriera sus caprichos, le zurciese los calcetines, le amarrase el pañuelo al cuello sobre el gabán en las noches de frío; en fin, quien le comprendiese y le amara.

—Quiero algo como la buena Lorraine de su amigo Banville,[3] —decía.

—¡Bravo, Palanteau! Piensa usted con juicio, con talento. Deme usted esa mano.

Se fué. En esos días tuvo el pobre ataques epilépticos. A poco, se casó, y partió a Bélgica. Ahora vais a conocer el proceso de esa vida triste que hoy ha concluído en la más espantosa tragedia.

En la familia de Palanteau ha habido locos, hombres de gran ingenio, suicidas e histéricas. ¡Eso, eso! ¿Comprendéis? Las admirables acuarelas, los retratos que emulaban a Carolus Durand, las telas admiradas que han hecho tanto ruido en el Salón, todo eso era, amigos míos, producto de un talento que tenía por compañero el más tremendo estado morboso. ¿Conocéis los estudios de medicina penal que se han hecho en Italia? Yo estoy con Lombroso, con Garofalo y con nuestro Richet. Y además, es un hecho que el talento y la locura están íntimamente ligados; pues aunque, a propósito de la pérdida intelectual de nuestro querido Maupassant, ha habido quienes nieguen la exactitud de esta afirmación, la experiencia manifiesta lo contrario. Nacen los

---

[3] Théodore de Banville (1823-1891) llamaba a su mujer *la bonne Lorraine* (cf. *Los poetas se van, Teodoro de Banville, su muerte* por Jean Richepin (1849-1926), nota necrológica fechada el 15 de marzo de 1891, traducida del *Gil Blas* de París y publicada en *El Correo de la Tarde,* 5 de mayo de 1891, año I, núm. 116, pp. 1-2. Richepin habla de la viuda, a la que Banville llamaba "su buena Lorraine").

infelices mártires, según la frase medical, progenerados. Luego el medio, las circunstancias, las contrariedades, los abusos genésicos o alcohólicos; las fuertes impresiones... ¡Llega un momento en que el arpa de los nervios siente en sus cuerdas una mano infernal que comienza una sinfonía macabra! Se ponen ejemplos de hombres ilustres que no han tenido encima la garra de la neurosis: Galileo, Goethe, Voltaire, Descartes, Chateaubriand, Lamartine, Lesseps, Chevreul, Victor Hugo. Pero ¡ah! delante de ellos pasa el desfile de los precitos: Ezequiel, Nerón —caso de patología histórica—, Dante, Colón, Rousseau, Pascal, Hégésippe Moreau, Baudelaire, Comte, Villemain, Nerval, Prévost-Paradol, Luis de Baviera, el rey ideal; Montanus, Schumann, Harrington, Ampère, Hoffmann, Swift, Schopenhauer, Newton, el Tasso, Malebranche, Byron, Donizetti, Paul Verlaine,[4] Rollinat... ¡Dios mío! Es una lista inacabable. Pues bien, Palanteau pertenece a esa familia maldita, es miembro atávico de una generación de condenados...

Se puso de pie; alzó el brazo derecho; prosiguió:

—Esas puñaladas no ha sido él quien las ha dado: ha sido el horrible ananke de su existencia. ¿Sabéis cuál fué la causa de todo? El choque de dos caracteres. Madame Palanteau era honrada, pura, pero fría y dura como el hierro. El triste pintor necesitaba una hermana de caridad. Era un *grand enfant* enfermo, a propósito para una clínica; y ya conocéis cómo hay que tratar a esa clase de desequilibrados. Lombroso, al hablar de María Bashkirtseff, señala como síntomas o, más bien, como fundamentos de la locura moral, la extrañeza de carácter, la falta de afectos, la megalomanía, la inmensa vanidad: todo eso lo tenía Palanteau. Excéntrico, apasionado, raro, vibrante; así era. Y todo ese temperamento, todo ese estado morboso, todo ese delicado y espantoso cristal, chocaba con aquella femenilidad férrea y helada, incomprensible y hosca.

[4] Primera mención de Paul Verlaine (1844-1896) en la obra de Darío. Como se ve, el nombre de Verlaine aparece todavía sin ningún relieve, perdido en una larga lista de personajes famosos. Parecería que sólo lo conoce de oídas. Días más tarde, mencionará por primera vez una obra suya, los *Poemas saturninos* (cf. la nota 8 a la *Historia de un sobretodo* en este volumen).

¿Se amaban? Sí. Y allí está lo más atroz de la historia. Choque tras choque, llegó la catástrofe. Un día, amándose mucho, estando ambos en un suave ensueño de futura dicha, dice él de pronto —era una tarde áurea y tibia—:

—¡Mira, qué bella nube violeta!

—No es violeta, —respondió ella dulcemente.

—¡Sí! —arguyó él, como avergonzado, poniéndose purpúreo.

—No —volvió ella a responder sonriendo. Entonces, Palanteau, transfigurado, alocado, acercóse más a su adorada mujercita y le lanzó en pleno rostro esta palabra:

—¡Estúpida!

¡Ah! veo que estáis de acuerdo conmigo, por la lástima que se os pinta en la cara. ¡Pobre muchacho! Esa fué la primera vez. Palanteau lloró, pidió perdón, se creyó infamado, perdido, y fué presa de su aterrador nerviosismo. La segunda vez... —¡oh!, ella no comprendía nada; cruel por ignorancia, vengadora de imposibles agravios, encendía más aquella negra hoguera—, la segunda vez fué ante un crucifijo. Él poseía, como todos los soñadores, el espíritu y el ansia del misterio. El pintor de las blancas anadyomenas desnudas se sentía atraído por el madero de Cristo; el artista pagano, se estremecía al contemplar la divina medialuna que de la frente de Diana rodó hasta los pies de María.[5] Al inclinarse ante la cruz, vió que se reían de él; y allí, en presencia de la santa escultura del martirio, con la sangre agolpada y los nervios vibrantes, ¡alzó la mano y dió una bofetada! Un minuto, un segundo después, ¡cayó de hinojos llorando y se llamó canalla!

Eso pasó hace algún tiempo. ¡La tercera vez, amigos, la tercera vez fué la siniestra y fúnebre tragedia! No es el caso del Posdnicheff de Tolstoi,[6] el caso imaginado por "un enfermo preso

[5] En unos tercetos monorrimos, dedicados a la Virgen, hasta ahora no recogidos en libro, aparece la misma idea: "A Tu planta soberana / cayó la luna pagana / de la frente de Diana" (cf. Alfonso Méndez Plancarte, *Más poesías olvidadas de Rubén Darío* en *El Universal*, México, D. F., 5 de julio de 1948, año XXXII, vol. CXXVI, núm. 11482, 1ª sec., pp. 3 y 11).

[6] El caso del Posdnicheff de Tolstoi (1828-1910) ya era familiar para Darío; *El Correo de la Tarde* publicó la primera parte de *La sonata de Kreutzer* (sic), 14 de marzo de 1891, año I, núm. 77, p. 3, al 7 de abril

de delirio místico"; tampoco es el de Lantier. Volará mi palabra; ya es tarde; seré conciso. La tercera vez, él había llegado al mayor grado de exaltación en que puede templarse el cordaje de la neurosis; veíalo todo con desesperación, y casi con un desvarío completamente patológico. Y la desgraciada sin saberlo —¡porque, yo os lo juro que no lo sabía!— atizaba momento por momentos aquel horno fulminante. Ya no era lo de las veces primeras; sino que, juzgándole maligno en vez de desequilibrado o lleno de turbación, procuró herir la más peligrosa de las sensitivas.

Fué en una crisis. El día estaba cálido, pesado. Palanteau se paseaba en su taller. Una modelo acababa de desvestirse e iba a tomar la posición, cuando ... —¡sí, tal como os lo cuento!—, cuando se abrió la puerta y apareció "ella".

Increpóle ... El artista callaba. Injurióle ... El artista callaba. Desprecióle ...

—¿Sí? —rugió el epiléptico—. La crisis llegó a su colmo. —¡No, no más! Sólo falta que me engañes ...

—¡Quizá! —exclamó ella, para herirle, con un rictus felino.

Y allí fué, señores, cuando Palanteau dió el salto de que tanto se ha hablado, descolgó el arma, y ciego, completamente inconsciente, ¡apuñaleó a su mujer! Creo que no se le absolverá.

La justicia anda a gatas en el mundo. Para mí, en vez de entregárselo a Monsieur de París, deben llevárselo a mi amigo Charcot. ¡Pobre muchacho! En todo caso, él será más feliz con que le corten el pescuezo. Buenas tardes.

del mismo año, año I, núm. 93, p. 3, acaso la primera versión española, basada sin duda en la francesa de 1890. "Acababa [yo] de leer *La Sonata de Kreutzer*" dice Darío en *La risa*, publicado en *La Prensa Libre*, San José, 29 de agosto de 1891, vol. II, núm. 670, p. 2. El *Diario del Comercio* trae Podsnicheff por errata.

HISTORIA DE UN SOBRETODO[1]

Es en el invierno de 1887, en Valparaíso. Por la calle del Cabo hay gran animación. Mucha mujer bonita va por el asfalto de las aceras, cerca de los grandes almacenes, con las manos metidas en espesos manguitos. Mucho dependiente del comercio, mucho corredor, va que vuela, enfundado en su sobretodo. Hace un frío que muerde hasta los huesos. Los cocheros pasan rápidos, con sus ponchos listados; y con el cigarro en la boca, al abrigo de sus gabanes de pieles, despaciosos, satisfechos, bien enguantados, los señorones, los banqueros de la calle Prat, rentistas obesos, propietarios, jugadores de bolsa. Yo voy tiritando bajo mi chaqueta de verano, sufriendo el encarnizamiento del aire helado que reconoce en mí a un hijo del trópico. Acabo de salir de la casa de mi amigo Poirier, contento, porque ayer tarde he cobrado mi sueldo de *El Heraldo,* que me ha pagado Enrique Valdés Vergara, un hombrecito firme y terco...[2] Poirier, sonriente, me ha dicho mirándome a través de sus espejuelos de

[1] Apareció en el *Diario del Comercio,* San José, 21 de febrero de 1892, vol. I, núm. 68 [sic, por 69], pág. 2, y después en *La Habana Literaria,* 30 de mayo de 1892, núm. 10 (cf. Saavedra Molina, *Bibliografía,* p. 85). De ahí lo tomó Regino E. Boti para *El árbol del rey David,* pp. 101-106; después pasó a *Impresiones y sensaciones,* vol. XII de la tercera serie de obras completas, Madrid, 1925, pp. 163-171. Se reprodujo en vida de Darío en *Selecta,* Santiago de Chile, julio de 1911, año III, núm. 4, pp. 119 y sigs. (cf. *Obras desconocidas,* p. CVII). Reproducimos el texto de Boti, limpio de inexactitudes y erratas.

[2] Eduardo Poirier (1860-1940?) fué el primer amigo chileno de Darío (cf. *Autobiografía,* caps. XIV y XVI). En colaboración con Poirier escribió Darío la novela *Emelina* (Valparaíso, 1887). En *El Heraldo* —dirigido por Enrique Valdés Vergara (1859-1891)— Darío publicó efectivamente ocho crónicas con el título de *La semana* (del 11 de febrero al 14 de abril de 1888); meses después aparecieron en este diario *La canción del oro* y el soneto *Lastarria* (cf. *Autobiografía,* cap. XVI, y *Obras desconocidas,* pp. XCVIII-CI). Más adelante dice Darío que Valdés Vergara "pereció en el hundimiento del *Cochrane";* en realidad, en el naufragio del crucero *Blanco Encalada,* 23 de abril de 1891, según me comunica el doctor Julio Saavedra Jarpa.

oro: "Mi amigo, lo primero ¡comprarse un sobretodo!" Ya lo creo. Bien me impulsa a ello la mañana opaca que enturbia un sol perezoso, el vientecillo, el vientecillo que viene del mar, cuyo horizonte está borrado por una tupida bruma gris.

He allí un almacén de ropa hecha. ¿Qué me importa que no lleve mi sobretodo la marca de Pinaud? Yo no soy un Cousiño, ni un Edwards. Rico almacén. Por todas partes maniquíes; unos vestidos como cómicos recién llegados, con ropas a grandes cuadros vistosos, levitas rabiosas, pantalones desesperantes; otros con macferlanes, levitones, esclavinas. En las enormes estanterías trajes y más trajes, cada cual con su cartoncito numerado. Y cerca de los mostradores, los dependientes —iguales en todo el mundo—, acursilados, peinaditos, recompuestos, cabezas de peluquero y cuerpos de figurines, reciben a cada comprador con la sonrisa estudiada y la palabra melosa. Desde que entro hago mi elección, y tengo la dicha de que la pieza deseada me siente tan bien como si hubiera sido cortada expresamente por la mejor tijera de Londres. ¡Es un ulster, elegante, pasmoso, triunfal! Yo veo y examino con fruición incomparable su tela gruesa y fina y sus forros de lana a cuadros, al son de los ditirambos que el vendedor repite extendiendo los faldones, acariciando las mangas y procurando infundir en mí la convicción de que esa prenda no es inferior a las que usan el príncipe de Gales o el duque de Morny... "Y sobre todo, caballero, le cuesta a usted muy barato!" —"Es mía"—contesto con dignidad y placer—. "¿Cuanto vale?" —"Ochenta y cinco pesos". ¡Jesucristo!... cerca de la mitad de mi sueldo, pero es demasiado tentadora la obra y demasiado locuaz el dependiente. Además, la perspectiva de estar dentro de pocos instantes el cronista caminando por la calle del Cabo, con un ulster que humillará a más de un modesto burgués, y que se atraerá la atención de más de una sonrosada porteña... Pago, pido la vuelta,[3] me pongo frente a un gran espejo el ulster, que adquiere mayor valor en compañía de mi sombrero de pelo, y salgo a la calle más orgulloso que el príncipe de un feliz y hermoso cuento.

[3] En *Morbo et umbra* (1888), cuento incluído en este volumen, Darío había utilizado "el vuelto", como se dice en Nicaragua y, en general, en América. Aquí ha preferido la forma española.

¡Ah, cuán larga sería la narración detallada de las aventuras de aquel sobretodo! Él conoció desde el palacio de la Moneda hasta los arrabales de Santiago; él noctambuleó en las invernales noches santiaguesas, cuando las pulmonías estoquean al tranochador descuidado; él cenó "chez Brinck, donde los pilares del café parecen gigantescas salchichas, y donde el mostrador se asemeja a una joya de plata; él conoció de cerca a un gallardo Borbón, a un gran criminal, a una gran trágica; él oyó la voz y vió el rostro del infeliz y esforzado Balmaceda![4] Al compás de los alegres tamborileos que sobre mesas y cajas hacen las "cantoras", el gustó, a son de arpa y guitarra, de las *cuecas* que animan al *roto*, cuando la chicha hierve y provoca en los "potrillos" cristalinos, que pasan de mano en mano. Y cuando el horrible y aterrador cólera morbo envenenaba el país chileno, él vió, en las noches solitarias y trágicas, las carretas de las ambulancias, que iban cargadas de cadáveres. ¡Después, cuántas veces, sobre las olas del Pacífico, contempló, desde la cubierta de un vapor, las trémulas rosas de oro de las admirables constelaciones del Sur! Si el excelente ulster hubiese llevado un diario, se encontrarían en él sus impresiones sobre los pintorescos chalets de Viña del Mar, sobre las lindas mujeres limeñas, sobre la rada del Callao. Él estuvo en Nicaragua; pero de ese país no hubiera escrito nada, porque no quiso conocerle, y pasó allá el tiempo, nostálgico, viviendo de sus recuerdos, encerrado en su baúl. En El Salvador sí salió a la calle y conoció a Menéndez y a Carlos Ezeta. Azo-

[4] Don Carlos María de los Dolores de Borbón y Austria-Este (1845-1909) emprendió su segundo viaje a América el 20 de marzo de 1887; este mismo año visitó Chile y fué amigo del presidente Balmaceda (escribió "un delicado pensamiento en el álbum de su hija Elisa", según recuerda Darío en *A. de Gilbert;* a continuación el propio Darío escribió *La lira de siete cuerdas*). Sarah Bernhardt (1845-1923) estuvo en Chile en octubre y noviembre de 1886; Darío escribió entonces su poesía *Sarah,* y comisionado por *La Época* asistió a las representaciones de la Bernhardt en Santiago y Valparaíso con el objeto de escribir la sección de *Teatros,* columna anónima, que Saavedra Molina ha identificado como de Darío (cf. su estudio *Rubén Darío y Sarah Bernhardt* en los *Anales de la Universidad de Chile,* primer trimestre de 1941, año XCIX, núm. 41, 3ª serie, pp. 17-45). José Manuel Balmaceda (1838-1891), el presidente suicida (1886-1891), padre de Pedro Balmaceda Toro (1868-1889), *A. de Gilbert,* amigo muy querido de Darío.

rado, como el pájaro al ruido del escopetazo, huyó a Guatemala cuando la explosión del 22 de junio.[5] Allá volvió a hacer vida de noctámbulo; escuchó a Elisa Zangheri, la artista del drama, y a su amiga Lina Cerne, que canta como un ruiseñor.[6]

Y un día, ¡ay!, su dueño, ingrato, lo regaló.

Sí, fuí muy cruel con quien me había acompañado tanto tiempo. Ved la historia. Me visitaba en la ciudad de Pedro de Alvarado un joven amigo de las letras, inteligente, burlón, brillante,

[5] El 22 de junio de 1890, Carlos Ezeta (1855-1903) derrocó el gobierno constitucional de Francisco Menéndez (1830-1890), quien murió a consecuencias del atentado. Darío, que había contraído matrimonio civil el día anterior con Rafaela Contreras, tuvo que huir solo a Guatemala, temiendo las represalias de Ezeta por su amistad con Menéndez (véanse sus poesías *A la señorita Teresa Menéndez* (1889) y *Menéndez* (1891), soneto en que habla de "la sangre de Junio"). Darío escribió para el *Diario de Centro-América* de Guatemala, bajo el seudónimo de *Tácito,* la *Historia negra* de este atentado político (recopilada en *Crónica política,* vol. XI de la tercera serie de obras completas, Madrid, 1924, pp. 41-68, y en *Revelaciones íntimas,* 1925, pp. 46-68). Otro artículo, no recogido en volumen, "apareció en las columnas de *La Nación,* de Buenos Aires, a propósito de la caída de los Ezeta", escribió Darío en 1894; lo menciona en su *Epílogo a la "Historia negra": Carlos Ezeta en Monte-Carlo,* fechado el 21 de marzo de 1895 (cf. *Ramillete de reflexiones,* Madrid, 1917, y *Prosa dispersa,* vol. XX de la primera serie de obras completas, Madrid, 1919, pp. 133-138; una versión del *Epílogo* más extensa y detallada, fué publicada en *Impresiones y sensaciones,* vol. XII de la tercera serie, Madrid, 1925, pp. 195-213).

[6] Elisa Zangheri: "Darío vivía en aquel entonces en el Hotel Exposición, propiedad de un italiano de nombre Rico, casado con una artista dramática que tuvo renombre. Así lo decían las firmas de los que en Francia, Italia y América se habían ocupado de ella. Su nombre de teatro era Zángueri (sic), y yo recuerdo haberle visto una *Dama de las camelias* que bien acreditaba lo que decían sus críticos: que podía, en este papel, equipararse con Sarah Bernhardt" (Soto Hall, *Revelaciones íntimas,* p. 104). Lina Cerne: Actuó en Guatemala de enero a abril de 1891; en *El Correo de la Tarde,* el periódico guatemalteco de Darío, hay muchas crónicas llenas de admiración hacia la Cerne. El día de su beneficio "circularon impresas algunas composiciones poéticas, escritas en honor de la señorita Cerne", dice *El Correo,* que publicó una de ellas, la de José Joaquín Palma (1844-1911), amigo de Darío. La romanza de *Mignon* de Ambroise Thomas (1811-1896) que Darío recuerda dos años más tarde, en su cuento *Sor Filomela,* debió de oírsela a Lina Cerne; una crónica de *El Correo,* muy elogiosa, parece confirmarlo.

insoportable, que adoraba a Antonio de Valbuena, que tenía buenas dotes artísticas, y que se atrajo todas mis antipatías por dos artículos que publicó, uno contra Gutiérrez Nájera y otro contra Francisco Gavida. El muchacho se llamaba Enrique Gómez Carrillo y tenía costumbre de llegar a mi hotel a alborotarme la bilis con sus juicios atrevidos y romos y sus risitas molestas. Pero yo le quería, y comprendía bien que en él había tela para un buen escritor. Un día llegó y me dijo:—"Me voy para París".—"Me alegro. Usted hará más que las recuas de estúpidos que suelen enviar nuestros gobiernos". Prosiguió el charloteo. Cuando nos despedimos, Enrique iba ya pavoneándose con el ulster de la calle del Cabo.[7]

[7] Enrique Gómez Carrillo (1873-1927) publicó en el primer número de *El Correo de la Tarde* (1890-1891), el periódico de Darío, uno de los artículos que éste recuerda: un caluroso comentario a los *Ripios académicos* de Antonio de Valbuena, 8 de diciembre de 1890, pp. 2 y 3. Dice Gómez Carrillo que elogia a Valbuena "como él se merece (aunque le pese al Duque Job), cada vez que se presenta la ocasión; ya hace bastante tiempo que le dediqué un artículo a propósito del segundo tomo de la *Fe de erratas*, luego le dediqué otro defendiéndolo de los furiosos ataques del señor Gutiérrez Nájera y ahora pienso dedicarle el tercero (que no será el último) con motivo de la reciente publicación de su último libro, *Ripios académicos*". Con todo, Gómez Carrillo, pocos años después, mantuvo correspondencia epistolar con El Duque Job ("Por este correo escribo a Gutiérrez Nájera y a otros amigos", dice en una carta a Darío de 1894 que Alberto Ghiraldo publicó en *El archivo de Rubén Darío,* Santiago, 1940, p. 78). A la muerte de Gutiérrez Nájera, Gómez Carrillo llega a mostrar públicamente aprecio por su obra y a arrepentirse de su anterior hostilidad ("Yo fuí, entre todos los jóvenes americanos, quien más tardó en comprender la gracia ardiente y la inquietud sutil de las obras de Nájera. En su capilla no soy un devoto sino un arrepentido", carta a Arturo A. Ambrogi en la edición fúnebre de *El Fígaro* de San Salvador, publicada en la *Revista Azul,* México, 28 de abril de 1895, vol. II, núm. 26, pp. 411). En cambio, prefiere callar respecto a su deslucida admiración por Valbuena, e impugnar lo del "ulster de la calle del Cabo", ahora que Darío, muerto, no puede contradecirle: "Y también ha contado [Darío] la historia de un famoso gabán de invierno que me dió antes de marcharme, para que no me muriera de frío en el mes de diciembre de 1900 [en realidad, nueve años antes] al llegar a Europa. La verdad es que si me "regaló", en efecto, un abrigo, fué en cambio de los quinientos duros de sueldos que me debía" *(Treinta años de mi vida,* libro I, Madrid, Mundo Latino, *post* 1919, cap. XVI). Una carta de Darío a Gómez Carrillo nos da idea bien clara de las malévolas intenciones que la frase

¡Cómo el tiempo ha cambiado! Valdés Vergara, el "hombrecito firme y terco", mi director de *El Heraldo,* murió en la última
revolución como un héroe. Él era secretario de la Junta del Congreso, y pereció en el hundimiento del *Cochrane.* Poirier, mi inolvidable Poirier, estaba en Méjico de Ministro de Balmaceda,
cuando el dictador se suicidó... Valparaíso ha visto el triunfo
de los revolucionarios; y quizá el dueño de la tienda de ropa
hecha, en donde compré mi sobretodo, que era un excelente
francés, está hoy reclamando daños y perjuicios. ¿Y el ulster?
Allá voy. ¿Conocéis el nombre del gran poeta Paul Verlaine, el
de los *Poemas saturninos?*[8] Zola, Anatolio France, Julio Lemaître,
son apasionados suyos. Toda la juventud literaria de Francia ama
y respeta al viejo artista. Los decadentes y simbolistas le consultan como a un maestro. France, en su lengua especial, le llama
"un salvaje soberbio y magnífico". Mauricio Barrès, Moréas,
visitan en "sus hospitales" al "pobre Lélian". El joven Gómez
Carrillo, el andariego, el muchacho aquel que me daba a todos
los diablos, con el tiempo que ha pasado en París ha cambiado
del todo. Su criterio estético es ya otro; sus artículos tienen una
factura brillante aunque descuidada, alocada; su prosa gusta y
da a conocer un buen temperamento artístico. En la gran capital,

de esta *Historia* llegó a suscitar en Gómez Carrillo, entonces director de
El Nuevo Mercurio: "¡Y no haga la atrocidad de publicar mis versos
viejos, mis versos infantiles, porque entonces se publicarán también sus
artículos de *El Correo de la Tarde* de aquellos antaños!" (*El archivo de
Rubén Darío,* p. 91).

[8] Los *Poèmes saturniens* pudieron ser conocidos por Darío muchos años
antes; se publicaron originalmente en 1866. Por lo enfático de la pregunta
(análoga a la referente a Lombroso y los otros criminólogos de moda que
empezaba a conocer cuando escribe *Rojo*) parecería que Darío acabara
de descubrir los *Poèmes;* aunque tardíamente, debió leerlos en francés:
por esos años ninguna de las traducciones fragmentarias llegaron a formar
un volumen de *Poemas saturninos* en español. Si tomamos en cuenta
que en 1892 ya estaba publicada casi toda la obra de Verlaine —*Fêtes
galantes* (1869), *La bonne chanson* (1870), *Romances sans paroles* (1874),
Sagesse (1881), *Jadis et naguère* (1884), *Poètes maudits* (1888), *Amour*
(1888), *Parallèlement* (1889), *Dédicaces* (1890), *Femmes* (1890), *Bon-
heur* (1891), *Mes hôpitaux* (1891), *Chansons pour elle* (1891), *Les uns et
les autres* (1891), *Liturgies intimes* (1892) y *Mémoires d'un veuf* (1892)—
no puede menos de reconocerse que su influencia, tan traída y llevada por
los críticos de Darío, y en general del modernismo, se inicia en fecha
algo tardía, cuando la producción modernista iba ya muy adelantada.

a donde fué pensionado por el gobierno de su país, procuró conocer de cerca a los literatos jóvenes, y lo consiguió, y se hizo amigo de casi todos, y muchos de ellos le asistieron, en días de enfermedad, al endiablado centro-americano, que a lo más contara veintiún años. Pues bien, en una de sus cartas, me escribe Gómez Carrillo esta postdata: "¿Sabe usted a quién le sirve hoy su sobretodo? A Paul Verlaine, al poeta... Yo se lo regalé a Alejandro Sawa —el prologuista de López Bago, que vive en París— y él se lo dió a Paul Verlaine. ¡Dichoso sobretodo!"[9]

Sí, muy dichoso; pues del poder de un pobre escritor americano, ha ascendido al de un glorioso excéntrico, que aunque cambie de hospital todos los días, es uno de los más grandes poetas de la Francia.

[9] El epistolario entre Darío y Gómez Carrillo se ha conservado muy fragmentariamente; no debió interrumpirse desde fines de enero de 1891, en que Gómez Carrillo salió de Guatemala. *El Correo de la Tarde,* 23 de mayo de 1891, da noticia, basada en "carta que hemos tenido a la vista", de la próxima publicación de *La Ilustración Americana,* editada por Gómez Carrillo en París. La carta cuya postdata se cita en la *Historia,* se desconoce, pero puede fecharse entre 1891 y 1892. Las que arbitrariamente mutiló Ghiraldo en *El archivo,* pp. 74-100, también pueden fecharse aproximadamente por su contenido. Alejandro Sawa (1862-1909) fué presentado a Darío por el propio Gómez Carrillo, un año después de escrita la *Historia,* cuando el poeta en 1893 pasó por París con destino a Buenos Aires. Referencias a Sawa se encuentran de cuando en cuando en la obra de Darío; merecen anotarse los caps. XXXII y XXXIII de la *Autobiografía,* y el *Prólogo* a las *Iluminaciones en la sombra,* de Sawa (Madrid, Biblioteca Renacimiento, 1910), no publicado en las obras completas ni en las recopilaciones, ni apuntado en las bibliografías. Una carta de Sawa a Darío publicó Ghiraldo en *El archivo,* pp. 303-307. En las postdata, Gómez Carrillo también menciona a Eduardo López Bago, el imitador de Zola, muerto en 1931.

LAS PÉRDIDAS DE JUAN BUENO[1]

Este era un hombre que se llamaba Juan Bueno. Se llamaba así porque desde chico, cuando le pegaban un coscorrón por un lado, presentaba la cabeza por otro. Sus compañeros le despojaban de sus dulces y bizcochos, le dejaban casi en cueros, y cuando llegaba a la casa, sus padres, uno por aquí, otro por allá, a pellizco y mojicón, le ponían hecho un San Lázaro. Así fué creciendo, hasta que llegó a ser todo un hombre. ¡Cuánto sufrió el pobrecito Juan! Le dieron las viruelas y no murió, pero quedó con la cara como si hubiesen picoteado en ella una docena de gallinas. Estuvo preso por culpa de otro Juan, que era un Juan Lanas. Y todo lo sufría con paciencia, a punto de que todo el mundo, cuando decían: ¡Allá va Juan Bueno!, soltaba la risa. Así las cosas, llegó un día en que se casó.

Una mañana, vestido con manto nuevo, sonriente, de buen humor, con su gloria de luz en la cabeza, sus sandalias flamantes y su largo bastón florido, salió el señor San José de paseo por el pueblo en que vivía y padecía Juan Bueno. Se acercaba la noche de Navidad e iba él pensando en su niño Jesús y en los preparativos del nacimiento, bendiciendo a los buenos creyentes y tarareando, de cuando en cuando, uno que otro aire de villancico. Al pasar por una calle oyó unos lamentos y encontró ¡oh cuadro lastimoso! a la mujer de Juan Bueno, pim, pam, pum, magullando a su infeliz consorte.

—Alto ahí —gritó el padre putativo del divino Salvador— ¡Delante de mí no hay escándalos!

Así fué. Calmóse la feroz gorgona, se hicieron las paces, y como

[1] Apareció en *El Heraldo de Costa Rica*, San José, 13 de marzo de 1892, vol. I, núm. 59, p. 2, bajo el título general de *Cuentecitos del domingo;* de ahí lo tomó Teodoro Picado para su *Rubén Darío en Costa Rica*, II, 1920, pp. 79-82. Los *Primeros cuentos* (Madrid, 1924) lo reprodujeron, pp. 103-107, con algunas inexactitudes. Publicamos el texto de *El Heraldo de Costa Rica*.

Juan refiriese sus cuitas, el santo se condolió, le dió unas palmaditas en la espalda, y despidiéndose le dijo:

—No tengas cuidado. Ya cesarán tus penas. Yo te ayudaré en
lo que pueda. Ya sabes, para lo que se ofrezca: en la parroquia,
en el altar a la derecha. Abur.

Contentísimo quedó el buen Juan. Y no hay palabra para qué
decir si iría donde su paño de lágrimas, día a día y casi hora a
hora. ¡Señor, que esto! ¡Señor, que lo otro! ¡Señor, que lo de
más allá! Pedía todo y todo le era concedido. Lo que sí le daba
vergüencita contarle al santo era que su tirana no perdía la
costumbre de aporrearle. Y cuando San José le preguntaba:
¿Qué es ese chichón que tienes en la cabeza?, él reía y cambiaba
de conversación. Pero San José bien sabía... y le alababa la
paciencia.

Un día llegó con la cara muy afligida.

—Se me ha perdido —gimoteó— una taleguilla de plata que
tenía guardada. Quiero que me la encontréis.

—Aunque esas son cosas que corresponden a Antonio, haremos
lo que se pueda.

Y así fué. Cuando Juan volvió a su casa, halló la taleguilla.

Otro día llegó con un carrillo hinchado y un ojo a medio salir:

—¡Que la vaca que me diste[is] se me ha desaparecido!

Y el bondadoso anciano:

—Anda, que ya la encontrarás.

Y otra vez:

—¡Que el mulo que me ofrecisteis se fue de mi huertecito!

Y el Santo:

—Vaya, vaya, vete, que él volverá.

Y por tal tenor.

Hasta que una ocasión el Santo no se encontraba con muy
buen humor, y se apareció Juan Bueno con la cara hecha un
tomate y la cabeza como una anona. Desde que le vió:

—Hum, hum —hizo el Santo.

—Señor, vengo a suplicaros un nuevo servicio. Se me ha ido
mi mujer, y como vos sois tan bueno...

San José alzó el bastón florido y dándole a Juan en medio de
las dos orejas, le dijo con voz airada:

—¡Anda a buscarla a los infiernos, zopenco!

¿POR QUÉ?[1]

—¡Oh, señor! el mundo anda muy mal. La sociedad se desquicia. El siglo que viene verá la mayor de las revoluciones que han ensangrentado la tierra. ¿El pez grande se come al chico? Sea; pero pronto tendremos el desquite. El pauperismo reina, y el trabajador lleva sobre sus hombros la montaña de una maldición. Nada vale ya sino el oro miserable. La gente desheredada es el rebaño eterno para el eterno matadero. ¿No ve usted tanto ricachón con la camisa como si fuese de porcelana, y tanta señorita estirada envuelta en seda y encaje? Entre tanto las hijas de los pobres desde los catorce años tienen que ser prostitutas. Son del primero que las compra. Los bandidos están posesionados de los bancos y de los almacenes. Los talleres son el martirio de la honradez; no se pagan sino los salarios que se les antoja a los magnates, y mientras el infeliz logra comer su pan duro, en los palacios y casas ricas los dichosos se atracan de trufas y faisanes. Cada carruaje que pasa por las calles va apretando bajo sus ruedas el corazón del pobre. Esos señoritos que parecen grullas, esos rentistas cacoquimios y esos cosecheros ventrudos son los ruines martirizadores. Yo quisiera una tempestad de sangre; yo quisiera que sonara ya la hora de la rehabilitación, de la justicia social. ¿No se llama democracia a esa quisicosa política que cantan los poetas y alaban los oradores? Pues maldita sea esa democracia. Eso no es democracia, sino baldón y ruina. El infeliz sufre la lluvia de plagas; el rico goza. La prensa, siempre venal y corrompida, no canta sino el invariable salmo del oro. Los escritores son los violines que tocan los grandes potentados. Al pueblo no se le hace caso. Y el pueblo está enfangado y pudriéndose por culpa de los de

[1] Apareció en *El Heraldo de Costa Rica,* San José, 17 de marzo de 1892, vol. I, núm. 61, p. 2; de ahí lo tomó Picado para su *Rubén Darío en Costa Rica,* II, 1920, pp. 83-86. La *Crónica literaria* (Madrid, 1924) lo reprodujo, pp. 125-128. Es de notarse que el presente cuento, colocado cronológicamente entre *La canción del oro* y *Primavera apolínea,* tiene rasgos comunes con ellos: el protagonista y el monólogo.

arriba: en el hombre el crimen y el alcoholismo; en la mujer, así la madre, así la hija y así la manta que las cobija. ¡Conque calcule usted! El centavo que se logra ¿para qué debe ser sino para el aguardiente? Los patrones son ásperos con los que les sirven. Los patrones, en la ciudad y en el campo, son tiranos. Aquí le aprietan a uno el cuello; en el campo insultan al jornalero, le escatiman el jornal, le dan a comer lodo y por remate le violan a sus hijas. Todo anda de esta manera. Yo no sé cómo no ha reventado ya la mina que amenaza al mundo, porque ya debía haber reventado. En todas partes arde la misma fiebre. El espíritu de las clases bajas se encarnará en un implacable y futuro vengador. La onda de abajo derrocará la masa de arriba. La Commune, la Internacional, el nihilismo, eso es poco; ¡falta la enorme y vencedora coalición! Todas las tiranías se vendrán al suelo: la tiranía política, la tiranía económica, la tiranía religiosa. Porque el cura es también aliado de los verdugos del pueblo. Él canta su tedeum y reza su paternoster, más por el millonario que por el desgraciado. Pero los anuncios del cataclismo están ya a la vista de la humanidad y la humanidad no los ve; lo que verá bien será el espanto y el horror del día de la ira. No habrá fuerza que pueda contener el torrente de la fatal venganza. Habrá que cantar una nueva marsellesa que como los clarines de Jericó destruya la morada de los infames. El incendio alumbrará las ruinas. El cuchillo popular cortará cuellos y vientres odiados; las mujeres del populacho arrancarán a puños los cabellos rubios de las vírgenes orgullosas; la pata del hombre descalzo manchará la alfombra del opulento; se romperán las estatuas de los bandidos que oprimieron a los humildes; y el cielo verá con temerosa alegría, entre el estruendo de la catástrofe redentora, el castigo de los altivos malhechores, la venganza suprema y terrible de la miseria borracha!

—¿Pero quién eres tú? ¿Por qué gritas así?

—Yo me llamo Juan Lanas y no tengo un centavo.

LA RESURRECCIÓN DE LA ROSA[1]

Amigo Pasapera,[2] voy a contarle un cuento. Un hombre tenía una rosa; era una rosa que le había brotado del corazón. ¡Imagínese usted si la vería como un tesoro, si la cuidaría con afecto, si sería para él adorable y valiosa la tierna y querida flor! ¡Prodigios de Dios! La rosa era también como un pájaro; garlaba dulcemente, y en veces, su perfume era tan inefable y conmovedor, como si fuese la emanación mágica y dulce de una estrella que tuviera aroma.

Un día, el ángel Azrael pasó por la casa del hombre feliz, y fijó sus pupilas en la flor. La pobrecita tembló, y comenzó a palidecer y estar triste, porque el ángel Azrael es el pálido e implacable mensajero de la muerte. La flor desfalleciente, ya casi sin aliento y sin vida, llenó de angustia al que en ella miraba su dicha. El hombre se volvió hacia el buen Dios y le dijo:

—Señor ¿para qué me quieres quitar la flor que me diste?[3]

Y brilló en sus ojos una lágrima.

Conmovióse el bondadoso Padre, por virtud de la lágrima paternal, y dijo estas palabras:

—Azrael, deja vivir esa rosa. Toma, si quieres, cualquiera de las de mi jardín azul.

La rosa recobró el encanto de la vida. Y ese día, un astrónomo vió desde su observatorio que se apagaba una estrella en el cielo.

---

[1] Apareció en *El Heraldo de Costa Rica*, San José, 19 de abril de 1892, vol. I, núm. 83, p. 2. Picado que lo recopiló (*Rubén Darío en Costa Rica*, I, 1919, pp. 145-146) lo fechó erradamente en el 19 de marzo del mismo año. Los *Primeros cuentos* (Madrid, 1924) lo reprodujeron, pp. 227-228, con el título general de *Último cuento*. Publicamos el texto de *El Heraldo de Costa Rica*, firmado ahí únicamente por una "*D*".

[2] Don Salvador Pasapera, costarricense. Por error, "Amiga Pasajera" en *Primeros cuentos*.

[3] "...me diste", en *El Heraldo de Costa Rica*; "...nos diste", en la recopilación de Picado y *Primeros cuentos*.

UN SERMÓN[1]

El 1º de enero de 1900, llegué muy temprano a Roma, y lo primero que hice fué correr a la basílica de San Pedro a prepararme un lugar para oír el sermón que debía predicar en lengua española un agustino de quien se esperaba gran cosa según los periódicos. ¡Ay de mí! Creí llegar muy a buen tiempo y he ahí que me encuentro poblada de fieles la sagrada nave. Gentes de todos lugares, y principalmente peregrinos de España, Portugal y América, habían madrugado para ir a colocarse lo más cerca posible del orador religioso. Luché, forcejeé; por fin logró colocarme victoriosamente. Grandes cirios ardían en los altares. El altar mayor resplandecía de oro y de luz, con sus soberbias columnas salomónicas. Toda la inmensa basílica estaba llena de un esplendoroso triunfo. De cuando en cuando potentes y profundos estallidos de órgano hacían vibrar de harmonía el ambiente oloroso a incienso. El gran púlpito se levantaba soberbio y monumental, aguardando el momento de que en él resonase la palabra del sacerdote. Pasó el tiempo.

Como un leve murmullo se esparció entre todos los fieles, cuando llegó el ansiado instante. Apareció el agustino, calada la capucha, con los brazos cruzados. De su cintura ceñida, al extremo de un rosario de gruesas cuentas colgaba un santocristo de

[1] Apareció en *El Heraldo de Costa Rica,* San José, 8 de mayo de 1892, vol. I, núm. 91, p. 2, y poco después en *La Habana Literaria,* 30 de julio de 1892 (cf. Saavedra Molina, *Bibliografía,* p. 85). De la primera publicación lo tomó Picado para su *Rubén Darío en Costa Rica,* II, 1920, pp. 101-105, y de la segunda Boti para *El árbol del rey David,* 1921, pp. 95-99. Las *Páginas de arte* (Madrid, 1926) lo reproducen, pp. 105-115, con el subtítulo de *En la Basílica de San Pedro.* Sobre la relación entre *Un sermón* y la *Carta del país azul,* cf. la nota 3 a este cuento en la presente edición; ambos tienen su fuente en el *Sermón del padre Juna,* de Juan Montalvo *(El Regenerador,* 1878, núm. 10). He tratado con más detenimiento este punto en *Darío y Montalvo (Nueva Revista de Filología Hispánica,* México, 1948, vol. II, núm. 4, pp. 365-367).

hierro. Arrodillóse enfrente del altar y permaneció como un minuto en oración. Después, despacioso, grave, solemne, subió las gradas de la cátedra. Descubrió su cabeza, cabeza grande, con una bruñida calva de marfil, entre un cerquillo de cabellos canos. Era el fraile de talla más baja que alta, de ojos grandes y relampagueantes. Al pasar, vi su frente un tanto arrugada, y en su afeitado rostro las huellas del más riguroso ascetismo. Alzó la mirada a lo alto. Sobre su frente la paloma mística extendía sus alas. Diríase que el Santo Espíritu inspirador, el que envió a los apóstoles al celeste fuego, se cernía en el augusto y sacro recinto; que la lengua del fraile recibía en su anhelo de suprema purificación una hostia paradisíaca, en que le infundía el don de elocuencia y fortaleza el divino Paráclito. Fray Pablo de la Anunciación —así el nombre— comenzó a hablar.

Dijo las palabras latinas con voz apagada. Después, después no podéis imaginaros nada igual. Pensad en un himno colosal cuya primera soberana harmonía comenzase con el fiat del Génesis y acabase con el sublime espanto del Apocalipsis; y apenas os acercaréis a lo que de aquella boca brotó conmoviendo y asombrando. Eran Moisés y su pueblo delante del Sinaí; era la palabra de Jehová en el más imponente de los levíticos; era el estruendo vasto de los escuadrones bíblicos; las visiones de los profetas ancianos y las arengas de los jóvenes formidables; eran Saúl endemoniado y el lírico David calmándole a son de harpa; Absalón y su cabellera; los reyes todos y sus triunfos y pompas; y tras el pasmo de las Crónicas, el Dolor en el estercolero, Job el gemebundo. Después el salmo florido o terrible pasaba junto al proverbio sabio, y el cántico luego, todo manzana y rosa y mirra, de donde hizo volar el orador una bandada de palomas. ¡Truenos fueron con los profetas! Terriblemente visionario con Isaías, con Jeremías lloró; le poseyó el "deus" de Ezequiel; Daniel le dió su fuerza; Oseas su símbolo amargo; Amón, el pastor de Tecua, su amenaza; Sofonías su clamor violento; Aggeo su advertencia, Zacarías su sueño y Malaquías sus "cargas" isaiáticas. Mas nada como cuando apareció la figura de Jesús, el Cristo, brillando con su poesía dulce y altísima sobre toda la antigua grandeza bíblica. La palabra de fray Pablo modulaba, cantaba, vibraba, confundía, armonizaba, volaba, subía, descendía, petrificaba, deleitaba, acariciaba, anonadaba, y en espiral incomparable, se remontaba, kalofónica y extrahumana, hasta la cúpula en donde los clarines de plata saludan al Vicario de Cristo en las excelsas victorias pontificales. Mateo surgió a nuestra vista; Marcos se nos apareció; Lucas hablónos del Maestro; el "predilecto" nos poseyó; y después que el gran San Pablo nos hizo temblar con su invencible prestigio, fué Juan el que nos condujo a su Patmos aterrador y visionario; Juan, por la lengua de aquel religioso sublime, ¡el primero de cuantos han predicado la religión del Mártir de Judea que padeció bajo el imperio de Augusto! Rayo de unción fué la frase cuando pintó los hechos de los mártires, las vidas legendarias de los anacoretas; las cavernas de los hombres pálidos cuyos pies lamía la lengua de los leones del desierto; Pablo el ermitaño, Jerónimo, Pacomio, Hilarión, Antonio; y los mil predicadores y los innumerables cristianos que murieron en las hogueras de los paganos crueles; y entre ellos, como lises cándidos de candidez celeste e intacta, las blancas vírgenes, cuya carne de nieve consumían las llamas o despedazaban las fieras, y cuya sangre regada en el circo fertilizaba los rosales angélicos en donde florecen las estrellas del Paraíso. El orador acabó su sermón: "La gracia de Nuestro Señor Jesucristo sea con vosotros". Amén.

Al salir, todavía sintiendo en mí la mágica influencia de aquel grandioso fraile, pregunté a un periodista francés, que había ido a la iglesia a tomar apuntes:

—¿Quién es ese prodigio? ¿De dónde viene este admirable chrysóstomo?

—Como debéis saber, hoy ha predicado su primer sermón —me dijo—. Tiene cerca de setenta años. Es español. Se llama fray Pablo de la Anunciación. Es uno de los genios del siglo pasado. En el mundo se llamaba Emilio Castelar.[2]

[2] En *Castelar,* fechado el 30 de mayo de 1899 e incluído en *Cabezas* (vol. XXII de la primera serie de obras completas, Madrid, 1919), Darío recuerda que "un poeta de América publicó una vez un futuro sermón de Castelar en San Pedro de Roma, que al orador hizo amablemente sonreír" (p. 152). Sin duda el autor alude a su propio cuento.

ÉSTA ERA UNA REINA...[1]

¿Gloriana? Quizás. O tal vez Viriana, o todas ellas, y a la cabeza de la tropa, Mab, fueron madrinas suyas.

Se llama Amelia, nombre que como oís, sienta bien a una princesa. Está en Madrid triunfando con su belleza, la reina gentil que se casó por amor con un príncipe rubio, la reina Amelia de Portugal. Jamás ha hecho el torno de la gracia un cuello a que mejor sienten las perlas y los luminosos diamantes reales; y rara vez se ha visto cuerpo más a propósito para el manto. Además, esta linda señora es lo que se llama "una reina simpática". Yo he estado buscando esta madrugada dos o tres rimas líricas

[1] Página fechada en Madrid, 14 de noviembre de 1892; Darío había ido a España como delegado de Nicaragua a las fiestas del IV centenario del descubrimiento de América. Se publicó en su sección *Mensajes de la tarde* de *La Tribuna* de Buenos Aires, 30 de septiembre de 1893, bajo el título general de *La reina Amelia de Portugal* y precedida del párrafo siguiente: "Este *mensaje* es para las damas. Mientras la tempestad se agita, ¿por qué *Des Esseintes* no ha de ser para vosotras, elegantes lectoras de *La Tribuna*, algo así como uno de aquellos narradores que en los castillos medioevales distraían la atención de las castellanas, al amor de la lumbre, después de la oración por el ausente y generoso señor? No será cuento lo que os dedicaré, sino una página de *diario*. Anteayer, los reyes de Portugal han estado de cumpleaños, y de fiestas regias. *Des Esseintes* arranca para vosotras de su journal las líneas siguientes, sobre la rosa real que acaba de ser justamente aclamada en el palacio de Ajuda". Darío firmó sus *Mensajes de La Tribuna* (7 de septiembre de 1893 al 28 de febrero de 1894) con el seudónimo de *Des Esseintes*, el protagonista de *À rebours* (1884) de J.-K. Huysmans (1848-1907). Muchos años después, el recuerdo de la reina Amelia no se borraba aún de la mente de Darío. Al escribir su *Autobiografía* (1912), la describe con la misma simpatía. "Los miembros de la delegación de Nicaragua recibimos en la sección correspondiente de la Exposición, y en su oportunidad, a los reyes de España, que iban acompañados de los de Portugal. El día de la visita fué la primera vez que observé testas coronadas. Me llamó la atención fuertemente la hermosura de la reina portuguesa, alta y gallarda como todas las Orleáns, y fresca como una recién abierta rosa rosada. Iba junto a ella el obeso marido, que debía tener un trágico fin. En la vecina sección de Guatemala, sucedió algo gracioso. Había preparado el delegado gua-

que, a la manera románica de mi amigo Duplessis,[2] ensalzaran a la regia beldad; pero Mariano de Cavia,[3] periodista endiablado, me ha sacado de mi ensueño cortesano esta mañana, que ha gritado desde los balcones de *El Liberal:* ¡Viva la reina barbiana! Eso es: esta dama, alta de cuerpo, de rango y de hermosura, encanta, sobre todo, porque es muy mujer, porque tiene una cara de cielo y porque al verla mirar y sonreir, se olvida uno de los heráldicos lises y de las coronas de oro, ante la flor de juventud que se presenta perfumada por una divina primavera, flor que arranca a los labios un despropósito andaluz: el viva de Cavia, la capa al suelo, o: ¡Me la comería! Anoche, en verdad, no daban tantos deseos de comerla, sino de besar su pequeña diestra de marfil rosado, cuando después de subir la escalera del

temalteco, doctor Fernando Cruz, dos abanicos espléndidos, para ser obsequiados a las reinas; pero uno de ellos era más espléndido que el otro, puesto que era el destinado para la reina regente doña María Cristina. Los abanicos estaban sobre una bandeja de oro. El ministro, antes de ofrecerlos, anunció el obsequio en cortas y respetuosas palabras. La reina doña Amelia de Portugal vió los abanicos y con su mirada de joven y de coqueta se dió cuenta de cuál era el mejor; y, sin esperar más, le tomó para sí y dió las gracias al ministro" (cap. XXIX). Publicamos el texto recogido por el doctor E. K. Mapes en los *Escritos inéditos de Rubén Darío,* New York, Instituto de las Españas, 1938, págs. 12-13, sin erratas.

2 A Maurice du Plessys (1864-1924), de "l'École Romane" fundada en 1890 por Jean Moréas, debió de conocerlo Darío en España, en 1892; esta primera mención de Du Plessys y la dedicatoria ("A Maurice du Plessis") del *Friso* de las *Recreaciones arqueológicas* (La *Ilustración Española y Americana,* Madrid, noviembre de 1892, vol. XXXVI, segundo semestre, p. 359), parecen confirmar nuestra suposición. Arturo Marasso señala, entre las fuentes del *Coloquio de los centauros, Le centaure* de Du Plessys *(Le premier livre pastoral,* 1891) y los versos: "Le geste d'Orphéus qui donnait l'âme aux pierres / et muselait d'amour la mâchoire des loups", del mismo libro, como inspiradores de: "Que se humedezca el áspero hocico de la fiera, / de amor, si pasa por allí", del *Responso a Verlaine (Rubén Darío y su creación poética,* edición aumentada, Buenos Aires, s. f., pp. 78 y 131, respectivamente). El mismo Darío mostró aprecio por el libro de Du Plessys ("y el abanderado, que viene cerca del jefe de la escuela romana, henchido de entusiasmo, es el caballero Mauricio Du Plessis, lugarteniente de la falange, y cuyo *Primer libro pastoral* es su mejor hoja de servicios", dice en el ensayo sobre Moréas, en *Los raros).* Al recordar en su *Autobiografía* la fugaz visita a París en 1893, dice: "Entre los verdaderos amigos de Verlaine, había uno que era un excelente poeta, Maurice Duplessis. Este era un muchacho gallardo, que vestía ele-

palacio real, entre lacayos estirados, en un cuadro de *féerie,* se hallaba uno en los incomparables salones, y sonaban las palmadas de etiqueta, y se abría calle entre la aristocrática muchedumbre, y venían juntas la Regente, doña Cristina, erguida, majestuosa, y, risueño el precioso rostro, la reina Amelia, una reina de cuento azul, propia para prometida del príncipe de Trebizonda, o del príncipe de Camaralzamán; —y para hacerle la genuflexión, y el marqués feliz darle el beso correcto en la mano que ella tiende, haciendo la gran merced. En vez de Camaralzamán venía el marido dichoso, D. Carlos, a quien a pesar del sport y de sus frescos veintinueve años se le ha agrandado un poco la barriga. La Orleáns gusta de hablar lengua española. Así saluda en ese idioma al viejo general conocido, a las nobles ricas hembras a quienes su coronada amiga le presenta. Camina como una

gante y extravagantemente, y que con Charles Maurras, que es hoy uno de los principales sostenedores del partido orleanista, y con Ernesto Reynaud, que es comisario de policía, formaban lo que se llamaba la escuela romana, de que Moréas era el sumo pontífice. A Duplessis, que fué desde entonces muy mi amigo, le he vuelto a ver recientemente [1912] pasando horas amargas y angustiosas, de las cuales le librara alguna vez y ocasionalmente la generosidad de un gran poeta argentino [Leopoldo Lugones]" (cap. XXXIV). Darío debió conocer los otros libros de Du Plessys *(Études lyriques, Le livre des odes, Odes olympiques* y *Les tristes),* pero no llegó a leer la dedicatoria que el poeta francés, poco antes de morir, escribió en *La dernière promenade,* poesía de *Le feu sacré* (París, 1924): "A la mémoire impérissable du poète, orgueil de l'Amérique Latine, mon frère d'armes à jamais cher, Rubén Darío, mort en enfant de Rome, vainqueur de la Chimère au pied de l'autel de Vesta".

[3] Mariano de Cavia (1855-1920) fué redactor de *El Liberal, El Imparcial, La Opinión, La Justicia, El Sol, El Heraldo de Madrid* y de la *Ilustración Española y Americana.* Cronista taurino, firmaba con el seudónimo de *Sobaquillo.* Cuando Darío lo conoció ya había publicado *División de plaza* (1887), *Revista cómica de la exposición de pintura* (1890), *Azotes y galeras* (1890) y *De pitón a pitón* (1891); cinco años después aparecieron sus *Cuentos en guerrilla.* De los artículos que Darío reunió en 1911 en *Letras* (París, Garnier Hermanos, s. f.) debe citarse uno sobre el famoso periodista, pp. 203-214, en el que se transcribe una *Rapsodia* que Cavia publicó en *El Imparcial* cuando aparecieron los *Cantos de vida y esperanza* (1905); recuérdese que el *Nocturno,* poesía XXXII de los *Otros poemas,* ahí aparece dedicado "A Mariano de Cavia". En *La ofrenda de España a Rubén Darío* que reunió Juan González Olmedilla (Madrid, Editorial América, 1916) aparece un *Responso pagano* del amigo sobreviviente, pp. 9-15.

diosa, como una diosa joven y gallarda. El *patuit dea*[4] la denunciaría en todos lugares. Los ojos son lo que aquí en España se llaman gachones; húmedos y dulces, pero siempre majestuosos.

Pero ¿y el pajecillo? ¿Y el enano que se echa cerca de ella como un alegre perro? ¿Y la madrina del carro alado y de la estrella en la frente? Las que venían tras ella, como sacadas de los cuentos, eran condesas regordetas, sofocándose, no dando paz al abanico; las damas de honor entradas en años, con su andar de pato ésta, algo miope aquélla, brazos gordos, sedas y terciopelos; esmeraldas y brillantes. El rey de los hidalgos portugueses, menos simpático que su padre don Luis, el literato, saluda con marcialidad a un lado y otro. Y han pasado las majestades, ya se ve, sobre todas las cabezas, allá lejos, en el extremo del salón de porcelana, la estrella de diamantes que tiembla en la diadema de la augusta Amelia de Portugal.

Alguien —¿quién ha de ser? ¡un amigo poeta!— se acerca a mi lado y evoca en mi memoria la figura de Ruy Blas.

Y a propósito: los diarios dan esta mañana la noticia de que el rey ha cazado ayer en el Prado diez perdices.

[4] El verso virgiliano ("Et vera incessu patuit dea...", *Eneida*, I, 405) se injerta en la prosa de Darío con soltura y gracia desde el año de *Azul*. "Y eso hasta en el modo de caminar —*incessu patuit dea*" (*La Semana*, 7 de abril de 1888, *Obras escogidas*, p. 162); "y caminas con el *patuit dea* del poeta pagano" (*El parque central*, 23 de diciembre de 1891, *Rubén Darío en Costa Rica*, II, p. 22); "pero al verle andar, yo no tuve ninguna duda: *incessu patuit...*" (*En la batalla de las flores*, 13 de noviembre de 1893, *Escritos inéditos*, p. 19, incluído en este volumen); "una primavera, que, como la del supremo Sandro, va tejiendo guirnaldas, rítmica, en un paso armonioso: *incessu patuit dea*" (*Otoño*, 31 de diciembre de 1898, *Escritos inéditos*, pág. 196), y "Hay cuerpos que van rítmicamente andando con manera tal, que el *incessu patuit dea* os sale de los labios" (*Málaga*, II, en *Tierras solares*, Madrid, Leonardo Williams, 1904). La formación humanística de Darío, no tomada muy en serio por los críticos, que sólo han querido ver en esa predilección por lo clásico un motivo ornamental, es en él muy temprana (cf. la nota 2 al cuento *Mis primeros versos* de este volumen). Las continuas referencias y citas de Horacio, Catulo, Virgilio y Ovidio, en su lengua original, de Homero, los Bucólicos y la *Antología*, Píndaro, Safo y Erina, Arquíloco, Jenofonte, sus adaptaciones de Anacreonte y Meleagro, y aun su seudónimo *Tácito*, prueban que el humanismo del poeta, no abandonado nunca, estuvo bien afirmado en su espíritu desde los años de su primera formación y quehacer literarios.

LUZ DE LUNA[1]

Una de las tristes noches de mi vida —aquella en que más me martirizaba el recuerdo de la más pérfida de las mujeres— dirigí mis pasos fuera de la gran ciudad, en donde las gentes hacen sus negocios y se divierten en la sociedad y en el *sport*.

En el tranquilo cielo estaba, como en una pálida bruma de ensueño, misteriosamente fatal, la luna. Su resplandor descendía a bañar de plata las grandes planicies y a enredar en los árboles, negros de noche, temblorosos hilos de luz.

¿Por qué será? —dije con una voz tan secreta que solamente la escuchó mi alma—; ¿por qué será que hay almas solitarias con las cuales se encarniza el dolor? Y recordé que el poeta de los *Poemas saturninos* encuentra el origen de ciertas amargas existencias en el astro extraño, Saturno.

---

[1] Publicado en *Zig-Zag,* Santiago de Chile, 15 de agosto de 1914, "pero ha de ser de época muy anterior" (Saavedra Molina, *Bibliografía,* pp. 94-95). Reproducido en los *Primeros cuentos,* vol. III de la tercera serie de obras completas, Madrid, 1924, pp. 217-224, con el subtítulo de *Pierrot.* No se conoce hasta ahora otra publicación en revista o periódico anterior o posterior a la de *Zig-Zag;* pero puede fecharse entre 1893 y 1897. Cabe señalar como fuentes más inmediatas las lecturas de Banville y Verlaine, a quienes Darío menciona desde 1892 (cf. las notas 3 y 4 de *Rojo* y la 8 de *Historia de un sobretodo,* en este volumen), pero a quienes no parece haber leído sino hasta el año siguiente, al llegar a París. Las *Odes funambulesques* (1857), especialmente *Le saut du tremplin,* como los *Poèmes saturniens* (1866), *Clair de lune, Pantomime, Fantoches* y *Colombine,* de las *Fêtes galantes* (1869), *La bonne chanson* (1870), VI ("La lune blanche"), *Pierrot* y *Le clown* de *Jadis y naguère* (1884), *Amour* (1888), XII ("Lucien Létinois..."), *Sappho* de *Parallèlement* (1889) y *Les méfaits de la lune,* tejen el fondo poético y erudito de este cuento. No es éste el lugar apropiado para puntualizar tales lecturas; los *Escritos inéditos* de Darío recogidos por el doctor Mapes de los periódicos de Buenos Aires (1893-1898) hacen continuas referencias a esos autores. Únicamente citaremos en orden cronológico algunos pasajes —verso y prosa— en que Darío trata de manera idéntica los mismos temas de este cuento: "Yo la vestimenta de Pierrot tenía, / y aunque me alegraba y aunque me reía, / moraba en mi alma la melancolía... Ella me miraba.

256

Por el camino que al claro de luna se extendía, ancho y blanquecino, vi venir una carreta desvencijada, tirada por dos escuálidos jamelgos viejos. Seguramente era una compañía de saltimbanquis, pues alcancé a ver un negro oso, trajes de farsa, panderos y baúles viejos. Más cerca, no tuve duda alguna: reconocí al doctor Casandra, a la señorita Colombina, a Arlequín... Una súbita inquietud se apoderó de mí. Entre toda aquella comparsa faltaba un rostro caro a la pálida y melancólica Selene.

Colombina sonrió maliciosamente, hizo un pícaro guiño y después se inclinó en una bella reverencia. Arlequín dió tres saltos. El doctor se contoneó. El oso pareció decirme con una mirada: "Estás convidado a la cacería de Atta-Troll". Y cuando busqué en mis bolsillos alguna moneda de cobre, ya los dos jamelgos viejos y escuálidos iban lejos, con un trote inusitado, al argentado brillo de la luna.

Y el faisán, cubierto / de plumas de oro: "¡Pierrot, ten por cierto / que tu fiel amada, que la luna ha muerto!" *(El faisán,* "escrito [en 1893,] en París", según dice Darío en la *Historia de mis libros); "*De noche, cuando muestra su medio anillo de oro, / bajo el azul tranquilo, la amada de Pierrot..." *(Del campo,* 1893); "Pierrot mismo podrá olvidar su pasión casta por la Luna, extasiado con las pláticas de Colombina" *(Del Tigre-Hotel,* 3 de diciembre de 1893); "el preferido Pierrot, amigo de la luna" *(Después del carnaval,* 5 de marzo de 1895); "Ya no padeces el mal de la vida, complicado en ti con la maligna influencia de Saturno" *(Paul Verlaine,* en *Los raros,* 1896); "aquella faz con algo de socrático, de pierrotesco y de infantil" *(Ibidem); "*Pierrot, amante de la luna, está conmigo", y toda la *Canción de carnaval,* con epígrafe del propio Banville (en *Preludios de carnaval,* enero de 1897), sin contar sus artículos sobre *Los Colombel* (25 de marzo de 1897) y *Frank Brown de los niños* (6 de marzo del mismo año), su poema sobre el mismo Frank Brown (6 de marzo del anterior) y la autocrítica de Darío sobre algunas de estas composiciones ("En *Del campo* me amparaba la sombra de Banville... La *Canción de carnaval* es también a lo Banville, una oda funambulesca...", dice en la *Historia de mis libros,* y en la *Autobiografía,* cap. XL, aclara aún más sobre esta *Canción:* "Pierrot, el blanco poeta, encarna el amor lunar, vago y melancólico, de los líricos sensitivos"). Pasada esta época verleniana y banvilliana, Darío busca otras fuentes (Poe, Hoffmann, Anatole France, Hello, etc.), como puede verse en sus cuentos posteriores a 1897. Así, pues, no nos ha parecido arriesgado colocar en este lugar *Luz de luna,* sin menoscabo del orden cronológico que guarda la presente edición. Publicamos el texto de *Primeros cuentos,* corrigiendo las erratas.

Largo rato quedé sumido en mis acostumbradas meditaciones. De repente vi llegar, en carrera azorada y loca, por el camino blanquecino y ancho, la figura cándida de Pierrot. ¡Debía haber corrido mucho! Su cara expresaba la angustia; sus gestos, la desolación. Con su conocida mímica explicaba de qué modo se había quedado atrás; cómo sus compañeros le habían abandonado mientras él contemplaba, en un celestial éxtasis, el rostro de la luna.

Yo le indiqué la senda que seguía la carreta. Le manifesté cómo yo era un lírico amigo suyo, que vagaba esa noche, al amor de Selene, martirizado por el recuerdo de la más pérfida de las mujeres. Y él sinceró en su máscara de harina la más profunda manifestación de condolencia.

Después siguió, en carrera precipitada, en busca de la alegre compañía. Y mi alma sintió una inmensa amargura, sin saber por qué, al contemplar cómo se perdía, en la extensión del camino, aquella pobre figura del hombre blanco, de Pierrot, el silencioso enamorado de la luna.

THANATHOPIA[1]

—Mi padre fué el célebre doctor John Leen, miembro de la Real Sociedad de Investigaciones Psíquicas, de Londres, y muy conocido en el mundo científico por sus estudios sobre el hipnotismo y su célebre *Memoria sobre el Old*. Ha muerto no hace mucho tiempo. Dios lo tenga en gloria. (James Leen vació en su estómago gran parte de su cerveza y continuó):

—Os habéis reído de mí y de lo que llamáis mis preocupaciones y ridiculeces. Os perdono, porque, francamente, no sospecháis ninguna de las cosas que no comprende nuestra filosofía en el cielo y en la tierra, como dice nuestro maravilloso William.[2]

No sabéis que he sufrido mucho, que sufro mucho, aun las más amargas torturas, a causa de vuestras risas... Sí, os repito: no puedo dormir sin luz, no puedo soportar la soledad de una casa abandonada; tiemblo al ruido misterioso que en horas crepusculares brota de los boscajes en un camino; no me agrada ver revolar un mochuelo o un murciélago; no visito, en ninguna ciudad adonde llego, los cementerios; me martirizan las con-

---

[1] Fechado en "Buenos Aires, 1893", aparece únicamente en *Impresiones y sensaciones*, vol. XII de la tercera serie de obras completas, Madrid, 1925, pp. 19-30, en la sección *De la psicología y el crimen*. Se ignora la fecha de primera publicación. La influencia de Edgar Allan Poe (1809-1849) es evidente; lo mismo podría rastrearse en sus otros cuentos macabros o de misterio —nueva veta que se inicia con este cuento en la obra en prosa de Darío— *Cuento de Noche Buena, El caso de la señorita Amelia, La pesadilla de Honorio, Verónica, El Salomón negro, Historia prodigiosa de la princesa Psiquia...*, *La larva, Cuento de Pascuas* y *La extraña muerte de fray Pedro*, versión definitiva de *Verónica*, incluídos en este volumen. Tal estudio está todavía por hacerse y enriquecería notablemente el de la influencia de Poe en la poesía de Darío que John E. Englerirk lleva a cabo en su *Edgar Allan Poe in the Hispanic Literature*, New York, Instituto de las Españas, 1934, pp. 165-210.

[2] *Hamlet*, act. I, esc. V. Cf. otras referencias a Shakespeare, en *El año que viene siempre es azul*, nota 3, y *La miss*, nota 2, en el presente volumen.

versaciones sobre asuntos macabros, y cuando las tengo, mis ojos aguardan para cerrarse, al amor del sueño, que la luz aparezca.

Tengo el horror de la que ¡oh Dios! tendré que nombrar: de la muerte. Jamás me harías permanecer en una casa donde hubiese un cadáver, así fuese el de mi más amado amigo. Mirad: esa palabra es la más fatídica de las que existen en cualquier idioma: *cadáver*... Os habéis reído, os reís de mí: sea. Pero permitidme que os diga la verdad de mi secreto. Yo he llegado a la República Argentina, *prófugo, después de haber estado cinco años preso, secuestrado miserablemente por el doctor Leen, mi padre;* el cual, si era un gran sabio, sospecho que era un gran bandido. Por orden suya fuí llevado a la casa de salud; por orden suya, pues, temía quizás que algún día me revelase lo que él pretendía tener oculto... Lo que vais a saber, porque ya me es imposible resistir el silencio por más tiempo.

Os advierto que no estoy borracho. No he sido loco. Él ordenó mi secuestro, porque... Poned atención.

(Delgado, rubio, nervioso, agitado por un frecuente estremecimiento, levantaba su busto James Leen, en la mesa de la cervecería en que, rodeado de amigos, nos decía esos conceptos. ¿Quién no le conoce en Buenos Aires? No es un excéntrico en su vida cuotidiana. De cuando en cuando suele tener esos raros arranques. Como profesor, es uno de los más estimables en uno de nuestros principales colegios, y, como hombre de mundo, aunque un tanto silencioso, es uno de los mejores elementos jóvenes de los famosos *cinderellas dance*. Así prosiguió esa noche su extraña narración, que no nos atrevimos a calificar de *fumisterie,* dado el carácter de nuestro amigo. Dejamos al lector la apreciación de los hechos.)

—Desde muy joven perdí a mi madre, y fuí enviado por orden paternal a un colegio de Oxford. Mi padre, que nunca se manifestó cariñoso para conmigo, me iba a visitar de Londres una vez al año al establecimiento de educación en donde yo crecía, solitario en mi espíritu, sin afectos, sin halagos.

Allí aprendí a ser triste. Físicamente era el retrato de mi madre, según me han dicho, y *supongo que por esto el doctor procuraba mirarme lo menos que podía*. No os diré más sobre esto. Son ideas que me vienen. Excusad la manera de mi narración.

Cuando he tocado ese tópico me he sentido conmovido por una reconocida fuerza. *Procurad comprenderme.* Digo, pues, que vivía yo solitario en mi espíritu, aprendiendo tristeza en aquel colegio de muros negros, que veo aún en mi imaginación en noches de luna... ¡Oh, cómo aprendí entonces a ser triste! Veo aún, por una ventana de mi cuarto, bañados de una pálida y maleficiosa luz lunar, los álamos, los cipreses... ¿por qué había cipreses en el colegio?..., y a lo largo del parque, viejos Términos carcomidos, leprosos de tiempo, en donde solían posar las lechuzas que criaba el abominable septuagenario y encorvado rector... *¿para qué criaba lechuzas el rector?...* Y oigo, en lo más silencioso de la noche, el vuelo de los animales nocturnos y los crujidos de las mesas y una media noche, os lo juro, una voz: "James". ¡Oh voz!

Al cumplir los veinte años se me anunció un día la visita de mi padre. *Alegréme, a pesar de que instintivamente sentía repulsión por él;* alegréme, porque necesitaba en aquellos momentos desahogarme con alguien, *aunque fuese con él.*

Llegó más amable que otras veces; y aunque no me miraba frente a frente, su voz sonaba grave, con cierta amabilidad para conmigo. Yo le manifesté que deseaba, por fin, volver a Londres, que había concluído mis estudios; que si permanecía más tiempo en aquella casa, me moriría de tristeza... Su voz resonó grave, con cierta amabilidad para conmigo:

—He pensado, cabalmente, James, llevarte hoy mismo. El rector me ha comunicado que no estás bien de salud, que padeces de insomnios, que comes poco. El exceso de estudios es malo, como todos los excesos. Además —quería decirte—, tengo otro motivo para llevarte a Londres. Mi edad necesitaba un apoyo y lo he buscado. Tienes una madrastra, a quien he de presentarte y que desea ardientemente conocerte. Hoy mismo vendrás, pues, conmigo.

¡Una madrastra! Y de pronto se me vino a la memoria mi dulce y blanca y rubia madrecita, que de niño me amó tanto, me mimó tanto, abandonada casi por mi padre, que se pasaba noches y días en su horrible laboratorio, mientras aquella pobre y delicada flor se consumía... ¡Una madrastra! Iría yo, pues, a soportar la tiranía de la nueva esposa del doctor Leen, quizá una espantable *blue-stocking,* o una cruel sabionda, o una bruja... Perdonad las palabras. A veces no sé ciertamente lo que digo, o quizá lo sé demasiado...

No contesté una sola palabra a mi padre, y, conforme con su disposición, tomamos el tren que nos condujo a nuestra mansión de Londres.

Desde que llegamos, desde que penetré por la gran puerta antigua, a la que seguía una escalera obscura que daba al piso principal, me sorprendí desagradablemente: no había en casa uno solo de los antiguos sirvientes.

Cuatro o cinco viejos enclenques, con grandes libreas flojas y negras, se inclinaban a nuestro paso, con genuflexiones tardas, mudos. Penetramos al gran salón. Todo estaba cambiado: los muebles de antes estaban substituídos por otros de un gusto seco y frío. Tan solamente quedaba en el fondo del salón un gran retrato de mi madre, obra de Dante Gabriel Rossetti, cubierto de un largo velo de crespón.

Mi padre me condujo a mis habitaciones, que no quedaban lejos de su laboratorio. Me dió las buenas tardes. Por una inexplicable cortesía, preguntéle por mi madrastra. Me contestó despaciosamente, recalcando las sílabas con una voz entre cariñosa y temerosa que *entonces yo no comprendía:*

—La verás luego... Que la has de ver es seguro... James, mi hijito James, adiós. Te digo que la verás luego...

Ángeles del Señor, ¿por qué no me llevastéis con vosotros? Y tú, madre, madrecita mía, *my sweet Lily,* ¿por qué no me llevaste contigo en aquellos instantes? Hubiera preferido ser tragado por un abismo o pulverizado por una roca, o reducido a ceniza por la llama de un relámpago...

Fué esa misma noche, sí. Con una extraña fatiga de cuerpo y de espíritu, me había echado en el lecho, vestido con el mismo traje de viaje. Como en un ensueño, recuerdo haber oído acercarse a mi cuarto a uno de los viejos de la servidumbre, mascullando no sé qué palabras y mirándome vagamente con un par de ojillos estrábicos que me hacían el efecto de un mal sueño. Luego vi que prendió un candelabro con tres velas de cera. Cuando desperté a eso de las nueve, las velas ardían en la habitación.

Lavéme. Mudéme. Luego sentí pasos: apareció mi padre. Por

primera vez, *¡por primera vez!*, vi sus ojos clavados en los míos. Unos indescriptibles ojos, os lo aseguro; unos ojos como no habéis visto jamás, ni veréis jamás: unos ojos con una retina casi roja, como ojos de conejo; unos ojos que os harían temblar por la manera especial con que miraban.

—Vamos, hijo mío, te espera tu madrastra. Está allá, en el salón. Vamos.

Allá, en un sillón de alto respaldo, como una silla de coro, estaba sentada una mujer.

Ella . . .

Y mi padre:

—¡Acércate, mi pequeño James, acércate!

Me acerqué maquinalmente. La mujer me tendía la mano . . . Oí entonces, como si viniese del gran retrato, del gran retrato envuelto en crespón, aquella voz del colegio de Oxford, pero muy triste, mucho más triste: "¡James!"

Tendí mi mano. El contacto de aquella mano me heló, me horrorizó. Sentí hielo en mis huesos. Aquella mano rígida, fría, fría . . . Y la mujer no me miraba. Balbucié un saludo, un cumplimiento.

Y mi padre:

—Esposa mía, aquí tienes a tu hijastro, a nuestro muy amado James. Mírale; aquí le tienes; ya es tu hijo también.

Y mi madrastra me miró. Mis mandíbulas se afianzaron una contra otra. Me poseyó el espanto: *aquellos ojos no tenían brillo alguno*. Una idea comenzó, enloquecedora, horrible, horrible, a aparecer clara en mi cerebro. De pronto, un olor, olor . . . *ese olor,* ¡madre mía! ¡Dios mío! Ese olor . . . no os lo quiero decir . . . porque ya lo sabéis, y os protesto: lo discuto aún; me eriza los cabellos.

Y luego brotó de aquellos labios blancos, de aquella mujer pálida, pálida, pálida, una voz, *una voz como si saliese de un cántaro gemebundo o de un subterráneo:*

—James, nuestro querido James, hijito mío, acércate; quiero darte un beso en la frente, otro beso en los ojos, otro beso en la boca . . .

No pude más. Grité:

—¡Madre, socorro! ¡Ángeles de Dios, socorro! ¡Potestades celestes, todas, socorro! ¡Quiero partir de aquí pronto, pronto;

que me saquen de aquí!

Oí la voz de mi padre:

—¡Cálmate, James! ¡Cálmate, hijo mío! Silencio, hijo mío.

—No—grité más alto, ya en lucha con los viejos de la servidumbre—. Yo saldré de aquí y diré a todo el mundo que el doctor Leen es un cruel asesino; que su mujer es un vampiro; ¡que está casado mi padre con una muerta!

PRELUDIO DE PRIMAVERA[1]

La otra noche, cuando concluímos de comer —era en una noble y amable morada—, las damas se dirigieron al salón. En el comedor se encendieron los cigarros. Un elocuente diputado parafraseaba una peregrina ocurrencia de Tolstoi; un poeta silencioso meditaba, apretado en su ulster. La política atizó sus fuegos. En tanto, yo entablé conversación con una rosa pálida que entre las flores de la mesa mostraba sus hojas anémicas, brotadas en la aristocracia de las estufas.

—Rosa argentina —le dije— ¿acaso no estás contenta con la llegada de la Primavera?

—Ah —exclamó— ¿no sabéis que apenas viviré algunas horas más una vida que ha sido alentada con calores artificiales? ¡Oh erudición! —me interrumpió la rosa conmovida. Después, continuó con la melodía delicada de su voz floral: —En verdad que, como dijo un rimador de Italia, la primavera es la juventud del año...

[1] *Mensaje de la tarde* de *La Tribuna*, Buenos Aires, 8 de septiembre de 1893, recopilado por E. K. Mapes en *Escritos inéditos*, p. 2. En el *Mensaje* del 21 del mismo mes y año *(Escritos inéditos,* p. 8) Darío publicó *Epitafio de una rosa*, alusión a la "rosa argentina" de su *Preludio de Primavera* que murió la noche anterior, víctima del ambiente belicoso reinante; dice así el *Epitafio:* "Aquella rosa blanca —la del *Preludio de Primavera*—y aquella rosa amable que conversaba tan dulcemente, murió anoche, sobre un vaso, en momentos en que pasaba por la calle una larga fila de soldados, que llevaban arrastrando pesados y terribles cañones. Iba a escribir mi *mensaje* de hoy sobre las terriblezas de la guerra y he aquí que no he tenido tiempo sino para recitar como oración fúnebre de mi perfumada amiga los versos de Malherbe que hablan de las vidas de las rosas. Otros escriban de la de las presidencias. Y mientras el redactor político de *La Tribuna* vuelve los ojos a la Casa Rosada, yo grabo este epitafio en la tumba de mi flor difunta: *Aquí yace el cuerpo de una encantadora señorita del jardín. Su alma palpita y mora en los labios de una rosa humana y ardiente*". Referencias veladas al clima político que provocó la revolución del partido radical argentino, acaudillada en la Provincia de Buenos Aires por Hipólito Yrigoyen (1856-1933), en contra del régimen del presidente Luis Sáenz Peña (1826-1907).

—¡Oh erudición! —interrumpí, en desquite—. Y la juventud es la primavera de la vida. En la fiesta del campo, la sinfonía primaveral celebra las caricias de los pájaros; en los jardines hace la niña sus ramos, y su rostro es la mejor rosa de los parterres floridos; el trino vuela alegre por el aire azul, y Mab, muy de mañana, hace un paseo entre los claveles y las azucenas diciendo con su lindo acento: ¡Buenos días, señoritas! ¡Muy buenos días, caballeros! Ya veréis a las porteñas, cuando, dejando sus vestidos de invierno, sus pieles y sus manguitos, vayan con sus trajes claros y alegres, a hacer reinar sus ojos, en la dulce agonía de la tarde, al desfile lujoso de Palermo. Los gorriones, parlanchines y petulantes, narran en los árboles, a voz en cuello, mil historias famosas. Por las noches, en más de un palacio elegante habrá luces, sonrisas y danzas.

La rosa hacía ondular su blanda vocecita, conociéndose innegablemente su deseo de imitar a Sarah Bernhardt.

—Y bien —prorrumpí— y tu diminuta alma aromal —puesto que yo sé como tú la inmortalidad del alma de las flores— ¿en dónde estará la primavera próxima?

—Dios nos deja la elección del paraíso. Yo he elegido el mío; unos labios rojos que quizá hayas contemplado alguna vez con inefable deleite. ¡Oh —concluyó— felices las rosas humanas!

—¿Por qué?

—Porque pueden gozar de un sol eterno: el amor. Para los corazones que aman, la primavera dura todo el año!

EL LINCHAMIENTO DE PUCK[1]

Eso de linchamientos es cosa vieja.

Esto pasó en la selva de Brocelianda.[2]

Puck, iba negro como un legítimo africano, pues se había caído en el tintero de un poeta.[3]

Salió al campo, y en cuanto una mariposa blanca le miró, se puso a gritar: ¡Socorro! ¡Socorro!, igual a una de las jóvenes norteamericanas cuya inocencia es atacada por los negros del Sur, y vengada por la horca yankee, al eco de un humanitario clamor victorioso.

No bien la mariposa hubo pedido auxilio, la turba de gorriones que puebla los árboles, los mochuelos *atorrantes* y las palomas pudibundas y amorosas, dijeron: ¡A ése!

¡A ése!, trompeteó una rana desde su arroyo. ¡A ése!, dijo una reina de abejas, asomándose a la puerta de su panal. Un escarabajo viejo, rodando su bola, dijo también en voz baja: ¡A ése!

Perseguido por las tropas de las veloces espíritus del bosque, perseguido aún por emisarios de sus amigos los hados, iba en precipitada carrera Robin Buen Chico, sin que nadie le conociese, por su obscuro disfraz de tinta, y por lo veloz de su paso.

¡Soy yo, amigos, amigos míos!, gritaba él.

Mas ninguno reconocía al que puede tomar todas las formas, hasta la de un cangrejo asado, en un vaso; a Puck el pícaro y jovial, que tiene el rostro de un niño y alas de libélula.

[1] *Mensaje* de *La Tribuna*, Buenos Aires, 12 de septiembre de 1893, recopilado por Mapes, *Escritos inéditos,* pp. 3-4. Se ha suprimido una frase, como se verá en la nota 3.

[2] Cf. la nota 2 del cuento *La muerte de Salomé,* incluído en este volumen.

[3] En *Escritos inéditos,* p. 3: "Puck, *al salir del gabinete de un poeta,* iba negro como un legítimo africano, pues se había caído en el tintero de un poeta". Parece improbable que Darío incurriera voluntariamente en esa repetición. Quizá olvidó tachar, en su original, la frase que subrayamos.

¿Qué importaba que se le reconociese? El furor popular estaba en contra suya, y la mariposa blanca, quejosa y ofendida, pedía el castigo del infame viejo.

Cerca de un haya fué cogido el fugitivo por un bicho y una urraca.

¡A la horca! ¡A la horca!, fué el grito general.

No hubo ni tribunal de amor ni consejo de guerra.

Las rosas, los pájaros, los seres todos de la floresta, estaban contra el infeliz.

No había cuerda para ahorcarle; pero el hada cruel que dió a Byron la cojera, se arrancó un cabello cano, y con él colgó a Puck de un laurel casi seco.

No teman las niñas que amen al dulce genio, querido y premiado por la amable madrina Mab y por el celeste poeta Shakespeare.

Puck, aunque fué linchado por negro libidinoso, en la selva de Brocelianda, vive todavía, sano, lindo, bueno, cantador de canciones y recitador de versos.

Vive, porque, felizmente, pasó por allí, donde él estaba colgado, un hada caritativa, que con las tijeras con que cortó los vestidos de Cenicienta, cortó la cuerda de Puck!

CÁTEDRA Y TRIBUNA[1]

Cátedra.—Entro con Dios y enseño. Va mi aliento sobre las multitudes.

Tribuna.—Mi aliento viene del hombre y se agita sobre los pueblos.

Cátedra.—¡Oh cedro!

Tribuna.—¡Oh palma, oh lauro!

Cátedra.—Soy la lengua del Santo Espíritu, soy el fuego parlante, soy el verbo combustivo, soy el único intermedio entre la inmensidad divina y la espiritualidad humana.

Tribuna.—Yo tengo de divina lo que tú me has dado, ¡oh Libertad! El trueno tribunicio atraviesa las nubes populares y su eco profundo y vencedor es el clarín que anuncia el carro de los victoriosos que sojuzgan las Naciones.

Cátedra.—Yo soy la voz que brota bajo las tiaras. Yo soy la infalibilidad pontificia; yo soy Pedro el divino pescador y León delante de Atila. Yo broto de una altura que está sobre todas las alturas humanas. Mi soberanía teológica empieza en el fuego blanco de la custodia invisible que jamás podrá contemplar ojo de hombre sin caer quien la mire como cae el cuerpo muerto.

Tribuna.—¡Oh águila!

Cátedra.—¡Oh paloma!

Tribuna.—¿Y Cicerón?

Cátedra.—¿Y Ambrosio y Crisóstomo y Agustín?

Tribuna.—A la púrpura de los soles orientales se esperezan los tigres de los imperios y los reales leones.

Cátedra.—Sobre los blancos manteles eucarísticos están los corderos en cuyo balido suena la armonía de David.

Tribuna.—¡Fanfarria, vibra!

[1] *Mensaje* de *La Tribuna* de Buenos Aires, 14 de septiembre de 1893, recogido por E. K. Mapes, *Escritos inéditos*, p. 5. Lleva como dedicatoria: "Al Dr. C[arlos] Pera". Aquí emplea Darío por primera vez el diálogo a la manera teatral, que volverá a utilizar, parcialmente, en *Voz de lejos* y *El Salomón negro,* incluídos en este volumen.

Cátedra.—¡Salterio, canta!

Tribuna.—*¡Libertad, cuántos crímenes se cometen en tu nombre!*

Cátedra.—*¡Padre, perdónalos porque no saben lo que hacen!*

Tribuna.—Diré la verdad. Desde el principio del mundo, yo soy el órgano de la colectividad humana. Míos son los gobiernos, míos los triunfos cívicos, míos desde los antiguos himnos con que se celebraban las degollaciones de los ejércitos enemigos, hasta ese monstruoso y sonoro estruendo que se llama la Marsellesa. Esdras hizo brillar mi relámpago delante de Saúl; Moisés, delante del faraón memorable. Victor Hugo profetizó cuando yo, bajo sus plantas, fuí una isla. Antes Pablo fué mío.

Cátedra.—Mío fué Juan, que tuvo también su isla. En su vuelo aquilino sobrepujó todas las tempestades, y su lenguaje fué un celeste y profundo lenguaje de visión. La divinidad, cuando concede el don de la palabra dominadora y ese especial don crisostómico que junta la miel con la fuerza, hace que mis manos lancen esos rayos.

Tribuna.—¡Alma inmensa del mundo! Yo soy la que predica la victoria del derecho, la sagrada fuerza de la ley. Yo soy quien hace llevar a tu altar los trofeos pomposos y los estandartes llenos de la sangre de las batallas. Yo hago mover a un mismo tiempo y por un mismo impulso la espada del César y la guillotina de la revolución. Y quemo y purifico la boca del poeta con las brasas que quedan de los tronos incendiados.

Cátedra.—Yo con los carbones de Ezequiel.

PALIMPSESTO (I)[1]

Cuando Longinos salió huyendo con la lanza en la mano, después de haber herido el costado de Nuestro Señor Jesús, era la triste hora del Calvario, la hora en que empezaba la sagrada agonía.

Sobre el árido monte las tres cruces proyectaban su sombra. La muchedumbre que había concurrido a presenciar el sacrificio iba camino de la ciudad. Cristo, sublime y solitario, martirizado lirio de divino amor, estaba pálido y sangriento en su madero.

Cerca de los pies atravesados, Magdalena, desmelenada y amante, se apretaba la cabeza con las manos. María daba su gemido maternal. *Stabat mater dolorosa!*

Después, la tarde fugitiva anunciaba la llegada del negro carro de la noche. Jerusalén temblaba en la luz al suave soplo crepuscular.

La carrera de Longinos era rápida, y en la punta de la lanza que llevaba en su diestra brillaba algo como la sangre luminosa de un astro.

El ciego había recobrado el goce del sol.

El agua santa de la santa herida había lavado en esta alma toda la tiniebla que impedía el triunfo de la luz.

A la puerta de la casa del que había sido ciego, un grande arcángel estaba con las alas abiertas y los brazos en alto.

¡Oh Longinos, Longinos! Tu lanza desde aquel día será un inmenso bien humano. El alma que ella hiera sufrirá el celeste contagio de la fe.

Por ella oirá el trueno Saulo y será casto Parsifal.

En la misma hora en que en Haceldama se ahorcó Judas, floreció idealmente la lanza de Longinos.

Ambas figuras han quedado eternas a los ojos de los hombres.

¿Quién preferirá la cuerda del traidor al arma de la gracia?

[1] *Mensaje* de *La Tribuna* de Buenos Aires, 16 de septiembre de 1893, recogido por E. K. Mapes, *Escritos inéditos*, pp. 6-7. Sobre los *Palimpsestos* de Darío, cf. la nota 1 al cuento *El árbol del rey David*.

LA MISS[1]

Al subir a la cubierta, lo primero que escuché fué un suave grito tembloroso, un tantico gutural: —¡Ohoou! ¡Ohoou! —¿Qué le pasa a miss Mary? —pensé.

Miss Mary me hacía señas y movía la linda cabeza rubia, como presa de una inmensa desolación. Me llegué a la borda, cerca de ella, y por la dirección de sus miradas comprendí la causa de sus extrañas agitaciones. En un bote, cerca de uno de los grandes lanchones carboneros, como hasta seis negrillos armaban una chillona algazara, desnudos, completamente desnudos, riendo, moviéndose, gesteando como micos. Brillaba opaco por la bruma gris el sol de África. Se alzaban entoldadas de nubes oscuras las áridas islas. San Antonio, a lo lejos, casi esfumada sobre el fondo del cielo, la roca del faro con su torre y su bandera; San Vicente, rocallosa, ingrata, con la curva de su bahía; sus costas de tierra volcánica, y sus alturas infecundas, llenas de jorobas y de picos, del color del hierro viejo. La población de triste aspecto con sus techos de madera y de tejas rojas. Una cañonera portuguesa, cerca de nuestro barco, se balanceaba levemente al amor del aire marino, y un vapor de la Veloce echaba el ancla no lejos, un vapor de casco blanco sobre el que hormigueaban cabezas de emigrantes italianos.

—¡*Míster, musiú, señó!* —Los negrillos desnudos estiraban los brazos hacia los pasajeros, mostraban los dientes, hablaban con modos bárbaros, palabras en inglés, en español, en portugués; y uno de ellos, casi ya en la pubertad, un verdadero macaco, era el que más llamaba la atención por sus contorsiones y gritos delante de mi amiga la espantada miss. Aquellos animalitos pedían peniques, los peniques que les arrojan siempre los viajeros y que

[1] Apareció en *La Quincena,* Buenos Aires, septiembre de 1893; recogido por E. K. Mapes, *Escritos inéditos,* pp. 169-171. Estas páginas evocan seguramente la travesía del Atlántico que hizo el poeta poco tiempo antes de escribirlas; entre Francia y la Argentina Darío hubo de tocar las costas africanas y la rada de Río de Janeiro.

ellos atrapan en el agua, nadando con la agilidad de las anguilas; pero los pedían en el traje adámico de sus hermanos los monos, y el pudor inglés, vibrando conmovido, hacía sus trémulas explosiones, por boca de aquella tierna hija de la ciudad de Southampton. Tantas fueron las manifestaciones de su extraña pena, que yo, con la mirada, tan solamente con la mirada, le dije todas estas cosas: "Ofelia, vete a un convento. *Get thee to a nunnery*".[2]

No es el santo, el divino pudor ese tuyo, tan quisquilloso. El pudor tiembla en silencio, o protesta con las rosas de las castas mejillas. Jamás ha pronunciado la palabra *shocking*. En sus manos lleva al altar de la Virtud blancos lirios, gemelos de aquellos que llevó Gabriel el Arcángel a la inmaculada esposa del viejo carpintero José, cuando la saludó: —"Llena eres de gracia".

Las almas pudorosas no sienten ofensa alguna delante de las obras naturales y a la vista de la desnudez inocente.

Eva, nuestra inmemorial abuela, no advirtió la vergüenza de su cuerpo sino después de haber escuchado a Lucifer.

Esos escrúpulos tuyos, señorita de Inglaterra, hacen pensar en que miras el misterio del mundo a través de los cristales del pecado.

Para que el pudor sienta las flechas que se le lanzan, es preciso que por algún lado esté ya hendida su coraza de celeste nieve.

Preciso es también que el espectáculo que contemplan los ojos tengan en sí germen de culpa o fondo de maldad. ¿Quién es el inmundo fauno que puede sentir otra cosa que la emoción sagrada de la belleza al mirar la armoniosa y soberana desnudez de la Venus de Milo? ¿Acaso pensó el admirable San Buenaventura en emponzoñar de concupiscencia las almas, al recomendar la lectura de los poetas paganos? ¿Quién se atreve a

---

[2] *Hamlet,* act. III, esc. 1. Lo subrayado por Darío en la cita shakespiriana sirvió de título, por esos días, a uno de sus *Mensajes de la tarde* de *La Tribuna,* 23 de septiembre de 1893 (cf. *Escritos inéditos,* p. 9). Ahí mismo citaba el *Otelo,* act. V, esc. II, y unos días antes, 19 de septiembre *(Fin de cuento, Escritos inéditos,* p. 8), *Romeo y Julieta,* act. I, esc. III. El conocimiento de Shakespeare que alcanzó Darío en sus primeros años a través de las traducciones de José Arnaldo Márquez y Menéndez Pelayo, llega por esta época a los textos originales, a juzgar por sus citas, todas en inglés.

colocar la hoja de parra a los querubínes de los cuadros o a los niños dioses de los nacimientos? Los libros primitivos y santos nombran cosas y hechos con palabras que hoy son tenidas por impuras y pecaminosas. Y Ester y Ruth han visto, como tú, coros de niños desnudos, seguramente no tan negros ni tan feos como estos africanitos, y no han gritado, linda rubia: ¡Ohoou! Lo que hiere el pudor son las invenciones infernalmente hermosas del incansable príncipe Satán, son aquellos bailes, aquellas desnudeces, aquellas exhibiciones incendiarias, maldecidas por Agustín, condenadas por Pablo, anatematizadas por Jerónimo, por las homilías de los escritores justos y por la palabra de la Santa Madre Iglesia. El desnudo condenado por la castidad no es el de la virginal Diana, ni el de Sebastián lleno de flechas; es el desnudo de Salomé la danzarina, o el de la señorita Niní *Patte en-l'air,* profesora de coreografía y de otras cosas.

Por lo demás, arroja unos cuantos peniques a esos pobres simios, que tienen tan rojas y blancas risas, y deja de leer ese libro de Catulle Mendès, que he visto en tus manos ayer por la tarde...

Fuimos tres pasajeros a tierra, y miss Mary con nosotros. Recorrimos juntos el pueblo, rodeados de negritas finas y risueñas, que pregonaban sus collares de conchas y sus corales nuevos. Vimos el perfil lejano de la cabeza de la gigantesca estatua labrada en un monte a golpes de siglo por la naturaleza. Y en todo este tiempo no volví a escuchar la voz de la inglesa en su onomatopeya conocida: —¡Ohoou!—, que había quedado fija en mi memoria.

Era un tipo gentil de sajona. Tenía fresco y rosado el rostro, seda dorada en el cabello, sangre viva y dulce en los labios, cuello de paloma, busto rico, caderas con las curvas de una lira, y coronada la euritmia de su bello edificio con una pícara gorra de jockey. En su conversación tenía inocencias de novicia y ocurrencias de colegiala. Contóme —¿por qué tanta franqueza en tan poco tiempo de amistad?— contóme una rara historia de noviazgo, en las poéticas islas de Wight; pintóme al novio, gallardo y principal, un poco millonario, y otro poco noble. Díjome que acababa de salir de un colegio de religiosas. Hablábame blandamente, mirándome con sus húmedos ojos azules, y como un pájaro encantador del país británico, cantaba con rítmicas inflexiones, en lengua inglesa.

A tal punto había femenil atracción en la miss, que fuí sintiendo por ella cierto naciente cariño, deseo de pronunciarle con la boca otro discurso que el que le había enderezado con los ojos. En medio del mar, ya cuando habíamos dejado la región de África, más de una vez, al claro de la luna, que argentaba las olas y envolvía en alba luz el barco, nos recitamos versos arrulladores y musicales, de enamorados poetas favoritos. Ella también, en voz baja, daba al aire de la noche sollozos de romanza, quejas de Schubert y alguna amable risa de Xanrof. Deliciosa viajera, ángel que iba de duelo, según me decía, para Río de Janeiro, a casa de un señor, su tío, pastor protestante.

Allá iba, ya lejos, en la rada de Río, sobre un vaporcito, la hechicera y cándida Mary, y se despedía de mí agitando, como un ala columbina, su pañuelo, el pañuelito blanco de los adioses.

—¡Gracias a Dios! —rugió cerca de mí un viejo y calvo pasajero inglés—, gracias a Dios, que ya deja el barco esa plaga.

—¿Esa qué? —exclamé asustado.

—Pues no ha sabido usted —repuso— que desde el capitán abajo, durante toda la travesía...

No le dejé concluir. ¡Mi dulce Ofelia!

Y recordando sus húmedos ojos azules, sus sonrisas y el libro de Catulle Mendès, no hallé palabra mejor para expresar mi asombro, que la onomatopeya gutural de su pudor inglés ante los desnudos negrillos africanos:

—¡Ohoou!

ÉSTE ES EL CUENTO DE LA SONRISA DE LA PRINCESA DIAMANTINA[1]

Cerca de su padre, el viejo emperador de la barba de nieve, está Diamantina, la princesa menor, el día de la fiesta triunfal. Está junto con sus dos hermanas. La una viste de rosado, como una rosa primaveral; la otra de brocado azul, y por su espalda se amontona un crespo resplandor de oro. Diamantina viste toda de blanco; y es ella, así, blanca como un maravilloso alabastro, ornado de plata y nieve; tan solamente en su rostro de virgen, como un diminuto pájaro de carmín que tuviese las alas tendidas, su boca, en flor, llena de miel ideal, está aguardando la divina abeja del país azul.

Delante de la regia familia que resplandece en el trono como una constelación de poder y de grandeza, en el trono purpurado sobre el cual tiende sus alas un águila y abre sus fauces un león, desfilan los altos dignatarios y guerreros, los hombres nobles de la corte, que al pasar hacen la reverencia. Poco a poco, uno por uno, pausadamente pasan. Frente al monarca se detienen cortos instantes, en tanto que un alto ujier galoneado dice los méritos y glorias en sonora y vibrante voz. El emperador y sus hijas escuchan impasibles, y de cuando en cuando turban el solemne silencio, roces de hierros, crujidos de armaduras.

Dice el ujier:

—Éste es el príncipe Rogerio, que fué grande en Trebizonda y en Bizancio. Su aspecto es el de un efebo, pues apenas ha salido de la adolescencia; mas su valor es semejante al del griego

---

[1] *Mensaje* de *La Tribuna* de Buenos Aires, 3 de octubre de 1893, recogido por E. K. Mapes, *Escritos inéditos*, pp. 14-15. Dedicado "A Mademoiselle J....", en *La Tribuna*. *Revista de Revistas* de México lo reprodujo con el título simplificado de *La sonrisa de la princesa Diamantina*, a poco de la muerte de Darío, 17 de diciembre de 1916. Publicamos el texto recogido por Mapes con leves modificaciones en la puntuación.

Aquiles. Sus armas ostentan un roble y una paloma; porque teniendo la fuerza, adora la gracia y el amor. Un día en tierra de Oriente . . .

El anciano imperial acaricia su barba argentina con su mano enguantada de acero, y mira a Rogerio, que, delicado y gentil como un San Jorge, se inclina, con la diestra en el puño de la espada, y con exquisita arrogancia cortesana.

Dice el ujier:

—Éste es Aleón el marqués. La Galia le ha admirado vencedor, rigiendo con riendas de seda su caballo negro. Es Aleón el mago, un Epífanes, un protegido de los portentosos y desconocidos genios. Dícese que conoce yerbas que le hacen invisible, y que posee una bocina labrada en un diente de hidra, cuyo ruido pone espanto en el alma y eriza los cabellos de los más bravos. Tiene los ojos negros y la palabra sonora. En las luchas pronuncia el nombre de nuestro emperador, y nunca ha sido vencido ni herido. En su castillo ondea siempre una bandera negra.

Aleón, semejante a los leones de los ardientes desiertos, pasa. La princesa mayor, vestida de rosado, clava en él una rápida y ardiente mirada.

Dice el ujier:

—Éste es Pentauro, vigoroso como el invencible Heracles. Con sus manos de bronce, en el furor de las batallas, ha abollado el escudo de famosos guerreros. Usa larga la cabellera, que hace temblar heroica y rudamente como una fiera melena. Ninguno corre como él al encuentro de los enemigos y bajo la tempestad. Su brazo descoyunta, y parece estar nutrido por las mamas henchidas de una diosa yámbica y marcial. Trasciende a bestia montaraz.

La princesa del traje azul no deja de contemplar al caballero tremendo que con paso brusco atraviesa el recinto. Sobre su casco enorme se alza un grueso penacho de crin.

Del grupo de los que desfilan se desprende un joven rubio, cuya barba nazarena parece formada de un luminoso toisón. Su armadura es de plata. Sobre su cabeza encorva el cuello y tiende las alas olímpicas un cisne de plata.

Dice el ujier:

—Éste es Heliodoro el Poeta.

Ve el concurso temblar un instante a la princesa menor, a la princesa Diamantina. Una alba se enciende en el blanco rostro de la niña vestida de brocado blanco, blanca como un maravilloso alabastro. Y el diminuto pájaro de carmín que tiene las alas tendidas, al llegar una abeja del país azul a la boca en flor llena de miel ideal, enarca las alas encendidas por una sonrisa, dejando ver un suave resplandor de perlas...

EL NACIMIENTO DE LA COL[1]

En el paraíso terrenal, en el día luminoso en que las flores fueron creadas, y antes de que Eva fuese tentada por la serpiente, el maligno espíritu se acercó a la más linda rosa nueva en el momento en que ella tendía, a la caricia del celeste sol, la roja virginidad de sus labios.

—Eres bella.

—Lo soy —dijo la rosa.

—Bella y feliz —prosiguió el diablo—. Tienes el color, la gracia y el aroma. Pero...

—¿Pero?...

—No eres útil. ¿No miras esos altos árboles llenos de bellotas? Ésos, a más de ser frondosos, dan alimento a muchedumbres de seres animados que se detienen bajo sus ramas. Rosa, ser bella es poco...

La rosa entonces —tentada como después lo sería la mujer— deseó la utilidad, de tal modo que hubo palidez en su púrpura.

Pasó el buen Dios después del alba siguiente.

—Padre —dijo aquella princesa floral, temblando en su perfumada belleza—, ¿queréis hacerme útil?

—Sea, hija mía —contestó el Señor, sonriendo.

Y entonces vió el mundo la primera col.

[1] *Mensaje* de *La Tribuna* de Buenos Aires, 4 de octubre de 1893, recogido por E. K. Mapes, *Escritos inéditos,* p. 16.

EN LA BATALLA DE LAS FLORES[1]

Anteayer por la tarde vi salir de lo de Odette a un apuesto y rubio caballero que a primera vista se me antojó un príncipe sajón de incógnito; pero al verle andar, yo no tuve ninguna duda: *incessu patuit* . . . ;[2] y como iba a subir a una preciosa victoria, dirigíme a él más que de prisa.

—Señor . . . ¿seréis vos acaso? . . . (Cerca, ya pude reconocer su cabellera luminosa, bajo el sombrero de verano; los ojos celestes, el olímpico talante).

—Sí —me dijo sonriendo—, soy yo. He entrado a buscar un clavel blanco, de una especie exquisita para el ojal; pues según sé, es la flor que hoy se usa en Londres, por idea del Príncipe de Gales. Pero voy de prisa. Si gustáis acompañarme, iremos a Palermo, donde la fiesta debe haber ya comenzado.

Subimos al elegante vehículo, arastrado por dos preciosos potros, y regido por un cochero rubicundo, todos tres ingleses.

Apolo —pues no era otro el caballero rubio— me ofreció un rico cigarrillo, y empezó a hablarme de esta manera:

—Desde hace mucho tiempo dicen por allí que los dioses nos hemos ido para siempre. ¡Qué mentira! Cierto es que el Cristo nos hizo padecer un gran descalabro. El judío Enrique Heine, que tanto nos conocía, contó una vez nuestra derrota; y un amigo suyo, millonario de rimas, aseguró que nos habíamos declarado en huelga. La verdad es que si dejamos el Olimpo, no hemos abandonado la Tierra. ¡Tiene tantos encantos. para los mismos dioses! Unos hemos tenido buena suerte; otros muy mala: no he sido yo de los más afortunados. Con la lira debajo del brazo he recorrido casi todo el mundo. Cuando no pude vivir en Atenas me fuí a París; allí he luchado mucho tiempo, sin poder hacer gran cosa. ¡Con deciros que he sido, en la misma capital

[1] *Mensaje* de *La Tribuna* de Buenos Aires, 13 de noviembre de 1893, recogido por E. K. Mapes, *Escritos inéditos,* pp. 19-21.

[2] Cf. la nota 4 del cuento *Esta era una reina* . . . , incluído en este volumen.

del arte, fámulo y mandadero de un bibliopola decadente! Me decidí a venir a América, a probar fortuna, y un buen día desembarqué en la Ensenada, en calidad de inmigrante. Me resolví a no hacer un solo verso, y en efecto: soy ya rico, y estanciero.

—Pero, señor, ¿y vuestros hijos los poetas?

—Primeramente se han olvidado de mí casi todos. Las antiguas musas se quejan porque han sido sustituídas por otras modernas y terribles. La artificialidad sustituye a lo que antes se llamaba la inspiración. Erato se nombra ahora Morfina. Y en una incomprensible Babel, se hablan todas las lenguas, menos la que yo enseñé antaño a mis favorecidos. Por otra parte, cuando yo no tengo un solo templo, Mercurio y Clito impera. Los que vos llamáis poetas se ocupan ya demasiado de la vida práctica. Sé de quien ha dejado un soneto sin el terceto último, por ir a averiguar en la Bolsa un asunto de tanto por ciento.

—Pero: ¿a vos no os hace falta —le dije—, la tiranía dulce de la rima?

—Aquí *inter nos* —respondióme—, he de confesar que no he dejado de ocuparme en mi viejo oficio. En ciertas horas, cuando el bullicio de los negocios se calma y mis cuentas quedan en orden, dejo este disfraz de hombre moderno, y voy a hacer algunas estrofas en compañía de los silfos de la noche y de los cisnes de los estanques. Paso por la casa de Guido Spano, y me complazco en dejar mi divino soplo en su hermosa cabeza argentada de viejo león jovial. Visito a Oyuela y le reprendo porque ha muchos días no labra el alabastro de sus versos; y en la casa de Obligado renuevo en el alma del poeta el fuego de la hoguera lírica. Después, otras visitas. Y, por último, las que más quiero; las que hago a los cuartuchos destartalados de los poetas pobres, a las miserables covachas de los infelices inspirados, de los desconocidos, de los que no han sentido nunca una sola caricia de la fama. Aquellos cuyo nombre no resuena, ni resonará jamás en la bocina de oro de la alada divinidad; pero que me llaman, y me son fieles, envueltos en el velo azul de los ensueños.

En cuanto a mi lira, la tengo guardada en un espléndido estuche; y de cuando en cuando me doy el placer de acariciar sus cuerdas.

—¿Os habréis vuelto acaso dilettante?

—Suelo, en mi calidad de sportsman, recitar en los salones,

y aparentar que soy un elegante aficionado a la poesía; más de un álbum y más de dos abanicos conservan algunas rimas que he procurado hacer resonar de la manera más decadente que me ha sido posible; porque, según parece, ello está de moda. Ahora, con la fiesta de la primavera he sentido en mí la necesidad del canto, y me ha sido preciso andar con los ojos bajos para que la gente no se fije en la llama sagrada que debe iluminar mi faz. ¿No comprendéis que si se supiese quién soy, vendría muy a menos?

—En verdad, tenéis razón en sentiros inspirado con la victoria de las flores ilustres: Palermo es hoy el campo pagano y bello en donde se celebra, como en los buenos días antiguos, la pomposa beldad de Flora:

> *Dic, quibus in terris inscripti nomina regum*
> *nascantur flores . . .*[3]

Habíamos llegado a Palermo al eco del latín de Virgilio. La fiesta había comenzado. Banderas y flores; trofeos perfumados; derroche de pétalos y de aromas. El amor y la galantería se hacían la guerra amable del corso floral.

¿Apolo había comenzado a recitar? No lo sé; pero al pasar entre los carruajes de donde esa rosa que se llama la porteña, encarnaba la más dulce de las primaveras, en medio del ir y venir de los ramilletes, oí una voz que decía así:

—El poeta ha cantado el génesis de las flores. Cómo nació la gladiola, el laurel divino, el jacinto, el mirto amoroso, y semejante a la carne de la mujer, la rosa cruel, Herodías en flor del claro jardín . . . ; y la blancura sollozante del lirio, que rodando sobre mares de suspiros, que ella despierta a través del incienso azul de los horizontes pálidos, sube, en un ensueño, hacia la luna que llora.

Luego, tras una pausa:

[3] *. . . et Phyllida solus habeto,* dice Menalcas a Palemón en las *Églogas,* III, 106-107. En la *Elegía pagana,* Darío hace votos por que el pastor virgiliano "llorando, rompa la flauta triste" por la muerte de Mima; al mismo Menalcas pide Darío que incluya en su canto el nombre de Verlaine ("Que si un pastor su pífano bajo el frescor del haya, / en amorosos días, como en Virgilio, ensaya, / tu nombre ponga en la canción", *Responso*).

—La rosa, como una emperatriz, arrastró su manto de púrpura. La aurora, el día de sus bodas, regaló un collar de diamantes a la flor porfirogénita. El lirio es Parsifal. Pasa, con su vestido blanco, el cándido caballero de la castidad. Los pensamientos son doctores que llevan con dignidad su traje episcopal; y cuando el amor o el recuerdo les consagran, tal como los metropolitanos y los abades en las basílicas y monasterios, hallan ellos su tumba en los libros de horas y en los eucologios. El tulipán, esplendoroso como un Buckingham, se pavonea con la aureola de su lujo. Las violetas conventuales, como un coro de novicias, rezan un padre nuestro por el alma de Ofelia. Sobre un palanquín y bajo un parasol de seda viene la crisantema, medio dormida en un vapor de opio, soñando con su país nippón: en tanto que el loto azul se alza hieráticamente, como buscando la mano de los dioses. Los asfódelos feudales y las alegres lilas, consultan su horóscopo con el astrólogo heliotropo; y las blancas bohemias llamadas margaritas dicen la buena ventura a los enamorados. Las campánulas, desde sus campanarios verdes, tocan a vísperas o anuncian bodas o funerales, mientras las camelias cantan entre pétalos un aire de la *Traviata*. ¿Quién se acerca al eco de la voz de Mignón? El azahar epitalámico y adorable...

Se interrumpió el monólogo.

En un elegantísimo carruaje se erguía una dama joven y gallarda, que por su hermosura mereciera ser coronada reina del corso. Apolo se arrancó el clavel de la solapa y lo arrojó a la beldad. Esto sucedía frente al palco de la prensa, donde la batalla estaba en su mayor agitación.

Después seguí escuchando:

—La batalla de las flores ¿qué es junto a la batalla de las miradas? Los suspiros no luchan porque son los enviados de las mutuas súplicas.

En un corso como éste, las flores suelen llevar malos mensajes, y suelen ser mentirosas. He visto a un caballero enviar un ramillete al cual había confiado esta frase: "Yo te amo", cuando en su corazón todo el fuego amoroso es ya pura ceniza. Una niña gentil y vivaz ha encargado a cuatro azahares la misma respuesta... Y una rosa se ha puesto más roja de lo que era al llevar tan extraña declaración.

¡Tiempo feliz de los trajes claros, de los tules y de los sombreros de paja! ¡Horas amables sobre los terrazos, y en los claros de luna; horas en que en los parque y jardines celebran las flores sus walpurgis y sus misas azules! En tanto que la primavera traiga siempre la eterna carta de amor; en tanto que las mejillas de las mujeres sean tan frescas como los centifolias; en tanto que la gran naturaleza junte su soplo fecundo en el ardiente efluvio de los corazones, los dioses no nos iremos; permaneceremos siempre en la tierra y habrá besos y versos, y un Olimpo ideal levantará su cima coronada de luz incomparable sobre los edificios que el culto de la materia haga alzar a la mano del hombre.

Cuando en el palacio Hume nos separamos, el dios estaba de excelente humor y con muy buen apetito. Me dijo un verso de Horacio y una máxima del general Mansilla.[4] No me dió su dirección; y partió con un paso tan veloz como si fuese persiguiendo a Dafne.

---

[4] Al general Lucio V. Mansilla (1837-1913) como a los otros escritores argentinos mencionados en este cuento —Rafael Obligado (1851-1920), Calixto Oyuela (1857-1935) y Carlos Guido Spano (1827-1918)— Darío comenzó a frecuentarlos, a poco de su llegada a Buenos Aires. En la *Autobiografía,* Darío los recuerda entre sus amigos de Buenos Aires, excepto a Guido Spano (caps. XXXV, XLII y XLIII). *El caso de la señorita Amelia,* cuento incluído en este volumen, contiene otra alusión al general Mansilla. Sobre Guido Spano se conoce un artículo publicado en *La Nación* de Buenos Aires, reproducido luego con el título de *Apreciaciones* al frente del tomo de poesías del poeta argentino que editó la *Colección Ariel,* San José, Costa Rica, diciembre de 1914, pp. 3-13.

LAS RAZONES DE ASHAVERO[1]

En un país cuyo nombre no recuerdo, y que probablemente no aparece en ninguna de las cartas geográficas conocidas, quisieron los habitantes darse la mejor forma de gobierno. Fueron tan cuerdos que, para mejor obrar, aunque había en el país muchos sabios ancianos y políticos ilustres, se dirigieron a consultar con un poeta, el cual les contestó:

—No obstante de que estoy gravemente ocupado, pues tengo entre manos el epitalamio de un jazmín, la salutación a una ninfa y un epigrama para la estatua de un silvano, pensaré y os aconsejaré lo que debéis hacer. Pero os pido el plazo de tres días para daros mi respuesta.

Y como era ese poeta más poeta que el rey Salomón, hablaba y comprendía la lengua de los astros, de las plantas, de los animales y de todos los seres de la naturaleza. Fuése, pues, el primer día al campo, meditando en cuál sería la mejor forma de gobierno. Bajo un frondoso roble halló echado a un león, como Carlomagno bajo el pino de la gesta.

—Señor rey —le dijo—, bien sé que vuestra majestad pudiera ser una especie de don Pedro de Braganza con melena, ¿querría decirme cuál es para un pueblo la mejor forma de gobierno?

—Ingrato —le contestó el león—. ¡Nunca pensé que, desde que Platón os arrojó cruelmente de su república, pudieseis poner en duda las ventajas de la monarquía, vosotros, los poetas! Sin la pompa de las grandezas reales no tendríais para realzar vuestros versos ni púrpura, ni oro, ni armiño. A menos que prefirieseis el rojo de la sangre de las revoluciones, el dublé constitucional, y el blanco de la pechera de la camisa del señor Carnot, por ejemplo. El crinado Numen ha prohibido que se pronuncie la palabra "democracia" en su imperio. La república es burguesa; y alguien ha hecho observar que la democracia huele

[1] *Mensaje* de *La Tribuna*, Buenos Aires, 20 de noviembre de 1893, recogido por E. K. Mapes, *Escritos inéditos*, pp. 21-24.

mal. Monsieur Thiers por su sequedad pondría en fuga a todas las abejas del Himeto. El honorable Jorge Washington o el honorable Abraham Lincoln sólo pueden ser cantados propiamente por un espléndido salvaje como Walt Whitman. Victor Hugo, que tanto halagó esa inmensa y terrible hidra que se llama pueblo, ha sido, sin embargo, el espíritu más aristocrático de este siglo. Por lo que a mí toca os diré que los pueblos más felices son aquellos que son respetuosos con la tradición; y que desde que existe el mundo, no hay nada que dé mayor majestad a las florestas que el rugido de los leones. Así, pues, ya conocéis mi opinión: monarquía absoluta.

A poco rato encontró el poeta pensativo, un tigre, sobre los huesos de un buey, cuya carne acababa de engullirse.

—Yo —dijo el tigre—, os aconsejo la dictadura militar. Se agazapa uno sobre la rama de un árbol o tras una abrupta peña; cuando pasa un tropel de búfalos libres, o un rebaño de carneros, se grita ¡viva la Libertad! y se cae sobre la más rica presa, empleando lo mejor que sea posible los dientes y las uñas.

A poco vino un cuervo y se puso a despiltrafar la osamenta que había dejado el felino.

—A mí me gusta la República —exclamó—, y sobre todo la República Americana, porque es la que nos da mayor número de cadáveres en los campos de batalla. Estos festines son tan frecuentes que para nosotros no hay nada mejor, a no ser las carnicerías de las tribus bárbaras. Y a fe de "Maître Corbeau", que digo palabra de verdad.

Del ramaje de un laurel dijo una paloma, interrogada por el poeta:

—Yo soy teocrática. Encarnado en mi cuerpo, el Santo Espíritu desciende sobre el Pontífice que es sumo sacerdote y tres veces rey, bajo la luz de Dios. El pueblo más feliz sería aquel que tuviese por guía y cabeza, como en tiempos bíblicos, al mismo Creador de todas las cosas.

La zorra contestó:

—Mi querido señor, si el pueblo elige un presidente habrá hecho muy bien. Y si proclama y corona a un monarca, merecerá mis aplausos. Tened la bondad de dar mis mejores saludos a uno u otro; y, decidle que si se me envía una gallina gorda el día de la fiesta la aceptaré con gusto y me la comeré con plumas y todo.

Una abeja contestó:

—Nosotros en una ocasión quisimos derrocar a la reina del enjambre, que es algo así como la Reina Victoria, pues debéis de saber que una colmena se parece mucho a la Inglaterra de hoy en su forma gubernativa. Pero diónos tan mal resultado el solo intento, que toda la miel de esa cosecha nos salió inservible. Otrosí, que tuvimos un aumento de zánganos y pasamos el rato peor de toda nuestra vida. Desde esa vez resolvimos ser cuerdas: nuestro alvéolo es siempre sexangular y nuestro jefe una hembra.

—¡Viva la república! —gritó un gorrión, picando las frutas del árbol en que estaba—. ¡Ciudadanos del bosque, atención! ¡Pido la palabra! ¿Es posible que desde el día de la creación estéis sujetos a la más abominable tiranía? ¡Animales! La hora ha llegado; el progreso os señala el derrotero que debéis seguir. Yo vengo de las ciudades que habitan los bípedos pensantes, y allí he visto las ventajas del sufragio universal y del parlamentarismo. Yo conozco un receptáculo que se llama urna electoral y puedo disertar sobre el *habeas corpus*. ¿Quién de vosotros negará las ventajas del *self government* y del *home-rule?* Los leones y las águilas son sujetos que deben desaparecer. ¡Abajo las águilas! ¡Especie de pajarraco, ve! Proclamemos la república de los Estados Unidos de la montaña y del aire, proclamemos la libertad, la igualdad y la fraternidad. Establezcamos el gobierno propio, del animal y por el animal. Yo, vamos al decir, puedo ser elegido mañana primer magistrado; lo propio que el respetable señor oso, o el distinguido señor zorro. ¡Por de pronto, a las armas! ¡Guerra, guerra, guerra! y después habrá paz.

—Poeta —dijo el águila—, ¿has escuchado a ese demagogo? Yo soy monárquica, ¿y cómo no, siendo reina, y habiendo siempre acompañado a los coronados conquistadores como César y Bonaparte? He visto la grandeza de los imperios de Roma y de Francia. Mi efigie está en las armas de Rusia y del grande imperio de los alemanes. *Ave Caesar,* es mi mejor salutación.

A lo cual objetó el poeta que, como el ave de Júpiter, si hablaba latín en la tierra del yankee, era para exclamar: *E pluribus unum.*

—La mejor forma de gobierno —dijo el buey—, es aquella que no imponga el yugo ni la mutilación.

Y el gorila:

—¿Forma de Gobierno? Ninguna. Aconsejad a ese pueblo que vuelva al seno de la naturaleza; que abandone eso que llama civilización y retroceda a la primitiva vida salvaje, en la cual creo poder encontrar la verdadera libertad. Yo, en cuanto a mí, protesto de la calumnia de Darwin, pues no encuentro bueno nada de lo que hace y piensa el animal humano.

El segundo día el poeta oyó otras opiniones.

La rosa.—Nosotros no sabemos de política nada más que lo que murmura don Diego de noche y el girasol de día. Yo, emperatriz, tengo mi corte, mis esplendores y mis poetas que me celebran. Admiro tanto a Nerón como a Luis XIV. Amo este hermoso apellido: Pompadour. No tengo más opinión que ésta: la Belleza está sobre todo.

La flor de lis.—¡Paso a S. M. Cristianísima!

El olivo.—Francamente, yo os aconsejo la república. Una buena república, he allí el ideal. Mas también he de deciros que en la mayor parte de vuestros países republicanos no hay año en que no me dejen sin ramas, para adornar con ellas el templo de la paz... después de la guerra anual.

El café.—Hágase la comparación entre los millones de quintales que se exportaban en el Brasil en tiempo de Don Pedro, y los que hoy se exportan; y el resultado será mi respuesta.

La caña de azúcar.—Os aconsejo la república, y os pido trabajéis por la libertad de Cuba.

El clavel.—¿Y el general Boulanger?

El pensamiento.—Según el traje que visto, según el color que tengo, así es mi opinión.

El maíz.—República.

La fresa.—Monarquía.

Por la noche consultó el poeta a las estrellas, entre las cuales existe la más luminosa de las jerarquías. Venus dijo lo mismo que la rosa.

Marte reconoció la autocracia del Sol; tan solamente turbaba la majestad de los profundos cielos la fugitiva demagogia de los aerolitos.

Al tercer día dirigióse a la ciudad a dar su respuesta a los habitantes; y en el camino iba pensando en cuál de todas aquellas distintas opiniones que había escuchado estaría más en razón y sería más a propósito para hacer la felicidad de un pueblo.

De repente vió venir un viejo encorvado como un arco, que tenía largas barbas, semejantes a un chorro de nieve, y sobre los blancos bigotes una curva nariz semítica, parecida a un perico rojo que quisiera picarle la boca.

—¡Ashavero! —exclamó el poeta.

El anciano, que venía de prisa, apoyado en un grueso bastón, se detuvo. Y al explicar el poeta el caso en que se encontraba, comenzó a decir Ashavero de la manera siguiente:

—Sabes que es verdad conocida que el diablo no sabe tanto por diablo cuanto por viejo. Yo no soy el diablo y he de entrar algún día al reino de Dios; mas he vivido tanto que mi experiencia es mayor que el caudal de agua del océano. ¡Así también es de amarga! Mas he de decirte que en lo que respecta al modo mejor de regir las naciones, no sabría con toda exactitud señalarte éste o el otro. Porque desde que recorro la tierra he visto los mismos males en repúblicas, imperios y reinados, cuando los hombres que han estado en el trono, o en el poder por elección del pueblo, no se han guiado por principios sanos de justicia y de bien. He visto reyes buenos, como padres de sus súbditos y presidentes que han sido para el Estado suma de todas las plagas. El lugar común de que cada pueblo tiene el gobierno que merece, no dejará siempre de hacer meditar. Cierto es que cuando Atila pasa, los pueblos tiemblan como pobres rebaños de corderos. Viene a veces Harún-al-Raschid, a veces Luis XI. Repúblicas hay muchas, desde la de Platón hasta la de Boulanger, y desde la de Venecia hasta la de Haití . . . El pueblo tiene mucho de niño y de mujer. Un día amará la monarquía por la corona de oro; otro día adorará la república por el gorro colorado.

Los hombres se abren el vientre y se destrozan el cerebro a bayonetazos y balazos; hoy colocan en una silla superior a alguien que dirija los asuntos comunes. A poco se le hace descender y se coloca a otro, por el mismo procedimiento. O se realizan ceremonias de engaños y simulacros de democracias, y se lleva en triunfo al elegido a son de tambores y clarines pacíficos. En verdad te digo que la humanidad no sabe lo que hace. Advierte en la naturaleza el orden y la justicia de la eterna y divina inteligencia. No así en las obras de los humanos, donde la razón que les ilumina parece que les hiciese caer cada día en un abismo nuevo. Por eso debo decirte que no está en la forma de gobierno la felicidad de un país, antes bien en la elección de aquellos que dirijan sus destinos, sean jefes republicanos o majestades de derecho divino.

Más habló el judío viejo, con palabras que ya parecían de Salomón, ya de Pero Grullo. Y tal fué su elocuencia en los asuntos políticos del mundo, que el poeta repitió punto por punto sus largas oraciones delante los ciudadanos congregados que aguardaban su respuesta.

No bien había acabado de hablar alzóse en torno suyo una tempestad de protestas y de gritos. Un ciudadano rojo que había leído libros de los clásicos griegos púsole sobre la frente una corona de rosas, después de lo cual aquellas gentes tan discretas que consultaban sus asuntos públicos con un maestro de poesía le echaron del lugar, con grande algazara, entre la sonrisa de las flores, el escándalo de los pájaros, y el asombro de las teorías resplandecientes que recorren el azul de los astros.

RESPECTO A HORACIO[1]

Papiro

. . . Fijos los ojos en un voluminoso rollo, abstraído por la lectura, a la sombra del árbol, no se dió cuenta el dueño de la quinta —hasta que un ruido de voces se escuchó muy cerca— de que llegaban sus convidados. Cuatro hermosos esclavos iban delanteros, llevando la litera en que el noble Mecenas se dignaba acudir a la cita del poeta. Atrás se escuchaban el venir de la alegre concurrencia; la risa de Lidia, alegre y victoriosa, era un anuncio de júbilo en la fiesta. La voz de Aristio Fusco, franca y cordial, vibraba al par de la de Elio Lamia, el gran enamorado, famoso por sus escándalos. Y no eran superados sino por la de Albio Tíbulo que, comentando un sucedido, pregonaba a plena garganta la veleidad de la mujer romana.

Bajo una viña se detuvieron todas las literas y, a una sola voz, todas las bocas saludaron al dueño de la casa, que se dirigió sonriente, alzando los brazos, satisfecho, complacido, aceptando el honor:

—¡Buen día, Horacio!

Horacio repartía sus saludos, y hacía señas a esclavos y servidores; sobre todo a su esclava preferida, que, cerca de él, tenía ya lista una ánfora de Grecia, llena de vino, y sonreía . . .

Cuando las copas estuvieron llenas de exquisito vino de Sabina, el caballero Arecio, que con Augusto el emperador privaba, como era notorio, dijo discretas razones en honor del poeta, y celebró el sublime culto de las musas que dan la dicha del alma y la felicidad incomparable de los verdes laureles. Recordó también al César que, protegiendo a los maestros líricos, cumplía un celeste designio, y se hacía merecedor de los más encendidos

[1] *Mensaje* de *La Tribuna,* Buenos Aires, 18 de diciembre de 1893, recogido por E. K. Mapes, *Escritos inéditos,* pp. 30-31. Véase la nota 1 del cuento *El árbol del rey David,* incluído en este volumen.

himnos y más cordiales elogios. Todas las voces, todas las manifestaciones de aplauso fueron para el favorito. Solamente Ligurino, mancebo rubio que agitaba, como una soberbia melena, el oro de su tesoro capilar, haciendo una mueca ligera alzó la copa y se mostró arrogante y desdeñoso. Reíase no muy discretamente de las palabras pronunciadas por el amigo imperial y, mirando de soslayo, satirizaba al anfitrión.

Quintilio Varo, tímidamente, con los labios entreabiertos, habla de Solón y de Arquesilao, diciendo que han sido buenos amadores del vino. *Liber* debe ser el Dios preferido.

—¡Bebe! —exclama Horacio—. Los que a Catón acusan, no tienen el justo conocimiento de la vida.

Una carcajada de cristal se escucha, y es Lidia que agita con la diestra un ramo de rosa y muestra entre el rojo cerco de su risa la pícara blancura de sus dientes.

—Amo el vino —dice— lo propio que la boca de Telefo. Es gran placer mío la música de los exámetros de Flacco y me gozo en deshojar esta flor en nombre de Venus, mi reina.

Ligurino, semejante a un efebo, dice:

—Opino como la hermosa —y su rostro se empurpura, sobre su cuerpo delicado y equívoco.

Mirtala tiene clavados los ojos en Horacio. Mirtala, la altiva liberta, que, no lejos, está meditabunda, apoyada la barba en la mano. Crispo Salustio se hace oír y clama en alabanza de quien tan cordialmente hospeda.

—No hay aquí —dice— las grandes riquezas de Creso, ni las copas de oro en que beben los varones a quienes la suerte ha colocado sobre tronos y pingües preeminencias; no apuramos cécubo principal, ni jugo de parras egregias; mas la casa del poeta trasciende al dulce perfume de la amistad leal, protegida por el amable aliento de las musas.

Todos los circunstantes dirigen su mirada hacia el lírico que ha empezado a hablar acompasando sus palabras en suaves movimientos de cabeza, que hacen temblar sobre su frente la corona de mirto fresco que no ha poco tejiera el esclavo favorito. Dice el poeta su amor tranquilo por la naturaleza; canta la leche fresca, el vino nuevo, las flores de la primavera, las mejillas de las muchachas y la ligera gracia de los tirsos. Recuerda fraternalmente a Propercio y a Virgilio, saluda el nombre glorioso de

Augusto y tiende su diestra hacia su amigo Mecenas, que le escucha bondadoso y sonriente. Parafrasea a Epicuro y enciende una hermosa antorcha de poesía en el alegre templo de Anacreonte. Desgrana dáctilos como uvas; deshoja espondeos como rosas; presenta al caballo Pegaso alado y piafante, mascando el suave freno tiburtino. Elogia una ánfora del tiempo del cónsul Manlio, ánfora llena de licor, ánfora que puedo describir, puesto que la estoy mirando: Alrededor de la panza tiene figurada una viña copiosa; bajo la viña el gran Baco en su florida juventud y rodeado de ménades y de tigres, cuyas fauces se humedecen con la dulzura que les impone la majestad del numen; cerca está la figura de Sileno, que ríe viendo danzar un coro de faunos, los cuales levantan sobre sus cabezas sortijas de caireles y pámpanos recién cortados.

Cuando Horacio, después de un largo rato de discurso, ha sido abrazado por Mecenas y por Fusco, y halagado con sonrisas por el coro de sus lindas amigas, yo me he retirado a la arboleda en donde el poeta hace siempre su paseo favorito.

Yo, Lucio Galo, que sufro bajo el orgullo de los patricios, escribo esta página confesando un mal hecho, que he llevado a término premeditadamente, pues lo he pensado desde el día primero en que he puesto mis pies en el suelo de esta villa. Amo a Filis la esclava de Jantias, el Foceo. He sufrido hondas amarguras, ásperas tristezas. He bebido el vinagre de los celos, he visto los besos de Jantias a Filis y me he mordido los puños abrumado en mi esclavitud y lleno de desesperación, puesto que ella me ha dado su alma. Convencido de que Horacio atiza la pasión del más odiado de los rivales, he ido, ahora mismo, a cortar con un hacha el tronco del más pesado árbol de la arboleda, para que si la suerte me ayuda, Horacio quede aplastado como un ratón bajo una piedra.

Yo, Lucio Galo, un lustro después de haber escrito lo anterior, confieso que no me arrepiento de lo intentado. Filis era indigna de mi cariño, es cierto. El árbol no dió muerte al vate ilustre y él ha dejado al mundo los lindos versos que empiezan así: *Ille et nefasto te posuit die . . .*[2]

---

[2] Oda XIII, libro II.

CUENTO DE NOCHE BUENA[1]

El hermano Longinos de Santa María era la perla del convento. Perla es decir poco, para el caso; era un estuche, una riqueza, un algo incomparable e inencontrable: lo mismo ayudaba al docto fray Benito en sus copias, distinguiéndose en ornar de mayúsculas los manuscritos, como en la cocina hacía exhalar suaves olores a la fritanga permitida después del tiempo de ayuno; así servía de sacristán, como cultivaba las legumbres del huerto; y en maitines o vísperas, su hermosa voz de sochantre resonaba armoniosamente bajo la techumbre de la capilla. Mas su mayor mérito consistía en su maravilloso don musical; en sus manos, en sus ilustres manos de organista. Ninguno entre toda la comunidad conocía como él aquel sonoro instrumento del cual hacía brotar las notas como bandadas de aves melodiosas; ninguno como él acompañaba, como poseído por un celestial espíritu, las prosas y los himnos, y las voces sagradas del canto llano. Su eminencia el cardenal —que había visitado el convento en un día inolvidable— había bendecido al hermano, primero, abrazádole en seguida, y por último díchole una elogiosa frase latina, después de oírle tocar. Todo lo que en el hermano Longinos resaltaba, estaba iluminado por la más ʻamable sencillez y por la más inocente alegría. Cuando estaba en alguna labor, tenía siempre un himno en los labios, como sus hermanos los pajaritos de Dios. Y cuando volvía, con su alforja llena de limosnas, taloneando a la borrica, sudoroso bajo el sol, en su cara se veía un tan dulce resplandor de jovialidad, que los campesinos salían a las puertas de sus casas, saludándole, llamándole hacia ellos: "¡Eh! venid acá, hermano Longinos, y toméis un buen vaso..." Su cara la podéis ver en una tabla que se conserva en la abadía; bajo una frente noble dos ojos humildes y oscuros, la nariz un tantico levantada, en una ingenua ex-

[1] *Mensaje* de *La Tribuna*, Buenos Aires, 26 de diciembre de 1893, recogido por E. K. Mapes, *Escritos inéditos*, pp. 31-33.

presión de picardía infantil, y en la boca entreabierta, la más bondadosa de las sonrisas.

Avino, pues, que un día de Navidad, Longinos fuese a la próxima aldea . . . ; pero ¿no os he dicho nada del convento? El cual estaba situado cerca de una aldea de labradores, no muy distante de una vasta floresta, en donde, antes de la fundación del monasterio, había cenáculos de hechiceros, reuniones de hadas, y de silfos, y otras tantas cosas que favorece el poder del Bajísimo, de quien Dios nos guarde. Los vientos del cielo llevaban desde el santo edificio monacal, en la quietud de las noches o en los serenos crepúsculos, ecos misteriosos, grandes temblores sonores . . . , era el órgano de Longinos que acompañando la voz de sus hermanos en Cristo, lanzaba sus clamores benditos. Fué, pues, en un día de Navidad, y en la aldea, cuando el buen hermano se dió una palmada en la frente y exclamó, lleno de susto, impulsando a su caballería paciente y filosófica:

—¡Desgraciado de mí! ¡Si mereceré triplicar los cilicios y ponerme por toda la vida a pan y agua! ¡Cómo estarán aguardándome en el monasterio!

Era ya entrada la noche, y el religioso, después de santiguarse, se encaminó por la vía de su convento. Las sombras invadieron la tierra. No se veía ya el villorrio; y la montaña, negra en medio de la noche, se veía semejante a una titánica fortaleza en que habitasen gigantes y demonios.

Y fué el caso que Longinos, anda que te anda, pater y ave tras pater y ave, advirtió con sorpresa que la senda que seguía la pollina, no era la misma de siempre. Con lágrimas en los ojos alzó éstos al cielo, pidiéndole misericordia al Todopoderoso, cuando percibió en la oscuridad del firmamento una hermosa estrella, una hermosa estrella de color de oro, que caminaba junto con él, enviando a la tierra un delicado chorro de luz que servía de guía y de antorcha. Dióle gracias al Señor por aquella maravilla, y a poco trecho, como en otro tiempo la del profeta Balaam, su cabalgadura se resistió a seguir adelante, y le dijo con clara voz de hombre mortal: —Considérate feliz, hermano Longinos, pues por tus virtudes has sido señalado para un premio portentoso. No bien había acabado de oír esto, cuando sintió un ruido, y una oleada de exquisitas aromas. Y vió venir por el mismo camino que él seguía, y guiados por la estrella que él acababa de admirar, a tres señores espléndidamente ataviados. Todos tres tenían porte e insignias reales. El delantero era rubio como el ángel Azrael; su cabellera larga se esparcía sobre sus hombros, bajo una mitra de oro constelada de piedras preciosas; su barba entretejida con perlas e hilos de oro resplandecía sobre su pecho; iba cubierto con un manto en donde estaban bordados, de riquísima manera, aves peregrinas y signos del zodíaco. Era el rey Gaspar, caballero en un bello caballo blanco. El otro, de cabellera negra, ojos también negros y profundamente brillantes, rostro semejante a los que se ven en los bajos relieves asirios, ceñía su frente con una magnífica diadema, vestía vestidos de incalculable precio, era un tanto viejo, y hubiérase dicho de él, con sólo mirarle, ser el monarca de un país misterioso y opulento, del centro de la tierra de Asia. Era el rey Baltasar y llevaba un collar de gemas cabalístico que terminaba en un sol de fuegos de diamantes. Iba sobre un camello caparazonado y adornado al modo de Oriente. El tercero era de rostro negro y miraba con singular aire de majestad; formábanle un resplandor los rubíes y esmeraldas de su turbante. Como el más soberbio príncipe de un cuento, iba en una labrada silla de marfil y oro sobre un elefante. Era el rey Melchor. Pasaron sus majestades y tras el elefante del rey Melchor, con un no usado trotecito, la borrica del hermano Longinos, quien, lleno de mística complacencia, desgranaba las cuentas de su largo rosario.

Y sucedió que —tal como en los días del cruel Herodes— los tres coronados magos, guiados por la estrella divina, llegaron a un pesebre, en donde, como lo pintan los pintores, estaba la reina María, el santo señor José y el Dios recién nacido. Y cerca, la mula y el buey, que entibian con el calor sano de su aliento el aire frío de la noche. Baltasar, postrado, descorrió junto al niño un saco de perlas y de piedras preciosas y de polvo de oro; Gaspar en jarras doradas ofreció los más raros ungüentos; Melchor hizo su ofrenda de incienso, de marfiles y de diamantes . . .

Entonces, desde el fondo de su corazón, Longinos, el buen hermano Longinos, dijo al niño que sonreía:

—Señor, yo soy un pobre siervo tuyo que en su convento te sirve como puede. ¿Qué te voy a ofrecer yo, triste de mí? ¿Qué riquezas tengo, qué perfumes, qué perlas y qué diamantes? Toma, señor, mis lágrimas y mis oraciones, que es todo lo que puedo ofrendarte.

Y he aquí que los reyes de Oriente vieron brotar de los labios de Longinos las rosas de sus oraciones, cuyo olor superaba a todos los ungüentos y resinas; y caer de sus ojos copiosísimas lágrimas que se convertían en los más radiosos diamantes por obra de la superior magia del amor y de la fe; todo esto en tanto que se oía el eco de un coro de pastores en la tierra y la melodía de un coro de ángeles sobre el techo del pesebre.

Entre tanto, en el convento había la mayor desolación. Era llegada la hora del oficio. La nave de la capilla estaba iluminada por las llamas de los cirios. El abad estaba en su sitial, afligido, con su capa de ceremonia. Los frailes, la comunidad entera, se miraban con sorprendida tristeza. ¿Qué desgracia habrá acontecido al buen hermano? ¿Por qué no ha vuelto de la aldea? Y es ya la hora del oficio, y todos están en su puesto, menos quien es gloria de su monasterio, el sencillo y sublime organista... ¿Quién se atreve a ocupar su lugar? Nadie. Ninguno sabe los secretos del teclado, ninguno tiene el don armonioso de Longinos. Y como ordena el prior que se proceda a la ceremonia, sin música, todos empiezan el canto dirigiéndose a Dios llenos de una vaga tristeza... De repente, en los momentos del himno, en que el órgano debía resonar... resonó, resonó como nunca; sus bajos eran sagrados truenos; sus trompetas excelsas voces; sus tubos todos estaban como animados por una vida incomprensible y celestial. Los monjes cantaron, cantaron, llenos del fuego del milagro; y aquella Noche Buena, los campesinos oyeron que el viento llevaba desconocidas armonías del órgano conventual, de aquel órgano que parecía tocado por manos angélicas como las delicadas y puras de la gloriosa Cecilia...

El hermano Longinos de Santa María entregó su alma a Dios poco tiempo después; murió en olor de santidad. Su cuerpo se conserva aún incorrupto, enterrado bajo el coro de la capilla, en una tumba especial, labrada en mármol.

EL CASO DE LA SEÑORITA AMELIA[1]

Que el doctor Z es ilustre, elocuente, conquistador; que su voz es profunda y vibrante al mismo tiempo, y su gesto avasallador y misterioso, sobre todo después de la publicación de su obra sobre *La plástica de ensueño,* quizás podríais negármelo o aceptármelo con restricción; pero que su calva es única, insigne, hermosa, solemne, lírica si gustáis, ¡oh, eso nunca, estoy seguro! ¿Cómo negaríais la luz del sol, el aroma de las rosas y las propiedades narcóticas de ciertos versos? Pues bien; esta noche pasada, poco después que saludamos el toque de las doce con una salva de doce taponazos del más legítimo Roederer, en el precioso comedor rococó de ese sibarita de judío que se llama Lowensteinger, la calva del doctor alzaba, aureolada de orgullo, su bruñido orbe de marfil, sobre el cual, por un capricho de la luz, se veían sobre el cristal de un espejo las llamas de dos bujías que formaban, no sé cómo, algo así como los cuernos luminosos de Moisés. El doctor enderezaba hacia mí sus grandes gestos y sus sabias palabras. Yo había soltado de mis labios, casi siempre silenciosos, una frase banal cualquiera. Por ejemplo, esta:

—¡Oh, si el tiempo pudiera detenerse!

La mirada que el doctor me dirigió y la clase de sonrisa que decoró su boca después de oír mi exclamación, confieso que hubiera turbado a cualquiera.

—Caballero —me dijo saboreando el champaña—; si yo no estuviese completamente desilusionado de la juventud; si no supiese que todos los que hoy empezáis a vivir estáis ya muertos, es decir, muertos del alma, sin fe, sin entusiasmo, sin idea-

[1] Apareció en *La Nación* de Buenos Aires, 1º de enero de 1894, dedicado "A Mario, de *La Nación*", según nos comunica el profesor don Julio Caillet-Bois. Los *Cuentos y crónicas,* vol. IV de la primera serie de obras completas, Madrid, 1918, pp. 3-17, lo publicaron con el subtítulo de *Cuento de Año Nuevo* y con algunas erratas que aquí corregimos.

les, canosos por dentro; que no sois sino máscaras de vida, nada más... sí, si no supiese eso, si viese en vos algo más que un hombre de fin de siglo, os diría que esa frase que acabáis de pronunciar: "¡Oh, si el tiempo pudiera detenerse!", tiene en mí la respuesta más satisfactoria.

—¡Doctor!

—Sí, os repito que vuestro escepticismo me impide hablar, como hubiera hecho en otra ocasión.

—Creo —contesté con voz firme y serena— en Dios y su Iglesia. Creo en los milagros. Creo en lo sobrenatural.

—En ese caso, voy a contaros algo que os hará sonreír. Mi narración espero que os hará pensar.

En el comedor habíamos quedado cuatro convidados, a más de Minna, la hija del dueño de casa; el periodista Riquet, el abate Pureau, recién enviado por Hirch, el doctor y yo. A lo lejos oíamos en la alegría de los salones la palabrería usual de la hora primera del año nuevo: *Happy new year! Happy new year!* ¡Feliz año nuevo!

El doctor continuó:

—¿Quién es el sabio que se atreve a decir *esto es así?* Nada se sabe. *Ignoramus et ignorabimus.* ¿Quién conoce a punto fijo la noción del tiempo? ¿Quién sabe con seguridad lo que es el espacio? Va la ciencia a tanteo, caminando como una ciega, y juzga a veces que ha vencido cuando logra advertir un vago reflejo de la luz verdadera. Nadie ha podido desprender de su círculo uniforme la culebra simbólica. Desde el tres veces más grande, el Hermes, hasta nuestros días, la mano humana ha podido apenas alzar una línea del manto que cubre a la eterna Isis. Nada ha logrado saberse con absoluta seguridad en las tres grandes expresiones de la Naturaleza: hechos, leyes, principios. Yo que he intentado profundizar en el inmenso campo del misterio, he perdido casi todas mis ilusiones.

Yo que he sido llamado sabio en Academias ilustres y libros voluminosos; yo que he consagrado toda mi vida al estudio de la humanidad, sus orígenes y sus fines; yo que he penetrado en la cábala, en el ocultismo y en la teosofía, que he pasado del plano material del *sabio* al plano astral del *mágico* y al plano espiritual del *mago,* que sé cómo obraba Apolonio el Thianense y Paracelso, y que he ayudado en su laboratorio, en nuestros días, al inglés Crookes; yo que ahondé en el Karma búdhico y en el misticismo cristiano, y sé al mismo tiempo la ciencia desconocida de los fakires y la teología de los sacerdotes romanos, yo os digo que *no hemos visto los sabios ni un solo rayo de la luz suprema,* y que la inmensidad y la eternidad del *misterio* forman la única y pavorosa verdad.

Y dirigiéndose a mí:

—¿Sabéis cuáles son los principios del hombre? Grupa, jiba, linga, sharira, kama, rupa, manas, buddhi, atma, es decir: el cuerpo, la fuerza vital, el cuerpo astral, el alma animal, el alma humana, la fuerza espiritual y la esencia espiritual...

Viendo a Minna poner una cara un tanto desolada, me atreví a interrumpir al doctor:

—Me parece que íbais a demostrarnos que el tiempo...

—Y bien —dijo—, puesto que no os placen las disertaciones por prólogo, vamos al cuento que debo contaros, y es el siguiente:

Hace veintitrés años, conocí en Buenos Aires a la familia Revall, cuyo fundador, un excelente caballero francés, ejerció un cargo consular en tiempo de Rosas. Nuestras casas eran vecinas, era yo joven y entusiasta, y las tres señoritas Revall hubieran podido hacer competencia a las tres Gracias. De más está decir que muy pocas chispas fueron necesarias para encender una hoguera de amor...

Amooor, pronunciaba el sabio obeso, con el pulgar de la diestra metido en la bolsa del chaleco, y tamborileando sobre su potente abdomen con los dedos ágiles y regordetes, y continuó:

—Puedo confesar francamente que no tenía predilección por ninguna, y que Luz, Josefina y Amelia ocupaban en mi corazón el mismo lugar. El mismo, tal vez no; pues los dulces al par que ardientes ojos de Amelia, su alegre y roja risa, su picardía infantil... diré que era ella mi preferida. Era la menor; tenía doce años apenas, y yo ya había pasado de los treinta. Por tal motivo, y por ser la chicuela de carácter travieso y jovial, tratábala yo como niña que era, y entre las otras dos repartía mis miradas incendiarias, mis suspiros, mis apretones de manos y hasta mis serias promesas de matrimonio, en una, os lo confieso, atroz y culpable bigamia de pasión. ¡Pero la chiquilla Amelia!... Sucedía que, cuando yo llegaba a la casa, era ella quien primero corría a recibirme, llena de sonrisas y zalamerías: "¿Y mis bombones?" He aquí la pregunta sacramental. Yo me sentaba regocijado, después de mis correctos saludos, y colmaba las manos de la niña de ricos caramelos de rosas y de deliciosas grajeas de chocolate, los cuales, ella, a plena boca, saboreaba con una sonora música palatinal, lingual y dental. El porqué de mi apego a aquella muchachita de vestido a media pierna y de ojos lindos, no os lo podré explicar; pero es el caso que, cuando por causa de mis estudios tuve que dejar Buenos Aires, fingí alguna emoción al despedirme de Luz, que me miraba con anchos ojos doloridos y sentimentales; di un falso apretón de manos a Josefina, que tenía entre los dientes, por no llorar, un pañuelo de batista, y en la frente de Amelia incrusté un beso, el más puro y el más encendido, el más casto y el más ardiente ¡qué sé yo! de todos los que he dado en mi vida. Y salí en un barco para Calcuta, ni más ni menos que como vuestro querido y admirado general Mansilla cuando fué a Oriente, lleno de juventud y de sonoras y flamantes esterlinas de oro. Iba yo, sediento ya de las ciencias ocultas, a estudiar entre los mahatmas de la India lo que la pobre ciencia occidental no puede enseñarnos todavía. La amistad epistolar que mantenía con madama Blavatsky, habíame abierto ancho campo en el país de los fakires, y más de un gurú, que conocía mi sed de saber, se encontraba dispuesto a conducirme por buen camino a la fuente sagrada de la verdad, y si es cierto que mis labios creyeron saciarse en sus frescas aguas diamantinas, mi sed no se pudo aplacar. Busqué, busqué con tesón lo que mis ojos ansiaban contemplar, el Keherpas de Zoroastro, el Kalep persa, el Kovei-Khan de la filosofía india, el archoeno de Paracelso, el limbuz de Swedenborg; oí la palabra de los monjes budhistas en medio de las florestas del Thibet; estudié los diez sephiroth de la Kabala, desde el que simboliza el espacio sin límites hasta el que, llamado Malkuth, encierra el principio de la vida. Estudié el espíritu, el aire, el agua, el fuego, la altura, la profundidad, el Oriente, el Occidente, el Norte y el Mediodía; y llegué casi a comprender y aun a conocer íntimamente a Satán, Lucifer, Astharot, Beelzebutt, Asmodeo, Belphegor, Mabema, Lilith, Adrameleh y Baal. En mis ansias de comprensión; en mi insaciable deseo de sabiduría; cuando juzgaba haber llegado al logro de mis ambiciones, encontraba los signos de mi debilidad y las manifestaciones

de mi pobreza, y estas ideas, Dios, el espacio, el tiempo, formaban la más impenetrable bruma delante de mis pupilas... Viajé
por Asia, África, Europa y América. Ayudé al coronel Olcot a
fundar la rama teosófica de Nueva York. Y a todo esto —re-
calcó de súbito el doctor, mirando fijamente a la rubia Minna—
¿sabéis lo que es la ciencia y la inmortalidad de todo? ¡Un par
de ojos azules... o negros!

—¿Y el fin del cuento? —gimió dulcemente la señorita.

El doctor, más serio que nunca, dijo:

—Juro, señores, que lo que estoy refiriendo es de una absoluta verdad. ¿El fin del cuento? Hace apenas una semana he
vuelto a la Argentina, después de veintitrés años de ausencia.
He vuelto gordo, bastante gordo, y calvo como una rodilla; pero
en mi corazón he mantenido ardiente el fuego del amor, la vestal de los solterones. Y, por tanto, lo primero que hice fué in-
dagar el paradero de la familia Revall. "¡Las Revall —me dijeron—, las del caso de Amelia Revall!", y estas palabras acompañadas con una especial sonrisa. Llegué a sospechar que la
pobre Amelia, la pobre chiquilla... Y buscando, buscando, di
con la casa. Al entrar, fuí recibido por un criado negro y viejo,
que llevó mi tarjeta, y me hizo pasar a una sala donde todo
tenía un vago tinte de tristeza. En las paredes, los espejos estaban cubiertos con velos de luto, y dos grandes retratos, en los
cuales reconocía a las dos hermanas mayores, se miraban melancólicos y oscuros sobre el piano. A poco, Luz y Josefina:

—¡Oh amigo mío, oh amigo mío!

Nada más. Luego, una conversación llena de reticencias y de
timideces, de palabras entrecortadas y de sonrisas de inteligencia tristes, muy tristes. Por todo lo que logré entender, vine a
quedar en que ambas no se habían casado. En cuanto a Amelia,
no me atreví a preguntar nada... Quizá mi pregunta llegaría
a aquellos pobres seres, como una amarga ironía, a recordar tal
vez una irremediable desgracia y una deshonra... En esto vi
llegar saltando a una niñita, cuyo cuerpo y rostro eran iguales
en todo a los de mi pobre Amelia. Se dirigió a mí, y con su
misma voz exclamó:

—¿Y mis bombones?

Yo no hallé qué decir.

Las dos hermanas se miraban pálidas, pálidas, y movían la cabeza desoladamente...

Mascullando una despedida y haciendo una zurda genuflexión, salí a la calle, como perseguido por algún soplo extraño. Luego lo he sabido todo. La niña que yo creía fruto de un amor culpable es Amelia, la misma que yo dejé hace veintitrés años, la cual se ha quedado en la infancia, ha contenido su carrera vital. Se ha detenido para ella el reloj del Tiempo, en una hora señalada ¡quién sabe con qué designio del desconocido Dios!

El doctor Z era en este momento todo calvo...

LA PESADILLA DE HONORIO[1]

¿Dónde? A lo lejos, la perspectiva abrumadora y monumental de extrañas arquitecturas, órdenes visionarios, estilos de un orientalismo portentoso y desmesurado. A sus pies un suelo lívido; no lejos, una vegetación de árboles flacos, desolados, tendiendo hacia un cielo implacable, silencioso y raro, sus ramas suplicantes, en la vaga expresión de un mudo lamento. En aquella soledad Honorio siente la posesión de una fría pavura...

¿Cuándo? Es en una hora inmemorial, grano escapado quizás del reloj del tiempo. La luz que alumbra no es la del sol; es como la enfermiza y fosforescente claridad de espectrales astros. Honorio sufre el influjo de un momento fatal, y *sabe* que en esa hora incomprensible todo está envuelto en la dolorosa bruma de una universal angustia. Al levantar sus ojos a la altura un estremecimiento recorre el cordaje de sus nervios: han surgido del hondo cielo constelaciones misteriosas que forman enigmáticos signos anunciadores de próximas e irremediables catástrofes... Honorio deja escapar de sus labios, oprimido y aterrorizado, un lamentable gemido: ¡Ay!...

Y como si su voz tuviese el poder de una fuerza demiúrgica, aquella inmensa ciudad llena de torres y rotondas, de arcos y espirales, se desplomó sin ruido ni fracaso, cual se rompe un fino hilo de araña.

¿Cómo y por qué apareció en la memoria de Honorio esta frase de un soñador: *la tiranía del rostro humano?* Él la escuchó dentro de su cerebro, y cual si fuese la víctima propiciatoria ofrecida a una cruel deidad, comprendió que se acercaba el instante del martirio, del horrible martirio que le sería aplicado... ¡Oh sufrimiento inexplicable del condenado solitario! Sus miembros se petrificaron, amarrados con ligaduras de pavor; sus cabellos se erizaron como los de Job cuando pasó cerca

[1] *Mensaje* de *La Tribuna*, Buenos Aires, 5 de febrero de 1894, recogido por E. K. Mapes, *Escritos inéditos,* pp. 38-39.

de él un espíritu; su lengua se pegó al paladar, helada e inmóvil; y sus ojos abiertos y fijos empezaron a contemplar el anonadador desfile. Ante él había surgido la infinita legión de las Fisonomías y el ejército innumerable de los Gestos.

Primero fueron los rostros enormes que suelen ver los nerviosos al comenzar el sueño, rostros de gigantes joviales, amenazadores, pensativos o enternecidos.

Después . . .

Poco a poco fué reconociendo en su penosa visión estas o aquellas líneas, perfiles y facciones: un bajá de calva frente y los ojos amodorrados; una faz de rey asirio, con la barba en trenzas; un Vitelio con la papada gorda, y un negro, negro, muerto de risa. Una máscara blanca se multiplicaba en todas las expresiones: Pierrot. Pierrot indiferente, Pierrot amoroso, Pierrot abobado, Pierrot terrible, Pierrot desmayándose de hilaridad; doloroso, pícaro, inocente, vanidoso, cruel, dulce, criminal: Pierrot mostraba el poema de su alma en arrugas, muecas, guiños y retorcimientos faciales. Tras él los tipos de todas las farsas y las encarnaciones simbólicas. Así erigían enormes chisteras grises, cien congestionados johmbulles y atroces tíosamueles, tras los cuales Punch encendía la malicia de sus miradas sobre su curva nariz. Cerca de un mandarín amarillo de ojos circunflejos, y bigotes ojivales, un inflado fraile, cuya cara cucurbitácea tenía incrustadas dos judías negras por pupilas; largas narices francesas, potentes mandíbulas alemanas, bigotazos de Italia, ceños españoles; rostros exóticos: el del negro rey Baltasar, el del malayo de Quincey, el de un persa, el de un gaucho, el de un torero, el de un inquisidor . . . "Oh, Dios mío . . . " —suplicó Honorio—. Entonces oyó distintamente una voz que le decía: "¡Aún no, sigue hasta el fin!" Y apareció la muchedumbre hormigueante de la vida banal de las ciudades, las caras que representan todos los estados, apetitos, expresiones, instintos, del ser llamado Hombre; la ancha calva del sabio de los espejuelos, la nariz ornada de rabiosa pedrería alcohólica que luce en la faz del banquero obeso; las bocas torpes y gruesas; las quijadas salientes y los pómulos de la bestialidad; las faces lívidas, el aspecto del rentista cacoquimio; la mirada del tísico, la risa dignamente estúpida del imbécil de salón, la expresión suplicante del mendigo; estas tres especialidades: el tribuno, el martillero y el charlatán, en las distintas partes de sus distintas arengas; "¡Socorro!" exclamó Honorio.

Y fué entonces la irrupción de las Máscaras, mientras en el cielo se desvanecía un suave color de oro oriental. ¡La legión de las Máscaras! Se presentó primero una máscara de actor griego, horrorizada y trágica, tal como la faz de Orestes delante de las Euménides implacables; y otra riente, como una gárgola surtidora de chistes. Luego por un fenómeno mnemónico, Honorio pensó en el teatro japonés, y ante sus vista floreció un diluvio de máscaras niponas: la risueña y desdentada del tesoro de Idzoukoushima, una de Demé Jioman, cuyas mejillas recogidas, frente labrada por triple arruga vermicular y extendidas narices, le daban un aspecto de suprema jovialidad bestial; caras de Noriaki, de una fealdad agresiva; muecas de Quasimodos asiáticos, y radiantes máscaras de dioses, todas de oro. De China Lao-tse, con su inmenso cráneo, Pou-tai, el sensual con su risa de idiota; de Konei-Sing, dios de la literatura, la máscara mefiistofélica; y con sus cascos, perillas y bigotes escasos, desfilan las de mandarines y guerreros. Por último vió Honorio como un incendio de carmines y bermellones, y revoló ante sus miradas el enjambre carnavalesco. Todos los ojos: almendrados, redondos, triangulares, casi amorfos; todas las narices: chatas, roxelanas, borbónicas, erectas, cónicas, fálicas, innobles, cavernosas, conventuales, marciales, insignes; todas las bocas: arqueadas, en media luna, en ojiva, hechas con sacabocado, de labios carnosos, místicas, sensuales, golosas, abyectas, caninas, batracias, hípicas, asnales, porcunas, delicadas, desbordadas, desbridadas, retorcidas...; todas las pasiones, la gula, la envidia, la lujuria, los siete pecados capitales multiplicados por setenta veces siete...

Y Honorio no pudo más: sintió un súbito desmayo, y quedó en una dulce penumbra de ensueño, en tanto que llegaban a sus oídos los acordes de una alegre comparsa de Carnestolendas...

SOR FILOMELA[1]

—¡Ya está hecho, por todos los diablos! —rugió el obeso empresario, dirigiéndose a la mesita de mármol en que el pobre tenorio ahogaba su amargura en la onda de ópalo de un vaso de ajenjo.

El empresario —ese famoso Krau, ¿no conocéis la celebridad de su soberbia nariz, un verdadero dije de coral ornado de rubios alcohólicos?—, el empresario pidió el suyo con poca agua. Luego, secó el sudor de su frente, y dando un puñetazo que hizo temblar la bandeja y los vasos, soltó la lengua.

—¿Sabes, Barlet? Estuve en toda la ceremonia: lo he presenciado todo. Si te he de decir la verdad, fué una cosa conmovedora... No somos hechos de fierro...

Contóle lo que había visto. A la linda niña, la joya de su *troupe,* tomar el velo, sepultar su belleza en el monasterio, profesar, con su vestido oscuro de religiosa, la vela de cera en la mano blanca. Después los comentarios de la gente. "¡Una cómica, monja!... A otro perro con ese hueso..." Barlet, el enamorado, veía a lo alto y bebía a pequeños sorbos.

Eglantina Charmat, mimada del público parisiense, había sido contratada para una *tournée* por los países de América. Bella, suavemente bella, tenía una dulce voz de ruiseñor. Un cronista la bautizó en una ocasión con el lírico nombre de Filomela. Tenía los cabellos un tanto oscuros, y cuando se le desataban en las escenas agitadas, hacía con gracia propia, para recogérselos, el mismo encantador movimiento de la Reichenberg. Entró en

[1] Apareció en *Arte y Letras* de Buenos Aires, 1894, núm. 14, según nos comunica el profesor don Julio Caillet-Bois. La *Revista Azul* de México, 11 de octubre de 1896, vol. V, núm. 24, pp. 376-378, lo reprodujo indicando la ciudad de procedencia. Los *Primeros cuentos,* vol. III de la tercera serie de obras completas, Madrid, 1924, le agregaron el título general de *Amor divino,* pp. 203-215. Publicamos el texto de la *Revista Azul,* último número de di~ha revista, limpio de erratas.

el teatro por la pasión del arte. Hija de un comerciante bordelés que la adoraba y la mimaba, un buen día, el excelente señor, después del tiempo de Conservatorio, la condujo él mismo al estreno. Tímida y adorable, obtuvo una victoria espléndida. ¿Quién no recuerda la locura que despertó en todos, cuando la vimos arrullar, incomparable Mignón:

> *Connais-tu le pays où fleurit l'oranger . . . ?*[2]

Festejada por nababs y *rastas,* pudo, raro temperamento, extraña alma, conservarse virtuosa, en medio de las ondas de escándalo y lujuria que a la continua pasan sobre todo eso que lleva la gráfica y casta designación de *carne de tablas.* Siguió en una carrera de gloria y provecho. Su nombre se hizo popular. Las noches de representación, la aguardaba su madre para conducirla a la casa. Su reputación se conservaba intacta. Jamás el *Gil Blas* se ocupó de ella con reticencias o alusiones que indicasen algo vedado: nadie sabía que la aplaudida Eglantina favoreciese a ningún feliz adorador, siquiera con la tierna flor de una promesa, de una esperanza.

¡Almita angelical encerrada en la más tentadora estatua de rosado mármol!

Era ella una soñadora del divino país de la harmonía. ¿Amor? Sí, sentía el impulso del amor. Su sangre virginal y ardiente le inundaba el rostro con su fuego. Pero el príncipe de su sueño no había llegado, y en espera de él, desdeñaba con impasibilidad las galanterías fútiles de bastidores y las misivas estúpidas de los cresos golosos. Allá en el fondo de su alma le cantaba un pájaro invisible una canción, vaga como un anhelo de juventud, delicada como un fresco ramillete de flores nuevas. Y cuando era ella la que cantaba, ponía en su voz el trino del ave de su alma: y así era como una musa, como la encarnación de un ideal soñado y entrevisto, y de sus labios diminutos y rojos, caían, a gotas harmónicas, trémolos cristalinos, arpegios florecidos de melodía, las amables músicas de los grandes maestros, a los cuales ella agregaba la delicia de su íntimo tesoro. Juntaba también

---

[2] De la romanza de *Mignon* (1866), la ópera de Thomas inspirada en los *Wilhelm Meisters Lehrjahre* (1795-96) de Goethe (1749-1832). Véase la nota 6 a la *Historia de un sobretodo,* incluída en este volumen.

a sus delectaciones de artista profundos arrobamientos místicos. Era devota...

¿Pero no estáis escribiendo eso de una cómica?

...Era devota. No cantaba nunca sin encomendarse a la virgencita de la cabecera de su cama, una virgencita de primera comunión. Y con la misma voz suya con que conmovía a los públicos y ponía el estremecimiento de su fuerza mágica sobre palcos y plateas interpretando la variada sinfonía de los amores profanos, lanzaba en los coros de ciertas iglesias la sagrada lluvia sonora de las notas de la música religiosa, interpretando tan bien los deliquios del infinito amor divino; y así su espíritu, que vagaba entre las rosas terrenales como un mariposa de virtud, iba a cortar con las vírgenes del paraíso las margaritas celestes que perfuman los senderos de luz por donde yerran, poseídos de la felicidad eterna, las inmortales almas de los bienaventurados. Ella cantaba entonces con todo su corazón, haciendo vibrar su voz de ruiseñor en medio de la tempestad gloriosa del órgano; y su lengua se regocijaba con las alabanzas a la Reina María Santísima y al dulce Príncipe Jesús.

Un día, empero, llegó el amado de su ensueño, el cual era su primo y se llamaba el capitán Pablo. Entonces comenzó el idilio. El viejo bordelés lo aprobaba todo, y el señor capitán pudo vanagloriarse de haberse desflorado con un beso triunfante la casta frente de lys de la primaveral Eglantina. Ella fabricó inmediatamente dos castillos en el aire, con el poder de su gentil cabecita: primero, aceptaría la contrata que desde hacía tiempo le proponía el obeso y conocido Krau, para un *tournée* en América; segundo, a su vuelta, ya rica, se casaría.

Concertada la boda, Eglantina firmó la célebre contrata, con gran contentamiento de Krau, que en el día del arreglo presentó más opulenta y encendida su formidable nariz... ¡Qué negocio! ¡Qué viaje triunfal! Y en la imaginación veía caer el diluvio de oro de Río, de Buenos Aires, de Santiago, de México, de Nueva York, de La Habana.

También firmó contrato Barlet, ese tenorcito que, a pesar de su buena voz, tiene la desgracia de ser muy antipático, por gastar en su persona demasiados cosméticos y brillantinas. Y Barlet ¡por todos los diablos! se enamoró de la diva. Ella, a pesar de las insinuaciones de Krau en favor del tenor, pagaba su pasión con las más crueles burlas. ¿Burlas en el amor? Mal hecho. En los buenos días de la Provenza del siglo XIII, habría merecido versos severos del poeta lírico Fabre d'Uzès y la marquesa de Mallespines la habría condenado, por su crueldad, a dar por lo menos un beso en público al desventurado y malferido adorador. Eglantina llevaba en su corazón la imagen del çapitán. Por la noche, al acostarse, rezaba por él, le encomendaba en sus oraciones y le enviaba su amor con el pensamiento.

. . . El primer castillo aéreo comenzaba a solidificarse. En Río de Janeiro ganó la diva crecidas sumas. El día de su beneficio recogió una cestilla de diamantes. El emperador Don Pedro, q. d. D. g., le envió un imperial solitario. En Montevideo, en Buenos Aires, en Lima, fué para la deliciosa Mignón la inacababable fiesta de las flores y del oro. Entre tanto, Barlet desafinaba de amor; y más de una vez se inició en su contra la más estupenda silba. Pasaron meses. En vísperas de regresar, Krau recibió propuestas excelentes de Santiago de Chile, y se encaminó para allá con su compañía. Eglantina estaba radiante de gozo. Pronto volvería a Francia, y entonces . . .

Mas un día, después de leer una carta de París, al concluir la temporada del Municipal, la diva se quedó pálida, pálida . . . Allá, en la tierra de la porcelana y del opio, en el horrible Tonkín, había muerto el capitán. El segundo castillo aéreo se había venido al suelo, rompiendo en su fracaso la ilusión más amada de la triste almita angelical. Esa noche había que hacer *Mignon,* la querida obra favorita, tenía que cantar Eglantina con su áurea voz arrebatadora:

> *Connais-tu le pays où fleurit l'oranger . . . ?*

Y cantó, y nunca ¡ay! con mayor encanto y ternura. En sus labios temblaba la balada lánguida de la despedida, el gemido de todas las tristezas, la cántiga doliente de todas las desesperanzas . . . Y en el fondo de su ser, ella, la rosa de París, sabía que no tenía ya amores e ilusiones en la tierra, y que solamente hallaría consuelo en la Reina María Santa y en el dulce Príncipe Jesús.

Santiago estaba asombrado. La prensa hacía comentarios. El

viejo bordelés, que había acompañado a su hija, lloraba preparando sus baúles... ¡Adiós, mi buena Eglantina!

Y en el coro del monasterio estaba de fiesta el órgano; porque sus notas iban a acompañar la música argentina de la garganta de la monja... Un ruiseñor en el convento; ¡una verdadera Sor Filomela!

Y ahora, caballeros, os pido que no sonriáis delante de la verdad.[3]

---

[3] Después de *La pesadilla de Honorio* y *Sor Filomela,* únicos relatos escritos por Darío en 1894, su producción de cuentos, sostenida con regularidad desde 1885, se interrumpe bruscamente. En 1895 no publica ni un solo cuento. La labor de Darío se centra por estos años en la crítica literaria y en la poesía. No olvidemos que gran parte de *Los raros* y *Prosas profanas,* publicados ambos en 1896, apareció originalmente en los periódicos de Buenos Aires. Darío no reinicia su obra de cuentista hasta el 16 de marzo de 1896, con *Verónica,* que publicamos en el *Apéndice* de este volumen como antecedente de *La extraña muerte de fray Pedro.* En este cuento, escrito en 1913, se reelabora y amplía el texto de *Verónica.*

VOZ DE LEJOS[1]

¿Por qué las hagiografías tienen sus olvidados, como las profanas historias de los hombres políticos del siglo? A estos olvidados pertenecen Santa Judith de Arimatea y San Félix Romano. Apenas en las inéditas apuntaciones de un anciano monje del monte Athos hállase un esbozo de sus vidas y nárrase cómo padecieron el martirio, bajo el poder del cruel emperador Tiberio, 20 años después de J. C.

Cayo Félix Apiano, era de noble familia. Habíale dotado la naturaleza de un aspecto hermoso y gallardo. En sus primeros años de Roma, cuando aún señalaba su distinción la franja de púrpura de su pretexta, habíale consagrado Casia, madre suya, al dios Apolo.

Su gusto por la armonía era extremado. Tocaba instrumentos músicos y frecuentaba a poetas de renombre entonces, por cuya relación entró en el amor de las musas. Pero al mismo tiempo, las costumbres paganas presentaron a su alma juvenil el atractivo de los placeres, e inclináronle a gozar de la vida, coronado de flores. Así pasaba la existencia en canto y fiestas, mimado por las gracias y preferido por las cortesanas. Viajó después a diversos países, no tanto por el deseo de dar a su espíritu de poeta y a sus ojos deseosos el regalo de paisajes nuevos, sino para delaitarse con amores nuevos, mirar femeninos ojos nuevos, besar bocas nuevas. Su vida habíase hecho famosa por sus excesos. Poseíale el demonio de las concupiscencias. Su padre, un día, cansado de sus escándalos, envióle por algún tiempo a Judea, recomendado a la vigilancia, al afecto y buen consejo del pretor.

En Arimatea, cerca de Jerusalén, había nacido Judith, hija de José. Su familia era de buen nombre en la ciudad de su nacimiento. La niña, desde su infancia, apareció dotada de singu-

[1] Apareció en *El Tiempo* de Buenos Aires, 17 de abril de 1896, dedicado "A Enrique Freixas"; recogido por E. K. Mapes, *Escritos inéditos*, pp. 176-179.

lar vivacidad y hermosura. Su voz alegraba la casa de sus padres y en sus ojos ardía una llama extraña. Creció y dió su aroma de mujer, como una roja rosa loca. Su sangre era como de rosa roja. Su corazón era de virgen loca. Poseíala el demonio de las concupiscencias. Un día, al paso de una caravana de mercaderes, Judith desapareció. El viejo padre lloró sobre su infamia.

Judith era la realización de un perturbado ensueño de belleza; belleza en que hubiese intervenido la mano de Satanás, maravilloso y terrible cincelador de simulacros de pecado. Esa belleza especial y cuyo íntimo encanto produce una a modo de delectación dolorosa en el sensitivo que cae bajo su influjo, la tuvo la otra Judith que degolló al guerrero Holofernes; Herodías, centifolia cruel de los Tetrarcas; Salomé, cuya danza de serpiente hizo caer la santa cabeza del bautizador de Dios, pues todas las hembras humanas que nacen con ese don de satánica beldad, gustan de la sangre, se regocijan con las extrañas penas, se encienden de placer ante el espectáculo de los martirios.

Ellas son trasunto de aquella visión del evangelista Juan, la cual tenía, sobre su cabeza, escrita la palabra *Misterium*.

Son la abominación hechicera y atractiva: son la condenación. Judith de Arimatea pudo tener por nombre Pecada.

En una taberna del burgo de Betania, diviértense unos cuantos mercaderes de granos y soldados de las guardias pretorianas. Varias prostitutas sirven el vino, y luego, al son de los instrumentos, danzan. Entre todas llévase la palma María, mujer de cabellos de oro apellidada Magdalena y Judith, mujer de cabellos negros, de Arimatea.

Ambas poseen en la hermosura de sus cuerpos setenta veces siete encantos, pues son el habitáculo de siete espíritus del mal.

Ambas tienen en las miradas de sus ojos caricias húmedas, promesas candentes; en sus cabellos, ungüentos despertadores del deseo; en sus labios, sonrisas que son un llamamiento al combate carnal. María es lánguidamente apasionada; Judith más fogosa y violenta; María se inclina como una gallarda palma; Judith, en su paso serpentino, hace danzar sus ojos, sus senos, sus brazos, su vientre, como si en ella se contuviese toda la inicial primavera de la sangre.

Félix ha mirado a la danzarina y arde en su ser la llama del deseo. Júntanse las voluntades por un gesto indicador.

Tiempo después. Betania. Un huerto. Sol. Flores.

Félix.—Amada, es un bello día.

Judith.—Es un bello y dulce día, amado mío.

Félix.—Tenemos manzanas en los árboles. Jamás he visto más alegres a los pájaros.

Judith.—Jamás las mariposas han sido para mí más lindas, ni mejores mensajeras de buenas nuevas.

Félix.—Un beso . . .

Judith.—Un beso.

Félix.—Ciertamente, oh Judith, la felicidad puede encontrarse sobre la tierra. He aquí cómo nosotros la hemos encontrado. Yo, fatigado de las delicias pasajeras, te he escogido como a la ola en que mi nave arrojó el ancla. Tú eres la depositaria de mi corazón.

Judith.—Tú me elegiste.

Félix.—Yo te elegí, oh poderosa mujer. Te conocí cuando dependías de un mercader de Roma. Nuestros espíritus se comprendieron. Nuestras miradas se dijeron nuestros secretos. Tú eres la esperada de mi alma y de mi cuerpo.

Judith.—Yo me sentí arrastrada por tu fuerza incomprensible.

Félix.—Y he aquí que tú contienes el misterio supremo del placer. Tú has hecho vibrar como nunca el arpa de mi vida, desde el primer instante en que tus besos me incendiaron.

Judith.—Sé amar.

Félix.—¿Nada más? Sabes matar. Juntas la caricia con el dolor. Adoras los obscuros misterios. Llevas tus leones de amor, jugando y saltando, hasta el borde del precipicio de la tumba.

Judith.—Sé amar.

(Exeunt)

Voz de la boca de sombra.—Sembrad rosas y manzanos. Gozad de los goces de la lujuria, juntaos como el jugo de la mandrágora y la sangre de la zarza. Sois predestinados para el mal y para el placer, pues uno no es sin otro.

Judas Iscariote.—Félix, hermano de mis buenas horas, voy a morir. Estoy al caer al fondo de un precipicio. Juntos hemos recorrido las tabernas alegres, juntos hemos visto las hermosas mujeres. Yo, cerca del maestro, he creído encontrar la felicidad y la dicha. He sido nombrado guardián del tesoro de mis hermanos. Una sombra vaga me ha impulsado siempre a tirar los dados. Esa sombra vaga me ha impulsado siempre a tirar los dados y a seguir con los ojos de mi alma la visión de una riqueza fácil y probable. Soy un tempestuoso pecador entre gentes tranquilas y buenas.

Ayer me has visto en compañía de aquellos pescadores. Aquellos pescadores eran mis compañeros. *Él* era aquel nazareno de ojos incomprensibles de soberana y dulce majestad.

Mas he aquí que he perdido todo el tesoro a los dados. Todo el tesoro está en poder del centurión que conmigo tiró ayer los dados. Hoy jugué lo último que tenía, ¡oh Félix!, treinta dineros que cayeron en mis manos como treinta brasas. Jugué y perdí, querido compañero de tabernas. Mientras no tenga construido un muro eterno delante de mis ojos, no dejaré de contemplar una faz triste que me mira. Yo soy el que viene a decirte adiós. No mires en mí sino al elegido de la suerte, o más bien a la víctima de la fatalidad del mal. Tengo una cuerda para mi pescuezo. Cuenta mañana que el cuerpo que cuelga en Hacéldama es el de quien se ahorcó porque el juego le arrancó hasta el último pedazo de piel. Yo no soy, oh Félix, sino por necesidad, suicida. Vendí un cordero por salvarme. He perdido el precio del cordero, y mi existencia no me pertenece ya. Cuenta mañana esto a tus hijos.

La hija de Jairo.—Judith, yo vengo a ti, pues has sido la amiga de mi infancia. No contemples ahora como antes las pupilas de mis ojos. No mires los dos puntos negros que hay en el centro de las pupilas de mis ojos. Porque si tal miraras, oh Judith, caerías en el sepulcro.

Yo he visto, después del tiempo en que hemos hecho juntas ramos de rosas, en mis años juveniles, cuando estaba en Arimatea, el sol del cielo frente a frente. Mas después no he de decirte lo que he visto. Cuando miraba el primero quedaba en mi visión la impresión sombría, la huella de su potente luz, como un halo extraño. La impresión que hoy ha quedado en mi alma, en los ojos de mi alma no me lo preguntes, Judith, hermana mía.

Judith.—¿Has mirado acaso el sol original del amor?

La hija de Jairo.—La muerte.

(Exeunt)

Longinos.—Yo soy el ciego que miró por la virtud del agua y de la sangre. Ambos son los humores en que el supremo misterio se recrea: ¡oh, agua del corazón del mar; sangre del corazón del hombre!

Todo se ha cumplido. Es la hora ya en que Cristo ha muerto. El Cristo ha partido desconsolado del mundo. Los hombres no le comprendieron como las tinieblas. Porque los hombres están llenos de tinieblas, dijo el profeta. Mas he aquí, que la resurrección anuncia el triunfo del divino símbolo.

José.—No te conozco, pobre mujer. Vengo de lejos. Nada hay en mi bolsillo. Es ya tarde. Voy a descansar después de un trabajo tal, que mi alma de anciano está contenta cual si fuese el alma de mi infancia. No puedo darle limosna.

Judith.—¡Padre!

José.—¿Padre? No te conozco, pobre mujer.

Judith.—Dígante lo que yo no puedo decirte, mi cabello despeinado y mis ojos rojos de llanto.

Voz de la boca de sombra.—He aquí, oh José de Arimatea, que esa pobre mujer desgarrada es tu hija. Ella ha pecado y ha emblanquecido tus cabellos con deshonra; mas un día llegó en que la amiga de María Magdalena y la amante de Félix, oyera la voz del maestro celeste, y su corazón fué conmovido como todo corazón cuando se le hiere en su más sensible fibra de amor. Y la pecadora miserable se levantó en busca de su salvación. Y su cabellera perfumada de ungüentos, desdeñó las flores.

Y fué el día viernes, el último día viernes en que la tierra tembló y se rasgó el velo del templo. Y tú, oh José de Arimatea, que has tenido un refugio de piedra para el cuerpo del Salvador, tuviste unos ojos que eran carne de tu carne, ojos femeninos y filiales, junto a los de las tres Marías y de Juan, cerca de las cruces del suplicio, y la gracia penetró en el espíritu de la pecadora, como un puñal de luz sacrosanta, y el señor perdonó a la hija de José de Arimatea, como había perdonado a María Magdalena.

José.—Pues que así pecó, perdónela Dios como a María la Magdalena. Borre la bendición del Padre de luz la maldición del padre de carne.

Camino del desierto, van dos túnicas de pelo de camello. Cuatro pies se despedazan sus sandalias, contra las piedras del camino. Van dos elegidos de Dios que antes eran pecadores, a predicar la fe de Cristo, que no ha mucho tiempo fué crucificado en Judea por el pretor Pilatos.

Uno es Félix de Roma, que va camino del Circo de los leones.

Otro es Judith de Arimatea, que va camino del Circo de los leones.

Ambos han padecido y hecho penitencia por veinte años. Son seres del Señor. Su paso es santo.

El poeta.—Yo digo la palabra que encarna mi pensamiento y mi sentimiento. La doy al mundo como Dios me la da. No busco que el Público me entienda. Quiero hablar para las orejas de los elegidos. El pueblo se junta con los aristos. A ellos mi ser, la música intencional de mi lengua.

HISTORIA DE UN 25 DE MAYO[1]

Patria, carmen et amor...

Es la víspera del día argentino.

Parisina salta muy temprano del lecho; ríe, canta como un pájaro, va y viene; vuelca el polvo de arroz; charla y se viste de modo que queda linda como una princesa; sacude mi pereza soñolienta; heme ya despabilado; estoy listo; me abotona los guantes; al salir de la casa me pregunta, alegre y fresca:

—Raúl, ¿recuerdas los versos de Mendès sobre el 14 de julio?

—¿Cómo no los he de recordar? Son una música de estrofas, una bandada de rimas, un orfeón de consonantes, con que el amor y la alegría celebran también el día de la patria francesa.[2] Así nosotros, ¡oh, Parisina!, Parisina parisiense y argentina, celebraremos también la fiesta del sol de Mayo. Es el glorioso sol que vieron brillar aquellos viejos augustos, aquellos jóvenes bizarros, aquellos batalladores que primero pensaron en esta tierra, que la libertad era una bella cosa. Es el sol hermoso del amor también, pues da luz jovial de la primavera, el hogar de

---

[1] Apareció en *El Tiempo* de Buenos Aires, 29 de mayo de 1896; recogido por E. K. Mapes, *Escritos inéditos*, pp. 180-181. El epígrafe latino que lleva este cuento parece forjado por el mismo Darío; Horacio y Virgilio, leídos por el poeta en estos años, pueden habérselo sugerido.

[2] Los versos de Catulle Mendès (1843-1909) no han podido ser localizados en su dilatada obra poética —*Philoméla* (1863), *Poésies* (première série, 1876), *Poésies* (7 vols., 1885), *Les poésies de Catulle Mendès* (3 vols., 1892) y *La grive des vignes* (1895); pudiera ser la *Célébration du 14 Juillet dans la fôret* de *Les chansons des rues et des bois*, livre deuxième (1865), de Victor Hugo (1802-1885), a quien por entonces comienza a olvidar y a quien cita inexactamente en *Un cuento para Jeannette* (1897), incluído en este volumen (cf. la nota 2). Las *Chansons* y especialmente la *Célébration* aparecen citadas por Darío en su artículo *Vida de las abejas*, probablemente de 1901, recopilado en *Letras*, París, 1911. Por otra parte, conocidas las preferencias literarias de Darío, su elogio al verso de Mendès se aplica muy bien a la *Célébration* de Hugo ("Qu'il est joyeux aujourd'hui...").

las rosas, el fuego acariciador y fecundador de la tierra en el mejor tiempo del año.

¿En dónde celebraríamos este gran día sonoro de músicas y florecido de banderas? ¿Iríamos, como los enamorados de Francia van a los dulces recodos del Sena, con nuestra cesta del lunch, con nuestro vino, a gozar solos, en un rincón del bosque de Palermo, o en la isla risueña que besa el arroyo de Maciel? ¿O a recorrer las calles de nuestra gran Buenos Aires, hirvientes de muchedumbre vestida de fiesta, a oír las fanfarrias que pasan, a mirar la plaza de Mayo y su vieja pirámide?

En vacilaciones estamos, en la gran avenida. Parisina exclama:

—¡Mira qué jinete de penacho blanco!

Un vigilante viene en su caballo, casqueado, ornado el casco de largas y blancas crines. Tras él se adelanta una gran masa humana con banderas y estandartes, al sonar de himnos y marchas: son los italianos.

Son los italianos que saludan a este pueblo de América que con ellos fraterniza, que les da sol y albergue, y tierra y trabajo, y apretón de manos y abrazos cuando se nombra el triunfante Garibaldi, o cuando se padece en Abbi-Garima.

La masa humana se adelanta: los balcones se constelan de ojos de mujeres; las manos blancas riegan flores, los hombres aplauden.

—¡Viva la República Argentina! ¡Viva Italia!

Parisina me dice con su voz armoniosa:

—Escucha: ¿qué es la patria? ¿Es el lugar en donde se nace? ¿El lugar en donde se vive? ¿Es el cielo y el suelo y la hierba y la flor que conoció la infancia? Te diré, querido mío, que al son de los himnos yo tengo todas las patrias. Como esos italianos son argentinos ahora, yo, parisiense, soy ahora argentina e italiana. ¿Por qué? Por la influencia del entusiasmo y por el amor de este hermoso sol que alumbra en el continente un tan espléndido país; y sobre todo, porque apoyada en tu brazo, jamás he visto pasar más jubilosas horas: la patria está en donde somos felices!

—Por eso —le contesto—, pequeño y adorable pájaro cosmopolita, parece que hoy te hubieses adornado como la ciudad y que estuvieses preparada para celebrar el día de mañana, más encantadora y bella que nunca. Sobre la gracia de oro de tus cabellos, tu lindo sombrero se ha posado como una gran mariposa; tus ojos están iluminados de alegría; tu voz suena como la más perfecta de las músicas, tienes tus mejillas de gala, tu andar de los días grandes; y estás cariñosa y gentil, como si hubieses concedido asueto a todos tus cuotidianos relámpagos nerviosos...

Y he aquí que un grupo de franceses en la calle de Florida, al pasar la gente italiana, alza una bandera de Italia y clama por la unión de la gente latina.

Y, mi filósofa rubia, las cosas de la política son obra de los gordos y calvos senadores. Los pueblos no entienden el mundo como los gobiernos. Sobre una calzada de Crispis pasa la fraternidad de la patria de Dante y la patria de Hugo...

Y como la filosofía para Parisina es mucho mejor con helados de fresa, nos sentamos a una de las mesitas bulevarderas, en donde mi amiga bella pudo gustar a un tiempo mismo su helado de fresas y su filosofía.

Al día siguiente, henos listos para la partida de campo. Ella prepara la cesta, del mismo modo que allá en París para ir a Bougival. Como en Bougival tendremos en un rinconcito florido, conocido de muy pocos, a la orilla del Río de la Plata, juventud, pollo, fiambre, pastel de hígado, vino delicioso y amor ardiente.

Yo me reharé un alma de estudiante; Parisina olvidará que admira a Botticelli y se encarnará más o menos en Mimí Pinson. Y subimos al coche de alquiler, y vamos camino de nuestro rinconcito, mientras a lo lejos una música nos anuncia que los mortales están oyendo el grito sagrado.

Allá, a las orillas del río, el mantel sobre las hierbas húmedas soporta la riqueza de la cesta. Somos tres, con la soledad. El aire liviano nos roza con su raso invisible. Un olor de campo nuevo nos llega de lo hondo del boscaje; el río, inmenso y grisáceo, dice cosas en voz muy baja.

Un vuelo de pájaro sobre nuestras cabezas; Parisina canta una canción y yo destapo una botella de vino rojo. Un pollo frío jamás ha encontrado dos tan preciosos apetitos.

Ella tiene con los dedos su pata de pollo, con la gracia con que asiría un bouquet. Devora como una niña. En el único vaso del pic-nic, está contento y toca llamada el vino de Francia.

¡Oh próceres, oh bravo caballero San Martín!, ¡oh severos padres de la patria argentina, férreos capitanes!, ¡oh Belgrano, oh Rivadavia!, y tú, ¡oh joven y egregio Moreno!, debéis estar contentos cuando al par de los cañonazos del ejército, de las marchas marciales, de las ceremonias ciudadanas, de los épicos estandartes, recibís el ramillete de la égloga, la celebración que os hace la juventud y el amor. Vuestras glorias pasan sobre nuestras frentes, como una cabalgata de walkirias, mientras los ojos de Parisina brillan en sus dulces aguas de diamantes azules; al par de nuestros clarines canta esta pícara y alegre calandria de oro, que me pica el corazón como una cereza. A los truenos de la artillería, contestará una salva de besos. Y al par de los discursos oficiales y de las arengas patrióticas, esos encendidos labios femeninos dirán versos de amados poetas, rondeles sonoros y sonetos galantes; y nos vendrá de lo invisible como un aliento para vivir la vida y gozar de los años primaverales, en esta vasta tierra ubérrima, en que se ha de vaciar la urna de las razas.

Parisina se arregla el cabello; vuelve a posarse en esa áurea gracia la gran mariposa del sombrero; en mi cerebro trabaja como un gnomo el espíritu del verso, alistándome un almacén de rimas que luego han de brotar en sus rítmicas teorías, en honra de la patria universal de las almas y del hogar inmenso de los corazones.

Y la joven rubia, cuya encantadora y simbólica persona pone en mí un goce de ensueños y una visión de amor, quita un botón de rosa del ramo de su corpiño, y gozosa y triunfante, me condecora.

LA PESCA[1]

Yo había visto a mis pies la destrozada cabeza de ciervo en que las cuerdas amadas habían sabido decir mis sueños armoniosos y mis dulces esperanzas, a los vientos errantes. No tenía ya más instrumento —caja de mi música íntima, lira mía rota bajo la tempestad, en el naufragio!

Mi pobre barca estaba hecha pedazos; apenas a la orilla del amargo mar, se balanceaba, triste ruina de mi adorada ilusión; y la red estaba rota, deshecha como la lira...

(*La esposa había salido a buscar al pescador, dejando encendido el hogar en la cabaña; y mecía al niño dormido en sus brazos, al vuelo de la brisa de la noche.*)

—¡Ay! ¡Ay! ¡Ay! —grité al océano negro, lleno de cóleras hondas y misteriosas—. Los dioses son injustos y terribles; ¿qué mal hacían al mundo mi lira hecha de la testa de un ciervo, y mi barca pequeña y ligera, y mi red conocida y querida de los tritones y de las sirenas?

(—¡Eh! —*grita la mujer con el niño en los brazos*—, ¿*cenaremos hoy?*— *Arde en la choza el resto de un buen fuego.*)

—¡Ay! ¡Ay! ¡Ay! —grité al cielo—, ¿los dioses son sordos y malos?

Allá a lo lejos, en lo negro de la playa, bajo lo negro de las nubes, vi venir una figura blanca, con aspecto de nieve y de lino.

Fué acercándose poco a poco, hacia donde yo me encontraba, con los brazos desfallecidos, delante de mi lira rota, mi barca rota, mi red destrozada.

---

[1] Apareció en *La Quincena* de Buenos Aires, septiembre de 1896; recogido por E. K. Mapes, *Escritos inéditos,* p. 198, bajo el título general de *Pequeños poemas.* Mapes incluyó *La pesca* (y *Gesta moderna,* también incluída en este volumen) en la sección de *Poesías* de su recopilación; en la p. X de la *Introducción* trata de justificarlas como "poemas en prosa", género frecuentado por Darío.

Y era Él.

—¡Oh! —exclamé—, ¿no me queda más que la muerte?

—Poeta de poca fe —me dijo—, echa las redes al mar.

El cielo se aclaró, brillaron las luminosas constelaciones; las olas se llenaron de astros danzantes y fugaces.

Eché las redes en las aguas llenas de astros, y ¡oh prodigio! nunca salieron más cargadas. Era una fiesta saltante de estrellas; la divina pedrería viva, se agitaba alrededor de mis brazos gozosos.

(Él partió sobre las espumas al lado del Oriente blanco y maravilloso, coronado de su indescriptible nimbo, dejando en las arenas y pequeñas conchas las huellas de sus divinos pies descalzos.)

Los buenos hombres de los alrededores nunca vieron mayor alegría en la casa del pescador, después de la tempestad.

¡Oh, qué rica cena! El pescador fumaba su pipa, mientras la lira sagrada cantaba; la mujer hilaba en la rueca; y el niño jugaba al calor del hogar, con dos grandes anillos —huesos restantes del pez Saturno.

GESTA MODERNA[1]

El día gris se presta a las ilusiones.

Y en el aire, he aquí los mirajes:

Un campo de pelea, grande y noble concurrencia, dos caballeros reales, armaduras, yelmos, morriones; Turín y Orleáns van a luchar.

¡Batid, tambores; sonad, clarines!

Las damas tienen rosas en los corpiños, las banderas flotan a los heroicos vientos, el cielo está azul como el éxtasis; imponen, hermosas, las ánguilas bordadas.

Solares, irradian los oros de las joyas. Nada como el ojo de la princesa que ilumina de glorioso presagio al príncipe novio.

¡Batid, tambores; sonad, clarines!

Un caballo, crin de Berbería, golpea el suelo con sus zuecos de bronce; otro caballo, ojo de llama, sacude la cabeza y relincha como en el libro de Job.

Un príncipe tuvo por madrina una hada; otro por padrino a un encantador. Y el uno ama la rosa blanca y el unicornio, y el otro el clavel rojo y la quimera.

¡Batid, tambores; sonad, clarines!

El escudero del uno es buen citarista; el escudero del otro sabe juegos de manos, y a la hora de asar el jabalí, junto al hogar no hay como él para decir decires y contar cuentos.

El escudero del uno tiene una mejilla partida de un sablazo; al escudero del otro le faltan cuatro dedos: ambos son gordos y tienen buen apetito.

¡Batid, tambores; sonad, clarines!

[1] Apareció en *El Tiempo* de Buenos Aires, 17 de agosto de 1897; recogido por E. K. Mapes, *Escritos inéditos,* pp. 198-199. Véase la nota 1 de *La pesca* en la presente edición.

El torneo empieza y al primer choque, las dos armaduras parecen bañadas de plata, flordelisadas de fuego. En los estrados dice una voz que el uno se asemeja a San Miguel Arcángel; y otra le contesta que el otro es igual a San Jorge, aquel divino hermafrodita que da de beber a su caballo después de matar al dragón.

¡Batid, tambores; sonad, clarines!

Un águila pasa por el cielo y dice: ¡Turín!
Otra águila pasa por el cielo y clama: ¡Orleáns!
A lo cual contesta un estandarte ondulando al viento norte.
A lo cual contesta otro estandarte ondulando al viento sur.
Y un águila se coloca en la punta de un asta y otra en la otra.
¡Batid, tambores; sonad, clarines!

Al segundo choque un príncipe es desarzonado; y al caer hace la armadura como un trueno de oro. Y el águila de su estandarte, parte, triste, a decir a Francia el duelo.

El de Turín hace caracolear su caballo; del corpiño de la princesa novia se desprende la más rosada rosa y de su sonrisa, también la más rosada, vuela una promesa.

¡Batid, tambores; sonad, clarines!

Y el miraje, cruel fata-morgana, cambia, y la musa me tira de las orejas.

He aquí dos levitas; he aquí dos reales clubmen; he aquí un Orleáns periodista y un Turín espadachín.

Y mientras el arte quiere unir lo que las políticas rompen, y circula más fragante y potente que nunca la sangre latina, y la alondra canta a la loba, el hijo del duque de Chartres reportea poco discretamente; por lo cual el hijo de Amadeo le mete el sable en la barriga.

¡Batid, tambores; sonad, clarines!

UN CUENTO PARA JEANNETTE[1]

Jeanette, ven a ver la dulzura de la tarde. Mira ese suave oro crepuscular, esa rosa de ala de flameno fundido en tan compasivo azul. La cúpula de la iglesia se recorta, negra, sobre la pompa vespertina. Jeannette, mira la partida del día, la llegada de la noche; y en este amable momento haz que tu respirar mueva mis cabellos, y tu perfume me dé ayuda de ensueños, y tu voz, de cuando en cuando, despedace, ingenuamente el cristal sutil de mis meditaciones.

Porque tú no tienes la culpa ¡oh Jeanette! de no ser duquesa. Mucho lo dice tu perfil, tu orgulloso y sonrosado rostro, igual en un todo al de la trágica María Antonieta, que con tanta gracia sabía medir el paso de la pavana. *Si j'aime Suzette, j'adore Suzon,* dice el òmnipotente Lírico de Francia, en un verso en que Júpiter se divierte.[2] Tú, Jeannette, no eres Jeannetton, por la virtud de tu natural imperio, y así como eres Jeannette, te quiero Jeannette. Y cuando callas, que es muchas veces, pues posees el adorable don del silencio, mi fantasía tiene a bien regalarte un traje de corte que oculta tus percales, y una gran cabellera empolvada y unos caprichos de pájaro imperial que comiera gustoso fresas y corazones; —y una guillotina...

Jeannette, ¿qué te dice el crepúsculo? Yo lo miro reflejarse en tus ojos, en tus dos enigmáticos y negros ojos, en tus dos enigmá-

---

[1] Apareció en *El Tiempo* de Buenos Aires, 8 de octubre de 1897; recogido E. K. Mapes, *Escritos inéditos,* pp. 185-187. Obsérvese la dedicatoria interna como en *A las orillas del Rhin,* el primer cuento de Darío.

[2] Exactamente: "J'adore Suzette, / mais j'aime Suzon" (*Suzette et Suzon,* en *Toute la lyre,* XXII, canción I). Un año antes de publicar su cuento, Darío citaba la misma canción con curiosas alteraciones: "J'adore Suzette / Et j'aime Suzon. / Suzette, en cognête [*sic*]; / Suzon, sans façon. / J'adore Suzette, / Mais j'aime Suzon!" (*Sensación de otoño,* en *La Nación* de Buenos Aires, 6 de abril de 1896; cf. *Escritos inéditos,* pág. 176). El texto de Hugo dice así: "J'adore Suzette, / Mais j'aime Suzon, / Suzette en toilette, / Suzon sans façon! / Ah! Suzon, Suzette! / Suzette, Suzon!" Véase la nota 2 a la *Historia de un 25 de mayo,* incluída en el presente volumen.

ticos y negros y diamantinos ojos de ave extraña. (¿Serían los ojos del papemor fabuloso como los tuyos).[3]

Yo te cantaré ahora un cuento crepuscular, con la precisa condición de que no has de querer comprenderlo: pues si intentas abrir los labios, volarán todos los papemores del cuento. Oye, nada más; mira, nada más. Oye, si suenan músicas que has oído en un tiempo, cuando eras jardinera en el reino de Mataquín y pasaban los príncipes de caza; ve, si crees reconocer rostros en el cortejo, y si las pedrerías moribundas de esta tarde te hacen revivir en la memoria un tiempo de fabulosa existencia . . .

Éste era un rey . . . (En tu cabecita encantadora, mi Jeannette, no acaban de soltarse las llaves de las fuentes de colores? ¿No te llama el acento de tus *Mil y una noches?*)

El rey era Belzor, en las islas Opalinas, más allá de la tierra en que viviera Camaralzamán. Y el rey Belzor, como todos los reyes, tenía una hija; y ella había nacido en un día melancólico, al nacer también en la seda del cielo el lucero de la tarde.

Como todas las princesas, Vespertina —éste era su nombre— tenía por madrina una hada, la cual el día de su nacimiento había predicho toda suerte de triunfos, toda felicidad, con la única condición de que, por ser nacida bajo signos arcanos especiales, no mostraría nunca su belleza, no saldría de su palacio de plata pulida y de marfil, sino en la hora en que surgiese, en la celeste seda, el lucero de la tarde, pues Vespertina era una flor crepuscular. Por eso cuando el sol brillaba en su melodía, nada más triste que las islas, solitarias y como agotadas; mas cuando llegaba la hora delicada del poniente, no había alegría comparable a la de las islas: Vespertina salía, desde su infancia, a recorrer sus

---

[3] En *El reino interior*, de *Prosas profanas*, Darío menciona por primera vez los "papemores", como pertenecientes a la fauna de los "cuentos azules", y se apresura a identificarlos: " . . . Se ven extrañas flores / de la flora gloriosa de los cuentos azules, / y entre las ramas encantadas, papemores / cuyo canto extasiara de amor a los bulbules. / (*Papemor:* ave rara; *bulbules:* ruiseñores)." En la *Historia de mis libros,* Darío indica su fuente: "En *El reino interior* . . . he querido en un verso hasta aludir al *Glosario* de Plowert." El *Petit glossaire,* diccionario simbolista editado por Jacques Plowert, seudónimo de Paul Adam (1862-1920), apareció en París en 1888; Darío lo adquirió seguramente en esa ciudad en 1893. En efecto, Marasso encuentra en el *Petit glossaire,* no sólo *Papemor, oiseau fabuleux,* sino otras palabras que Darío utiliza en su obra. Aceptamos

jardines y kioscos, y ¡oh adorable alegría! ¡oh alegría llena de una tristeza infinitamente sutil!... los cisnes cantaban en los estanques, como si estuviesen próximos a la más deliciosa agonía; y los pavos reales, bajo las alamedas, o en los jardines de extraña geometría, se detenían, con aires hieráticos, cual si esperasen ver venir algo...

Y era Vespertina que pasaba, con paso de blanca sombra, pues su belleza dulcemente fantasmal dábale el aire de una princesa astral, cuya carne fuese impalpable, y cuyo beso tuviese por nombre: Imposible. Bajo sus pies brillaban los ópalos y las perlas; a su paso notábase como una inclinación en los grandes lirios, en las frescas rosas blancas, en los trémulos tirsos de los jazmineros.

Delante de ella iba su galgo de color de la nieve, que había nacido en la luna, el cual tenía ojos de hombre.

Y todo era silencio armonioso a su paso, por los jardines, por los kioscos, por las alamedas, hasta que ella se detenía, al resplandor de la luna que aparecía, a escuchar la salutación del ruiseñor, que le decía:

—Princesa Vespertina, en un país remoto está el príncipe Azur, que ha de traer a tus labios y a tu corazón las más gratas mieles. Mas no te dejes encantar por el encanto del príncipe Rojo, que tiene una coraza de sol y un penacho de llamas.

Y Vespertina íbase a su camarín, en su palacio de plata pálida y marfil... ¿A pensar en el príncipe Azur? No, Jeannette, a pensar en el príncipe Rojo. Porque Vespertina, aunque tan etérea, era mujer, y tenía una cabecita que pensaba así: El ruiseñor es un pájaro que canta divinamente; pero es muy parlanchín, y el príncipe Rojo debe de tener jaleas y pasteles que no sabe hacer el cocinero del rey Balzor.

El cual dijo un día a su hija:

—Han venido dos embajadores a pedir tu mano. El uno llegó en una bruma perfumada, y dijo su mensaje acompañando las

como probables *áptero, nefelibata, pánico* y *sibilino.* Marasso copia la cita del glosario: "Les papemors dans l'air violet vont..." (Jean Moréas, *Cantilènes,* 1886) y un testimonio de A. Delboulle (*Revue Critique,* 1889, vol. 27, p. 34) sobre el uso de *papemor* por el mismo Moréas (cf. Marasso, *Rubén Darío y su creación poética,* edición aumentada, Buenos Aires, s. f., pp. 147, 365-366, 387, 399-400 y 405).

palabras con un son de viola. El otro, al llegar, ha secado los rosales del jardín, pues su caballo respiraba fuego. El uno dice: Mi amo es el príncipe Azur. El otro dice: Mi amo es el príncipe Rojo.

Era la hora del crepúsculo y el ruiseñor cantaba en la ventana de Vespertina a plena garganta: Princesa Vespertina, en un país remoto está el príncipe Azur, que ha de traer a tus labios y a tu corazón las más gratas mieles. Mas no te dejes encantar por el encanto del príncipe Rojo, que tiene una coraza de sol y un penacho de llamas.

—¡Por el lucero de la tarde! —dijo Vespertina— juro que no me he de casar, padre mío, sino con el príncipe Rojo.

Y así fué dicho al mensajero del caballo de fuego; el cual partió sonando un tan sonoro olifante, que hacía temblar los bosques.

Y días después oyóse otro mayor estruendo cerca de las islas Opalinas; y se cegaron los cisnes y los pavos reales.

Porque como un mar de fuego era el cortejo del príncipe Rojo; el cual tenía una coraza de sol y un penacho de llama; tal como si fuese el sol mismo.

Y dijo:

—¿Dónde está, ¡oh rey Belzor!, tu hija, la princesa Vespertina? Aquí está mi carroza roja para llevarla a mi palacio.

Y entre tanto en las islas era como el mediodía, la luz lo corroía todo, como un ácido; y del palacio de marfil y de plata pálida, salió la princesa Vespertina.

Y aconteció que no vió la faz del príncipe Rojo, porque de pronto se volvió ciega, como los pavos reales y los cisnes; y al querer adelantarse a la carroza, sintió que su cuerpo fantasmal se desvanecía; y, en medio de una inmensa desolación luminosa, se desvaneció como un copo de nieve o un algodón de nube ... Porque ella era una flor crepuscular; y porque, si el sol se presenta, desaparece en el azul el lucero de la tarde.

Jeannette, a las flores crepusculares, sones de viola; a los cisnes, pedacitos de pan en el estanque; a los ruiseñores, jaulas bonitas; y ricas jaleas como las que quería comer la golosa Vespertina, a las muchachas que se portan bien.

—¡Zut! —dice Jeannette.

POR EL RHIN[1]

Près de la fenêtre, aux bords du Rhin,
le profil blond d'une Margarète;
elle dépose de ses doigts lents
le missel où un bout de ciel
luit en un candide bleuet.
Les voiles de vierges bleus et blancs
semblent planer sur l'opale du Rhin.

GUSTAVE KAHN.[2]

Ayer mañana, muy de mañana, mi vecina comenzó a cantar; despertó como un canario; canta como un canario; es rubia, es hija de Alemania. Diréis que el oro es poca cosa si miráis bañada de sol la cabeza de ese pajarito alemán, que tiene por nombre Margarita, y que no hay duda lo recortó la madre con sus tijeras de algún *Fausto* iluminado por algún mágico viñetista.

[1] *El Tiempo* de Buenos Aires, 28 de octubre de 1897; recogido por E. K. Mapes, *Escritos inéditos,* pp. 188-190. El mundo poético y mitológico alemán llega a Darío a través de la literatura francesa. Tal es el caso de este cuento, sugerido por unos versos de Gustave Kahn (1859-1936). En la obra de Darío menudean referencias al Rhin, los castillos medioevales, Loreley, Lohengrin, Parsifal, y a Goethe, Heine, Arndt y Schiller, Wagner y Strauss, todo ello envuelto en cierta imprecisión, como se ve ya en su primer cuento, significativamente titulado *A las orillas del Rhin.* Al final de sus *Tierras solares* (Madrid, 1904), Darío narró su viaje por las "tierras de bruma"; el poeta va reviviendo el mundo que antes conoció literariamente. En uno de los capítulos (titulado, como este cuento, *Por el Rhin)* dice: "¡El Rhin! Y siempre la vasta sombra hugueana por todas partes... Y la sombra de otro coloso, Wagner, y las armoniosas baladas de tantos poetas". A continuación cita anónimamente las estrofas del "amor alemán" de su *Divagación* de *Prosas profanas* (cf. *Tierras solares,* vol. III de la primera serie de obras completas, Madrid, 1917, pp. 214-223). Publicamos el texto de Mapes, limpio de erratas.

[2] No hemos podido cotejar con el original los versos de Gustave Kahn. Para la fecha del cuento, Kahn ya había publicado *Les palais nomades* (1887), *Chansons d'amant* (1891), *Domaine de fée* (1895),

Près de la fenêtre...
le profil blond d'une Margarète.

El verso de Gustave Kahn danzaba en mi memoria. ¿Y la rueca, Margarita? ¿Y la rueca?

Près de la fenêtre...

Más azules que los vergissmeinnicht, sus dos pupilas celestiales miran con la franqueza de una dulce piedra preciosa, o de un ágata rara como las piedras fabulosas de los cuentos, que miraban como ojos... Al mirar, sus claros ojos matinales contribuyen a la alegría del día. "Buenos días, vecina, buenos días". ¿Y la rueca, Margarita, y la rueca?

¡Ah! sí, yo la he de hablar más de cerca y, si me lo permiten sus dos puros ojos, haremos juntos un viaje por el Rhin. ¡Por el Rhin! En compañía de dos ojos más azules que los vergissmeinnicht se hace el único viaje que puede soñar un poeta.

Y le he hablado por fin, muy de cerca, y ella me ha contado en curioso idioma muy bravas cosas.

El padre, semejante a un burgomaestre clásico, rico de abdómen y unido a su pipa por la más estrecha de las simpatías, da lecciones de música. ¿Por eso cantará con tanta afinación el canario alemán? Mientras conversamos, el burgomaestre hojea una partitura y ahuma el ambiente con la conciencia de una solfatara.

Yo le digo a Margarita de los versos de Kahn, y le propongo que hagamos el viaje del Rhin juntos, esa misma mañana; y como ella accede y me mira fijamente, partimos a Alemania, como sobre la espalda nevada de un cisne.

No sé qué encanto especial tienen las mujeres germánicas, que a más de producir en nosotros el hechizo del ensueño, nos infunden exquisitamente —costumbre quizá heredada de willis o mujeres-cisnesas— una honda voluptuosidad... La latina os que-

La pluie et le beau temps (1895), *Limbes de lumière* (1895), *Premiers poèmes* (1897) y *Le livre d'images* (1897). Darío debió de adquirir en París hacia 1893 los dos primeros, y acaso también *La Vogue* (1886 y 1889), *Le Symboliste* (1886) y la *Revue Indépendante* (1888), editadas por Kahn. Precisamente de 1893 data la primera mención del poeta simbolista en la obra de Darío, cf. el ensayo sobre Max Nordau (1848-1923) de *Los raros*.

ma; la germana os trae el calor de por dentro, como un cordial. Y así, por mucho que naveguéis a la luz de la luna y oigáis la voz de Lorelei, de pronto os sentiréis amorosamente abrasados ... ¿No es cierto, oh divino Heine?

Y Kahn:

> *Elle dépose de ses doigts lents*
> *le missel où un bout de ciel*
> *luit en un candide bleuet.*

¿Qué flor es ésa, Margarita, rubia Margarita, la que tu mano corta después de dejar el antiguo libro de misa? ¿Es una margarita, es una no-me-olvides? No; es una rosa, cuyo corazón compite con la sangre de tus labios.

Es domingo: el campanario soltó sus palomas de oro del palomar de piedra antigua. Es día alegre. El burgomaestre repasa una partitura. Mi vecina y yo vamos camino del Rhin. Ya estamos en él. Allá está el castillo. Más allá el burgo. Allá, más allá, la casa de Margarita.

> *Les voiles de vierges bleus et blancs*
> *semblent planer sur l'opale du Rhin ...*

—¿Y la rueca, Margarita?

Margarita está en la ventana de su casa; ha ido ya a misa ... Es día domingo, pero no importa: ella hila.

—¡Margarita! te vengo a visitar desde muy lejos, en compañía de mi vecina, cuyos ojos son hermanos de los tuyos.

Margarita está con la rueca.

Margarita me gratifica con una sonrisa; y teje, teje, teje ...

Ha tiempo murió el abuelo, que fué coracero del gran Federico. Margarita tiene una abuela, cuyas grandes y liliales cofias aprueban, al andar, acciones honestas. La abuela supo de amor heroico y ardiente, hace tiempo, hace largo tiempo. La procesión de años es tan extensa, que apenas se alcanzan a ver los que van por delante ...

—Buena abuelita, ¿Margarita tiene novio?

—Novio tiene Margarita. No es el estudiante, que tiene una cruz de San Andrés dibujada a sable en la mejilla derecha. No es el dueño de la fábrica, a quien han amenazado los obreros con una degollina si no les aumenta el salario. El novio de

Margarita es el propietario de la viña; el buen mozo rojo, que tiene un bello perro, un bello fusil y un coche de dos ruedas tirado por una linda jaca.

—¿Y para cuándo el matrimonio?

—Para la próxima cosecha. En las cubas rebosa el vino blanco.

La abuela charla, charla. Margarita teje, teje, teje.

—¿Y los poetas, abuela?

—Los espantajos alejaron todos los gorriones del plantío de coles; Margarita no entiende de música sino lo necesario para tararear un vals de Strauss.

La noche va a llegar. Aparecen los animales crepusculares, a la orilla del bosque, a la orilla del río.

El viejo Rhin va diciendo sus baladas. La vagarosa bruma se extiende como un sueño que todo lo envuelve; baja al recodo del río, sube por los flancos del castillo; la noche, hela allí, coronada de perlas opacas y en la cabellera negra el empañado cuarto creciente...

Ya la casita de la rubia hilandera está envuelta en sueño.

Entrada la noche, comienza el desfile, frente a la ventana en donde, flor de leyenda, estaba asomada la niña que hilaba en la rueca.

Pasa como un enjambre de abejas de oro, murmurando, el coro de canciones que salen de los vientres de los laúdes viejos, donde viven haciendo un panal de melodías, alrededor del cual el diablo ronda, hecho moscardón... Pasa el diablo, en traje de gala.

En traje de gala va Mefistófeles, todos ya lo sabéis, un bajo de ópera. Sus cejas huyen hacia arriba, como las de los faunos; sobre su frente la pluma tiembla, los bigotes enrollan sus rabos de alacrán; la malla color de fuego aprieta la carne enjuta; a la cintura va el puñal de guardarropía y el espadín infeliz que no pincha, ni tiene el azufre de un fósforo.

Pasa Mefistófeles; un pobre diablo. Pasa el hombre pálido y pensativo y gentil; pasa Fausto. Todo vestido de negro; va de luto por él mismo. Entre su pobre cabeza yace el sedimento de cien vejeces. A través de la bruma, el cuarto creciente compasivo le envía un rayo que le dora la pálida frente, y hace brillar sus ojos rodeados de ojeras.

Pues ha hecho tanto la fiesta, ha gustado tanto de la vida alegre, que está seriamente amenazado de tabes dorsalis. Vedle la manera de caminar; de modo que parece que junto a él va una Muerte de Durero ritmándole el paso, al son de una sorda cornamusa.

Pasa la vieja dueña, con el faldellín ajado por avaricias y concupiscencias seniles. Junto a ella, una araña, una escoba, un sapo; y el gordo perro judío que da dinero con absurdo interés, y se paga las niñas de doce años; y el gordo perro cristiano que extorsiona al circunciso y al incirconciso, y se receta el plato de cenizas de Sodoma.

Pasa Valentín, matachín; agujereado el pellejo a duelos; borracho como una mosca. Se hará de la vista gorda, como le deis un empleo en la agencia del banco, una querida y una bicicleta.

Pasa el organista, que tocó en la iglesia a la hora de la misa, y que por dentro es un luterano extra: así ama él a la monja, a la regordeta Sor Sicéfora de los Gozos, que le regala con hojaldres y carnecitas bien manidas, con salsa abacial.

Pasa el gran Wolfgang, patinando. Su cabeza sobrepasa la floresta; su holgada capa negra deja ver su pecho constelado de estrellas.

Empujado por una musa ciega y triste, pasa luego, entre un grupo de gentes vestidas de negro, que sollozan y llevan los rostros cubiertos, pasa en su carretilla de paralítico, el pobre Heine: va alimentando en su regazo a un cuervo funesto, a quien da de comer un puñado de diamantes lunares . . .

Y junto al tullido, como un paje familiar, va un oso.

Pasa, furioso, el pecho desnudo, los gestos violentos, la mirada fulminante, mascando una hostia, estrangulando un cordero, un hombre extraño, que grita:

—Yo soy el magnánimo Zarathustra: seguid mis pasos. Es la hora del imperio: ¡yo soy la luz!

Alrededor del vociferador caen piedras.

—¡Muerte a Nietzsche el loco!

Pasa el desfile, bajo el palio gris de la bruma . . .

Volvemos del viaje al Rhin.

No lo repetiremos.

He perdido las señas de la casa de Margarita.

¿Qué decía el son de la rueca?

¿En qué estábamos, dulce vecina?

Hauptmann se subió al campanario y tocó a somatén.

El viejo cara de burgomaestre ha concluído la partitura y limpia el flautín.

—Vecina, no me ha dicho usted todavía en qué se ocupa.

—¿No se lo he dicho? Soy modista. ¿Y usted?

—Yo, poeta.

LA LEYENDA DE SAN MARTÍN, PATRONO
DE BUENOS AIRES[1]

Por la montaña hagiográfica de los Bolandistas, por el vergel primitivo y paradisíaco del Cavalca, por los jardines áureos de Jacobo de Vorágine, aun por el huerto de Croiset, encuentran las almas que las buscan, flores muy peregrinas y exquisitas.[2]

¡Así las encontrará el vasto espíritu de Hello![3]

Como el monje de la leyenda, escuchamos, si lo queremos, un ruiseñor que nos hace vivir mil años por trino. Oíd cantar al pájaro celestial, hoy día del patrono de Buenos Aires, y caminando contra la corriente de los siglos, vamos a Panonia, a Saborie, en tiempos imperiales.

He ahí a Martín, niño del Señor, desde que sus pupilas ven el sol. Su santidad desde el comienzo de su vida le aureola de gracia, y el Espíritu pone en su corazón una llama violenta, y en su voluntad un rayo.

Así el Cristo se revela en esa infancia, que a los diez años siente como nacer un lirio en sus entrañas.

---

[1] *La Nación* de Buenos Aires, 11 de noviembre de 1897; recogido por E. K. Mapes, *Escritos inéditos,* pp. 190-193. Hemos enmendado las erratas.

[2] Los Bolandistas, Jean de Bolland (1596-1665) y sus sucesores, redactaron los *Acta Sanctorum Bollandiana* hacia 1643, siguiendo el proyecto de Heribert Rosweyde (1596-1629); el vol. VI (1715) trae la vida de San Martín. Fra Domenico Cavalca († 1342), *Volgarizzamento delle vite de' Santi Padri;* recuérdese el ensayo de *Los raros* y los versos de *El reino interior,* en *Prosas profanas:* "... La tierra es de color de rosa, / cual la que pinta fra Domenico Cavalca / en sus *Vidas de santos*". Jacopo de Varaggio (1230-1298), *Legenda aurea.* Jean Croiset (1656-1738), *L'année chrétienne* y *Vies des saints.*

[3] Ernest Hello (1828-1885). Darío conoció las *Physionomies de saints* (1875); en 1896 menciona a Hello en los ensayos sobre Verlaine y Léon Bloy (1846-1917), de *Los raros,* y las *Physionomies* en *Verónica* y *La extraña muerte de fray Pedro* (cf. la nota 2 a uno y otro cuento en la presente edición).

—¡Por Apolo! ¡Por Hércules! —grita el tribuno legionario— Este pequeño y vivo león despedaza mis esperanzas!

Pues el niño fuése del hogar pagano, y buscó la miel y el lino del catecúmeno.

La madre gentil háblale de las rosas que van a florecer, de las flautas que han de resonar mañana, del alba epitalámica. El infante no escucha la voz maternal, sonríe porque oye otra voz que viene de una lira invisible y angélica.

Aún la pluma suave del bozo está brotando y el adolescente es llamado por la trompeta de la tropa. Voz imperial. Va el joven a caballo; sobre el metal que cubre su cabeza soberbia, veríais con ojos misteriosos y profundos el tenue polvo de aurora que el Señor pone, en halo sublime, a sus escogidos. Va primero entre las legiones de Constancio; luego hará piafar su bestia por Juliano. Y esos labios, bajo el sol, no se desalteran sino con los diamantes de las fuentes.

Nada para él de Dionisio; nada de Venus. Y en aquella carne de firme bronce está incrustada la margarita de la castidad. Las manos no llevan coronas a las cortesanas; asen el aire a veces, como si quisiesen mortificarse con espinas, o apretar, con deleite, carbones encendidos.

Amiens, en hora matinal. Del cielo taciturno llueve a agujas el frío. El aire conduce sus avispas de nieve. ¿Quién sale de su casa a estas horas en que los pájaros han huído a sus conventos? En los tejados no asomaría la cabeza de un solo gato. ¿Quién sale de su casa a estas horas? De su cueva sale la Miseria. He aquí que cerca de un palacio rico, un miserable hombre tiembla al mordisco del hielo. Tiene hambre el prójimo que está temblando de frío. ¿Quién le socorrería? ¿Quién le dará un pedazo de pan?

Por la calle viene al trote un caballo, y el caballero militar envuelto en su bella capa.

Ah, señor militar, una limosna por el amor de Dios!

Está tendida la diestra entumecida y violenta. El caballero ha detenido la caballería. Sus manos desoladas buscan en vano en sus bolsillos. Con rapidez saca la espada. ¿Qué va a hacer el caballero joven y violento? Se ha quitado la capa rica, la capa bella; la ha partido en dos, ha dado la mitad al pobre! Gloria, gloria a Martín, rosa de Panonia.

Deja, deja, joven soldado, que en la alegre camaradería se te acribille de risas. Lleva tu capa corta, tu media capa. Martín está ya en el lecho, Martín reposa, Martín duerme. Y de repente truenan como un trueno divino los clarines del Señor, cantan las arpas paradisíacas. Por las escaleras de oro del Empíreo viene el Pobre, viene N. S. J. C., vestido de esplendores y cubierto de virtudes; viene a visitar a Martín que duerme en su lecho de militar. Martín mira al dulce príncipe Jesús que le sonríe.

¿Qué lleva en las manos el rey del amor? Es la mitad de la capa, buen joven soldado.

Y al cortejo angélico dice Jesucristo:

—Martín, siendo aún catecúmeno, me ha cubierto con este vestido.

Martín, cristiano, quiere abandonar las obras de la guerra. Su corazón columbino no ama las hecatombes. Ama la sangre del Cordero: el balido del cordero conmuévele en el fondo de su ser más que cien bocinas cesáreas. Se oye el tronar de los galopes bárbaros.

El Apóstata temeroso oye el galope de los caballos bárbaros. Así, reúne el ejército y señalando el amago de los furiosos enemigos, proclama que es preciso resistir hasta la victoria: a cada soldado ofrece su parte de oro.

Mas al llegar a Martín, Juliano no oculta su sorpresa al ver que el joven militar pide por el oro la licencia.

Dice Juliano:

—Pésanme tus palabras, pues nunca creí que en ti tuviera nido la cobardía!

Martín responde:

—Asegúreseme hasta el día de la función: póngaseme entonces delante de las primeras filas sin otras armas que la señal de la cruz y entonces se verá si temo a los enemigos ni a la muerte.

No llegaron los bárbaros: partieron como un río que desvía su curso. Y Martín entró de militar de Dios.

En Poitiers está Hilario obispo; con él Martín. Hilario se maravilla de tan puro oro espiritual. Hilario júzgale llamado a morar altamente entre las azucenas celestes. Es humilde, es casto, es amoroso.

—Diácono has de ser ya —dícele Hilario.

Y él se niega a la jerarquía.

—Pues serás exorcista, terrible enemigo del demonio! —replícale la santa voluntad episcopal.

De tal guisa el Bajísimo tuvo siempre como una de las más poderosas torres de virtud, de fortaleza y de templanza al bueno y bravo Martín, el de la capa del pobre.

Entre las nieves alpinas. Va Martín, por mandato del Señor, a ver a sus padres, aún gentiles, y convertirlos al Cristo. De las rocas y nieves en donde tienen sus habitáculos, surgen bandidos: uno va a dar muerte al peregrino; otro le salva la vida.

—¿Quién eres? —pregunta el capitán.

—Hijo de Cristo.

—¿Tienes miedo?

—Jamás le tuve menos, pues el Señor asiste en los peligros.

Y el peregrino de cándida alma y de fragante corazón de rosa, trueca al ladrón en monje.

No puede, ya en Hungría, traer el cristianismo a su padre; su madre sí fué por él cristiana. La semilla de Arrio se propagaba; y árbol ya, florecía: Martín opuso su fuego contra los arrianos. Se le azota, se le destierra. Échanle de Milán los arrianos. ¿A dónde va?

A una isla del Tirreno, en donde comunica con las aves, se sustenta de yerbas, y tiene con las olas confidencias sublimes. Las olas le celebraban su cabello en tempestad, su desdén de las pompas mundanas, su manera de hablar que era como para entenderse con olas o tórtolas. Atacóle el diablo en la isla envenenándole; y él se salvó de la ponzoña con la oración.

Otra vez en las Galias el santo monje, entre monjes, ejerce su caridad y Dios obra en su feliz taumaturgia. Volvió a la vida a un catecúmeno. Y, cosa teologal y profunda, que hace estremecerse a los doctores: *suspendió el juicio de Dios,* volviendo a la vida a un suicida, hijo de Lupiciano, caballero de valía.

Luego, hele ahí obispo de Tours: el humilde es puesto por la fuerza en la dignidad. Y entonces acrecieron su fe, su esperanza y su caridad. Y el milagro tuvo una primavera nueva: dominó su gesto a una encina; a un pobre atacado del mal sagrado de la lepra, dió un beso de paz y le sanó; todo lo que tocaba se llenaba de virtud extraordinaria y esotérica. Valentino y Justina supieron cómo Martín podía hacer brotar el fuego de Dios.

A Canda va, a calmar la iglesia agitada. Llega y su palabra triunfa de las revueltas. Mas cae en su lecho; con "cilicio y ceniza" y de cara al Cielo, aguarda el instante del vuelo a Dios.

—Sobre la ceniza —decía— se ve morir un cristiano.

Aun en la agonía quiso el Bajísimo atreverse ante tanta virtud. Su voz ahuyentó la Potestad de las tinieblas. Fueron sus últimos conceptos:

—Dejadme, hermanos míos, dejadme mirar al Cielo, para que mi alma, que va a ver a Dios tome de antemano el camino que conduce a él.

De su cuerpo brotó luz de oro y aroma de rosas. Severino en Colonia y Ambrosio en Milán tuvieron revelación de su paso a la otra vida.

Tal es, más o menos, la leyenda de San Martín, obispo de Tours, patrono de Buenos Aires, confesor y pontífice de Dios, *beati Martini confesoris tui atque pontificis,* como reza la oración;[4] a quien la Iglesia romana celebra el 11 de noviembre, y cuya vida detallada podéis leer escrita en latín por el hagiógrafo Severo Sulpicio.[5]

[4] "Deus, qui conspicis quia ex nulla nostra virtute subsistimus: concede propitius ut, intercessione *beati Martini confessoris tui atque pontificis,* contra omnia adversa muniamur". *Missale Romanum,* 11 de noviembre.

[5] Severo Sulpicio (360-420 a 425) escribió una *Vida de San Martín,* popularísima en la Edad Media, y *Dos diálogos* en que compara los milagros del santo con los de los monjes egipcios.

LA FIESTA DE ROMA[1]

Lucio Varo hablaba lentamente, y sus palabras eran como rit-
madas por el ruido de los remos. Una gloria vesperal empur-
puraba la fiesta del cielo, y caía, regia, sobre Roma. Se hubiese
pensado en una decoración voluntaria de la naturaleza en homenaje a la ciudad divina. Doraba, roja, la luz, las lejanías;
caía a rayos oblicuos sobre los jardines que en lo pintoresco de
la ribera atraían con la alegría de sus flores, de sus mujeres y
de su vino lesbiano. Flotaba como un aire de salud universal,
que inmergiese en un baño maravilloso de fuerza y de bienestar,
elevando y purificando el pensamiento, ayudando a la formula-
ción de la palabra, cuidando y transportando, como un incienso
misterioso, la fragancia humana.

Como en un punto del navegar se descubriese un paraje en
que se descorría a la manera de una cortina el espectáculo de
las cosas inmediatas, dejando contemplar el panorama de la ca-

---

[1] *El Tiempo* de Buenos Aires, 20 de septiembre de 1898; recogido
por E. K. Mapes, *Escritos inéditos,* pp. 193-196. "La composición *La
fiesta de Roma,* que he incluido en la sección *Cuentos y crónicas* —dice
el compilador—, pudiera haberse destinado por el autor a formar parte
de la novela *El hombre de oro,* que dejó sin concluir. Como se ve, apareció en *El Tiempo* aproximadamente un año después de terminarse, en
La Biblioteca, la serie de tres capítulos que forman ahora los únicos trozos conocidos de la novela. Los personajes que hablan en *La fiesta,* el
poeta Lucio Varo y el apóstol San Pablo, figuran asimismo en la novela,
y el ambiente es también idéntico". Pero es evidente que *La fiesta* no
puede servir de continuación directa a los capítulos conocidos. "Tal vez
hayan existido un capítulo o capítulos intermedios, que se han perdido"
(Introducción, p. X). Los tres capítulos de *El hombre de oro* publicados en *La Biblioteca* de Buenos Aires, mayo, junio y septiembre de 1897,
respectivamente, fueron recogidos por Mapes, *Escritos inéditos,* pp. 207-
224. Alberto Ghiraldo publicó en Santiago de Chile (julio de 1937, según Saavedra Molina, *Bibliografía,* p. 103) un tomito, *El hombre de oro
(Novela inédita),* que contiene además de los tres capítulos, pp. 11-48,
y de un prólogo de Ghiraldo, pp. 7-10, los fragmentos de *La isla de oro,*
la otra novela inconclusa de Darío (pp. 49-94).

pital cesárea, el poeta se puso de pie, y mientras Pablo le miraba con fijeza, recostado al borde de la barca, él prosiguió, elevando un tanto la voz, armoniosamente, de modo que se pensaría escuchaba el instrumento invisible que le iba acompañando.

—He aquí la última de mis diosas —dijo—. He ahí a Roma, a quien tantas ofrendas he hecho en el templo de la Salud. En ella se sostiene la fe que me resta. Su faz, en una visión del futuro, se me aparece siempre irradiando un brillo único; su cabeza firme sobre la columna de su cuello vigoroso, sostiene el orgullo simbólico de su corona de torres. Es la diosa dueña de la inmortalidad y de la victoria, favorecida directamente del Divus Pater Jupiter, que le ha hecho el don de su voluntad y de su rayo. La loba de Rómulo, ¿saben que he pensado, era el conjunto de todas las divinidades que debían dar la existencia y la fortaleza al Padre cívico? Cuando el infante apareció a la vida del día en ella Vaticano favoreció el grito primero que anunciara el triunfante nacimiento; Fabulino desató en la lengua la primera fórmula verbal que fué fundamental eslabón en la infinita cadena del discurso futuro; en la leche del providencial cuadrúpedo ofrecieron Educa el manjar primordial que más tarde sería en augusta transubstanciación la carne vigorizada de un pueblo omnipotente, y Potina la copa concentradora de un licor de luminosa energía; y cuando el Fundador caminó por la primera vez, al amor de los montes nativos, aprendiendo el paso que place a los númenes, con él iban Abeona y Adeona, con él volvían Iterdica y Dominuca, todas encarnadas en la Lupa de las manos de bronce, nodriza y maestra del varón predestinado para hacer brotar de la tierra la flor insigne de la potencia y de la libertad humanas. Roma es y será invencible al Tiempo. La Salud del Pueblo Romano tendrá siempre como Vesta un fuego encendido en honor suyo, no en templos que caerán al paso de los carros de los siglos, ni custodiado por vestales frágiles a la culpa y a la muerte, sino en el alma de todo hombre libre y noble, vigilado y atizado por la mente de una raza imperecedera, sustentada por influencia suprema, en el cumplimiento de un destino imperioso. Yo recuerdo que siendo niño conducíame mi padre a sus granjas, en tiempo en que se celebraban las fiestas de los dioses rústicos. En la campiña de mi vida había una discreta comunicación con la vida de la campiña, aunque jamás mis ojos tuvieran el sagrado terror de la visión corporal de una divinidad. Presenciaba los regocijos primaverales tomando en ellos parte, y veía saltar gozoso el chorro de la sangre del puerco votivo, del toro de la ofrenda; y luego, coronado de hojas frescas, me internaba por los bosques, saturando mi cuerpo infantil de las esencias del campo, con la confianza en la bondad de los númenes contentos, en la virtud de la suovetaurilia propiciatoria. Antes de que el arado desflorase la negra tierra, antes de que de la espiga copiosa se recogiese la cosecha, la plegaria se dirigía a la diosa favorecedora, el sacrificio precidáneo era ofrecido a Ceres, y aún contemplo la cabeza blanca de mi padre, encina familiar, al presidir la acción de solicitud o de gracias. Yo adornaba con flores cogidas en las vecinas praderas, los simulacros de la Primavera y de Marte Silvano; mis oídos pueriles habrían creído escuchar voces sobrenaturales que salían de los troncos de los árboles, de los carrizos, de las riberas y de los diamantes de las fuentes. Alguna vez conduje en mis manos que se alzaban en acto de honor el ánfora de aceite que se vertía sobre el bloque de piedra del ara primitiva; y aguardaba ver aparecerse la figura del lar protector, surgir del agua cercana las ninfas tutelares, mientras se despertaba en mi espíritu en flor una mezcla de curiosidad y miedo. Creía rozarme con los dioses, pero no llegaba jamás a percibirlos. Y ya en mí había el deseo de realizar cosas grandes. De mis labios brotaban extraños ritmos y melopeas que yo inventaba, que no decían nada, incomprensibles en verdad para mí mismo, pero que irían y serían comprendidos por los seres superiores a quienes iban dedicados, tal los himnos antiguos en boca de los Arvales. Ya pasada la edad primera fuí asiduo al culto herculeo, y en la felicidad de mis primeros amores mis dedos entretegieron muchas coronas de rosas. Una música incesante, una luz áurea y dichosa ha precedido siempre la danza de mis horas en esos dulces años. Las Musas me favorecían, y nada turbaba mi paso por el camino del mundo. Un día cayeron en mis manos las obras de Ennio, y conocí por él a Evémero, y respiré el desconocido perfume de los versos de Epicarmo. La duda fué poco a poco filtrándose en mi alma. Sentí como la invasión de una dolencia sutil que poseía mi antiguo gozo. Después caí en un sopor indefinible, en una debilidad hasta entonces no sentida, cual si desfalleciese . . .

—Era el hambre de Dios —interrumpió Pablo.

Varo continuó:

—Todos los dioses fueron cual ocultándose a mi deseo, o esquivándose a mi fatiga. Hasta el momento en que comprendí que la única divinidad en que podía esperar, ya perdidas las primeras ilusiones, ya puesto el pensamiento en mi tarea sobre el mundo, ya determinando la misión de nuestra raza sobre la tierra, era Roma, Roma el apoyo del amor y de la libertad futuras. Roma la Buena Diosa. Veneremos la memoria de Augusto, que ha hecho revivir el culto de Venus Generadora, de Marte Vengador y de Apolo Palatino, pues las tres divinidades se juntan, para mí, en el corazón, en el brazo y en el cerebro de Roma. La Venus maternal reproduce en la sangre romana sus llamas y sus rosas, alimentando los flancos victoriosos de donde brotarán ciudadanos innúmeros, hábiles en las artes de la paz, dueños del campo, robustos en las faenas agrícolas y gozosos en la existencia urbana, adoradores de la claridad y de la fuerza; Marte Vengador hace reverdecer los viejos laureles y crecer y vestirse de hojas fragantes los nuevos; castigará siempre las afrentas de la Patria, armará el brazo nacional y mantendrá el decoro y la dignidad Capitolina; y Apolo Palatino, no tan solamente el de Accio, ni aquél cuyo templo ostenta sobre la cuadriga de oro la figura del Sol, sino el Arquero eterno, el Numen que anima y animará por siglos de siglos la romana mente, encenderá el corazón romano, y hará que el verbo latino, la sangre latina, perpetúen su imperio, en una victoria inacabable. Yo sueño con una fiesta de Roma, repetida como los juegos seculares, a la cual concurrirán en lo porvenir todas las naciones del universo. Si un Dios ha de venir que se revele más grande que los dioses conocidos, hoy ocultos, o enfermos, o prófugos, él presidiría, encarnado en un sacerdote magno, los coros ofertorios y las pompas sagradas. Los ministros del culto nuevo darían gracias a la potestad divina por las victorias logradas, por la riqueza, por la conservación de la Salud popular y de la Belleza consagrada y respetada; por las espigas de los surcos y las rosas de los jardines, por los senos y vientres que dan al amor y a la patria culto y vástagos. Sería el reino apolíneo bajo la corona de Roma. Y las naciones agitarían palmas, celebrando la supremacía y la espada de oro de la conquistadora que daba la paz y la dicha.

No en el templo de Apolo Palatino, sino en la plaza pública, resonaría el *Carmen secular* escrito por el primer poeta de la tierra, y cantado por un inmenso coro de hombres y mujeres poseedores de juventud y de hermosura. Se estremecería el corazón del orbe. Iría el canto bajo la azul cúpula celeste, sobre las colinas llevado por el viento propicio al mar. Ya no serán tan sólo los escitas, los indos y los medos, la Galia y la Germania, quienes acatarán a la Señora terrenal; habrá quizás mundos nuevos que se inclinen delante de tanta majestad...

Tras una corta pausa, comenzó a recitar los versos que antes había compuesto, quizás contemplándose él mismo en el poeta venidero que cantaría el secular carmen:

Roma, grandiosa Roma, alta Imperia, señora del Mundo!
 A tu mirada se levanta la gloria
Toda vestida de fuerza, con la palma sonora en la diestra
 Y la sandalia mágica sobre el cuello de trueno.

Tú, este vino de fuego que nos pone en las venas el ritmo,
 Esta violencia de la latina sangre,
Transmutaste de la ubre que a los labios sedientos de Rómulo
 Llevó en el primitivo día la áspera Lupa.

Siete reyes primero contemplaron las siete colinas,
 Y del prístino tronco brotó la rica prole;
Coronó la República el laurel de los montes Sabinos,
 El de la bella Etruria y la palma del Lacio.
Magno desfile de altos esplendores! Las arduas conquistas,
 El patricio y la plebe, literas consulares,

Hachas, lictores, haces...
¿En qué gruta aún resuena, misteriosa y divina armonía,
La olímpica palabra que en la lírica linfa,
En la lírica linfa escuchó de su náyade Numa?

Y he ahí el coro de águilas: ¿De dónde vienen victoriosas?
De los cuatro puntos del cielo; de la ruda Cartago,
De las islas felices, de la blanca y sagrada Atenas.

Y las tuyas ¡oh César! de los bosques augustos de Galia.

Y llevadas por todos los vientos
    Que bajo el solar fuego soplan sus odres,
Del soberbio Imperator resplandece la altiva diadema
    Y su mano, al alzarse, cual la de Jove rige
Capitolina . . .[2]

Pablo volvió a interrumpir.
—Yo anuncio al Dios del triunfo venidero.
Y Varo:
—¡Roma será inmortal! . . .

[2] Estos versos, escritos en prosa, aparecen en el cap. III de *El hombre de oro* (cf. *Escritos inéditos*, p. 220).

EL SALOMÓN NEGRO[1]

Entonces —cuando Salomón va a reposar en el último sueño y mientras duermen, en un salón de cristal, fatigados grupos de satanes—, una tarde quédase desconcertado: surge ante su vista, como una estatua de hierro, una figura extraordinaria, genio o príncipe de la sombra. ¿Qué genio, qué príncipe tenebroso para él desconocido? La fuerza de su anillo ante la aparición, quedaba inútil. Pregunta:

—¿Tu nombre?

—Salomón.

Mayor sorpresa del Sabio. Fíjase luego en la rara belleza de su rostro, de un talante, de una mirada iguales a los suyos. Diríase su propia persona labrada con un inaudito azabache.

—Sí —dijo el maravilloso Salomón negro—. Soy tu igual, sólo que soy todo lo opuesto a ti. Eres el dueño del anverso del disco de la tierra; pero yo poseo el reverso. Tú amas la verdad; yo reino en la mentira, única que existe. Eres hermoso como el día, y bello como la noche. Mi sombra es blanca. Tú comprendes el sentido de las cosas por el lado iluminado por el sol; yo por lo oculto. Tú lees en la luna visible, yo en la escondida. Tus *djinns* son monstruosos; los míos resplandecen entre los prototipos de belleza. Tú tienes en tu anillo cuatro piedras que te han dado los ángeles; los demonios colocaron en el mío una gota de agua, una gota de sangre, una gota de vino y una gota de leche. Tú crees haber comprendido el idioma de los animales; yo sé que solamente has comprendido los sonidos, no lo arcano del idioma.

[1] En *El Sol* de Buenos Aires, 24 de julio de 1899, según nos comunica el doctor Enrique Anderson Imbert; el doctor Mapes nos confirma la fecha, y añade que llevaba en *El Sol* el título general de *Cuentos del Simorg*, lo que originó el subtítulo con que se publica en *Primeros cuentos*, vol. III de la tercera serie de obras completas, Madrid, 1924, pp. 189-200. El país *del Simorg* aparece en *La tentation de Saint Antoine* (1856) de Gustave Flaubert (1821-1880).

Mudo Salomón, hasta entonces, exclamó:

—¡Por Dios Grande! Maléfico espíritu que a él y a su mejor hechura te atreves, ¿como osar asegurar tales cosas? Los hombres pueden contaminarse de error; pero los animales del Señor viven en la pureza. ¿Cómo su pensar inocente pudo haberme engañado?

Y el Salomón negro:

—Evoca —dijo— al ángel de forma de ballena que te dió la piedra en que está escrito: *Que todas las criaturas alaben al Señor.*

Salomón puso el anillo sobre su cabeza y el ángel deforme apareció.

—¿Cuál es tu nombre cierto? —preguntó el Salomón negro.

El ángel respondió:

—Tal vez.

Y se deshizo. Salomón llamó a todos los animales y dijo al pavo real:

—¿Qué me expresaste tú?

Y el *pavo real:*

—Como juzgues serás juzgado.

Así preguntó a otras bestias. Y contestaron:

El ruiseñor.—La moderación es el mayor de los bienes.

La tórtola.—Mejor sería para muchos seres que no hubiesen visto el día.

El halcón.—El que no tenga piedad de los demás, no encontrará ninguna para sí.

El ave syrdar.—Pecadores: convertíos a Dios.

La golondrina.—Haced el bien, y seréis recompensados.

El pelícano.—Alabado sea Dios en el cielo y en la tierra.

La paloma.—Todo pasa; Dios sólo es eterno.

El pájaro kata.—Quien calla, está más seguro de acertar.

El águila.—Por larga que sea nuestra vida, llega siempre a su fin.

El cuervo.—Lejos de los hombres se está mejor.

El gallo.—Pensad en Dios, hombres ligeros.

—¡Pues bien! —exclama el Salomón negro—. Tú, pavo real, mientes. Entre los humanos, es el juicio malo el único que prevalece. Y entre los animales, como entre los hombres, la confianza pone en la boca de los lobos a los corderos. Tú, ruiseñor, mientes. Nada triunfa sino el ejercicio de la fuerza. La moderación se llama mediocridad o cobardía. Los leones, las grandes cataratas, las tempestades, no son moderados. Tú, tórtola, mientes, como no hables en tu sentencia de los débiles. La debilidad es el único crimen, junto con la pobreza, sobre la faz de la tierra. Tú, halcón, mientes siete veces. La piedad puede ser la imprudencia. ¡Ay de los piadosos! El odio es salvador y potente. Aplastad a los pequeños; rematad a los heridos; no deis pan a los hambrientos; inutilizad por completo a los cojos. Así se llega a la perfección del mundo. Tú, syrdar, mientes. Eres el pájaro de la hipocresía. Por lo demás, Dios se llama X; se llama Cero. Tú, golondrina, mientes. Eres la querida del halcón. Tú, pelícano, mientes. Eres hermano del syrdar. Y tú, paloma, mientes. Eres la barragana de ambos. Tú, kata, mientes. Quien ruge o truena, no debe callar; la razón siempre está con él. Águila, cuervo y gallo: he de encerraros en la jaula de la insensatez. Ello es tan cierto como que Salomón en su gloria nada puede contra mí, y que el ojo del gallo no penetra la superficie de la tierra para encontrar los manantiales.

Desaparecieron las bestias. Los satanés, despiertos, atisbaban a través de los cristales. Salomón, con una vaga angustia, contemplaba su propia imagen oscurecida en aquel que había hablado y a quien no podía dominar con sus ensalmos. Y el Negro iba a partir, cuando volvió a preguntarle:

—¿Cómo has dicho que te llamas?

—*Salomón* —contestó sonriendo—. Pero también tengo otro nombre.

—¿Cuál?

—Federico Nietzsche.

Quedó el sabio desolado, y preparóse para ascender, con el ángel de las alas infinitas, a contemplar la verdad del Señor.

El pájaro Simorg llegó en rápido vuelo:

—Salomón, Salomón: has sido tentado. Consuélate; regocíjate. ¡Tu esperanza está en David!

Y el alma de Salomón se fundió en Dios.

LAS SIETE BASTARDAS DE APOLO[1]

Las siete figuras aparecieron cerca de mí. Todas vestidas de bellas sedas; sus gestos eran ritmos, y sus aspectos armoniosos encantaban.

Al hablar, su lenguaje era musical; y si hubiesen sido nueve, habría creído seguramente que eran las musas del sagrado Olimpo. Había en ellas mucha luz y melodía, y atraían como un imán supremo.

Yo me adelanté hacia el grupo mágico, y dije:

—Por vuestra belleza, por vuestro atractivo, ¿seréis acaso los siete pecados capitales, o quizá los siete colores del iris, o las siete virtudes, o las siete estrellas que forman la constelación de la Osa?

—¡No! —me contestó la primera—. No somos virtudes, ni estrellas, ni colores, ni pecados. Somos siete hijas bastardas del rey Apolo; siete princesas nacidas en el aire, del seno misterioso de nuestra madre la Lira.

Y adelantándose me dijo además:

—Yo soy DO. Para ascender al trono de mi madre la sublime Reina, hay siete escalones de oro purísimo. Yo estoy en el primero.

Otra me dijo:

—Mi nombre es RE. Yo estoy en el segundo escalón del trono. Mi estatura es mayor que la de mi hermana DO. Pero la irradiación de nuestros cabellos es la misma.

Otra me dijo:

—Mi nombre es MI. Tengo un par de alas de paloma, y revuelo sobre mis compañeros, desgranando un raudal de oro.

Otra me dijo:

---

[1] *El Cubano Libre,* Santiago de Cuba, 1º de agosto de 1903 ·(cf. Saavedra Molina, *Bibliografía,* p. 85); de ahí lo recogió Regino E. Boti para *El árbol del rey David,* 1921, pp. 41-44. Los *Primeros cuentos,* Madrid, 1924, pp. 149-154, lo reproducen con alteraciones y erratas. Hemos preferido el texto de Boti.

—Mi nombre es FA. Me deslizo entre las cuerdas de las arpas, bajo los arcos de las violas, y hago vibrar los sonoros pechos de los bajos.

Otra me dijo:

—Mi nombre es SOL. Yo ocupo un escalón elevado en el trono de mi madre la Lira. Tengo nombre de astro y resplandezco ciertamente entre el coro de mis hermanas. Para abrir el secreto del trono en la puerta de plata y en la puerta de oro, hay dos llaves misteriosas. Mi hermana FA tiene la una, yo tengo la otra.

Otra me dijo:

—Mi nombre es LA. Penúltima del poema del Sonido. Soy despertadora de los dormidos y titubeantes instrumentos, y la divina y aterciopelada Filomela descansa entre mis senos.

La última estaba silenciosa; yo la dije:

—¡Oh tú, que estás colocada en el más alto de los escalones de tu madre la Lira! Eres bella, eres buena, fascinadora: deberás tener entonces un nombre suave como una promesa, fino como un trino, claro como un cristal.

Ella me contestó dulcemente:

—SI.

HISTORIA PRODIGIOSA DE LA PRINCESA PSIQUIA, SEGÚN SE HALLA ESCRITA POR LIBORIO, MONJE, EN UN CÓDICE DE LA ABADÍA DE SAN HERMANCIO, EN ILIRIA[1]

I

De la ciudad en que moraba la princesa Psiquia,
y del rey Mago, su padre

Muy más allá del territorio de Emesa, en Fenicia, en tiempos de las persecuciones de Segundo y de las santas prédicas del santo varón Onofre, Liborio, monje, escribió la peregrina historia de la princesa Psiquia, la cual fué narrada por un gentil purificado con las aguas del bautismo; el cual gentil había habitado la ciudad portentosa en donde se verificaron los sucesos en estas páginas rememorados. Este monje Liborio fué amigo de Galación, el santo, y de Epistena, que padecieron martirio bajo el poder del emperador Decio.

Y era en la ciudad en donde habitaba el rey Mago la mayor y más grande de todas las ciudades de un vastísimo y escondido

---

[1] Apareció en *Blanco y Negro* de Madrid, 12 de mayo de 1906, vol. XVI, núm. 784, pp. 3-5, según nos comunica el profesor José F. Montesinos, por intermedio de Margit Frenk Alatorre, de El Colegio de México. Entre 1905 y 1910, *Blanco y Negro* publicó algunas colaboraciones de Darío. *Por el influjo de la primavera* fué incluído luego por el poeta en *Cantos de vida y esperanza* (1905); *Eco y yo, Versos de otoño, Revelación, Momotombo* y la *Epístola a Rémy de Gourmont* pasaron a *El canto errante* (1907), y la *Canción otoñal* al *Poema del otoño* (1910). *Blanco y Negro* publicó también los sonetos de *Wagneriana (Lohengrin y Parsifal)*, el primero ausente y el segundo mutilado en la edición revisada de las *Obras poéticas completas* (Madrid, M. Aguilar, 1945), y dos cuentos: *Palimpsesto* (II) y la presente *Historia*. Los *Primeros cuentos*, vol. III de la tercera serie de obras completas, Madrid, 1924, pp. 21-42, reprodujeron la *Historia*, agregándole el título de *Cuento de Navidad* y varias erratas. Publicamos el texto limpio de ellas.

reino de Asia, en donde los hombres tenían colosales estaturas y costumbres distintas, y maneras de otro modo que todos los otros hombres, y por cuanto no había llegado todavía, en el tiempo en que pasó la historia que nos ocupa, la luz que los Apóstoles derramaron por todo el mundo en nombre de Nuestro Señor Jesús, aquellos gigantes gentiles adoraban figuras e ídolos de metales diversos y de formas enormes y tremendas. Era la ciudad como una montaña de bronce y de piedra dura, y los palacios monumentales tenían extrañas arquitecturas ignoradas de los cristianos, murallas inmensas, columnas y escaleras y espirales altísimas, que casi se perdían en la altura de las nubes. Y cerca había bosques espesos y muy grandes florestas en donde los cazadores del rey cazaban leones, águilas y búfalos. En las plazas de la gran ciudad estaban los ídolos y ante ellos se encendían hogueras en donde se quemaban robles enteros y se celebraban fiestas misteriosas y sangrientas, que contemplaba desde una silla de oro y hierro el rey, que era un rey mago, que sabía la ciencia de los hechizos y conocía, como el rey Salomón, muchas cosas ocultas, a punto de que los pájaros del aire y las bestias del campo no tenían para él secretos, ni tampoco las ramas de los árboles ni las voces de las montañas. Porque había estudiado toda la ciencia de Oriente, en donde la magia era tenida en gran conocimiento, y era su sabiduría obra del espíritu maligno, del cual N. S. J. C. nos libre. En el centro de la ciudad colosal estaba la morada del rey, toda de mármol y piedra de ónice coronada por maravillosas cúpulas y torres; y en medio de ella, en un quiosco primoroso, rodeado de un delicioso jardín, en donde se veían lindísimas aves de magníficos colores y flores olorosas de países recónditos, vivía la hermosa hija del monarca, Psiquia, la cual superaba en blancura a las más blancas garzas reales y a los más ilustres cisnes.

II

Descripción de la beldad de Psiquia, y de cómo su padre inició
a la princesa en los secretos de la magia

Entre todos los habitantes del reino, era Psiquia una excepción, pues en aquel país de gigantes, en la ciudad monumental, su figura no era desmesurada, antes bien fina y suave, de modo que al lado del rey su padre, coloso de anchas manos y largas crines rojas, tenía el aspecto de una paloma humana o una viva flor de lis. Sus ojos eran dos enigmas azules, sus cabellos resplandecían como impregnados de sol, su boca rosada era la más bella corola; la euritmia de su cuerpo, una gloria de armonía; y cuando su pequeña mano blanca se alzaba, bajábase, blandamente domada, la frente del gran rey de cabeza de león, el cual habíala iniciado en los secretos de la magia, dándole a conocer las palabras poderosas de los ensalmos y de las evocaciones, las frases de las músicas, del aire, las lenguas de las aves, y la íntima comprensión de todo lo que se mueve y vive sobre el haz de la tierra. Así la princesa reía a sonoras carcajadas, cuando escuchaba lo que decían los pájaros del jardín, o se quedaba meditabunda, al oír el soliloquio del chorro de una fuentes o la plática de los rosales movidos por el viento.

Era en verdad bellamente prodigioso el contemplar cómo entre las fieras, tigres, leones, elefantes, panteras negras, que en circos y fosos guardábanse, iba ella como entre corderos, por la virtud de su poder secreto intacta y triunfante, y parecía una reina de la Naturaleza que todo lo dominaba con el supremo encanto de su beldad; o mirarla rodeada de las más raras aves, a las cuales oía sus confidencias, o fija, desde su quiosco florido, en los astros del cielo, en los cuales había aprendido a leer. Y sucedió que, tan llena de ciencia de magia como estaba, un día amaneció desolada y triste, bañada en lágrimas; y no pronunciaba palabra, como si fuera una estatua de piedra o mármol.

III

*De los varios modos que el rey empleó para averiguar la causa
de la desolación de la princesa, y cómo llegaron
tres reyes vecinos*

En vano el rey dirigía sus palabras y amables razones a su bella hija, pues ella permanecía sin decir palabra de la causa que le tenía en tan lamentable tristeza y mudez. Y como el soberano pensase ser cosas de amor las que tenían absorta y desolada a la princesa, mandó a cuatro de sus más fuertes trompeteros a tocar en la más alta de las torres de la ciudad y hacia el lado que nace la aurora, cuatro sonoras trompetas de oro. El claro clamor fué alegrando las montañas, y con la obra de su magia, haciendo cantar de amor a las aves, y reverdecer de amor a los árboles, y humedecerse de amor las fauces de las fieras, y reventar de amor los botones de las flores, y el aire alegre, y las rocas mismas sentir como si dentro de sus duras cortezas tuvieran un corazón. Y a poco fueron llegando, primeramente un príncipe de la China, en un palanquín que venía por el aire y que tenía la forma de un pavo real, de modo que la cola, pintada naturalmente con todos los colores del arco iris, servíale de dosel incomparable, obra todo de unos espíritus que llaman genios. Y después un príncipe de Mesopotamia, de gallardísima presencia, con ricos vestidos, y conducido en un carro lleno de piedras preciosas, como diamantes, rubíes, esmeraldas, crisoberilos, y la piedra peregrina y brillante dicha carbunclo. Y otros príncipes del país de Golconda, también bellos y dueños de indescriptibles pedrerías, y otro de Ormuz que dejaba en el ambiente un suave y deleitoso perfume, porque su carroza y sus vestidos y todo él estaban adornados con las perlas del mar de su reino, las cuales despiden aromas excelentísimos como las más olorosas flores, y son preferidas por las hechiceras nombradas fadas, cuando hacen como madrinas, presentes en las bodas de las hijas de los reyes orientales. Y luego un príncipe de Persia, que tenía una soberbia cabellera, e iba precedido de esclavos que quemaban perfumes y tocaban instrumentos que producían músicas exquisitas. Y otros príncipes más de la Arabia feliz y de los más remotos lugares de la India, y todos fueron vistos por la princesa, que no pronunciaba una palabra y estaba cada día más triste; y ninguno de ellos logró ser el elegido de ella o tornarla despierta al amor como ellos lo habían sido desde sus países lejanos, al eco de las mágicas trompetas de oro. Por lo cual el rey sufrió gran descorazonamiento, y como quisiese siempre averiguar la causa del mal de Psiquia, envió a sus cuatro más fuertes trompeteros a tocar en la más alta de las torres de la ciudad y hacia el lado del país de la Grecia, cuatro sonoras trompetas de plata. Del lado del país de los griegos llegó entonces una gran carroza en donde maravillosos liristas hacían sonar sus liras, y jóvenes hermosas agitaban palmas en una alta figura de mujer; con grandísimo decoro extendían dos alas como un ángel, y tenían cerca de sus labios, asido con la diestra, un largo clarín. Y Psiquia miró el carro glorioso, y no dijo palabra. Entonces envió el rey otros cuatro trompeteros a tocar en la más alta de las torres de la ciudad, cuatro sonoras trompetas de bronce, a todos los cuatro puntos del horizonte. Oyóse un gran estruendo, y era que venían de todos los lados del mundo los caballeros que combatían y tenían en su brazo la fuerza, vestidos de hierro, y cabalgaban en caballos vestidos de hierro también, y a su paso temblaba la tierra. Los más bravos venían de entre los sarracenos, de la tierra de Galia, en donde había la más terrible lucha, y del reino que fué después Inglaterra. De todos los lugares venían, y ningún aparato de potencia y ningún signo de victoria pudo hacer que Psiquia hiciese oír su encantadora voz.

Y entonces subió el rey mismo a la más alta torre de la ciudad y tocó en el gran cuerno que tenía siempre en su cintura, tres veces, de tal guisa que hubo como un temblor extraño por todos los alrededores. Al son del cuerno mágico fueron llegando todos los sabios llenos de la ciencia de Oriente, que como eran tan sabios eran reyes y conocían los secretos de la magia. Los persas tenían riquísimas mitras y vestiduras que mostraban, bordados, los signos del Zodíaco; los de la India iban casi desnudos, con el misterio en los ojos y las cabelleras copiosas y luengas; otros, hebreos, tenían sobre los pechos, pintados en telas color de jacintos, palabras sagradas y nombres arcanos; otros, de lejanos países, tenían coronas de oro y barbas trenzadas con hilos de oro, y en las manos sortijas de oro y gemas preciosas. Mirólos a todos la princesa y permaneció muda. Mas avino que llegaron los últimos, tres reyes vecinos llamados Baltasar, de la raza de Jafet; Gaspar, de la raza de Cam; Melchor, de la raza de Sem. Todos tres estuvieron largo rato contemplando a la princesa Psiquia, después de lo cual hablaron al desconsolado monarca, de la manera que se va a saber.

IV

*De cómo los tres reyes vecinos hablaron de un ilustre y santo
extranjero llamado Tomás, que en el país de ellos habíales
bautizado en nombre del verdadero Dios*

Dijeron los tres reyes que en los ojos de la princesa se miraban
resplandores de los deseos profundos e insaciables; que la ciencia
de los magos no era suficiente a apagar la sed del alma de Psiquia;
que ellos, que habían conocido las tradiciones balamitas y habían
profundizado los misterios de los astros, habían ido a un lugar
lejano, hacía tiempo, a ofrendar oro, incienso y mirra a un Dios
nuevo, el único grande y todopoderoso, al cual encontraron en un
pesebre, y que habían sido guiados por una estrella, y que en esos
mismos instantes estaba aún en el país de ellos un enviado de
aquel Dios, llamado Tomás, el cual les había infundido una
mejor sabiduría de la que antes poseyeran y les había bautizado
en nombre de Nuestro Señor Jesucristo; cuyo poder e imperio
destruían la influencia y el poderío de los ídolos y todas las
argucias de Satanás, principio de los malos espíritus. A lo cual
el gigantesco rey mago envió en busca del extranjero Tomás, el
cual entró en la ciudad, y en aquel mismo instante cayeron al
suelo despedazados los ídolos de las plazas, porque era Tomás
el santo, que tocó las llagas del Cristo resucitado, e iba por lejanos países, predicando las verdades del Evangelio. Y al ver
al santo, púsose en pie la princesa Psiquia y pronunció las siguientes palabras:

—¡Oh enviado del más grande de los dioses, considera cuál
será mi desolación y mi honda pena, pues no puedo llevar a mis
labios el agua única que puede calmar la sed de mi alma! No
es el amor ¡oh príncipes! lo que está oculto a mis ojos, pues sé
cómo son sus raras dulzuras, sus portentosas maravillas y los secretos todos de su poder; y por eso mis labios no se han movido
cuando los herederos de los grandes reinos y los más bellos mancebos han venido a enamorarme; no es la gloria, cuyas palmas
conozco y he escuchado resonar en el más espléndido y admirable de los carros triunfales; no es la fuerza, y así no me he con-

movido ante el desfile de los conquistadores que han pasado cubiertos de hierro, con sus enormes hachas y espadas, semejantes por su fortaleza a los invisibles caballeros de los truenos; no es la ciencia, cuya última palabra he aprendido ¡oh padre! gracias a ti y a los genios que han venido a mis evocaciones; y así tampoco delante de los sabios y magos ha pronunciado mi lengua una sola palabra. ¡Oh extranjero! —exclamó con voz más alta y solemne—, el secreto cuya posesión será mi única dicha, tan solamente un hombre puede enseñármelo, un hombre de tu país, que en estos momentos pasa a muchas leguas de aquí, camino de la Galia, vestido con una áspera túnica, apoyado en un tosco bordón, ceñidos los riñones con una cuerda. Ruégote ¡oh enviado del verdadero Dios! vea yo mi felicidad, sabiendo el misterio que ansío conocer, y así seré la princesa más feliz de la tierra.

—¡Oh desdichada! —respondió Tomás ante los oyentes maravillados—, ¿no sabes que tus deseos son contra la voluntad del Padre? ¿No sabes que ningún humano, fuera de ese peregrino que pasa camino de la Galia, puede poseer el más tremendo de los secretos, el secreto que ansías conocer? Mas sea en bien de Nuestro Señor, y cúmplase su voluntad.

Y subió Tomás el santo a la más alta de las torres de la ciudad y clamó con voz fuerte por tres veces:

—¡Lázaro! ¡Lázaro! ¡Lázaro!...

V

En qué concluye la historia prodigiosa de la princesa Psiquia

Y vióse venir a un hombre vestido con una áspera túnica, apoyado en un tosco bordón, ceñidos los riñones con una cuerda. A su paso todas las cosas parecía que temblaban misteriosamente. Era pálido. No se podía contemplar sus ojos sin sufrir un vértigo desconocido. Mas los ojos de Psiquia, sonriente, se clavaron en ellos, como queriendo penetrar violentamente en alguna oculta y profunda tiniebla. Él se acercó con lentitud a la princesa y le habló dos palabras al oído. Psiquia escuchó y quedó al instante dulcemente dormida:

—Psiquia, Psiquia —rugió el enorme rey de cabeza de león.

Psiquia estaba dormida para siempre.

Tomás visitó a los gigantes vecinos de los tres reyes magos, y así ganó muchas almas para el cielo y para la gloria de Nuestro Señor Jesucristo, Salvador del mundo, al cual sean dados gloria. honor e imperio, *per infinita saecula saeculorum. Amen.*

Aquí concluye la historia de la princesa Psiquia.

PALIMPSESTO (II)[1]

Ciento veintinueve años habían pasado después de que Valeriano y Decio, crueles emperadores, mostraron la bárbara furia de sus persecuciones sacrificando a los hijos de Cristo; y sucedió que un día de claro azul, cerca de un arroyo en la Tebaida, se encontraron frente a frente un sátiro y un centauro.

(La existencia de estos dos seres está comprobada con testimonios de santos y sabios.)

Ambos iban sedientos bajo el claro del cielo, y apagaron su sed: el centauro, cogiendo el agua en el hueco de la mano; el sátiro, inclinándose sobre la linfa hasta sorberla.

Después hablaron de esta manera:

—No ha mucho —dijo el primero—, viniendo por el lado del Norte, he visto a un ser divino, quizá Júpiter mismo, bajo el disfraz de un bello anciano.

Sus ojos eran penetrantes y poderosos, su gran barba blanca le caía a la cintura; caminaba despaciosamente, apoyado en un tosco bordón. Al verme, se dirigió hacia mí, hizo un signo extraño con la diestra y sentíle tan grande como si pudiese enviar a voluntad el rayo del Olimpo. No de otro modo quedé que si tuviese ante la mirada mía al padre de los dioses. Hablóme

[1] Este segundo *Palimpsesto* de Darío apareció en *Blanco y Negro* de Madrid, 29 de agosto de 1908, vol. XVIII, núm. 904, pp. 14-15, según nos informa el profesor José F. Montesinos (cf. la nota 1 de los cuentos *El árbol del rey David* y de la *Historia prodigiosa de la princesa Psiquia...*, incluídos en este volumen). Regino E. Boti lo recopiló de *La Noche* de La Habana, 1º de febrero de 1914, para *El árbol del rey David,* 1921, pp. 25-29 (cf. Saavedra Molina, *Bibliografía,* p. 85). Francisco Contreras recuerda haberlo visto "publicado en la prensa argentina" con el título de *Las lágrimas del centauro* (cf. su *Estudio preliminar* a *Emelina,* París, 1927, p. XXIX). Los *Primeros cuentos,* vol. III de la tercera serie de obras completas, Madrid, 1924, pp. 155-164, lo publicaron con el subtítulo de *El sátiro y el centauro.* Enrique Díez-Canedo lo incluyó en la cuarta edición de la antología de *Prosistas modernos,* Madrid, Biblioteca Literaria del Estudiante, vol. IV, pp. 299-303. Los textos conocidos no ofrecen divergencias.

en una lengua extraña, que, no obstante, comprendí. Buscaba una senda por mí ignorada, pero que sin saber cómo pude indicarle, obedeciendo a raro o desconocido poder.

Tal miedo sentí, que antes de que Júpiter siguiera su camino, corrí locamente por la vasta llanura, vientre a tierra y cabellera al aire.

—¡Ah! —exclamó el sátiro—. ¿Tú ignoras acaso que una aurora nueva abre ya las puertas del Oriente, y que los dioses todos han caído delante de otro Dios más fuerte y más grande? El anciano que tú has visto no era Júpiter, no es ningún ser olímpico. Es un enviado del Dios nuevo.

Esta mañana, al salir el sol, estábamos en el monte cercano de los que aún quedan del antes inmenso ejército caprípedo.

Hemos clamado a los cuatro vientos llamando a Pan, y apenas el eco ha respondido a nuestra voz. Nuestras zampoñas no suenan ya como en los pasados días; y a través de las hojas y ramajes no hemos visto una sola ninfa de rosa y mármol vivos como las que eran antes nuestro encanto. La muerte nos persigue. Todos hemos tendido nuestros brazos velludos y hemos inclinado nuestras pobres testas cornudas pidiendo amparo al que se anuncia como único Dios inmortal.

Yo también he visto a ese anciano de la barba blanca, delante del cual has sentido el influjo de un desconocido poder. Ha pocas horas, en el vecino valle, encontréle apoyado de un bordón murmurando plegarias, vestido de una áspera tela, ceñidos los riñones con una cuerda. Te juro que era más hermoso que Homero, que hablaba con los dioses y tenía también larga barba de nieve.

Yo tenía en mis manos a la sazón miel y dátiles. Ofrecíle, y gustó de ellos como un mortal. Hablóme, y le comprendí sin saber su lenguaje. Quiso saber quién era yo, y díjele que enviado de mis compañeros en busca del gran Dios, y rogábale intercediese por nosotros.

Lloró de gozo el anciano, y sobre todas sus palabras y gemidos resonaba en mis oídos con armonía arcana esta palabra: ¡Cristo! Después levantó sus imprecaciones sobre Alejandría; y yo también como tú, temeroso, huí tan rápidamente como pueden ayudarme mis patas de cabra.

Entonces el centauro sintió caer por su rostro lágrimas copiosas. Lloró por el viejo paganismo muerto; pero también, lleno de una fe recién nacida, lloró conmovido al aparecimiento de una nueva luz.

Y mientras sus lágrimas caían sobre la tierra negra y fecunda, en la cueva de Pablo el ermitaño se saludaban en Cristo dos cabelleras blancas, dos barbas canas, dos almas señaladas por el Señor. Y como Antonio refiriese al solitario su encuentro con los dos monstruos, y de qué manera llegase a su retiro del yermo, díjole el primero de los eremitas:

—En verdad, hermano, que ambos tendrán su premio; la mitad de ellos pertenece a las bestias, de las cuales cuida Dios solo; la otra mitad es del hombre, y la justicia eterna la premia o la castiga.

He aquí que la siringa, la flauta pagana, crecerá y aparecerá más tarde en los tubos de los órganos de las basílicas, por premio al sátiro que buscó a Dios; pues el centauro ha llorado mitad por los dioses antiguos de Grecia y mitad por la nueva fe, sentenciado será a correr mientras viva sobre el haz de la tierra, hasta que dé un salto portentoso y, en virtud de sus lágrimas, ascienda al cielo azul para quedar para siempre luminoso en la maravilla de las constelaciones.

LA LARVA[1]

Como se hablase de Benvenuto Cellini y alguien sonriera de la afirmación que hace el gran artífice en su *Vida,* de haber visto una vez una salamandra,[2] Isaac Codomano dijo:

—No sonriáis. Yo os juro que he visto, como os estoy viendo a vosotros, si no una salamandra, una larva o una empusa.

[1] Apareció en *Caras y Caretas* de Buenos Aires, 1910. Después en *El Fígaro* de La Habana, 16 de octubre de 1910, y en *Selecta* de Santiago de Chile, diciembre del mismo año, año II, núm. 9, p. 374. Muerto Darío, *La larva* se incluyó en *La casa de las ideas,* San José, Costa Rica, *Colección Ariel,* 1916, pp. 51-57 (fechado en 1910), y en *Poesías y prosas raras,* Santiago, 1938, pp. 79-82 (cf. Saavedra Molina, *Poesías y prosas raras,* pp. 82-83, y *Bibliografía,* p. 69). El mismo Darío recordó la publicación de *La larva* en *Caras y Caretas:* "En *Caras y Caretas* ha aparecido una página mía, en que narro cómo en la plaza de León, en Nicaragua, una madrugada vi y toqué una *larva,* una horrible materialización sepulcral, estando en mi sano y completo juicio" *(Autobiografía,* cap. XLVI). Si el recuerdo de Darío no es erróneo, *La larva* debió aparecer en *Caras y Caretas,* probablemente, en septiembre de 1910, o poco antes. Una reproducción más apareció en *La Revista de León,* León de Nicaragua, 1941, núm. 55 (cf. *Bibliografía* en la revista *Romance,* México, 31 de mayo de 1941). Publicamos el texto recopilado por Saavedra Molina que procede de *Selecta.*

[2] *Vita,* lib. I, § IV. *La Vita* de Benvenuto Cellini (1500-1571) fué por estos años lectura predilecta de Darío. No de otra manera se explica que utilice como epígrafe general de su *Autobiografía* (Buenos Aires, 11 de septiembre-5 de octubre de 1912) aquellas líneas de la *Vita* (lib I, § 1) que dan pie al cap. I de *La vida de Rubén Darío escrita por él mismo:* "Tengo más años, desde hace cuatro, que los que exige Benvenuto para la empresa"; el epígrafe, en la lengua original, al publicarse la *Autobiografía* por vez primera en *Caras y Caretas,* no debió de tener las abundantes erratas de las ediciones en volumen. Ya en 1908 Darío demuestra ser buen conocedor de la *Vita;* así lo parece en su carta a D. Miguel de Unamuno, fechada en Madrid, 17 de junio de ese año: "Benvenuto —dice el poeta— a quien yo admiro muchísimo, no descuida [los detalles de "lo fisiológico para la explicación de su temperamento"] en muchas partes de su *Vida*" (cf. *Epistolario,* I, Madrid, 1926, p. 37; vol. XIII de la tercera serie de obras completas).

Os contaré el caso en pocas palabras.

Yo nací en un país en donde, como en casi toda América, se practicaba la hechicería y los brujos se comunicaban con lo invisible. Lo misterioso autóctono no desapareció con la llegada de los conquistadores. Antes bien, en la colonia aumentó, con el catolicismo, el uso de evocar las fuerzas extrañas, el demonismo, el mal de ojo. En la ciudad en que pasé mis primeros años se hablaba, lo recuerdo bien, como de cosa usual, de apariciones diabólicas, de fantasmas y de duendes. En una familia pobre, que habitaba en la vecindad de mi casa, ocurrió, por ejemplo, que el espectro de un coronel peninsular se apareció a un joven y le reveló un tesoro enterrado en el patio.[3] El joven murió de la visita extraordinaria, pero la familia quedó rica, como lo son hoy mismo los descendientes. Aparecióse un obispo a otro obispo, para indicarle un lugar en que se encontraba un documento perdido en los archivos de la catedral. El diablo se llevó a una mujer por una ventana, en cierta casa que tengo bien presente. Mi abuela me aseguró la existencia nocturna y pavorosa de un fraile sin cabeza y de una mano peluda y enorme que se aparecía sola, como una infernal araña.[4] Todo eso lo aprendí de oídas, de niño. Pero lo que yo vi, lo que yo palpé, fué a los quince años; lo que yo vi y palpé del mundo de las sombras y de los arcanos tenebrosos.

En aquella ciudad, semejante a ciertas ciudades españolas de provincia, cerraban todos los vecinos las puertas a las ocho, y a más tardar, a las nueve de la noche. Las calles quedaban solitarias y silenciosas. No se oía más ruido que el de las lechuzas anidadas en los aleros, o el ladrido de los perros en la lejanía de los alrededores.

Quien saliese en busca de un médico, de un sacerdote, o para otra urgencia nocturna, tenía que ir por las calles mal empedradas y llenas de baches, alumbrado apenas por los faroles de petróleo que daban su luz escasa colocados en sendos postes.

Algunas veces se oían ecos de músicas o de cantos. Eran las serenatas a la manera española, las arias y romanzas que decían, acompañadas con la guitarra, las ternezas románticas del novio

---

[3] Cf. la nota 5 a *Las albóndigas del coronel,* en este volumen.

[4] Cf. la nota 6 a *Betún y sangre,* en este volumen, y, especialmente los caps. II y IX de la *Autobiografía* que ahí se señalan.

a la novia. Esto variaba desde la guitarra sola y el novio cantor, de pocos posibles, hasta el cuarteto, septuor, y aun orquesta completa y un piano, que tal o cual señorete adinerado hacía sonar bajo las ventanas de la dama de sus deseos.

Yo tenía quince años, una ansia grande de vida y de mundo. Y una de las cosas que más ambicionaba era poder salir a la calle, e ir con la gente de una de esas serenatas. Pero ¿cómo hacerlo?

La tía abuela que cuidó de mi niñez, una vez rezado el rosario, tenía cuidado de recorrer toda la casa, cerrar bien todas las puertas, llevarse las llaves y dejarme bien acostado bajo el pabellón de mi cama. Mas un día supe que por la noche habría una serenata. Más aún: uno de mis amigos, tan joven como yo, asistiría a la fiesta, cuyos encantos me pintaba con las más tentadoras palabras. Todas las horas que precedieron a la noche las pasé inquieto, no sin pensar y preparar mi plan de evasión. Así, cuando se fueron las visitas de mi tía abuela —entre ellas un cura y dos licenciados— que llegaban a conversar de política o a jugar al tute o al tresillo, y una vez rezadas las oraciones y todo el mundo acostado, no pensé sino en poner en práctica mi proyecto de robar una llave a la venerable señora.

Pasadas como tres horas, ello me costó poco, pues sabía en dónde dejaba las llaves, y además, dormía como un bienaventurado. Dueño de la que buscaba, y sabiendo a qué puerta correspondía, logré salir a la calle, en momentos en que, a lo lejos, comenzaban a oírse los acordes de violines, flautas y violoncelos. Me consideré un hombre. Guiado por la melodía, llegué pronto al punto donde se daba la serenata. Mientras los músicos tocaban, los concurrentes tomaban cerveza y licores. Luego, un sastre, que hacía de tenorio, entonó primero *A la luz de la pálida luna,* y luego *Recuerdas cuando la aurora*... Entro en tantos detalles para que veáis cómo se me ha quedado fijo en la memoria cuanto ocurrió esa noche para mí extraordinaria. De las ventanas de aquella Dulcinea, se resolvió ir a las de otra. Pasamos por la plaza de la Catedral. Y entonces... He dicho que tenía quince años, era en el trópico, en mí despertaban imperiosas todas las ansias de la adolescencia... Y en la prisión de mi casa, de donde no salía sino para ir al colegio, y con aquella vigilancia, y con aquellas costumbres primitivas...

Ignoraba, pues, todos los misterios. Así, ¡cuál no sería mi gozo cuando, al pasar por la plaza de la Catedral, tras la serenata, vi, sentada en una acera, arropada en su rebozo, como entregada al sueño, a una mujer! Me detuve.

¿Joven? ¿Vieja? ¿Mendiga? ¿Loca? ¡Qué me importaba! Yo iba en busca de la soñada revelación, de la aventura anhelada.

Los de la serenata se alejaban.

La claridad de los faroles de la plaza llegaba escasamente. Me acerqué. Hablé; no diré que con palabras dulces, mas con palabras ardientes y urgidas. Como no obtuviese respuesta, me incliné y toqué la espalda de aquella mujer que no quería contestarme y hacía lo posible por que no viese su rostro. Fuí insinuante y altivo. Y cuando ya creía lograda la victoria, aquella figura se volvió hacia mí, descubrió su cara, y ¡oh espanto de los espantos! aquella cara estaba viscosa y deshecha; un ojo colgaba sobre la mejilla huesosa y saniosa; llegó a mí como un relente de putrefacción. De la boca horrible salió como una risa ronca; y luego aquella "cosa", haciendo la más macabra de las muecas, produjo un ruido que se podría indicar así:

—¡Kgggggg!...

Con el cabello erizado, di un gran salto, lancé un gran grito. Llamé.

Cuando llegaron algunos de la serenata, la "cosa" había desaparecido.

Os doy mi palabra de honor, concluyó Isaac Codomano, que lo que os he contado es completamente cierto.

LA ADMIRABLE OCURRENCIA DE FARRALS[1]

"¡Oh, qué gran tipo este Farrals!" Todos los que le conocen dicen eso y Farrals oye el elogio con un cierre de ojos y una sonrisa de complacencia.

Farrals es catalán y tiene muy bravas condiciones de su raza. Sobre todo, es intrépido para el negocio. Sólo que se pasa de bruto. Si lo fuese menos, tendría un rollizo capital y lo guardaría con mucho cuidado. Porque son historias eso de que se ha comido millón y medio con su difunta mujer. ¡Son historias! Por más que él diga que eso pasó en su juventud, ¡son historias!

Los que conocen a Farrals en París saben que desde hace más de treinta años no se dedica más que a la cotidiana caza del luis. Del luis, nada más que del luis. Si cae algo encima, tanto mejor. ¡Y ese algo suele caer, vaya si suele caer! como que el excelente Farrals, que es tan bruto, encuentra siempre, entre los hombres que busca, otro más bruto que él.

¿Qué hace Farrals? Todo. Sabe cosas de boticario y ha inventado específicos misteriosos para lanzar los cuales ha buscado en vano un socio comanditario. Es medio dibujante, medio fotógrafo, medio comisionista, medio librero, medio panadero; y sobre todo, tiene un fino olfato para distinguir la "pera", como dicen los parisienses, la pera hispano parlante. Pues Farrals, interesado en vagas hojas de publicidad, visita los hoteles en que se alojan ciertas gentes, y luego hace publicar retratos y sueltos que dicen: "Ha llegado a París el eminente chocolatero de Sinalva don Fructuoso Mier, y su bella señora. Saludamos y deseamos grata permanencia a tan ilustres huéspedes". Y Farrals no ha perdido su luis. Y si don Fructuoso no cae, caerá otro.

Farrals tiene un humor y ocurrencias singulares. Sucedió,

---

[1] Apareció en *El Fígaro* de La Habana, 11 de septiembre de 1910; de ahí lo recogió Regino E. Boti para *El árbol del rey David,* 1921, pp. 31-35 (cf. Saavedra Molina, *Bibliografía,* p. 85). Los *Primeros cuentos,* vol. III de la tercera serie de obras completas, Madrid, 1924, pp. 131-140, lo reprodujeron. Los textos conocidos no ofrecen divergencias.

pues, que hace algún tiempo, la mujer de Farrals, que le "guisaba bien las patatas", como él dice, y que estaba muy obesa, cayó enferma. Esto no alteró el modo de ser de nuestro personaje, que, al preguntarle cómo seguía su oíslo, no hacía más que contestar: "¡Inconvenientes, inconvenientes, inconvenientes!" ¡Mala pécora de Farrals!

Farrals no cree en los médicos, y aunque creyera, ¿qué necesidad tiene de ellos, sabiendo como él sabe, según he dicho, muchas cosas de boticario? Así es que la mujer de Farrals (Dios, verdaderamente, la debe tener en gloria) tuvo que probar todo cuanto los conocimientos de su marido le administraron: bebedizos amargos, bebedizos dulces, bebedizos sospechosos y de todos colores.

—¿Cómo sigue su señora, Farrals?

—La tengo envuelta en ungüentos.

La señora de Farrals, según supimos después los que teníamos noticias de su existencia, soportó con toda resignación los brebajes y las unturas. De obesa que era, se convirtió en un esqueleto. Y Farrals inventaba nuevos remedios y se los aplicaba con una tranquilidad temible. ¡Pobre señora de Farrals!

Dejamos de ver a ese hombre extraordinario por algún tiempo.

Y aun poco se le advirtió en los hoteles y casas de hospedaje, en donde él daba constantemente caza a su luis consuetudinario.

—¿Qué será de Farrals? —nos decíamos.

Hace pocos días le divisé, más animado que nunca. Había aumentado de vientre, su cara parecía más ancha, y andaba, sobre el asfalto del bulevar, con más desembarazo que el acostumbrado.

—¡Farrals, cuánto tiempo sin verle!

—¡Vea usted la cinta negra de mi sombrero! —me dijo—. Pero se ha perdido —agregó—, ¡se ha perdido! ¡A usted que le gusta tanto el buen bocado!

—¿Pero de qué, Farrals, de qué me he perdido?

—¡De las "côtelettes"! Hace dos días enterré a mi mujer. Fueron varios amigos al entierro. A la salida, les invité a un "bouilloncito" que conozco, por allí cerca. Y allí nos dieron unas "côtelettes" de chuparse los dedos. Se ha perdido, le digo, ¡se ha perdido!

¡Demonio de Farrals!

[PRIMAVERA APOLÍNEA]¹

Una copiosa cabellera. Unos ojos de ensueño y de voluntad. Juventud, mucha juventud: un poeta. Habla:

—Yo nací del otro lado del Océano, en la tierra de las pampas y del gran río. Desde mi pubertad me sentí Abel; un Abel resuelto a vivir toda mi vida y a desarmar a Caín de su quijada de asno. Afligí a mis padres, puesto que muy temprano vieron en mí el signo de la lira. Se me rodeó de guarismos en el ambiente de las transacciones, y salté la valla. De todo el himno de la patria sólo quedó en mi espíritu, cantando, un verso: ¡Libertad! ¡Libertad! ¡Libertad! Y me sentí desde luego libre por mi íntima volición.

Y conocí a un hermano mayor, a un compañero, que tendiéndome la diestra me señaló un vasto campo para las luchas y para los clamores, me inició en el sentimiento de la solidaridad humana, aquel joven bello y atrevido de vida trágica y de ver-

---

¹ Apareció como *Prólogo* a *La juventud intelectual de la América hispana* de Alejandro Sux (n. 1888). Barcelona, Tip. del *Anuario de la Exportación,* s. f., pp. 7-10. Saavedra Molina encuentra registrado el libro de Sux en el *Archivo bibliográfico hispano-americano,* Madrid, Librería General de Victoriano Suárez, febrero de 1912, bajo el núm. 4359 (cf. su *Bibliografía,* pp. 9 y 56); sin embargo, Henry Grattan Doyle, *A Bibliography of Rubén Darío, 1867-1916,* Cambridge, Mass., 1935, p. 11, lo fecha en 1911. El mismo Sux ha dado la fecha de este *Prólogo:* "Darío [lo] escribió en febrero de 1911" (cf. *Textos y documentos, Rubén Darío visto por Alejandro Sux,* en la *Revista Hispánica Moderna,* New York, julio y octubre de 1946, año XII, núms. 3 y 4, p. 318). Fué recogido en *Cuentos y crónicas,* vol. XIV de la primera serie de obras completas, Madrid, 1918, pp. 103-113, con el título de *Primavera apolínea,* que aquí conservamos para evitar confusiones. Se incluye en este volumen, a pesar de su condición de *Prólogo,* no sólo por su contenido narrativo, sino por el parentesco evidente que tiene con *La canción del oro* y *¿Por qué?* Publicamos el texto de *Cuentos y crónicas* corrigiendo las erratas siguientes: *transaciones* y "me fuí a buscar *a* Cristos por los mesones". Hemos adoptado *harmoniosa* en lugar de *armoniosa,* de acuerdo con la práctica usual de Darío.

sos fuertes.[2] Mi bohemia se mezcló a las agitaciones proletarias, y aún adolescente, me juzgué determinado a rojas campañas y protestas. Fraseé cosas locamente audaces y rimé sonoras imposibilidades. Mi alma, anhelante de ejercicios y actividades, fluctuó en su primavera sobre el suburbio. No sabía yo bien adónde iba, sino adónde me llamaban lejanos clarines. Me imbuí en el misterio de la naturaleza, y el destino de las muchedumbres, enigma fué para mí, tema y obsesión. Ardí de orgullo. Consideréme en la solidaridad humana, vibrantemente personal. Nada me fué extraño, y mi yo invadía el universo, sin otro bagaje que el que mi caja craneana portaba de ensueños y de ideas.

Mi espíritu era un jardín. Mis ambiciones eran libertad humana, alas divinas. Y, como no encontraba campana mejor que la que levantaba el alma de los desheredados, de los humildes, de los trabajadores, me fuí a buscar Cristos por los mesones de los barrios bajos y por los pesebres. Creí —aurora irreflexiva— en la fuerza del odio, sin comprender toda la inutilidad de la violencia. No acaricié el instrumento de mis cantos, sino que le apreté contra mi corazón con una como furia desmedida. Comprendía que yo había nacido para ser una vasta comunidad sedienta de justicia, buscadora de inauditas bienaventuranzas. Mi derrotero iba siempre hacia el azul. Para todo el comprimido río de mis ideas juveniles no hallé mejor salida que el cauce de las sensaciones y las cataratas de las palabras. Mi rebeldía iba coronada de flores. No tenía más compañeros que los que veía dispuestos a las luchas nobles y los buenos combates. Yo creí ver pasar "el gran rebaño". Yo lo soñé una noche cavernosa que evocaba apariciones de muertas humanidades, mientras pensaba, apartado de los hombres como un cóndor solitario adormecido en la grandeza de las peladas cumbres, con la visión desesperante de una colmena humana miserable que recortábase en la blanca sábana de nieve como un borrón en una página alba. Al fin, hálito cristiano me inspiró en aquella hora, y la estrofa que otras veces abofeteara a los oídos, se retorció en un gesto de insultador.

Amé la grandilocuencia, pues sabía que los profetas hablaban en tropos a los pueblos y los poetas y las pitonisas en enigmas

[2] "A Ghiraldo [1874-1946] se refiere este párrafo del prefacio", dice Sux, *loc. cit.*

a las edades. Buscaba en veces la oscuridad. Me preocupaba a todas horas la interrogación de lo fatal. Oía hablar al hierro. Mi primer amor no fué de rosas soñadas, sino de carne viva. Me amacicé desde muy temprano a los golpes de la existencia. Fuí a acariciar el pecho de la miseria. Y surgió el amor. ¿Romántico? Hasta donde dorara la pasión la más sublime de las realidades, representada en una adolescente rosa femenina. Todo, es verdad, estaba dorado por la felicidad, hasta la tristeza y la penuria de los que fuesen favoritos de mi lástima. Mis ideales de venturanza humana no se aminoraron, sin embargo; mas se dulcificaron a pesar de mis impulsos y proclamas de brega, por la virtud de una alma y de una boca de mujer. Vida, sangre y alma busco y encuentro en la mujer de mis dilecciones. Mas no por eso olvidé el sufrimiento de los que consideraba mis hermanos de abajo, cuyas primeras angustias fuí a buscar hasta las pretéritas y cíclicas tradiciones de la India. Mi carácter se encabritaba en veces,

> *¡bravo potro salvaje*
> *que no ha sentido espuelas de jinete!*

No pude nunca comprender el rebajamiento de las voluntades, las villanías y miserias que manchan en ocasiones las más finas perlas. En ocasiones huía de la ciudad y hallaba en la inmensidad pampeana vuelos de poemas que se confundían con ansias íntimas. El ritmo universal se confundía con mi propio ritmo, con el correr de mi sangre y el hacer de mis versos. De retorno a la urbe, hablaba a las muchedumbres. Vivía cara a cara con la pobreza, pero en un ambiente de libertad, de libertad y de amor. Con el vigor de la primera edad, con mi tesoro de ilusiones y de ensueños, no pude evitar momentos de delirio, de desaliento, de vacilaciones. Consagréme caballero de la rebeldía, pero sintiendo siempre las dificultades de todo tiempo. Llegué a comprender las fatalidades de la injusticia, y mi simpatía fué a los grandes caídos, Satán, Caín, Judas. Encontré por fin estrecha mi tierra con ser tan ancha y larga, y vi más allá del mar el porvenir. Solicité los éxodos y ambicioné la vida heroica. El Océano fué una nueva revelación para mis alas mentales. El amor mismo fué animador de mis designios de con-

quista. En el viejo continente proseguí en mis anhelos liberta-
rios. Tomé parte en luchas populares, vi el incendio, la profanación; oí los alaridos de la Bestia policéfala y creí en el mejoramiento de la humanidad por el sacrificio y por el escarmiento.
Revivían en mi mente las antiguas leyendas de mi tierra americana y las autóctonas divinidades de los pasados tiempos re-
aparecían en mis prosas combativas y en mis estrofas amplias
y sonantes. "La historia del viejo ombú despertó el alma de las
tres razas que dormían en mí". Y el viento de Europa, el soplo
árido, al mover mis largos cabellos me infundió un nuevo y desconocido aliento.

Y luego fué como un despertar, como una nueva visión de
vida. Comprendí la inutilidad de la violencia y el rebajamiento
de la democracia. Comprendí que hay una ley fatal que rige
nuestras vidas, instantáneas en la eternidad. Supe, más que nunca, que nuestra redención del sufrir humano está solamente en
el amor. Que el pozo del existir debe ser nuestra virtud del paraíso. Que el poema de nuestra simiente o de nuestro cerebro
es un producto sagrado. Que el misterio está en todos, y, sobre
todo, en nosotros mismos y que puede ser de sombra y de claridad. Y que el sol, la fruta y la rosa, el diamante y el ruiseñor
se tienen con amar.

Así habló el bizarro poeta de larga cabellera, en una hora harmoniosa en que la tarde diluía sus complacencias dulces en un
aire de oro. El cuarto era modesto; el antiguo libertario revelaba sus aristocracias de artista, con el orgullo de su talento,
con su amada, condesa auténtica, y con una Juventud llena de
futuro más auténtica aún.

Y salimos al hervor de París.

CUENTO DE PASCUAS[1]

Una noche deliciosa, en verdad... El *réveillon* en ese hotel lujoso y elegante, donde tanta belleza y fealdad cosmopolita se junta, en la competencia de las libras, los dólares, los rublos, los pesos y los francos. Y con la alegría del champagne y la visión de blancores rosados, de brillos, de gemas. La música luego, discreta, a lo lejos...

No recuerdo bien quién fué el que me condujo a aquel grupo de damas, donde florecían la yanqui, la italiana, la argentina... Y mi asombro encantado ante aquella otra seductora y extraña mujer, que llevaba al cuello, por todo adorno, un estrecho galón rojo... Luego, un diplomático que llevaba un nombre ilustre me presentó al 'joven alemán políglota, fino, de un admirable don de palabra, que iba, de belleza en belleza, diciendo las cosas agradables y ligeras que placen a las mundanas.

—M. Wolfhart —me había dicho el ministro—. Un hombre amenísimo.

Conversé largo rato con el alemán, que se empeñó que hablásemos en castellano y, por cierto, jamás he encontrado un extranjero de su nacionalidad que lo hablase tan bien. Me refirió algo de sus viajes por España y la América del Sur. Me habló de amigos comunes y de sus aficiones ocultistas. En Buenos Aires había tratado a un gran poeta y a un mi antiguo compañero, en una oficina pública, el excelente amigo Patricio...[2]

[1] Apareció en *Mundial Magazine,* París, revista de la que fué Darío director literario, diciembre de 1911, vol. II, núm. 8, pp. 151-157, con cinco ilustraciones de J. Gosé. El número de noviembre de *Mundial* ya anunciaba "un cuento de Rubén Darío" entre las colaboraciones que se publicarían en "el número de Navidad"; de ahí inferimos que el *Cuento de Pascuas* se escribió en ese mes. Los *Cuentos y crónicas,* vol. XIV de la primera serie de obras completas, Madrid, 1918, pp. 19-38, lo reproducen con erratas y suprimen la *s* de la última palabra del título. Publicamos el texto de *Mundial Magazine* sin los descuidos tipográficos.

[2] Leopoldo Lugones (1874-1938) y Patricio Piñeiro Sorondo. "En la oficina [de Correos y Telégrafos de Buenos Aires] tuve muy gratos amigos,

En Madrid... Al poco rato teníamos las más cordiales relaciones. En la atmósfera de elegancia del hotel llamó mi atención la señora que apareció un poco tarde, y cuyo aspecto evocaba en mí algo de regio y de elegante a la vez. Como yo hiciese notar a mi interlocutor mi admiración y mi entusiasmo, Wolfhart me dijo por lo bajo, sonriendo de cierto modo:

—¡Fíjese usted! ¡Una cabeza histórica! ¡Una cabeza histórica!

Me fijé bien. Aquella mujer tenía por el perfil, por el peinado, si no con la exageración de la época, muy semejante a las *coiffures à la Cléopâtre,* por el aire, por la manera y, sobre todo, después que me intrigara tanto *un galón rojo que llevaba por único adorno en el cuello,* tenía, digo, un parecido tan exacto con los retratos de la reina María Antonieta, que por largo rato permanecí contemplándola en silencio. ¿En realidad, era una cabeza histórica? Y tan histórica por la vecindad... A dos pasos de allí, en la plaza de la Concordia... Sí, aquella cabeza que se peinara *a la circasiana, à la Belle-Poule, al casco inglés, al gorro de candor, à la queue en flambeau d'amour, à la chien couchant, à la Diane,* a las tantas cosas más, aquella cabeza...

Se sentó la dama a un extremo del hall, y la única persona con quien hablara fué Wolfhart, y hablaron, según me pareció, en alemán. Los vinos habían puesto en mi imaginación su movimiento de brumas de oro, y alrededor de la figura de encanto y de misterio hice brotar un vuelo de suposiciones exquisitas. La orquesta, con las oportunidades de la casualidad, tocaba una pavana. Cabelleras empolvadas, moscas asesinas, trianones de realizados ensueños, galantería pomposa y libertinaje encintado de poesía, tantas imágenes adorables, tanta gracia sutil o pimentada, de página de memoria, de anécdotas, de correspondencia, de panfleto... Me venían al recuerdo versos de los más lindos escritos con tales temas, versos de Montesquiou-Fezensac, de

como el activísimo y animado Juan Migoni y el no menos activo, aunque algo grave de intelectualidad y de estudio, Patricio Piñeiro Sorondo, con quien me extendía en largas pláticas, en los momentos de reposo, sobre asuntos teosóficos y otras filosofías. Cuando Leopoldo Lugones llegó, también de empleado, a esa repartición, formamos, lo digo con cierta modestia, un interesante trío" (*Autobiografía,* cap. XLV). "Como dejo escrito, con Lugones y Piñeiro Sorondo hablaba mucho sobre ciencias ocultas" (*Ibidem,* cap. XLVI).

Régnier, los preciosos poemas italianos de Lucini . . .[3] Y con la fantasía dispuesta, los cuentos milagrosos, las materializaciones estudiadas por los sabios de los libros arcanos, las posibilidades de la ciencia, que no son sino las concesiones a un enigma cada día más hondo, a pesar de todo . . . La fácil excitabilidad de mi cerebro estuvo pronto en acción. Y, cuando después de salir de mis cogitaciones, pregunté al alemán el nombre de aquella dama, y él me embrolló la respuesta, repitiendo tan sólo lo de lo histórico de la cabeza, no quedé ciertamente satisfecho. No creí correcto insistir; pero, como siguiendo en la charla yo felicitase a mi flamante amigo por haber en Alemania tan admirables ejemplares de hermosura, me dijo vagamente:

—No es de Alemania. Es de Austria.

Era una belleza *austríaca* . . . Y yo buscaba la distinta semejanza de detalle con los retratos de Kurcharsky, de Riotti, de Boizot, y hasta con las figuras de cera de los sótanos de museo Grevin . . .

—Es temprano aún —me dijo Wolfhart, al dejarle en la puerta del hotel en que habitaba—. Pase usted un momento, charlaremos algo más antes de mi partida. Mañana me voz de París, y quién sabe cuándo nos volveremos a encontrar. Entre usted. Tomaremos, a la inglesa, un *whisky-and-soda* y le mostraré algo interesante.

Subimos a su cuarto por el ascensor. Un *valet* nos hizo llevar el bebedizo británico, y el alemán sacó un cartapacio lleno de viejos papeles. Había allí un retrato antiguo, grabado en madera.

—He aquí —me dijo—, el retrato de un antecesor mío, Theobald Wolfhart, profesor de la Universidad de Heidelberg. Este abuelo mío fué posiblemente un poco brujo, pero de cierto, bastante sabio. Rehizo la obra de Julius Obsequens sobre los prodigios, impresa por Aldo Manucio, y publicó un libro famoso, el *Prodigiorum ac ostentorum chronicon*, un infolio editado en Basilea, en 1557.[4] Mi antepasado no lo publicó con su nombre,

[3] El conde Robert de Montesquiou-Fezensac (1855-1921), Henri de Régnier (1864-1936) y Gian Pietro Lucini (1867-1914).

[4] Conradus Lycosthenes, astrólogo del siglo XVI, adicionó la obra de Julius Obsequens (siglo IV), *De prodigiis*, impresa por Aldo Manucio en 1508, en el volumen *Prodigiorum liber, nunc demum per Conr. Lycos-*

sino bajo el pseudónimo de Conrad Lycosthenes. Theobald Wolfhart era un filósofo sano de corazón, que, a mi entender, practicaba la magia blanca. Su tiempo fué terrible, lleno de crímenes y desastres. Aquel moralista empleó la revelación para combatir las crueldades y perfidias, y expuso a las gentes, con ejemplos extraordinarios, cómo se manifiestan las amenazas de lo invisible por medio de signos de espanto y de incomprensibles fenómenos. Un ejemplo será la aparición del cometa de 1557, que no duró sino un cuarto de hora, y que anunció sucesos terribles. Signos en el cielo, desgracias en la tierra. Mi abuelo habla de ese cometa que él vió en su infancia y que era enorme, de un color sangriento, que en su extremidad se tornaba del color del azafrán. Vea usted esta estampa que lo representa, y su explicación por Lycosthenes. Vea usted los prodigios que vieron sus ojos. Arriba hay un brazo armado de una colosal espada amenazante, tres estrellas brillan en la extremidad, pero la que está en la punta es la mayor y más resplandeciente. A los lados hay espadas y puñales, todo entre un círculo de nubes, y entre esas armas hay unas cuantas cabezas de hombres. Más tarde escribía sobre tales fantásticas maravillas Simon Goulard, refiriéndose al cometa: "Le regard d'icelle donna telle frayeur a plusieurs qu'aucuns en moururent; autres tombèrent malades". Y Petrus Greusserus, discípulo de Lichtenberg —el astrólogo— dice un autor, que, habiendo sometido el fenómeno terrible a las reglas de su arte, sacó las consecuencias naturales, y tales fueron los pronósticos, que los espíritus más juiciosos padecieron perturbación durante más de medio siglo. Si Lycosthenes señala los

thenem integritati suae restitutus; Polydori Vergilii de prodigiis libri III; Jo. Camerarii de ostentis libri II, impreso en Basilea en 1552; la primera edición italiana, 1554, y la francesa, 1555, traducción de George de La Bouthière, la que probablemente conoció Darío en ediciones posteriores, fueron impresas en Lyon. La obra del propio Lycosthenes, *Prodigiorum ac ostentorum chronicon,* como dice Darío, se imprimió en Basilea, 1557. Más adelante se menciona a Simon Goulard, padre (1543-1628) o hijo (1576-1628) del mismo nombre, teólogos protestantes franceses, y a Joannes Lichtenberger, astrólogo del siglo XV, autor de *Pronosticatio in Latino raro et prius non audita quae exponit et declarat nonnullos coeli influxus et inclinationes certarum constellationum magnae videlicet conjunctionis,* 1488, aumentada en la edición de Maguncia de 1492 (cf. Brunet, *Manuel du libraire,* III, 1843, pp. 544, 209 y 130-131, respectivamente).

desastres de Hungría y de Roma, Simon Goulard habla de las terribles asolaciones de los turcos en tierra húngara, el hambre en Suabia, Lombardía y Venecia, la guerra en Suiza, el sitio de Viena de Austria, sequía en Inglaterra, desborde del océano en Holanda y Zelanda y un terremoto que duró ocho días en Portugal. Lycosthenes sabía muchas cosas maravillosas. Los peregrinos que retornaban de Oriente contaban visiones celestes. ¿No se vió en 1480 un cometa en Arabia, de apariencia amenazante y con los atributos del Tiempo y de la Muerte? A los fatales presagios sucedieron las desvastaciones de Corintia, la guerra en Polonia. Se aliaron Ladislao y Matías el Huniada. Vea usted este rasgo de un comentador: "Las nubes tienen sus flotas como el aire sus ejércitos"; pero Lycosthenes, que vivía en el centro de Alemania, no se asienta sobre tal hecho. Dice que en el año 114 de nuestra era, simulacros de navíos se vieron entre las nubes. San Agobardo, obispo de Lyon, está más informado. Él sabe a maravilla a qué región fantástica se dirigen esas ligeras naves. Van al país de Magonia, y sólo por reserva el santo prelado no dice su itinerario. Esos barcos iban dirigidos por los hechiceros llamados *tempestarii*. Mucho más podría referirle, pero vamos a lo principal. Mi antecesor llegó a descubrir que el cielo y toda la atmósfera que nos envuelve están siempre llenos de esas visiones misteriosas, y con ayuda de un su amigo alquimista llegó a fabricar un elixir que permite percibir de ordinario lo que únicamente por excepción se presenta a la mirada de los hombres. Yo he encontrado ese secreto —concluyó Wolfhart—, y aquí, agregó sonriendo, tiene usted el milagro en estas pastillas comprimidas. ¿Un poquito más de whisky?

No había duda de que el alemán era hombre de buen humor y aficionado, no solamente al alcohol inglés, sino a todos los paraísos artificiales. Así me parecía ver en la caja de pastillas que me mostraba, algún compuesto de opio o de cáñamo indiano.

—Gracias —le dije—, no he probado nunca, ni quiero probar el influjo de la *droga sagrada*. Ni haschis, ni el veneno de Quincey...

—Ni una cosa, ni otra. Es algo vigorizante, admirable hasta para los menos nerviosos.

Ante la insistencia y con el último sorbo de whisky, tomé la pastilla, y me despedí. Ya en la calle, aunque hacía frío, noté que circulaba por mis venas un calor agradable. Y olvidando la pastilla, pensé en el efecto de las repetidas libaciones. Al llegar a la plaza de la Concordia, por el lado de los Campos Elíseos, noté que no lejos de mí caminaba una mujer. Me acerqué un tanto a ella y me asombré al verla a aquellas horas, a pie y soberbiamente trajeada, sobre todo cuando a la luz de un reverbero vi su gran hermosura y reconocí en ella a la dama cuyo aspecto me intrigase en el *réveillon:* la que tenía por todo adorno en el cuello blanquísimo un fino galón rojo, rojo como una herida. Oí un lejano reloj dar unas horas. Oí la trompa de un automóvil. Me sentía como poseído de extraña embriaguez. Y, apartando de mí toda idea de suceso sobrenatural, avancé hacia la dama que había pasado ya el obelisco y se dirigía del lado de las Tullerías.

—Madame —le dije—, madame...

Había comenzado a caer como una vaga bruma, llena de humedad y de frío, y el fulgor de las luces de la plaza aparecía como diluído y fantasmal. La dama me miró al llegar a un punto de la plaza; de pronto, me apareció como el escenario de un cinematógrafo. Había como apariencias de muchas gentes en un ambiente como el de los sueños, y yo no sabía decir la manera con que me sentí como en una existencia a un propio tiempo real y cerebral... Alcé los ojos y vi en el fondo opaco del cielo las mismas figuras que en la estampa del libro de Lycosthenes, el brazo enorme, la espada enorme, rodeados de cabezas. La dama, que me había mirado, tenía un aspecto tristemente fatídico, y, cual por la obra de un ensalmo, había cambiado de vestiduras, y estaba con una especie de fichú cuyas largas puntas le caían por delante; en su cabeza ya no había el peinado *à la Cléopâtre,* sino una pobre cofia bajo cuyos bordes se veían los cabellos emblanquecidos. Y luego, cuando iba a acercarme más, percibí a un lado como una carreta, y unas desdibujadas figuras de hombres con tricornios y espadas y otras con picas. A otro lado un hombre a caballo, y luego una especie de tablado... ¡Oh, Dios, naturalmente!: he aquí la reproducción de lo *ya visto*... ¿En mí hay reflexión aun en este instante? Sí, pero siento que lo invisible, entonces visible, me rodea. Sí, es la guillotina. Y, tal en las pesadillas, como si sucediese, veo desarrollarse —¿he hablado ya de cinematógrafo?— la tragedia...

Aunque por no sé cuál motivo no puedo darme cuenta de los detalles, vi que la dama me miró de nuevo, y bajo el fulgor color de azafrán que brotaba de la visión celeste y profética, brazo, espadas, nubes y cabezas, vi cómo caía, bajo el hacha mecánica, la cabeza de aquella que poco antes, en el salón del hotel, me admirara con su encanto galante y real, con su aire soberbio, con su cuello muy blanco, adornado con un único galón color de sangre.

¿Cuánto tiempo duró aquel misterioso espectáculo? No lo sabría decir, puesto que ello fué bajo el imperio desconocido en que la ciencia anda a tientas; el tiempo en que el ensueño no existe, y mil años, según observaciones experimentales, pueden pasar en un segundo. Todo aquello había desaparecido, y, dándome cuenta del lugar en donde me encontraba, avancé siempre hacia el lado de las Tullerías. Avancé y me vi entre el jardín, y no dejé de pensar rapidísimamente cómo era que las puertas estaban aún abiertas. Siempre bajo la bruma pálida de aquellas nocturnas horas, seguí adelante. Saldré, me dije, por la primera puerta del lado de la calle Rivoli, que quizás esté también abierta... ¿Cómo no ha de estar abierta?... ¿Pero era o no era aquel jardín el de las Tullerías? Árboles, árboles de obscuros ramajes en medio del invierno... Tropecé al dar un paso con algo semejante a una piedra, y me llené, en medio de mi casi inconsciencia, de una sorpresa pavorosa, cuando escuché un ¡ay! semejante a una queja, parecido a una palabra entrecortada y ahogada; una voz que salía de aquello que mi pie había herido, y que era, no una piedra, sino una cabeza. Y alzando hacia el cielo la mirada vi la faz de la luna en el lugar en que antes la espada formidable, y allí estaban las cabezas de la estampa de Lycosthenes. Y aquel jardín, que se extendía vasto cual una selva, me llenó del encanto grave que había en su recinto de prodigio. Y a través de velos de ahumado oro refulgía tristemente en lo alto la cabeza de la luna. Después me sentí como en una certeza de poema y de libro santo, y, como por un motivo incoherente, resonaban en la caja de mi cerebro las palabras: "¡Última hora! ¡Trípoli! ¡La toma de Pekín!" leídas en los diarios del día. Conforme con mis anhelos de lo divino, experimentando una inexpresable angustia, pensé: "¡Oh Dios! ¡Oh Señor! ¡Padre nuestro!..."

Volví la vista y vi a un lado, en una claridad dulce y dorada, una forma de lira, y sobre la lira una cabeza igual a la del Orfeo de Gustave Moreau, del Luxemburgo. La faz expresaba pesadumbre, y alrededor había como un movimiento de seres, de los que se llaman animados porque sus almas se manifiestan por el movimiento, y de los que se llaman inanimados porque su movimiento es íntimo y latente. Y oí que decía, según me ayuda mi recuerdo, aquella cabeza: "¡Vendrá, vendrá el día de la concordia, y la lira será entonces consagrada en la pacificación!" Y cerca de la cabeza de Orfeo vi una rosa milagrosa, y una hierba marina, y que iba avanzando hacia ellas una tortuga de oro.

Pero oí un gran grito al otro lado. Y el grito, como el de un coro, de muchas voces. Y a la luz que os he dicho, vi que quien gritaba era un árbol, uno de los árboles coposos, llenos de cabezas por frutos, y pensé que era el árbol de que habla el libro sagrado de los musulmanes. Oí palabras en loor de la grandeza y omnipotencia de Alá. Y bajo el árbol había sangre.

Haciendo un esfuerzo, quise ya no avanzar, sino retroceder a la salida del jardín, y vi que por todas partes salían murmullos, voces, palabras de innumerables cabezas que se destacaban en la sombra como aureoladas, o que surgían entre los troncos de los árboles. Como acontece en los instantes dolorosos de algunas pesadillas, pensé que todo lo que me pasaba era un sueño, para disminuir un tanto mi pavor. Y en tanto, pude *reconocer* una temerosa y abominable cabeza asida por la mano blanca de un héroe, asida de su movible e infernal toisón de serpientes: la tantas veces maldecida cabeza de Medusa. Y de un brazo, como de carne de oro de mujer, pendía otra cabeza, una cabeza con barba ensortijada y oscura, y era la cabeza del guerrero Holofernes. Y la cabeza de Juan el Bautista; y luego, como viva, de una vida singular, la cabeza del Apóstol que en Roma hiciera brotar el agua de la tierra; y otra cabeza que Rodrigo Díaz de Vivar arrojó, en la cena de la venganza, sobre la mesa de su padre.

Y otras que eran la del rey Carlos de Inglaterra y la de la reina María Estuardo... Y las cabezas aumentaban, en grupos, en amontonamientos macabros, y por el espacio pasaban relentes de sangre y de sepulcro; y eran las cabezas hirsutas de

los dos mil halconeros de Bayaceto; y las de las odaliscas dego-
lladas en los palacios de los reyes y potentados asiáticos; y las
de los innumerables decapitados por su fe, por el odio, por la
ley de los hombres; las de los decapitados de las hordas bárbaras, de las prisiones y de las torres reales, las de los Gengis-
kanes, Abdulhamides y Behanzines...

Dije para mí: ¡Oh, mal triunfante! ¿Siempre seguirás sobre
la faz de la tierra? ¿Y tú, París, cabeza del mundo, serás también cortada con hacha, arrancada de tu cuerpo inmenso?

Cual si hubiesen sido escuchadas mis interiores palabras, de
un grupo en que se veía la cabeza de Luis XVI, la cabeza de la
princesa de Lamballe, cabezas de nobles y cabezas de revolucionarios, cabezas de santos y cabezas de asesinos, avanzó una figura
episcopal que llevaba en sus manos su cabeza, y la cabeza del
mártir Dionisio, el de las Galias, exclamó:

—¡En verdad os digo, que Cristo ha de resucitar!

Y al lado del apostólico decapitado vi a la dama del hall del
hotel, a la dama austríaca con el cuello desnudo; pero en el cual
se veía, como un galón rojo, una herida purpúrea, y María Antonieta dijo:

—¡Cristo ha de resucitar!

Y la cabeza de Orfeo, la cabeza de Medusa, la cabeza de
Holofernes, la cabeza de Juan y la de Pablo, el árbol de cabezas, el bosque de cabezas, la muchedumbre fabulosa de cabezas, en el hondo grito, clamó:

—¡Cristo ha de resucitar! ¡Cristo ha de resucitar!...

—Nunca es bueno dormir inmediatamente después de comer
—concluyó mi buen amigo el doctor.

LAS TRES REINAS MAGAS[1]

—Señor —dije al fraile de las barbas blancas—; vos que sabéis tantas cosas, decidme si en algún viejo libro, o en algún empolvado centón, habéis algo que se refiera a las mujeres de los tres Reyes Magos que fueron a adorar a Nuestro Señor Jesucristo cuando estaba, sonrosado y risueño niño, en el pesebre de Belén. Porque, de seguro, Gaspar, Melchor y Baltasar deben de haber tenido sendas esposas.

—Es verdad —me contestó el religioso—, no he visto nunca, en venerable biblioteca o vetusto archivo, nada que se refiera al objeto de tu pregunta. Es casi seguro que hayan tenido, no solamente una esposa, sino muchas esposas, pues eran paganos, o idólatras, o adoradores de dioses que, como representaciones del Maligno, aprobaban la poligamia. Mas nada sé sobre el particular, y no he leído jamás texto que con tal asunto tenga relación.

Consulté a otros sabios y estudiosos y me convencí de que nada podría averiguar al respecto. Mas vi que iba por el camino de la Vida —muy al principio— un joven de larga cabellera y ojos en que se reflejaba el misterio del cielo y de la tierra —un poeta—, y recordé que los poetas suelen saber más cosas que los sabios.

—Abandona —me dijo el creador de armoniosos sueños— el

---

[1] Apareció en *Musa Joven* de Santiago de Chile, septiembre de 1912, "en número dedicado a Darío, en vísperas de su anunciada visita a Chile". Después se publicó en *Por Esos Mundos* de Madrid, enero de 1914, de donde lo tomó Regino E. Boti para *El árbol del rey David*, 1921, pp. 21-24 (cf. Saavedra Molina, *Bibliografía*, p. 84). *Por Esos Mundos* publicó algunas composiciones de Darío conocidas ya en periódicos o en las propias obras del poeta; en 1906 se reproducen ahí *Melancolía* de *Cantos de vida y esperanza* (1905) y el *Abrojo* núm. 17, de 1887. Boti publica la presente narración con el título de *El cuento de las tres reinas magas*, y los *Primeros cuentos* con el subtítulo de *Otro cuento de Navidad* (vol. III de la tercera serie de obras completas, Madrid, 1924, pp. 43-54). Hemos preferido ese texto de Boti.

cuidado de esas vagas erudiciones y escucha el cuento de otras tres Reinas Magas, que han de estar, por cierto, más cerca de tu corazón.

—Mi alma se llama Crista. En un pesebre nació, para ser coronada reina de martirio. Ella es hija de una virgen y un obrero, y la noche de su nacimiento danzaron y cantaron alrededor del pesebre cien pastores y pastoras. Una estrella apareció sobre el techo del pesebre de mi alma; y, a la luz de esa estrella, llegaron a visitar a la recién nacida tres Reinas Magas.

Venían desde países muy lejanos. La primera sobre una asna blanca, toda caparazonada de plata y perlas. La segunda sobre un unicornio. La tercera sobre un pavo real.

La recién nacida recibió sus homenajes. La primera le ofreció incienso. La segunda, oro. La tercera, mirra.

Hablaron las tres:

—Yo soy la reina de Jerusalén.

—Yo soy la reina de Ecbatana.

—Yo soy la reina de Amatunte.

—Reina de martirio, pues has de padecer mañana la cruel crucifixión, he aquí el incienso.

—Reina de martirio, pues has de padecer mañana la cruel coronación, he aquí el oro.

—Reina de martirio, pues has de padecer mañana la transfixión, he aquí la mirra.

Y el alma infanta contestó con una voz suave:

—¡Yo te saludo, reina de la Pureza!

—¡Yo te saludo, reina de la Gloria!

—¡Yo te saludo, reina del Amor!

Vosotras tres me traéis los más inapreciables regalos, de manera que entreveo, para mientras llega la hora de la fatalidad, tres paraísos que escoger.

En el primero, forma la nube aromada y sacra del incienso un inmenso dombo, a través del cual se vislumbra el amor de los astros y las sonrisas arcangélicas. Allí imperan las Virtudes, eeñidas las blancas frentes de una luz paradisíaca. Los Tronos y las Dominaciones hacen percibir el brillo de sus incomparables magnificencias. Un místico son de salterios dice la paz poderosa del Padre, la sacrosanta magia del Hijo y el misterio sublime del Espíritu. Los lirios de divina nieve son las flores que en hechiceras vías lácteas cultivan y recogen las Vírgenes y los Bienaventurados.

En el segundo, el Oro forma un maravilloso palacio constelado de diamantes de triunfo; arcadas vastas se desenvuelven en una polvareda de sol. Allí pasan los grandes, los fuertes, ceñidas las cabezas de laureles de oro.

Allí crecen los antiguos laureles, y de las gigantescas columnas cuelgan coronas de roble y de laurel. Los más que hombres se complacen en visiones augustas sobre horizontes inmensos. Revuelan familiares las águilas. Y sobre los pavimentos de incomparables pórfidos y ágatas, se desperezan en una imperial calma los leones. Suena de tanto en tanto un trueno de trompetas, y el viento sonoro hace ondear ilustres oriflamas y banderas de púrpura.

En el tercero, la mirra perfuma un suave ambiente en la más preciosa de las islas floridas. Es bajo un cielo azul y luminoso que baña de oro dulce glorietas encantadas y mágicos kioscos. Las rosas imperan en los jardines custodiadas de pavones, y los cisnes en los estanques especulares y en las fuentes. Si oís una música lejana, es de flautas, liras y cítaras, en lo secreto de los boscajes, de donde brotan también ruidos de besos, y ayes y risas.

Es el imperio de la mujer; es el país en donde la prodigiosa carne femenina, al mostrarse en su pagana y natural desnudez, tiñe de rosa los enternecedores crepúsculos. Pasan bajo el palio celeste bandadas de tórtolas, y tras las arboledas vense cruzar formas blancas perseguidas por seres velludos de pies hendidos.

—Pues has de sufrir, pues estás condenada inexorablemente, reina de martirio —dijo la reina de Jerusalén— ¿no es cierto que en el momento de tu ascensión preferirás el celeste paraíso del incienso?

Y el alma:

—¡Ay! en verdad que la parte más pura de mi ser tiende a tan mística mansión. Existe un diamante que se llama Fe, una perla que se llama Esperanza y un encendido rubí de amor que se llama Caridad. Tiemblo delante de la omnipotencia del

Padre, me atrae la excelsitud del Hijo y me enciende la llama del Espíritu; mas...

—Ya sé —interrumpió la reina de Ecbatana—; por cierto que en el instante de tu ascensión preferirás el paraíso del oro...

Y el alma:

—¡Ay! en verdad que me domina el deseo de la riqueza, del dominante porvenir, de la fuerza. Nada hay más bello que imperar, y los mantos purpúreos, o de armiño, y los cetros y la supremacía, son absolutamente atrayentes. Os juro que el grande Alejandro me hace pensar en Júpiter y que el son soberano de las tropas pone un heroico temblor en una parte de mi ser, pero...

La reina de Jerusalén suspiraba. La reina de Ecbatana sonreía. La reina de Amatunte dijo:

—Crueles penas has de padecer; tu crucifixión será dolorosa y terrible; sufrirás las espinas, la hiel y el vinagre...

Y el alma infanta interrumpió a la reina:

—¡Yo seré contigo, Señora, en el paraíso de la mirra!...

¡A POBLÁ!...[1]

El hombre, fatigado, descuidado, con una indumentaria lamentable, está delante de mí. Se aflige, se exalta, maldice su suerte. Yo lo he conocido en Europa. Vivía la vida precaria de los intelectuales pobres y medianos. Hacía, mal que bien, su periodismo. Esperaba su turno para colocar un artículo sin pretensiones o unos versos honestos en ilustraciones populares de homeopáticos emolumentos. Pero, en fin, vivía, más o menos a dieta, con su familia, porque el infeliz se había casado. Luego, le había dado por las ideas de renovación social, y por hablar mal de los prohombres de la prensa y del congreso... ¡Un desastre! Y un buen día, a fuerza de leer que Buenos Aires es una Jauja, en donde las calles están empedradas con libras esterlinas, y que la gente se hacía millonaria dando conferencias, y que se necesitaban europeos para poblar —¡gobernar es poblar!— nuestro sujeto dejó a su mujer y a sus hijos y se lanzó a lo desconocido prometedor, sin más bagaje que su disposición para hacer artículos sin pretensiones y versos honestos. Y así desembarcó un día en la gran urbe argentina, inmigrante intelectual, como él decía. Traía algunas vagas recomendaciones, y ellas le hicieron pensar en "l'assiette au beurre", en el empleo público; pero se encontró con que en todas las reparticiones le estaban cerradas las puertas.

—Y ahora quiero volverme a Europa. Llevo ya un año de

[1] Apareció en *La Nación* de Buenos Aires, 5 de octubre de 1912, según nos comunica el doctor E. K. Mapes. La *Colección Ariel,* San José, Costa Rica, enero de 1913, núm. 25, pp.18-26, que lo reprodujo, da como procedencia: "de *La Nación,* Buenos Aires, 2 de octubre de 1912"; es tan insignificante la diferencia entre las dos fechas anotadas, probablemente debida a alguna errata, que no se pierde el orden cronológico que llevamos en la presente edición. Fué recogido por Regino E. Boti en *El árbol del rey David,* 1921, pp. 107-113; el texto de Boti proviene de *El Cubano Libre* de Santiago de Cuba, "probablemente de 1913" (cf. Saavedra Molina, *Bibliografía,* p. 86). Publicamos ese texto corrigiendo las erratas.

luchas. No he podido hacer nada. En los diarios no se me acepta de ninguna manera y ésa era mi principal esperanza. ¡Con decirle que estaba mejor allá!

—Señor —le dijo—, ¿conoce usted el caso del marqués de Apezteguía? El marqués de Apezteguía era un gran señor español que fué a Cuba en tiempo de la dominación peninsular, hace largos años. Era poseedor de una gran fortuna y procuraba el bien y el mejoramiento de la isla bella a donde fuera a establecer su residencia. Por aquel tiempo se empezaba a escribir mucho sobre asuntos de inmigración. Se decía que para el progreso de la agricultura y de la riqueza cubana en general, lo primero que había que hacer era poblar. Y sobre la necesidad de poblar se escribían sendos editoriales y artículos de colaboración en todos los periódicos habaneros. La propaganda fué firme, y se insistió de manera que el marqués de Apezteguía se contagió del entusiasmo general, y, con sus propios medios de fortuna, hizo llegar de España un buen número de familias andaluzas; pues entonces todo era lo mismo y no se habían probado las excelencias de la inmigración vasca, asturiana, gallega, etcétera. Llegaron a La Habana las referidas familias, y el marqués, para alojarlas, hizo poner carpas, a lo largo de la costa, frente al espléndido y agitado mar de las Antillas.

Los primeros días pasaron en el descanso del viaje. El noble señor hizo distribuir vituallas, y ellas se consumían, regadas por animadores vinillos de la patria. Las guitarras se hacían oír, y el viento marino llevaba en sus soplos ecos de peteneras, de soleares, de malagueñas, y de todo el repertorio de la tierra asoleada y vibrante de Andalucía. Y aquello era alegría perenne y juerga continua. Pasados algunos días, el marqués se dijo que ya habían descansado y se habían divertido lo suficiente sus bulliciosos colonos. Así es que se dirigió a una de las carpas, para hablar con uno de los que hacían cabeza en el grupo inmigrante.

—Fulano —le dijo—, me parece que ya es tiempo de que vayan ustedes a hacerse cargo de sus tareas. Tengo dispuesta ya la partida de todos para el campo. A trabajar, pues, a trabajar.

—¿A qué? —dijo asombrado el andaluz—. Pues nosotros no vamos, porque no hemos venido para eso.

—¿Y a qué entonces, hombre de Dios?

—¡Pues a *poblá!*

No dice la historia lo que resolvería el marqués con aquellas buenas gentes que habían ido simplemente a poblar. Mas la moraleja del sucedido está clara. Usted, mi excelente señor, ha creído que a la Argentina se viene "a poblá"... Y el caso es que lo que se necesita y se desea son hombres que vengan, no solamente a poblar, sino a trabajar. Y a trabajar no en el sentido intelectual, que ya ha producido en la gran capital su considerable proletariado, sino a trabajar las tierras, a hacer producir a la pampa alfalfa y trigo. Jauja existe, pero allá adentro, y hay que contar con el esfuerzo constante, y como en todas las cosas, sobre todo, con la buena suerte. Sí, ya sé que usted me señalará casos de artistas, de escritores, de periodistas y aun de algún poeta, que se han sacado el gordo, que han hallado terreno propicio en esta pródiga república; pero éstas son excepciones y han contado o con talentos singulares o bien con apoyos valiosos que les han abierto el camino del bienestar y aun de la relativa fortuna. Y ésos han tenido y tienen que laborar con toda su voluntad y sus potencias, pues la competencia se impone y hay que estar siempre alerta y despierto sobre los laureles conquistados y el puesto conseguido. Las profesiones liberales... Recuerdo que, cuando yo era secretario de un caballero que dirigía una repartición en Buenos Aires, llegaban abogados y doctores en letras —¡inmigración intelectual!— a solicitar, muy bien recomendados, aunque fuese un simple empleo de cartero... De éstos ha habido que no han creído absolutamente preciso quedarse en la capital para aumentar la población, poder ir a los teatros y diversiones y ejercer la esgrima financiera. Se han ido a las provincias, a la campaña, han laborado con actividad, echando a un lado diplomas y títulos; se han hecho de arados y sembradoras, y Jauja ha venido a su encuentro... Después han cumplido con el deseo de los andaluces del marqués de Apezteguía, se han dedicado a poblar... A fabricar argentinos para mañana, argentinos que harán nuevos pueblos y nuevas ciudades. Fíjese usted cómo se creyó por largo tiempo que los judíos —a pesar de lo que dicen ciertos pasajes del Talmud— eran incapaces de cultivar la tierra y dedicarse al pastoreo; y gracias al barón Hirsch, se ha demostrado lo contrario en las colonias que ha revelado con tan admirable pluma el talento de Alberto Gerchunoff.[2] ¿Por qué no se va usted a probar fortuna, a hacer lo que han hecho los judíos? ¿Por qué no se hace usted colonizar por el señor Blasco Ibáñez, ese ilustre almogávar que enseña con el ejemplo la energía y que pospone las letras a más prácticas empresas? ... Usted debe tener aspiraciones, puesto que abandonó el nacional cocido y siguió la senda de los conquistadores... Usted ha oído hablar o ha conocido a los bravos indianos que después de venir en tercera clase y de pasar, como dice usted mismo, las de Caín, han vuelto a su tierra, llenos de millones, y han regalado hospitales, o escuelas, a sus pueblos. Y aunque sean vistos de una manera especial, tienen consigo la bella leyenda del hombre que salió pobre de su terruño y volvió rico de las ciudades fabulosas del otro lado del mar ... ¿No le tienta a usted llegar a ser un indiano, y cambiar por pingües acciones y títulos las prosas sin pretensiones y los honestos versos? Yo le aseguro que si Dios no me hubiera llevado por otras vías, y si no fuese ya un poco tarde para empezar... ¿Ha visto usted los últimos versos de Eduardo Talero? Eduardo Talero es un gentil poeta lleno de cordura. ¿Usted cree que no los hay? Los hay, sí señor. Talero dejó los bullicios y las agitaciones de esta gran capital, que va para muy más allá que todas las Babilonias, y se dedicó a la sana y tranquila existencia rural. ¿Quiere usted oír bellas cosas? Oiga:

> ... Al bullicio y las pompas renuncié desde entonces
> en busca de esta vida, sin fanfarrias ni bronces,
> que llevo en el desierto, donde ya demagogo
> no soy, ni por patrañas jurídicas abogo.
> Mi corazón ¡el pobre! averiado del mundo
> buscó en este remanso de silencio profundo
> ritmo que modelara la escoria de mis ruinas
> en los arcos triunfales de estas bellas colinas;
> o al menos, en la curva de una tumba rural
> que es ¿por qué no decirlo? postrer arco triunfal.

[2] Alberto Gerchunoff (1883-1950), *Los gauchos judíos,* Buenos Aires, 1909.

Aquí soy de mis perros y caballos bienquisto
y, aunque huyo de los hombres, me allego a Jesucristo
por este humilde trato con sedientas espinas
y con la cruz joyante de las noches fueguinas.

Aquí, por obra y gracia de la melancolía,
me admite en su reinado de luz la fantasía,
y en las hialinas torres del cielo patagón,
miro los signos que hace nuestro azul pabellón;

en los barbechos grises labro mi pan y vino,
o filtro de los vientos el jugo cristalino
para que el sentimiento sus élitros eleve
hasta las soledades piadosas de la nieve . . .[3]

Y la hermosura lírica continúa siendo al propio tiempo lección
y ejemplo de verdadera sabiduría. Dígame usted, señor, si no
es tentador ir a formar el hogar como ese poeta, como ese filósofo, que es al mismo tiempo un comprendedor de la vida, ir
a formar el hogar en recónditos parajes, en donde la naturaleza
es la colaboradora del trabajo, en la producción del bienestar,
de la comodidad, de la riqueza. Pero para ello hay que tener
voluntad y decisión y olvidar un poco y aun mucho la tinta de
la imprenta, los halagos de la ciudad, las orillas del Río de la
Plata en donde no caben las carpas andaluzas del marqués de
Apezteguía . . . Y así, o se vuelve usted a su tierra vieja, a seguir
con las consabidas prosas y los consabidos versos, o se mete, con
alma y corazón, tierra adentro, convencido de que ha venido a
trabajar, y no "a poblá". . .

---

[3] Eduardo Talero (1875-1920), *Voz del desierto*, Buenos Aires, 1907.

GERIFALTES DE ISRAEL[1]

En el *parlor* hay cuatro pequeños escritorios. Todos ellos están ocupados desde por la mañana por cuatro pasajeros, en cuyas faces se distingue un signo de raza: se pensaría que son extraídos de la *ménagerie* de Drumont. [2]

Cerca, unos cuantos, conversamos.

—Pronuncie usted —dice un francés— en voz alta la palabra *argent,* y verá cómo, en seguida, todos cuatro vuelven la cabeza.

—*Parce-que l'argent*... —dije en alta voz.

Todas las cuatro cabezas de los hombres que escribían se alzaron, y miraron hacia nuestro grupo. La prueba estaba hecha. Eran cuatro cabezas llenas de salud fuerte, de un rosado subido; aspectos de aves de rapiña, con las narices curvas y los ojos de persecución. Esos comerciantes, esos exploradores de presa, se

---

[1] Apareció en *La Nación* de Buenos Aires, 1913, antes de abril, fecha en que lo reprodujo la *Colección Ariel,* San José, Costa Rica, núm. 31, pp. 39-42; de ahí lo tomó Regino E. Boti para *El árbol del rey David,* 1921, pp. 82-83 (cf. Saavedra Molina, *Bibliografía,* p. 85). Es la segunda prosa de los *Films de viaje* recogidos en la *Colección Ariel,* pp. 38-48, "que habían aparecido en *La Nación,* Buenos Aires, poco antes" *(Bibliografía,* p. 85). *Gerifaltes de Israel* se reprodujo posteriormente en los *Poemas en prosa,* vol. VIII de la tercera serie de obras completas, Madrid, s. f., pp. 91-96, en la sección *Impresiones y sensaciones,* y en los *Primeros cuentos,* vol. III de la misma serie, Madrid, 1924, pp. 173-179, donde se mutila el diálogo y lleva como título general el de *Un cuento conocido.* Publicamos el texto de Boti corrigiendo las erratas.

[2] A Édouard Drumont (1844-1917), el famoso antisemita combatido por Bloy, ya lo menciona Darío en uno de sus *Mensajes de la tarde* que publicaba en *La Tribuna* de Buenos Aires; véase *Al señor X. X., antisemita,* 5 de octubre de 1893 (cf. E. K. Mapes, *Escritos inéditos,* p. 16), donde dice: "Como usted, admiro el talento poderoso de Drumont, pero tengo en mi alma grandes simpatías por esa combatida raza, tan desgraciada y tan poética". Darío debió conocer, además del periódico de Drumont, *La Libre Parole,* iniciado en 1892, sus obras polémicas: *La France juive* (1886), *Testament d'un antisémite* (1891) y *Les juifs et l'affaire Dreyfus* (1899).

veía que estaban poseídos por su demonio ancestral, y que antes que en la sinagoga, tenían su culto en la banca, en las casas áureas de Francfort, de Viena, de Berlín, de París, de Londres. Eran cuatro gerifaltes enviados por los grandes aguiluchos y gavilanes de Europa a buscar caza en América.

Y cada cual, en la conversación, expresó su reflexión, o contó su anécdota, o dijo su cuento humorístico.

—Hay uno muy conocido —dijo alguien—. Una vez, iban en un pequeño barco que llevaba una carga de naranjas, como pasajeros un negrito y un judío. Sobrevino una fuerte y amenazadora tempestad. Y fué preciso, después de mucho bregar con el tiempo, aligerar la carga. El patrón echó al agua las naranjas. Luego un banquito de madera. Luego al negrito. Luego al israelita. Y sucedió que una vez pasada la tempestad fué pescada en la costa una gran bestia marina. Y al abrirle el vientre, se encontró al judío, sentado en el banquito, y vendiendo las naranjas al negro.

—A la verdad, estas gentes fueron obligadas por la necesidad a hacer que se cumpliesen las profecías y que Israel fuese dueño del mundo, con todo y ser abominado y perseguido. Se les miró peor que a los leprosos, se les abominó, se les echó en todas partes, se les condenó al ghetto, a la esclavitud, y aun a la hoguera. Se les prohibió la tierra. Ellos encontraron entonces su campo en el dinero; fueron avaros y hábiles, y Shylock afiló su indestructible cuchillo. Y a medida que la civilización ha ido avanzando, el poderío de esa raza maldecida, pero activa y temible, se ha ido aumentando, a medida que ha ido en crecimiento la rebusca del oro, la omnipotencia del capital, y la creación de una aristocracia cosmopolita, de universal influencia, cuyos pergaminos son cheques, y cuya supremacía ha invadido todas las alturas, halagando todos los apetitos. He aquí la obra de los halcones de Mammón, de los gerifaltes de Israel.

Los cuatro israelitas se habían levantado, y habían dejado, en signo de posesión, sus cartapacios sobre las mesas de escribir. Se paseaban fumando gruesos cigarros, hablando en voz alta, haciendo grandes gestos y ademanes, y caminando a zancadas, con sus largos y anchos pies. Y había en ellos una animalidad maligna y agresiva.

EL ÚLTIMO PRÓLOGO[1]

Salía de la redacción de *La Nación* cuando me encontré con un joven, vestido elegantemente, cuidado y airoso, con una bella perla en la finísima corbata y un anillo con rica piedra preciosa.

Me saludó con la mayor corrección y me manifestó que deseaba acompañarme, pues tenía algo importante que decirme. "Este es un joven poeta, un poeta a la moderna", pensé, y acepté gustoso su compañía.

—Señor —me dijo—, hace tiempo que deseaba tener una entrevista con usted. Le he buscado por todos los cafés y bares; porque... conociendo su historia y su leyenda... ¿Usted comprende?

—Sí —le contesté—, comprendo perfectamente.

—Y no le he encontrado en ninguno, lo cual es una desilusión. Pero, en fin, le he hallado en la calle, y aprovecho la ocasión para manifestarle todo lo que tenía que decirle.

—¿ . . . . . ?

—Se trata de la autoridad literaria de usted, de la reputación literaria de usted, que desde hace algún tiempo está usted comprometiendo con eso de los prólogos, de los prólogos en extremo elogiosos, en prosa y en verso. Sí, señor, permítame usted que sea claro y explícito.

El joven hablaba con un tono un poco duro y golpeado, como deben haber hablado los ciudadanos romanos, y como hablan los ciudadanos de los Estados Unidos de Norteamérica. Continuó:

—No me refiero a las alabanzas que hace usted a hombres

---

[1] Apareció en *El Cubano Libre* de Santiago de Cuba, 20 de abril de 1913; de ahí lo recogió Regino E. Boti para *El árbol del rey David*, 1921, pp. 115-120 (cf. Saavedra Molina, *Bibliografía*, p. 85). Fué reproducido con erratas en *Impresiones y sensaciones*, vol. XII de la tercera serie de obras completas, Madrid, 1925, pp. 173-182, en la sección *Varia*. Publicamos el texto de Boti corrigiendo los descuidos.

de reconocido valer. Eso se explica y es muy natural, aunque no siempre exista la reciprocidad... ¡qué quiere usted! Me refiero a los líricos e inesperados sermones con que usted nos anuncia de cuando en cuando el descubrimiento de algún ilustre desconocido. Mozos tropicales y no tropicales, ascetas, estetas, que usted nos presenta con la mejor buena voluntad del mundo y que luego le pagan hablando y escribiendo mal de usted... ¿Comprende?... ¿No escribió usted en una ocasión que casi todos los pórticos que había levantado para casas ajenas se le habían derrumbado encima? No; no me haga usted objeciones. Conozco su teoría; las alabanzas, sean de quien sean, no pueden dar talento al que no lo tiene... No hay trovador, de Sipesipe, de Chascomún, de Chichigalpa, que no tenga la frente ceñida de laureles y el corazón henchido de soberbia, con su correspondiente cartica del israelita o del rector consabido. Y todo eso hace daño, señor mío. Y luego llega usted con los prólogos, con los versos laudatorios, escritos, a lo que supongo, quién sabe en qué noches...

Sí, ya sé que usted me hablará de ciertas poesías de Victor Hugo dirigidas a amigos que hoy nadie sabe quiénes eran, gentes mediocres y aprovechadoras. Ya sé que me hablará también de las *Dédicaces* de Verlaine; ¡pero éste siquiera se desquitaba con las *Invectives!* No; no me hable usted de su generoso sentimiento, de que es preciso estimular a la juventud, de que nadie sabe lo que será más tarde... No, de ninguna manera. No insista en esa caridad intelectual. Le va a su propio pellejo. Fuera de que todos aquellos a quienes estimule y ayude se convertirán en detractores suyos, va usted a crear fama de zonzo! No me interrumpa, le ruego. ¿Y cree usted que hace bien? ¡De ninguna manera! Muchos de estos muchachos desconocidos a quienes usted celebra, malgastan su tiempo y malogran su vida. Se creen poseedores de la llama genial, del "deus", y en vez de dedicarse a otra cosa, en que pudieran ser útiles a su familia o a sí mismos, se lanzan a producir a destajo prosas y versos vanos, inservibles, y sin meollo. Pierden sus energías en algo que extraño a ellos pontifican en adolescencias insensatas, no perciben ni el ridículo, ni el fracaso: logran algunos formarse una reputación *surfaite*. Hay quienes, en el camino reflexionan y siguen el rumbo que les conviene... Son los menos... ¿A cuántos ha hecho usted perjuicios con sus irreflexivos aplausos, tanto en España como en América? Usted se imagina que cualquier barbilampiño entre dos veces que le lleva un manuscrito para el consabido prólogo, o presentación, o alabanza en el periódico, está ungido y señalado por el padre Apolo; que puede llegar a ser un genio, un portento; y porque una vez le resultó con Lugones, cree usted que todos son Lugones?[2] A unos les encuentra usted gracia, a otros fuerza, a todos pasión de arte, vocación para el sacerdocio de las musas... ¡Qué inocente es usted! A menos que no sea un anatolista, un irónico, un perverso, que desea ver cómo se rompe la crisma poética tanto portaguitarra o portaacordeón! Perdóneme usted que sea tan claro, que llame como dice el vulgar proloquio, al pan pan y al vino vino... Y luego insisto en lo que acabo de decir. ¿Qué saca usted con toda esa buena voluntad y con ser el San Vicente de Paúl de los ripiosos? ¡Enemigos, mi querido señor, enemigos! Yo sé de uno que le levantó la voz y le sitió en su propia casa, y por último ha escrito contra usted porque no encontró suficiente el bombo que usted le daba, ¡y era ya doble bombo!

¿Que no se fija usted en todo eso, hombre de Dios? ¡Y otro, a quien usted pintara de tan artística manera, y que hoy le alude insultantemente en las gacetas! ¡Y tantos otros más! ¿Que se reconoce usted vocación para el martirio?

¿Insistirá usted en descubrirnos esos tesoros que quiere demostrarnos su buen querer? Reflexione, vuelva sobre sus pasos. No persista en esa bondad que se asemeja mucho a la tontería. Hay prefacios y *dédicaces* que le debían dar a usted pena, sobre todo al recordar la manera con que le han correspondido... No digo yo que cuando, en verdad, aparezca un verdadero ingenio, un verdadero poeta, un Marcellus a quien augurar grandezas, no lo haga usted. Suene usted su trompeta, sacuda bien el instrumento lírico. ¡Pero es tan raro! Y corre usted tanto peligro en equivocarse como sus lectores y los que creemos en el juicio

---

[2] Alusión a *Un poeta socialista, Leopoldo Lugones,* artículo de Darío publicado en *El Tiempo* de Buenos Aires, 12 de mayo de 1896, y a *Lo que encontré en "Las montañas del oro",* del mismo periódico, 26 de noviembre de 1897 (cf. E. K. Mapes, *Escritos inéditos,* pp. 102-108 y 129-130, respectivamente), que presentaron y consagraron la obra poética de Lugones en el mundo literario de Buenos Aires.

y en el buen gusto de usted en tomar gato por liebre. Siquiera se contentase usted con imitar las esquelas huguescas: "Sois un gran espíritu". "Iungamus dextras". "Os saludo". ¡Pero no! Usted se extiende sobre los inesperados valores de los panidas de tierra fría: usted nos señala promesas que no se cumplen; usted da el espaldarazo sin pensar si se reúnen todas las condiciones de la caballería... cuando tal vez se reúnen demasiado... usted no averigua si el neófito puede pronunciar como se debe el schiboleth sagrado y lo deja entrar, no más, a la ciudad de la Fama... No, señor, no.

Es preciso que usted cambie de conducta y cierre la alacena de fáciles profecías. Acuérdese de lo que le pasó a don Marcelino Menéndez y Pelayo, en la época en que no había quien le pidiera una presentación al público que no se saliera con la suya. Y don Marcelino llegó casi a perder su autoridad; y cuando lo percató cerró la espita prologal... Los que exigen las presentaciones no se contentan sino con que se queme todo el turíbulo... Si usted escatima, o aminora la alabanza, la enemistad o el rencor aparecerán pronto. Así, ¿cuántos malos ratos no ha dado a usted su inagotable complacencia en encontrar con que se echa usted de malquerientes a los malquerientes de la persona loada?... Pero ninguno será peor para usted, con lengua y pluma, que aquel a quien haya hecho el servicio intelectual... No me haga observación ninguna, que aquí estamos bien enterados... ¿Cuántos pórticos, prólogos, prefacios, retratos y presentaciones ha escrito usted, vamos a ver? Cuente usted con los dedos y dígame cuántos amigos leales le quedan, si le queda alguno entre todos los favoritos... Sí, claro que hay excepciones. Mas, después de todo, ¿valía la pena exponerse a esos resultados?... Y es tiempo ya de concluir con ese peligroso altruísmo. Créame usted, hágalo así... Eso deseamos muchos. Ya nos lo agradecerá.

El joven no me había dejado responder nada, bajo el alud de sus palabras. Habíamos llegado a la puerta de mi hotel. Le tendí la mano para despedirme. Pero él me dijo:

—Permítame un momento. Deseo pedirle un pequeño servicio —y sacó un rollo de manuscritos y me lo entregó.

—¿Qué deseaba usted? —le interrogué.

Y él, decidido y halagador:

—Un prólogo.

LA EXTRAÑA MUERTE DE FRAY PEDRO[1]

Visitando el convento de una ciudad española, no ha mucho tiempo, el amable religioso que nos servía de cicerone, al pasar por el cementerio, me señaló una lápida en que leí, únicamente: *Hic iacet frater Petrus.*

—Éste —me dijo— fué uno de los vencidos por el diablo.

—Por el viejo diablo que ya chochea —le dije.

—No —me contestó—. Por el demonio moderno que se escuda con la Ciencia.

Y me narró el sucedido.

Fray Pedro de la Pasión era un espíritu perturbado por el maligno espíritu que infunde el ansia de saber. Flaco, anguloso, nervioso, pálido, dividía sus horas conventuales entre la oración, las disciplinas y el laboratorio que le era permitido, por los bienes que atraía a la comunidad. Había estudiado, desde muy joven, las ciencias ocultas. Nombraba, con cierto énfasis, en las horas de conversación, a Paracelsus, a Alberto el Grande; y admiraba profundamente a ese otro fraile Schwartz, que nos hizo el diabólico favor de mezclar el salitre con el azufre.

Por la ciencia había llegado hasta penetrar en ciertas iniciaciones astrológicas y quirománticas; ella le desviaba de la contemplación y del espíritu de la Escritura. En su alma se había anidado el mal de la curiosidad, que perdió a nuestros primeros padres. La oración misma era olvidada con frecuencia, cuando algún experimento le mantenía cauteloso y febril. Como toda lectura le era concedida, y tenía a su disposición la rica biblioteca del convento, sus autores no fueron siempre los menos equívocos. Así llegó hasta pretender probar sus facultades de za-

[1] Publicado en *Mundial Magazine,* París, mayo de 1913, año II, vol. V, núm. 25, pp. 3-7, y reproducido en *Cuentos y crónicas,* vol. XIV de la primera serie de obras completas, Madrid, 1918, pp. 39-51, en la sección de *Cuentos.* Es la versión ampliada y arreglada de *Verónica,* que incluímos en el *Apéndice* de este volumen (cf. la nota 1 a ese cuento). Publicamos el texto de *Mundial Magazine.*

horí, y a poner a prueba los efectos de la magia blanca. No había duda de que estaba en gran peligro su alma, a causa de su sed de saber y de su olvido de que la ciencia constituye, en el principio, el arma de la Serpiente que ha de ser la esencial potencia del Antecristo, y que, para el verdadero varón de fe, *initium sapientiae est timor Domini.*

¡Oh ignorancia feliz, santa ignorancia! ¡Fray Pedro de la Pasión no comprendía tu celeste virtud, que ha hecho a los ciertos Celestinos! Huysmans se ha extendido sobre todo ello. Virtud que pone un especial nimbo a algunos mínimos de Dios queridos, entre los esplendores místicos y milagrosos de las hagiografías.

Los doctores explican y comentan altamente cómo, ante los ojos del Espíritu Santo, las almas de amor son de mayor manera glorificadas que las almas de entendimiento. Ernest Hello ha pintado, en los sublimes *vitraux* de sus *Fisonomías de santos,* a esos beneméritos de la caridad, a esos favorecidos de la humildad, a esos seres columbinos, simples y blancos como los lirios, limpios de corazón, pobres de espíritu, bienaventurados hermanos de los pajaritos del Señor, mirados con ojos cariñosos y sororales por las puras estrellas del firmamento.[2] Joris-Karl, el merecido beato, quizá más tarde consagrado, a pesar de la literatura, en el maravilloso libro en que Durtal se convierte, viste de resplandores paradisíacos al lego guardapuercos que hace bajar a la pocilga la admiración de los coros arcangélicos, y el aplauso de las potestades de los cielos.[3] Y fray Pedro de la Pasión no comprendía eso . . .

[2] Cf. la nota 3 a *La leyenda de San Martín, patrono de Buenos Aires,* en el presente volumen. *Vitraux,* alusión a la obra del mismo nombre de Laurent Tailhade (1854-1919), París, Vanier, 1892, que Darío poseyó (cf. su ensayo sobre Tailhade, en *Los raros*).

[3] J.-K. Huysmans, *En route* (1895); Durtal, el personaje de Huysmans, aparece por primera vez en *Là-bas* (1891), se convierte al catolicismo en *En route,* como dice Darío, y continúa figurando en *La cathédrale* (1898) y *L'oblat* (1903). Darío se inicia en Huysmans con la lectura de *À rebours* (1884); de 1893 datan las primeras referencias y el uso del seudónimo *Des Esseintes* (cf. la nota 1 a *Esta era una reina . . . ,* en este volumen). *La cathédrale* y *L'oblat,* así como *Les foules de Lourdes* (1906) —obras todas de inspiración religiosa— debió conocerlas Da-

Él, desde luego, creía, creía con la fe de un indiscutible creyente. Mas el ansia de saber le azuzaba el espíritu, le lanzaba a la averiguación de secretos de la naturaleza y de la vida, a tal punto, que no se daba cuenta de cómo esa sed de saber, ese deseo indomable de penetrar en lo vedado[4] y en lo arcano del universo, era obra del pecado, y añagaza del Bajísimo, para impedirle de esa manera su consagración absoluta a la adoración del Eterno Padre. Y la última tentación sería fatal.

Acaeció el caso no hace muchos años. Llegó a manos de fray Pedro un periódico en que se hablaba detalladamente de todos los progresos realizados en radiografía, gracias al descubrimiento del alemán Roentgen, quien lograra encontrar el modo de fotografiar a través de los cuerpos opacos. Supo lo que se comprendía en el tubo Crookes, de la luz catódica, del rayo X. Vió el facsímil de una mano cuya anatomía se transparentaba claramente, y la patente figura de objetos retratados entre cajas y bultos bien cerrados.

No pudo desde ese instante estar tranquilo, pues algo que era un ansia de su querer de creyente, aunque no viese lo sacrílego que en ello se contenía, punzaba sus anhelos... ¿Cómo podría él encontrar un aparato como los aparatos de aquellos sabios, y que le permitiera llevar a cabo un oculto pensamiento, en que se mezclaban su teología y sus ciencias físicas?... ¿Cómo podría realizar en su convento las mil cosas que se amontonaban en su encendida imaginación?

En las horas litúrgicas, de los rezos y de los cánticos, notábanlo todos los otros miembros de la comunidad, ya meditabundo, ya agitado como por súbitos sobresaltos, ya con la faz encendida por repentina llama de sangre, ya con la mirada como extática, fija en lo alto, o clavada en la tierra. Y era la obra de la culpa

rió entre 1898 y 1913: en *Verónica* nombra al autor sólo por su apellido y en *La extraña muerte de fray Pedro* lo llama familiarmente "Joris-Karl, el merecido beato, quizá más tarde consagrado". Arturo Marasso *(Rubén Darío y su creación poética,* Buenos Aires, s. f., edición aumentada) ha señalado numerosas huellas de Huysmans en la obra de Darío. Las más probables parecen ser las referentes a *Ite, missa est,* p. 70, *Marina,* p. 167, *Filosofía,* p. 245, y "En el país de las alegorías", p. 262.

[4] En *Verónica, velado;* retoque de estilo o —más probablemente— corrección de errata.

que se afianzaba en el fondo de aquel combatido pecho, el pecado bíblico de la curiosidad, el pecado omnitrascendente de Adán, junto al árbol de la ciencia del Bien y del Mal. Y era mucho más que una tempestad bajo un cráneo... Múltiples y raras ideas se agolpaban en la mente del religioso, que no encontraba la manera de adquirir los preciosos aparatos. ¡Cuánto de su vida no daría él, por ver los peregrinos instrumentos de los sabios nuevos en su pobre laboratorio de fraile aficionado, y poder sacar *las anheladas pruebas,* hacer los mágicos ensayos que abrirían una nueva era en la sabiduría y en la convicción humanas!... Él ofrecería más de lo que se ofreció a Santo Tomás... Si se fotografiaba ya lo interior de nuestro cuerpo, bien podría pronto el hombre llegar a descubrir visiblemente la naturaleza y origen del alma; y, aplicando la ciencia a las cosas divinas, como debía permitirlo el Espíritu Santo, ¿por qué no aprisionar en las visiones de los éxtasis, y en las manifestaciones de los espíritus celestiales, sus formas exactas y verdaderas?

¡Si en Lourdes hubiese habido un kodak, durante el tiempo de las visiones de Bernardetta! ¡Si en los momentos en que Jesús, o su Santa Madre, favorecen con su presencia corporal a señalados fieles, se aplicase convenientemente la cámara obscura!... ¡Oh, cómo se convencerían los impíos, cómo triunfaría la religión!

Así cavilaba, así se estrujaba el cerebro el pobre fraile, tentado por uno de los más encarnizados príncipes de las tinieblas.

Y avino que, en uno de esos momentos, en uno de los instantes en que su deseo era más vivo, en hora en que debía estar entregado a la disciplina y a la oración, en su celda, se presentó a su vista uno de los hermanos de la comunidad, llevándole un envoltorio bajo el hábito.

—Hermano —le dijo—, os he oído decir que deseabais una de esas máquinas, como esas con que los sabios están maravillando al mundo. Os la he podido conseguir. Aquí la tenéis.

Y, depositando el envoltorio en manos del asombrado fray Pedro, desapareció, sin que éste tuviese tiempo de advertir que debajo del hábito se habían mostrado, en el momento de la desaparición, dos patas de chivo.

Fray Pedro, desde el día del misterioso regalo, consagróse a sus experimentos. Faltaba a maitines, no asistía a la misa, excusándose como enfermo. El padre provincial solía amonestarle; y todos le veían pasar, extraño y misterioso, y temían por la salud de su cuerpo y por la de su alma.

Él perseguía su idea dominante. Probó la máquina en sí mismo, en frutos, llaves dentro de libros, y demás cosas usuales. Hasta que un día . . .

O más bien, una noche, el desventurado se atrevió, *por fin,* a realizar *su pensamiento.* Dirigióse al templo, receloso, a pasos callados. Penetró en la nave principal y se dirigió al altar en que, en el tabernáculo, se hallaba expuesto el Santísimo Sacramento. Sacó el copón. Tomó una sagrada forma. Salió veloz para su celda.

Al día siguiente, en la celda del fray Pedro, se hallaba el señor arzobispo delante del padre provincial.

—Ilustrísimo señor —decía éste—, a fray Pedro le hemos encontrado muerto. No andaba muy bien de la cabeza. Esos sus estudios creo que le causaron daño.

—¿Ha visto su reverencia esto? —dijo su señoría ilustrísima, mostrándole una revelada placa fotográfica que recogió del suelo, y en la cual se hallaba, con los brazos desclavados y una dulce mirada en los divinos ojos, la imagen de Nuestro Señor Jesucristo.[5]

5 Después de este cuento, Darío escribió unas *Curiosidades literarias* que aparecieron, como *La extraña muerte de fray Pedro,* en *Mundial Magazine.* Por tratarse, en verdad, de una "curiosidad literaria", la publicamos en el *Apéndice* de este volumen (cf. la nota 1 a dicho texto).

MI TÍA ROSA[1]

Mi vecina, sollozante, a un extremo del salón, había recibido ya su reprimenda; mas, después del consabido proceso de familia, se sabía, o se había resuelto, que ella no era tan culpable; ¡el culpable principal era "este mozo que parece que anduviese por las nubes, pero que me ha de dar muchos dolores de cabeza"!

Yo tenía la mía inclinada; mas, feliz y glorioso delincuente, guardaba aún el deslumbramiento del paraíso conseguido: un paraíso rubio de quince años, todo rosas y lirios, y fruta de bien y de mal, del comienzo de la vendimia, cuando la uva tiene aún entre su azúcar un agrio de delicia.

Mi padre, un tirano, seguía redoblando su sermón . . .

—Porque te juzgas ya un hombre y no eres sino un mozo desaplicado . . . Parece que anduvieses viendo mariposas en el aire . . . ¡Roberto, alza la frente, mírame bien! Te he perdonado muchas faltas. No eres en el colegio un modelo. Tu profesor de matemáticas te declara un asno, y yo estoy por encontrar que tiene mucha razón tu profesor de matemáticas. No hablas casi, y cuando lo haces, hablas solo. El día en que te reprobaron, ha encontrado tu madre, entre tus libros de estudio, versos y cartitas de amor. ¿Es esto serio? Sin embargo, lo serio es esto otro. Tu falta de ahora merece el más severo castigo, y lo has de tener. ¡A esto te ha llevado el andar divagando y soñando! ¡Bonitos sueños los de ahora! ¿Acaso estás en edad de cumplir como debe hacerlo un caballero? Yo he de enseñarte

[1] Apareció en *Elegancias*, París, revista de la que fué Darío director literario, diciembre de 1913, pp. 42-43, con dos ilustraciones de Basté; de ahí lo recogió Saavedra Molina para *Poesías y prosas raras*, Santiago de Chile, 1938, pp. 87-92. Páginas autobiográficas que bien pueden relacionarse con el cap. V de la *Autobiografía* y *Palomas blancas y garzas morenas*, cuento incluído en este volumen, como sugiere Saavedra Molina, p. 92. Publicamos el texto recogido por Saavedra Molina, corrigiendo únicamente "visitó santos" por "vistió santos", usual en Centroamérica, como ya presumía el compilador, pp. 91 y 93.

a conocer tus deberes, con el rigor que no he empleado nunca. Yo he de enseñarte a ser hombre de veras. ¿Quieres desde ahora ser hombre? Pues a hacer obras de hombre. En verdad, que andar muy lechuguino y enamoradizo y haciendo algo peor que los versos, no es digno de quien desea ser un *gentleman*. Versos, y después de los versos, de los versitos, tenemos ahora esto . . . ¡Bribón!

Jamás había tronado tanto.

—Es que yo me quiero casar . . . —pude por fin exclamar, con un modo y voz de *Poil-de-Carotte* afrentado.[2]

Entonces, tras una doble carcajada por lo que dije, que debía ser muy ridículo, quien se adelantó a perorarme fué mi madre:

—¡Casarte! ¿Con qué te vas a casar? ¿Con qué vas a mantener a tu mujer? ¿Es que crees que puedes remediar la atrocidad que has hecho? ¡Me quiero casar! . . . ¿Has visto alguna vez casarse a los chicos de la escuela? Pues tú no eres más que un chico del colegio. Y tu padre tiene razón: esos mamotretos, esos versos, esos papeles inútiles, son la causa de todo. Por eso no estudias y pasas el día de ocioso. Y la pereza es la madre de todos los vicios. Lo que acabas de hacer es obra de la pereza, pues si en algo útil te ocuparas, no tendrías malos pensamientos . . . Y lo cierto es que nuestra extremada bondad para contigo, te ha hecho ir cada día de mal en peor. ¡Al campo debías haber ido, a trabajar al campo! ¿No quieres seguir una carrera? ¡Al campo! Tu padre pensaba muy bien cuando te quiso dedicar al comercio . . . Tú te encaprichaste, y después de mucho rogarte yo, te decidiste al estudio, y me ofreciste ser abogado . . . ¿Qué has hecho? No eres ni bachiller. ¡Me quiero casar! ¿Y qué van a comer en tu casa? Porque debes tener casa. El casado casa quiere. ¡Casado a los dieciséis! ¿Qué vais a comer tú y tu mujer? ¿Versos, flores, estrellas? . . . Y me vas a echar al fuego ahora mismo toda esa papelería . . . Y entrégame las cartas que te haya escrito esa deschavetada . . . Y alístate, porque te vas al campo, sin remedio, a trabajar a una hacienda, para que seas hombre de veras . . . ¿Quieres desde ahora ser hombre? ¡A trabajar como hombre, pues! ¡Bribón!

[2] El sufrido personaje infantil de la novela del mismo título (1894; dramatizada en 1900), de Jules Renard (1864-1910).

Y el paternal trueno:

—¡Bien dicho!

Tú lo sabes, divina Primavera, y tú imperial Aurora, si era yo en realidad el atroz personaje pintado por las palabras de mis padres. Pues era el tiempo primaveral y auroral mío, y en mi cuerpo y en mi alma florecía, en toda su magnificencia, la gracia de la vida y del amor. Mis sueños poéticos habían ya tendido sus palios de azur, sus tiendas de oro maravilloso. Mis visiones eran mañanas triunfales, o noches de seda y aroma al claro plenilunar; mi astro, Venus; mis aves, pavones fabulosos o líricos ruiseñores; mi fruta, la manzana simbólica o la uva pagana; mi flor, el botón de rosa: pues lo soñaba decorando eminente los senos de nieve de las mujeres; mi música, la pitagórica, que escuchaba en todas partes: Pan; mi anhelo, besar, amar, vivir; mi ideal encarnado, la rubia a quien había un día sorprendido en el baño, Acteón adolescente delante de mi blanca diosa, silencioso, pero mordido por los más furiosos perros del deseo. Sí, yo era el facineroso de la vida, el bandido del alba; sí, padre y madre míos, teníais razón de relampaguear delante de mis dieciséis años, pues estaba en la víspera de entrar a saco a Abril, de hacer la carnicería de Mayo, y de celebrar el triunfo de la juventud y del amor, la gloria omnipotente del sexo, con todas las vibrantes dianas de mi sangre. Y en tanto que escuchaba vuestros reproches, bajo la tempestad de vuestro regaño, miraba flamear como un estandarte real la más opulenta y perfumada de las cabelleras rubias; y pensaba en la roja corola de los dos más lindos labios de niña; tras cuyo cerco de raso estaba la miel ultraterrestre de la más dulce fruta; y oía la voz amorosa que primeramente me despertara a la pasión de las pasiones; y bajo mis dedos nerviosos y avaros todo el tesoro columbino, y el del oro y el del marfil y el del rubí ¡el ala del cisne, la onda, la lira! No; no era yo, pues, el culpable; no fuí más que un nuevo instrumento de la infinita orquesta; y por furioso, por loco, por sonoro que fuese, no haría más que el mínimo gorrión de los árboles, o del más pequeño pez de las aguas.

Había que alistarme para partir. Abandonar el paraíso conquistado, mi amoroso trono, mi ciudad de marfil, mi jardín de flores encantadas, mi jardín de único perfume... Y, con la cabeza baja, triste, triste, parecíame que estuviese en la víspera de mi muerte, y mi partida, el viaje al país de la Muerte.

Porque, ¿qué era todo sino muerte, lejos de lo que para mí era toda la vida?

Así, quedéme solo en el jardín, mientras mis padres enviaban a su sobrina, "por razones que luego explicarían", a casa de los suyos.

Quedé abrumado, abandonado de mi suerte, de mi hermoso ángel de carne, de mis ilusiones, de todo y de todos... ¡Negra existencia! Y como fuese entonces romántico y cabelludo, no dejé de pensar en una vieja pistola... yo sabía en qué armario estaba guardaba... Escribiría dos cartas: una para mis padres y otra para... Y después...

—¡Pst! ¡pst! ¡pst!

Y después me pegaría un tiro, pronunciando el nombre de la más amada de las...

—¡Pst! ¡pst! ¡pst!

¡Dios mío! Mi buena tía Rosa me llamaba por una ventana que daba al jardín; me llamaba con un aire que prometía algún consuelo, en medio de tanta desventura.

—¡Voy, tía.

Y de cuatro saltos bajé al jardín, un jardincito perfumado de naranjos floridos, y visitado con frecuencia por palomas y colibríes.

Os presento a mi tía Rosa Amelia, en el tiempo en que había llegado a sus cincuenta años de virginidad. Había sido en su juventud muy bella, como lo atestiguaba una miniatura que llevaba al cuello. Sus cabellos ya habían emblanquecido —*mais où sont les neiges d'antan?*[3]— y su cuerpo había perdido la gallardía de los años amables; mas en su rostro se mantenía una suave frescura de manzana, un tanto pálida; faz de abadesa aristocrática, iluminada crepuscularmente por una sonrisa melancólica y fugitiva. Había tenido en su juventud un novio amado, Rosa, cuando era como una rosa, y entre todas las buenas mozas, princesa. El novio no era del agrado de la familia, y la boda se agrió para siempre, porque el novio murió. Mi tía, tan linda, se fué marchitando, marchitando, marchitando... y, seco en el árbol su ramito de azahar, la pobre mujer vistió santos durante toda su existencia. Le quedó el consuelo de amar como

---

[3] Estribillo de la célebre balada de Villon.

hijos a sus sobrinos, de hacer muy bellos ramos de flores y de formar matrimonios, embarcando en la epístola de San Pablo a todo el que a ella se acercaba.

—Ya he oído todo —me dijo—, y sé todo lo que ha sucedido. No te aflijas.

—Pero es que me mandan al campo, y no podré verla a ella.

—No importa, muchacho, no importa. ¿Te quiere? ¡Bien! ¿La quieres? ¡Bien! Pues entonces os casarán, tu tía Rosa lo asegura.

Y después de una pausa, dando un gran suspiro, continuó de esta manera:

—Hijo, no pierdas el más bello tiempo de la vida. Sólo se es joven una vez, y el que deja pasar la época de las flores sin cortarlas, no volverá a encontrarlas mientras exista. Mira estos cabellos blancos, ellos son mis antiguos hermosos cabellos negros. Yo amé, y no pude cumplir con la ley del amor. Así, me voy a la muerte con la más larga de las tristezas. Amas a tu prima y ella te ama; hacéis locuras, os habéis dejado arrastrar por el torbellino; no es prudente, pero es ello de influjo natural e, indudablemente, Dios no se ha de enojar mucho con vosotros; y confía, Roberto, hijo mío, en que tu tía os casará. Todavía sois muy jóvenes. Dentro de unos tres o cuatro años os podréis unir. Pero no hagas caso a tu padre ¡ámala! Te vas al campo. Yo mantendré el fuego, tú me escribirás (¡oh, sublime tía) y yo entregaré tus cartas... ¡Se ríen de ti porque te quieres casar! Pues te casarás. Vete al campo durante un tiempo; después de lo hecho, ella será tu mujer. ¡Y, ciertamente, está loca por ti!

Esto dicho, partió nuevamente, como deslizándose, hacia sus habitaciones. Y he aquí la alucinación que tuve. Mi tía permanecía cerca de mí, pero cambiada por una maravillosa virtud. Su cabello blanco y peinado, de solterona vieja, se convirtió en una espesa cabellera de oro; su traje desapareció al surgir el más divino de los desnudos, aromado de sutilísimo y raro aroma, cual despidiendo una tenue bruma de luz de la sacra carne de nieve; en sus ojos azules irradiaba la delicia del universo; y su boca misteriosa y roja me habló como una lengua de lira:

—¡Yo soy la inmortal Anadiómena, la gloriosa patrona de

los cisnes! Yo soy la maravilla de las cosas, cuya presencia conmueve los nervios arcanos del orbe; yo soy la divina Venus, emperatriz de los reyes, madre de los poetas; mis pupilas fueron más poderosas que el entrecejo de Júpiter, y he encadenado a Pan con mi cinturón. La Primavera es mi clarín heráldico, y la Aurora mi timbalera. Murieron los dioses del Olimpo de Grecia, menos la única inmortal; y todas las otras divinidades podrán desaparecer, mientras mi rostro alegrará por siempre la esfera. Triunfa y canta en tu tiempo ¡oh santa Pubertad! Florece, Mayo; fructifica, Otoño. El pecado de Mayo es la capital virtud de la Tierra. Las palomas que llevan mi carroza por el aire se han multiplicado por los cuatro puntos del globo, y conducen mensajes de amor de sur a norte, y de oriente a occidente. Mis rosas sangran en todos los climas, y embalsaman todas las razas. Tiempo llegará en que la libertad augusta de los besos llene de música al mundo. Infeliz del que no gozó del dulzor de su alba, y dejó podrirse o secarse, flor o uva, en el tallo o en la viña. ¡Feliz el joven que se llame Batilo y el viejo que se llame Anacreonte!

En una mula bien aperada, y en compañía de un buen negro mayordomo, partí a la hacienda. Allá escribí más poesías que nunca, y tiempo después me alejaba muy lejos. A mi vecina no la volví a ver sino ya viuda y llena de hijos. Y a mi tía Rosa no la volví a ver jamás, porque se fué al otro mundo con sus azahares secos.

Permitidme que, a través del tiempo y de la tumba, le envíe un beso.

APÉNDICE

LA PLUMA AZUL

por Pedro Ortiz[1]

No me siento muy fuerte de cabeza cuando estoy con mis hijitos. ¡Son tan monos, tan bellos, tan picaruelos y tan tiernecitos! Cuando los miro, cuando pienso en ellos, ¡cuántas ideas fugaces, suposiciones locas, felices o adversos presentimientos pasan por mi alma! A través de unos ojitos húmedos y vivarachos que me ven de un modo inefable, observo que está apuntando la aurora de la vida intelectual; una boquita sonrosada que sonríe, me ofrece un relámpago de dicha; una vocecita que, ora pa-

[1] *El Imparcial,* semanario de Managua que dirigió Darío, 14 de marzo de 1886, núm. 10, publicó la *Advertencia* siguiente: "En la oficina de redacción de *El Imparcial* don Eugenio López, don Manuel Riguero de Aguilar, don Rubén Darío y don Pedro Ortiz se propusieron llevar a cabo, por vía de pasatiempo, un certamen privado, escribiendo al efecto cada cual un artículo sobre un tema sacado a la suerte. El tema fué *La pluma azul.* Comenzamos hoy a publicar tales producciones con el artículo del señor Riguero. Próximamente publicaremos los de López y Ortiz. La composición de Darío corre ya inserta en *El Diario Nicaragüense"* (cf. Sequeira, obra citada, p. 271). El caso es que todas las composiciones se conocen, menos la de Darío. Publicamos aquí la de Ortiz, por las razones que exponemos a continuación. Al regresar Darío de El Salvador en 1883, el presidente Zavala concluía su período (1879-1883); no obstante, algunos amigos del poeta le consiguieron "un empleo en la secretaría presidencial". "Escribí —dice el propio Darío en la *Autobiografía,* cap. XIII— en periódicos semi-oficiales, versos y *cuentos* y uno que otro artículo político... Mi trabajo en la secretaría del presidente, bajo la dirección de un íntimo amigo, escritor, que tuvo después un trágico fin en Costa Rica, Pedro Ortiz, me daba lo suficiente para vivir con cierta comodidad". No cabe duda que la amistad de Darío con Ortiz estaba fundada en comunes ambiciones literarias; a principios de 1886 fundaron juntos *El Imparcial.* Lecturas y predilecciones literarias debieron ser también comunes: el folletín de su periódico publicó desde el primer número *La piel de zapa* de Honoré de Balzac (1799-1850); la advertencia de Darío menciona entre otros escritores a Émile Zola (1840-1902), Victor Hugo (1802-1885) y Théophile Gautier (1811-

rece trino dulcísimo, ora sonido desapacible, o sollozo profundo, o alegre nota musical, ¡cuánto me hace sufrir, gozar o reír, loquear hasta aturdirme! ¡Lo que piensa uno de sus hijos! ¿Ser padre será una felicidad o una desgracia? Cuando me acuesto al lado del rapazuelo de Piquín, el mayor de los que me han quedado, y que ya tiene la avanzada edad de dos años y medio; cuando estoy con él entretenido en amena e instructiva conversación, cuando me saca el pañuelo del bolsillo y emprende fuga, y me obliga a que le persiga, y se ríe después en mis propias barbas con burlona risa, y me tira de las orejas, y me da un beso, y me estrecha la mano y se despide con la formalidad de un caballero; él, el mayor bribón de cuantos he conocido, el más perverso y adorable de los chiquirritines, francamente, me olvido de mí mismo, retrocedo a la infancia, soy su igual, el

1872); los periódicos de la época donde colaboraron frecuentemente Darío y Ortiz publicaban en sus folletines obras de Gautier y Catulle Mendès (1841-1909). *El Porvenir de Nicaragua,* 10 de septiembre, núm. 30, publicó un cuento de hadas de Mendès, *La llama azul;* este humilde folletín tiene no poco que ver con *La pluma azul* perdida y con el *Azul* de dos años después. El mismo Darío describe, en el *Prólogo* a la *Historia de tres años* de Jesús Hernández Somoza, Managua, 1893, la vida literaria de Nicaragua por los años de 1885 y 1886. "En aquel tiempo —dice— hubo en Nicaragua como un hermoso período de primavera literaria. Floreal vino por la influencia del maestro cubano Antonio Zambrana. Se despertó el entusiasmo de la juventud. Los pocos hombres de letras que en la capital de la República residían, dieron conferencias, hicieron la propaganda de las letras. Modesto Barrios traducía a Gautier, y daba las primeras lecciones de modernismo, no las primeras, porque antes que él, un gran escritor, Ricardo Contreras, habíanos traído las buenas nuevas predicándonos el evangelio de las letras francesas" (cf. *Crónica política,* vol. XI de la tercera serie de obras completas, Madrid, 1924, p. 118). La influencia de las letras francesas ya aparece en *La pluma azul* de Ortiz; desde las primeras líneas se notan los primores y delicadezas del Alfred de Musset (1810-1857) de la *Histoire d'un merle blanc* (1842), que Darío seguirá muy de cerca en su primer cuento escrito en Chile, *La historia de un picaflor.* Luego, el lujo y la erudición, tan característicos del Darío de *Azul,* y en general del modernismo; al final, el llamado al público y el indicar las fuentes literarias del propio texto, notas que no regateó Darío en muchos de sus cuentos. Publicamos el texto que reprodujo la *Enciclopedia nicaragüense* de Josefa Toledo de Aguerri, Managua, 1932 (vol. II, único publicado), pp. 115-117, bajo el título general de *Páginas olvidadas;* corregimos las erratas y modernizamos la ortografía y puntuación.

igual de ese señor Capitán Pulgar, que sale a la puerta a recibir mimos y carantoñas de las señoritas que pasan, y toma actitudes de hombre satisfecho, y la hecha de majo, con su pantalón, su chaqueta y su corbata nueva, y me dice: ¡Papá, vamos al teatro! ¡Yo quiero ir al congreso! Cuando observo al otro rorro echado en su cuna, gorjeando como un pajarito enjaulado, y me acerco a él y me tiende sus manecitas como dos botoncitos de azucenas, ¡ah! soy el más dichoso de los mortales!

¡Ah! pero cuando al registrar mi cofre veo una pluma azul... ¡Cuando se nubla la frente con el recuerdo de que tuve un angelito que voló al cielo, y me dejó esa inapreciable reliquia, ese indicio de su tránsito fugaz por este mundo; cuando pienso en que le vi ponerse lívido y retorcerse en crueles contorsiones y quedar inmóvil, frío y mudo... ¡ah! esto es horrible, entonces, realmente, soy muy desgraciado!

Una vez llegué más tarde que de costumbre a mi casa, obligado por los trabajos extraordinarios de la oficina. Aunque era día de fiesta, y día de mi cumpleaños, yo no había reparado en ello, hasta que mi costilla me llamó la atención a ese respecto. Brava noticia, ¿con que hoy es día de mi santo? ¡Pues vaya si me he acordado de echar una cana al aire y la casa por la ventana! ¡Vaya si alguna alma cariñosa me ha sacado ahora del olvido, con un rico presente, de esos de chuparse los dedos!

—Ya no digamos un presente —repuso mi buena compañera—, que los tiempos no son para prendas, ni siquiera con una simple tarjeta de felicitación.

Y diciendo esto se le encendió el rostro en justa y santa indignación a la madre de mis hijos, quien continuó engolfándose en graves consideraciones sobre las desigualdades humanas. Decía nada menos que la sociedad es extremadamente injusta, y que efímeras posiciones sociales y vanas riquezas valían más en el concepto público que el modesto mérito y la virtud oscura que no se envuelven con las galas y atavíos de la opulencia.

—Entremos en el salón de la señora Tal o del señor Cual que cumple tantos abriles, y allí veremos blanquear las numerosas esquelas sobre bandejas de plata bruñida; allí veremos brillar elegantísimos jarrones dignos del arte de Palissy, y telas finísimas, dignas del arte de Jacquard, primorosas obritas de escultura, en las cuales el cincel ha dejado prodigiosas huellas, ramos

413

de flores multiformes, macetas exquisitas, que alegran la estancia con sus olores y la embalsaman con sus aromas; todo aquello, en fin, con que los numerosos amigos del festejado han querido agasajarle en aquel aniversario de su natalicio o día del santo de su nombre... Y lleguemos por la noche, cuando la radiante luz de las lámparas y de las palmatorias ilumine el agradable sitio en que danzan unas cuantas parejas llenas de voluptuosidad y de placer, al compás de la música que inunda el recinto de gratas armonías;[2] y comparemos todo esto con un hogar humilde, silencioso y olvidado, en donde nada está indicando que la sociedad participa de nuestro regocijo, ni nada manifiesta que se cumplen respecto de nosotros aquellas reglas de fina cortesía que suelen prodigarse a los que, merced a su nacimiento, a su posición o a su buena fortuna, merecen de la sociedad más atenciones.

—¿Pero piensas no terminar esas lamentaciones de Jeremías? Dudo de que sea muy discreto y razonable lo que llevas dicho y desearía...

—¿Que doblara esa hoja del libro?

—Eso es, dejemos a un lado esos cuadros que nos finge nuestra propia vanidad: con fiestas o sin ellas, claro está que yo nací tal día como hoy para aumentar a los pocos años el número de los...

—¿Por qué te casaste conmigo?

—No, no quiero decir eso; para aumentar el número de los padres de familia y de los ciudadanos pacíficos. Pero, ¿y Lulú? También se ha tardado ella de venir del Kindergarten. ¿Qué le sucederá?

No bien acababa de preguntar por mi angelito, cuando se me apareció por el espaldar de la silla, queriendo cubrirme los ojos con sus aterciopeladas manecitas, de modo que tuve que agacharme para que lograra su intento y me dijera:

—¿Quién soy yo, papá?

—¿Quién será de veras, esta señorita, quién será? ¡Ah, picarona, ya te descubrí! Ven acá, gatita, muchacha mala, terrible, espantosa Lulú. — Y mientras la ponía sobre mis rodillas y la colmaba de besos, ella me decía:

[2] Bernard Palissy (1510-1589), el famoso ceramista, y Joseph Marie Jacquard (1752-1834), inventor de los telares y tejidos de ese nombre.

—Te traigo una cosita, te traigo una cosita.

—¿Una cosita? Veámosla.

Y corrió hacia el aposento, y a pocos minutos reapareció con un paquetito en la mano, que se empeñaba en ocultar, y mirándome al soslayo con una carita risueña y avergonzada, y caminando despacio, y con inimitable coquetería, me dijo:

—Toma en el día de tu santo.

Y diciéndome esto y estrechándola yo entre mis brazos, quise comérmela, y estuve al punto de hacerle daño.

Abrí, y el obsequio era una pluma azul bordada sobre una tela de cañamazo. Y aquella pluma, que era la primera labor de sus manos, tenía encima prendido con hilo blanco, un papelito en el cual estaban pintadas unas patitas de mosca que decían: *A papá — Su Lulú.*

¿Qué mortal fué más dichoso que yo el día de su cumpleaños? Mas aquel angelito, que era la dicha de mi hogar, emprendió su vuelo, dejándome sólo esa pluma azul arrancada de las alas de su espíritu.

Y gracias a Dios que he salido ya de mi compromiso de escribir un artículo sobre una pluma azul, arrancando una sencilla página del álbum íntimo de un padre, que deseara tener el ingenio de Edmundo de Amicis o de Juan de Dios Peza, para contento y solaz de sus lectores. [3]

---

[3] Edmondo de Amicis (1846-1908). *Cuore* se publicó en el mismo año en que lo menciona, entre líneas, el autor del cuento, 1886; la traducción española, de Hermenegildo Giner de los Ríos, se publicó casi simultáneamente. Para la fecha del cuento, Juan de Dios Peza (1852-1910) ya había publicado: *Poesías* (1873), *Canto a la patria* (1876), *Horas de pasión* (1876), *Cantos del hogar* (1884), *Algunos versos inéditos* (1885) y *Poesías completas* (1886).

VERÓNICA[1]

Fray Tomás de la Pasión era un espíritu perturbado por el demonio de la ciencia. Flaco, anguloso, nervioso, pálido, dividía sus horas del convento entre la oración, la disciplina y el laboratorio. Había estudiado las ciencias ocultas antiguas, nombraba con cierto énfasis, en las conversaciones del refectorio, a Paracelso y a Alberto el Grande, y admiraba a ese otro fraile Schwartz, que nos hizo el favor de mezclar el salitre con el azufre.

Por la ciencia había llegado hasta penetrar en ciertas iniciaciones astrológicas y quirománticas; ella le desviaba de la contemplación y del espíritu de la Escritura; en su alma estaba el mal de la curiosidad, la oración misma era olvidada con frecuencia, cuando algún experimento le mantenía caviloso y febril; llegó hasta pretender probar sus facultades de zahorí, y los efectos de la magia blanca. No había duda de que estaba en gran peligro su alma, a causa de su sed de saber y de su olvido de que la ciencia constituye sencillamente, en el principio, el arma de la Serpiente; en el fin, la esencial potencia del Antecristo.

¡Oh, ignorancia feliz, santa ignorancia! Fray Tomás de la Pasión no comprendía tu celeste virtud, que pone un especial nimbo a ciertos mínimos siervos de Dios, entre los esplendores místicos y milagrosos de las hagiografías. Los doctores explican y comentan altamente, cómo ante los ojos del Espíritu Santo, las almas de amor son de modo mayor glorificadas que las almas de entendimiento. Hello ha pintado, en los sublimes *vitraux* de sus *Fisonomías de santos,* a esos beneméritos de la Caridad, a esos favorecidos de la humildad, a esos seres columbinos, sen-

---

[1] Apareció en *La Nación* de Buenos Aires, 16 de marzo de 1896; de ahí lo recogió E. K. Mapes, *Escritos inéditos,* pp. 173-175. Es la primera versión de *La extraña muerte de fray Pedro,* incluído en este volumen (cf. la nota 1 a ese cuento). Publicamos el texto de Mapes.

cillos y blancos como los lirios, limpios de corazón, pobres de espíritu, bienaventurados hermanos de los pajaritos del Señor, mirados con ojos cariñosos y sororales por las puras estrellas del firmamento.[2] Huysmans en el maravilloso libro en que Durtal se convierte, viste de resplandores paradisíacos al lego guardapuercos que hace bajar a la pocilga la admiración de los coros arcangélicos, el aplauso de las potestades de los cielos.[3] Y fray Tomás de la Pasión no comprendía eso. Él creía, creía, con la fe de un verdadero creyente. Mas la curiosidad le azuzaba el espíritu, le lanzaba a la averiguación de los secretos de la naturaleza y de la vida. A tal punto, que no comprendía cómo esa sed de saber, ese deseo indominable de penetrar en lo velado[4] y en lo arcano del universo, era obra del pecado, y añagaza del Bajísimo para impedirle de esa manera su consagración absoluta a la adoración del Eterno Padre.

Llegó a manos de fray Tomás un periódico en que se hablaba detalladamente del descubrimiento del alemán doctor Roentgen, quien había encontrado la manera de fotografiar a través de los cuerpos opacos; supo lo que era el tubo Crookes, la luz catódica, el rayo X. Vió el facsímile de una mano cuya anatomía se transparentaba claramente, y la figura patente de objetos retratados entre cajas bien cerradas.

No pudo desde ese instante estar tranquilo. ¿Cómo podría él encontrar un aparato como los aparatos de aquellos sabios? ¿Cómo podría realizar en su convento las mil cosas que se amontonaban en su enferma imaginación?

En las horas de los rezos y de los cantos, notábanle todos los otros miembros de la comunidad, ya meditabundo, ya agitado como por súbitos sobresaltos, ya con la faz encendida por repentina llama de sangre, ya con los ojos como extáticos, fijos en el cielo o clavados en la tierra. Y era la obra del pecado que se afianzaba en el fondo de aquel combatido pecho: el pecado bíblico de la curiosidad, el pecado de Adán junto al árbol de la ciencia del bien y del mal.

[2] Cf. la nota 3 a *La leyenda de San Martín, patrono de Buenos Aires,* y la 2 a *La extraña muerte de fray Pedro,* en el presente volumen.

[3] Cf. la nota 3 a *La extraña muerte de fray Pedro.*

[4] Cf. la nota 4 a *La extraña muerte de fray Pedro.*

Múltiples ideas se agolpaban a la mente del religioso, que no encontraba la manera de adquirir los preciosos aparatos. ¡Cuánto de su vida no daría él por ver los peregrinos instrumentos de los sabios nuevos, en su pobre laboratorio de fraile aficionado, y sacar las anheladas pruebas, hacer los maravillosos ensayos que abrían una nueva era a la sabiduría humana! Si así se caminaba, no sería imposible llegar a encontrar la clave del misterio de la vida... Si se fotografiaba ya lo interior de nuestro cuerpo, bien podía pronto el hombre llegar a descubrir visiblemente la naturaleza y origen del alma; y, aplicando la ciencia a las cosas divinas ¿por qué no? aprisionar en las visiones de los éxtasis, y en las manifestaciones de los espíritus celestiales, sus formas exactas y verdaderas... ¡Si en Lourdes hubiese habido una instantánea, durante el tiempo de las visiones de Bernadette! Si en los momentos en que Jesús o su Madre Santa favorecen con su presencia corporal a señalados fieles, se aplicase la cámara obscura... ¡oh, cómo se convencerían entonces los impíos! ¡cómo triunfaría la religión!...

Así cavilaba, así se estrujaba los sesos el pobre fraile, tentado por uno de los más encarnizados príncipes de las tinieblas.

Y sucedió que en uno de esos momentos, en uno de los instantes en que su deseo era más vivo, en hora en que debía estar entregado a la disciplina y a la oración en la celda, se presentó a su vista uno de los hermanos de la comunidad, llevándole un envoltorio bajo el hábito.

—Hermano —le dijo—, os he oído decir que deseabais una máquina como esas con que los sabios están maravillando el mundo. Os la he podido conseguir. Aquí la tenéis.

Y depositando el envoltorio en manos del asombrado Tomás, desapareció, sin que éste tuviese tiempo de advertir que bajo el hábito se habían mostrado, en el momento de la desaparición, dos patas de chivo. Fray Tomás, desde el día del misterioso regalo, consagróse a sus experimentos. Faltaba a maitines, no asistía a la misa, excusándose como enfermo. El padre provincial solía amonestarle; y todos le veían pasar, extraño y misterioso, y temían por la salud de su cuerpo y de su alma.

Y él ¿qué hacía?

Fotografió una mano suya, frutas, estampas dentro de libros, otras cosas más.

Y una noche, el desgraciado, se atrevió *por fin* a realizar *su pensamiento* . . .

Dirigióse al templo, receloso, a pasos callados. Penetró en la nave principal, y se dirigió al altar en que, a la luz de una triste lámpara de aceite, se hallaba expuesto el Santísimo Sacramento. Abrió el tabernáculo. Sacó el copón. Tomó una sagrada forma. Salió huyendo para su celda.

Al día siguiente, en la celda de fray Tomás de la Pasión, se hallaba el señor arzobispo delante del padre provincial.

—Ilustrísimo señor —decía éste—, a fray Tomás le hemos encontrado muerto. No andaba muy bien de la cabeza. Esos sus estudios y aparatos creo que le hicieron daño.

—¿Ha visto su reverencia esto? —dijo su señoría ilustrísima, mostrándole una placa fotográfica que recogió del suelo, y en la cual se hallaba, con los brazos desclavados y una terrible mirada en los divinos ojos, la imagen de Nuestro Señor Jesucristo!

Hablábamos varios hombres de letras de las cosas curiosas que, desde griegos y latinos, han hecho ingenios risueños, pacientes o desocupados, con el lenguaje. Versos que se pueden leer al revés tanto como al derecho, guardando siempre el mismo sentido, acrósticos arrevesados, en losange; y luego, prosas en que se suprimiera una de las vocales, en largos cuentos castellanos.

Entonces, yo les hablé de una curiosidad, en verdad de las más peregrinas, que hice insertar, siendo muy joven, en una revista que dirigía, allá en la lejana Nicaragua, un mi íntimo amigo.[2] Es un cuento corto, en el cual no se suprime una vocal, sino cuatro. Vais a leerlo. No encontraréis otra vocal más que la *a*. Y os mantendrá con la boca abierta. ¿Su autor? Sudamericano, seguramente, quizás antillano, posiblemente de Colombia. Ignoro e ignoré siempre su nombre. He aquí la lucubración a que me refiero:

AMAR HASTA FRACASAR

Trazada para la A

La Habana aclamaba a Ana la dama más agarbada, más afamada. Amaba a Ana Blas, galán asaz cabal, tal amaba Chactas a Atala.

Ya pasaban largas albas para Ana, para Blas; mas nada alcanzaban. Casar trataban; mas hallaban avaras a las hadas, para dar grata andanza a tal plan.

[1] *Mundial Magazine,* París, julio, 1913, año III, vol. V, núm. 27, pp. 284-285, y recopilado en *Cuentos y crónicas* (vol. XIV de la primera serie de obras completas), Madrid, 1918, pp. 187-198.

[2] Si el tono de Darío líneas después no se hiciera zumbón, creeríamos que se trata de *El Ensayo,* periódico literario dirigido por su "íntimo amigo" Francisco Castro, en León de Nicaragua, 1880. Las notas siguientes son del propio Darío.

La plaza, llamada Armas, daba casa a la dama; Blas la hablaba cada mañana; mas la mamá, llamada Marta Albar, nada alcanzaba. La tal mamá trataba jamás casar a Ana hasta hallar gran galán, casa alta, ancha arca para apañar larga plata, para agarrar adahalas.[3] ¡Bravas agallas! ¿Mas bastaba tal cábala? Nada ¡ca! ¡nada basta a atajar la llamada aflamada!

Ana alzaba la cama al aclarar; Blas la hallaba ya parada a la bajada. Las gradas callaban las alharacas adaptadas a almas tan abrasadas. Allá, halagadas faz a faz, pactaban hasta la parca amar Blas a Ana, Ana a Blas. ¡Ah ráfagas claras bajadas a las almas arrastradas a amar! Gratas pasan para apalambrarlas[4] más, para clavar la azagaya[5] al alma. ¡Ya nada habrá capaz a arrancarla!

Pasaban las añadas.[6] Acabada la marcada para dar Blas a Ana las sagradas arras, trataban hablar a Marta para *afrancar*[7] a Ana, hablar al abad, abastar saya, manta, sábanas, cama, alhajar casa ¡ca! ¡nada faltaba para andar al altar!

Mas la mañana marcada, trata Marta ¡mala andanza! pasar a Santa Clara al alba, para clamar a la santa adaptada al galán para Ana. Agarrada bajaba ya las gradas; mas ¡caramba! halla a Ana abrazada a Blas, cara a cara. ¡Ah! la a nada basta para trazar la zambra armada. Marta araña a Ana, tal arañan las gatas a las ratas; Blas la ampara; para parar las brazadas a Marta, agárrala la saya. Marta lanza las palabras más malas a más alta garganta. Al azar pasan atalayas, alarmadas a tal algazara, atalantadas a las palabras:

—¡Acá! ¡Acá! ¡Atrapad al canalla mata-damas! ¡Amarrad al rapaz!

Van a la casa: Blas arranca tablas a las gradas para lanzar a la armada; mas nada hará para tantas armas blancas. Clama, apalabra, aclara ¡vanas palabras! nada alcanza. Amarran a Blas. Marta manda a Ana para Santa Clara; Blas va a la cabaña. ¡Ah! ¡Mañana fatal!

---

[3] Adahalas, lo mismo que adehalas.

[4] Apalambrar, incendiar.

[5] Azagaya, dardo.

[6] Añadas, el tiempo de un año.

[7] Afrancar, dar libertad, licencia.

¡Bárbara Marta! Avara bajasa[8] al atrancar a Ana tras las barbacanas sagradas (algar[9] fatal para damas blandas). ¿Trataba alcanzar paz a Ana? ¡Ca! ¡Asparla[10], alafagarla, matarla! Tal trataba la malvada Marta. Ana, cada alba, amaba más a Blas; cada alba más aflatada, aflacaba más. Blas, a la banda allá la mar, tras Casa Blanca, asayaba[11] a la par gran mal; a la par balaba[12] allanar las barras para atacar la alfana[13], sacar la amada, hablarla, abrazarla . . .

Ha ya largas mañanas trama Blas la alcaldada: para tal, habla. Al rayar la alba al atalaya, da plata, saltan las barras, avanza a la playa. La lancha, ya aparada[14] pasa al galán a La Habana. ¡Ya la has amanada[15] gran Blas; ya vas a agarrar la aldaba para llamar a Ana! ¡Ah! ¡Avanza, galán, avanza! Clama alas al alcatraz, patas al alazán ¡avanza, galán, avanza!

Mas para nada alcanzará la llamada: atafagarán[16] más la tapada, taparánla más. Aplaza la hazaña.

Blas la aplaza; para apartar malandanza, trata hablar a Ana para Ana nada más. Para tal alcanzar, canta a garganta baja:

> La barca lanzada
> allá al ancha mar
> arrastra a La Habana
> *canalla rapaz.*

> Al tal, *mata-damas*
> llamaban asaz,
> mas jamás las mata,
> las ha para amar.

> Fallas las amarras
> hará tal galán,

8 Bajasa, mujer mala [El Diccionario de la Academia no la trae].
9 Algar, caverna o cueva.
10 Aspar, atormentar.
11 Asayar, experimentar.
12 Balar, desear ardientemente.
13 Alfana, iglesia. Voz de la germanía.
14 Aparar, preparar.
15 Amanar, poner a la mano. Ya la tienes a mano.
16 Atafagar, fatigar, sofocar.

ca, brava alabarda
llaman a la mar.

Las alas, la aljaba,
la azagaya . . . ¡Bah!
nada, nada basta
a tal batallar.

Ah, marcha, alma Atala
a dar grata paz,
a dar grata andanza
a Chactas acá.

Acabada la cantata Blas anda para acá, para allá, para nada
alarmar al adra[17]. Ana agradada a las palabras cantadas salta
la cama. La dama la da al galán. Afanada llama a ña Blasa,
aya[18] parda. Ña Blasa, zampada a la larga, nada alcanza la
tal llamada; para alzarla, Ana la *jala* las pasas. La aya habla,
Ana la acalla; habla más; la da alhajas para ablandarla. Blasa
las agarra. Blanda ya, para acabar, la parda da franca bajada
a Ana para la sala magna. Ya allá, Ana zafa aldaba tras aldaba
hasta dar a la plaza. Allá anda Blas. ¡Para, para, Blas!

Atrás va Ana. ¡Ya llama! ¡Avanza, galán, avanza! Clama
alas al alcatraz, patas al alazán. ¡Avanza, galán, avanza!

—¡Amada Ana! . . .

—¡Blas! . . .

—¡Ya jamás apartarán a Blas para Ana!

—¡Ah! ¡Jamás!

—¡Alma amada!

—¡Abraza a Ana hasta matarla!

—¡¡Abraza a Blas hasta lanzar la alma!! . . .

A la mañana tras la pasada, alzaba ancla para Málaga la
fragata Atlas. La cámara daba lar para Blas, para Ana . . .

Faltaba ya nada para anclar; mas la mar brava, brava, lanza
a la playa la fragata: la vara.

La mar trabaja las bandas: mas brava, arranca tablas al ta-

---

[17] Adra, porción de un barrio, barriada.
[18] Aya, se dice vulgarmente de las criadas de razón.

jamar; nada basta a salvar la fragata. ¡Ah tantas almas lan
zadas al mar, ya agarradas a tablas claman, ya nadan para ganar la playa! Blas nada para acá, para allá, para hallar a Ana,
para salvarla. ¡Ah tantas brazadas, tan gran afán para nada,
hállala, mas la halla ya matada! ¡¡¡Matada!!!... Al palpar
tan gran mal nada *balá* ya, nada trata alcanzar. Abraza a la
amada:

—¡Amar hasta fracasar! —clama...

Ambas almas abrazadas bajan a la nada[19]. La mar traga a
Ana, traga a Blas, traga más... ¡Ca! ya Ana hablaba a Blas
para pañal, para fajas, para zarandajas. ¡Mamá, ya, acababa
Ana. Papá, ya, acababa Blas!...

Nada habla La Habana para sacar a la plaza a Marta, tras
las pasadas; mas la palma canta hartas hazañas para cardarla
la lana.

Et voilà. ¿Quién me dirá el nombre del autor?

---

[19] Almas por cuerpos, Dios me libre de la impiedad.

ÍNDICE

APÉNDICE

Este libro se terminó de imprimir y encuadernar en el mes de mayo de 2002 en Impresora y Encuadernadora Progreso, S. A. de C. V. (IEPSA), Calz. de San Lorenzo, 244; 09830 México, D. F. Se tiraron 2 000 ejemplares.